KB264712

이만열 교수의
기독교유적 **여행일기**

이만열교수의 기독교유적 여행일기

초　판　제1쇄 인쇄　2005. 12. 2.
초　판　제1쇄 발행　2005. 12. 7.

지은이　이 만 열
펴낸이　김 경 희
펴낸곳　(주)지식산업사
주　소　서울시 종로구 통의동 35-18
전　화　(02)734-1978(대)
팩　스　(02)720-7900

인터넷한글문패　지식산업사
인터넷영문문패　www.jisik.co.kr
　　　전자우편　jsp@jisik.co.kr

등록번호　1-363
등록날짜　1969. 5. 8.

ⓒ 이만열, 2005
ISBN 89-423-7035-9　03810
ISBN 89-423-0048-0　(전2권)

책값은 뒤표지에 있습니다.

이 책을 읽고 지은이에게 문의하고자 하는 이는 지식산업사 전자우편으로 연락 바랍니다.

이만열 교수의 기독교유적 여행일기

15개 나라에서 다시 찾은 그리스도

지식산업사

기독교유적 여행일기를 내면서

　여행일기 첫째 권을 '민족·통일'에 관련된 것으로 묶으면서, 같이 구상한 것이 기독교유적 관련 여행일기도 한 권으로 묶을 수 있겠다는 것이었다. 여행에는 심신을 휴양하려는 것을 겸한 관광 차원의 것도 있고 어떤 뚜렷한 목표를 정하고 시작하는 것도 있다. 필자의 경우는 대체로 한 여행 속에 이 두 가지를 아우르고 있었던 셈이다. 어떤 경우든 매일 쓰는 일기는 매우 힘든 작업이긴 했지만, 덕분에 관광과 관찰을 세심하게 할 수 있었다. 때로는 기록을 남겨야 한다는 강박관념 때문에 심신 휴양의 관광을 즐기지 못한 경우도 없지 않았다.

　대학에 적을 둔 뒤에 가장 많이 찾아 본 곳은 우리 문화재와 고적이었다. 이른바 고적답사다. 전국의 유명한 고적이나 문화재 가운데 학생들을 인솔하고 돌아보지 않은 것이 없다고 할 정도로 한국학 교수들은 폭넓은 견문을 쌓는다. 학생들에게도 고적답사의 기록과 사진을 잘 남기도록 강조했다. 해외여행을 하게 되면서는 여행의 목적이나 여행에서 보는 것이 더 다양해졌다. 필자의 경우는, 앞 책에서 밝힌 민족과 통일에 대한 것 외에, 기독교 관련 여행이 많았다. 이른바 '성지순례'에 해당하는 여행과 단기 선교여행, 종교개혁지 순방, 그리고 해외 유학생의 기독교적인 수련회, 학술강연과 학술회의 등이 그것이었다.

여행 가운데 가장 밀도가 높은 것은 자기 전공에 관련된 것이나 신앙과 관련된 것이다. 한국사를 공부하는 내 경우는 전공과 관련된 것이 해외에 그렇게 많은 편이 아니지만 독립운동사나 교민사와 관련해서는 찾아볼 곳이 매우 많다. 필자에게는 한 신앙인으로서 해외에 돌아보고 싶은 곳이 많았다. 이른바 '성지'가 해외여행의 우선순위에 속한 것이어서, 기독교 성지를 찾아보고 싶다는 평범한 소망을 오래전부터 갖고 있었다. 그 소망이 이루어진 것은 1990년대 후반이지만 그 전부터 기독교와 관련된 여행을 할 수 있는 기회가 몇 번 주어졌다.

1992년에 미국 프린스턴신학교에 연구교수로 나가 있는 동안에, 두 차례에 걸쳐 기독교 관련 여행을 할 수 있었다. 한번은 뉴욕 어느 한인교회의 후원으로 내가 인술자가 되어 옛 소련에 단기 선교를 나간 일이었고, 또 한번은 유럽의 종교개혁지를 답사하는 일종의 테마여행이었다.

그해 7월 무렵에 이뤄진 옛 소련 단기 선교에서는 모스크바, 페테르부르크와 돈 강가의 로스토프, 우즈베키스탄의 타슈켄트와 카자흐스탄의 알마아타(지금의 알마티) 등을 돌아볼 수 있었다. 거기에 가서 우리는 한국의 전통 무용과 가스펠송 등을 나름대로 선보이면서 선교에 임했다. 그때 보았던 옛 소련은 그것이 당시까지 미국을 비롯한 서구 여러 나라와 필적했던 나라라고는 도저히 상상할 수 없을 정도로 종교·사회·경제적으로 피폐해 있었다. 이때의 견문은 미국을 처음 보았을 때와는 다른 또 하나의 충격이었다.

1992년 9월 무렵에 필자는 아내와 함께 미국에서 직접 유럽으로 건너가 종교개혁지를 순방하는 테마여행에 나섰다. 미리 종교개혁지에 대한 자세한 공부를 했다면 더 좋은 여행이 되었으련만, 그때는 그럴 겨를이 없었다. 루터가 종교개혁을 시작한 독일의 비텐베르크와 발르트부르크 성에서 시작하여 독일 일대와 체코의 프라하, 헝가리의 부다페스트, 스위스의 제네바, 이태리의 로마 등을 돌아보고 영국으로 건너가

에든버러와 애버딘 등지를 돌아볼 수 있었다. 종교개혁이 얼마나 광범하게 이뤄졌으며 그것이 서구 역사에 어떤 영향을 미쳤는지를 어렴풋이 느낄 수 있는 여행이었다. 귀국해서 옛 소련 단기 선교여행기를 내가 발행인으로 있던 《복음과 상황》에 일기 형식이 아닌 여행기 형식으로 발표했는데, 이 책에 실은 여행기는 그것을 손본 것이다.

그 뒤 1990년대 말에 나는 '이랜드' 박성수 사장의 권유로 이집트와 이스라엘을 다녀올 수 있었다. 이때도 아내와 함께 가서 더욱 좋았다. 성경에 나타난 역사적인 고장들을 내 발로 다니면서 많은 것을 보았고 느낄 수 있었다. 출애굽과 관련된 지역을 실제로 답사하고 예수 그리스도께서 이스라엘 백성들을 상대하여 직접 하늘나라를 선포하며 가르치고 치유했던 여러 지역을 직접 밟아 본 것은 매우 감명 깊은 경험이었다. 히브리 민족이 애굽에서 탈출하여 광야 생활을 할 때 거쳤던 시나이 반도의 그 험한 길은 지금도 해방과 자유의 역사가 험난하다는 것을 상징하는 것 같았다. 특히 새벽에 올라간 시나이(시내) 산은 많은 감동을 불러 일으켰다. 이스라엘로 들어와서, 예수께서 친히 거닐었던 갈릴리 호숫가를 돌아보면서도 역시 깊은 감동을 받았다. 성경에 나타난 사실 하나하나를 떠올리면서, 성경의 기록들이 상상 속의 비실재적인 공간에서 이뤄진 비역사적인 것이 아니라 역사적 현장성을 갖는 것임을 각인할 수 있게 되었다. 이 여행 뒤에도 일기 형태로 적었던 여행기를 다시 정리하여 《복음과 상황》에 연재했다. 이 책에 실린 내용은 마찬가지로 그때의 것을 손본 것이다.

2002년에는 '기독교방송'의 후원으로 사도 바울의 선교 여행지였고 요한계시록의 '일곱 교회'가 자리했던 지금의 터키 지역과, 역시 바울의 몇 차례에 걸친 선교 여행지였던 그리스를 여행할 수 있게 되었다. 일생에 한 번밖에 오지 않을 기회라 생각하고, 비록 일기 형태였지만, 꼼꼼하게 여행기를 남기려고 애썼다. 여행에 앞서서 그 지역에 관한 책을 구해 놓고 참고하려고 했지만 제대로 읽지 못한 채 여로에 나섰다. 그 지역에 대해 가지고 있던 지식은 평소 성경을 읽어 얻은 것뿐이었다. 여행 중에 읽기 위해 자료들을 잔뜩 가지고 다녔지만 그것은 짐의 무게를 더해줄 뿐이었다. 그때에 제대로 준비했었더라면 터키·그리스 여행일기가 훨씬 풍부하고 정확한 내용이 되었을 것이다.

성지순례와 단기 선교여행 그리고 종교개혁지 순례 외에 한국의 기독교 선교단체들을 이끌고 중국을 여행한 적이 있는데 그때의 일기도 함께 묶었다. 이 여행기는 《민족·통일 여행일기》에 묶어도 될 것이지만, 그 여행이 한국의 기독교 청년 학생들에 의해서, 그들의 비전과 미션을 아우르면서 이룩된 것이어서 이 책에 함께 묶기로 했다. 기독교라고 해서 민족의 역사와 문제를 벗어날 수 없다는 것을 보여 주려는 뜻도 있다. 여행일기의 출판을 검토하면서 《민족·통일 여행일기》와 함께 《기독교유적 여행일기》를 함께 묶으려고 한 것은 이 때문이다.

두 권의 여행기를 정리하면서 보니 여행기에 필수적으로 보완되어야 할 사진이 제대로 없는 것이 유감이다. 여행기에는 기록보다 더 사실적일 수도 있는 사진이 있어야 한다. 때로는 한 장의 사진이 수십 장 분량의 글을 대신해 주기도 한다. 여행을 하는 동안 많은 사진을 남겼지만 그것을 제대로 정리하지 못해서, 막상 책으로 내려고 하니 쓸 만한 사진을 고를 수가 없다. 지금이라도 집안에 나뒹굴고 있는 옛 필름을 인화해 보면 쓸 만한 사진을 더러 찾아낼 수 있겠지만, 그럴 겨를이 없다. 오히려 내가 여행한 지역들에 대해서는 독자들이 더 좋은 사진을 갖고 있을 것이라고 생각하면서 스스로를 변명해 본다.

이 여행일기에도 발문(跋文)을 붙이기로 했다. 발문을 쓴 이는 역시 대학 사학과의 동기이자 평생 언론에 종사했던 친구 임한순(任漢淳) 형이다. 우리 둘은 대학 1학년 때 첫 강의에서 만나 의기투합, 자취를 같이한 이래 평생 교제를 나누면서 한 번도 얼굴을 붉혀 본 적이 없는 막역한 사이다. 임 형과는 거의 50년 동안을 존경과 경외, 우정과 고민을 함께 나눴다. 말이 별로 없고 여간해서 주변의 일에 관여하지 않는 친구지만, 세밀하고 자상하기 그지없는 친구다. 임 형 덕분에 나는 함석헌 선생을 알게 되었고 그분의 노장 강의에 참석하게 되었으며, 불교와 불교사에 대해 초보적이나마 접근할 수 있게 되었다. 골수 기독교인이라고 지목되는 필자가 그래도 다른 종교와 사상에 관심을 가질 수 있게 된 것은 임 형 덕분이다. 이 친구에게도 역시, 우리가 인생을 마감하는 시기에 그동안 나눈 우정을 자그마한 흔적으로라도 남기자면서 발문을 부탁했다. 특히 임 형은 두 책의 원고를 꼼꼼하게 읽으면서 급하게 쓴 일기체의 문장을 그런대로 품격이 있는 문장으로 고쳐 주기도 했다. 50여 년 동안 뜻을 같이해 온 지기가 이 책에 발문을 써 주었으니 감사하지 않을 수 없다.

이 책을 출판하면서 거듭 감사의 말을 하지 않을 수 없다. 내 여행을 지원해 준 이랜드의 박성수 사장과, 전 기독교방송 사장 권호경 목사, 뉴욕의 한인교회 등에게 감사한다. 이 책을 내기 위해 노력하신 지식산업사의 여러분들과 이 책을 내도록 결단해 준 김경희 사장께도 거듭 감사한다.

2005년 9월 10일
필운동에서, 이만열

차 례

편집자 주

· 이 책은 저자가 여행기간 동안 그날그날 쓴 일기를 바탕으로 씌어졌다. 때문에 지명이나 인명, 통계 등에서 저자의 기록이 불분명하거나 정확하지 않은 곳은 본뜻이 손상되지 않도록 주의하면서 저자의 확인을 받아 고쳤다. 아울러 일기를 책으로 옮기면서 한글 맞춤법과 띄어쓰기 그리고 외래어 표기법에 맞추어 손을 보았다.

· 외래어 표기법의 경우 어문 규정에 따르되, 기독교와 관련된 부분에서는 성서에 쓰인 인명과 지명을 적고 필요한 경우 지금의 것도 같이 적었다. 동양의 인명과 지명은 한자음으로 읽는 것이 널리 쓰이는 경우 그대로 두었다.

· 이 책에 인용된 성경은 ‘한글개역판’ 을 바탕으로 하였다.

· 각 장마다 앞에 지도를 실어 여행경로를 쉽게 알 수 있도록 했다.

러시아 단기 선교여행

1992년 7월

⊙ 여행경로 : 뉴욕 → 아일랜드 샤론공항 → 모스크바 → 로스토프 → 모스크바 → 상트페테르부르크 → 모스크바 → 타슈켄트 → 알마티 → 모스크바 → 자고르스크 → 모스크바 → 캐나다 뉴펀들랜드공항 → 뉴욕
범례 : ⊙ — 경유지, ● — 주요도시
N
발틱해
에스토니아
상트 페테르부르크
라트비아
리투아니아
벨라루스
러시아
자고르스크
모스크바
돈 강
키예프
우크라이나
카자흐스탄
볼고그라드
로스토프
흑 해
카스피해
아랄해
알마티
앙카라
그루지야
우즈베키스탄
타슈겐트
키르키스탄
터 키
아르메니아
아제르바이잔
투르크메니스탄
중 국
타지키스탄

1992년 3월부터 1년 동안 연구교수로 미국에 머물렀다. 미국에 있는 동안 1992년 7월 5일부터 러시아를 포함한 옛 소련을 방문할 기회가 있었다. 이 글은 러시아를 방문한 지 1년 뒤인 1993년에 《복음과 상황》이란 잡지에 연재한 것인데, 연재 당시만 해도 그때의 느낌이 생생했다. 아마도 예전에는 전혀 상상할 수 없는 나라에 갔다 왔다는 생각에서 그 나라에 대한 강한 인상을 지우지 못하고 있었을 것이다. 그것은 내가 실제로 본 그 나라의 모습이 오래전 반공교육으로 주입받은 선입관과는 너무나 달랐기 때문인지도 모른다. 또 러시아가 미국과 어깨를 겨루는 군사대국인 만큼 거기에 상응하는 경제력과 문화 시설을 갖고 있을 것이라는 막연한 생각이 거의 환상이었음을 확인한 것도 그 이유일 것이다. 더 놀라웠던 것은 말로만 듣던 러시아의 개방과 변화가 냉전의식에 찌든 필자의 상상을 뛰어넘고 있었다는 점이다. 이런 점들 때문에 필자는 러시아 방문 20여 일 동안에 대학노트 50쪽이 넘는 일기를 촘촘히 남겼다. 이 글은 단기 선교여행 뒤 《복음과 상황》에 연재한 것을 책으로 묶으면서 손을 본 것이다.

입국에서 로스토프까지

1992년 2월 말부터 1년간 미국 프린스턴신학교 객원교수로 가 있었는데, 3월에 '뉴욕새교회'의 이학권 목사로부터 주일설교 초청을 받았다. 이 초청이 계기가 되어 그 교회 젊은이 13명과 함께 '러시아단기선교훈련팀'의 고문 자격으로 옛 소련 선교 여행길에 올랐다.

1992년 7월 5일(일) 아침 일찍 프린스턴을 출발, '뉴욕새교회'에 도착하여 예배를 드렸다. 이 예배는 단기선교훈련팀 파송예배를 겸한 것이었다. 케네디 공항으로 가서 출국수속을 밟은 뒤, 17시 50분에 소련 국영항공사 아에로플로트(Aeroplot)의 여객기에 탑승했다. 좀 색다른 점은 소련인 승객들이 많은 수량의 짐을 들고 기내로 들어가는 것이다. 나중에 안 일이지만, 이들은 화물을 짐칸으로 부치고도 또 많은 화물을 이렇게 손수 들고 탑승하는 것이다. 물건이 귀하다 보니 한 사람이 아무리 많은 양의 화물을 가져와도 러시아 세관은 제재를 하지 않기 때문에 이렇게 많이 가져오는 것이라고 한다(실제로 뉴욕 공항에서 들고 지고 6개가 넘는 가방을 기내로 가져간 작달막한 러시아 아가씨는 모스크바 공항에서 보니 큰 가방을 포함, 10여 개가 넘는 짐을 가져온 것이다).

출발 뒤 1시간쯤 지나 저녁식사로 기내식이 나왔는데, 햄과 콩, 블루피시(blue fish : 푸른 빛깔의 전갱이류)와 빵, 그리고 뒤에는 커피가 나와 다른 항공사의 기내식과 별 차이가 없었다. 옆자리에는 미국 여행을 마치고 귀국하는 폴리나라는 소련 여성이 앉아 있었는데, 맨 먼저 '스바시바'(고맙습니다)라는 말을 배웠다. 폴리나도 나만큼 영어를 못해 손짓을 동원하여, 그가 45일간 보스턴과 암허스트 등지의 친척과 친구를 방문하고 돌아가는 길이라는 것을 알았다. 그는 현재 컴퓨터 프로그래머이고, 주 5일 근무에 하루 8시간씩 일한다고 한다. 직장으로부터 지하철로 1시간 거리인 모스크바 교외의 방 3개짜리 집에서 부모와 함께 살고 있단다.

우리가 앉은 곳 저쪽에는 한 무리의 러시아 젊은이들이 약간 떠들썩하게 이야기를 나누고 있었다. 그들은 모스크바 제20고등학교 학생으로, '교환계획'에 따라 미국에서 1년간의 연수를 마치고 돌아간다는 것이다. 그들은 9년간 배워왔다고 했는데 영어가 유창했다. 마침 가까이에 앉아 있는 인나(Inna)라는 여학생은 로스앤젤레스에 있는 어느 학교에서 훈련을 받았단다. 그는 앞으로 대학에 가서 의학을 공부하고 싶다고 했다. 나는 그에게 미국에서 러시아와 비교하여 어떤 것을 느꼈느냐고 물었다. 그는 미국과 러시아가 서로 다르다는 것을 전제한 뒤, 미국에서는 자유롭게 물건을 살 수 있으나 러시아는 그렇지 못하다고 말하면서 이 점은 "too bad"라고 했다.

나는 그날 일기에 "아마도 어린 가슴에 미국의 자본주의적 시장경제를 본 충격을 이런 식으로 표현했을 것으로 생각한다"고 썼다. 그의 집 주소와 전화번호, 모스크바의 관광지를 써 받았으나 러시아에 체재하는 동안 한번도 연락을 취하지 못했다. 기내에서의 이들과의 대화를 통해, 러시아인을 북극곰에 비유한다거나 공산혁명 후에 러시아인의 인간성이 모두 이지러졌을 것이라는 상상은 잘못된 것이라고 생각하게 되었다.

아에로플로트의 기내에는 좌석이 약 250~3백 개 정도가 있는데, 뒷좌석은 비어 있어서 의자에서 늘어져 자는 사람이 많았고, 자유스럽게 왕래할 수 있고, 모여서 이야기도 할 수 있었다. 이런 광경은 서방 비행기에서는 좀처럼 볼 수 없는 것이다. 승무원들은 상당히 친절하고 예의를 지키려 했고 유색인이라 해서 차이를 두지 않았다. 소문과는 달리 화장실에는 휴지 등 기본적인 물품도 비치하고 있었다(그러나 러시아 국내에서 이용한 아에로플로트는 친절도, 물품도 거의 없었고 기내식 또한 거칠었다).

비행기는 아일랜드의 샤논 공항에 기착하여 1시간 이상 머물렀다. 공항 대기실에 나와 기다리는 동안 우리 대원들은 기타 반주에 맞춰 복음성가를 은은히 불렀다. 피곤에 지친 대부분의 러시아 승객들은 묵묵히 듣고 있었지만 앞서의 귀국길에 오른 학생 몇 명은 우리의 복음성가에 하모니를 이루기도 했다. 우리들이 준비한 러시아의 민요를 부르자 이때까지 묵묵히 듣고만 있던 어른들도 마음을 열고 동참하기 시작했다. 샤논 공항의 분위기는 잠시나마 성령께서 역사하시는 것을 느끼게 한 일종의 부흥회장이 되었다. 샤논 공항의 화장실이 특이하여 사진을 찍어 두었다. 잠시 짬을 내어 아들 기홍, 기종 형제와 방선기 목사께 엽서를 썼다.

현지 시간으로 오후 3시에 모스크바 공항에 도착했다. 비행기가 하강할 때, 창밖을 내다보니 광활한 평원에 수풀과 늪 그리고 아파트들이 쉽게 눈에 띄었다. 비행장에는 몇 십대의 러시아 비행기와 외국 비행기도 보였다. 미국의 국제공항에 비하면 비행기의 숫자가 아주 적었다. 공항의 출구는 10여 개가 되는 듯했고, 출구에는 영어로 'diplomatic passport(외교관 여권)'와 'passport(여권)'의 표시만 있고, 내외국인의 구별은 따로 없다. 입국심사에서 우리는 사회주의의 비능률을 느낄 수 있었다. 전기사정 때문인지 청사 안은 매우 어두웠고 국제공항 치고는 협소했다. 비행기에서 내린 화물을 운반하는 회전운반대는 3개가 있었는데 한꺼번에 돌아, 짐이 어느 운반대로 나올지 몰라 짐을 찾는 데 어려움을 느꼈다. 그러나 짐을 가지고 나오는 데는 별로 어려움이 없었다. 들여오는 짐에는 거의 심사가 없었기 때문이다. 물자가 귀하기 때문에 그럴 수밖에 없다는 것은 그 뒤에 자연스럽게 이해할 수 있었다.

출국심사를 받으려고 줄을 서 있는데, 김일성 배지를 단 건장한 사람들이 차례를 무시하고 내 앞으로 와서 양해도 구하지 않고 끼어들었다. 항의하니 자신들은 외교관이기 때문에 빨리 나갈 수 있다는 것이다. 주위에는 외국인들뿐인 데다 동족끼리 언쟁을 벌이는 것이 오히려 낯 뜨거운 일인지라 참고 있는데, 그 가운데 한 사람이 일행을 손짓을 하니까 한꺼번에 그쪽으로 우르르 몰려갔다.

(약 1주일 뒤 우리는 모스크바의 한국 음식점 '오작교'에서 다시 그들을 만났다. 인사 끝에 우리는 그들이 평양에서 무역상담을 위해 이곳에 온 것을 알게 되었다. 대화 끝에 '6·25'의 발발 원인에 관해 가벼운 입씨름을 벌였다. 그들은 달변으로 '남조선이 미제의 사주를 받아 북

침했다'고 그들의 교과서대로 거침없이 내뱉었다. 반박했지만, 논리보다는 교조적인 주장에 익숙한 그들이고 또 외국에 와서까지 열을 올려 민족적 수치에 대한 책임규명을 할 필요가 있겠느냐는 생각에서 가벼운 이야기로 바꾸고 말았다. 뒷날 다시 '오작교'를 찾았을 때 또 만났는데 이로 미루어 보면 아마도 그들은 이 음식점에다 식사를 정해 놓은 듯했다).

입국수속을 마치고 우리 일행은 여행사가 마련한 버스를 타고 모스크바 시내로 들어오면서 고속도로변에 서 있는 한국 기업들의 선전 간판들을 보았다. 삼성·금성·쌍용·대우·선경의 것으로 이것들은 러시아의 도로가 매끈하지 못한 것과는 좋은 대조를 이루면서 우리에게 다가왔다. 이 간판들은 한국 기업들의 러시아 진출 정도를 보여 주는 것 같았다. 모스크바에 주재하는 한국인들 상당수가 상사의 주재원이라는 말을 듣기는 했지만 우리 같은 여행객이 그 자세한 내용을 알 수는 없다.

(한국 기업의 옛 소련 진출은 뒷날 카자흐스탄 공화국의 수도 알마아타에 가서 더욱 실감할 수 있었다. 우리가 알마아타의 한국관 '털보네'에 갔을 때 벽에, 이 집의 권위를 나타내기라도 하듯, 민 사장이란 분이 이 음식점에 초대한 나자르바예프 대통령과 나란히 층계를 내려오고 있는 사진이 걸려 있는 것을 보았다. 우리는 가는 곳마다, 먼저 자리 잡은 한인들이 비록 소수민족이지만 부지런하고 교육열이 높은 민족으로 인정받은 터에, 올림픽 이후 선양된 국위를 바탕으로 이곳 미개척의 땅을 일궈내려는 의지를 찾아 볼 수 있었다).

우리 선교훈련팀의 첫 방문지는 모스크바에서 남쪽으로 1,250km 떨어진, 흑해에서 그렇게 멀지 않은 로스토프 주의 주도 로스토프라도누

(Rostov-na-Donu)였다. 그곳에는 한국인 약 2만여 명이 살고 있는데, 최근 한국 선교사가 들어가 교회를 건립하고 선교활동을 활발히 벌이고 있다는 것이다. 그곳에 가기 위해서는 공항에서 시내를 관통하여 기차역으로 가야 했다. 시내를 관통하는 동안에 많은 낡은 건물들을 보았고 이제 막 형성되기 시작한 개인 상점들을 볼 수 있었다. 우리의 노점상이나 구멍가게에 가까운 것이었다. 시내를 달리면서 바라보니 모스크바를 설계할 때는 사회주의의 이념을 살려보려고 매우 노력한 것 같았다. 넓은 도로와 그 양쪽의 인도 그리고 다시 그 옆에 30~40m의 수림대(樹林帶)를 만들고 그 뒤에 아파트를 지어 소음과 오염된 공기를 피하고 쾌적한 주거를 인민들에게 제공하려고 계획하였다. 길거리에는 비교적 많은 사람들이 나와 있었는데 담배를 피우는 사람들이 많았다. 가이드는 술 마시는 사람들도 많다고 하며 억압적인 공산체제 아래서 술과 담배로 괴로움과 피곤을 달랬기 때문이란다.

오후 7시 10분에 출발한 기차는 모스크바 외곽을 벗어난 뒤에야 제 속력을 냈다. 객실은 장거리 여행에 알맞도록 코치형으로 두 사람씩 앉을 수 있는 걸상 두 개와 그 위에 달린 침대가 있어 모두 4사람이 잘 수 있었다. 걸상 사이의 창문 쪽에는 탁자가 있어서 찻잔을 놓을 수 있었다. 저녁이 되니 침대마다 시트 2개씩을 주어 깔고 덮도록 하였고 담요와 수건도 새것으로 주었다. 7년 전 주로 야간에 유레일 패스로 유럽의 1등칸 기차를 탈 때도 받지 못한 대접이었다. 여기에다 이 침대열차의 운임은 우리에게는 '공짜'나 마찬가지였다. 러시아인은 2백 루블(우리가 갔을 때 환율이 1달러당 140루블이었으니까 2달러가 채 되지 않았다)이고, 외국인은 5달러를 추가하여 약 7달러 정도였다. 거리로 봐서 그 3분의 1인 서울-부산 간의 침대칸 요금이 당시 2만 5천 원이 넘었던 것 같은데, 모스크바-로스토프 간의 요금이 그 5분의 1밖에 되지 않았다. 이는 인민의 여행을 편하게 해 주려는 사회주의 사회의 우월성을 잠시나마 엿볼 수 있게 해 주는 대목이었다.

　23시간이나 달리면서 같은 방에 든 우리 네 사람(박성주 전도사와 신웅상, 한정오 그리고 나)은 찬송가도 부르고 피곤하면 쉬기도 했다. 가도 가도 끝이 없는 광활한 평원, 이것이 처음 느낀 러시아였다. 미국의 동부에서 자주 볼 수 있는 구릉(hill)도 보이지 않았다. 이렇게 넓은 평원을 부지런히 개간하고 그 밑에 묻힌 자원을 활용할 수 있을 때 러시아는 새로운 모습으로 세계

▲ 로스토프로 가는 열차 안에서 러시아 소년과 함께

에 등장할 것이다. 이를 위해서는 인간이 바뀌어야 하고 생각이 변해야 한다. 이렇게 넓은 평원과 무진장한 자원에도 불구하고 러시아가 이 정도밖에 되지 못한 것은 그것을 관리하는 인간과 사상 때문이다. 이런 생각을 하면서 우리나라를 돌아보게 된다. 이 날 남긴 일기의 한 토막.

　우리나라는 산지가 70%인데, 이 나라에는 기름진 평원인 이런 넓은 벌판을 주셨으며, 우리는 그런 것들을 축복으로 받지 못했는가를 생각하였다. 여기에는 하나님께서 땅보다 더 좋은 것을 주시기 위함이라고 생각하게 되었다. 이스라엘이 땅이 그렇게 좋은 곳이 아님(성경에는 젖과 꿀이 흐르는 땅이라고 표현된 경우도 있지만)에도 거기에는 하나님의 말씀과 역사의식과 인간을 주었듯이, 우리나라도 기름진 평원은 받지 못했지만 다른 귀중한 것을 주었을 것이다. 공평하신 하나님께서 우리에게 주시지 않았을 리가 없다. 그것이 무엇일까? 그것을 신앙의 눈으로 발견하여 하나님께 드릴 수 있을 때, 한국 민족의 새로운 가능성이 거기에서

시작된다고 본다. 그것이 무엇일까? 이번 여행에서 그것을 찾아야 한다. 그리고 그것을 우리 민족에게 알려야 한다.(7월 7일, 화)

개인의 채마밭과 집단농장

옛 소련은 붕괴 전 약 2,200만㎢의 영토와 약 2억 9천만 명의 인구를 가진 연방제 국가였다. 영토는 남·북한의 1백 배가 넘고 인구는 4배가 넘는 거대한 나라였다. 그 연방 안에 150여 민족이 살고 있는데, 사회주의 혁명 이후 '러시아 민족'이 주도권을 쥐어, 내가 방문한 우즈베키스탄 공화국과 카자흐스탄 공화국의 경우도 러시아인들이 정치·경제·문화의 실권을 쥐고 있었다. 민족문제의 시각에서 보면 옛 소련에서 사회주의 체제가 확산된 것은 곧 러시아 민족의 다른 민족에 대한 지배를 확산시키는 과정이었다.

러시아는 9세기경에 러시아 정교를 받아들이면서부터 민족적 결속력을 강화하기 시작하였다. 다른 민족의 역사에서도 우리는 종교나 이념이 민족이나 지역을 결속시키는 경우를 보아 왔다. 16세기에 로마노프 왕조가 시작되어 18세기 초의 표트르 대제와 예카테리나 여왕을 거쳐 러시아는 절대국가의 모습을 갖추기도 하였고, 19세기에 이르러서는 알렉산드르 2세가 농노해방 등 근대적 개혁을 단행하였으나 워낙 넓은 국토에 오랫동안 쌓인 봉건적 모순을 단기간에 극복하는 것은 거의 불가능하였다. 20세기에 이르러 그러한 내재적 모순은 몇 차례의 혁명의 요인이 되었고, 드디어 1917년 두 차례에 걸친 혁명으로 거대한 러시아 제국은 붕괴되고 말았다. 레닌에 의한 사회주의 국가가 탄생된 것이다.

혁명 후 1923년경부터 주변으로 세력을 확대시켜 15개 공화국으로 된 '소비에트 사회주의 공화국 연방(소련)' 체제를 성립시켰으나, 자본주의 국가 특히 미국과의 군비경쟁에서 오는 경제적인 부담은 소련의 경직된 당료체제로는 더 견디기 힘들게 되었다. 앞선 집권자들이 채 인식하지 못한 소련의 모순을 고르바초프는 개방과 개혁을 통해 과감히 수술하려고 하였다. 그러나 이 시도는 때가 늦었던지 그들의 체제를 포기하지 않으면 안 될 정도로까지 치닫게 되었다. 소련은 결국 1991년 12월에 연방을 해체하지 않을 수 없었다. 나는 새로 태어나기 위해 진통을 겪고 있는 옛 소련, 지금은 '독립국가연합'(CIS)이라 불려지는 그 거대한 지역을 비교적 일찍이 방문한 셈이다.

모스크바에서 로스토프로 가는 동안 우리는 많은 것을 볼 수 있었다. 새벽 6시경부터 차창을 통해 바깥 광경을 볼 수 있었다. 기차역마다 몇 사람의 남녀가 완행열차를 기다리고 있었는데, 여성들은 머리에 수건 같은 것을 썼다. 미국 같은 기동력이나 발랄함을 볼 수 없어서 그런지, 아침녘 시골의 역으로 모여드는 러시아인들의 표정 없는 무뚝뚝한 얼굴에서 이념과 체제에 눌려 묵종과 인고를 터득한 모습을 발견했다면 이 역시 편견의 벽을 넘지 못한 제삼자의 과민일까. 그러나 아침 6시경인데도 강가에는 벌써 낚시를 드리운 강태공의 후예들도 있었고 보트를 젓는 한가로운 사람들도 있어서, 러시아 문예작품에서 느끼게 하는 시골의 목가적 풍경도 볼 수 있었다. '한량'들의 풍류적인 광경은 로스토프에 가까워 오면서 더 자주 보였다.

차창을 통해 본 광경 가운데 주목할 것이 있다. 그것은 개인 집에 딸린 밭들이 유난히 손질이 잘 되어 다른 농토에 견주어 농가 소채들이 풍성하게 보인다는 점이다. 차창 밖의 저 넓은 평원의 대부분은, 유럽의 다른 지역에 퍼져 있는 수림대가 별로 없는 것으로 보아, 이미 한번 이상 농토로 경작된 것이 거의 틀림없는데, 최근에는 사람의 손이 닿지 않았는지 황폐한 채로 있다. 또 집단농장에서 경영하는 듯한 농토의 농작물은 작황이 그렇게 좋은 것 같지 않다. 공동경작지보다 사경지(私耕

地)의 농작물이 좋은 것은 이번 여행을 하는 동안 옛 소련의 여러 곳에서 목격한 것이다. 이것은 간단히 말하면, 개인이 소유한 채소밭은 잘 가꾸어지는데 집단농장에서 경영하는 밭의 경작은 왜 저 모양인가 하는 의문으로 귀결된다. 나는 여기에 바로 인간의 타락한 성품과 거기에 근거한 근대경제의 이해하기 어려운 난제들이 내재해 있다고 생각한다. 이러한 사소한 예를 들어 오늘날 사회주의 경제가 안고 있는 모순의 한 요인을 말한다는 것은 문제를 지나치게 단순화한다는 느낌이 없지 않지만, 이 사례는 사회주의를 이해하는 하나의 가설은 될 수 있다고 생각한다.

나는 이 하찮은 광경과 거기에서 제기된 의문을 통해 몇 가지 교훈을 얻는다.

첫째는 인간이 부패했다는 사실과 부패한 인간은 이해관계의 포로가 되어 있어서, 이해관계를 떠나서는 장기적으로 그 마음을 움직일 마땅한 대안이 없다는 점이다. 처음 러시아에서 '혁명'이 일어났을 때에는 혁명의 정열이 '인민'들의 마음을 움직였고 그래서 생산을 어느 정도 높일 수 있었다. 그러나 그 정열이 식은 지금 그들은 사회주의의 가장 큰 강점이라 할 평등이 가져다 준 '불공평'을 의식하기 시작했다. 그것은 곧 일을 더 열심히 해도 수입이 늘어나지 않고 반대로 일을 덜 해도 손해 보지 않는, 그야말로 사회주의식 불평등을 의미한다. 사회주의식 평등의 경제원리는 일을 하지 않는 쪽으로 사람을 몰아갔다. 그 결과는 너무나 뻔했다. 생산성의 저하 그것이다.

둘째, 인간은 자기 몫이 보장될 때 더욱 열심을 내는 존재라는 점이다. 사유지의 채마밭은 자기 몫이 보장되기 때문에 집단농장의 공유지보다 몇 배나 풍성함을 보여 주었다. 이것은 그만큼 그 밭을 부지런히 손질했음을 의미한다. 러시아에서는 '다차'라는 시골의 별장을 허용한다. 다차는 도시인들이 주말이면 그곳에 가서 채소를 가꾸는, 소규모의 농지가 딸린 별장이다. 그곳의 생산성이 높을 것은 말할 것도 없다. 이것은 사회주의나 자본주의 할 것 없이 공통적인 현상이다. 연전에 북한에서 찍어 온 사진을 본 적이 있는데, 가옥에 딸린 채마밭은 푸른데 그 주변의 논밭들은 제대로 손질이 되지 않았다. 그들이 아무리 '수령'의 영도력을 추켜올리고 인민의 의연함을 선전하지만, 생산성을 높이려면 자기 몫(개인 소유)을 보장해 주는 것이 지름길임을 그 사진은 극명하게 보여준 셈이다.

이런 것들을 보면서 우리 앞에 전개되고 있는 사회주의 경제의 붕괴는 바로 그들이 갖고 있는 인간관과 깊은 관련이 있다고 생각하게 되었다. 기독교가 인간은 전적으로 타락하였다고 인식한다는 의미에서 비관적인 인간관을 갖고 있다면, 사회주의자들은 인간에게 평등한 사회관계를 만들어 주기만 한다면 무한한 가능성을 발휘할 수 있을 것이라고 신뢰한다는 점에서 낙관적인 인간관을 갖고 있다고 할 것이다. 바로 그 낙관적인 인간관이 오늘날의 사회주의 경제를 저렇게 만들어 놓았다고 본다. 열심히 그리고 더 일해도 소득이 더 없고 게으르게 그리고 덜 일해도 손해가 나지 않는다면, 누가 더 열심히 땀흘려 일할 것이며 누가 게으름을 피우지 않겠는가. 따라서 그러한 '낙관적인 인간관' 으로 말미암아 집단농장 콜호스의 노동력이 해이해지고 국영기업의 생산성이 저하되는 것은 어쩌면 당연하지 않겠는가. 그리고도 사회주의 경제가 건강하게 유지되기를 바라는 것은 기적을 바라는 것이 아니겠는가?

여기에 견주어 자본주의자들의 인간관은 약간 지저분하긴 하지만 차라리 솔직하다고 하겠다. 그들은 인간을 결코 성인군자로 보지 않는다. 오히려 이기적이고 탐욕적인 존재로 본다. 자본주의 사회는 인간에게 탐욕과 이기심을 만족시켜 주는 것을 미끼로 하여 생산성을 높여 왔고 앞으로도 계속 그것을 부추길 것이다. 적어도 지금까지는 이 방법이 적중해 왔다.

그곳 시간으로 오후 6시 10분 전에 우리는 로스토프 역에 도착했다. 성결교단에서 파송한 이한숙 선교사와 화학 전공의 고려인 황길순 교수가 우리를 맞아 주었다. 역 구내에는 군에 입대하는 젊은이들이 모여 있었는데 우리 일행을 보자 신기한 듯 말을 건넸다. 소형 버스에 짐을 먼저 보내고 우리는 잠시 전차를 타고 가면서 거리들을 볼 수 있었다. 이 도시에서 가장 크다는 러시아 정교회를 둘러보았다. 공산주의자들에게 박해를 받을 때도, 요즘같이 드러나게 출입하지는 못했지만, 이곳을 찾는 신자들이 있었다고 전한다. 홀 안에 벽화가 많은 것이라든지 촛불을 통해 소원하는 바를 기원하는 모습 등은 유럽의 다른 지역에서 본 여느 가톨릭 교회와 외관상 다를 바가 없었다. 그러나 벽에 걸린 예수님의 초상 앞에 가서 그 발에 입을 맞추는 것은 다른 곳에서는 좀처럼 보지 못한 장면이었다.

교회의 정문에는 구걸하는 사람들이 있었다. 일행 가운데 사진을 책임 맡은 한 청년이 그 구걸하는 모습을 사진에 담으려 하였는데, 그것을 본 러시아인 몇 사람이 거칠게 항의하였다. 외국인이 그런 사진을 찍는 데 대해 자존심이 많이 상했을 것이다. 필자는 6·25 때 외국인들이 와서 전쟁고아나 거지들, 그리고 판자촌을 사진에 담는 것을 보고 속상해 한 적이 있었음을 상기하고 그 젊은이에게 가능한 한 남의 나라의 좋은 것을 골라 소개하는 것이 좋겠다고 충고했다. 남의 나라, 다른 고장에 가서 신기한 것을 본다는 것이 자칫하면 이런 식으로 남의 약점을 건드리는 것으로 기울어지기 쉬운 것이 인간이다. 그러나 성숙한 사람은 남의 약점은 마음속에 묻어 두고 장점을 드러내는 법이다.

우리는 이 전도사님 댁에서 한국식으로 저녁식사를 한 뒤, 근처의 공원으로 나갔다. 시민공원 입구에 레닌의 동상이 서 있어서 그 앞에서 사진을 찍었다. 혁명의 아버지로 아직도 많은 러시아인들에게 존경받는 레닌을 이런 식으로라도 만나게 되니 우선 반가웠다. 공원으로 산책

나온 시민들은 서구의 어느 도시 못지않게 저녁 무렵의 휴식을 즐기는 듯했다. 외관상으로 거리의 모습이 약간 초라해서 그렇지, 생활양식은 동양문화권과는 다르다는 것을 이 공원을 통해 실감했다. 공원의 놀이터나 요소요소에 배치된 조각품, 울창한 숲과 문화시설 등은 옛날 우리가 교과서에서 배운 철의 장막의 인상을 단번에 불식시켜 주었다. 아! 여기도 이웃과의 대화를 필요로 하고 문화공간을

▲ 아직 철거되지 않은 레닌 동상 앞에서(로스토프)

아낄 줄 아는 '사람'들이 사는 곳이로구나 하는 감탄이, 마치 어떤 미지의 새로운 사실을 발견했을 때 솟아나는 기쁨처럼, 가볍게 내 마음속에서 파동쳐 오는 것을 느낄 수 있었다. 그러면 그렇지, 공산주의라고 인간의 문화적 욕구마저 뭉개버릴 수가 있었을라고.

　산책하면서 느낀 첫인상은 거리나 공원에서 담배 피우는 사람들이 많다는 점이다. 어떤 젊은이가 나이 든 사람에게 담뱃불을 빌리는 장면도 보인다. 요청하는 쪽이나 응하는 쪽이나 조금도 어색함이 없다. 이것이 그들이 추구한 평등 사회일까. 이런 광경을 보면서 어리둥절해 하는 필자에게 이 전도사는 이 사회의 평등이념이 남녀 사이의 성윤리에서 아주 엉뚱한 방향으로 흘러가고 있다고 귀띔한다. 그 이야기를 들으면서, 필자는 성경에 물질주의의 상징인 '바알'이 있는 그 곁에 향락의 상징인 '아세라'가 있다고 했듯이, 자본주의나 사회주의를 막론하고 물

질(유물)주의를 추구하는 그 사회에는 필연적으로 쾌락이 따르게 되어 있음을 상기하였다. 이 전도사의 말이 사실이라면, 사회주의가 그토록 추구한 남녀평등의 이념이 분명히 비윤리적인 행위를 방조하거나 부추기기 위해 주어진 것이 아닐 터인데, 이제 이 사회에는 평등과 자유의 이념이 인생의 향락을 위한 방편으로 오도되는 단계에 이르렀구나 하는 느낌을 받게 되었다. 사도 바울은 자유를 육체의 기회로 삼지 말라고 하였던가.

이 나라의 경제가 예상보다 어렵다는 것은, 숙소로 옮아오기 전 전도사님 댁에서 일어난 한 사건을 계기로 로스토프 도착 첫날부터 느끼게 되었다. 일행 가운데 한 청년이 변기의 손잡이를 세게 잡아당기다가 좌변기를 깨어버려 더 이상 이용할 수 없게 되었다. 같은 종류의 변기를 구하려 하니 구할 수가 없단다. 시멘트로 때우자고 하니 그것은 더 어렵다고 한다. 물건을 구할 수가 없기 때문이란다. 한동안 미국과 국력을 겨룬 나라인데, 생활필수품이 이런 정도라고 하니 도무지 믿어지지 않았다. 숙소로 오는 동안 이런 이야기를 들려주었다. 우리를 옮겨주던 소형 버스의 창유리가 여러 갈래로 금이 가 있었다. 우리는 그런 것을 전혀 의식하지 못하고 있었는데 옆에서 그것을 가리키며 왜 그런지 아느냐고 물었다. 설명에 따르면, 창유리를 통째로 빼가지 않도록 하기 위해 고의로 그 정도로 금이 가게 깨뜨린다는 것이다. 그러고 보니 그런 창문을 단 차량들이 더러 있었다. 그 뒤에 안 사실이지만, 유리창을 닦는 윈도 실드의 중간 접는 부분도 모두 떼어 놓은 것을 알게 되었다. 그래야만 도둑맞지 않는다는 것이다.

한번은 모스크바에서 차를 타고 가다가 비가 오는데 대부분의 차량들이 길가에 잠시 섰다가 갔다. 알고 보니 비가 오니 윈도 실드의 중간 부분을 연결하기 위한 것이었다. 이것은 이 나라에 물자난이 극심하다는 것과 도둑질이 성행하고 있다는 것을 보여 주는 것이다. 그래서 어느 곳에 가나, 나라 물건이든 개인 것이든 도둑질하는 것이 예사라는 말을 자주 듣게 되었다. 이런 것을 들으면서, 가능한 한 긍정적인 면을 살펴보려고 하면서도 하도 안타까워 일기에 이렇게 적었다.

이 점은 매우 의아스럽게 생각된다. 아무리 물건이 귀하다고 하지만 70여 년 동안 다져 온 이 체제가 최근 몇 년의 동요로 인간성에까지 이렇게 결정적인 타격을 주었을까. 자본주의의 비인간화의 대안으로 그렇게 떠받들던 러시아의 사회주의 체제가 이런 꼴이 되다니 정말 안타까울 뿐이다. (7월 7일, 화)

로스토프에서 전도 집회를 열고 고려인 동포들을 면담했다. 도착 그 다음날 우리는 전날 저녁 무렵에 갔던 그 공원으로 다시 갔다. 거기서 우리는 뉴욕에서 몇 주간 준비한 부채춤과 태권도 시범, 탈춤, 연극과 기타 반주에 곁들여 합창도 했다. 전도에 앞서 사람들에게 한국을 소개하면서 전도 집회가 있다는 것을 알리기 위해서다. 그동안에 익힌 러시아어로 "예수를 믿으라"고 외치는 한편 서울에서 보내준 전도지도 돌리고 오늘 저녁에 공회당(교회)에서 집회가 있다는 것도 알렸다. 우리가 공연한 공원의 노천극장에는 대낮이라서 그런지 60여 명밖에 모이지 않았고 그 가운데에는 고려인도 약간 보였다.

그런데 이날 저녁 공회당을 빌려 쓰고 있는 '할렐루야 교회' 집회에는 그야말로 발 디딜 틈이 없을 정도로 많은 러시아인들이 쇄도하였다. 며칠 전부터 지역신문에 이날 저녁의 집회를 광고한 데다 선교대원들의 낮 활동도 주효했기 때문이다. 주최 측은 5백여 명을 예상하고 러시아어 성경도 그 정도로 준비했는데 8백여 명이 왔다. 성경을 배포하는 과정에서 우리는 그들의 영적 고갈상태와 함께 많은 것을 느낄 수 있었다. 집회는 1부의 찬양과 설교, 2부의 한국문화 소개 순서로 진행되었는데, 오후 6시경에 시작하여 8시 20분경에 마쳤다.

우리가 로스토프를 떠나려고 짐을 꾸리고 있을 때, 70여 세 가량의 두 동포 노인이 우리 숙소를 찾아왔다. 이것은 필자가 이곳 도착 후 주위의 여러분들에게 고려인 동포들을 만나고 싶다고 수소문한 끝에 이루어진 것이다. 흑해에 가까이 위치한 로스토프 일대는 기후가 온화하고 토양이 기름진 곳으로 인구밀도가 높은 편인데, 우리 동포들 가운데서도 타슈켄트·알마아타 등지에서 이곳으로 이주하여 도심의 5천여 명을 포함, 2만여 명이 이 일대에 거주하고 있다고 한다.

찾아온 노인 가운데 한 분은 여러 번 글도 쓰고 대담도 하여 그들의 처지를 본국에 알린 바 있었고, 탄원서도 여러 번 정부에 올렸기 때문에 필자와의 대담에 소극적이었다. 자신의 경험으로 봐서 이러한 면담이 자신들의 소원을 이루는 데 별로 도움이 되지 않는다는 것을 알고 있었다. 그러나 충청남도 대덕군 구측면 봉산리 출신의 최승기(崔丞基, 1921년생) 노인은 그가 1943년 일제에 징용된 이후 이곳까지 오게 된 인생역정을 비교적 진술하게 말해 주었다. 필자가 그들을 만나려고 한 것은 동포들이 어떻게 이곳까지 오게 되었는지를 알고 싶다는 역사학도로서의 관심 때문이라는 점을 먼저 말했지만, 최 노인은 필자가 무슨 도움이라도 될까 싶어 대담에 응했던 것이다. 필자는 최 노인과의 대담기(對談記) 말미에 써 놓은 "세계 천하 중에 한국같이 자기 동포를 몰라주는 정부도 없을 것이다"라는 그의 말을 생각하면서 갚을 길 없는 빚을 진 사람처럼 지금도 무거운 기분이다.

로스토프를 떠나면서 못내 아쉬웠던 것은 거기서 약 4백여 km 떨어진 얄타를 방문하지 못한 것이다. 우리나라의 분단을 결정했던 그곳에 가 보려고 이곳에 도착하면서부터 동행할 안내자를 찾았지만 끝내 찾지 못해 필자의 계획은 수포로 돌아가고 말았다. 또 하나 여기서 425km 정도 떨어진 볼고그라드(옛 스탈린그라드)를 가보지 못한 것이다. 이곳은 제2차 세계대전 최대의 격전지 가운데 하나로 독일군 50만

명이 포로가 된, 그리하여 그들의 소련 진격이 좌절된 유서 깊은 곳이
었다. 처음 독일군은 1주일 정도로 잡고 진격하였으나, 소련군의 완강
한 저항에 부딪쳐 약 2백 일 동안이나 지체되는 바람에 그들의 대소(對
蘇) 동부전선뿐만 아니라 서부전선 전략에도 큰 차질을 빚게 되어 결국
제2차 세계대전에서 패배하고 말았다. 이 두 곳의 방문이 불가능하게
된 사실을 통해, 러시아의 언어와 문자가 고립, 폐쇄되어 있어서 안내
인의 도움 없이는 거의 움직일 수 없는 것이 소련 여행이구나 하는 점
을 이 로스토프에서부터 서서히 느끼기 시작했다.

썩지 않고 '갇혀 있는' 레닌과
문화재 속에 숨쉬는 로마노프 왕조

우리는 어린 시절부터, 공산주의 사회를 문화와 연결시켜 생각한다
는 것을 어쩐지 어색하게 여기는 풍토 속에서 살아왔다. 제2차 세계대
전 이후 세계를 양분시켰던 냉전구조의 경직된 사고 속에서 살아왔고
또 그러한 경직된 사고를 강요당하고 교육받아 왔기 때문에 공산주의
사회에 대한 우리의 사고는 그들이 서구세계의 사회를 보는 것만큼 닫
혀 있었다. 가끔 볼쇼이 극장의 예술을 말하고 북한의 예술을 듣고 보
곤 했지만, 그것들을 획일주의 사회의 틀 속에서 만들어진, 감정도 인
간성도 없는 (볼쇼이의 경우는 지극히 예외이지만) 것으로 애써 치부하
려고 했던 게 사실이다. 그것은 한마디로 편견이요, '선입견의 우상'에
포로가 된 결과였다. 따라서 우리는 북극곰으로 상징화해 비쳐진 소련
에 대해 문화적인 것을 논한다는 것이 금기시된 채, 몇 십 년 동안을 살
아온 것이다. 이런 편견적인 사고는 서구세계가 주는 인상이 고상하고
문화적으로 비치는 것과는 대조적이었다.

6·25의 민족상잔을 통해 각인된 공산주의는 이런 편견을 증폭시켜 주었다. 중국의 경우도 예외일 수는 없어서 '문화혁명' 때 보여 준 반지성적인 작태는 오늘날까지도 중국의 지식인들에게 반문화적인 것으로 널리 회자되고 있다. 그러나 '공산주의와 문화'에 대한 이 같은 기존 인식을 전제로 러시아의 문화를 이해하려 한다면 많은 혼선이 오게 된다. 냉전적인 구조의 틀을 벗어나지 못하면 러시아 문화의 진수를 만나지 못하게 된다는 말이 옳을 것이다. 그만큼 러시아는 공산주의 치하에서도 문화유산을 풍요롭게 보존하였기 때문이다. 필자가 모스크바와 페테르부르크에서 본 가장 인상적인 것은 한마디로 '공산주의 치하에서도 문화재가 잘 보존되었다'는 사실이다.

로스토프를 떠나 모스크바에 도착한 것은 7월 10일 저녁 무렵이었다. 우리는 다시 약 23시간 동안 기차를 타고, 왔던 길을 반대로 여행한 것이다. 차창에서 며칠 전에 보았던 러시아의 대평원을 보면서 이 나라가 국토를 효율적으로 관리할 수 있을 때 나타날 잠재적인 가능성을 예견해 보기도 했다. 모스크바에 도착, '문화센터'라는 곳에 숙소를 정했다. 호텔 흉내를 내어 만든 건물인데 아직 내부를 마무리하지 못해 화장실의 칸막이도 만들지 않아서 우리는 머무르는 며칠 동안 많은 불편을 겪었다. 그러나 이곳에 머무는 동안 '고려인' 동포들의 극진한 보살핌을 받게 되었다. 그들은 상추쌈과 된장 등의 음식물을 제공하면서 조국과 고향의 정취를 흠씬 맛보도록 해 주었다.

숙소의 불편에도 불구하고 룸메이트가 좋아서 모스크바에서 지낸 며칠 동안은 비교적 고른 휴식을 취할 수가 있었다. 2인 1실의 이 방에서 필자는 고려대학교 러시아문학과를 졸업하고 가족과 함께 미국에 이민한 권형석(범준) 군과 기거를 같이 했는데, 그는 약간 통통한 몸집에도 불구하고 얼마나 민첩하게 움직여 주었는지 지금도 그를 생각하면 고마운 마음뿐이다.

　모스크바에 도착한 이튿날, 우리는 크렘린 궁으로 갔다. 일정상 그날 하루 동안 선교 활동과 관람 스케줄이 잡혀 있었기 때문이다. 말로만 듣던 크렘린 궁을 보게 된다는 설렘을 안고, 우리는 호텔 '러시아'의 맞은편 바실리 성당 아래쪽에 버스를 정차시켰다. 내리자마자 우리는 광장 앞으로 비스듬히 올라가면서 벌써 몇 장의 사진을 찍었는지 모른다. 이날따라 모스크바의 하늘은 얼마나 맑았는지. 바실리 성당은 지금까지 남아 있는 제정 러시아 때의 가장 아름다운 건축물 가운데 하나이다. 전해 내려오는 말에 따르면, 이 성당의 건축을 명령한 러시아 황제는 이 같은 아름다운 건축물을 다시 이 세상에 남기지 않도록 하기 위하여 이 성당을 건축한 예술가의 눈을 빼 버렸다는 것이다. 그런 설명을 들어서인지 앞에서나 옆에서, 또 가까이에서 멀리서, 이리 저리 보아도 매우 아름답다. 단지 최근 러시아의 여의찮은 경제사정을 반영이라도 하듯이, 단장이 제대로 되어 있지 않았다.

　크렘린 광장에 왔으니 레닌을 보아야 한다는 생각에 일행은 레닌 묘로 향했다. 모스크바에서 제일간다는 '굼' 백화점을 지나, 역사박물관을 돌아가니 소지품 보관소가 있었다. 레닌 묘를 참관하기 위해서는 이곳에서 카메라를 맡겨야 한다. 이른 시간인데도 참관 행렬은 줄을 잇고 있었다. 외국 관광객뿐만 아니라 러시아 사람들에게도 레닌 묘는 아직도 참관의 명소다. 여행 중에 러시아인들이 아직도 레닌을 존경하고 있다는 말을 더러 들었는데, 이들의 참관 열의가 그런 존경을 표시하고 있었다. 광장 앞에 줄지어 선 대열을 따라 회적색 대리석으로 만들어진 묘 앞에 당도하니 의장대 복장으로 정장한 병사 둘이 입구를 지키고 있었다. 안으로 들어가 보니, 예수의 무덤을 지키던 로마 군병 마냥, 요소요소에 병사들이 지키고 있었다.

　투명한 유리를 통하여 환히 보이는 레닌은 죽을 때의 모습 그대로 누워 있었다. 시신에만 집중된 조명 때문인지, 잠든 모습의 얼굴이 유난히 돋보였고 상반신은 검은 색 복장에 훈장을 달고 있었다. 그의 두 손은 살아 있는 것처럼 생기가 있어 보였는데, 한 손은 가볍게 주먹을 쥐었고 한 손은 부드럽게 편 상태였다. 정장을 한 하반신의 일부는 담요 같은 것으로 가려져 있었다. "치밀한 이론과 촌철의 혀로 저 제정 러시아를 무너뜨린 세계적 혁명아 레닌, 수많은 젊은이들에게 우상으로 존경받았던 그도 죽음 앞에서는 별수 없이 한 나약한 인간에 지나지 않는다는 것을 저런 모습으로 두고두고 세계 앞에 보여 주고 있구나" 하는 생각이 잠시 스쳤다.

그러나 죽은 레닌은 아직까지도 살아 있다. 러시아 인민과 세계의 억압받는 민중의 가슴 속에서, 그리고 평등사상을 통해 사회정의를 실현하려고 노력하는 모든 이상주의자들의 열망 속에서. 억압과 착취, 계급과 불평등이 사라지지 않는 한, 그가 수행한 혁명적 투쟁과 그가 이룩한 공산주의 사회 때문이 아니라 그가 부르짖기만 했고 구체적으로는 이룩하지 못했던 '제국주의 타도'와 '공산사회 건설'이라는 꿈 때문에, 앞으로도 만인의 이상 속에 살아 있을 것이다. 적어도 부패한 인간사회에서는 결코 그 이상이 실현될 수 없다는 것을 깨달을 때까지는.

레닌 묘에 누워 있는 그를 보면서, 나는 인간의 시신을 저렇게까지 미화시키지 않으면 안 되었을 당시의 정황을 생각하며 쓸쓸한 마음을 금할 수 없었다. 죽음 앞에서는 생전의 권위도 명령도 쓸데없는 법, 레닌은 죽으면서 자신의 시신을 고향 페테르부르크에 묻어 달라고 유언했지만, 죽어서까지도 그를 이용해야 하는 후계자들은 그의 시신까지도 저렇게 볼모로 잡았던 것이다.

레닌의 말년, 후계자 투쟁에서 스탈린과 트로츠키가 대결하고 있었다. 레닌이 죽자 당시 서기장으로서 당을 쥐고 있던 스탈린은 장례의식을 총괄하는 기회를 이용하여 자신의 입지를 강화해 갔다. 원래 이론면에서나 투쟁경력 면에서 트로츠키의 상대가 될 수 없었고 권력 기반마저 취약했던 스탈린은 자신의 권력을 강화하기 위하여 레닌의 시신을 저런 형태로 안치함으로써 레닌을 계승하는 자로서의 위치를 공고히 할 수 있었다. 말하자면 '살아있는' 스탈린은 '죽은' 레닌의 권위가 필요했던 것이다. 여기에 레닌 묘 구축의 진정한 의도가 있었다. 권모와 술수의 대명사처럼 알려진 스탈린은 레닌의 우상화를 통하여 자신의 권력을 우상화하려는 음흉한 계략을 치밀하게 진행시켰다. 반대로 그의 정적 트로츠키는 이때 장례식에 참석하지 않으므로 실각하게 되었다. 스탈린은 죽고 난 뒤 한때 레닌 묘에 나란히 누워 있었지만, 흐루시쵸프의 스탈린 격하운동은 그를 레닌 묘 뒤에 있는 혁명가 묘역으로 밀려나게 하였다.

레닌 묘를 나와 그 뒤의 혁명가 묘역을 둘러보았다. 이 묘역은 크렘린 궁의 성벽과 레닌 묘 사이에 위치해 있고, 성벽의 일부가 무덤으로 사용되기도 했다. 광장에서 레닌 묘를 바라보면서 오른편부터 시작되는 묘역은 주로 1917년 10월에 희생된 자들의 무덤인 듯했는데, 출신 지역별로 분류하여 묘역을 꾸몄다. 레닌 묘의 바로 뒤에는 혁명 이후의 공산당 간부들의 무덤이, 레닌 묘를 호위하기라도 하듯이, 나란히 누워 있었다. 성벽에서 레닌 묘를 향해서 왼쪽부터 체르넨코, 안드로포프, 브레즈네프 등이 그들의 흉상을 앞세운 채 누워 있었고, 오른쪽에는 수슬로프, 그 다음에 스탈린이 역시 흉상과 함께 누워 있었다. 죽고 나면 이런 무덤밖에 남지 않는데, 사람들은 무덤 장식을 위해 권력다툼도 하고 권모술수도 꾸미는가 하는 생각이 들었다.

사실 평범한 사람들은 무덤에 자신의 생몰연대조차 나타내지 못하지만, 그 이른바 유명하다는 사람들은 때로는 자신의 상을 만들고 생몰연대와 간단한 약력을 붙여 후세에 전하는가 보다. 강의시간에 가끔 하는 말이지만, 사람이 역사에 남는다는 것은 죽은 뒤 그의 이름 석 자 뒤의 괄호 안에 생몰연대를 붙일 수 있다는 것을 의미한다. 한때 세계를 주름잡던 호걸들도 죽어서 차지하는 것은 몇 평의 땅 조각에 불과하다. 이 소박한 진리를 세계인들에게 실증하기 위해 이들은 크렘린 광장의 한 모퉁이를 빌어 오늘도 누워 있는 듯했다.

혁명가 묘역을 둘러보면서 느낀 점 또한 많았다. 우리나라의 국립묘지도 저런 식으로 만들면 어떨까 하는 생각도 있었다. 특히 항일독립민족운동에 헌신했고, 자주민주통일운동에 앞장섰던 선열들의 무덤을 우리가 가까이 볼 수 있는 곳에 만들고, 그곳을 공원화해서 자유롭게 일반인들과 접촉할 수 있게 하는 것이 좋겠다고 생각했다. 그들의 죽음을 미화하자는 생각은 추호도 없다. 그러나 민족적으로 추앙할 분들의 무덤을 우리 가까이에 두면, 그들의 활동과 생애가 자연스럽게 민족·민중 속으로 스며들게 하는 교육적 효과를 거둘 수 있을 것으로 생각되었기 때문이다. 지금에 와서 거기에 생각을 더 보탠다면, 앞으로 옛 총독부를 헐 그 자리에 만인이 존경하는 민족독립·민주통일운동에 앞장섰던 선열들의 묘지를 조성하고 시민들의 휴식공원을 겸하도록 하면 어떨까 하는 생각도 불현듯 떠오른다.

우리는 다시 크렘린 광장으로 나와 굼 백화점에 들어가 한 병에 1달러씩 하는 캔 콜라를 사 마셨다. 백화점 입구에서 러시아어로 된 전도지를 약 20여 분 동안 나눠 주면서 서툰 러시아어로 "예수 믿으세요"라고 했는데 많은 사람들이 호의적이었다. 우리가 모스크바에 도착하기 직전에 조 다윗 목사 일행의 전도 집회가 있었는데, 러시아 정교회 측의 항의로 약간의 마찰을 빚었다고 한다. 필자가 만난 사람들은 그 '전도 집회 사건'을 떠올리면서 염려스럽게 말했고, 이로 말미암아 외교적인 마찰도 있었던 것같이 말하기도 하며, 또 이 '사건'이 앞으로 한국 교회의 러시아 선교에 부담이 되지 않을까 걱정하기도 했다. 그런 상황에서 우리가 크렘린 궁이 빤히 보이는 곳에서 전도지를 나눠줬기 때문에 혹시 언짢게 생각하는 사람들이 있지는 않을까 하고 염려했던 것이 사실이다. 여기서 어느 정도 자신을 얻었기 때문에 우리는 자리를 옮겨 크렘린 광장 반대편에 있는 공원으로 가서 우리가 준비한 찬양과 부채 춤을 공연하면서 1시간 동안 전도할 기회를 가졌다. 여기서도 모두들 호의적이었고 우리가 나눠주는 전도지에 깊은 관심을 나타냈다.

우리가 전도한 공원 입구에는 바로 무명용사 묘가 있었다. 총과 철모를 세워놓은 일종의 조각이 있었고 그 옆에는 꺼지지 않는 불이 타오르고 있었다. 우리가 그곳을 구경하는 동안에 세계 고교생 수학경시대회에 온 한국 학생들 일행을 만났다. 이 무명용사 묘역은 러시아 젊은이들에게 기념할 만한 곳인 듯, 결혼식을 막 끝낸 듯한 남녀가 예복을 입은 채로 친구들과 함께 와서 사진을 찍기도 하였다. 모스크바 한복판에서 드레스를 입은 신부를 보니, 마치 공산주의 사회에서는 이런 현상이 있어서는 안 되는 것처럼, 이상한 생각이 들었다. 이렇게 편견의 벽이 높았던 것에 새삼 놀랐다.

그 길로 우리는 크렘린 궁을 관람하기 위해 안으로 들어갔다. 입구에 옛 소련 최고회의 의사당이 있었고, 얼마 더 가지 않아서 러시아의 삼색기가 휘날리는 정부 건물이 보였다. 옛 연방정부가 있었던 자리에는 이미 러시아공화국 정부가 들어섰다. 크렘린 궁은 18세기 표트르 대제가 수도를 페테르부르크로 옮기기 전에 러시아 왕실이 사용했던 궁으로, 레닌이 1917년 혁명에 성공하고 다시 수도를 모스크바로 옮긴 뒤에는 이 궁을 정부 건물로 사용했다. 궁 안에는 대소 건물과 교회, 조각품들도 많았다.

우리는 현지 고려인 신 폴리나의 안내를 받으며 2개의 대표적인 건물 안에 들어가서 러시아 정교회의 성화와 왕실의 무덤들을 볼 수 있었다. 놀라운 것은 공산치하에서도 이런 종교적인 그림들이 문화재로서 잘 보존되어 왔다는 사실이다. 신 폴리나에게 물으니, 자신이 모스크바에 왔던 1956년경에도 크렘린 궁을 출입하며 이런 문화재들을 관람했었다고 한다. 공산주의 사회가 문화재를 아끼고 사랑한다, 이것은 '선입견의 우상'에 갇혀 있던 필자에게는 좀처럼 믿기지 않는 것이었지만 그러나 사실이었다. 비밀경찰이 우글거리며 음흉한 방법으로 정적을 가차없이 제거한다는 모스크바의 크렘린 궁에도 '문화'라는 숨통은 틔워 놓았던 것이다.

이날 우리는 크렘린 궁 맞은편에 있는 호텔 '로시아'에 가서 샤워를 할 기회를 가졌다. 투숙객이 없는 빈방에 가서 샤워만 하고 나왔다. 참으로 이해할 수 없는 노릇이지만, 이런 점을 다 이야기할 여유가 없다. 호텔에서 나와 지하철을 타고 서커스 관람에 나섰다. 지하철을 타기 위해 에스컬레이터를 타고 지하로 내려가는데 약 50m는 더 내려가는 것 같았다. 그것도 현기증이 날 정도로 빠른 속도였다. 100m 정도가 되는 곳도 있다고 한다. 이 지하철 공사 때에 희생자가 많았는데, 그 가운데 고려인(조선인)도 있었단다. 지금부터 50여 년 전에 건설된 것으로 보아, 스탈린 치하에서 원동(遠東)에서 이곳까지 끌려온 동포들이 이 지하철 공사에 투입된 것으로 추측된다. 지하철 정류장은 천장, 바닥, 벽 할 것 없이 모두 대리석으로 꾸몄는데, 그 화려한 정도가 미국이나 유럽 대도시의 것을 훨씬 능가하는 것으로 보였다.

우리가 기다리고 있는 동안에 여러 대가 지나갔다. 배차간격이 1분이 채 안 되는 것같이 느껴졌다. 지하철의 승차감은 별로 좋은 것 같지 않았지만, 배차간격이 짧은 것으로 보아 모스크바 시민들이 대중교통수단으로 이 지하철을 선호한다는 것을 알 수 있었다. 지하철 운임이 1루블밖에 되지 않았는데, 달러당 135루블의 환율을 적용해 보면 사회주의 국가의 공공요금 체계를 이해할 수 있다. 일상생활에 필수적인 기본 음식물과 전기, 수도, 병원, 학교, 대중교통요금 등이 자본주의 사회에 견주면 거의 무료에 가까운 정도였는데, 여기서 우리는 '경쟁 없는' 사회주의 사회의 단면이자 한 '강점'을 엿볼 수 있다고 생각한다.

필자가 모스크바를 돌아본 인상을 한마디로 '썩지 않고 갇혀 있는 레닌'과 '문화재 속에 숨쉬는 로마노프 왕조'라 한 것은 나름대로 의미가 있다. '썩지 않고 갇혀 있는 레닌'이 변화하지 않고 이데올로기 속에 안주하고 있던 지난날의 공산주의 소련을 상징한 것이라면, 비록 왕실이 남긴 것이지만, 문화재는 그래도 인간에게 시간을 초월한 어떤 가치와 숨쉬게 하는 생명을 제시하는 것이라고 생각되기 때문이다.

네 교회를 방문한 모스크바의 주일 하루

러시아에 도착한 지 6일째가 되는 7월 12일, 우리는 모스크바 아니 러시아에서 처음으로 주일을 맞았다. 이날 필자는 성격이 다른 네 교회를 방문할 수 있었다. 한국인 선교사가 개척하여 이제는 수백 명의 러시아인들이 모이는 '모스크바 성결교회', 역시 한국인 선교사가 개척했으나 하루 세 차례의 예배를 통하여 1부에는 한국어를 모르는 고려인과 러시아인을 위하여 2부에는 러시아인을 위하여 3부에는 러시아 주재 한국인을 위하여 예배드리는 '모스크바 한인교회', 모스크바대학 근처의 한 자그마한 '러시아 정교회'(이름을 기억하지 못함), 그리고 러시아인들만 모이는 '모스크바 러시아 침례교회'의 네 교회였다. 이 네 교회는 어쩌면 러시아에 현존하는 기독교회를 대표하고 있다는 인상마저 들었다.

이날 아침 우리는, 이곳에서는 어떻게 주일을 맞는지 약간의 설렘을 가지고, 하루 종일 모스크바 견문에 지쳐 지난 밤 깊은 잠에 떨어졌던 몸을 억지로 일으켰다. 아침식사 뒤에 우리는 11시 예배에 참석하기 위해 전세버스로 최원섭 목사가 인도하는 '모스크바 성결교회'로 갔다. 시내 어느 지역에 있는 문화회관을 빌려 주일날만 예배를 드린다고 한다. 뒤에 알았지만 교회의 사무실은 이곳에서 약간 떨어진 어느 건물의 한 방을 사용하고 있었다. 그날따라 한여름의 더위 때문이었던지 교인들이 약간 덜 나왔다고 하는데도, 150여 명은 될 것 같았다. 고려인은 최 목사를 돕는 몇 사람뿐이고 대부분은 러시아인이었다. 단상에 피아노가 있었고, 성가대도 따로 자리하고 있었으며, 예배 때에는 한국인이 잘 부르는 찬송가를 러시아어로 번역하여 부르고 있었다. 우리 일행이었던 이학권 목사가 설교하고 폴리나 자매가 통역했으며, 단기 선교팀이 특송을 했다. 대부분 연세가 드신 분들이었지만, 예배 분위기가 그렇게 경건하게 느껴지지는 않았다. 예배에 참석한 첫인상에서 러시아의 많은 영혼들이 매우 지쳐 있고 새로운 음성에 대해 무엇인가를 갈망하고 있다는 것을 단박 느낄 수 있었다. 그 순간 우리는, ‘마케도니아인’처럼 새것에 손짓하는 러시아인들을 향해, 1백여 년 전 값없이 복음을 받았던 우리가 이들을 위하여 무엇을 해야 할 것인지를 진지하게 묻지 않을 수 없었다.

필자가 이들의 영적인 갈망을 보면서 ‘마케도니아인’을 떠올린 것은 우연이 아니다. 1880년대 초 구미에서 간행된 선교잡지에서 필자는 ‘한국의 마케도니아인’이라는 제목의 글을 읽은 적이 있었는데, 이는 1882년 말에 일본에 건너가 그 이듬해 중반 기독교로 개종한 이수정이 선교사들을 통해 구미 제국에 선교를 호소하자, 그들은 이수정을 두고 그렇게 불렀던 것이다. 아마 러시아인들조차도 당시 이수정을 ‘한국의 마케도니아인’으로 부르기에 주저하지 않았을 듯하지만, 이제는 우리가 그들을 향해 ‘마케도니아인’의 심정을 읽고 그 호소를 듣게 되는 것이다. 이래서 역사는 한때의 것으로써 영원한 것을 재는 척도로 삼지 말라고 말하고 있는 것일까. 한때 ‘마케도니아인’과 같은 갈망을 가졌던 우리였기에, 한국 기독교인들은 누구보다도 러시아인들의 ‘마케도니아인’적인 열망과 호소에 귀 기울일 줄 알아야 한다.

‘모스크바 성결교회’의 오전 예배 뒤에 필자는 고려인 노치근 씨의 안내로 황상호 목사가 시무하는 ‘모스크바 한인교회’에 갔다. 식전에 황 목사와 통화, 그곳 교회를 예방하기로 약속했었다. 그 교회는 주일 낮에 세 차례 예배드린다고 해서 2시 예배에 참석키로 했던 것이다. 9시에는 주로 한국어가 통하지 않는 고려인들을 상대로, 11시에는 러시아인들을 중심으로 러시아어 통역을 세워 예배를 드리고, 오후 2시에는 모스크바 주재 한국인들이 모여 집회를 갖는다는 것이다.

황 목사는 이곳에서 가장 먼저 선교를 시작한 분으로, 이곳에서 선교를 시작하는 분들 대부분이 그에게 도움을 청하는 위치에 있다고 한다. 그런 위치 때문인지 그는 당시 모스크바 한인교회협의회 회장으로 있었다. 2년 전 마산에서 전국여전도회 수련회에 갔을 때, 같은 교단 소속 강사였던 우리는 서로 만나 인사를 나눈 적이 있었다. 소탈한 성품은 된장 뚝배기 맛을 연상케 했고 풍기는 인상과 외모 또한 서민적이고 약간 ‘촌스러운’ 티가 있어서, 러시아인뿐만 아니라 고향을 떠난 분들이 그를 만나면 쉽게 고향을 연상하고 푸근한 정감을 느끼는 그런 분이었다. 이런 분위기가 어쩌면 외국인에게는 ‘한국적’인 것으로 비칠지도 모른다. 삶에 지친 러시아 영혼들과 실향한 고려인들은 물론 이국생활을 영위해야 하는 한국인에게도 이런 서민적인 바탕이야말로, 드러내지 않는 희생과 봉사를 미덕으로 생각하고 포근하고 정감 어린 사랑을 강조하는, ‘한국적 기독교 정신’을 은근히 안겨줄지도 모른다고 생각했다. 우리의 해외선교는 기독교 복음의 진수를 전파하는 것 못지않게 마땅히 이런 포근함의 정서를 바탕으로 해야 한다. 이것이야말로 과거 서구 선교가 갖지 못했던 정감의 선교가 아니겠는가.

황 목사와 점심을 같이 한 뒤에 2시 예배에 들어갔는데, 예배 도중 갑자기 대표기도를 지명해서 순간 당황은 했지만 기꺼이 따랐다. 이 교회는 늘어나는 교인에 비해 교회 공간이 좁아 교회를 신축하기로 하고 대지를 확보해 곧 건축공사를 시작한다고 하였다.

예배 뒤 교제시간에 한국대사관에 해군무관으로 재직하고 있는 윤종구 님을 만나 러시아의 형편과 한·러 관계의 현주소를 들을 수 있었다. 그는 한눈에 신사다운 깨끗한 풍모를 보이는 분으로 영국 주재 대사관 무관을 거쳐 이곳으로 왔다고 했다. 필자는 초면에 실례를 무릅쓰고, 한국의 아내에게 전화하여 필자의 무사함을 전해 달라고 부탁하였다. 러시아의 전화 사정이 생각과는 달리 좋지 않아 이렇게 남의 신세를 져야만 했다.

황 목사는 그 교회에 훈련생으로 와 있는 젊은 선교사 두 사람을 보내 모스크바 시내를 안내하도록 했다. 그들은 지면으로나마 필자를 알고 있다고 해서 별 부담 없이 교제를 나눌 수 있었다. 그들이 전하는 말로는 황 목사님의 교회에서는 한국에서 파송된 선교사들을 일정 기간 훈련시킨다고 했다. 아마도 러시아에 대한 정보가 아직은 원활하지 못한 상황에서 현지의 적절한 정보와 실태를 근거로 적응훈련을 겸한 프로그램이 아닌가 생각되었다. 러시아 선교의 붐을 타고 선교의 열정만 앞세워 무작정 파송하기도 하고 파송받기도 하는 경향들을 보면서, 이런 프로그램들이 일정 기간 바람직하게 운용되는 것이 필요할 것 같다고 느꼈다.

우리는 어제 가보지 못한 모스크바대학으로 먼저 갔다. 우선 넓은 면적에 놀랐다. 사회주의권이 갖는 특유한 계획도시적인 분위기를 대학 입구에서부터 감지할 수 있었다. 서구나 미국 등지에서 본 것처럼, 오랜 고풍의 대학이 풍기는 오밀조밀하고 자연스러움 같은 것은 거의 느낄 수 없었다. 자를 대어 재단하고, 선을 긋고, 규격을 맞추고, 대칭으로 조화시키고, 거기에다 웅장함을 가미시켰다. 적어도 대학의 외모가 풍기는 인상은 그랬다. 땅은 넓고, 도로나 가로수의 조화도 분명하고, 대학 후원(後園)의 아름다운 자연의 모습도 마치 프랑스의 베르사유 궁전의 정원처럼 잘 설계되어 있는데, 왜 그런지 거기서 시원시원함보다는 그 규격화에 짓눌린 듯한 어떤 답답함 같은 것을 느꼈다면 지나친 감상일까.

학문과 진리가 분명한 논리에서 나오고, 명석한 논리는 둥그스름한 어떤 원형보다는 쪽 곧은 직선에 비정되기 쉬워, 어쩌면 대학의 모습도 어수룩하지 않고 규격화한 틀로 설계해야 한다고 이 대학을 계획했던 사람들은 생각했던 것으로 보인다. 그래서 그 사회가 요구하는 규격화한 인간을 만들어내려고 시도했는지도 모른다는 생각마저 들었다. 그 며칠 뒤에 다시 갔을 때는 필자의 다소 경직됐던 생각이 많이 완화된 것이 사실이지만, 적어도 처음 본 인상은 너무 직선적이기 때문에 거기서 오는 거부감 같은 것은 어쩔 수 없었다.

바깥의 따가운 햇살을 피해 육중하게만 보이는 대학의 본관 건물 속으로 몸을 숨겼을 때, 그 전에 방문했던 어느 대학에서보다 더 어색해하고 있는 자신을 발견했다. 거의 70여 년간 자본주의 사회와는 상반되는 각도에서 세계의 다른 한 축을 이론적으로 지탱시켜준 '명문' 대학을 이렇게 아무런 준비 없이 찾아왔다는 자괴감 때문이었을 것이다. 적어도 이런 대학을 찾으려면 도서관을 둘러보거나 필자의 전공과 같은 학부를 찾거나 아니면 한국계 교수에게라도 미리 연락해 놓고 그들을 만나야 하는 것이 상식인데……. 주일인데도 학생들이 더러 보였는데 대부분 외국과 똑같은 인상이었다. 특별한 계획을 미리 세웠던 것도 아니어서 선교사 두 분께서 안내하는 대로 따랐다. 우리는 건물 중앙부의 고딕식으로 높이 올라간 곳을 엘리베이터로 올라갔다. 마침 시내를 내려다보는 전망대 같은 곳이 있어서, 우리는 '모스크바 강을 끼고 흐르는 듯한 시가지'를 바라보며, 이 도시가 얼마나 아름답게 계획되었는지를 엿볼 수 있었다.

우리는 다시 모스크바 시내 쪽으로 나와 잘 정돈된 정원을 천천히 거닐어 모스크바 강이 저만큼 아래에 보이는 언덕까지 갔다. 그 근처에 있는 러시아 정교회 건물에 들어가니 제법 오래되었다는 느낌이었다. 성당 안에서 성화 앞에 절하는 노인들과 방문객들을 보았다. 이런 모습은 러시아 정교회에서는 흔하게 볼 수 있는 것이다. 종교가 늙으면 이런 '습관'만 남는 것일까. 마침 나오는 길에 매일 이 교회를 찾는다는 한 독실한 신자 아가씨를 만났다. 두 선교사를 통해 서투른 러시아어로 러시아 정교회의 신앙에 대하여 물어보았다. 그러나 그 역시 습관적인 신자일 뿐인 듯, 자신이 믿는 신앙을 딱 부러지게 설명하지 못했다. 일단 우리의 회화 실력 때문인 것으로 치부하였다. 교회 안의 장식에서나 사람들의 태도에서 생명력을 잃은 종교의 모습이 이 여행객에게도 역력하게 보이는 듯했다. 왜 그럴까. 그것은 러시아 역사에 어떤 영향을 미쳤던가. 묻지 않아도 역사에서 우리는 그 대답을 이미 듣고 있는지도 모른다.

우리는 모스크바대학에서 동양학을 전공했고 한때는 일본에까지 유학하기도 했다는 한 청년을 만나 그의 차로 시내까지 잘 들어올 수 있었다. 그는 우리말도 약간 할 줄 알아, 차 안에서《삼국사기》의 저자 김부식에 관한 이야기도 나눌 수 있었다.

시내로 들어와 매스컴에 널리 회자되었던 모스크바의 명물 맥도널드에 가서 관광을 겸해 요기하였다. 한때는 그 앞의 공원을 한 바퀴 돌 정도로 사람들이 많이 몰려든 적도 있었는데, 이날은 밖에 줄을 선 사람들은 없었지만 안에 들어가 보고 매우 놀랐다. 장소도 넓었거니와 거의 입추의 여지없이 꽉 차 있는 인파 때문이었다. 맥도널드의 원산지 미국에서는 도저히 찾아볼 수 없는 광경이라, 사진을 몇 장 찍었다. 아마도 관광객이 대부분이겠지만, 이러한 햄버거 집이 유명하게 된 데는 나름대로 이유가 있을 것이다. 이 사회의 폐쇄적인 유통구조와 획일적인 사회체제에 대한 반발이 이런 유의 대중적인 '서구문화'를 먼저 유행시키고 있는 것은 아닌지.

우리는 오전에 헤어지면서 다시 만나기로 약속한 장소인 '모스크바 러시아 침례교회'로 갔다. 가는 도중 우리는 사회주의 사회에서는 있어서는 안 될, 그러나 우리 사회에서는 너무나 흔했던, '자그마한 사건'을 경험했다. 우리가 탄 택시가 교통법규를 위반했는지, 기사가 잠시 내려서 교통경찰과 이야기를 나누는가 했더니 금방 손을 흔들어 주면서 돌아왔다. 50루블의 뇌물로 해결했다는 것이다. 도로에 차선이 제대로 그어져 있지 않아서 우리는 어떤 것이 위반인지조차 알 수 없는 상황이었는데, 경찰은 용하게도 잡았고 기사들은 거기에 따라 또 적응력을 잘 발휘해 나가고 있었다. 이런 광경을 보면서, 이 나라에도 뇌물이 생각하는 것보다는 심각하게 만연되어 있구나 하는 느낌을 받게 되었다. 사회주의권이 흔들리기 전에 코카콜라와 청바지, 맥도널드가 먼저 들어가더니, 체제가 동요하는 틈을 타서 벌써 '뇌물'이라는 자본주의의 천박한 유산이 들어와 있구나 하는 생각이 들었다.

뇌물 문제는 뉴욕에서 비행기를 탈 때부터 목격한 것이었고 또 이 사건 뒤에도 이 나라에서 여러 번 목격한 것이다. 그래서인지 돈과 관련된 인간의 부패는 사회체제와 관계없이 어디서나 누구에게서나 존재하는 것임을 확인하였다. 부패를 방지하는 방법도, 인간이 부패한 존재임을 솔직히 인정하고 그 부패가 발붙일 수 없도록 감시 장치를 효율적으로 가동하는 길이 가장 효과적이라고 생각되었다.

여기서도 다시 인간관의 문제가 제기된다. 지금까지 인간이 부패한 존재라는 것을 솔직히 인정하는 인간관과 그것을 인정하지 않는 쪽이 있다. 어떠한 인간관을 갖고 있느냐에 따라 부패를 방지하려는 사회제도도 달리 선택한다. 자본주의 쪽이 인간의 부패성을 솔직히 시인하고, 그 전제에서 부패성을 이용하여 생산성을 높이기도 하고 부패성을 견제하기 위한 감시 장치도 강화해 왔다면 사회주의 쪽은 그 점을 공개적으로 시인하기를 거부해 왔다. 그 결과 개방화의 물결 속에서, 그동안

억눌렸던 부패성이 이곳저곳에서 터져 나오기 시작했다. 어떤 이들은 옛 사회주의권의 부패의 극치가 선물과 그 개념이 뒤범벅이 된 뇌물의 수수를 통해 너무나 잘 드러나고 있다고 증언한다.

이 길 저 길을 꼬불꼬불 달리다가 목적지인 러시아 침례교회에까지 갔다. 이 교회는, 정교회가 발달한 러시아에서 개신교회로서는 그렇게 흔치 않는 데다가, 공산주의 체제의 핍박 아래서도 신앙을 지탱해 온 거의 유일한 개신교회이기 때문에 더욱 유명해졌다고 한다. 그래서 신앙의 자유가 보장된 지금은 주일이 되면 예배 처소가 마땅찮은 개신교 관광객들이 관광을 겸해 많이 몰려온다고 한다. 필자는 예배가 시작된 뒤에 들어갔기 때문에 예배 절차 전부를 참석하지는 못했다. 백여 평 남짓한 규모의 건물에, 2층에는 옆으로 난간이 둘러싸고 있는 형태의 공간에 대여섯 줄의 의자를 놓을 수 있었고, 뒤의 반2층 형태의 공간에는 성가대와 일부 신도들이 앉을 수 있었다. 필자가 들어갔을 때는 아래층에 앉을 자리가 없어 이층으로 안내되었다.

성가대와 공중이 번갈아 가며 여러 번 찬양을 하였고, 그러는 가운데 사회자와 설교자, 성가대와 공중이 혼연일체가 되도록 하는 예배방식을 추구하고 있다는 것을 어렴풋이 느낄 수 있었다. 예배분위기는 침례교 특유의 열정과 환희가 넘쳐흐르는 한편, 공산치하의 그 어려웠던 시절, 인고를 통해 익힌 경건함과 강건함도 보이고 있었다. 그런가 하면 핍박받던 시절의 그 고난을 되새기면서 오늘의 이 기쁨을 주신 하나님을 향한 감격과 눈물이 있었고, 러시아인들의 외양에 배인 무뚝뚝함과 냉정함에도 불구하고 이 예배 참석자들로부터는 낯선 외방인에 대한 따뜻함과 친절이 있었다.

러시아어로만 진행되는 예배인지라, 진행 과정 하나하나를 다 이해한 것은 아니지만 3~4인이 계속해서 설교하는 것이 우리의 관행으로는 잘 이해되지 않았다. 그날 방문한 우리 일행의 이학권 목사에게도 발언할 수 있는 기회를 주는 것을 보면, 그 설교들 가운데는 간증도 있었을 것이다. 이렇게 설교자를 많이 세우는 것은 공산주의 치하에서 핍박당한 경험과 관계가 있다고 한다. 설교를 맡았던 분들이 자주 잡혀갔기 때문에 여러 사람을 세웠다는 것이다. 마치 한국에서 유신, 군부통치 시절에 민주화를 위한 단체들이 공동대표를 세웠던 것과 비슷한 이치였다. 고난 가운데서도 단단하게 자라 이제는 그 끈끈한 생명력으로 러시아에 새로운 소망을 확산 심화시켜야 할 사명을 강렬하게 느끼고 있는 교회, '그것이 바로 이 자리에서 감격의 찬양을 드리고 있는 러시아 침례교회로구나' 하는 생각을 잠시 동안 갖게 되었다.

도시 전체가 하나의 박물관인 페테르부르크

유럽을 여행하면서 조금만 주의 깊게 관찰한 사람이라면, 먼저 웅장한 석조건물에 놀랄 것이다. 이 점은 우리의 문화재들이 대부분 목조로 되어 있는 것과 좋은 대조가 된다. 목조건물은 병란(兵亂)에 쉽게 소실되어 버린다. 고려 때 몽고의 침략과 조선조의 임진왜란은 황룡사 9층탑과 불국사 등 우리의 목조 문화재를 쉽게 불살라 버렸다. 우리나라보다 훨씬 병란이 잦았고, 또 한번 붙었다 하면 아주 오랜 동안 전쟁을 치른 유럽에서 아직도 중세의 옛 모습 그대로 도처에 남아 있는 웅장한 건물들을 볼 수 있는 것은 그것들이 대부분 돌로 건축된 것이기 때문이다. 석조건물은 불에 타더라도 그 형체가 그대로 남아 있어서 복원하기가 쉽고 폭탄이나 파편, 탄환을 맞을 경우에도 그 맞은 자리 이외에는 심하게 파괴되지 않는다. 20세기에 들어서서 이미 두 차례의 대전을 치른 유럽이 건축에 관한 한 아직도 그 고전미를 간직하고 있는 것은 건축 소재 때문이라 생각되었다.

석조 문화재로 하여 세계에서 관광 수입을 가장 많이 올리고 있는 유럽에는 그 전체가 하나의 박물관이랄 수 있는 도시들이 더러 있다. 익히 아는 로마는 그 대표적 경우이다. 영국의 여러 도시들, 예를 들면 요크·링컨·더럼·에든버러 등도 여기에 속할 것이다. 동구권에도 이런 도시들이 있다. 필자가 방문한 곳으로는 프라하(체코)와 부다페스트(헝가리)가 단연 으뜸이라고 하겠다. 러시아 방문의 바쁜 일정 가운데 하루를 내어 주마간산(走馬看山) 격으로 훑어 본 페테르부르크(옛 레닌그라드)에서도 도시 전체가 하나의 박물관이로구나 하는 인상을 강렬하게 받았다. 단기선교팀에서 처음 페테르부르크 방문계획을 세웠으나 현지 여행사와의 교섭과정에서 그 일정이 빠졌기 때문에 못내 아쉬워하고 있었는데, 갑작스럽게 필자 한 사람에게 이런 기회가 주어진 것은 예상치 못한 만남이 있었기 때문이다.

앞에서 이야기한 바와 같이 러시아 침례교회를 방문하여 입구에서 두리번거리고 있을 때 뜻밖에도 허충강 선교사를 만났다. 허 선교사는, 고등학교 음악교사로 재직하다가 필자와 비슷한 시기에 합동신학교를 졸업한 동창이자 필자의 강의를 들은 제자였다. 그가 몇 년 전에 개혁파 교단의 파송을 받아 러시아 선교사로 출국했다는 소식은 어렴풋이 들은 바 있으나 이곳 모스크바에서 활동하고 있을 줄은 전혀 생각하지 못했다. 그는 이곳에서 러시아인을 상대로 선교활동을 전개하고 있었다. 그는 만나자마자, 이곳까지 와서 왜 연락하지 않았느냐고 한다. 대화를 나누는 동안, 옛날 신학교시절 경건회시간에 찬송가를 인도하던 것이며 성가대의 특송을 지휘하던 그의 모습을 떠올릴 수 있었다.

여행 일정을 도와주겠다는 그에게 필자는 페테르부르크에 다녀오고 싶지만 열차표 구매와 그곳 안내인을 구하기가 어렵다는 것을 말했다. 허 목사는 어렵지 않다고 하면서, 그 길로 가서 저녁에 출발하는 열차표를 사 왔다. 러시아 국영 여행사인 인투어리스트(Intourist)에 가서 구입해 왔던 것이다. 불과 20여 분 남짓한 시간밖에 소요되지 않았다. 이게 웬 일인가. 이곳에 도착하면서부터 안내 책임자인 고려인 노 씨에게 페테르부르크에 가는 방법과 열차표를 부탁하였고 그럴 때마다 그는 계속 불가능하다고만 말했는데, 이렇게 쉽게 해결되다니 매우 의아하게 느끼지 않을 수 없었다. 이런 점과 관련한 필자의 심경은 잠시 접어두기로 하자.

6시에 시작한 러시아 침례교회의 예배가 8시가 지나서 끝나자 필자는 허 목사와 함께 숙소로 와서 저녁을 먹고 간단히 짐을 챙겨, 밤 12시에 출발하는 열차를 타기 위해 페테르부르크행 정류장에서 가까운 그의 아파트로 갔다. 그의 아파트는 다른 아파트들이 그렇듯이 숲속에 자리 잡고 있었다. 15평 남짓한 이 아파트에는 조그마한 방 2개와 방보다 작은 거실이 있고, 그보다 더 작은 부엌과 화장실이 달려 있었다. 5백 달러나 되는 월세가 미국보다는 싼 편이지만 국민소득을 감안할 때 턱 없이 비싼 것이었다. 집 주인이 평판 있는 화가여서 그가 그린 그림이 벽에 걸려 있었다. 주인은 집세를 받기 위해 이보다 작은 아파트로 옮겨가 있단다.

허 목사와 어울리는 동안 그의 운전자 겸 동역자(同役者)인 고려인 김 블라디미르 씨를 사귀게 되었다. 그는 일제 강점기에 원동에서 강제로 이주당한 한인의 후예로서 타슈켄트에서 대학을 마치고 모스크바에 와서 허 목사를 돕고 있다. 대화하다가 그는 오늘날의 러시아 경제를 두고, "나무는 많아도 종이는 귀하고, 나프(지하에 매장된 원유를 이르는 말인 듯)는 흔해도 기름은 적고, 땅은 넓어도 곡식은 적으며, 백화점은 많아도 물건이 없다"고 말했다. 여행하는 동안 김 씨의 이 말이 러시아의 경제현실에 대해 정곡을 찌른 표현임을 알게 되었다. 나중에 다시 언급할 기회가 있겠지만, 러시아는 원유 매장량이 가장 많은 나라들 가운데 하나지만, 기름이 없어 간혹 국내선 비행기를 띄울 수 없다는 것이 필자가 목격한 이 나라의 경제 형편이었다. 그는 신문을 통해 알게 되었다면서, 그 무렵 옐친이 서방 선진 7개국(G7) 정상들로부터 240억 달러의 원조를 받게 되었다는 소식도 전해 주었다.

페테르부르크행 열차는 지난번 로스토프행 때보다는 훨씬 깨끗하고 시설이 좋았다. 러시아에서 가장 좋은 열차라고 했다. 한 방에 1인용 침대 2개가 있었지만 안전 관계상 한 방의 비용 568루블을 다 지불하고 혼자서 타고 갔다. 열차가 모스크바를 빠져나가는 동안 필자는, 낮에 보았던 이것저것 때문이었든지, 우리나라에서 기독교문화를 창달하기 위해 무엇을 해야 할 것인지를 잠시 생각하였다. 다음은 일기의 일절이다.

> 첫째는 장학재단의 결성이다. 기독교적인 인재를 키우기 위한 것이다. 사람을 키우지 않고서는 기독교문화를 창달하기 어렵다. 둘째는 저술 장려를 위한 기금을 마련하는 것이다. 혹은 기독교적인 저술에 대해서 저술상 형식이라도 좋겠다. 그것은 인문·사회·예술 등 각 방면에 걸친 것이었으면 한다. 셋째 통일을 위한, 통일에 대비한 연구와 저술을 독려하는 것이다. 통일된 우리나라가 어떻게 기독교적인 이념과 체제를 가질 것인가 등에 대한 연구이었으면 한다. (7월 12일, 일)

귀국해서 이 구상을 구체화하기 위해 기도하고 있지만 세 번째 것을 제외하고는 아직 하나님께서 기회와 협력자를 허락하지 않았다.

모스크바에서 페테르부르크까지는 650km, 약 8시간 반 정도 걸려 정확하게 도착했다. 출발하기 전에 필자를 잘 봐 달라고 허 목사가 뚱뚱한 여승무원에게 팁을 주었는데, 어떻게 친절하게 대해 주는지 감격할 정도였다. 팁의 위력이라고만은 생각하지 않는다. 단지 그 팁이 러시아인이 갖고 있는 고운 성품을 발휘할 수 있는 계기를 만들어 주었다고 생각된다. 새벽녘에 여승무원이 갖다 준 한 잔의 차는, 이국의 정취까지 가미된 채, 지금도 생생히 기억할 정도로 그 향기와 맛의 여운이 진

했다. 이것이 '러시아적'인 것일까. 역시 일기의 일절이다.

아침 햇살이 드리우는 차창 가에서, 러시아의 대평원, 하나님께서 주신 저 광활한 자연을 보면서 따뜻한 차 한 잔을 든다는 것은 참으로 낭만적이다. 나는 이 낭만을 잊을 수가 없다. '차 한 잔의 행복을 이 순간만큼 깊게 느껴본 적이 없다.' 뚱뚱한 그러나 대단히 상냥한 여승무원에게 차 한 잔을 더 청해 마시고 1달러를 팁으로 주었지만, 그래도 그 차 맛을 나는 잊을 수가 없다. 차 내 스피커에서 뉴스인 듯한 소리와 함께 음악이 흘러나오고 있다. 아침 7시 40분이다. 차를 담은 그릇은 유리컵인데 쇠로 그것을 싸서 참 따뜻함을 느꼈다. 러시아 문화의 따뜻함을 이 차를 통해 느낄 수 있었다. (7월13일, 월)

다른 나라에 대한 바른 이해는 바로 이러한 피부에 닿을 수 있는 정감어린 접촉과 느낌을 통할 때에 가능하다는 것을 깨닫게 하는 순간이었다.

페테르부르크 역에는, 어제 저녁 허 목사가 연락한 대로 이곳 음악학원에서 파곳을 전공하고 있는 서울대학교 음악대학 출신의 이기균 집사가, 서울 명성교회에서 파송한 윤종현 선교사와 고려인으로 화학을 전공하고 연구소에서 일하다가 정년으로 은퇴한 김봉녀 여사 그리고 한 시간에 250루블로 전세낸 독일제 벤츠와 운전사를 대동하고 마중나왔다. 먼저 인투어리스트에 가서 모스크바행 저녁 기차표를 마련하고, 이 선생의 기숙사에 가서 푸짐한 한국식 아침식사를 마친 뒤에 10시부터 김 여사의 인도에 따라 이 선생과 함께 시내 관광에 나섰다.

은퇴한 뒤 이곳에서 주로 한국인 여행자들을 위해 관광안내를 하고 있다는 김 여사는 부모로부터 배운 한국어가 비교적 정확하였고 이 도시에 대한 공부도 열심히 한 듯, 안내에 막힘이 없었다. 김 여사는 얼마 전에도 순복음교회의 조용기 목사를 안내했다고 하면서 자신의 일에 대한 자부심이 대단했다. 필자 한 사람을 안내하는 데 이 고장 사람이 운전하는 벤츠마저 갖추어져 있으니, 안내가 속도감을 가지게 되었다. 차 안에서 설명을 듣고 현장을 확인하고 보는 순서로 진행되었다. 보고 들은 것을 순서를 따라 몇 개만 간단히 적어 본다.

차이코프스키가 성가대를 지휘하던 교회를 찾다. 그는 페테르부르크 음악원 제1회 졸업생으로 모스크바에 가서 교수활동을 했으므로 모스크바음악원을 일명 차이코프스키음악원이라고 한다. / 이 도시는 40개의 섬과 360개의 다리로 연결되어 있는데, 수도로 건설된 이래 280년 동안 한 번도 외적에게 점령당하지 않은 것을 크게 자부하고 있다. 이 도시에는 같은 종류의 건물이 없는데, 이는 표트르 대제가 외국에서 건축사들을 초빙하여 의도적으로 그렇게 건축했기 때문이다. / 1917년 볼셰비키혁명을 일으킨 본부였던 스몰리 대수도원은 원래 콜타르 공장이었고 혁명 전에는 귀족의 딸들이 공부하던 곳으로 혁명 뒤 작년까지 공산당에서 사용했다. 기막힌 아이러니다. 마침 그 앞에서 피켓을 들고 세 사람이 시위를 하기에 알아보니, 피켓의 내용은 볼셰비키를 비판하는 것이었다. / 이 도시 중심부를 흐르는 네바 강 옆에 해군사관학교가 있고 그 앞에 정박한 순양함 오로라 호는 1904년 러일전쟁에 참여했으며, 1917년 10월 볼셰비키혁명 때는 혁명 시작의 신호탄(대포)을 올리고 겨울궁전을 공격했다. / 표트르 대제가 이 도시를 건설할 때 가장 먼저 세운 초가집과 성채를 둘러보다. 이곳에는 표트르의 유적이 많았는데, 브레즈네프 때 조각가로 이름난 세야킨이 만든 표트르 대제의 동상이 독특하다. 옆에 있는 '바울교회'는 러시아 정교회 양식이 아니고 고전주의 양식으로 첨탑이 높았다. 교회 안에는 로마노프왕가의 33개 무덤이 있는데, 마지막 황제인 니콜라이 2세 가족의 것만 없다. 이 가운데 5t의 무게에 17년 걸려서 만들었다는 알렉산드르 2세의 관(棺)은 적옥(赤玉)인데, 그 이유는 암살당했기 때문이다. 그는 6번이나 암살 위협을 받았으며, 마지막으로 죽음을 당한 곳에는 '피의 구원'이라는 성당이 세워졌다. 이 성당의 사제단은 1층으로 되어 있지만 표트르 대제가 앉았던 곳은 2층으로 되어 있어서, 이미 이때부터 정교회가 황제의 권한에 예속되었음을 보여 주는 것이라 한다. 알렉산드르 1세의 무덤에는 시신이 없다. 그는 나폴레옹의 침략을 물리친 황제이지만, 그의 아버지 바울 1세를 죽인 양심의 가책 때문에 가출했기 때문이다. / 오늘이 월요일이라, 저 유명한 '에르미타주' 박물관이 문을 열지 않아

강 반대편에서 그 궁전(박물관)들을 바라보기만 했다. '에르미타주'란 '속세를 떠났다', '고독을 느낀다'는 뜻으로, 이 박물관은 세계 3대 박물관 가운데 하나이며 '겨울궁전', '작은 에르미타주', '구에르미타주', '신에르미타주', '에르미타주 극장' 등 다섯 개의 건물로 이루어져 있다. 여기에 소장된 물건을 다 보려면 하나를 보는 데 1분을 잡는다 해도 11년이 걸린단다. 이 도시에는 크고 작은, 각양각색의 박물관 1백여 개가 있는데, 그러고 보니 페테르부르크 도시 전체가 박물관이라는 말이 실감이 더 난다. / '성 이삭 성당'을 거쳐 궁정광장으로 나왔다. 알렉산드르 1세의 탑이 있는 궁정광장은 '피의 일요일', '10월 혁명', '1991년 쿠데타 진압' 등의 역사적 사건으로 유명하다. / 이밖에도 '대리석의 궁전', '백만의 거리', '봉기 광장', '로시 거리' 등이 유적으로 있었으며 '예카테리나 동상'은 그녀가 총애한 귀족 9명이 그녀를 떠받들고 있는 것이어서 문자로만 배운 '여걸'의 모습을 더욱 실감했다.

이날 관광의 백미라 할 수 있는 '성 이삭 성당'으로 이야기를 돌려보자. 페테르부르크를 여행하는 분이라면 가장 먼저 돌아보아야 할 곳이 바로 '성 이삭 성당'과 '에르미타주' 박물관이다. 러시아에서 가장 크다는 이 성당은 바깥의 기둥부터 웅장하다. 교회당의 총 무게가 30만t, 1818년부터 1858년까지 40년에 걸쳐 40만 명이 동원되었다. 대성당 건축에 사용된 대리석도 흰색은 이탈리아산, 초록은 제노아산, 노랑색은 시에나(Siena)산, 붉은 색은 프랑스산이라 한다. 성당 안에는 조각과 성화 등 예술품들이 많았는데, 당대의 유명한 예술가들이었던 알렉세이예프(N. Alexeyev), 브루니(F. Bruni), 브리울로프(K. Briullov), 클로트(P. Klodt) 등이 동원되어 이런 작품들을 만들었다.

웅장 화려한 이 건물에 조각과 성화들이 많이 있지만 정작 계셔야 할 하나님은 어디에 좌정하시는지, 예술품들이 자리를 내놓지 않는다. 성화숭배 자체가 예배의 일부가 되어버린 저들에게는 성화와 장식들이 이미 하나님을 대신하고 있는 셈이다. 그래서일까. 이 건물과 예술품들이 인간을 기쁘게 하는 '물건'으로 변해 버렸다.

이 성당에는 석조 모자이크가 유명한데, 약 700㎡나 된단다. 성당 안의 한쪽에는 이 성당의 모형을 166분의 1로 축소한 목조 조각이 있는데, 아교나 못을 사용치 않고 만들었다는 것이다. 이 작품은 '사할린'이라는 농노가 10년 걸려서 만들었다는데 그 공로로 그는 농노에서 해방되었다고 한다.

페테르부르크는 한마디로 문화와 전통, 박물관의 도시였다. 사회주의혁명 이후 수도를 모스크바로 옮겨 그 찬란했던 광채는 점차 쇠락하였지만, 그들이 가진 긍지는 이 문화재 애호에서 나타나고 있는 듯했다. 우리를 안내하는 김 여사가 페테르부르크는 가난한 도시라고 말했을 때 필자는 우스개 삼아 "이 도시에 사는 사람들은 굶어도 배고프지 않을 것이다"라고 했다. 왜냐하면 이 도시의 사람들은 다른 어느 지역보다 문화의 풍요함을 누리고 있기 때문이다. 그러나 페테르부르크의 문화를 돌아보면서 간과하지 말아야 할 것이 있다. 찬란한 문화에도 불구하고 1917년 사회주의혁명이 이곳에서 폭발하여 성공하였다는 점이다. 이유는 간단하다. 그 문화가 지배자를 위한 것이요, 백성(민중)을 위한 것이 아니었기 때문이다. '성 이삭 성당'도 귀족들만이 참석하는 곳이었다.

현재 남아 있는 러시아의 문화재는 러시아 정교회와 관련되지 않은 것이 없다 할 정도로 '기독교적'이다. 특권 귀족들이 러시아 정교회의 이름으로 백성의 고혈을 짜서 응고시켜 놓은 것이 어쩌면 문화재로 남아 있는 저 화려한 건물들인지도 모를 정도이다. 해방하시는 하나님은 귀족들이 지은 저 화려한 건물들을 즐기시며 그 속에 유폐되어 계시지 않고, 억눌림 받던 노동자들과 농노들의 노동과 한숨 속에 함께 했던 것이다. 비록 70년 뒤에 실패로 돌아갔다 할지라도, 러시아혁명은 이를 극명하게 보여 주었다.

페테르부르크 이야기를 끝내기 전에, 여비 관계로 조마조마했던 순간을 털어 놓는 것이 좋겠다. 모스크바를 출발하기 전에, 페테르부르크에 가면 모든 비용을 부담해야 한다는 것을 들었지만, 어느 정도의 돈을 준비해 가면 괜찮을 것이라는 주위 분의 이야기만 듣고 별다른 생각 없이 떠났다. 이날 점심시간이 되어, 격에 어울리는 음식점을 찾자면 호텔 식당으로 갈 수밖에 없다는 것을 듣고부터 필자는 호주머니를 만지작거리기 시작했다. 이 선생과 의논, 차량 임대 시간과 여러 일정들을 조정하기로 하고, 오후 5시, 아직 이른 시각에 김 여사와 하직했다. 하루 종일 안내에 수고한 김 여사에게 후하게 사례하지 못한 것을 생각하면 지금도 죄송스럽다. 그날 밤 그곳 분들과 헤어진 시각이 11시가 넘었는데도 백야(白夜) 현상 때문에 환한 대낮 같았던 것을 상기하면, 5시 이후에도 일정표에 따라 여러 곳을 가볼 수 있었을 것이다. 이 점을 생각하니, 돈 몇 푼 때문에 일생에 한 번 가볼까 말까 한 곳을 후회스럽게 다녀온 것은 아닌가 하는 생각이 뒤따른다. 낮에 페테르부르크에 그렇게 심취했던 것과는 달리, 그날 밤의 모스크바행 열차는 약간 꺼림칙한 여운을 싣고 달릴 수밖에 없었다.

뜻하지 않은 만남들에 얽힌 이야기

인생을 살아가는 동안 우리는 많은 만남들을 체험한다. 만남은 기쁨과 행복을 약속하기도 하지만, 동시에 번민과 고통을 안겨주기도 한다. 만남은 때로 잔잔한 파문을 던져주기도 하지만, 때로는 폭풍우를 몰아주기도 한다. 사랑하는 이를 만나는 환희가 있는가 하면, 그와 떨어져야만 하는 비애도 때로는 감수해야 한다. 만남이 인생의 행로를 바꾸게 한 극적인 사건을 우리는 자신과 주위의 여러 경험들에서 많이 발견한다. 그런 만남 가운데서도 예수 그리스도와의 만남만큼 위대한 만남은 없으리라. 예수 그리스도와의 만남은 순간을 영원으로 이끄는 만남이다. 개인이 그를 만났을 때 그의 인생이 변했고, 사회가 그를 만났을 때 변혁이 일어났으며, 민족이 그를 만났을 때 새로운 역사가 시작되었다.

동양의 지혜자들 가운데에도 만남이 가져온 번민과 고통을 먼저 깨닫고 그것을 강조했던 이들이 있다. 인류의 스승 석가(釋迦)가 일찍이 회자정리(會者定離)를 설파했던 것이 대표적이다. 어떠한 만남에도 반드시 이별이 있다는 뜻이다. 불가(佛家)의 이 말은 참으로 심오하다. 이 이치를 일찍 터득하였기에 그들은 '유한한' 존재에 '영원한' 가치를 두려워하지 않는, 순례자적 삶을 생의 과제로 삼았던 것이다. 인생의 첫 만남인 출생을 고(苦)로 규정했던 불자들은 그런 만남의 인연을 끊어버려야만 영원한 생명을 향한 열반(涅槃)의 길이 있다고 강조한다. 불가의 이러한 '진리'가 만남의 부정성과 소극성을 부각시킨 깨달음이라고 이해한다면, 본질을 모르는 문외한의 소릴까.

여행이란 새로운 만남의 연속이다. 여행 중의 만남들이란 대체로 순간적인 것에 지나지 않지만, 그 가운데서도 꽤 오랜 동안 여운을 남기는 인상적인 것도 없지 않다. 러시아 여행에서도 뜻하지 않게 이루어진, 잊혀지질 않는 만남들이 있다. 귀국하기를 거부하고 그리스도를 영접한 김명세 군과의 만남, 저녁 무렵 낯모르는 과객을 따뜻이 맞아준 러시아 가정과의 뜻하지 않은 만남, 타슈켄트에 가서 그립던 우리 동포들을 만난 것 등, 여행은 만남의 신선함을 증폭시켜 가는 과정이다. 여기에다 자연과의 만남은 그 의미를 금상첨화로 승화시킨다.

페테르부르크에서 모스크바로 돌아오던 날 아침, 허충강 목사가 모스크바 역에 마중 나와 있었다. 단기선교팀은 일정에 따라 이날 12시 40분 비행기로 타슈켄트(Tashkent)에 갈 예정이었다. 아침식사를 같이하면서 허 목사로부터 비행장으로 가기 전에, 북한 유학생으로 귀국을 거부하고 러시아에 망명을 신청한 바 있는 김명세 군을 만나보는 것이 어떻겠느냐는 귀띔이 있었다. 김 군은, 이미 그 전에 보도된 대로, 모스크바에서 선교 중인 침례교회의 이철수 목사로부터 복음을 들었고, 망명을 신청한 뒤 모스크바 주재 북한 공관원들의 여러 차례에 걸친 위협에도 불구하고 결국 옐친 대통령으로부터 러시아의 '공민권 허가증'을 받아, 이 당시는 공개적인 위협을 당하는 상태는 아니었다. 허 목사의 주선으로 필자와 이학권 목사가 비행장으로 가는 도중에 이철수 목사의 모스크바 침례교회에서 김 군을 만나기로 하였다. 그러나 약속 시간에서 1시간이 지났지만 이 목사와 김 군이 나타나지 않아 우리는 은근히 걱정하면서 도로변에 나와 택시를 기다렸다. 그러는 사이에 그들이 도착하였다. 뒤에 들었지만, 그들은 오다가 교통순경에게 잡혀 시간을 지체하였다는 것이다.

잠시 만난 뒤 우리들은 이철수 목사가 운전하는 차를 이용, 곧장 공항으로 향했다. 그러나 이날따라 교통량이 폭주한 데다 이 목사의 운전 또한 난조를 이루어, 공항에 이르니 출발시각 30분 전이었다. 정작 낭패스러웠던 것은 공항에 도착한 뒤였다. 아직까지 외국인의 여행 관련 업무는 인투어리스트라는 기관에서만 취급하였는데, 공항 안에 그곳이 어디에 있는지 도무지 알 수가 없었다. 네 사람 가운데 유일하게 러시아 말을 아는 김 군이 이리저리 뛰어다니면서 다른 건물에 있는 인투어리스트의 사무실을 확인, 거기에 도착해 보니 출발시각 10분 전이었다. 백방으로 노력했지만 우리는 일행이 기다리는 비행기를 탈 수 없었다. 하루에 두 번 있는 다음(밤) 비행기를 이용하라는 것이다. 독자들은 언어가 통하지 않는 곳에서 맞은 이때의 참담한 심경을 아마도 상상할 수 없을 것이다.

우리는, 비행기를 타지 못한 것이 하나님의 또 다른 섭리에 의함인 줄 믿고 시내로 들어와, 김 군이 그동안 그리스도를 받아들이고 이날까지 이르게 된 경위를 듣고, 위로와 격려를 나누었다. 우리는 그가 신변이 안전하지 못한 이곳에서 지내기보다는 한국 혹은 미국으로 가서, 그가 지금까지 전공해 왔던 '지진학'을 공부하든 신학을 공부하든, 주님의 새로운 인도를 따르는 것이 좋겠다고 조언했다. 이학권 목사는 그를 돕겠다는 데 더 적극적이었다. 우리는 북한의 형편도 물어보았고, 시베리아 벌목장에서 탈출하여 모스크바를 비롯한 러시아 여러 곳에서 방랑하고 있는 북한인들에 대한 선교문제에 대한 의견도 나누었다. 우리는 몇 시간의 대화를 통해 김 군이 북한에서 선발된 엘리트답게 사물을 이해하는 명석함과 논리 정연함을 갖고 있으며 복음을 신실하게 받아들였음을 확인하게 되었다. 부모와 일가친척, 결혼하여 자녀까지 두었다는 것을 듣고 우리는 그의 결단의 배후에 치러질 엄청난 고통의 대가를 나름대로 상상하면서 주님의 도우심을 간구했다. 김 군 문제를 두고 쓴 일기의 일절이다.

김 군은 매우 싹싹하고 자신의 견해가 분명했다. 이북의 김정일 체제가 쉽게 무너지지 않으리라는 것도 말했다. 그의 어려운 결단이 하나님의 역사를 이루는 데 공헌해야 하고, 그것을 위해 우리 모두가 도와야 한다고 나는 강조했다. 김명세 군 사건이 일어났을 때 거의 방관하던 한국 대사관도, 옐친이 (그의 망명을) 재가한 지금에 와서야 '한국 외교의 승리' 운운하고 있다고 한다. 재외(在外) 공관의 이중적 자세다. (7월 14일, 화)

김 군을 만난 일로 모스크바에 처져 러시아의 더 적나라한 오늘을 목격하게 된 것은 불행 가운데 다행이었다. 그날부터 3일간 모스크바에 머물으며 그 나라를 더 자세히 관찰할 수 있었기 때문이다. 그날 저녁 9시까지 와야 한다는 지시에 따라 공항 인투어리스트에 갔으나 항공기용 기름이 없어서 모든 국내선 비행기가 운항 중지되었다고 하면서, 내일 비행기의 운항 여부는 오전 9시에 공항에 나오면 알 수 있다고 했다. 이것은 소련이 해체된 뒤의 러시아 경제사정을 보여 주는 한 단면이다.

소련 때는 연방 안의 물산들이 우선적으로 러시아와 모스크바로 들어왔기 때문에 식품·기름 등에 불편이 없었으나, 연방 해체 뒤에는 각 공화국이 러시아에 협조하지 않으므로 경제적인 수요에 맞춰 공급하는 데 차질을 빚어 이런 현상들이 나타난다고 했다.

이런 현상이 복합적으로 얽힌 러시아 경제를 보려니 이해 못할 부분이 많았다. 지하철 요금은 1루블이고, 전기버스는 요금을 내는 경우를 거의 보지 못했다. 암시장에서 달러 대 루블 환율이 1 : 150(1994년 들어 1 : 1,500 정도로 됨)이라는 것을 생각하면 얼마나 싼지 알 수 있다. 저녁 무렵 공항으로 오면서 우리를 안내하던 고려인 김 콜랴 씨가 기름을 넣기 위해 주유소로 들어가다가, 주유소 앞까지 늘어선 줄 때문에, 거의 대로변에까지 나와서 기름통을 들고 있는 행상으로부터 기름을 넣었다. 주유소에서 넣으면 1리터당 8루블이지만 순서를 기다리자면 거의 1~2시간이 걸리기 때문에 20리터에 6백 루블을 주고 주유한다는 것이다. 주유소에서 불과 몇 백 미터 옮겨온 그 기름을 사는 데 정가에 거의 4배를 주었던 것이다. 1km당 8루블인 택시 값도, 타기 전에 먼저 흥정부터 해야 한단다. 모스크바와 타슈켄트 간의 비행기 삯도 모스크바에서는 2천 루블을, 타슈켄트에서는 3,500루블을 지불해야 한다는 것이다. 타슈켄트 쪽에서 여행을 제한하기 때문이겠지만, 한 항공사에서 다루는 같은 거리의 요금이 이렇게 차이가 나는 것은 쉽게 납득되지 않았다.

생필품의 품귀와 물가 앙등이 뚜렷해서 1kg당 1루블이던 설탕 값이 그 무렵에는 1백 루블로 올랐다는 것이며, 그나마도 물건을 구할 수 없어 주부들은 외출 때에 항상 빈 보자기나 가방을 준비하고 다녔다. 이러한 현상들은 수요와 공급의 불균형 때문인데, 연방 해체 이후 국가의 통제력이 느슨해진 틈을 타서 심해지고 있다는 것이다. 그래도 이 사회의 경제가 지탱되고 있는 여러 증거들도 보였다. 모스크바에서 일종의 자유시장이라 할 아르바트 거리에 갔을 때, 그 안에 있는 국영상점에서 외국인에게조차 싼 값에 판매하는 물건을 보면서 필자는 이 나라가 아직도 이런 여유를 갖고 있구나 하는 인상을 강렬하게 받았다.

국가 통제력의 약화가 공무원들의 기강해이로 연결되고 있는 것은 필자를 더욱 불안하게 만들었다. 타슈켄트행이 계속 지연되자 이학권 목사는 빠듯한 일정 때문에 뉴욕으로 바로 돌아가야 한다고 했다. 문제는 뉴욕에서 이미 구입한 러시아 국영항공권을 가지고 탑승일자를 배정받는 일이었다. 이 일을 위해서 시내에 있는 인투어리스트로 가야만 했다. 거기서 우리는 뇌물이 공공연히 통하고 있는 러시아의 공무집행 상황을 목도하였다. 한 창구에서는 아랍계의 외국인이 서류를 넣기 전에 포장해 온 선물을 먼저 디미는 것을 보았다. 우리를 안내하는 고려인 옐자도 '뇌물성' 물건이나 돈을 집어주어야 한다는 것을 몇 번이나 강조했다. 필자는, 두 분이 창구 앞에 서자, 그 자리를 피해 버렸다. 사회주의 국가에서 돈맛을 알면 그 사회의 기강이 어떻게 된다는 것은 불을 보듯 뻔한 것이다. 그런데 사회주의 원조(元祖)라 할 수 있는 러시아에서 이렇듯 뇌물이 공공연하게 되었으니, 이 또한 국가기강이 해이해지고 사회 통제력이 약화된 증거가 아닐 수 없었다.

모스크바의 국내선 공항을 들락거리는 동안, 우리는 공항 안팎에서 대기하고 있는 많은 인파를 목격할 수 있었다. 공항청사 안에는 입추의 여지가 없이 들어선 지친 모습의 사람들이 비행기가 다시 뜰 시간을 기다리고 있었고, 청사 바깥에는 바깥대로 잔디밭과 언덕 주위에서 초여름의 열기도 아랑곳하지 않고 하염없이 기다리고 있었다. 공무원의 기강이 바로잡히고 '자국민'이 대부분인 승객들에 대한 봉사정신이 조금이라도 일깨워진다면 저렇게 많은 사람들이 기약도 없이 축 늘어져 기다리고 있지는 않을 터인데 하는 아쉬운 생각이 간간히 머리를 스쳐가곤 했다. 거기에다 일반 청사보다 활주로 쪽으로 돌출하여 위치한 인투어리스트 사무실에 출입하면서 우리는 대기하고 있는 비행기들의 옆을 자주 지나가곤 했는데, 이 또한 국가기강이 해이해졌기 때문인 것 같았다. 보안상의 문제를 고려한다면 이런 통행은 있을 수 없는 것이었다.

모스크바에서 기다린 지 사흘째 되는 날 저녁 무렵, 우리는 지친 모습으로 임시숙소인 최 목사의 아파트로 갔다. 외출 중인지 아무도 없었다. 난감했다. 달리 갈 곳도 없어 그 옆집에 들어가 전화를 빌려 허 목사께 사정을 알렸다. 전화를 마치고 나오려는데, 이 집에서는 우리를 위해 간단히 저녁식사를 준비하고 식탁에 앉을 것을 권했다. 초면에 실례를 무릅쓰고 앉아 먹으면서 인사를 나누게 되었다. 불어를 전공한 결혼한 딸과 50대 초반인 듯한 부인이 영어를 약간 할 줄 알아 의사소통이 가능했다.

알고 보니 남편은 수학 전공의 대학교수요, 부인은 피아노와 음악사를 가르치는 교수인 듯했고, 몇 년 전에 교환교수로 파리에 다녀왔다고 했다. 남편은 손님에게 거의 말 한마디도 하지 않는 무뚝뚝함을 보인 반면 부인은 매우 친절하여 우리를 어색하지 않도록 해 주었다. 대화 도중 우리는, 대부분의 러시아인들이 그렇듯이, 이들도 러시아 정교 가정임을 확인할 수 있었다. 주소를 교환하고 있는데, 외출 중이던 최 목사 가족들이 귀가하는 듯한 인기척이 나서 자리를 떴다. 고맙다는 인사를 남긴 뒤, 필자가 이 집의 꼬마 외손녀에게 정표로 몇 달러를 쥐어주고 일어서려는데, 이 집의 주부는 어느새 준비했는지 우리들에게 컵을 선물로 주었다. 참으로 고마웠다. 러시아의 가정을 약간이나마 들여다볼 수 있는 기회였고, 러시아인들의 친절을 실감할 수 있는 시간이었다.

뒤에 타슈켄트와 알마아타를 돌아서 모스크바를 떠나기 직전, 다시 필자는 이 집을 찾아가 우리가 선물로 가져갔던 전자제품과 일상용품 몇 가지를 주었는데, 유감스럽게도 딸 내외 외에는 아무도 만날 수 없었다. 작년 초 크리스마스가 한참 지난 뒤, 필자는 프린스턴에서 미국 우표가 붙여진, 모스크바로부터 온 한 통의 정성스런 카드를 받았는데,

아마도 이들이 미국에 가는 친지 편에 이 카드를 전한 것으로 보였다. 이들과 교제를 계속 나누고 싶은 심정에서 지난해 필자도 크리스마스 카드를 보냈는데, 이 글을 쓰고 있는 지금도 이 소원이 이루어지기를 기원하고 있다.

이날 저녁 필자는, 그 이튿날 뉴욕행을 준비하고 있는 이 목사와 하직하고, 밤 12시 40분에 출발하는 타슈켄트행 비행기에 몸을 실을 수 있었다. "매장된 기름은 많아도 휘발유는 적다"는 김 블라디미르 씨의 말을 톡톡히 체험하고 필자는 일행보다 이틀 반 늦게 트랩에 올랐다. 거의 4시간의 비행 끝에 현지시간 5시 30분에 타슈켄트 공항에 내렸다. 마침 고려인 택시 기사가 보이기에 안내를 부탁했다. 그러나 전날 저녁 최 목사가 적어준 주소가 정확하지 않아 1시간 이상을 헤매었다. 나중에 안 일이지만, 최 목사는 또 타슈켄트 공항의 인투어리스트 앞으로 누가 마중 나올 것이라는 사실을 필자에게 알려 주지 않아, 마중 나온 노 블라쟈 군과 만나지 못했고 두 사람 모두 몇 시간 동안 헛고생을 한 셈이었다. 한 인간에 대한 신뢰감에 금이 가고 있었다.

많은 고생 끝에 목적지인 박 슬라바 교수의 모친 댁에 도착했고, 오후에 박 교수와 함께 '레닌츠키 부츠'라는 고려인이 많이 사는 콜호스(집단농장)에 가서 '거지전도'를 강행하고 있는 일행을 반갑게 만날 수 있었다. 박 슬라바 교수는 고려인 3세로서 타슈켄트의 공과대학에 재직하고 있었다. 콜호스에 도착한 필자는 1937년 연해주 등지에서 강제 이주된, 지금은 고령이 된 한국인들을 만나 증언을 듣기도 하고 사는 형편도 살펴보았다. 특히 1937년 베리야의 공작에 따라 스탈린이 강제로 한국인들을 이주시켰을 때의 이야기를 집중적으로 물었다.

10여 세에 부모와 함께 이곳에 강제 이주된 전 소야 할머니 등 몇 분은 증언하길, 전에 한국의 여러 신문들에서 "추운 겨울 허허벌판에 내던져 버렸다"고 보도했던 것과는 달리, 그들이 여기에 도착했을 때에 거주할 방도 주고 땅도 주었다고 했다. 이 같은 증언은 다음날 이웃하고 있는 '김병화 콜호스'에 가서 그 콜호스의 부위원장직과 《레닌기치》 기자직을 역임한 바 있는 이봉섭 씨로부터 청취한 증언과도 일치했으나, 이씨의 경우는 공산정권 아래서의 그의 경력으로 보아 어느 정도 감안하고 들어야 했다.

그러나 이곳에서의 증언은 뒷날 알마아타에 가서 《고려일보》의 양원식 부주필과 김정서 씨로부터 들은 내용과는 큰 차이가 있었다. 두 분은 강제 이주된 한민족이 갖은 냉대를 받았다고 했다. 이런 차이에서, 이 사건을 객관적으로 시급히 정리해야 할 필요성을 절실히 느꼈다. 그런 사건이 있은 지 50여 년이 겨우 지난 이 시점에서도 증언이 다른데, 시간이 더 흐르면 기억이 조작되거나 사건 자체가 왜곡될 가능성이 없지 않겠다고 생각되었다.

콜호스에 거주하는 사람들은 거의 공통으로 우리의 시골집과 같은 규모에 40~50평의 채마밭을 소유하고 있었다. 이곳에 강제 이주된 고려인들은 그동안 열심히 일하여 경제적으로도 넉넉할 뿐 아니라 교육에도 남다른 열성을 보여 의사·교수·교사 등을 많이 배출하였다고 했다. 전 소야 할머니의 경우, 사별한 남편도 영어 교사였고 함께 살고 있는 딸도 영어 교사라고 했다. 딸을 페테르부르크대학에 보내고 있다는 어느 고려인 가정은 콜호스 소속이었지만, 작년에 국가로부터 10ha의 땅을 빌려 연 10만 루블을 임대료로 바치고도 50만 루블을 벌었다고 했다. 이러한 근면성 덕분에 민족주의적 갈등이 야기되고 있는 그 즈음에도, 우즈베키스탄 공화국에 살고 있는 150여 개의 다른 민족에 견주어 고려인들이 호평을 받고 있다고 했다.

타슈켄트를 거쳐 알마아타로 가다

필자가 우즈베키스탄공화국의 수도요, 고려인 동포들이 많이 살고 있는 타슈켄트에 머문 것은 3일 동안으로, 많은 고려인 동포들을 만날 수 있었던 것은 행운이었다. 일행은 도심에 가까운, 당시는 비어 있던 어느 아파트의 가정집을 이용하였지만 필자는 박 슬라바 교수의 모친댁의 독방에서 유숙하였기 때문에 잠자리는 비교적 편했다. 그 댁은 숲 속에 약간 무질서하게 세워진 아파트군 가운데 자그마한 3층 아파트의 2층에 위치했고 외양은 그리 볼품이 없는 10평 남짓한 크기였는데, 방 2개(그 가운데 하나는 필자 집의 부엌에 딸린 방 정도의 크기여서 침대 하나에 조그마한 책상이 겨우 들어가 있었다)에 아주 협소한 화장실과 목욕탕, 그리고 10여 명이 식사할 수 있는 식탁에 조리시설이 딸린 부엌이 있었다. 그러나 이 아파트는 아들, 딸을 모두 결혼시킨 뒤, 모친 혼자 사용한다고 하니, 이곳의 주택 사정이 모스크바보다는 훨씬 좋다는 인상을 받았다. 이런 인상은 콜호스에 가서 동포들의 집을 방문했을 때도 마찬가지였다.

박 교수의 모친은 10살이 채 안 되어 원동에서 부모와 함께 강제로 이주되어 왔다. 이곳의 고려인들이 대부분 그러하듯, 함경도 말투를 사용하고 있는 자그마한 체구의 이 노인은, 갖은 가난과 질곡을 견디고 승리한 인동초의 강인함을 덕스럽게 감추고 있는 모습이었다. 한편, 외민족 속에 내던져진 한국 여인의 다부지고 의연한 자부심을 스스럼없이 풍기고 있었다고 해도 지나친 표현은 아니다.

하루는 콜호스에 가서 계획된 프로그램을 마치고 필자와 박 교수가 먼저 돌아왔는데, 모친은 별미로 개장을 준비해 놓았다. 잘게 찢은 고기에 오래 끓인 국물, 그리고 계피가루가 준비되어 있었다. 얼마나 정갈하고 담백한지, '개장을 이렇게도 끓일 수 있구나' 하는 생각과 함께 모친께 여러 번 찬사를 건네고, "서울서 이렇게 끓인다면 큰 호평을 받을 것이고 당장에 많은 손님이 몰려들 것"이라고 했다. 이렇게 국물이 정갈한 것은 아마도 이곳의 깨끗한 물과 오염되지 않은 풍토와도 관계 있으리라 생각되었다. 박 교수에 따르면, 이것은 모친의 특수한 음식솜씨로 어릴 때부터 즐겼던 것이라고 했다. 그러고 보니 박 교수의 10살 남짓한 아들도 할머니가 마련한 이 개장을 즐겨 먹고 있었다. 이 모친은 선대로부터 전수받은 한국 음식을 이곳에서 발전시키고 있었던 셈이다.

음식 이야기가 나왔으니 말이지, 옛 소련에서 맛보았던 고려인들의 '한국식 음식'은 현재 우리가 일상적으로 먹고 있는 '한국 음식'과는 많이 달랐다. 우리의 것이 제대로 전통을 이어받았다고 본다면, 그들의 것은 소련식으로 변형된 것이라고 보는 것이 자연스러울 것이다. 재료와 조미료가 다를 수밖에 없는 데다 그곳의 여러 음식문화와 접촉하면서 '한국식 음식'으로 변했다는 것은 충분히 이해됨직하다. 박 교수 모친의 집과 '김병화 콜호스'의 '극성'이란 음식점(여기서 우리는 빵과 가지나물, 콩나물, 푸성귀 김치, 국수, 밥, 양배추에 싼 고기를 먹었다) 그리고 콜호스의 어느 고려인 가정에서 마련한 음식(누런 국물이 뜬 닭백숙에 국수와 푸성귀 김치 및 토마토 익힌 것 등)은 정확히 말해서 서울의 음식 맛과는 전혀 달랐다.

그러나 모스크바에서 음식점을 경영하는 한 고려인은 자신들이 전통적인 '조선 음식'을 계승하고 있다고 하면서 그 자부심이 대단했다. 뒷날 알마아타를 거쳐 모스크바에 돌아가 '오작교'라는 음식점에 들렀을 때, 이날따라 환갑잔치로 오랜 동안 기다린 끝에 이상하게 지어진 밥에다 두부찌게와 육개장인 듯한 국을 먹었는데, 솔직히 말해서 배가 고파서 그걸 먹었지, '음식'이라는 기분으로 먹은 것은 결코 아니었다. 주인이 인사하기에, 필자는 "요즘은 이곳에 서울에서도 동포들이 많이 올

터인데 한국 음식을 한국 음식답게 만들 수 있지 않겠냐, 그래야 서울 손님들을 많이 끌 수 있고 한국 음식을 러시아에 제대로 소개할 수 있지 않겠냐"고 했다.

그런데 그 주인의 대답은 의외였다. 서울에 여러 번 다녀왔다는 그 주인은 "서울 음식이 일제 때 많이 변질되었다"는 투로 장황하게 설명했다. 분단시대에 한쪽의 주장을 고집하는 것 같은 인상이었다. 이때 필자는, 앞으로 통일을 앞두고 남북한과 해외동포가 한국의 전통문화 문제와 관련, 그 재발견과 통합 문제에 많은 협의와 토의가 있어야겠다는 점을 느꼈다.

타슈켄트에 머무는 동안, 필자는 이곳에서 하나님의 복음이 잘 뿌려지도록 간절히 기도하면서 단기선교팀 일행에게 성경공부를 인도하는 한편 민족의식을 가지고 이들 동포들에게 다가가도록 우리나라 역사를 강의하기도 했다. 7월 18일(토) 오후, 우리 일행은 '김병화 콜호스'에 가서 '극성'이란 음식점에서 점심대접을 받고, 이어서 그곳 동포들의 역사를 엿볼 수 있는 마을박물관으로 안내되었다. 이날 일기의 일절이다.

식사 뒤에 '땅과 사람'이란 이 마을의 박물관에 갔다. 1937년부터 이곳에 버려진 한인들이 자신들의 역사를 보존하려는 고귀한 정신을 엿볼 수 있었다. 김병화 콜호스는 소련군 출신의 김병화씨가 1941년경 이곳 콜호스의 지도자로 와서 가장 모범되는 콜호스로 만들었기 때문에 붙여진 이름이다. 김병화 콜호스에는 이른바 노력영웅의 별 훈장을 받은 사람이 16명이나 나왔고, 김병화 씨는 두 번이나 별 훈장을 받았다고 한다. 그것을 그들은 큰 자랑으로 삼고 있다. 그의 공적을 기려 '김병화'라는 이름을 많이 붙이게 되었는데, '김병화 콜호스', '김병화 학교', '김병화 거리' 등이 있다고 한다. 소수민족 가운데서 그분만큼 영향력을 미친 사람이 없었다고 한다.

우리는 이날, 앞서 언급한 바 있는 전 《레닌기치》 기자 이봉섭 씨의 안내를 받았다. 그가 자신의 집에 러시아어로 된 러시아 한인 역사책이 있다고 해서 필자는 혼자 그와 함께 그의 집에 잠시 다녀왔다. 그의 꽤 넓은 채마밭에는 여름철이라 토마토, 고추 등이 열려 있었다. 방은 대체로 서양식 구조로 되어 있고 침대생활을 하고 있었다. 그의 책꽂이에는, 김일성의 처 김정숙의 전기인 듯한 책과 함께, 북한의 책 두어 권이 꽂혀 있었다.

이날 저녁 우리는 부채춤과 찬양, 연극 등을 곁들여 복음을 전했다. 필자는 10여 분 동안의 강연에서 우리나라의 현황을 소개하고 우리나라가 이렇게 세계의 주목을 받도록 성장하게 된 요인의 하나가 하나님을 공경하게 된 데 있음을 지적하면서 "예수 믿어 새로운 삶, 새로운 사회를 이룩하고 새로운 우즈베키스탄을 만들자"고 강조하였다. 이날 저녁 이곳에 같이 모인 여러 사람들은 현지인 태권도 사범 밑에서 훈련받은 고려인 젊은이들의 아주 훌륭한 태권도 시범을 보고 마음 뿌듯함을 느꼈다. 우리가 준비해 온 의약품과 전기용품 등 이곳에서는 매우 희귀한 물품들을 이 콜호스의 책임자에게 전달하고 밤 10시경에 헤어졌다. 모두들 헤어지는 것을 매우 아쉬워했고, 이역만리에서 동족을 만나 회포를 푸는 우리의 감회 또한 무어라 형언할 수 없었다.

그 이튿날은 주일이었다. 타슈켄트 '경향교회'(김수복 목사)에 가서 10시 예배에 참석했다. 전날 연락하면서 필자가 고신교단 소속임을 밝히고 협조를 구했을 때 매우 쌀쌀하게 대했지만, 동족을 만나는 것은 그래도 그 교회가 좋겠다고 판단하고 갔다. 소개가 엉성했지만 우리에게 찬양할 수 있는 순서를 허락했다. 그러나 예배 뒤에 필자가 모욕감을 느낄 정도의 망발을 서슴지 않아 더 이상의 대화를 나누지 못하고 조용히 돌아왔다. 아마도 그들이 이단적인 단체에 자주 시달렸기 때문에 우리들에게도 이같이 대했을 것으로 이해했다. 주로 고려인을 상대로 하는 이 교회의 예배 가운데 성경봉독과 설교만이 통역되고 나머지

▲ 단기선교팀이 복음을 전하기 앞서 한국의 풍물놀이를 공연하고 있다

는 한국어 혹은 러시아어로 진행했다. 또 이 교회에는 해방 직후 시골 교회에서 보았던 수준의 성가대가 있었다.

주일 오후 우리는 '레닌츠키 부츠' 콜호스에 갔다. 이곳 공회당에 아이들을 포함, 150여 명이 모였는데, 다른 민족도 있었지만 대부분 고려인이었다. 우리는 찬양, 탈춤, 부채춤, 한국 민요와 흘러간 옛 노래, 연극 등과 함께 설교와 강연의 순서를 가졌다. 한국 민요와 흘러간 옛 노래를 곁들인 것은 민족적 정서를 교감하기 위한 것이었으나, 그런 노래를 아는 사람이 많지 않았다.

이곳에서 우리는 우연히 '워싱턴 한인침례교회'(이동원 목사)에서 파송된 최장규 선교사를 만났는데, 그는 그리스도를 받아들인 뒤 자칭 선비도의 47대 교주 자리를 버렸던 분이라고 했다. 그는 얼마 전 우즈베키스탄공화국 어느 장관 딸의 피부암을 한방(韓方)과 기도로 낫게 하였는데, 이는 옛 소련의 현대의학으로는 거의 포기했던 것이란다. 이를 계기로 그는 그녀를 자신의 양녀로 삼았고, 또 곧 결혼시킬 것이라고 하였으며, 이로써 회교권인 이 나라에서 기독교 선교에 큰 도움을 받게 되었다고 했다. 그가 필자를 진맥한 뒤 위산이 많다는 것을 지적하면서 채식 위주의 식이요법을 권했다는 사실을 이 글을 쓰면서 떠올리게 되었다.

이날 저녁 우리는 그 콜호스 안에서 나라의 땅을 10헥타르나 빌려 자수성가한 한 동포의 집에 초대를 받아 정성스럽게 마련한 푸짐한 음식을 곁들여 혈육의 따뜻한 정을 나눌 수 있었다. 우리 민족은 어디를 가나, 서로가 제대로 잘 알지 못하지만 동족이라는 '확인' 하나만으로도 이렇게 음식과 정을 나눌 수 있는 민족이로구나 하는 것을 느꼈다. 지금도 타슈켄트의 그 정감어린 동포들을 생각하면, 무엇인가 그들을 돕지 못하고 있다는 자괴감이 문득문득 솟아오른다.

이틀을 이곳에서 더 보내면서 필자는 이곳의 복음사역과 관련하여 이런 메모를 남겨 놓았다.

어제와 오늘, 고려인 콜호스를 방문하면서, 콜호스마다 교회를 세워 복음을 전하고 민족적 주체성을 유지하는 일이 시급하다고 느꼈고, 그러한 욕구가 현지에서도 강열하게 일어나고 있지만 그대로 되기는 어렵다고 생각되었다. 이러한 일들은 현지의 사역자를 양성함으로써 가능할 터인데, 그러한 계획이 보이지 않고, 이 지역에 파송된 선교사들이 교회를 세워 자기 교단, 자기 교회를 중심으로 한 활동을 과시하려는 데 역점을 두고 있으므로 공동사역이라 할, 콜호스에 교회 세우는 일과 그것을 위한 사역자 훈련·양성을 등한시하기 때문이다. 거기에다 '다미선교회', 'ㅇㅇ교회' 등이 들어와 선교 분위기를 흐리고, 선교 현지에서 갈등을 일으키고 있기 때문이다. (7월 19일, 일)

이튿날 우리는 알마아타(Alma-Ata, 지금의 알마티)를 향했다. 공항으로 가는 길에 저 유명한 '고려인 시장'에 들렀다. 이 지역에 오는 한국인이면 방문하는 코스의 하나이고 그동안 많이 소개된 곳이라, 따로 장황히 설명할 필요가 없다. 이 시장은 고려인들만 위한 것이 아니고 타슈켄트에 있는 150여 민족이 모두 드나드는 것 같았고, 쌀·고추 등 한국 식품이 많이 보였으며, 대부분 할머니들이 가게를 지키고 있었다. 비록 연세는 들었지만, 억척같은 '또순이'들을 보는 것 같았다. 이곳에서 필자는 어릴 때 시골에서 5일마다 서던 '시골장'의 풍경을 연상할 수 있었고, 혹시 옛날에 좋아하던 강엿을 어디서 팔지 않는가 두리번거리기도 했다.

타슈켄트 공항에서 우리는 약간의 낭패를 당했다. 우즈베키스탄공화국에 입국할 때 외국인 신고를 하지 않았기 때문에 1인당 30루블씩의 벌금을 물었고, 초과된 짐무게에 대해서는 다시 부담이 있었다. 카자흐스탄의 수도 알마아타로 가니까, 국내 여행이 아니라 외국 여행으로 간주하기 때문에 이런 부담을 물어야 한다는 것이다. 문제는, 이러한 일이 정해진 규정에 따라 처리되는 것 같지 않고 담당자의 자의적인 판단에 따라 이루어지는 것 같은 느낌을 받았다는 것이다. 오후 1시 50분에 타슈켄트를 출발한 비행기는 현지 시간으로 5시 10분에 알마아타에 도착했다. 2시간의 시차를 빼면 1시간 20분을 비행한 셈이다.

공항에 내려 우리는 또 옛 소련 안에서만 있을 수 있는 일을 경험하고 놀랐다. 이곳에서 우리의 안내 책임을 맡은 러시아인 유라가 부탁한 듯, 공항의 인투어리스트에서 버스를 가지고 와서 우리 일행만을 따로 실어 나갔다. 며칠 동안의 생활을 통해 옛 소련에서는 이런 일이 얼마든지 가능하다는 것을 알게 되었다. 뒷날 알마아타에서 모스크바로 돌아올 때도 우리 일행을 위해 공항의 활주로까지 마중 나온 전세 버스를 타고 공항 밖으로 곧바로 나올 수 있었다. 하여튼 공항 밖으로 나온 우리는 유라가 대절해온 버스로 다시 갈아타고 '사과의 아버지'라는 뜻의 '알마아타' 거리로 나왔다. 이렇게 맑고 깨끗한 하늘을 본 적이 없다고 할 정도로 이곳의 하늘은 청명했다. 시내에서 남쪽으로 높이 쳐다보이는 천산산맥에는 만년설(萬年雪)이 덮여 있었고, 시가지의 도로변 하수도에는 맑은 물이 콸콸 흐르고 있어서 울창한 가로수의 그늘과 함께 뙤약볕 여름을 시원하게 해 주고 있었다.

알마아타를 수도로 하고 있는 카자흐스탄공화국은 옛 소련 안에서는 러시아 다음가는 크기의 영토를 가진 나라다. 이곳은 소련 안에서는 비교적 낮은 위도에 넓은 평원을 갖고 있어서 소련 우주선의 발사 및 기착지로 활용되었고, 소련이 해체되면서는 원래 이곳에 배치한 핵무기를 어떻게 처리하느냐로 세계가 고심을 하고 있는 그러한 땅이다. 이곳 사람들은 우리와 같은 북몽고 인종에 속한 듯, 한국인과 외모를 전혀 구별할 수 없었다. 시내에 다니면서 보니 우리보다 광대뼈가 좀 더 불거진 사람들이 더러 있었다. 이 나라는 소련 해체 뒤에 나자르바예프를 대통령으로 하는 공화국을 유지하고 있으나, 전 시대의 공산당 간부들이 계속 그 자리에 눌러앉아 있기 때문에 좀처럼 개혁이 추진되지 않는다고 한다.

이곳에는 도심지에 한국관이 있고, 민봉식 사장이 경영하는 '털보네'라는 음식점이 같이 있으며, 고려인을 위한 언론·예술 기관들도 있어서 한국인들의 출입도 상당히 빈번하다고 한다. 이 도시의 중앙에 위치한 공원의 분수에는 12지신상이 새겨져 있었는데, 우리의 것과 꼭 일치하지는 않았으나 신비하고 연구거리가 되겠다고 느꼈다. 이 나라에서도 민족주의의 열풍이 일어나고 있었는데, 러시아어에 눌려 사용하지 못하던 그들의 언어를 부활시켜 공용어로 병행시키고, 러시아의 침략에 맞서 투쟁하다 희생되었던 민족영웅을 추앙하는 작업도 벌이고 있었다.

민족의식이 옛날 소비에트 연방 여러 곳에서 일어나면서 러시아혁명 이후 각 공화국에 내려와 특혜를 누리고 있던 러시아인들에게 러시아로 돌아가도록 압력이 가해지고 있는데, 어느 정도냐 하면, 공휴일이 지나고 주초에 다시 사무실에 출근하는 러시아계 동료들에게 놀라는 시늉으로 "아직 돌아가지 않았느냐"는 노골적인 요구까지 하는 정도라고 한다.

우리는 알마아타에 도착하면서, 러시아 침례교 교인의 두 가정에다 숙소를 정하고 식사는 안내자인 유라의 집에서 하는, 일종의 민박에 들어갔다. 유라는 40대의 러시아계 백인으로 언제나 미소를 담고 있으며 앞에 잘 나서지 않고 뒤에서 말없이 봉사하는 침례교인이었다. 우리 일행이 민박한 한 집은 40살 남짓한 여신도의 가정으로, 남편은 어린 4남매를 두고 몇 달 전에 회사 차를 몰다가 돌아갔단다. 필자가 묵었던 가정은 할머니와 딸 내외 그리고 어린 손녀를 하나 두고 있었다.

우리 쪽 나그네 6명에게는 자그마한 방 하나와 그만한 크기의 거실이 주어졌다. 별채에 목욕탕이 있었는데, 나무로 불을 때어 물을 데웠다. 문제는 화장실이었다. 우리 방 옆에 실내 화장실이 있었으나 수도가 나오지 않아 사용할 수가 없었다. 모르고 밤에 누가 들어가 소변을 보았던지 그 이튿날 아침에 향긋한 암모니아 냄새를 맡아야 했다. 그러니 우리는 집 바깥 길가에 있는 공중 화장실을 사용해야만 했다. 깊은 구덩이 위에 판자를 걸쳐 놓고 그 사이로 변을 보도록 되어 있었다. 신문지를 잘라 철사에 꿰어 달아 놓은 것까지, 흡사 새마을운동이 시작되기 전 우리의 시골 '통시'(변소)의 모습을 보는 듯했다. "아무렴, 사람 사는 방법이 다를라구. 핵폭탄을 갖고 있다는 소련도 생활경제의 수준이 낮으니 별수 없이 시골 '통시'를 옆에 두더라고."

숙소를 정한 우리는 그날 저녁, 우리를 구경하려고 몰려든 이웃들과 함께 손짓을 섞어 가며 늦도록 대화를 나누고 노래도 같이 불렀다. 이 만남에서 외부 방문객들과의 대화에 굶주려 왔던 그들을 보았고, 한 체제가 그동안 평범한 인간조차도 얼마나 비인간화시켜 왔는가를 확인할 수 있었다. 그날 저녁 필자는 음악이야말로 막힘이 없는 세계의 공통어라는 사실도 새삼 깨닫게 되었다.

　나흘 동안 알마아타에 머물면서 우리는 부지런히 고려인 동포를 찾아 대화를 나누고 위로하는 한편 여행 목적인 복음전파를 위하여 노력하였다. 필자 또한 이들 선교활동을 위해 설교와 강연을 준비해야 했고, 때로는 혼자서 동포를 찾아 그 고난의 역정을 확인하기 위해 일행의 공식 일정에서 벗어나기도 했다.

알마아타에서 모스크바를 거쳐

　알마아타는 한쪽에 천산산맥이 병풍처럼 둘려져 있는 고지대의 도시이다. 천산산맥은 말 그대로 하늘의 산들이 맥을 이루고 있는 듯하다. 알마아타에서 급경사로 높이 올라가서 마치 한 폭의 그림 같다. 이 산맥은 지구가 생겨나면서부터 쌓인 듯한 하얀 만년설을 머리에 이고 있어서 그 높은 산이 눈에 뚜렷이 보였고, 이 같은 광경이 이 도시를 한층 신비스럽게 만들었다.

　우리는 이곳을 떠나기 하루 전에 안내를 맡았던 선교사 김상길 목사로부터 바로 해발 5천m가 넘는 파미르고원이 바로 이 알마아타에서 시작된다는 말을 들었다. 이때 필자는 이상한 충격을 받았다. 어려서 역사를 공부할 때 인류의 발상지가 파미르고원이며 우리 민족도 이곳에서부터 발원했다는 것을 들었던 것이 상기되었기 때문이다. 파미르고원에서 발원했던 우리의 조상들이 동진(東進)하여 중국 북쪽 지역과 만주를 거쳐 한반도로 진입했다는 것이다. 김 선교사의 설명으로는, 알마아타에서 약 3백km 가량 파미르 고원이 계속된다는 것이다. 이 설명을 들으면서 여기 머물고 있는 동안 파미르고원 저쪽 끝에 있다는 자연 호수에 가보지 못한 것을 아쉬워했다.

필자는 또 이런 고지대에 140여 종족이 뒤섞여 살고 있다는 것을 듣고 놀랐다. 그렇게 된 것은 예부터 알마아타와 타슈켄트 지역에서 전쟁이 끊이지 않았기 때문이다. 이 점은 또한 전쟁을 통해 확보해야 할 만큼 이 지역이 전략적 요충지이거나, 아니면 인간들이 살기에 적당한 곳일 것이라는 사실을 암시해 준다. 그러면서 필자는 역사학도답게 이곳을 거쳐 간 수많은 영웅들을 떠올릴 수 있었다. 그 가운데 고구려인의 후예로서 이곳을 정복했던 고선지(高仙芝) 장군이 먼저 떠올랐다.

우리를 안내하던 김 목사는 선교적인 관점에서 이 지역의 중요성을 말해 주었다. 회교권에 속하면서 다민족이 살고 있는 이곳만 한 선교의 요충지를 찾아볼 수 없다는 것이다. 때문에 세계의 다른 어떤 지역보다 이곳의 복음화가 이곳과 관계를 맺고 있는 각 민족에게 복음의 전파 효과를 크게 높일 수 있다는 것이다. 듣고 보니 그랬다. 지금은 거의 정체 상태에 있지만, 과거에 그랬던 것처럼, 이 지역에서 다시 동서와 남북의 이해관계가 맞닿게 되고 이 지역이 교통로의 활발한 교차점이 될 수 있다면 선교의 효과는 그만큼 크게 나타날 것이다. 알마아타를 떠나기 전날 저녁, 우리 일행은 다차(별장)들이 즐비하게 늘어서 있는 알마아타 뒤편의 산중턱에 올라가 시가의 점멸하는 불빛들을 내려다보면서 손에 손을 잡고 한 시간 동안 김 선교사의 염원대로 이곳의 복음화를 위해 간절히 기도했다.

알마아타에 도착한 그 이튿날부터 우리는 고려인 동포를 찾는 일과 이곳 주민들에게 복음을 전하는 일을 시작하였다. 우리말을 이미 잊은 동포들이나 이곳 주민들을 위해서는 모스크바에서 이곳까지 동행한 신 폴리나 자매가 통역을 맡아 주었다. 인상적인 것 몇 가지만 소개하려고 한다.

알마아타는 1937년에 스탈린에 의해 이 주위의 여러 지역으로 강제 이주된 한국인 후예(이들은 스스로를 고려인이라 하여 해방 뒤 북한과 남한에서 간 한국인들과 구별하고 있다)들의 문화 중심지 노릇을 해 왔다. 과거 공산주의 시절 이곳에서 간행되던 고려인 신문 《레닌기치》는 소련 붕괴 뒤 《고려일보》라는 제목으로 바꿔 간행되고 있고, 조선인 극장에는 전속 가무단과 연극인이 있으며 때때로 그곳에서 공연활동도 하고 있었다.

우리는 알마아타에 도착한 나흘째 되는 날에 고려인 극장에서 동포들을 만날 수 있었다. 먼저 극장에 가서 타슈켄트에서 소개받은 이 극장의 총감독을 만나 동포 예술인들을 만나고 싶다는 뜻을 전하고, 그이튿날 그들과 나눌 음료수와 수박 등을 준비해 가지고 갔다. 그들을 만나 우리의 방문 목적과 위로의 뜻을 먼저 전하고 기도한 뒤에 준비한 찬양, 부채춤과 탈춤을 선보였다. 그 뒤 필자가 간단히 연설할 기회를 얻어, 조선의 민족예술을 보전하기 위해 노력한 그들의 노고와 민족문화 보전의 중요성을 다음과 같은 요지로 말했다.

민족의 보전은 민족의 언어와 전통문화를 보존하는 데서 가능하다. 중국 주변의 여러 민족들을 보면, 한때 무력으로 중국을 정복한 민족들이 있지만 그들은 자신의 문화를 제대로 보존하거나 개발하지 못했기 때문에 도리어 정복한 중국 민족에게 되정복당하고 말았다. 그래서 그들은 민족적인 주체성을 유지하지 못하고 있고, 모두 중국(漢) 민족의 지배를 받고 있다.

이 사실을 상기시키면서, "그런 가운데서도 우리 민족이 2천 년 이상 중국의 침략과 간섭을 받았지만 민족을 보존할 수 있게 된 것은 우리 민족이 자신의 문화를 지켜왔기 때문"이라고 역설했다. 그리고 민족과 문화는 하나님이 인류를 창조하실 때 각 민족에게 선물로 주신 것이라고 설명하고, 이역만리까지 와서 우리 민족의 문화를 보전하기 위해 애쓰는 여러분들이야말로 "민족을 보존하는 가장 큰 사명을 감당하고 있다"고 치하하였다. 그들이 제대로 알아들었는지 몰랐으나, 연설 뒤에 열렬한 박수가 터져 나왔다.

　우리의 탈춤·부채춤 공연과 필자의 연설에 화답하는 뜻에서, 이 극장 측에서도 세 사람이 나와서 노래를 불렀다. 모두 훌륭한 음성과 기교를 갖고 있었다. 마지막에 부른 자매는 돌아가신 아버지가 작곡했다는 노래를 불렀는데, 음성과 가락의 흐름이 이미자의 것과 흡사했다. 그들의 아버지는 망명지에서 조국을 향한 불타는 정열을 1백여 곡의 작곡으로 달랬다고 한다. 그러나 그들이 오랫동안 그 곡들을 찾았지만 아직 다 찾지 못했다고 하기에 꼭 찾아야 한다고 당부했다. 그들과 함께 '아리랑'을 부르고 다시 하나님께 기도하고 마쳤는데, 아리랑을 부를 때 뜨거워진 눈시울에는 어느새 눈물들이 흘러내리고 있음을 보았다. 여기에 오기까지 우리들은 서로 본 적이 없다. 그런데 몇 시간의 교감을 통해 가장 큰 기쁨의 표시인 눈물을 흘리다니, 이것은 피를 나누었기 때문일까. 우리는 잠시 방문하고 떠나지만, 이들은 다시 망향의 세월을 또 계속할 것이라 생각하니 이제는 나의 목이 메여 왔다.

　필자는 우리 일행이 알마아타의 번화가에 나가 러시아어로 된 선교 전단을 뿌리고 있는 동안에, 이곳에 선교사로 와 있는 주민호 목사의 인도로 두 곳을 방문할 수 있었다. 주 목사는 한국에 계실 때, 이태웅 박사가 주관하는 '선교훈련센터'에서 훈련을 받는 동안 필자로부터 '한국선교사' 강의를 받았던 분인데, 그의 기도대로 파송을 받아 몇 달 전에 이곳에 왔다고 한다. 그의 인도로 먼저 찾아간 곳은 홍범도 장군의 조카로 알려진 홍금란 할머니 댁이었다. 그러나 기대와는 달리 할머니는 홍 장군의 친조카는 아니었고 먼 친척이었으며, 그의 부친으로부터 들은 홍 장군에 관한 일화를 기억하는 정도였다. 홍 장군은 만년에 알마아타에서 떨어진 어느 도시에서 불우하게 돌아갔다는 것과 그곳에는 그의 동상이 서 있다는 것이었다.

　다시 주 목사와 함께《고려일보》를 방문, 양원식 부주필을 만나 필자의 저서 《단재 신채호의 역사학 연구》를 전하고, 강제 이송된 우리 동포들의 구슬픈 이야기를 들었다. 여기에서는 타슈켄트에서 들었던 것과는 달리, 처음에 강제로 끌려왔던 이들 가운데 어떤 경우는 허허벌판에 내팽개쳐져 굶주림과 추위에 수많은 사람들이 희생당했다는 것이다. 들으면서 한 사건이 이렇게 다르게 전해질 수 있는지를 의아하게 생각하지 않을 수 없었고, 따라서 나는 역사학도로서 이 한 맺힌 비극적인 사실들을 제대로 정리해야 한다고 느끼게 되었다. 그런 사건이 있은 지 겨우 50년이 조금 지난 이 시점에서도 증언이 서로 다른데, 시간이 더 흐르면 기억조차 조작될 가능성이 없지 않겠구나 하는 조바심이 일었다. 이와 함께 이제는 해외에 흩어진 우리 민족까지를 총 망라하여 《대한민족사》를 쓸 때도 되었구나 하는 생각이 영감처럼 떠올랐다.

우리 일행은 알마아타에서 전도활동을 전개하면서 많은 것을 보고 느꼈다. 도착한 이튿날 우리는 마침 그날 '보솔챠 파브리치니'라는 마을에서 열린, 알마아타 소재 몇몇 외국 선교단체 주최의 모임에 참가하고, 그곳 수련관에서 어린이들을 위해 전도 집회를 가졌다. 약 두 시간의 전도 집회를 마치고 수련관을 나서는데 어린아이들이 저만치 줄을 서서 손을 들어 열광적으로 환송하는 것을 보고, 우리는 이 사회가 필요로 하는 것이 무엇인지를 확인할 수 있었다.

돌아오는 길에 우리는 미리 약속한 대로 이곳 러시아 침례교회에 가서 교회 청년들과 수박과 과일 등을 나누며 교제하는 기회를 가졌다. 우리는 율동과 박수를 곁들인 찬양을 들려주었다. 그런데 그들은 너무 경건 위주로 신앙을 훈련받아서인지, 우리가 한참 교회 젊은이들과 어울려 교회당 밖에서 찬양하고 있는데, 성가대 연습을 마치고 나오는 노인들께서 우리의 찬양 자세에 대해 격렬히 항의했다. 하는 수 없이 우리는 하던 찬양을 중지하고, 그들이 갖고 있는 찬송가 가운데에서 내가 악보를 아는 곡을 골라 같이 찬양하자고 했다. 이미 필자는 그때 러시아 문자를 대강 해독할 수 있었고, 필자가 악보를 보고 노래할 수 있는 곡이면 그들도 어느 정도 익숙해 있으리라 생각했기 때문이다. 그러나 그들은 그들의 찬송가에 실려 있는 찬송도 거의 부르지 못했다. 그렇다고 언어가 서로 통하는 것도 아니었다. 난감하고 어색한 분위기였다.

하는 수 없이 필자는 그 교회의 청년부 지도 목사에게 변명을 겸하여 용서를 구했다. 오늘 이렇게 된 것이 동서 교회가 갖고 있는 문화의 차이에서 온 것이라고 설명하고, 우리는 장로교인들이지만 미국의 경우 침례교회 쪽이 오히려 율동과 박수를 곁들여 열정적으로 찬양한다는 것을 말했다. 그리고 2주일 전 우리가 모스크바의 러시아 침례교회에서 예배드릴 때에 오늘과 똑같은 찬양을 드렸지만 좋은 반응을 받았다는 것과 그러기 때문에 우리의 이 같은 찬양이 여기서 어떤 거부반응을 불러일으킬 것이라고는 전혀 예상하지 못했다는 것, 그럼에도 여러 교우들의 신앙적인 정서와 경건성에 흠집이 가게 했다면 용서해 달라고 정중하게 말하고 그 교회를 나왔다.

당황한 우리 대원들은 계면쩍어했고, 그곳 청년들 또한 멋쩍어한 것은 물론이다. 그날 저녁 우리는 경건회를 통해 우리 스스로를 반성하면서, 우리가 저들을 정죄하지 않고 이해할 수 있도록 해 달라고 기도했다. 그리고 아직도 찬양할 때 율동과 박수를 용납하지 않고 경건성을 유지하려는 침례교회가 있다는 사실에 대해 매우 고무적인 인상을 받았고, 특히 그 점을 하나님께 감사했다.

알마아타 번화가에서 노방전도를 마친 날 오후, 우리는 김동성 선교사가 이끄는 침례교회에 가서 수요예배에 참석했다. 그 교회 구성원은 대부분이 토착민이고 한국어를 모르는 고려인도 섞여 있었다. 말씀 전하는 순서가 되어 미국인 목사가 먼저 40분간 설교하고 이어서 필자가 〈마태복음〉 20장 1~16절의 말씀을 가지고 다음의 요지로 전했다.

하나님은 셈하시는 분이라는 것, 셈하시되 인간적인 방법으로가 아니라 당신의 은혜의 방법으로 하신다는 것, 즉 나중 온 자에게도 그의 노력의 대가와는 관계없이 1데나리온을 주었듯이 하나님이 주시는 구원도 믿음으로 은혜로 받는다는 것을 강조하고, 하나님의 나라에서는 나중에 된 자가 먼저 되는 역사가 있듯이 여기 나중 믿은 여러분들에게도 먼저 믿었다고 하는 한국·미국·서유럽보다 하나님 나라에서 먼저 되는 자가 될 것이라는 것, 그리고 그런 날이 속히 오기를 빈다고 했다. 설교라기보다는 그들을 주 안에서 격려하기 위한 말씀이었다. 설교를 마친 뒤, 힘찬 박수가 오랫동안 끊이지 않았다.

7월 24일 우리는 모스크바를 향해 알마아타를 떠났다. 그날 비행기 안에서 남긴 일기의 일절이다.

알마아타, '사과의 아버지'라는 이 도시는 남쪽이 천산산맥으로 병풍처럼 둘러싸여 있는, 여기서부터 수백 km의 파미르 고원이 시작되는 곳, 그래서 인류의 기원을 여기에서 찾기도 했다. 여기는 넓게는 모슬렘권에 속하고 140여 인종이 산다고 한다. 이곳이 복음화하면, 여기에서 새로운 예루살렘이 되어 세계를 복음화하는 위대한 역사가 일어날 것이라고 한 선교사는 확신하고 있었다. 참 아름다운 도시다. 사과나무가 거리마다 집집마다 있고, 철이 되면 아이들 머리만 한 크기의 사과도 맛볼 수 있다고 한다. 거리의 가로수가 도로변을 감싸 차도가 마치 나무 터널을 지나는 듯한 느낌을 주었다. 내 생애에 다시 이러한 오지(奥地)를 찾을 수 있을지 모르지만, 만년설이 덮인 저 천산과 훤하게 뚫린 저 벌판, 많은 수목들을 결코 잊지 못할 것이다.

4시간의 비행 끝에 우리는 다시 모스크바 공항에 내렸다. 비행기에서 내리자 여기서도 활주로 안까지 들어와 대기하고 있는 전세 버스를 타고 나왔다. 이런 일은 옛 소련의 질서 아래서는 상상도 할 수 없는, 다른 질서로 바뀌는 과도기 러시아의 한 단면이다. 바람직한 질서로 재편되지는 않았는데, 국가 기강은 벌써 이렇게 무너지고 있었다. 그 주범은 뇌물이다. 여기까지 파고든 뇌물은, 그래서 국가의 기강과 사회의 질서를 파괴하는 가장 '효과적인' 무기다.

공식적인 일정을 끝낸 우리는 그 이튿날 비로소 일에 쫓기지 않는 한가한 시간을 갖고 차분하게 러시아를 볼 수 있었다. 모스크바 근교의 러시아 정교회 관광 명소인 자고르스크(Zagorsk)에 갔다. 이곳에서 세르게이라는 수도사가 6백여 년 전에 신학교를 시작했는데, 지금은 천여 명의 신학생과 2백여 명의 아카데미아 학력 수준(석·박사 과정)의 학생들이 공부하고 있단다. 도시 가까이 가자 비잔틴 양식의 황금빛 돔을 얹은 정교회 사원이 휘황찬란하게 눈앞에 다가왔다. 일찍부터 교권과 왕권이 결탁되어 이룩된 이곳이지만, 공산치하에서는 대부분의 건물을 빼앗겼다가 지금은 박물관 외에는 다 돌려받았다고 한다.

수도사처럼 복장을 한 사람(자신은 신학생이라 함)의 자상한 안내를 받아 여러 곳을 출입했는데, 그 사람은 헤어질 때 우리의 예상과는 달리 2달러밖에는 필요하지 않다고 했다. 아, 천 년 이상 권력층과 결탁하여 '가진 자를 위한 종교'로 전락했던 러시아 정교, 부패·타락의 극치를 이루었고 마침내 미증유의 혁명을 불러오는 데 결정적인 구실을 했던 러시아의 그리스도교 성직자들! 러시아 정교의 그런 과거를 회상하면서 필자는 이 신학생의 '탐욕 없음'이야말로 공산정권 붕괴 뒤에도 이들 신학생에게는 아직 돈의 위력이 미치지 않았다는 한 증거가 아니겠느냐고 좋게 생각했다. 그러나 그 생각도 잠시뿐, 그가 떠난 바로 옆에서 우리는 성물을 손에 들고 돈과 바꾸자고 외치는 화려한 차림의 한 사제를 눈여겨보지 않을 수 없었다.

우리는 사원의 건물을 출입할 때는 모자를 벗어야 했고 여성들의 짧은 바지 차림은 허락되지 않았으며, 예배 중에는 출입 자체를 제한당했다. 관람을 마친 뒤에도 우리는 여러 장의 사진을 찍었다. 그만큼 아름다운 경치들이 많았기 때문이다.

이날 우리는 여러 음식점들을 들렀지만 점심을 먹지 못했다. 들어가는 곳마다 2시간 이상을 기다리라는 것이다. 모두 국립 영업소인 그들에게는 손님은 안중에 없고 정해진 시간과 업무량만 있었다. 융통성을 발휘하여 더 일해도 소득이 없으니 더 부지런히 일할 필요가 없었고, 그래서 소비자들만 골탕 먹게 되어 있었다. 주린 배를 안고 모스크바로 돌아오다가 길가에 토마토 몇 개를 얹어 놓고 뒷짐을 지고 있는 '노점상'이 있기에 차를 세우고 내려 그가 갖고 있는 20여 개를 모두 사겠다고 했다. 그러나 그는 거부했다. 이유는 "이걸 한꺼번에 다 팔고 나면 나는 하루 종일 뭘 해?"였다. 이 사실만으로도 이 나라 사람들의 단순한 삶이, 자본주의와 경쟁 사회에 찌들어 한 개라도 더 팔아야 하겠다고 아옹다옹하는 우리네의 삶과 얼마나 다른지를 이해할 수 있을 것이다. 지금은 많이 변했겠고, 또 믿기지도 않겠지만, 이것이 필자가 방문했을 때의 러시아였다.

자고르스크에서 돌아온 오후, 다음날의 러시아 출발을 앞두고 우리는 모스크바의 이른바 '자유시장'으로 알려진 '아르바트 거리'에 나가 두어 시간을 보냈다. 외국인 관광객을 위해 개설되었다는 이 시장에서는 경쟁과 돈에 혈안이 된 모습들을 볼 수 있었다. 거리의 악사, 어린이들의 구걸하는 노래, 초상화가, 달러 장사, 그 밖에 기념품·군복 장사 등, 우리 주변의 흔한 모습들을 목격하면서 얼마 지나지 않아 변모되고 타락될 러시아의 모습을 상상하는 것은 어렵지 않았다.

이번 여행의 마지막 밤을 보내면서 필자는 이곳에 가져 온 것들을 정리하기로 결심하고 러시아 가정과 몇몇 한국인들을 방문했다. 내가 가져 온 것도 도움을 받은 것이니 여기에 주고 간들 아까울 것이 없었다. 먼저 지난번 뜻밖의 대접을 받았던 그 러시아인 가정을 찾아갔으나, 그때 보았던 딸 내외밖에는 만나지 못했다. 미국으로 떠나기 전에 다시 찾아온 뜻을 말하고 지난번의 대접에 대해 자그마한 선물로 고마움을 전했다. 그런데 우리의 전화를 받고, 어느새 저녁을 준비해 놓고 있었다. 저녁식사를 마친 뒤라 사양하니, 다음날 비행기에서 먹으라고 하면서 준비한 음식을 싸 주었다. 러시아 하면, 곧 스탈린의 독재와 6·25 동족상잔의 배후 집단 정도로만 연상해 왔던 우리 세대에게 모스크바의 이 가족은 여행의 끝마무리 단계에 이르기까지 '러시아의 오염되지 않은 인간성'을 보여 주었다. 이번 러시아 여행을 통해 얻은 소득의 하나가 바로 여기에 있지 않을까 생각된다. 인간이 만든 사상과 제도에 대한 회의에도 불구하고, 이곳에 사는 인간에 대해서는 끝까지 절망하지 않게 만든 이 가정에 대해 필자는 감사의 말을 남기지 않을 수 없다. 욕심 같아서는 이 가족을 한번 초청해서 한국에도 그들과 똑같이 오염되지 않은 '사람'이 살고 있다는 것을 보여 주고 싶은 심정이다.

그 이튿날 우리는 아침 8시 50분경에 출발하는 아에로플로트를 타기 위해 6시 40분에 모스크바 국제공항에 도착했다. 믿지 않겠지만, 거의 1시간 30분 걸린 다섯 번의 심사를 거쳐 비행기에 올랐다. 불친절과 비능률의 극치를 여기서도 다시 보았다. "비행기에 오른 뒤 약간 안도의 숨을 내쉬었다. 이제 몇 시간 뒤면 미국에 도착하게 되나 보다. 이것은 러시아에서의 생활이 얼마나 내가 지금껏 익숙하게 된 사회와 차이가 있었는가를 반증하는, 불안의 한 표시이기도 한 셈이다." 돌아오는 길에 우리는 캐나다의 뉴펀들랜드의 잰더(Gander) 공항에 내려 주일예배를 드렸다. 필자는 〈누가복음〉 17장 7~10절의 말씀을 준비하여, 우리가 주님의 말씀을 순종한 뒤에 가져야 할 자세는 "우리는 무익한 종이라 우리의 하여야 할 일을 한 것뿐이라"는 것이라고 강조했다. 이런 자세가 20여 일 동안의 선교여행뿐 아니라 '하나님 나라 확대'를 위한 인생 전체의 '순례자적 삶'에서 가져야 할 것이겠기 때문이다.

유럽 종교개혁지 탐방

1992년 8월 19일 ~ 9월 14일

⊙ 여행경로 : 뉴욕 → 런던 히드로공항 → 프랑크푸르트 → 아이제나흐 → 비텐베르크 → 할레 → 프랑크푸르트 → 플젠 → 프라하 → 기웨르 → 부다페스트 → 기웨르 → 빈 → 잘츠부르크 → 노이키르헤 → 인스부르크 → 쌍 갈렌 → 제네바 → 하이델베르크 → 보름스 → 마인츠 → 류데샤임 → 프랑크푸르트 → 로마(바티칸) → 나폴리(아말피) → 로마 → 프랑크푸르트 → 런던 → 옥스퍼드 → 런던 → 브리젠드 → 라노버 → 첼튼햄 → 에든버러 → 옥스퍼드 → 런던 → 뉴욕

기독교사를 공부하면서 테마여행을 가끔 생각한 적이 있다. 일테면 유럽의 종교개혁지를 탐방하겠다는 것도 그 하나였다. 1992년 3월부터 미국 프린스턴신학교에 연구교수로 파견된 적이 있는데, 이때 종교개혁지 탐방을 결행키로 했다. 이 여행은 1992년 8월 19일부터 9월 14일까지 거의 한 달이 걸렸다. 이 여행에는 아내와 동행했고, 독일·체코·헝가리·오스트리아와 이탈리아를 탐방하는 동안에는 독일에 유학 중인 조카 이은희가 안내역을 맡기도 했다. 중세 가톨릭 교회와 '개혁교회'의 수많은 유적들을 보면서, '개혁교회'들의 오늘의 모습을 돌아보지 않을 수 없었다. '교회는 늘 개혁되어야 한다'는 진리는 이래서 값지다고 할 것이다.

8월 19일 (수) 아침에 일찍 일어나 컴퓨터 앞에 앉았다. 그러나 몇 시간 동안 한 작업을 저장하지 않고 전원을 꺼버려 헛일이 되고 말았다. 일과 시간에 차질이 왔다.

오전에는 계속 컴퓨터 앞에 앉아 원고를 정리했다. 오후에는 은행에 가서 현금과 여행자수표를 합해 5천 달러를 찾았다. 저녁에 떠나는 여행을 위해서다.

윤병남 씨가 와서 열쇠를 맡겼다. 박성주 전도사가 오후 5시 30분까지 타자하는 작업을 했으나 끝내지 못했다. 준비된 것만 보내기로 하고, 김승태 선생에게 편지를 쓰고, 박 전도사에게 원고의 출력과 복사 및 김승태 선생에게 보낼 절차 등을 부탁했다.

박 전도사의 차를 타고 5시 35분에 프린스턴을 출발, 6시 30분에 뉴어크(Newark) 공항에 도착, 수속까지 잘 마쳤다. 7시 40분 출발 예정 비행기가 한 시간 정도 늦게 이륙했다. 이륙 뒤 1시간쯤 지나자 전식(前

食)을 갖다 주었고, 1시간 30분이 지나서 저녁식사가 있었다. 연어가 바닥이 나서 닭고기로 저녁을 때웠다. 잠을 청하기 위해 포도주를 마셨다. 비행기를 탈 때면 포도주 한 잔 정도는 마셨다.

아내가 동행(同行)이어서 여행이 지루하지 않았다. 아내 옆에는 뉴저지 주 롱비치에서 왔다는 할머님이 계셔서 가끔 대화를 나눴다. 그는 감리교 신자라고 한다. 영국과 아일랜드를 여행하기 위해서 간다고 한다. 주소와 전화번호를 서로 나눠 가졌다.

영국항공(British Airways)은 승무원이 매우 친절하다. 옛날 대국이었던 풍모와 관용이 그 친절과 함께 엿보인다. 식사 전에 메뉴를 주고, 편한 여행을 위해 양말과 칫솔·치약·눈가리개까지 주었다. 이러한 서비스를 지금까지 내가 타 본 비행기에서는 전혀 받아보지 못했다.

8월 20일 (목) 뉴욕과 프랑크푸르트의 시차는 6시간이다. 런던 시간(뉴욕보다 5시간 빠르다)으로 7시 40분에 비행기는 런던 히드로공항에 도착했다. 거의 잠을 자지 못했다. 그동안 영국항공사가 있는지조차 몰랐는데, 규모가 크고 운항 지역도 넓다는 것을 비로소 알게 되었다.

런던은 아침에 비가 왔다. 소설에 자주 보이는 음산한 날씨를 연상케 해 주었다. 여행 중이기 때문에, 집을 떠난 사람에게는 자주 그렇게 느껴지는 것이다. 우리가 내린 곳에서(아마도 터미널 3인 것 같다) 곧바로 대부분의 환승 손님들을 터미널 1, 2, 4로 옮겨 주어 우리는 1로 왔다. 아침부터 사람들이 벅적거렸다. 면세점에 특히 사람들이 많았다. 세계 각처를 여행 다니는 학생들이 공항 구석에 누워 자는 모습도 보였다.

아내와 함께 2파운드짜리 전화카드를 샀다, 미국 돈으로 6달러이다. 달러가 꽤 평가절하 되었음을 알 수 있었다. 양용의 목사님께 전화를 드렸다. 그러지 않아도 떠나기 전에 이승장·박형동·고무송·양용의 목사께 편지를 드렸었다. 9월 7일 아침에 히드로공항에 나올 것이라 했다.

대합실에서 국사편찬위원회에 제출할 원고 초고를 읽으며 교정하는
데 거의 3시간 이상을 보냈다. 8월 30일까지 그것을 꼭 보내야 하기 때
문이다.

12시에 프랑크푸르트행 영국항공 비행기를 타고 프랑크푸르트 시간
으로 2시 40분에 도착했다. 비행시간은 1시간이 조금 더 걸린 셈이다.
조카 은희가 그의 친구(전공이 같은 한국인 학생)를 데리고 나와 그 사
람의 차로 무사히 은희 집까지 왔다. 저녁에는 한국음식점에서 식사하
고, 프랑크푸르트 시내를 셋이서 산책했다. 라인 강 지류인 마인 강이
인상적이다.

8월 21일 (금) 며칠 동안 계속 일을 한 데다 시차 또한 제대로 극복

하지 못해서 몸이 쾌하지 못하다. 거기다 국사편찬위원회에 보낼 원고
정리부터 하고 여행하는 것이 좋을 것 같아서 종일 프랑크푸르트대학
도서관에서 원고 교정을 보았다.

오전에 김사권 군이 하고 있는 한독여행사를 잠깐 동안 방문하기도
했다. 김 군은 나와 마산고등학교 동창이다. 고3 때 검정고시를 거쳐 서
울대학교 문리과대학 물리학과에 입학했다가 취향에 맞지 않다고 하여
다시 대학시험을 쳐서 그 이듬해 서울대학교 문리과대학 정치학과에
입학한 수재로, 독일에 유학 왔다가 무슨 이유에서인지는 알 수 없으나
여행사를 경영하고 있다. 내가 운전해서 여행하는 것이 무리가 아닐까
생각되어 여행계획을 좀 바꿔볼까 하고 의논해 보았다. 그러나 김사권
군은 자동차 여행을 적극 권했다.

저녁에 조병수 목사와 김승현 목사에게 전화, 베를린에 갈 경우에 대
비해 조언을 구했다.

8월 22일 (토) 은희가 한글학교에 가기 때문에 우리 부부가 예약해 둔 헤르츠(Hertz)사에 가서 자동차를 빌려 여행을 떠나기로 했다. 떠나기 전에 국사편찬위원회에 보낼 원고를 김영희 양에게 보냈다. 교정과 지시, 그리고 첨삭을 가하였다. 그런데 너무 긴 논문이 되어 버렸다. 타자지로 86쪽이나 되었으니까.

학교 앞에서 택시를 타고 헤르츠사에 가서 오펠사 자동차인 아스트로를 빌렸다. 처음에 조건을 제시하지 않아서 수동 변속기 차량을 주었다. 처음 보는 차라 약간 서툴렀지만, 운전하는 동안 차차 익숙해졌다.

5N → 4E로 해서 옛 동독 지역인 아이제나흐에 가서 바르트부르크 성에 올랐다. 옛 작센 지방 제후의 성이라든가? 관광객이 많았다. 마르틴 루터(Martin Luther)가 1521~1522년 약 1년 동안 이 성에서 그리스어로 된 신약성경을 독일어로 번역했다고 한다. 성은 그곳에서 가장 높은 산 봉우리(바위) 위에 세웠는데, 성의 망루 위에 오르니 근처의 아름다운 산천이 다 보였다. 올라가고 내려오는 길과 산 위의 건물을 보면서 중세 사회 봉건제후의 모습과 그들을 위해 피땀 흘린 농노들을 연상해 보았다. 길바닥에 깔린 돌 하나마다 그들의 원한의 피땀을 보는 듯했다.

성에 들어가서 '루터의 방'에만 들어가 보았다. 그가 거처하면서 번역사업을 강행한 방이다. 책상이 있고, 루터의 모습을 그려 놓은 그림이 있었다. 루터가 제후의 보호를 받았다는 것, 그리고 제후들의 호응이 있었기 때문에 종교개혁이 성공했다는 것, 뒷날 농민들이 반란을 일으켰을 때 루터는 귀족 편에 섰다는 것, 이런 것들을 생각해 보면서 루터의 그럴 수밖에 없었던 사상과 자세 때문에 그 뒤 세계사에 큰 영향을 끼친 종교개혁이 독일에서는 다소 어정쩡하게 되었음을 희미하게 느낄 수 있었다.

차를 다시 북으로 돌려 5E → 9N 도로로 가다가 고속도로로 약 16km 동쪽으로 가니 비텐베르크(공식 명칭은 Lutherstadt Wittenberg)가 나왔다. 성 안 교회의 웅장한 종탑이 보였다.

우선 호텔을 정했다. 7시 무렵에 도착했지만, 대충 구경하려고 해도 몇 시간이 걸리는데 박물관은 오후 5시에 문을 닫는단다. 루터의 사적지를 찾아보는 것이 이번 여행의 큰 목적인데, 그냥 돌아설 수는 없었다. 베를린에서 기다릴 한 목사님께는 호텔에 가서 연락하였다. 호텔은 격식을 제대로 갖춘 곳이다. 그 식당에서 스파게티와 피자, 물을 시켜 먹었는데 17마르크가 나왔다. 거리가 어찌나 조용한지 시골 같은 느낌이었다. 차의 안전을 위해 호텔 주차장으로 몰고 와서 10마르크의 주차료를 냈다. 호텔비는 130마르크로 약간 비싼 듯하나, 장소가 도심이면서도 조용한 분위기를 맛볼 수 있는 곳이라 그곳으로 정했다.

오늘 다녀온 바르트부르크 성에 대해서 조금 더 써 보자. 먼저 루터가 이곳에 온 경위는 이렇다. 그가 1517년 10월 31일, 비텐베르크 성교회(城敎會, Schlosskirche)의 문에 95개조의 논제를 못 박아, 종교개혁을 제기하자, 1521년 1월 21일 로마 교황 레오 10세로부터 파문을 선고받고, 그해 5월에는 보름스의 제국의회에서 신성로마제국의 카를 5세로부터 이단자로 단죄 받았다. 신변의 위협을 느낀 그가 비텐베르크로 돌아가던 도중 갑자기 일단의 기마대에 의해 납치당했다. 그것은 그동안 루터를 지지하며 후원해 주던 작센 선제후(選帝侯) 프리드리히 현공(Friedrich Der Weise)이 루터를 구출하기 위해 알렌슈타인 근처에서 사전에 치밀한 계획 아래 납치극을 벌여 루터를 바르트부르크 성으로 은신시키고, 융커 외르크(Junker Jörg)라는 기사로 변장시켰던 것이다.

여기서 루터는 1522년 3월 1일까지 신약성경을 최초로 독일어로 번역, 1522년 9월 첫판을 발행케 했다. 이것은 그리스어 원본을 당시의 독일 사람들이 사용하는 문장어와 구어체로 번역한 것으로, 그 공로로 '독일어의 아버지', '위대한 최초의 독일어 선생'으로도 추앙을 받는다.

바르트부르크 성은 튜링겐 숲의 중심부에 자리 잡고 있어서 망루에서 본 숲의 아름다움은 대단했다. 해발 400m 산꼭대기에 있는 이 성은 악성(樂聖) 바그너가 쓴 오페라 〈탄호이저〉의 무대이기도 하고, 1867년 축성 800년 기념제 때 리스트가 자작(自作)의 오라토리오 〈엘리자베스〉를 이곳에서 초연했다고 한다. 그리고 이 성 부근의 아이제나흐는 바흐의 고향이기도 하단다. 바흐의 생가가 '바흐박물관'이 되어 있다는데, 그곳은 가보지 못했다.

8월 23일 (일)

호텔 방은 넓고 침대도 두 개가 있으나, 침대의 스프링이 이상한지 몹시 움푹 들어가는 느낌이었다. 샤워 시설이 있으나 그것은 말이 아니다. 화장실은 방 안에 있지 않고 바깥에 한 사람이 들어가 사용할 수 있는 공용 화장실이 있었다. 자면서 두 번이나 바깥 화장실을 사용해야만 했다.

아침식사를 하면서 우리가 들어 있는 방이 '루터의 방'인 것을 알았다. 왜 그런가 하고 물으니 루터가 이곳에(근처에 '루터의 집'이 있다) 살면서, 이 층에 드나들며 포도주를 마셨기 때문에 그런 이름이 붙여졌다고 한다. 아침식사는 어제 저녁보다 낫게 먹었다. 식대가 호텔비에 포함되어 있었고 뷔페식으로 되어 있어서 이것저것 먹을 수 있었기 때문이다. 계란 스크램블에 햄을 잘게 썰어 넣어 함께 볶았는데 특이하다.

아침식사 뒤에 근처에 있는 "성 마리아" 시교회(市敎會, Stadtkirche)에 가서 예배(10시~11시 20분) 드렸다. 독일어를 알아듣지 못해 그 순서가 어떤지는 정확히 모르겠으나 찬송, 설교, 사도신경과 주기도문의 암송 등과 사제(목사)·성가대·회중이 서로 화답하는 것 등이 있었다. 전자는 개신교의 의식이었는데, 후자의 것을 보면서 천주교를 연상했다. 끝에 가서 '성찬' 예식이 있었는데 참석하려고 하는 자는 앞으로 나갔다. 나도 나갔다. 그리스도의 몸에 해당하는 떡은 다른 사람(교회 간부)이, 피에 해당하는 포도즙은 목사가 그것도 한 컵을 옆으로 돌리면서 마시게 했다. 목사는 'blut(피)'라는 단어를 썼다. 아마 '이것은 주님의 피입니다'라는 말인 것 같았다.

예배를 마친 뒤 루터가 사용한 설교단이 여기에 있느냐고 물으니, 이 교회에서 루터가 설교한 것은 사실이나 설교단은 여기에 있지 않고 '루터의 집'에 있다고 했다. 교회의 제단에 있는 그림이 인상적인데, 루터의 친구였고 화가였던 루카스 크라나흐(Lucas Cranach)가 그렸다고 한다.

우리가 엊저녁과 예배 뒤에 비텐베르크를 견학한 것은 이렇다.

① 루터라이헤(Luthereiche, the Luther Oak) : 이곳은 루터가 1520년 12월에 그해 6월 교황 레오 10세가 낸 위협용 교서 〈주여, 내쫓으소서(Exsurge, Domine)〉를 불태워 버린 장소이다.

② 루터의 집(Lutherhaus) : 원래 16세기 초에 지어진 것으로, 1525년 카테리나 폰 보라와 결혼한 루터가 이 집에서 살게 되었는데, 선제후 요한(Johann Der Beständige)이 이 집을 루터에게 선물함으로써 1532년 이래 루터가 소유주가 되었다. 여기는 현재 루터박물관이 되어 있는데 1~3층에 루터의 유물과 루터 관계 연구서들이 있었다. 루터가 쓰던 방에 책상도 있었고 그가 남긴 원고들도 많이 있었다.

그가 수도승으로 있던 시절의 아우구스티누스 수도원을 물었으나 루터의 집에 딸린 건물들이 그것이었다고 한다. 또 비텐베르크대학교 어거스틴대학도 같이 붙어 있는 건물들이 아닌가 생각된다. 이것은 1502년에 건립되었는데, 여기에는 개신교 설교자 신학교가 있어, 1989년 동쪽 독일의 평화 혁명에 괄목할 만한 구실을 한 파스토르 프리드리히 재코 어렘메르 씨가 여기에서 활동했다고 한다. 그곳에 있는 분에게 여러 가지를 물었으나 별로 아는 것 같지 않았다. 사회주의 45년 동안 루터 연구는 물론 그의 유적도 연구, 보존되지 않았음을 반증하는 것이다.

③ 멜란히톤의 집(Melanchtonhaus) : 1536년에 건립된 것으로, 유명한 휴머니스트이자, 그리스어 교수, 또 '독일의 스승'인 멜란히톤이 1560년에 돌아갈 때까지 살았던 집이다. 그

의 유품은 책상 등 몇 개 정도가 남아 있는 형편이다. 멜란히톤은 루터와 함께 종교개혁의 동지가 되었던 분이다.

④ 콜레기움 프리데리키아눔 : 1817년 비텐베르크대학이 해체될 때까지 거기에 소속되어 있었다. 그 뒤 프러시아 군대의 병영이 되었다가 1918년 이래 민간인들의 아파트가 되었다. 멜란히톤의 집에서 얼마 떨어지지 않았다.

⑤ 전설의 햄릿의 집 : 셰익스피어의 한 장면에서 따온 것으로, 사실 여부는 알 수 없다.

⑥ 시청 앞 광장 : 루터와 멜란히톤의 동상이 있다. 어제 내가 물었을 때 시민 한 사람은 루터와 루카스 크라나흐라고도 했다. 그 앞에 시교회(市敎會)가 있다. 루터가 이곳에서 그의 진리를 선포, 주장했다고 한다.

⑦ 성교회(城敎會) : 루터가 95개조의 논제를 대문애 못 박아 종교개혁의 횃불을 올린 곳이다. 아내와 나는 그 문 앞에서 포즈를 잡고 사진을 찍었다.

독일의 크지도 않은 이 도시에서 시작된 종교개혁이 세계의 역사를 변혁했다. 그런 의미에서 루터와 비텐베르크는 재조명되어야 한다. 교회사를 연구하는 학자로서 이번만큼 뿌듯한 답사소감을 가진 적이 없다.

오후 2시 무렵에 비텐베르크를 출발, 할레로 왔다. 비가 너무 와서 오는 길에 고속도로 위에서 혼났다. 할레도 고색이 창연한 큰 도시이다. 옛 할레대학을 찾았는데, 지금은 마르틴루터대학(정식 명칭은 Martin-Luther-Universität Halle-Wittenberg)이라고 했다. 1832년에 우리나라를 다녀간 귀츨라프(Gützlaff)가 이 대학 출신이기 때문에 이곳을 방문했다. 그의 행적에 대해서는 다시 평가될 날이 올 것이다.

귀가 길에 올라 프랑크푸르트의 은희네 집에 도착하니 10시 50분이었다. 저녁인데도 도시 안에서 길을 잘 찾은 셈이다.

8월 24일 (월) 늦게 일어나서 10시 반에 프라하를 향해서 출발했다.

중간 중간에 쉬어서 그런지 오후 7시가 넘어서야 프라하에 도착했다. 뉘른베르크를 지난 뒤 휴게소에서 체코 사람을 만나 이야기를 나누었다. 국경선에서는 약 40달러를 내고 비자를 발급받았다. 국경에서 필센을 지나 프라하 중간까지는 고속도로라 하나, 우리나라의 지방도로보다도 못한 지역도 있다.

8시쯤 민박 알선업자를 만나 예약한 민가를 확인했으나 여러 가지로 어려웠다. 은희가 미안한 탓인지, 성질을 부리는 것 같아서 걱정이다. 11시가 거의 다 되어 민박 알선업자가 소개한 곳을 겨우 찾아 들어갔다.

8월 25일 (화) 아침에 일어나 보니, 우리가 머문 숙소는 몰다우 강가에 있었고, 강가의 연립 아파트의 육중한 건물들 가운데 하나였다. 현관 입구의 방과 부엌 옆의 침실 등 2개의 방이 있었고, 화장실은 현관과 붙어 있었으며, 샤워실은 부엌과 붙어 있었다. 동유럽에서도 그것을 느꼈지만 화장실과 목욕탕이 분리되어 있는 점이 얼른 눈에 띈다. 옛날 한국에서 대문 옆에 변소가 있던 것이 연상되었다.

방에는 각각 침대 두 개에 시트를 깔았고, 덮는 것도 깨끗한 시트를 씌워 놓았으며 베개도 그랬다. 또 무늬 있는 수건을 하나씩 놓았다. 부엌과 침실에는 일반 살림살이에 필요한 가구들을 다 갖춰 놓았다. 가스레인지도 네 개의 화구가 있었고, 손님들을 위해 찬장에는 그릇들을 놓아두었다. 자기가 가져온 음식물 재료가 있으면 요리까지 해 먹을 수 있게 되어 있었다. 집이 여유가 있는 사람이거나 프라하에 집을 두고 시골에 가 있는 사람들이 민박 알선업자에 의뢰, 이렇게 관광객들을 유치하는 모양이다.

아침에 일어나 간단히 라면을 끓여 먹었다. 아내와 은희는 밖에 나가 먹기를 원하는 눈치였지만, 시간을 벌기 위해 집에서 간단히 아침을 때

왔다.

10시쯤 그 집에서 나와 먼저 프라하 성으로 갔다. 근처에 주차하고 올라가니, 대통령궁을 비롯해서 중요한 국가기관들이 거기에 있는 것 같았다. 옛날 왕궁이었던 것이 오늘날 민주사회에서 공개되어 관광 명소가 된 것이다. 더 중요한 것은 대통령이 집무하는 곳이 바로 근처인데, 거기까지 공개되고 있다는 점이다. 우리 같으면 도저히 상상할 수 없는 상황이다. 같이 있는 성 비타 대성당(Katedrala sv. Vita)도 가보았다. 장엄하기가 파리의 노트르담 대성당을 능가하는 것 같다는 것이 옆에 있던 은희의 의견이었다. 체코가 가톨릭 국가인지 모르는 상황에서, 이러한 어마어마한 교회 건물이 있고 공산치하에서 보존 유지된 것을 생각하니 참 신기하게 느껴졌다. 이 궁성에서 몰다우 강 이편과 저편을 바라보니, 프라하 시내가 거의 다 보이는 듯했다.

내려오면서 그림엽서를 몇 장 샀다. 나중에 그 가운데 2장을 써서 기홍, 기종 형제와 김승태 선생 등 연구소 분들에게 띄웠다. 그러고 보니 요 며칠 동안 연구소와 기홍 형제를 위해서 전혀 기도하지 않았음을 알았다.

궁성에서 내려와 차를 몰고, 내가 이곳에 온 중요 목적인, 종교개혁자 얀 후스(Jan Huss)의 사적을 찾기로 했다. 몰다우 강을 건너, 후스가 개혁을 외치던 베들레헴 교회를 먼저 찾고, 그의 기념 교회도 찾기로 했다. 차를 몰고 와서 자유시장이 있는 곳에 차를 세워두고 이 골목 저 골목을 묻고 기웃거리면서 겨우 찾았다. 사람들이 대부분 이곳을 몰랐다. 어떤 이는 친절하게 대했지만 잘 몰랐고, 어떤 이는 별 관심 없이 무책임하게 저쪽이라고 손짓했다.

우리가 찾은 베들레헴 교회는 흰 페인트가 칠해진 두 처마가 삼각형으로 나란히 서 있었다. 이곳에서 후스가 개혁을 부르짖었다. 그는 화형당한 순교자다. 감회가 깊다. 그 옆의 골목을 돌아가니 후스 기념 교

▲ 프라하 성에서

회가 있었다. 그것을 건립한 분의 조각이 벽에 박혀 있었는데, 18세기의 인물로 보였다. 후스가 든 봉화가 루터에게 미쳐 위대한 종교개혁이 일어났지만, 후스가 이곳에서 얼마나 기억되고 존경받는지는 확인할 수가 없었다.

시장에서 토마토·바나나 등의 과일을 사고, 샌드위치를 사서 먹으면서 부다페스트로 향했다. 산천이 좋고 특히 수림(樹林)과 농토가 간간히 섞여 있는 체코는 퍽 인상적이다. 물산(物産)이 좋은 만큼, 소련보다는 훨씬 풍부한 것 같고, 동독보다도 좋다는 인상이 들었다. 사람들은 깨끗하고 아주 흰 피부를 가졌으며, 영국인 비슷하다. 프라하는 한마디로 천년고도(千年古都)로, 도시 전체가 박물관이라는 인상을 받았다.

부다페스트를 향한 고속도로를 찾지 못해 약 1시간을 허비했다. 도로 표지판이 그만큼 외국인에게는 찾기 어렵게 되어 있다는 뜻이다. 도심지에 해당하는 '중앙'을 거쳐 겨우 찾아 달릴 수 있었다. 브라티슬라바(지금의 슬로바키아 수도)와 국경까지는 대체로 도로가 좋았다.

오후 7시 무렵 체코·헝가리 국경을 넘었다. 체코에서는 출국용 비자를 반납했고, 헝가리에는 비자 없이 들어갔다. 입국하면서 헝가리의 평원을 보게 되었다. 체코와는 다른 분위기다. 체코의 국토가 잘 다듬어졌다면, 헝가리의 농토는 다 그런 것은 아니지만 경계에 그런대로 수목들이 있어서, 이웃 나라치고는 체코와 약간 분위기가 다르다는 것을 느꼈다. 국경도시 기웨르(Győr)를 지나면서 4차선 고속도로로 들어서서 오후 9시가 조금 지나 부다페스트에 도착했다. 도심에 들어와 어제 저녁과 같은 고생을 하지 않기 위해 택시 기사에게 부탁, 앞장서도록 하고 민박하는 목사 미망인 댁을 쉽게 찾았다. 독일 함부르크에서 왔다는 어느 목사의 안내로 차를 주차하고 잠자리에 들었다. 거의 12시가 되었다. 오늘도 5백km 이상을 달린 셈이다. 운전할 때는 몰랐는데, 잠자리에 들면 많이 피곤하고, 특히 물을 많이 마시게 된다.

8월 26일 (수) 7시 무렵에 일어나 일찍부터 시내를 둘러보기로 했다. 은희가 준비한 빵과 요구르트를 먹고, 지하철·전차·미니버스를 이용, 부다의 궁성으로 갔다. 부다페스트(Budapest)는 도나우 강을 중심으로 부다와 페스트의 두 도시로 되어 있는데, 부다는 고도(古都)이고, 페스트는 신도(新都)인 셈이다. 부다 왕궁(Királyi Palota)의 여러 박물관들 가운데 미술박물관(일종의 미술관)에 들어갔다. 왕궁에 들어가 보니 수천 명이 한꺼번에 움직이고 있었다. 옛날 헝가리 국왕의 왕궁으로 쓰였던 건물이다. 도나우 강가의 높은 산에 자리하고 있어서 이곳에서도 부다페스트의 대부분이 보였다.

　미술박물관에는 신구의 회화·조각 등 미술품이 즐비하게 있었다. 이런 박물관이 시내에 몇 개나 있다고 하니 놀랍다. 헝가리를 그냥 집시의 나라, 문화 없는 나라로 보았던 무식이 부끄럽다. 같이 있는 마차시 교회(Mátyás-Templom)를 돌아보고, 1시 30분부터 '2시간짜리 시내관

▲ 부다페스트

광' 버스를 탔다. 8개 국어(헝가리어·독일어·영어·불어·이탈리아어·스페인어·일어·네덜란드어)로 설명하는데, 자신이 원하는 대로 선택하여 듣도록 되어 있었다. 일어가 있는 것을 보고 일본인 관광객이 얼마나 많았을까 짐작해 보았다.

천 년이 넘은 고도를 돌아보면서, 런던 못지않게 예술성 높은 건물들과 기념품들이 많음을 느꼈다. 과거에 지었던 건물들의 예술성을 나름대로 살리려고 최대한 노력했다. 곳곳에 후대들을 위해 역사적 교훈을 살리려는 기념물들이 서 있었다. 이 나라의 문화를 보는 것 같아서 흐뭇했다.

어제 오면서도 느꼈지만, 헝가리는 동유럽 가운데에서 개방화가 가장 앞선 곳이다. 곳곳에 쉘·모빌 등의 주유소가 있었고, 맥도널드·버거킹이 들어와 있었으며, 각국의 상품광고와 선전물이 또한 다양했다. 이들을 보면서 1950년대 자유를 위한 헝가리의 투쟁을 연상할 수 있었다. 이런 나라가 어떻게 공산치하에 있었을까? 그러자 이 나라의 공산주의는 북한이나 소련식의 공산주의가 결코 될 수 없었을 것이라고 생각하게 되었고, 따라서 가장 먼저 개방화를 추진하고 있는 이유도 어렴풋이 알게 되었다.

체코의 크로네와 헝가리의 포린트는 독일의 마르크에 대해 각각 2천 대 1과 5천 대 1 정도가 된다고 한다. 어제 체코의 민박은 2,800크로네(하루, 한 집)였고, 오늘 헝가리의 경우는 이틀, 방 2개(은희가 있어서 방 2개를 썼다)에 5천 포린트가 못되었다고 한다. 우리가 묵고 있는 방은 조그만 책걸상, 세면대, 옷장 그리고 침대가 두 개 준비되어 있고, 깨끗한 시트들이 씌워져 있다. 비록 좁은 방이지만 잠자기에는 불편이 없다. 화장실과 욕실이 따로 있고 부엌도 따로 있다.

여행하면서 나는 운전만 하고 특별한 주문이나 간섭은 안 하기로 했다. 그러니 매우 편하다. 오전에 운동화를 하나 샀고, 오후에는 민박집에 돌아와서 어제 맡긴 차를 몰고 나가 '서울의 집'에서 저녁을 먹고 자유 여신상이 있는 겔레르트 언덕에 올라가 부다페스트를 다시 바라보았다. 숙소에 돌아와 씻고 곧 침대에 드러누웠다. 아내와 은희가 돌아올 무렵에 다시 깨어 일기를 정리했다. 내일은 아침 일찍 출발, 빈을 거쳐 오스트리아·스위스 국경 어느 지역에 가 있을 예정이다.

8월 27일 (목) 6시가 되기 전에 일어나 7시 10분 전에 출발했다. 차를 맡긴 주차장에 가서 물로 차를 닦았다. 워낙 빠른 속도로 달려서인지 앞 유리창에 가끔 더러운 것이 붙었다. 아직 한번도 제대로 세차를 하지 않았는데, 오늘 아침에 수도 호스를 이용해 제대로 씻었다. 내가 차를 사랑해야 차도 말썽을 부리지 않을 것이다.

그저께 들어올 때 건넜던 다리를 다시 넘어 부다로 왔다. 헝가리·오스트리아 국경 근처까지는 그저께 저녁 체코에서 올 때의 그 길로 도로 갔다. 아침식사는 기웨르의 맥도널드에서 했다. 이곳까지 미국의 기업이 들어올 정도로, 좋게 말하면 헝가리는 개방적이고, 미국의 상혼은 적극적이다. 그러나 헝가리의 국민경제를 위해 그것이 도움이 될 것인지 두고 볼 일이다. 기웨르 근처에서 밀짚모자와 오이절임 한 병 그리고 과일을 샀다.

헝가리·오스트리아 국경선에는 평원에 몇 개의 가설 검문소를 만들어 두었다. 국경개념이 거의 없다. 여권 검사도 간단하다. 그러나 워낙 국경을 넘는 차량이 많아 시간이 많이 지체되었다. 예상보다 1시간이 늦어졌다.

12시 무렵이 되어 빈에 들어와 먼저 중앙묘지의 예술가 묘역을 찾아 베토벤, 슈베르트, 브람스, 요한 슈트라우스, 모차르트의 무덤을 보고 근처를 답사했다. 아마 모르기는 하지만, 이런 분들의 무덤 때문에라도 1년에 수만 명의 관광객을 유치할 수 있을 것이라고 생각되었다. 빈의 음악가 무덤은 그 석물과 구조 등으로 하여 예술적이면서, 그만큼 기업적인 냄새를 풍기고 있다. 빈에서는 도나우 강을 넘으려다가 실패, 마리아 테레지아(Maria Theresia) 광장에서 시간을 보냈다. 주차장이 좋지 않아, 아내와 은희만 미술사 박물관에 들여보냈는데 그동안에 나는 차의 운전석에 남아 있어야 했다. 사실은 몇 년 전에 이곳에 왔을 때 나는 이미 이 박물관을 관람했었다.

‘화도(華都)’라는 빈 교외의 식당에서 점심을 들었다. 쇤브룬(Schönbrunn)이라는 대궁전(옛날 궁실과 그 정원이 있는 곳)의 아름다움과 그 뒤의 동식물원이 있는 궁원(宮園)을 보았다. 인간이 정제한 자연이라 할까? 정원의 화단과 한 줄로 세우고 가지런히 가지치기한 나무들 등이 매우 아름답다. 그러나 거기에는 자연의 자연다움이 그만큼 결여되었다.

오후 6시가 거의 다 되었다. 린츠·잘츠부르크로 향한 고속도로로 나와 295km의 거리를 2시간 40분에 주파, 오후 9시가 거의 되어 잘츠부르크에 도착했다. 주차하는 데 시간이 많이 걸렸다. 여름철 이맘때면 '모차르트 음악 페스티벌'이 있고 세계 각지에서 음악 애호가들이 관광과 휴가를 겸하여 이곳에 모여들고 있다. 때문에 호텔도 주차도 문제가 된다. 구시가(舊市街)를 몇 바퀴 돌다가 유료주차장에 차를 맡기고, 먼저 산성에 오르기로 했다. 궤도 승강기는 이미 늦었고, 걸어서 오르기로 했는데 그것마저 성문 입구에 다다르니, 나오는 사람에게는 문이 열려도 들어가려는 사람에게는 열리지 않았다. 옛날 잘츠부르크 성주(城主, 영주)가 살았던 높은 성은 지금도 건재한 채, 그 도도한 모습이 아래에서 비쳐 주는 희미한 불빛으로 더욱 장엄하게 보인다. 내려올 때 계단에서는 행인을 전혀 의식하지 않는 젊은 남녀의 농도 짙은 사랑행위가 보였다. 어떻게 그렇게 남의 이목을 꺼리지 않는지, 외국 젊은이들의 그 대담성에 놀란다.

모차르트 광장, 돔, 영주의 집 등을 둘러보았다. 관광객이 숱하게 모여 있었다. 모차르트 생가 옆에서는 거리 어귀를 메운 젊은 인파들이 록 음악을 연주하는 몇 명에게 박수와 환호를 보내고 있다. 모차르트 생가 앞에서 사진을 몇 장 찍었다. 이곳 축전에 초대된 인사들 가운데, 바이올리니스트 정경화의 사진이 포스터에 큼직하게 나와 있다. 한국에서보다 해외에서 더 알려진 연주가다. 여러 형태의 정경화 포스터를 보았다. 잘츠부르크의 밤거리는 야시장 같기도 한데, 많은 사람들이 밤거리 자체를 즐기는 것 같은 인상이었다.

여러 곳에서 숙박할 장소를 알아보았지만 찾지 못했다. 하는 수 없이 차를 타고 고속도로를 나와 다시 독일 국경선을 넘어 노이키르헤(Neukirche)라는 동네(조그만 도시)로 가서 막 닫으려는 호텔을 찾아 거기에 들었다. 1인당 25마르크를 내면 내일 아침식사를 제공하겠다고 제의해 왔다. 방은 깨끗하고 독일 국민성답게 '규모와 정리'의 모습이 잘 갖춰진 방이다. 욕실과 화장실이 따로 있어 여럿이 쓸 수 있게 되어 있었다. 하루를 감사하며 24시 무렵에 잠자리에 들었다.

하루를 돌아보면서 너무 급하게 서둘지 않았나 하는 느낌이 들었다. 빈은 며칠을 머물면서 돌아보아야 할 곳인데, 겨우 몇 시간을 보고 와 버렸으니 좋은 관광이라고는 할 수 없다. 잘츠부르크도 6년 전에 와 보았는데, 밤에 보니, 조그맣고 아담한 구도(舊都)의 모습이 훨씬 정취를 느끼게 한다. 오밀조밀한 모습은 내가 돌아본 어느 도시보다 나은 것 같다. 오스트리아가 한창 성할 때, 비록 봉건 영주와 왕이 남긴 것이지만, 그 문화적 유산이 후손들과 세계인들의 삶을 풍요롭게 하고 있음을 본다.

8월 28일 (금) 어제 저녁 늦게 들어올 때는 몰랐는데, 밝은 아침에 보니 우리가 머문 곳이 조그만 동네임을 알 수 있었다. 숙소 맞은편에 '민박 가능'이라고 씌어 있었으니 어제 저녁에 그것을 알았으면 더 싼 값으로 민박할 수 있었을 것이다. 우리가 잔 호텔의 다른 손님들은 7시 무렵이 되자 식사를 하지 않고 떠났다. 우리는 엊저녁 주인의 제의를 존중, 아침식사를 했다. 빵·햄(2종류)·치즈·버터·꿀·계란 그리고 커피 등이 아침식사 메뉴였다.

든든히 먹고 출발, 10시 무렵에 인스부르크에 도착, 은희를 내려놓았다. 내일 프랑크푸르트의 한글학교 때문에 올라가야 한다고 했기 때문이다. 정거장에 내려놓고 다시 출발했다. 인스부르크는 동계 올림픽으로 유명한 곳이다. 여기서 이탈리아로 가는 길과 스위스로 가는 길이 갈라지는 것을 확인하지 않고 달리다가 시간을 좀 허비했다. 오스트리아 국경 지역인지라 많은 터널들을 통과했다. 하나는 길이가 5,300m, 또 하나는 1만 3,980m나 되는 것도 있었다. 인간의 힘의 시험장 같이 느껴졌다. 그 뒤 오스트리아와 스위스 국경선을 제대로 찾지 못해서 독일 국경 쪽으로 가다가 다시 돌아오는 등 오스트리아·스위스 국경에서 한참 동안 헤맸다.

인스부르크에서 스위스로 건너가면서 통과한 지역은 이렇다. A12·E60 도로 서행(西行) : 텔프스(Telfs) → 임스트(Imst) → 쉐바이스(Schöwies) → 피앙스(Pians) → 316 → 페토(Petteau) → 알베르크(Arlberg) 터널(1만 3,980m) → 516 → 불루덴츠(Bludenz) → 190 E60 → 노이칭(Neuzing) → 펠트키르히(Feldkirch), A14·E60 도로 북행(北行) : 근처에 호헤넴스(Hohenems), 도른비른(Dornbirn), 브레겐츠(Bregenz, 아마 브레겐츠가 오·독 국경에서 가장 큰 도시인 것 같다. 도로 이정표에 계속 이 도시명이 보였다), 잘못하여 프휀더(Pfander) 터널(6,719m)까지 넘었다. 그러나 잘못된 줄 알고 곧 돌아와 도른비른 근처에서 여행객에게 물어 'CH' 표시(스위스의 표시)가 있는 곳으로 들어가 알츠토텐 근처에서 스위스의 쌍 갈렌(St. Gallen) 표지판을 보면서 스위스에 입국했다. 이 지역은 보덴제라는 큰 호수를 끼고 독·오·스 3국이 국경을 이루고 있는 지역이다. 입국 때 여권도 보지 않고 그대로 통과시켜 주었다.

원래 우리가 취리히로 가려고 한 것은 N1·E60 길이 아니고 E43·N13 → N3이었는데, 국경에서 헤매는 바람에 부득이 보덴제 호수 근처까지 가서 쌍 갈렌을 거치는 길을 탔다. 이때 1시간 정도는 허비했을 것이다. 인스부르크에서 허비한 것과 합하여 1시간 30분~2시간 정도가 지체되었다. 시간이 되면 한국에 온 초대 선교사 아펜젤러(H. G. Appenzeller)의 성씨(姓氏)의 고향인 아펜젤(Appenzell)에 들러보고 싶었으나 생략했다.

그러고 보니, 취리히에 들어가서도 츠빙글리(H. Zwingli)의 사적을 찾기 위해 몇 시간을 도심(都心)에서 헤매야 할지 몰랐다. 원래 취리히는 6년 전에 내가 가 보았기 때문에 이번에는 계획에 없었는데, 스위스에 온 김에 다시 가 보자고 생각했으나, 오늘 오전에 헤맨 것을 생각하면 또 취리히에 들어가서도 헤맬 것 같아 포기했다. 또 다른 이유는 여행 시작 이래 오늘같이 더운 날은 처음이었다. 반바지를 입었으나 계속 땀이 쏟아지고, 물을 마셔도 마셔도 갈증이 풀리지 않아서 취리히에 들어가면 굉장히 고생할 것 같았다. 그래서 계획을 바꿔 레만 호숫가에 있는 시옹 성(Château de Chillon)을 둘러보기로 했다. 영국 시인 바이런이 〈시옹 성의 죄수〉라는 시를 써서 한 종교가(개혁자)의 사적을 기렸다던가.

대부분 관람 시간이 5시에 마감되는 것을 알고 다시 고속도로 N1(E60) → N11 → N1(E60) → N12(E27)를 타고 레만 호숫가에서 다시 N9(E62)를 타고 오후 5시가 약간 넘어 시옹 성에 도착했다. 너무 급하게 달린 탓인지 레만 호에 이르러서도 6년 전에 느꼈던 그런 감격은 없었다. 안개처럼 보이는 부연 수증기로 덮인 레만 호가 더위에 지친 여행객을 맞아주긴 했지만, 6년 전 그 와글거리던 여행객을 이 시옹 성 밖에서는 찾아볼 수 없었다. 시간이 늦었기 때문일 것이다.

13세기에 호숫가에 세워진 이 성은 그 건축 못지않게 얽힌 사연들이 많을 것이다. 한 헝가리 여행객은 묻지도 않았는데, 자기의 남편이 바이런의 시를 번역하기 위해서 이 성을 직접 답사하러 왔다고 했다. 1시간 이상 관람하면서 다시 유럽 중세문화와 한국 중세문화의 차이를 느끼게 되었다. 그들의 문화가 석조문화라면 우리는 목조문화, 그래서 그들은 싸우고 때려 부수고 했지만 지금까지 많이 남아 있으나, 우리는 남은 것이 별로 없다. 침략자들이 그것들을 불살랐기 때문이다. 천 년 고도(古都)를 자랑하는 경주에 아직도 남아 그 장구한 역사를 자랑하는 유물은 몇몇 석조물밖에 없지 않은가?

관람을 하고 나오면서 출입을 맡은 어느 할머니께 부탁해 그분의 친절한 전화안내로 우리 이웃에 살면서 제네바에 세계보건기구(WHO)

한국 대표로 와 있는 김용문 선생(보건사회부 위생국장 역임)을 찾았다. 다행히 전화가 되어 8시 무렵에 그곳을 찾을 수 있었다. 저녁에는 그분이 여기에 오게 된 경위와 그분이 행정고시 합격 뒤에 보사부에서 한 일, 미국 피츠버그대학에 유학한 일, 특히 의료보험 및 연금에 관한 이야기를 나누었다. 이 집 주부와 아이들 그리고 김 선생의 친절로 한국식 저녁을 잘 먹고 이 집에서 숙박했다. 그리고 처의 8촌 이석조(李錫祚) 참사관(제네바 대표부)이 이곳에 있음을 알게 되었다. 박경서·오재식 씨 등이 이곳에 있다고 했지만 부재중이라 통화가 되지 않았다. 오늘은 약 750km를 운전한 셈이다.

8월 29일 (토) 어제 저녁에 익혀둔 지도에 따라 오늘 오전에 아내와 함께 프랑스로 넘어가 알프스의 몽블랑을 올라갈 예정이었다. 8시 무렵에 제네바를 출발하면 오후 2~3시 무렵에 다시 제네바에 도착할 수 있겠단다. 7시쯤에 일어나 출발 준비를 하고 있는데, 잔뜩 찌푸린 하늘에서 비가 내리기 시작했다. 제법 많이 오고 있었다. 구름 끼고 비 오는 날의 몽블랑 등정은 별로 의미가 없을 것 같았다. 산에 올라도 주변을 볼 수 없다면 평범한 야산에 오른 것이나 다름없을 것이다. 아내와 같이 왔고 평생에 또다시 맞지 못할 기회였지만 포기하는 것이 좋으리라 생각되었다. 아내와 상의, 우리는 8시가 되기 전 그 집 주부가 알뜰히 준비해 준 아침식사를 한 뒤 여행에 필요한 음식물을 받아 차에 싣고 그 집 식구들의 환송을 받으며 출발하면서, 산행을 포기하는 것이 좋겠다고 결정하고 로잔 방향으로 해서 바로 독일로 가기로 했다. 가는 동안, 일기를 보면서 하이델베르크, 보름스 및 로렐라이를 보기로 했다.
  스위스 국경을 넘을 때까지 비는 계속되었다. 가끔 뜸한 적도 있지만, 스위스·독일 국경 지대인 바젤을 넘고 독일 경내에 들어와서도 이

따금씩 비가 왔다. 날씨 관계도 있고 해서 매우 피곤해서 가끔 휴게소에서 쉬기도 했다. 스위스를 벗어나면서 지난 6년 전의 스위스 여행에서 받았던 감동이 이번에는 없었다고 느꼈다.

잘 정리되고 깔끔한 점이 있지만, 스위스 사람들의 외국인을 대하는 태도에는 냉정함이 있었다. 어제 시옹 성에서 보았던 그런 할머니의 친절은 냉정함 뒤에 숨겨진 온정이라고나 할까. 산천이 너무 잘 다듬어진 만큼, 그들의 삶에는 인공적인 풍요함은 있을지 모르나 자연적인 아름다움(야생미라고나 할까?)과 인간 본연에서 나오는 아름다움은 엿보이지 않는 것 같았다. 그런 의미에서 스위스는 이제 인간문명이 할 수 있는 극치에 도달한 것이 아닌지 모르겠다. 이것이 피상적인 느낌이기를 바란다.

독일과 오스트리아, 스위스의 알프스 지역은 자연의 아름다움과 생활상이 거의 비슷해 보였다. 그러나 각국이 보여 주는 색감이 다르게 느껴졌고 그 주거 양식이 약간씩 다른 것 같았다. 스위스, 오스트리아, 독일의 순서로 색감의 밝음이 있었고, 그런 만큼 인공(人工)이 가해진 부분도 그 순서로 많은(강력한) 것 같았다. 물론 독일의 경우와 스위스의 경우를 비교할 때 도시의 경우는 독일이 더 인공적인 것 같은 느낌을 받는다. 거기에 견주어 오스트리아는 고전적 풍모를 더 보여준다고 할까. 이것이 그들의 신앙과도 관계가 있으리라 생각된다. 오스트리아가 천주교, 독일이 루터교(Lutheranism)와 천주교, 스위스가 칼뱅(Calvin)적인 개신교와 츠빙글리의 개혁에 천주교적인 성향……, 이런 것과 그들의 문화적 유산과도 밀접히 관계가 있을 것이라고 본다.

하이델베르크에 들어가서는 영주의 고성(古城)을 찾아 올라갔다. 3시가 넘어 도착했기 때문에 오늘 남은 여정을 생각하면 오래 머물 수가 없었다. 괴테는 하이델베르크 성을 보고 자신의 심장이 빠지는 것 같다고 했지만, 날씨가 잔뜩 찌푸린 더운 날 오후 땀을 뻘뻘 흘리며 맞은 이 성이 그렇게 감동적으로 느껴지는 것은 아니었다. 처음 이곳에 왔을 때 너무 좋은 날, 너무 좋은 경치를 보았기 때문인데, 이번에는 그렇지를 못한 것 같다. 그러나 아내가 좋아하는 것을 보면서 그리고 평소에 이런 곳에 아내와 함께 와 보았으면 하는 소원이 있었기에 이번 하이델베르크 행도 퍽 좋았다고 본다. 4시가 지나자 아내를 재촉하면서 내려왔다.

5번 고속도로를 올라오다가 보름스로 들어갔다. 옛날 20여 명의 영주와 32명의 주교를 배출했고, 1521년 마르틴 루터의 종교개혁을 정치적으로 재판하여 법의 보호에서 그를 추방한 성답게 평지에 조성된 도시였지만 육중한 느낌을 주었다. 성의 정문을 들어와 보름스 대성당(Dom St. Peter)를 찾았다. 여기서 1521년 신성로마제국의 카를 5세(Karl V)가 루터를 재판했다.

이 재판에 얽힌 일화가 많다. 그의 아내 카테리나 폰 보라는 루터가 낙심하고 있는 것을 보더니 상복을 입었다. 루터가 왜 그러냐고 물으니 "하나님이 죽었다"고 했고, 다시 루터가 "그런 소리 하지 말라"고 하니 "그렇다면 당신이 왜 낙심하느냐"고 했다는 일화가 이 성의 재판과 관계있다고 옛날에 들은 적이 있다. 이 재판에 임한 루터는 "보름스의 기왓장들이 모두 마귀들이라 할지라도 나는 보름스로 가겠다"고 했단다. 이는 이 재판에서 그가 죽임을 당할 것으로 예상한 동료들이 재판에 가지 말라고 했을 때 한 말이라고 한다. 대성당 옆의 잔디밭 한 어귀의 돌판에는 마르틴 루터가 카를 5세 앞에 서 있었다는 표시가 있었다. 아마도 "Hier Stehe M. L. vor dem Karl V(마르틴 루터가 이곳에서 카를 5세 앞에 서다)" 그런 글귀였던 것 같다. 그 앞에서 아내와 함께 사진을 찍으며 루터의 개혁 의지를 되새겨 보았다.

대성당에서 멀지 않은 시가의 한복판에는 루터의 동상이 서 있다. 이름은 '카를 5세 앞에 선 루터'라 했다. 동상의 주변에 네모 테두리가 두 번 쳐져 있는데, 작은 테두리에는 루터에 앞선 종교개혁자들 후스, 사보나롤라(G. Savonarola), 발두스(P. Waldus), 존 위클리프(J. Wycliff)가 앉아 있었고, 큰 테두리 네 모서리에는 앞에 수문장 격으로 그의 종교개혁을 가장 열렬히 지지 보호해 준 영주 작센 공과 후센 공(Hussen 公)이 서 있었고, 뒤에는 그의 종교개혁의 동역자 두 사람 로이힐린(J. Reuchlin)과 멜란히톤이 서 있었다. 그리고 큰 테두리의 세 면(정면 제외)에는, 그의 종교개혁을 지지한 신성로마제국 제후들의 심볼을 새겨 놓았다. 이 동상은 말하자면 그의 종교개혁을 정치적 종교적으로 형체화한 것이라 할 수 있다. 여기서도 2~3장의 사진을 찍었다.

대성당 앞에 와서 미국 달러로 몇 장의 그림엽서를 샀다. 이런 경우 그들은 달러 대 마르크의 비율을 1 : 1.3으로 쳐 주었다. 보름스는 6년 전에도 와 보았지만, 그때는 대성당에 있던 제2차 세계대전의 상처가 완전히 복구되지 않았는데, 이번에는 말끔히 수리되어 있어 새로운 감동을 주었다.

다시 9번 도로를 따라 마인츠를 거쳐 라인 강 다리를 건너, 류데샤임으로 올라갔다. 로렐라이를 보기 위함이다. 이미 해는 져서 껌껌하고, 차의 연료도 불안한 상태다. 8시 30분쯤에 그 어귀에 닿아 오펜바흐에서 왔다는 한 분의 인도를 받아 그 높은 언덕(사실은 산이다)을 차로 올라갔다. 돌아서 가는데 상당한 거리였다. 어두워진 시간이지만 찾아오는 사람들이 있었다. 아래를 내려다보니 그 경치가 무척 좋았다. 사진을 찍고 아내의 재촉을 받으며 프랑크푸르트의 은희의 집으로 돌아왔다. 류데샤임을 거쳐 프랑크푸르트의 은희의 집까지 약 80km가 넘는 거리였다. 10시 30분에 도착, 11시가 넘어 귀가한 은희를 맞아 이야기를 나누고, 제네바의 김용문 씨 가족에게 무사히 도착했음을 알리고 잠자리에 들었다.

지난 21일에 차를 빌려 오늘까지 9일 동안, 그것도 약 4,500km 이상을 무사히 운행시켜 준 하나님께 감사했다. 때로는 시속 170~180km

로 달리는 상황에서도 보호해 주었고, 프라하와 노이키르헤에서는 밤 중에도 잠자리를 허락해 주었다. 무엇보다 중요한 것은 나의 견문을 넓힌 데다 종교개혁을 일으켰던 지역을 거의 다 돌아보았다는 점이다.

내일부터는 종교개혁의 원인을 제공한 천주교의 총본산인 로마로 가게 될 것이다. 9일 동안의 여행을 마감하면서 감사한 것은, 무려 4,500km를 운행했지만 한 번도 말썽을 일으키지 않은 자동차다. 조그마한 차가 힘도 좋았고 대단히 안전했다. 처음 차를 제공받았을 때, 수동 변속기라서 걱정을 했지만, 비록 약 6개월 동안 자동 변속기를 사용했음에도 불구하고, 이 차를 사용하는 데 무리가 없었다. 특히 독일 차들은 제한 없이 달릴 수 있도록 허용된 고속도로에 잘 적응하도록 제작되어 있어서 이번 여행에서는 효과를 보았던 것 같다. 내가 받았을 때 아직 4천km 정도밖에 운행하지 않은 새 차였던 것도 도움이 되었다.

8월 30일 (일) 지난밤에는 모처럼 잠을 잘 잤다. 마치 고향에 돌아온 것 같은 느낌이었다. 유럽에 와서 은희의 집에 근거지를 정했기 때문일 것이다. 9시에 일어나 서둘렀다. 10시까지 차를 반납해야 하는 데다. 근처에 있는 권오성 목사가 시무하는 한인교회(6년 전 이해동 목사가 이곳에서 시무할 때에 와서 설교한 적이 있다)의 예배시간이 9시 45분부터라고 들었기 때문이다.

차를 반납하기 전에 휘발유를 가득 채웠다. 내가 빌릴 때도 그런 상태였기 때문이다. 반납수속도 간단했다. 지난번 내가 제시했던 마스터 카드로 약 630마르크의 임대료를 처리했기 때문이다. 나는 그것도 모르고 마스터 카드를 제시하니 이미 처리되었다면서 지난번의 그 번호를 보여 주었다. 이렇게 빈틈없이 일을 처리하니까 세계에 그 지사망을 가지고 실수 없이 운행하고 있구나 하고 느꼈다.

교회에 오니 10시 20분, 약간 망설였으나 예배시간에 들어갔다. 마침 입학·졸업 축하예배 겸 교사 헌신 예배였다. 설교도 그런 내용이었다. 주일학교는 세상의 방법으로 세상의 지식을 가르치는 곳이 아니라 하나님의 방법으로 사랑을 가르치고 그것을 실천토록 하는 것이라는 내용이었다. 예배 뒤 인사하고, 이 교회의 정(권오성 목사)·부(정현진 목사) 목사가 나의 이름을 알고 나의 글을 읽었다면서 친교시간에 소개하였다. 커피를 두 잔이나 마시고 나왔다.

가까이에 괴테의 생가가 있다고 해서 그곳을 찾았다. 6년 전에 왔을 때는 문이 닫혀 있어서 관람하지 못했던 일이 기억났다. 4층짜리의 이 집에서 괴테(Goethe, 1749~1832)는 어린 시절과 27살 때(?) 바이마르로 옮기기 전까지 살면서 갖가지 문학적 상상력을 키웠던 곳이다. 그림이 많이 붙어 있었다. 그것이 그의 어린 시절에도 있었는지는 모르지만, 나의 자녀 교육에 문제점을 일깨워 주었다. 즉 기홍, 기종을 키울 때 동화책을 읽게 하고 그림책을 사주긴 했지만, 집안의 벽에 그림들을 걸어놓고 보여 주지는 못했던 것이다. 더러 노력을 했지만, 집안의 분위기가 그런 정서적인 면에 풍요함을 주지 못했던 것은 사실이다. 이제는 손자, 손녀들에게나 그렇게 해 주어야겠다고 강하게 느꼈다.

1시간 남짓 괴테의 생가와 그 뒤에 있는 수도원을 사들여 만든 박물관을 보면서 세계적인 문학가 한 사람이 나오기 위해서는 거기에 문화적, 가정적, 재정적 뒷받침이 있었다는 것을 알게 되었다. 그가 어린시절의 꿈을 키웠던 추억들을 가끔 술회한 적이 있는 것도 그렇고, 이탈리아를 비롯한 여러 지역을 여행했던 것도 그것을 의미한다. 은희에게 부탁, 괴테가 여행한 곳을 표시한 지도를 한 장 구해달라고 했다. 괴테만큼 글을 쓰지 못해도 그만큼 여행을 하고 싶다는 농담을 곁들여서.

1시가 넘었다. 2시에 이상재 목사가 시무하는 교회에 갔으면 하고 은근히 기대했는데, 며칠 전부터 악화된 왼쪽 다리 아픔이 심해 더 이상

걷기가 힘들어서 숙소로 돌아가기로 했다. 맥도널드에서 간단히 요기했다.

4시가 지날 때까지 쉬었다. 7시 45분 비행기로 로마에 가기로 했는데, 충분한 휴식을 취해 두는 것이 좋을 것 같았다. 아침에 은희의 말로는 늦어도 5시 15분에는 집을 출발해야 한다고 했는데 은희가 세탁하러 가서 5시 30분에야 돌아왔다. 6시 5분 전에 약속된 택시를 타고 6시 10분 무렵에 공항에 도착했다. 거기서도 아르헨티나항공사를 찾지 못해 이곳저곳을 짐을 끌고 다녔다.

7시 45분에 출발키로 된 비행기는 8시가 넘어서 움직이기 시작했다. 로마를 거쳐서 아르헨티나로 가는 비행기라서 스페인계의 사람들이 많이 탔다. 성질이 급한 사람들이라서 그런지 일찍부터 줄을 서서 탑승을 기다렸고, 비행기가 닿자마자 곧 자리에서 일어나 나갈 차비를 서둘렀다. 비행 중에 간단한 저녁식사가 나왔고, 비행 상황을 알리는 내용이 스크린에 수시로 비쳤다. 프랑크푸르트에서 로마까지 운행거리는 954km이고, 1시간 남짓 지나자 로마에 도착, 여권을 제시하는 정도로 입국심사를 마쳤다. 유럽경제공동체 가입국 사람들과 다른 나라 사람들의 두 라인으로 나뉘었다.

공항에 내려 환전을 하는 동안 은희가 알아보고, 기차와 지하철로 호텔까지 가자고 해서 그렇게 하기로 했다. 로마 시내까지 들어오는 데 1인당 기차 요금 6천 리라, 3인이 1만 8천 리라, 지하철 1인당 7백 리라, 그리하여 터미널에서 내려서 성 마리아 교회 앞을 거쳐 '이반호에 호텔(Ivanhoe hotel)'을 찾았다. 11시가 넘었다. 그러나 대견스럽게 느껴졌다. 복잡하고 또 도둑이 많다는 로마에서 기차, 지하철, 도보로 숙소까지 오다니……. 그러나 물어서 오는 동안, 짐이 무거워 그러지 않아도 아픈 다리에 무리를 했던 것 같다. 왼쪽 다리에 통증이 더 심해지고 있다.

이반호에 호텔은 안쪽 조그마한 골목 어귀에 있는, 한국의 '장(莊)'급

호텔이다. 출입구에 의자 2개 정도가 있고, 비좁은 통로에 구식 엘리베이터, 숙박시설도 넉넉하지 않고, 방도 좁은 편이다. 은희는 1인용 방인데, 화장실이 밖에 있었다. 우리 방은 2인용 침대에 1인용 소파, 작은 옷장, 소형 냉장고와 화장실·욕실이 딸려 있는데, 욕조는 없고 샤워 시설만 있다. 그러나 며칠 동안 머물 이런 숙소가 있는 것만 해도 얼마나 감사한 일인가? 낮에 돌아다니다가도 피곤하면 자유롭게 들어올 수 있으니까 얼마나 마음 푸근한가? 로마에서의 첫 밤을 설렘으로 보냈다.

8월 31일 (월) 8시 무렵에 일어나 목욕까지 마치니 9시가 넘었다. 식사하러 내려가니 이웃에 있는 건물에 이 호텔의 부속 식당이 있다. 아침은 빵에 커피나 코코아 정도였다. 주는 대로 다 먹었다. 여행 때는 먹을 수 있을 때 많이 먹어 두고, 쉴 수 있을 때 쉬어 두라고 하지 않았는가?

어제 출발하기 전에 권오성 목사에게, 프랑크푸르트에서 관광·여행업을 하는 황영관 집사가 로마에 있는 동업자 정인식 씨 앞으로 팩스를 보내 나의 여행을 돕기로 했다고 들었다. 그래서 외출에 앞서 정인식 씨에게 전화로 기본적인 여행정보를 얻기로 했다. 정 선생은 황 집사로부터 막 팩스가 들어오고 있다고 하면서, 몇 가지 여행 일정을 말해 주고 참고 사항도 들려주었다. 비록 전화였지만 그분의 정보가 도움이 되었다.

먼저 테르미니 역에 가서 64번 버스를 타고 바티칸(Vatican)으로 갔다. 가는 도중에 한 무리의 한국인 관광객들을 만났다. 한국인답게 버스 안에서 많이 떠들었는데, 내리면서 보니 결국 도둑에게 당한 것을 알게 되었다. 여권이 버스 바닥에 떨어져 있었다. 이탈리아 도둑의 기민함과 '여권을 돌려준 것'을 보면서 속으로 혀를 내둘렀다. 저 사람들중에는 틀림없이 수백 달러의 돈을 소매치기 당한 이가 있을 것이다. 나중에 바티칸에서 만난 그들은 나에게 자신들의 경험을 말해 주면서 조심하라고 했다.

먼저 성 베드로 대성당(San Pietro Basilica)의 꼭대기에 올라가는 것으로 우리의 로마 관광이 시작되었다. 물론 뒤에 개축한 것이지만, 아예 관광객들이 올라가도록 훌륭하게 통로를 만들어 놓았다. 중간에서 건물의 내부, 곧 성당의 내부를 볼 수 있었다. 한마디로 장엄 그것이다. 1506년 무렵부터 개축하기 시작한 이 성당의 건축비용을 위해 면죄부를 대량 발급했고, 무리한 자금조달이 각 곳에 악영향을 미쳐 종교개혁을 불러일으켰다. 당시 전체 독일이 제후들의 지배 아래 분열되어 있는 틈을 타서 교황의 영향력이 자심했었는데, 마르틴 루터가 신학 교수로 있던 독일의 비텐베르크 지방에서는 면죄부 판매 선전을 하면서, "그대들이 넣는 이 돈이 상자 속에서 '쨍그랑' 소리를 낼 때 연옥에 있는 조상들이 팔짝 뛰어서 천국으로 올라간다"고 했다고 한다. 이런 점으로 봐서 성 베드로 대성당의 건축 자금 조성의 난맥상이 어느 정도였는지를 알 수 있다. 성당의 꼭대기에 오르니 로마의 사방이 다 보였다. 두 바퀴나 돌면서, 숨을 돌리며 로마의 광경을 보았다. 내려오니 바로 성당의 내부로 연결되었다. 기념품 가게에서 그림엽서를 사서 기종·기홍에게 몇 자 소식을 전했다. 부모로서 자식에게 소식을 전함과 동시에 미래를 격려하고 현재를 당부하는 뜻을 담았다.

성 베드로 대성당 내부의 광경은 그 거대함과 장식이 세계 천주교회의 중심지임을 느끼도록 했다. 성물을 만들고 그것을 숭배하는 그들의 신앙이 여기에 잘 나타나 있다. 교회의 전통을 하나님의 말씀보다 더 귀하게 여기는 그들의 사상이 이곳 성당 내부에 잘 표현되어 있는 것 같았다. 많은 그림과 조각들을 보면서, 이 지상의 어떠한 것도 형상화(形象化)하거나 절하지 말라고 한 하나님의 말씀에 비추어 볼 때 이것들이 얼마나 가치가 있는 것인지, 그리고 이로 말미암아 신자들을 얼마나 오도하고 있는지 모르겠다고 느꼈다. 그러나 성당 내부에 있는 피에타(Pietà) 상(像)은 참 훌륭한 조각이라고 생각했다. 그밖에 내부에서 본 많은 것들에 대해서는 일일이 다 설명할 수 없다.

성 베드로 대성당을 나와 바티칸의 박물관으로 갔다. A·B·C·D 가운데 오늘은 C·D만 개관한다고 했다. 우리에게 보여준 많은 미술 조각품들은 인간(기독교) 문화의 극치를 총집합시켜 놓은 것처럼 느끼게 했다. 종교의 힘, 신앙의 힘이 아니고서는 남길 수 없는 것들이었다. 라파엘의 방과 미켈란젤로의 방에는 이미 사진으로 낯익은 미술품들이 벽과 천정을 장식하고 있었다. 그 실물을 대하는 느낌은 덤덤하면서도, 몇 백 년 전 신앙심과 예술 혼으로 그런 작품들을 남긴 바로 그 작가들을 대하는 두려움과 기쁨이 동시에 일어났다. 그들의 예술은 신앙에 바탕을 두고 있었고, 그들의 신앙은 예술로 표현되어 있었다.

미켈란젤로의 방에서 본 〈천지창조〉, 〈인간의 타락〉, 〈최후의 심판〉, 각 선지자들의 모습 등은 그가 성경과 신앙을 어떻게 해석하고 있었는지를 잘 표현하고 있었다. 섭섭한 것은, 중세 말기 르네상스 시대에 있었던 그러한 신앙과 예술계의 인물들이 그 뒤에는 왜 나타나지 않았는가 하는 점이다. 18~19세기 이후의 것은, 뒷날 어떻게 새롭게 평가받을지 모르지만, 우리의 눈에는 예술성이나 신앙의 순수성과 정열이 르네상스 시대만 한 것은 못된다고 느꼈다. 교황청의 권위가 그때만 하지 못하여 그런 예술가와 예술품들을 모으지 못하게 되었는지는 모르지만…….

미술(박물)관에서 나와 점심을 들었다. 마땅히 먹을 것도 생각나지 않아 스파게티를 먹었는데, 자릿세까지 4만 3천 리라를 치렀다. 미국 돈으로 42달러에 해당된다. 그 정도면 제법 고급 식사를 할 수 있는데, 이곳에서는 스파게티 세 그릇을 먹고 엄청난 액수를 치른 셈이다. 조상들이 남겨놓은 문화재를 이용하여, 이렇게 외국인들을 갈취하고 있구나 하고 생각하면서, 이런 세계적인 문화를 공유할 수 없는 민족이나 국가에게 하나님은 더 큰 것으로 축복하실 것이라고 느꼈다. 느꼈다기 보다는 마땅히 그래야 된다고 생각했다는 것이 정직한 표현일 것이다.

점심을 먹고 걸어서 성 안젤로 성(Castel Sant' Angelo)을 멀리 보면서 테베레 강을 건넜다. 성 안젤로 성은 원래 로마 황제들의 무덤으로 만들어졌으나 그 뒤 성으로 되어, 여러 차례에 걸쳐 교황들이 그곳으로 피신한 적이 있다고 한다. 현재는 미술 및 군사 박물관으로 사용하고 있다. 강을 건너 이리저리 헤매다가 포폴로 광장에 갔다. 거기에는 이집트에서 가져온 오벨리스크가 서 있었다. 약탈물을 그들의 문화재로 둔갑시킨 것이다. 그 약탈은 아마도 로마 전성기에 이뤄졌을 것이다.

전철을 타고 테르미니 역에 와서 갈아타고 호텔이 있는 카보우르 역을 거쳐 한 정거장을 더 가서 원형경기장(Coloseo)으로 갔다. 원형경기장의 외곽과 내부가 많이 무너졌지만 그 원형은 알아볼 수 있을 정도였다. 수많은 희생자들이 생각났다. 로마 지배자들과 시민들의 오락적인 욕망을 채워주고자 짐승들과 싸워야 했고 자신들끼리 서로 죽여야 했던 많은 검객들과 노예들, 그리고 초기 그리스도인들이 생각났다. 그런 느낌을 가지면서 다시 원형경기장을 보니, 그것은 인간이 쌓아 놓은 문화재가 아니라 인간성을 파괴, 말살시켰던 권력자들의 상징물처럼 보였다.

그렇게 보니 로마에 있는 이른바 문화재 가운데 인간의 자유와 해방, 평등과 정의를 위해 기여한 것들이 얼마나 있을까? 교황청의 그것들까지도 인간의 역사발전에 긍정적인 기여를 한 것이 별로 없다고 느껴졌다. 그 문화재를 찾는 지금의 로마 관광 자체도 사실은 그럴는지도 모르겠다는 생각이 들었다. 이 시간에 조국의 문화재를 더 찾고, 굶어 죽어가고 있는 아프리카와 아시아 지역을 돌아보는 것이 더 낫지 않을까 하는 생각도 들었다. 그래서 어쩌면 로마는 와 볼 곳이 못 되는구나 하는 인상을 강하게 갖게 되었다. 이것이 나의 편견일까? 원형경기장 옆의 개선문과 팔라티노 언덕의 폐허를 보면서 로마 문화의 거대함과 그 건축술의 발달을 다시 대하게 되었다.

피곤하기도 하여 숙소로 돌아와 쉬었다. 저녁 늦게 아내가 밖에 나가 사온 과일 등으로 요기하고 다시 쉬었다. 종일 왼쪽 다리의 통증을 참았던 관계로 쉬는 것이 좋겠다고 생각했다.

9월 1일 (화)

아침에 약간 흐린 듯하더니 숙소를 나설 때쯤 해서는 빗방울이 조금씩 커졌다. 비 오는 날에 로마의 유적을 돌아보는 것도 괜찮겠다 싶어서 나섰는데, 첫 목적지에 도착하지도 않아서 날씨가 개었다.

오늘 오전 일정은 카타콤(Catacomb)을 보는 것이다. 초기 기독교인들의 신앙과 박해의 유적이다. 시내에 와서 그곳으로 간다는 118번 버스를 기다렸으나 한참 동안 오지 않아, 그 옆에 있던 128번 버스 운전사의 도움으로 시내 한가운데를 벗어나 목적지에 도착하였다. 카타콤도 4~5개 정도가 있는데, 우리가 들어간 곳은 성 칼리스토(San Callisto) 카타콤이다. 초기 신자들이 이곳에서 모여 예배와 성만찬 등을 가졌다고 한다. 원래 지하묘소였다. 지하의 통로 벽에 관을 넣을 수 있는 곳들이 층층으로 되어 있고, 그것들 옆에 큰 장소를 만들어 집회장소로 사용했다고 한다. 신자들은 오래 머물러 있지 못했다고 한다. 마침 우리가 갔을 때는 아일랜드에서 왔다는 교수 한 분과 그분의 딸인 듯한 여성, 그리고 우리 내외 네 사람이 영어로 가이드 하는 어느 신부님을 따라 들어갔다. 신앙의 자유를 얻기 위해 고난과 핍박을 받았던 신앙의 선조들의 모습을 느껴 보려고 애썼다. 그곳에는 초기 교회 지도자들의 무덤도 있었다고 하는데, 어떤 대리석 관의 경우 지금은 뼈 조각 몇 개

밖에 보이지 않는 것도 있었다. 관람시간은 약 30분 정도였고, 밖에 나와서 일행 5명이 사진을 찍었다.

카타콤에서 '쿠오 바디스 쪽으로(Via Quo Vadis)'라는 팻말이 있어서 그 길을 따라 약 60~70m쯤 내려가니, 노벨문학상을 받은 시엔키에비치(H. Sienkiewicz)의 소설 《쿠오바디스(Quo Vadis)》로 유명한 그 장소가 나왔다. 전설에 따르면 로마에 들렀던 베드로 사도가 박해를 피해 로마를 벗어나고 있을 때 이 언덕 부근에서 로마로 향해 들어가는 예수님을 만나 "주여, 어디로 가시나이까(Quo Vadis Domine)?"라고 하니, "나는 십자가에 다시 달리기 위해서 (로마로) 간다"고 대답했고, 그것을 들은 베드로가 다시 로마로 들어갔다 잡혀 거꾸로 십자가에 달려 죽었다는 것이다. 이를 기념하기 위해 '쿠오 바디스' 교회가 있었다. 들어가 보니 '예수님의 발자국'이라는 흔적을 보관해 두었고,《쿠오 바디스》의 작가 폴란드인 시엔키에비치의 흉상이 있었다. 옆에는 이 교회와 관련된 그림엽서들을 팔고 있어서 몇 장 샀다. 곳곳마다 이런 전설들을 그냥 버리지 않고 보존해 둔 가톨릭교회의 노력을 엿볼 수 있었다.

다시 버스를 타고 카라칼라(Caracalla) 욕장으로 왔다. 지금도 그 벽의 많은 부분이 남아 있고, 욕장의 타일 바닥이 남은 곳이 있었다. 한꺼번에 1,600명이 목욕을 할 수 있었다고 하니 그 규모는 말할 것 없고, 로마가 결국 이러한 목욕탕 문화로 멸망한 것이 아닌가 생각되었다. 그러한 큰 구조물을 만들기 위해 건물은 물론 상·하수도며, 물을 끓이는 기구들, 거기에 딸린 시설들이 꽤 많이 있었으리라. 성벽 같은 담들은 대부분 구운 벽돌로 쌓은 것으로, 이를 쌓기 위해 얼마나 많은 사람의 노력이 들어갔을지 모른다. 결국 로마가 그 많은 노예들을 소유하고 있었기 때문에 이러한 건축문화가 가능했을 것이다. 그렇게 본다면 로마의 이러한 화려한 건축 뒤에는 노예들의 원한과 아픔, 그들의 고통과 신음이 있었다. 관광객들은 로마가 지금까지 남긴 그 거대한 구조물들과 화려한 문화에는 감탄하지만, 그 뒤에 숨겨져 있는 슬픔과 고통은 얼마나 확인해 볼 수 있을지. 인간 문화가 으레 그런 것이라고 한다면, 굳이 이런 이면 확인도, 역사의 진실을 밝히는 작업도 필요 없을 것이다. 그래서 로마의 역사는 노예와 민중들을 중심으로 다시 써야 하지 않을까?

다시 버스를 타고 베네치아 광장으로 왔다. 우리가 산 표는 2,800리라짜리로 하루 종일 버스나 지하철을 몇 번씩이나 탈 수 있는 것이었다. 옛날 로마 원로원 자리로 보이는 건물로 올라가서 그 뒤에 있는 개선문 등의 폐허들을 구경하면서 역시 로마가 거대했음을 느꼈다. 특히 같은 시기 우리의 경주와 견주어 보면 역력히 느껴진다. 목조문화(木造文化)와 석조문화(石造文化)의 차이점이라고 하는 것만으로는 설명되지 않는다. 침략(약탈) 문화와 평화(수비) 문화로 설명해도 언뜻 납득되지 않는다.

폐허를 돌아서 나오니, 이탈리아 통일을 기념해서 만든 거대한 건축물과 베네치아 광장이 보였다. 비토리오 에마누엘레 2세 기념관 꼭대기에는 전차를 모는 여신상이 보이고 중간 계단에는 이탈리아 통일을 이룩한 비토리오 에마누엘레 2세(Vittorio Emanuele II)의 기마상이 웅비하는 자세로 서 있다. 참으로 장관이다. 그 밑에는 무명용사들을 위한 '영원의 불꽃'이 타오르고 있었다. 우리도 통일을 이룩했을 때 저런 거대한 구조물을 만들어 그 기쁨과 의의를 후손 만대에까지 전해야지.

경비를 서고 있는 군인들에게 통일에 공헌이 컸던 카보우르(C. Cavour) 재상과 가리발디(G. Garibaldi)를 물었으나 그 말 자체를 이해하지 못했다. 내가 잘못 전달했거니 하고 묻는 말을 거두어 버렸다. 광장 앞부분에는 아랍계 은행이 있고, 맞은편에는 국립 로마 박물관이 있어서 거기에 들어가 보려고 했지만, 시간이 늦은 탓인지 입장불가였다. 다시 걸어서 판테온(Pantheon) 신전을 찾았다. 원형의 건물도 신기하

거니와 그 안에 있는 무덤들도 여러 가지인 듯했다. 그리스도의 십자가
상도 들어 있었으니 말이다. 이 건축물이 유명하다는데, 우리 같은 문
외한으로서는 왜 그런지 알 수 없었다.

　다시 거기서 앞에 있는 로톤다 광장으로 갔는데, 분수대에서 4하신(四
河神)의 상징물이 물을 토하고 있었다. 아시아·유럽·아프리카·아메리
카 대륙을 상징한다고 한다. 여기서도 오벨리스크를 발견했다. 얼마나
많은 오벨리스크를 이집트로부터 가져왔으면 조그마한 광장까지도 저
런 오벨리스크가 세워져 있을까. 재미있는 것은 오벨리스크의 맨 꼭대
기에는 철제의 십자가가 있다는 점이다. 로마와 이탈리아를 돌아보면서
느낀 것은 초기의 이교문화(異敎文化)가 십자가로 뒤덮여졌다는 점이
다. 그 십자가가 처음의 그 힘과 신선함을 가졌으면 좋으련만. 또 하나
느낀 것은, 이탈리아에서는 가는 곳마다 성인(聖人, Saint)이 많다는 것
이다. 중요한 기념품은 거의가 'St.'가 붙어 있었다. 그래서 이 나라는 성
인과 도둑이 가장 많은 나라요, 성별(聖別)된 인간과 성적(性的) 자유를
만끽하는 현대인들이 혼거(混居)하는 사회임을 느낄 수 있었다.

　종일 걸어 다녀서 매우 피곤하고, 또 왼쪽 다리가 계속 아파서 계단을
오르내리는 데는 대단히 힘이 들었다. 다시 베네치아 광장 앞으로 나와
중국집에서 저녁을 먹고(3만 8천 리라), 걸어서 원형경기장이 보이는 지
하철역을 바로 지나 카보우르 지하철 역 옆의 우리 숙소 이반호에 호텔
로 갔다. 하도 많이 걸어서 원형경기장 앞으로 가서 지하철을 타고 가겠
다고 하니까 은희가 또 뽀로통해진다. 자신이 안내를 잘못해서 많이 걸
게 하는 것으로 내가 생각하고 있다는 것이다. 인간관계가 다리가 아픈
것보다 더 나를 피곤하게 함을 느꼈다. 그래서 여행은 혼자 해야만 할까
하는 회의를 갖게 했다. 몇 년 전에 계속 혼자 여행할 때는 가족들이 생
각나서 여행이 즐겁지 않았고 오히려 미안한 생각이 들었는데, 이제 가
족들을 동반하니 거기에 따른 인간관계가 가끔 나를 피곤케 한다.

호텔에서 씻고 약간 쉬었다. 9시가 넘어 아내와 함께 스페인 광장에 가기로 했다. 테르미니 역까지는 걸어서 가고, 거기서 지하철 B를 타고 스페인 광장까지 갔다. 옛날 스페인 대사관이 그 근처에 있어서 그렇게 이름 붙여졌다는 이 광장은 여러 계단으로 되어 있었는데, 세계 각지에서 몰려온 젊은이들이 모여 앉아 즐기고 있었다. 오늘 저녁에 모여 있는 이들만 하더라도 천여 명이 넘겠다고 생각되었다. 이렇게 젊은 시절에 로마를 보고, 자유스러운 분위기를 맛본 젊은이들이 세계를 새롭게 창조해 가는구나 하는 느낌과 함께 아직도 사회정의와 사회개혁을 부르짖으며 고민하는 한국의 젊은이들을 생각하면서 그들이 더 가치 있는 시간을 보내겠지 하는 자위(自慰)도 갖게 되었다. 11시가 넘어 숙소로 돌아왔다.

9월 2일 (수) 오늘 나폴리를 거쳐 아말피까지 가기로 예정되어 있다. 9시가 지나서 식사하고 짐의 일부를 이 여관에 맡기고 지하철을 이용, 테르미니 역으로 갔다. 나폴리행 기차표를 4만 8천 리라에 샀다. 시간표를 알아보니 10시 30분에 가는 기차가 있어 자세히 물어보지도 않고 급히 뛰어서 그 차를 탔다. 깨끗하고 사람도 얼마 타지 않았다. 차표 검사원이 와서 여러 사람들에게 요금을 더 징수하고 있었다. 우리 앞에 와서도 4만 리라를 더 내라고 한다. 이유를 물으니, 우리가 급행 차표를 산 것은 틀림없으나, 이 차는 초급행으로 가는 것이라서 더 내라는 것이다. 그러고 보니 이 차가 로마에서 나폴리까지 중간에 한 번도 서지 않고 달리며, 비교적 깨끗한 고급 차임을 알게 되었다.

처음부터 그런 줄 알고 탄 것이 아니기에 당황했지만, 옆에 있는 학생들까지도 요금을 추가해서 무는 것을 보면, 다른 승객들도 이 차에 대한 제대로 된 정보가 없었음을 알 수 있었다. 들으니까, 이 표를 차 안에

▲ 나폴리 산정에서

서 다시 끊게 되면 그 서비스 요금이 또 붙는다고 한다. 이래저래 이탈리아에 익숙해지기 위한 실습 요금을 많이 물고 있다고 느꼈다. 뒤에 들으니 은희는 이것을 알고 탔다고 한다. 약간 괘씸한 생각이 든다. 조금 기다리면 4만 8천 리라에 올 수 있는 것을, 오늘 여정이 급하지도 않은데 4만 리라를 더 물어가면서 급하게 올 필요가 없었기 때문이다. 참고로 미국 돈 1달러는 이탈리아 돈 1천 리라에 해당되니 40달러 정도를 더 물었던 셈이다.

나폴리 중앙역에 내려 이 도시의 중심부에 해당하는 무니치피오 광장으로 갔다. 옛 나폴리 궁성이 있고, 광장에는 가리발디 동상이 있었다. 19세기 이탈리아 통일 때 시칠리아와 나폴리 등을 정복, 비토리오 에마누엘레 2세에게 바쳐 이탈리아의 통일위업을 이룩한 가리발디, 그의 동상이 이곳에 세워질 만하다고 생각되었다. 해변의 파초나무 밑에서 간단히 요기했다. 나폴리 항구의 푸르디푸른 물이 환하게 보인다. 산타 루치아(Santa Lucia) 해안이다.

케이블카를 타고 산으로 오르면 나폴리 전경을 볼 수 있다고 하여 아내와 둘이서 올라갔다. 1,500리라. 터널을 뚫어 고지로 올라가게 했는데, 15분 간격으로 한 대씩 오르고 내렸다. 높은 곳에 올라가 나폴리를 볼 수 있는 곳이 산 마르티노(San Martino)임을 알았다. 우리가 산 표가 아탄(ATAN) 교통회사의 것이어서 버스도 탈 수 있었다. 그런데 그것을 모르고 약 20여 분 걸어서 나폴리 전경이 보이는 고지 산 마르티노에 도착했다. 아내는 가는 길에 슈퍼마켓에 들러 빵과 포도·우유·환타 등의 식품을 샀다. 산 마르티노의 길가 그늘에 앉아 점심을 겸하여 그것을 먹었다.

3시 20분 무렵에 산에서 내려가는 버스를 탔다. 케이블카(궤도차)가 있는 곳까지 가느냐고 물으니 그렇다고 해서 탔는데, 이리 저리 돌면서 복잡한 길을 들어섰다. 아내는 4시에 은희를 만나기로 했다면서 걱정하는 빛이었다. 옆에 있는 사람에게 이 버스의 행방을 묻는 것을 보면, 아내가 당황하고 있음이 보였다. 버스 운전사가 109번 버스를 타면 무니치피오 광장 앞으로 간다고 한다. 내려서 기다려도 그 버스는 오지 않는다. 그때 마침 어느 미니버스가 와서 무조건 타라고 강권한다. 처음에는 거부했으나, 내가 무니치피오 광장에 가느냐고 물으니 간다고 하면서 타라고 하기에 탔다. 알고 보니 고지에서 평지까지 버스 노선과는 관계없이 급히 내려가는, 일종의 불법 차량인 것 같았다. 많은 사람들이 타고 내렸다. 요금은 1천 리라. 타고나서 아내가 옆에 있는 영어 할 줄 아는 분과 소통, 이 차가 직접 무니치피오 광장까지는 가지 않음을 알았다. 다시 중간에서 내려 109번 버스로 갈아타고 무니치피오 광장에 이르니 4시 15분이다. 기다리는 은희를 만나 아말피행 버스 정류소까지 뛰어가니, 4시 30분에 있다는 버스는 4시 15분에 이미 떠났고(사실은 4시 15분 출발), 5시 15분 출발 버스가 있었다. 기다리다가 그것을 탔다.

생각하니, 어제도 그랬지만, 이탈리아 여행·문화 등에 적응하기 위해 너무 비싼 대가와 시간을 지불한 것이 아닐까 하는 생각이 들었다.

그러면서 여행을 위해서도 사전에 철저히 준비해야 한다고 생각했다. 시간과 경비를 줄이기 위해서 사전에 그만큼 준비해야 한다는 것이다. 유럽 여행은 아내와 은희에게 철저히 맡겼기 때문에 이런 낭패를 당해도 어쩔 수 없다고 생각했다.

아말피(Amalfi)는 나폴리 남쪽의 해안에 있는 자그마한 어촌으로, 바다의 푸름과 절벽 등으로 휴양지가 된 곳이다. 나폴리에서 약 1시간 50분 정도(비에트리를 거쳐 오는 경우) 걸렸다. 비에트리에서 아말피까지의 해안선은 우리가 탄 대형 버스가 운행하기에는 대단히 위험한 길이다. 나폴리를 벗어나면서 우리는 저 유명한 베수비오(Vesuvio) 화산을 보았다. 아직은 유럽 유일의 활화산으로 1944년에도 용암과 재를 뿜었다고 한다. 기원 전후의 폼페이 시를 뒤덮은 그 재앙은 최초에 발굴된 출토물로 알 수 있는데, 아마도 당시 2만여 명이 생매장되었을 것으로 추정하고 있다. 최초에 발굴된 벽화 등에서 당시 사람들의 환락적인 생활모습을 볼 수 있다고 한다.

맑은 물과 절경을 보면서 오후 7시에 아말피에 도착, 마침 사라체노(Saraceno) 호텔에서 나온 소형 버스가 우리를 태우고 거의 4km가 더 되는 길을 데려다 주었다. 요금이 무료인 듯한데, 앞의 사람이 내리면서 팁을 내는 것을 보고 은희가 팁을 마련한다.

아내가 저녁을 먹으러 가자면서, 저녁식사가 호텔 요금에 포함되어 있다고 한다. 그러나 나는 낮(3시)에 아내가 권하는 대로 많이 먹었기 때문에 도저히 더 먹을 수 없었다. 아내는 식당에 가서 거의 2시간을 보내고 왔다. 그동안 나는 목욕하고 드러누워 쉬었다. 그러면서, 남의 생각과 행동을 들어 자신을 더욱 반성해 보려고 했다. 그리고 "이 여행이 뜻있게 해 주시고, 이 여행을 통해 아내와 은희를 더 사랑하게 해 달라"고 간절히 기도했다. 그렇다. 인간의 마음은 이렇게 좁다. 아내와 23년 이상 결혼생활을 했지만, 이렇게 밤낮으로 가까이 있어 본 적은 없다.

이번 기회에 아내를 더욱 알 수 있게 되었다. 은희의 숨겨졌던 모습이 더욱 부각된다. 그 점은 나를 대하는 아내나 은희의 생각에도 마찬가지일 것이다. 이렇게 해서 인생을 배워가는 것이다. 죽을 때까지.

텔레비전에서는 아마 미인대회 실황을 중계하는 듯하다. 그것을 같이 보면서 함께 휴식을 취했으면 좋으련만 오늘 저녁의 분위기는 그렇지 못하다. 아내에게 같이 나가서 산책이라도 했으면 좋겠다고 했으나 그럴 의사가 없는 것 같다. 창밖은 바로 깨끗한 바다가 있고, 창을 통해 들어오는 바람이 신선한데도, 이 방의 분위기는 그렇지 못하다. 조금도 그럴 이유가 없고, 언쟁 한번 벌이지도 않았는데 휴양지에서의 분위기가 왜 이렇게 무거울까. 이런 분위기를 위해 먼 이곳까지 온 것은 아닌데……. 이런 것을 의식하면서도 분위기를 바꿀 묘안이 없어 잠자리에 들기로 했다. 창밖 저쪽에는 해안을 따라 불빛이 춤을 추고, 간간이 우리 숙소의 아래 바닷가에서는 부딪치는 파도소리가 들리고 있다.

9월 3일 (목)　　깨끗한 공기와 조용한 분위기 덕분에 잘 잤다. 7시가 되기 전에 은희에게서 전화가 왔다. 8시 무렵에 빵과 커피로 된 아침식사를 마치고, 오늘 계획을 의논했다. 나는 어제 오면서 말했던 대로 종일 호텔에서 쉬기로 했다. 다리에 무리를 가하는 것이 좋지 않아서이다. 아내와 은희는 소렌토로 가겠다고 했다.

9시 무렵부터 나는 침대에 누워 쉬었다. 깨어보니 10시 40분. 11시가 넘어 호텔 청소부가 왔으나 타월만 갈아달라고 부탁했다. 12시가 넘어 식당에 가서 혼자 식사했다. 해물잡탕(오징어, 조개 등)에 샐러드, 생선과 빵, 생수, 후식으로 아이스크림까지 매우 맛있게 먹었다. 방에 돌아와 일기를 정리했다. 망망대해 푸른 지중해를 창밖으로 바라보면서, 내 일생에 처음 맛보는 휴식에 감사한다.

4시 무렵에 아내와 은희가 돌아왔다. 여기서 약 1시간 거리의 소렌토로 간다는 것이 차편 사정이 좋지 않아 라벨로까지 갔다 왔단다. 해변의 깎아지른 듯한 절벽 사이의 길은 매우 위험하고, 산이 무너져 길이 막히기도 했단다. 나 혼자 미리 답사한 호텔 아래의 해변으로 함께 가서 바닷물도 보고 주변의 사람들도 보면서 즐거운 한때를 보냈다. 아내가 돌아오기 전에 나는 호텔 프런트에 가서 어떻게 호텔 해수욕장에 가는지를 물어 잠시 혼자서 해수욕을 하고 돌아왔다. 깎아지른 절벽 아래 리프트(엘리베이터)를 장치하여 거의 100m 거리를 단숨에 오르내릴 수 있었으며, 중간 중간 이용할 수 있는 공간을 만들어 거기서도 멈출 수 있도록 해 놓았다.

밑에 내려가서 보니, 이 호텔이 지형으로도 그렇고 설치해 놓은 여러 구조물들을 보아도 아마도 중세 영주나 기사의 성이 아니었나 생각된다. 위의 절벽도 안으로 움푹 파여 들어가 위에서 내려오지 못하도록 되었고, 지금은 도로가 통하는 양쪽 통로도 툭 튀어나온 바위와 지형으로 자연적인 방어벽이 되어 있으며, 밑에서도 올라가기 힘들 정도로 수직적인 암벽(지형)이다. 거기에다 호텔 내부의 외벽 등에 중세 기사들이 사용했던 갑옷, 투구, 창과 칼 등이 장식되어 있고, 해변을 향해 중세 때의 대포도 여러 곳에 설치되어 있다. 아내는 이 건물이 호텔로 사용되기 전에 수도원이었던 것으로 추측된다고 했는데, 이는 호텔 내부에 가톨릭적인 냄새와 장치들이 많기 때문이라고 했다. 나의 의견까지 종합하면, 중세의 영주 혹은 기사의 성이 수도원으로 되었다가 호텔로 개조된 것이 아닌가 한다.

오후에는 이 해변에 있는 호텔의 바(bar)에서 결혼식이 있었다. 신랑 신부가 나와 같은 리프트를 탔었기 때문에 자세히 모습을 보았는데, 40살이 넘은 것 같았고, 신부의 키가 더 컸다. 우리가 해변에 있는 동안에 하객들이 많이 해변으로 나와 있었다. 알고 보니 신혼부부를 배로 떠나 보내기 위해 기다리고 있었다.

저녁식사는 전식(前食)·본식(本食)·후식(後食)으로 나눠져 있었는데, 암소 고기에다 아이스크림도 먹었다. 아내는 저녁을 거의 먹지 않았다. 배가 부르기 때문이라고 한다. 저녁식사 시간은 종업원이 날라다 주는 시간과 대화 시간을 합해 거의 1시간 가까이 걸렸다. 앞에는 넓고 푸른 바다가 내려다보이는 이곳에서 이탈리아의 일류 호텔 요리를 먹다니, 나에게는 분에 넘치는 호사다.

9월 4일 (금) 7시 50분 무렵에 아침식사를 했다. 두 종류의 빵과 거기에 발라 먹을 버터와 과일 잼, 그리고 커피나 차를 선택하도록 되어 있다. 식사 뒤에 나폴리에서 산 《Naples》라는 영문으로 된 소개 책자를 읽었다. 11시가 지나서 아내와 은희가 가 있는 해수(海水) 풀장으로 가서 수영했다. 호텔과 해변, 그 중간 50m 지점의 고지(高地) 공간에 그걸 만들어 놓았다. 우리 외에 영어를 하는 젊은 부부가 있었다.

방에 돌아와 씻고 점심식사를 했다. 오늘은 조개 넣은 스파게티. 오후에는 방에서 쉬다가, 5시 무렵에 해변에 내려가 쉬면서 돌도 줍고 대화도 나누었다. 내일 로마로 돌아갈 준비를 하기 위해 프런트에 가서 미리 체크아웃을 했다. 우리들의 여행비에 아침·점심·저녁 식사대가 포함되어 있었기 때문에, 음료수 요금만 따로 내면 되었다. 아내가 자기의 크레디트 카드로 내고 약 5만 리라(우리 돈 약 4만 원이 안 된다)를 추가로 부담했다. 오늘 오후부터 아내가 소화가 잘 안 된다고 하면서 괴로워하고 있다. 여행 중에 건강해야 할 터인데 걱정이다.

저녁식사는 이름도 잘 모르는 음식을 먹었다. 대체로 메뉴가 전식과 본식은 각각 3종류씩 준비되었는데, 전식은 세 사람이 각각 시키고, 본식은 나는 역시 쇠고기에 당근·감자 섞인 음식을, 두 사람은 큰 새우튀

김에 치즈 요리를 먹었다. 후식 뒤에 나는 숙소에 돌아오고 두 사람은 근처의 바에서 커피를 마셨다고 한다. 아래의 바닷가에서 출렁이는 파도소리를 들으면서, 또 저 먼 푸른 바다와 창공에 이미 퇴색해 버린 내 꿈을 실어보면서 오늘 저녁도 휴식을 취했다.

9월 5일 (토)

아말피에서 8시 5분발 나폴리행 버스를 타야 하기 때문에 서둘렀다. 마침 호텔 지배인의 친구가 자가용차로 우리를 버스 시간에 맞게 태워주겠다고 해서, 7시 30분에 시작하는 아침식사(빵, 차)를 서둘러 끝내고 준비된 그 차를 탔다. 보통 아말피까지 버스 요금이 1인당 1,600리라(3사람 4,800리라)이므로 5천 리라를 그 자가용 운전자에게 주기로 했다.

이른 아침인데도 아말피의 버스 정류장에는 각 방면으로 가는 여행객과 교통기관이 붐볐다. 버스 노선이 괜찮으면 소렌토로 가서 거기서 지하철로 나폴리로 가려고 했으나 여의치 않았다. 정확하게 8시 5분에 떠난 버스는 해변의 가파른 산 위로 꼬불꼬불 이 길 저 길을 돌아서 올라갔다. 올라가면서 아래를 내려다보니 바다는 장관이요, 또 위험하게 느껴졌다. 우리가 지난번 올 때는 살레르노 → 비에트리 → 아말피였는데, 이번 나폴리 행은 그 반대 방향이었다. 가파른 민둥산(바위산)들을 올라온 버스는 한동안 소렌토의 반대 방향으로 가다가 나폴리-폼페이 방향으로 틀어 길을 잡았다. 내륙 쪽으로 향해 고개를 넘으니 저 멀리 베수비오 산과 주변의 도시(나폴리, 폼페이)와 그 앞 바다가 보였다. 한참 동안 내려와서 2차선 준고속도로(A3)를 지나, 다시 4차선 유료 고속도로를 타고 나폴리로 들어와서 나폴리 중앙역 앞에서 내렸다.

지난번처럼 추가 비용을 물지 않기 위해 관광 안내소에 갔다. 관광 명소의 안내소답지 않게, 여기서는 장사할 생각들을 하고 있다. 시내관

광을 하려면 렌터카를 소개해 주겠다는 식이었다. 우리가 알려고 한 것
은 로마행 급행열차를 추가 비용을 물지 않고 탈 수 있느냐인데, 아내
와 은희가 들어가서 그것을 제대로 알아내지 못하고 돌아왔다. 그 문제
는 떠날 때 해결하기로 하고, 우선 짐을 맡기고 나폴리를 돌아보기로
했다. 짐을 한 번 맡기는 데 3천 리라다. 짐을 맡기고 1천 리라짜리 버
스표 2장씩을 사서 185번 버스를 타고 나폴리 고고학 박물관으로 갔다.
정보에 따르면 오후 2시까지 입장이 가능하며, 폼페이 유물들이 소장되
어 있다는 것이다. 입장료는 8천 리라, 꽤 볼 것이 있겠다 싶었다.

그래서 아내와 같이 들어갔지만, 문을 열지 않은 곳이 더러 있었고 국
립박물관이라고 하기에는 대단히 초라하다는 느낌을 주었다. 더구나
입장료에 견주어서는 더욱 그랬다. 폼페이 유물이 있다고 해서 시내의
폼페이 유적을 찾아보는 대신 이곳에 왔는데, 그것도 대단히 빈약했다.
이곳에 소장되어 있는 것은 대부분 조각품들이었고 괜찮게 보이는 것
은 거의가 16세기 전후의 것이었다. 서기 79년에 화산재로 뒤덮인 폼페
이 유물 중에 유리 제품과 정교한 공예품이 눈에 띄는 정도였다. 아내
가 이런 박물관 관광에 각별한 관심을 보이는 것이 흐뭇했다. 나는 예
사롭게 보고 지나가는데, 아내는 세심하게 관찰하는 것을 볼 수 있었
다. 아내에게 더욱 많은 견학 기회를 주어야겠다고 생각했다.

은희는 박물관 관람 대신 시내 관광을 하겠다고 했다. 2시에 박물관
앞에서 만나기로 했는데, 우리가 1시 20분 무렵에 나와서 보니 은희도
그 무렵에 돌아와 있었다. 함께 중앙역으로 가는 정류장을 찾으면서 바
에 들어가 나는 피자 한 조각(1천 리라), 아내와 은희는 각각 도넛 한 개
씩(1개에 1천 리라)을 사서 가게 안에서 서서 우리가 준비한 물과 함께
먹었다. 이탈리아에는 앉아서 먹을 때 그 장소값이 더 비싸게 붙는다는
것이다. 점심을 때우고 135번 버스를 타고 가리발디 광장에 와서 내렸
다. 그곳이 바로 이탈리아 통일에 공헌한 가리발디의 동상이 서 있는

곳이요, 중앙역 광장이기도 했다.

토요일인지라 환전하는 곳이 따로 없어 역구내의 환전소를 찾아 수중에 있는 현금 120달러를 1 : 1,025로 바꾸니 12만 3천 리라를 손에 쥐게 되었다. 어쩌면 오늘과 내일, 로마행 기차표와 로마에서 공항까지 갈 동안의 식사비까지 다 될 것 같았다. 오늘 저녁의 여관비와 내일 아침식사비는 이미 지불되어 있기 때문이다. 아내와 은희는 기차표 사는 창구에 가서 오랫동안 기다려서 표를 사왔다. 2시 50분에 출발하는 차다. 3인이 4만 6,200리라. 지난번 차 안에서 추가로 4만 리라를 물지 않았을 때의 그 기차 요금이다.

차는 2등 객실, 코치(coach)형이다. 한 방에 6개의 의자가 있는데, 그 의자를 끌어당겨 서로 연결하면 3개의 침대가 되도록 장치되어 있고, 방문을 닫으면 한 가족이 이용하기에는 편리했다. 우리는 흡연객실 쪽으로 탔다. 요즘은 금연 구역으로 사람들이 몰리기 때문에 흡연객실을 이용하는 것이 여유가 있을 것이라고 생각했기 때문이다. 우리 셋이 들어가 의자를 한쪽만 잡아당겨 발을 그 위에 얹었다. 대단히 편했다. 로마(동역)까지 오는 동안 한 번도 기차표 검사가 없었다. 중간에 3번을 섰고, 나폴리로 갈 때보다는 훨씬 많이 그리고 자세히 이탈리아의 풍경을 볼 수 있었다. 산에는 나무가 많지 않았다. 바위산이기도 하지만 조림에 적극적이지 않은 것 같았다. 가는 동안 여러 곳에서 산불을 보았는데, 이 것은 일부러 산불을 지르는 것 같았다. 다른 목적으로 그 산을 이용하려고 했는지 아니면 수종 개량을 위해서인지 얼른 판단이 서지 않았다.

로마 동역에 도착한 것은 5시 10분 무렵. 거의 2시간 20분이 걸렸다. 지난번보다 20분 정도 더 걸린 셈이다. 그러나 중간에 쉬는 곳이 있어서 여행으로는 더 좋았다. 이탈리아 시골의 풍경들이 상상했던 것보다는 덜 자연적이며 덜 미적(美的)이지만, 생생한 그대로를 볼 수 있었다. 이탈리아의 민둥산들이 그대로 보였고, 옛 도시들의 유적지에 신도시를 연결시킨 라티나라는 역 근처에서는 산상(山上)의 도시도 볼 수 있었다. 농사짓는 법도 새롭게 기계화되어 가는 느낌이었다. 포도와 올리브, 그리고 의외로 옥수수 농사가 많았다.

로마 동역은 낯이 익다. 지난 주일 저녁, 공항에서 이곳으로 들어와 지하철을 탔기 때문이다. 지난번에는 한 역을 더 지나 테르미니 역까지 갔기 때문에 많이 걸었지만, 이번에는 카보우르 역에서 내려 불과 100여 미터밖에 되지 않는 숙소에 곧 도착할 수 있었다. 구면(舊面)인 호텔 지배인이 반갑게 맞아 주었다.

아내와 은희는 근처의 슈퍼마켓에 가서 저녁거리를 사왔다. 간단한 샌드위치에 토마토·포도·복숭아와 물을 사왔다. 훌륭한 저녁식사다. 식사 뒤에 두 사람을 내보내 로마의 야경을 더 구경하도록 하고, 나는 숙소에서 쉬면서 생각을 정리했다. 10시 무렵에 아내가 들어왔다. 많이 걸었는지 매우 피곤하다고 했다.

평소에 나는 이런 미지의 곳에 오면 많이 돌아다니는 편이다. 한 곳이라도 더 보고 익히려고 했다. 그러나 이번에는 뜻밖에 다리가 불편하여 그것을 핑계 삼아 많이 쉬었다. 그것도 아주 좋았다. 관광을 하는 사람들이 보통 한꺼번에 그 방문지를 다 보려고 하는데, 그것이 무리라고 생각되는 것이, 어차피 생소한 방문지를 다 보고 익힌다는 것은 불가능하기 때문이고, 그런 만큼 보지 않은 지역을 남겨두는 것이 여유가 있다고 생각된다. 아내더러 나는 다음에 학술대회 등으로 로마를 방문할 기회가 있을지 모르니 발 빠르고 민첩한 은희와 동행해서 많이 보아두라고 했다. 가끔 토라지기는 해도, 은희가 이모를 위하는 마음은 지극해 보인다. 이번에 다리가 아파서 잘 걸어 다니지 못하게 하는 것이 하나님의 어떤 섭리라고 생각해 보면서 감사하는 마음이다. 아마 이번에 많이 보고 교만한 생각, 자랑하는 마음을 갖지 않게 하려고 이렇게 함이 아닌가 생각되기 때문이다.

9월 6일 (일) 아침에 깨어 보니, 아내는 먼저 일어나 단정한 모습으로 성경을 읽고 있었다. 성경을 읽고 있는 아내의 모습을 볼 때마다 성숙해 가는 한 여인의 모습을 봄과 동시에 항상 감동적이다. 어제 저녁 잠자리에서는 그렇게 않았는데 새벽에 저렇게 단정한 모습으로 먼저 일어나 수습해 있는 것을 보면 참 대견스럽고 그것이 유교적 가정에서 훈련받은 한국 여성의 한 전형을 보는 듯하다.

호텔에서 마련된 식사를 하기 전에, 지난번에 통화한 적이 있는 정인식 선생에게 전화하여 오늘 한인교회 예배에 참석할 수 있도록 교회를 알아보았다. 그러나 그는 가톨릭 신자로서 거기에 익숙하지 않은 듯, 오후 2시와 4시에 영국 성공회(Anglican Church)를 빌려 예배 보는 한국인 교회의 주소와 목사님 댁 전화번호를 알려 주었다. 그러나 여러 번 그 목사님 댁에 전화했지만 통화가 이뤄지지 않았다. 아마 여행 중이거나 번호가 바뀐 것 같았다.

식사 뒤에 아내에게 시내에 들러 예배에 참석하든지 시내를 둘러보라고 권하고, 혼자 숙소에 남아 일기를 정리하고 성경을 보며 혼자서 예배하는 시간을 갖기로 했다. 오후 3시 30분에 프랑크푸르트행 비행기가 있으니, 2시간 전에 공항에 닿자면 12시 30분에는 출발해야 한다. 전에 읽던 성경을 계속 읽어 〈마태복음〉을 끝내고, 〈여호수아〉 4장을 읽었다. 혼자 기도하고 조용히 찬송하며, 여로(旅路) 중의 주일(主日)을 보냈다. 12시 10분쯤 아내가 돌아와 우리는 짐을 꾸려 퇴실 수속(시내 전화 2통화 7백 리라를 물고)을 마치고, 지하철 B라인(7백 리라)을 거쳐 피라미드 역과 연결된 오스티엔세 역에서 로마 공항행 기차(1인당 6천 리라)를 탔다. 공항까지는 기차로 20여 분. 아르헨티나항공사 창구에 탑승 수속을 하니, 13시 40분. 비행기 출발까지는 2시간이 더 남았다.

면세품 구역에 들어가니 마침 이발소가 있어 권유에 따라 이발을 했다. 미국을 떠날 때 이발하려고 했는데, 참 좋은 기회다 싶었다. 이발사에게 "이 공항 이름이 레오나르도 다빈치이니, 오늘 이발한 나의 머리는 레오나르도 다빈치의 작품이라고 자랑하며 보일 것이오. 그러니 오늘 나에게는 당신이 레오나르도 다빈치오"라고 말하니 알아들은 듯, 그렇다고 하면서 열심히 가위질을 해 주었다. 조발만 하는 조건으로 이발을 시작했는데, 그는 머리 뒤편 목에 면도도 해 주었고, 드라이어로 머리도 빗질해 주었으며, 콧수염도 깎아 주었다. 1만 8천 리라. 거스름돈 2천 리라를 받아 1천 리라는 팁으로 주었다. 마치고 난 뒤에도 레오나르도를 상기시키며 감사했다. 화장실에서 머리를 대강 털고 목을 씻었다. 이발하고 나니 다시 몇 달 동안의 숙제가 해결된 듯한 기분이었다.

공항 대합실에서 기다리며 어제 준비한 포도와 토마토를 먹었다. 아내가 사다 준 간단한 스낵도 곁들였다. 그러고 나니 3시가 지났다. 그래도 1시간을 더 기다려 4시 8분 무렵에 비행기가 움직이기 시작했다. 4시 30분쯤에 비행을 시작, 로마 서쪽 해안으로 나와 제노바 상공을 거쳐 밀라노 서쪽 상공을 넘어 알프스, 스위스의 융프라우를 찾았으나 보이지 않았다. 그보다는 동쪽 상공을 운항하는 듯했다. 마침 오른쪽 창가에 앉았기 때문에 서쪽의 인터라켄이나 융프라우, 레만 호는 볼 수 없었다. 3만 5천 피트 상공에서 내가 며칠 전 운전하고 지나 온 보덴제 호수 주변의 도시들이 보였다. 보덴제 호수 동쪽의 오스트리아·독일·스위스 3국 국경지역이 보였다. 오스트리아의 브레겐츠, 독일의 린다우, 스위스의 쌍 갈렌 등이 뚜렷이 나타났다.

비행기는 취리히 동쪽 상공을 거쳐 뮌헨을 멀리 동쪽에 두고 북상하여, 슈튜트가르트 상공, 하이델베르크를 서쪽에 두고, 멀리 뷔르츠부르크인 듯한 도시를 약간 동쪽에 두고 계속 북상하였다. 독일의 고속도로 3번(E41)이 계속되고 있는 것을 보면서 비행기는 좌회전하여 오펜바흐를 거쳐 프랑크푸르트 공항에 오후 6시가 지나서야 도착했다. 비행 중엔 날씨가 맑아서 이탈리아·스위스와 동쪽의 오스트리아 및 독일을 본

셈인데, 분위기와 느낌이 조금씩 달랐다. 이탈리아는 국토를 거의 가꾸지 않았고 벌거벗은 산, 파괴된 산, 또 경지도 다듬어지지 않은 곳이 많았으나, 독일은 잘 다듬어져 있고 경지와 산림 모두 손질한 흔적이 뚜렷했다. 이탈리아가 남국의 낭만에 취한 채 조상들의 문화재에 의지하는 듯한 느낌이라면 독일은 자력으로 해결해 보려는 의지가 뚜렷이 나타나고 있다. 이탈리아가 더 발전하려면, 조상 덕분에 벌어먹는 관광수입을 줄여야 한다. 자력으로, 과학적 방법으로 문제를 해결하려는 노력이 더욱 필요할 것이라 느껴진다. 문화재도 제대로 정리해 놓고 돈을 받았으면 좋겠다. 방만한 채 입장료를 비싸게 받으면서, 그것으로 그 문화재를 보수하거나 정리할 생각은 않고 호구(糊口)에 연연한 듯한 느낌이다. 그러니 그 많은 성인(聖人)들 덕분에 게으르고 도둑질 잘하는 후손들 또한 거기에 못지않게 늘어나고 있는 것이 아닐까.

프랑크푸르트의 은희 집까지는 기차와 전차를 타고 들어왔다. 베아트리체(Beatrice) 수녀에게서 전화가 왔다. 지난번 로마에 연락했다가 독일 어디에 와 있다고 해서, 불러준 사서함 주소로 간단한 엽서를 띄웠는데, 그것을 받고 전화한 것이다. 아직도 3년 정도는 더 공부해야 한다는 것이다. 구도자의 외롭고 괴로운 길인데, 그 길을 택한 제자의 앞날에 신의 축복이 같이 하기를 빈다.

9시 30분에 저녁식사가 시작되었다. 며칠 동안 한국음식을 먹지 못했는데, 준비한 음식이 맵고 짠 한국음식이라 배가 부른데도 잘 먹었다. 내일이면 유럽 대륙의 여행은 끝나고 영국으로 가는데, 은희와도 프랑크푸르트에서 마지막 만찬이 아닌가 생각된다. 김춘추(金春秋) 군에게 전화하여 보지 못하고 간다고 했다. 공부하여 학자의 길을 걸었어야 했을 사람이 이곳에서 여행사를 한다니 참으로 아깝다.

9월 7일 (월)

9월 7일 (월) 5시가 지나서 일어나 오늘 런던으로 출발할 준비를 서둘렀다. 아내는 거의 잠을 자지 않았다. 어제 저녁에도 서울의 아이들에게 전화하고 또 은희와 마지막 밤의 대화를 나누기 위해 오랫동안 시간을 보냈으며, 오늘 새벽에도 짐을 챙기느라 일찍 일어났다. 간단하게 차를 나누고 6시 20분쯤에 은희의 집을 나섰다. 전차와 철도를 이용, 7시 10분쯤 공항에 도착, 쉽게 탑승 절차를 밟았다. 은희와 헤어지자니 매우 섭섭하지만 내색은 하지 않았다. 그동안에 변해서 그런지, 아니면 본래의 모습이 오랫동안의 공동생활을 통해 나타난 것인지 알 수 없지만, 그동안 은희의 새로운 모습에 내심 놀라고 있었기 때문이다. "그동안 수고했고, 열심히 공부해라"란 말만 남기고 공항 트랩을 밟았다.

8시에 출발한 비행기는 예정 시간보다 일찍 런던 상공에 도착했는지 런던의 이쪽과 저쪽의 지상 모습이 보이는 동안 선회비행을 할 뿐 오랫동안 착륙하지 않았다. 상공에서 런던을 볼 수 있는 기회였다. 템스 강과 번화한 거리 외에는 별로 식별할 수 없었지만, 유럽과는 다른 영국

▲ 런던 타워 브리지 앞에서

▲ 런던 템스 강가 국회의사당 앞에서

의 모습을 아는 데는 도움이 되었다.

9시가 넘어 짐을 찾아 나왔다. 프랑크푸르트와 런던은 1시간의 시차가 있으니, 비행시간은 1시간 30여 분이 넘은 셈이다. 출입국 관리소를 통과할 때 입국 목적을 묻는 물음에 정직하게 "나의 학생을 방문하기 위함"이라고 하니 그 직원이 꼬치꼬치 물으려 했다. 이런 때는 짐짓 영어를 모른 체하는 것이 더 나을지도 모른다.

양용의 목사가 나와 있어 반갑게 만났다. 양 목사가 런던과 근교의 지리에 밝지 않아 오늘 우리를 안내할 사람을 한 사람 부탁해서 이상욱 준목이라는 분과 함께 나왔다. 총회신학대학을 졸업하고 청담동 개혁 측에서 일하다 런던에 온 지 8년, 교육학을 공부하고 있다고 한다. 이 준목을 기다리는 동안 환전했다.

영국의 파운드화가 어느새 이렇게 강세가 되었는지, 6년 전에 미국 달러와의 교환비율이 1 : 1.3 하던 것이 오늘은 1 : 2.03 정도가 되어 있었다. 매우 놀랐다. 미국의 돈이 그렇게 가치가 없는 데 놀랐고, 제조업 분야에서 거의 보잘것없는 영국이 세계에서 가장 강한 화폐를 갖고 있으면서 이와 같은 수출입을 유지하고 있는 것이 또한 놀라왔다. 그런데도 영국의 재무성에서는 독일로부터 2천만 파운드를 빌려 세계에 널려 있는 파운드를 사들이고 파운드의 가치를 높이려 하고 있다니, 나 같은 경제 문외한으로서는 이해할 수 없다.

이 준목, 양 목사와 함께 옥스퍼드의 양 목사 댁으로 갔다. 양 목사는 지난해 중반까지 강원도에서 그의 사역(주로 교회 유무를 중심으로 농촌의 실태 조사를 자세히 하여 그 보고서를 몇 권에 담았고, 그것이 기초가 되어 그 동안 20여 개의 교회가 세워졌다. 이것은 물론 그 보고서를 본 여러 교회에서 열심히 한 것이다)을 일단 완료하고, 런던으로 와서 런던성경학교(London Bible College)에서 신학 석사를 거의 끝낸 단계에 그의 지도교수인 프랜시스(Francis) 교수로부터 옥스퍼드 위클리프 홀(Wycllif Hall)의 박사학위 과정을 제의받아 지난 8월 말에 이곳으로 옮겼다. 아내와 이제 두 살 된 쌍둥이 남매를 합쳐 2남 2녀의 이 가정에 와서 준비한 식사를 끝냈는데, 그들은 아침식사로 준비했지만 먹고 나니 점심이 되었다.

12시 30분 무렵 이상욱 준목과 함께 양 목사와 우리 부부가 처칠의 생가인 블렌하임(Blenheim) 궁과 셰익스피어의 출생지인 스트랫퍼드(Stratford)를 찾아보기로 했다. 6년 전 영국을 찾았을 때 돌아보았던 곳이라 처음 볼 때와 같은 감동은 없었지만 그동안 영국이 관광지 개발을 위해 얼마나 많은 노력을 기울였는지를 역력히 느낄 수 있었다. 스트랫퍼드에서는 맥도널드에 들어가 간단히 간식을 하고, 옆의 공원에 가서 갑문식 운하를 구경했다. 수량(水量)이 적을 때 배를 다른 곳으로 옮기는 것도 실제 구경했다. 안내판에 따라, 그곳이 미국 하버드대학의 창시자 존 하버드(John Harvard)의 고향이었음도 확인하였다.

오늘 옥스퍼드의 방인성 목사 댁에서 세계복음주의선교회의 영국 총회가 있다고 해서 그곳으로 갔다. 거기서 런던지구에 있는 많은 목회자들과 이 선교회에 관계하고 있는 평신도들을 만나고 맛있게 저녁식사도 마쳤다. 서울의 남서울교회에서 시무하다가 런던의 킹스크로스(King's Cross) 한인교회에서 시무하는 홍문균 목사도 만났다. 깜짝 놀라면서 자기 집으로 가자고 했다. 내일 만나기로 약속했다. 미국에서 유전공학을 마치고 옥스퍼드에서 포스트 닥(Post-Doc.) 과정을 밟는다는 성(成) 박사라는 분도 만나 그가 곧 샌프란시스코로 가게 된다는 것을 듣고 UC 버클리대학으로 유학간 김철현 군 생각이 나서, 그곳에 가거든 김 군을 잘 보살펴 주고 그가 꼭 학위를 받을 수 있도록 격려해 달라고 했다.

양 목사님 댁에 전화가 없기 때문에 이 집에 있는 전화로 영국에서의 일정을 조정하고 현지에 연락하느라고 시간을 많이 보냈다. 브리젠드에 있는 서요한 목사와 연락이 닿은 것 같았다.

8시가 지나서 양 목사님 댁으로 돌아와 그의 학위 계획 등에 관해서 늦도록 대화했다. 그는 앞으로 3년 정도를 계획(그의 지도 교수인 프랜시스 교수의 말이라 한다)하고 신약신학으로 학위를 할 계획이다. 그에게 장학금을 제공하고 있는 김경현 집사를 소개하고 싶었지만 김 집사의 뜻에 따라 뒷날 알리는 것이 좋겠다고 판단하고, 김 집사의 뜻만 잘 전했다. 양 목사는 자녀가 4명이라 하나님의 특별한 은혜를 받은 것 같았다. 성진(남), 경진(여), 그 밑에 쌍둥이 두 아이를 위해 사모님의 수고가 큰 것 같았다.

9월 8일 (화)　　오전 10시에서 11시 사이에 런던의 홍문균 목사님 댁에서 만나기로 했기 때문에, 그 시간에 맞춰 일찍 일어나 옥스퍼드 거리를 한번 돌아보고 근처의 공원을 산책했다. 잔디와 화단이 부러웠다. 양 목사님이 옥스퍼드와 런던의 거리와 고적에 익숙하지 못해서 다른 분의 안내가 필요했다. 런던에서 홍 목사님을 뵙는 것도 이 때문이다. 10시 30분에 홍문균 목사님 댁에 도착, 사모님과 인사를 나누었다. 홍 목사님이 운전하는 승용차를 타고 양 목사님과 함께 우리 내외가 런던 관광에 나섰다.

처음에 근처(런던 서북 지역)에 있는 명문 해로 스쿨(Harrow School)을 방문했다. 채플(chapel, 예배실)을 보면서 그들의 교육에는 아직도 기독교가 기초가 되어 있다는 점에서 희망을 느꼈다. 마침 시간을 바꾸는 때라서 그런지 많은 학생들이 책을 들고 강의실에서 나와 다른 강의실로 움직이고 있었다. 위에 있는 교구 교회(Parish Church)에 학생들이 모이고 있었다. 학기 초 첫 채플이라서 많은 신입생들을 위해 이 예배당을 이용한다고 했다. 홍 목사님은 이 교회에서 파송한 분 가운데 한국 선교사가 있음을 알았다고 하면서 교회당 안 강대상 뒤쪽 벽에 실

린 윗단의 글을 보여 주었
는데, 아마도 성공회 계통
의 선교사가 아닌가 생각
된다. 이 학교가 유명하게
된 것은 많은 지도자들 그
가운데서도 윈스턴 처칠
이 이 학교를 나왔기 때문
이라 한다.

오늘 홍 목사님의 인도
와 안내로 여러 곳을 볼
수 있었다. 의회와 웨스트

▲ 런던의 올 솔스 교회 앞에서

민스터 사원(Westminster Abbey, Abbey는 옛날 수도승들이 있었던 사
원이고, Chapel은 예배당, Church는 교회)을 돌아보고, 여러 왕들의 무
덤도 보았다. 런던 브리지에 가서 형구(刑具), 각종 무기, 왕관, 보석(세
계에서 둘째로 큰 보석) 등을 보았다. 영국의 부와 위엄, 의례(儀禮), 각
종 무기 등을 엿볼 수 있었다. 성을 나와 맥도널드에 가서 간단히 요기
했다.

세인트 폴 대성당(St. Paul's Cathedral)에서 예배를 드리는 장면을 보
았고, 웰링턴(A. Wellington) 장군의 무덤, 넬슨(H. Nelsdon) 제독의 무
덤이 지하에 있다고 들었다. 마틴 로이드 존스(Martin Lloyd-Jones) 목
사가 설교한 웨스트민스터 예배당, 존 스토트(John Stott) 목사가 아직
도 일주일에 몇 번씩 설교하는 올 솔스 교회(All Souls Church)에도 가
보았다. 6년 전에 와 보았던 곳들이라 충격적인 감동은 없지만, 그러나
새로운 흥미를 갖도록 안내해 주었다. 궁(宮)과 성(城)을 따로 지어둔
것을 보면서, 유럽 문화가 어쩌면 끊임없는 투쟁과 갈등, 그것의 최대
표현인 전쟁의 역사였을 것이라고 생각해 보았다.

좀더 감수성이 예민한 나이에 이것들을 보았다면 얼마나 좋았을까 하는 느낌을 금할 수가 없었다. 그랬다면 하나하나에 대해 그 지적 탐구심을 발휘하고 유럽 문화와 동양 문화, 한국 문화 그리고 유럽 각국 사이의 문화에 대한 상사성(相似性)과 유비성(類比性) 등을 예리하게 포착하였을 텐데, 이제 그런 지적 호기심과 예민한 감수성을 토대로 한 여행을 할 나이는 지난 듯하여 하나하나에 대한 의미를 포착하는 일은 퍽 무디어져 감을 느끼게 된다.

양 목사님이 저녁 약속이 있다고 하여 옥스퍼드로 먼저 보내고 홍 목사님과 우리 내외는 학생신앙운동(S.F.C.) 출신의 고신파(高神派) 목사인 안병만 목사님 댁으로 갔다. 어제 저녁 방 목사님 댁에서 에든버러의 이신철 목사님의 전화번호를 알아보기 위하여 이상욱 전도사가 안 목사님 댁에 전화한 것이 계기가 되어 오늘 저녁 초청을 받게 된 것이다. 안 목사님은 함안(咸安) 군북교회 허(許) 장로의 다섯째 사위로, 사촌 동생 중렬(重烈)의 동서되는 사람이며, 작은어머니 장례식 때 서로 만난 적이 있다고 한다. 어제 저녁에 우연히 통화가 이루어져 오늘 저녁에 이런 초청을 받게 된 것이다.

안 목사는 공부하기 위하여 런던에 왔고, 그의 소탈한 성품 때문에 이곳에 오는 많은 사람들을 안내하느라 많은 부담이 있는 듯했다. 시(市)의회에 이야기하여 땅을 조금 빌려 한국 채소를 가꾸었다면서 많은 채소와 고기로 우리들을 대접했다. 조금 있다가 남아프리카공화국 어느 부족의 선교사로 갈 예정인 이은택 목사(할렐루야교회 안창하 장로 사위의 형이라 했고, 할렐루야교회 대학부 전도사를 역임했다)와 남포교회의 박삼영 강도사[그는 《기철학(氣哲學)을 넘어서》라는 책을 써서 김용옥(金容沃) 교수를 비판했고 지난해 내가 그 교회 대학부의 강사로 갔을 때 그 책을 나에게 주었는데, 곧 영국에 공부하러 온다고 했다]의 부인이 왔다. 안 목사는 그의 부인과 함께 장모 문병을 위해 목요일에

▲ 토머스 목사의 부친이 시무하던 라노버 교회 앞에서

▲▲ 토머스 목사 ▲ 토머스 목사 기념판

일시 귀국한다고 한다. 10시가 지나서 홍 목사와 함께 그의 집으로 갔다. 최근의 《한국일보》를 주어서 자기 전에 좀 읽었다. 홍 목사 내외분이 우리를 편안하게 해 주어서 매우 고마웠다.

9월 9일 (수) 어제 패딩턴 역에서 미리 오늘 브리젠드에 갈 차표를 예매하였기 때문에 아침 8시 출발하는 차를 탔다. 이를 위해 홍 목사님 댁에서 아침식사를 하고, 홍 목사님이 7시에 집을 출발, 역까지 우리를 안내해 주었다. 영국의 기차는 매우 비쌌다. 브리젠드까지 2시간 20여 분 걸리는데 편도 요금이 35.5파운드였다. 71파운드를 주고 2장을 어제 이 역에서 예매했었다.

기차 안은 그렇게 붐비지 않았고 자리도 많았다. 스윈던·브리스틀·카디프를 거쳐 브리젠드에 이르니 10시 40분이 지났다. 20여 분 이상 늦었다. 브리젠드는 도시 규모는 큰 편인데 역은 초라했다. 서요한 목사가 딸과 함께 마중 나와 있었다. 서 목사는 합동신학교 출신으로 6~7년 전에 이곳에 유학와서 런던·에든버러·애버딘을 거쳐 이곳의 웨일스신학교에서 박사 과정을 밟고 있으며, 16~17세기 스코틀랜드 커버넌트(Scotland Covenant)들을 중심으로 종교개혁, 청교도 및 스코틀랜드의 국교로서의 장로교회를 보려 한다고 했다. 동생 동렬(東烈)이와는 각별한 사이로, 일찍부터 우리 가정에 깊은 관심을 보여 왔다. 오늘 일정이 급해서, 그의 집에 들러서 간단히 차를 마시고 로버트 저메인 토머스(Robert Jermain Thomas) 목사의 생장(生長) 유적지를 찾아보기로 했다. 가는 길에 서 목사가 자신이 다니는 학교를 보여 주었는데, 생각했던 것보다는 매우 초라하다는 인상을 받았다. 오면서 파도가 거친 웨일스 남부의 해안도 보여 주었다.

토머스 목사는 10살이 되면서부터 그의 아버지가 섬기는 교회에 다녔는데, 그 교회는 카디프 북쪽의 라노버(Llanover, 흐라노버라고 발음했다. 하노버 혹은 라노버라고 발음하기도 한다) 교회였다. 서 목사가 아침에 그 교회의 서기에게 미리 전화하여 오후 1시 무렵에 교회에서 만나기로 했단다. 고속도로에서 벗어나 한참을 가니까 라노버 마을 입구가 나오고 곧 교회가 보였다. 좁은 길의 옆에 있는 교회는 세로 12~15m, 가로 10m 내외의 아담한 교회로서 3단으로 된 의자가 10여 줄 놓여 있었고, 강단을 향하여 벽 전면 왼쪽에 토머스 목사의 사진과 함께 그가 선교사로 중국에 갔다가 1866년에 한국에서 죽었다고 써 놓았다. 그리고 벽에는 아마 역대 교역자들의 명단인 듯한 이름들을 새겨 놓았는데 토머스 목사 아버지의 이름도 보였다. 교회 앞에는 조그마한 묘지가 있는데, 토머스 목사의 가족 묘인 듯한 비석도 보였다.

마침 방문한 시간에 보슬비가 뿌렸기 때문에 젊은 시절 한국에서 희생당한 토머스 목사에 대한 감회가 새롭게 떠올랐다. 그가 죽은 지 60주년이 되는 1926년을 전후하여 한국 교회에서 그를 위한 기념사업회를 만들고 기념 예배당, 기념 보트(선교용), 기념 동판을 만들어 잊혀진 그를 역사에 올리는 작업을 전개했는데, 그러는 과정에서 그를 한국 최초의 순교자로 추앙하는 분위기도 조성되었다. 그 뒤 대부분의 역사기술들이 그를 순교자로 적는 데 인색하지 않았는데, 이 점에 대해 나는 동의하지 않고 그런 평가를 유보시켜 놓고 있는 형편이다.

그가 셔먼(General Sherman)호의 향도(向導)로서 불법적으로 평양까지 그 배를 인도한 셈이고, 당시 셔먼호가 조선 측에 대해 무례한 행위를 서슴지 않았기 때문에 결국 화공(火攻)을 받아 불타고 배에 탔던 사람들이 할 수 없이 탈출하였으나 조선 측에 의해 살해당했는데, 만일 그의 이러한 죽음을 '순교'라고 한다면(한국 기독교사가 그렇게 인식한다면) 현재도 그 같은 행위를 할 경우 '순교'로 인정해야 하는 현실적인 어려움이 있다고 하겠다. 현재 수많은 나라에 선교사를 내보내고 있는 한국으로서는 그의 죽음에 대한 평가에 신중을 기하지 않으면 안 된다는 의미에서 나는 지금까지의 일반적인 평가에 동의하지 않고 있다. 나는 한국 기독교사 강의에서도 그런 자세를 견지해 왔을 뿐만 아니라, 자신의 버밍엄대학의 박사학위 논문으로 토머스 목사 연구를 하겠다는 고무송 목사에게도 지난번 이 점을 분명히 한 바 있다. 앞으로 그에 관한 자료가 더 밝혀져 나의 견해가 수정되었으면 하는 기대 또한 없지 않다.

서 목사와 미리 약속된 대로 이 교회를 관리하는 이가 우리를 근처에 있는 그의 집으로 인도했다. 그의 남편은 1952년에 한국전쟁에 참전한 바도 있다고 한다. 그 집에서 간단히 영국 차를 마시고 곁들여 빵도 먹었다. 그의 집에는, 그가 어릴 때 무용을 잘해서 현재의 엘리자베스 여왕 앞에서 찍은 사진도 있었다.

라노버를 나서서 첼튼햄의 송제근 선생 집에 이른 것은 오후 5시가 거의 다 되어서였다. 첼튼햄에 들어가서 송 선생께 연락, 쉽게 그의 집을 찾을 수 있었다. 고신대학원(高神大學院) 출신의 이 강도사라는 분도 유학차 와 있었는데, 그의 부인과 가족이 내일 도착할 것이라고 했다.

송제근 선생은 6년 전에 네덜란드의 캄펜(Kampen) 신학교에서 신학 석사를 마치고 남아프리카공화국으로 가려고 입학허가서를 다 받았으나 길이 열리지 않자 이곳으로 왔다고 한다. 가장 어려운 부분이라 할 〈신명기〉(26~28장) 부분을 〈출애굽기〉와 대조하여 연구하려는 것으로, 복음주의적 관점에서 모세 5경을 변호하자는 것이 그가 논문을 쓰게 된 동기라고 한다. 논문은 제본하여 이미 제출하였고, 23일에 구두시문(口頭試問, oral defense)을 한다고 한다. 그 뒤에는 서울의 정릉에 있는 탄포리교회에 봉사하며, 한국에서 구약학회 같은 것을 조직하여 학문적인 독립성을 강구해 보고자 한다고 했다. 서울대학 약대 출신의 자연 과학도답게 깐깐함이 보이는 학자요, 신앙인이다.

6년 전 캄펜에서 만나 그의 집에서 대접을 받았는데, 너무 깊은 인상을 받았기 때문에 이번에 그가 이곳에 있다는 소식을 듣고 일부러 찾았던 것이다. 그의 부인 또한 자녀 교육에 지성(至誠)이었으며, 손님 대접하는 것이 몸에 밴 사람처럼 보였다. 서 목사와 어린 딸, 이 강도사 및 우리 내외는 정성으로 준비한 저녁을 맛있게 들었다. 8시가 넘어 서 목사는 돌아가고 우리 내외는 이 집에서 자기로 했다. 오늘 오후에 에든버러로 향해야만 우리의 일정에 차질이 없는데…… 저녁에 이 강도사의 부인으로부터 아이가 아파서 예정대로 비행기를 타지 못하고 몇 주 동안 여행을 늦추어야 하겠다는 소식이 와서 이 강도사를 위로했다.

9월 10일 (목) 10시 20분쯤에 에든버러행 기차가 있다고 해서 그 차를 타기로 준비했다. 걸어서 약 20분 걸리는 거리에 정거장이 있었다. 뒤에 옥스퍼드로 내려올 것에 대비하여 왕복표를 샀는데, 첼튼햄–버밍

엄 사이의 표와 버밍엄-에든버러 사이의 표를 구분하여 각각 왕복으로
샀다. 편도를 사는 것보다 왕복표를 사는 것이 싸다고 한다. 1인당 52파
운드였는데, 런던-브리젠드 편도가 35.5파운드였음에 견주어 매우 싼
셈이었다.

오후 3시 40분쯤에 에든버러에 도착했다. 영국의 서부 간선철도를
탄 셈이다. 어제 통화에서 이신철 선교사가 나오기로 했는데, 안병만
목사가 말한 김중락 선생이 나왔다. 초면이라 나는 알아보지 못했는데,
그는 옛날 학생신앙운동 대학생 대회에서 나를 본 적이 있다면서 반갑
게 맞아 주었다. 그의 집에 가서 여장을 풀고, 5시 무렵에 17세기 스코
틀랜드 종교개혁단원들의 유적지를 찾았다. 커버넌트(covenant) 언약
에 처음 서명(1620~1630년대)한 교회와 그들이 잡혀 있던 지붕 없는
감옥, 그들의 사형터와 무덤 등을 보았다. 그리고 존 녹스(John Knox)
가 개혁을 외치던 성 자일스(Gils) 교회, 에든버러 성에서 홀리루드 궁
전에 이르는 길 등을 거닐면서 그날의 감격을 되새겨 보았다. 에든버러
동쪽에 있는 산에 올라가 시내를 조망해 보기도 했다. 6년 전에 왔을 때
는 이보다 철이 일렀다. 9월 초의 이곳 날씨는 벌써 냉기가 돌았다.

김 선생 댁에 가서 이곳 종교개혁 이야기를 들었다. 김 선생은 경북
대학 사학과 출신으로 대학원을 마치고 모교로 가 영남신학교 등에 강
사로 나갔고, 박사과정에 다니면서 경북대학 양성훈 교수와 함께 '기독
교대학 설립 동역회'를 창설, 같이 일해 왔다고 한다. 지난해 종교개혁,
특히 스코틀랜드 종교개혁을 연구하기 위해 방문연구자 신분으로 와서
공부하다가 토요일(9월 12일)에 케임브리지대학에서 박사과정을 새로
시작한다고 한다. 케임브리지로 떠나기 전에 나를 만나 반갑다고 하면
서, 앞으로 커버넌트들에 관한 연구와 종교개혁을 중심으로 잉글랜드
와 스코틀랜드 관계사를 연구하겠다고 한다. 얼굴 모습이나 말하는 음
성이 처의 이질(姨姪)되는 이안수(마산에서 의사로 있다)와 비슷하다

고 생각되어 그렇게 말했더니 모두 한바탕 웃었다.

옥스퍼드의 방인성 목사가 소개한 그의 6촌 방연상 전도사와 연락이 되어, 그가 와서 대화를 나눌 수 있었다. 알고 보니 뉴욕 효신교회의 방지각 목사님의 장남으로 이곳에서 신학 석사를 마치고 박사과정에 입학했다고 한다. 일찍이 복음을 받아 선교사가 되었던 방효원, 방지일 목사님의 가까운 친척들이었다. 이야기 도중, 내일 김중락 선생이 시간을 내기 힘들다는 것과 이신철 선교사가 우리를 안내한다는 것을 알았다. 그래서 방연상 전도사의 도움을 청하기로 하고, 내일 오전엔 세인트앤드루스(St. Andrews)로 가기로 결정했다. 방이 적어서 이 집의 세 식구는 다른 한국인의 집에 가기로 했단다. 11시 무렵에 헤어지고 잠자리에 들었다.

9월 11일 (금) 오늘은 추석이다. 여행 중에 있는 우리에게도 고향의 명절을 생각하는 여유가 있었으면 좋겠다고 생각해 본다. 어제 다른 집에 자러 갔던 이 집 식구들이 8시 무렵에 돌아왔다. 아침식사 뒤 9시 무렵에 이신철 목사와 방연상 전도사도 왔다. 그 무렵, 애버딘에 계시는 오창윤 목사님로부터 그곳을 방문해 달라는 연락이 왔다. 그러나 일정상 그렇게 하기는 힘들다고 말하고, 가능하면 세인트앤드루스에서 만나자고 했다. 오 목사는 총회신학교 출신으로 1학년 때 나에게서 한국사 강의를 들은 바 있고, 대한신학교(大韓神學校) 교수로 있다가 총회신학교 교육학과 교수로 있는 그의 부인과 함께 애버딘에 와서 신학 박사과정을 밟고 있다. 런던의 홍문균 목사가 연락했던 모양이다.

에든버러에서 방 전도사와 이신철 목사 그리고 우리 내외가 방 전도사의 차를 타고 출발, 11시 30분에 세인트앤드루스의 옛 가톨릭 주교의 성(城)에 도착했다. 오창윤 목사도 와 있었다. 그의 안내로 이곳저곳을 다니며 설명을 들었다. 존 녹스가 이곳에서 개혁을 시작하기 전에 선구적인 순교자 2사람이 있었다고 한다. 패트릭 해밀턴(Patrick Hamilton)과 조지 위샤트(George Wishart)라는 또 한 분이었다. 해밀턴은 루터에게서 배웠으며 24살에 순교한 개혁자였는데, 그가 화장된 터가 'H'라는 모자이크로 그 주교 성 앞길에 표시되어 있었다. 위샤트 또한 그의 뒤를 이어 개혁을 외친 설교가로서 세인트앤드루스를 중심으로 활동했고, 그 또한 존 녹스에 앞서 순교했는데, 이것을 계기로 당시 가톨릭의 세인트앤드루스 대주교도 죽임을 당했다고 한다.

처음에 위샤트의 호위병으로 활동했던 녹스는 위샤트가 죽은 뒤에 설교자로 많은 사람들의 심금을 울리게 되어 단연 지도자로 나서게 되었다. 그 뒤 프랑스의 개입으로 녹스는 잡혀 프랑스 군함에서 노 젓는 일을 거의 2년 동안이나 하게 되었는데, 이때 익힌 프랑스어가 뒷날 그가 제네바에서 칼뱅에게 배우는 데 큰 도움이 되었다고 한다. 이렇게 인간의 불행조차도 그 인생을 풍요케 하고 세계사를 변혁케 하는 데 적절히 사용하시는 하나님의 섭리를 우리는 존 녹스의 생애에서도 보게 된다.

주교가 있었던 성(城)은 저만치 대성당이 보이는 해변가의 암벽 위에 건설되어 있었다. 여행 중에 일반 영주의 성이 아닌 주교의 성을 보는 것은 처음이다. 가톨릭이 지배할 당시 스코틀랜드는 세인트앤드루스의 대주교가 다스렸다고 하며, 따라서 초기에는 이곳을 중심으로 종교개혁운동이 일어났고, 뒷날 메리 여왕이 프랑스에서 돌아와 종교개혁을 탄압하자 개혁의 중심은 메리 여왕이 있는 에든버러로 옮기게 되었고 존 녹스가 활동하게 되었다고 한다.

방 전도사가 싸온 점심을 먹을 만한 마땅한 장소가 없어 어느 음식점에 들어갔으나 주문한 수프만 먹게 하고 우리가 가져간 음식은 먹지 못하게 했다. 근처에 골프 발생지가 있다고 해서 그곳을 돌아보고, 날씨

가 변덕스럽고 추워 양모 전문 가게에 들어가 아내가 얇은 스웨터를 하
나 샀다. 성을 돌아볼 때 오던 비가 다시 그치자, 해변 골프장에서는 세
계에서 몰려든 골프 애호가들이 즐기고 있었다. 골프는 목동들이 양을
치면서 시작한 것이라 한다.

　오늘 일정을 의논하다가 오창윤 목사가 존 로스(John Ross, 羅約翰)의
무덤을 안내하기 위해 에든버러까지 동행하겠다고 해서 얼마나 고마운
지……. 우리는 다시 비가 오고 개는 변덕스러운 날씨에도 불구하고 에
든버러까지 왔고, 김중락 선생 댁에 둔 짐과 차를 찾아 로스의 무덤에
들렀다. 무덤은 에든버러의 남동 지역인 달케이스 가(Dalkeith Road)에
있는 뉴잉턴(Newington) 묘지에 있었다. 그는 1870년대에 만주에서 성
경을 한글로 번역하는 데 힘썼고 한국 선교에 크게 공헌했던 분이다. 6
년 전 이곳에 와서 그의 고향 펀(Fern) 지방을 답사한 바 있고, 이곳 스

▲ 에든버러에 있는 존 로스의 묘　　　　　▲ 로스의 묘비명

144

코틀랜드 성서공회 총무와 로스에 관해 대화를 나눈 적이 있는데, 그동안에 그의 무덤까지 발견하게 되어 얼마나 기쁜지 모르겠다. 마침 오늘이 추석이라 한국식으로 한다면 성묘라도 하는 기분이었다. 그의 묘비에는 이렇게 적혀 있다.

In

Loving Memory

of

Rev. John Ross, D. D.

for over forty Years Missionary,

of the U.P. Church in Manchuria,

China,

Died in Edinburgh 7th August 1915,

aged 74 years,

Also (그의 자녀들의 기록이 나옴)

Peace, Perfect, Peace

이신철 목사가 에든버러에 온 지 아직 20여 일 밖에 되지 않아 지리에 서툴러 이 뉴잉턴 묘지를 찾는 데 시간이 많이 걸렸다. 묘소 입구에서부터는 오창윤 목사가 잘 찾았다. 들어가서 곧 좌회전하여 한참 가다가 바깥의 건물들이 일단 끝나는 곳에서 거의 135도 각도로 우회전하여 20m 거리의 오른쪽에 이 비가 서 있었다.

이 목사님 댁의 주차장에 오 목사님 차를 주차하고 이 목사님의 차를 타고 성 자일스 교회로 갔다. 그 교회는 원래 에든버러 주교가 있는 가톨릭 교회였으나 종교개혁으로 쫓겨나고 개신 교회가 되었다. 그래서인지 교회 안 곳곳에 가톨릭적인 치장들이 아직도 남아 있고, 우리가 방문한 시간에는 교회 안 한 모퉁이에 촛불이 타고 있는 것도 보였다. 교회 안에는 여왕 또는 국왕이 와서 예배드리는 조그만 채플이 있는데 국왕과 귀족들의 자리, 휘장들도 있었다. 우리가 방문했던 시각에는 마침 파이프 오르간을 조율하고 있어서 교회 안이 소란스러웠다. 교회의 한쪽 출구에는 존 녹스의 상(像)이 있었다.

6년 전에 와서 그곳에서 사진을 찍은 적이 있다. 교회당 밖에, 이제는 주차장이 되어버린 곳에 존 녹스의 무덤이 있었다. 주차장 44번에 보니 노랗게 칠한 부분이 보였는데 그것이 존 녹스의 무덤 표시라고 한다. 그 옆의 기마상은 그대로 보존되어 있었다. 녹스의 무덤은 이렇게 홀대 당하고 있었다. 이것이 종교개혁을 가장 급진적으로 진행시켰던 스코틀랜드 사회의 현상이다. 녹스는 이제 그 무덤조차 무시당하는 존재로 전락하고 있다.

아래로 내려와 녹스의 집을 찾으니, 길가에 약간 튀어나온 그 집은 오늘은 이미 닫혀 있어 관람할 수가 없었다. 내일 다시 올 수 있을지 모르지만 기념으로 사진 한 장을 찍어 두었다. 그리고 오 목사님 인도로 에든버러대학 신학부인 뉴칼리지로 갔으나 문이 닫혀 있었다. 스코틀랜드 교회(the Church of Scotland) 총회 장소와 프리 처치(Free Church) 총회 장소를 확인하고 우리는 발걸음을 고도(古都)에서 신도(新都) 쪽으로 향했다. 거기서 스코틀랜드인으로 위대한 몇몇 사람의 동상을 보았는데, 특히 스코틀랜드인들이 잉글랜드의 셰익스피어에 비견해 높이 받들고 있는 월터 스콧(Walter Scott)의 백악 대리석 동상은 인상적이었다. 그 주위와 위에 세워 놓은 탑은 정성을 들여 만든, 대단히 정교한 것이었다. 여기서도 스코틀랜드인들의 잉글랜드에 대한 의식 및 그들이 독립하고자 하는 정신을 읽을 수 있었다.

내일 옥스퍼드로 돌아갈 기차 시간을 알아보기 위해 그 근처에 있는 역에 들렀다가, 이 선교사가 기다리고 있는 약속 장소에 가서 차를 타고 오 목사와 함께 이 선교사 댁으로 갔다. 한국식의 맛있는 저녁을 먹고 대화를 나누었다. 8시가 지나서 오창윤 목사를 애버딘으로 보내고, 우리도 위층에 마련되어 있는 방에 올라가 쉬었다. 저녁에는 비가 오고 바람이 몹시 불었다. 피곤하지만 보람 있는 하루였다.

9월 12일 (토) 어제 저녁의 바람 소리가 이국(異國)의 독특한 정서를 느끼게 해 주었다. 6년 전에 들렀을 때 느끼지 못했던 이곳의 분위기를 느끼도록 해 주었기 때문이다.

아침에 일찍 일어나서 일정을 조정해 보았다. 이 선교사는 오늘 첼튼햄의 송제근 씨 댁으로 가게 돼 있었고, 가는 길에 김중락 선생의 짐을 케임브리지까지 옮겨 주도록 마련되었단다. 그래서 오후 12시 30분 출발하는 차로 옥스퍼드로 갈 예정인 우리들은 방연상 전도사의 안내를 받아 그의 집으로 갔다. 그곳에서 옛날 아시아연합신학대학원에 있었고 지금은 홍콩에 가서 시무하면서 현재 이곳에 공부하러 온 오 목사를 만났다.

방 전도사는 우리를 안내하여 먼저 에든버러 성에 갔다. 바위산에다 왕의 성을 만들었는데, 아직 한 번도 힘에 의해 강제로 점령당해 본 적이 없는 난공불락(難攻不落)의 성이란다. 그 위에 올라가 시내를 바라보니 에든버러가 그렇게 아름다울 수가 없었다. 그 안에 있는 건물들은 이제 대부분 박물관으로 사용되고 있었다. 스코틀랜드 왕관도 보았으나 잉글랜드에 견줄 바가 못 되었다. 그러나 군 장비는 볼 만한 것이 많았다. 특히 그 성 꼭대기에 예배실이 있었는데, 전란이 있는 속에서도 하나님께 예배하고 하나님의 도우심을 구했던 왕족들의 신앙도 읽을 수 있었다.

방 전도사는 다시 구시가지를 한 바퀴 돌고 난 뒤에, 역 근처 동쪽에 있는 조그마한 산에 올라가 시가를 내려다보게 했다. 거기에는 아테네의 파르테논 신전의 석주 같은 것이 몇 개 세워져 있었다. 아테네를 모방하여 파르테논 신전을 세우다가 재정 형편으로 중단했다고 한다.

12시 30분의 버밍엄행 기차를 타기 위해 조금 일찍 정거장에 도착, 차를 마셨다. 기차는 25분 이상 늦게 출발했다. 우리가 에든버러로 올 때와는 달리 동부 간선철도를 이용하여 런던으로 향하는 차였다. 더럼, 뉴캐슬 등을 거쳐 요크에서 버밍엄행 기차로 갈아탔다. 30분의 여유가 있어서 역에서 나와 요크 성과 대성당(약간 멀리서) 및 요크 강을 구경하고 돌아왔다.

오후 6시 20분 무렵에 버밍엄의 뉴캐슬에 도착, 7시 40분 옥스퍼드 행을 타고 9시가 조금 지나 도착, 양용의 목사의 영접을 받았다. 버밍엄에서 방인성 목사 댁에 연락, 옥스퍼드 도착 시간을 알려달라고 했었다. 옥스퍼드를 떠날 때 양 목사 댁은 아직 전화를 가설하지 않았기 때문이다.

여기서도 한국 음식으로 저녁을 먹었다. 이 집의 식구들이 얼마나 지성껏 우리를 영접해 주는지 미안할 지경이다. 총망한 중에 이 집의 아이들에게 전할 선물을 준비하지 못했음을 알았다. 이렇게 다음 단계에 필요한 것을 제대로 준비하지 못하는 것이 나의 생활 습관이다. 여행 중이라는 것만으로 변명하지 못할 불찰이다.

9월 13일 (일) 아들 기홍의 생일이다. 지난번 로마에서 생일축하 카드를 보내긴 했지만 옆에서 축하해 주지 못해 미안한 생각이다. 카드에 쓴 대로, 이날까지 그를 인도해 주신 에벤에셀(삼상 7:12)의 하나님께서 언제나 그 앞날을 준비하시는 여호와 이레(창 22:14)의 하나님으로, 그리고 우리와 늘 동행하시는 임마누엘(마 1:23)의 하나님으로 동행해 주시기를 기원할 뿐이다. 오늘도 두 자식이 비전을 가지고 순간순간을 성

실하게 살아가기를 기원할 뿐, 멀리서 어떻게 도울 수 없음을 미안하게 생각한다.

아침식사 뒤에 이 집을 하직하고 옥스퍼드에서 런던으로 향했다. 이 집의 어려운 살림살이를 보면서 깨달은 것이 많다. 아내에게 여비 중에서 얼마를 쥐어 주었으면 좋겠다고 귀띔했다. '킹스크로스 한인교회'에서 오늘 오전 예배의 설교를 맡았기 때문에 8시 40분 무렵에 옥스퍼드를 출발했다. 양 목사님의 차로 달려 9시 50분에 교회에 도착했다. 지난 주에 만났던 홍문균 목사님은 이 교회 장로님의 병환 때문에 서울에 가셨고, 같은 합동신학교 출신(6회)의 신현수 목사가 맞아 주셨다. 신 목사는 현재 영국 글래스고대학에서 조직신학을 연구하며 신학 박사과정을 밟고 있는데, 그의 부인이 인천 이씨라고 해서 친근감을 갖고 있다.

설교는 〈사도행전〉 11장 19~30절을 근거로 '한 이민교회가 보여준 모범'(안디옥 교회가 보여준 이민 교회상)이라는 제목으로 진행했다. 오후에는 이 교회의 청년, 대학생들을 중심으로 〈기독교와 민족〉(행 17:26)이라는 제목으로 강의했다. 많은 질문들이 있고 재미있는 토론이 진행되어 예정 시간(오후 3시)이 훨씬 지나 마치게 되었다. 특이하게 느낀 것은, 이 한인교회에 영국인과 흑인들도 나오고 있다는 점이다. 어떤 이는 통역을 통해 내용을 듣고 있었다. 오후의 〈기독교와 민족〉 강연에도 몇몇 외국인이 참석하여 뜻 깊은 시간을 가졌다. 기독교와 민족에 대한 강의는, 나의 《한국 기독교와 민족의식》의 서문에 나타난 문제의식과 〈한말 기독교인의 민족의식 형성과정〉이라는 논문에 나타난 중심 내용을 요약한 것이었다.

마침 그 교회에 학생신앙운동 동문 가운데 한 사람인 권순렬 형제가 동아건설 직원으로 파견되어 있어서 여러 가지를 들을 수 있었다. 특히 동아건설이 1차 공사를 완료하고 2차 공사를 진행하고 있는 리비아 대수로 공사에 관한 것을 자세히 들을 수 있었다. 미국과 그 동맹국의 집

요한 압력에도 불구하고 버티고 있는 리비아 지도자 카다피의 신념과 용기, 그 영도력을 나는 참으로 놀랍게 생각하고 있다. 이 지구상에서 어느 나라가 현재 미국의 비위를 거스르거나 미국에 동조하지 않고 제대로 생존을 유지할 수 있는가. 소련이 와해되고 난 뒤에는 더욱 그렇다. 현재 리비아로 가는 모든 항공 교통은 다 끊긴 형편이다. 동아건설도 항공기로 이웃 나라까지는 가더라도 리비아에는 들어가지 못한다고 한다. 그 때문에 공사에 차질이 예상되고 있단다. 이러한 불편에도 불구하고 세계는 미국의 안하무인 격인 횡포에 대해 꿈쩍 못하는 모양이다. 대수로 공사의 감리 업무 등 여러 가지로 관련되어 있는 영국은 미국의 비위를 거스르지 않는 한도에서 리비아와 관계를 유지하고 있단다.

강연을 마친 뒤 양 목사와 권순렬 형제(그의 부인이 서울 중앙교회 출신의 오미경으로 그들 사이에는 두 딸이 있다)의 인도로 대영박물관에 갔다. 그 넓은 박물관을 다 다닐 수는 없고, 처음에는 이집트실에 가서 미라 등을 보았다. 그리고 그리스·로마실, 영국실, 중세실 그리고 중동(바빌론, 페르시아 등)실에 가 보았다. 이집트에서 가져온 로제타스톤을 보고 놀랐고, 파르테논 신전의 유물들, 사르곤 왕 유적들 등 그 많은 유물·유적들을 보면서 고대의 미술·예술이 결코 현대에 뒤떨어지지 않았음을 확인할 수 있었다. 이 박물관에 소장된 대부분의 해외 유물들은 영국이 약탈해 온 것이나 마찬가지다. 그런 것을 생각하면 한편 울분이 차오르고, 한편 이러한 유물들이 이곳으로 옮겨졌기 때문에 지금까지 보존되어 많은 사람들이 보게 되지 않았을까 생각되기도 했다. 그럼에도 불구하고 유물은 제자리에 있는 것이 가장 이상적이라고 생각한다.

6시쯤 다 보고 나오면서 일행은 서로를 돌아보며 말했다. "이 박물관과 런던의 많은 미술관들은 입장료가 없다지요?" "그것은 이러한 박물관, 미술관 등에 소장된 물품들이 대부분 해외에서 약탈해 온 것이기 때문이라고 하던데요." "그렇다면 영국이 그래도 일말의 양심은 있다고 말할 수 있다고 하겠는데, 도둑질(약탈)해 온 물건을 보이면서 차마 입장료를 받을 수 없다 그거지요?" 어느 정도 수긍이 가는 말인 듯하다.

오늘 오후 우리가 입장해 있을 때에 같이 관람하는 사람들만 해도 수천 명, 아니 수만 명이 될지도 모른다. 이런 사람들을 무료로 입장시키고 문화재를 관람시키는 것이, 과거 그들의 약탈과 범죄에 대한 사죄의 성격을 띠고 있다 하더라도 그들의 범죄가 덮어지는 것은 아니지만, 그래도 그들의 양심이 어느 정도는 살아 있다는 증거일지도 모른다. 관람하는 동안 나는 약소국이 갖는 비애를 통감하면서, 강대국이 진정 속죄하려면 이러한 유물들을 제자리로 돌려주되 이 유적을 보존할 수 있는 시설과 재원도 마련해 주어야 한다고 생각했다. 이것이 제1세계가 제3세계에 진 빚을 갚는 것이요, 그래야 세계의 질서는 새롭게 전개되어 갈 것이다. 제1차적으로는 국가 등 공공기관이 소장하고 있는 것을, 제2차적으로는 개인이 소장하고 있는 것을 돌려주되, 개인소장의 경우 이미 사유재산이 되어 있는 점을 감안, 해당국가 혹은 해당국가의 공공기관이 어느 정도 보상하고 되돌려 받아야 할 것이다. 이를 위해서 유엔이 개입하여 유네스코(UNESCO)가 적극 나서야 할 것이라고 생각해 보았다. 유엔이 개입해야 할 이유는 당사국끼리는 그들의 이해관계나 강대국의 자국 이익 보호정책 때문에 쉽게 타결될 수 없을 것이기 때문이다.

6시에 박물관에서 나오기 직전에 양 목사님의 안내로 박물관 안에 있는 대영도서관(British Library)으로 가서 이른바 사해사본(死海寫本)을 비롯해서 진귀한 자료들을 보았다. 특히 역대 유명 인사들의 수고본(手稿本) 친필(親筆)들을 보면서 그들의 성품이 그 글씨체에 투영되고 있지 않나 하고 느껴 보았다. 헨리 7세, 헨리 8세, 엘리자베스 1세, 빅토리아 여왕, 크롬웰(O. Cromwell), 글래드스턴(W. Gladstone), 처칠 등의 글씨와 대헌장(Magna Carta), 레닌이 이 도서관 입장을 요청하는 글(1902), 그리고 민주주의 발전에 공헌했던 선언(문서)들 등 많은 것을 볼 수 있었다.

내가 올해 해외에 나오면서 미국으로 갈까 영국으로 갈까를 여러 번 생각했는데, 영국에 간다면 이곳의 도서관에서 주한(駐韓) 영국공사관 기록들을 섭렵하고 SPG에서 영국 성공회의 한국선교 관계 자료들을 찾으려고 계획했던 적이 있었다. 역대 성경들을 보면서 많이 놀라게 되었다. 한 나라의 문화적 척도가 별것이 아니라, 옛 것에 대한 가치를 얼마나 인정하고 잘 보존하면서 그것을 현재와 미래에 어떻게 가치 있게 활용하느냐에 있다고 보는 것도, 나 같이 역사를 공부하는 사람에게는 있음직한 견해가 아닐까.

대영박물관을 나와 신현수 목사님 댁으로 갔다. 그는 합동신학교에서 나에게 배우기도 했고 나와 같이 공부하기도 했는데, 현재 독일에 있는 조병수 목사와 함께 숭실대학 박용삼 교수로부터 독일어 원강(原講)을 들었던 것이 기억난다. 그의 집에 이르자 오늘 추수감사절을 지낸 이 교회의 청년들이 모두 모여 저녁식사를 하고 있었다. 대부분 낮에 나의 강의에 참석했던 사람들이다. 그 가운데 여행 복장을 하고 짐을 꾸리고 있는 청년이 있어서 물어보니 태원용이라는 대구 청년으로 3년 동안 직장 생활을 해 저축한 돈으로 1년 동안 세계여행을 하는 중이라 한다. 이미 8개월 동안 아시아와 유럽 여행을 했고, 나머지 4개월 동안은 아프리카 여행에 나설 것이라 한다. 내년에 기홍이에게 마지막 학년을 마치기 전에 6개월 혹은 1년 동안 세계여행을 하고 인생의 진로를 결정하라고 권하고 있는 만큼 그 청년에게 한국의 주소와 전화번호를 달라고 하였다.

우리가 그 집에 있는 동안 인천 이씨인 신 목사 부인이 우리를 참 편하게 해 주었다. 구수한 경상도 사투리(대구분이다)에 음식 또한 맛있고 넉넉하였다. 우리가 가 있는 동안에도 몇 차례에 걸쳐 청년들이 와서 식사를 했다. 이처럼 젊은이들이 스스럼없이 드나드는 것을 보고 이 집이 참으로 축복 받은 집이라고 칭찬하였다. 그것은 집에는 사람들이 북적북적 드나들어야 한다는 평소의 생각 때문이기도 하지만, 이 집 내외분의 열린 마음을 알게 하는 것이기 때문이다.

10시가 되기 전에 오늘 저녁 숙소로 되어 있는 이승장 목사님 댁으로 갔다. 양 목사님과는 신 목사님 댁에서 하직하였다. 같은 동네에 있으면서 과거 킹스크로스 한인교회 목사였던 이승장 목사를 신 목사가 뵙지 못했는데, 나의 일로 서로 만나게 되었다. 11시가 넘도록 대화할 수 있었다.

이 목사님은 6년 전에 왔을 때 킹스크로스 한인교회의 담임목사님으로 계셨는데 몇 년 전에 교역자 사이에 알력이 있어서 사임하셨단다. 그 후임으로 홍문균 목사가 부임했던 것이다. 이 목사님은 대학생성경읽기연구회(UBF)에서 활동하다가 동지들과 함께 새로이 SBF(뒷날 기독대학인회라고 한국어로 개칭)를 창립하고 그 뒤에 런던에 공부하러 와서 킹스크로스 한인교회를 설립했던 것이다. 두 아들 가운데 장남 요셉은 현재 네덜란드의 암스테르담에서 한 학기 동안 지리학과 인류학을 공부 중이며, 둘째 아들 사무엘은 런던에서 행정학 등을 공부하고 있다고 한다. 할레루야교회 출신의 박형동 군은 현재 런던임페리얼대학(Imperial College London)에서 자원공학을 연구하며 이 목사님의 개척교회를 돕고 있다.

지난번 여행을 시작하기 전에 이 목사님께도 편지하면서 이 집에서 6년 전에 마셨던 영국 차 이야기를 떠올렸는데, 일부러 오늘 저녁 이 집에 머무르려고 한 것도 차와 함께 그와의 교제를 더 깊이 가져보자는 뜻에서다. 1~2년 더 이곳에서 사역한 뒤에 한국에 돌아가, 대학 선교단체의 요원들을 훈련시킬까 계획하고 있다고 했다.

9월 14일 (월) 이번 유럽 여행 마지막 날이다. 어제 저녁 너무나 편히 잤다. 기후 때문인지 벌써 무겁고 두꺼운 이불이 잠자리를 편하게 해 주었다. 이불 덕분에 어제 저녁은 숙면을 할 수 있었다. 아침에 늦게 일어나기로 한 약속에 따라 8시 무렵에 일어나 9시가 지나서 푸짐한 한국식 아침식사를 했다. 이 목사님 내외분은 오늘 비행기 탑승시간을 보니 오후 2시 55분이라, 점심을 먹고 타도 괜찮겠다고 판단하신 모양이다. 그리하여 점심을 다시 차리기로 하고 국내의 장로회 총회 때문에 일시 귀국한 고무송 목사님 사모님께 연락하여 합석하자고 권했다. 그런데 오히려 점심을 고 목사님 사모님께서 준비하는 것으로 되어버렸다. 미국에서 출발 전에 고무송 목사님께 연락드렸는데, 그가 부득이 한국으로 떠나시면서 사모님께 "이 교수가 오거든 꼭 식사 한 끼 대접하라"고 했다면서 오늘 점심을 자기가 준비하겠다는 것이다.

아침식사 뒤에 근처 연못이 있는 공원에 가서 산책하며 교제를 나누다가 귀가하여 짐을 싣고 고 목사님 댁으로 갔다. 이 목사님 댁을 하직하기에 앞서 둘째 아들 사무엘에게 책을 사 보라고 50파운드를 건넸다. 고 목사님 댁은 이 목사님 댁 근처에 있었다. 고무송 목사님은 서울대학교 사대 역사교육과 출신으로 졸업 뒤에 MBC 등 언론기관에 종사하다가 10·26 뒤 군부세력에 의해 해직되었고, 그때 신학교에 입학, 졸업하고 두란노서원을 돕다가 영국에 유학 온 것이다. 런던 신학대학을 졸업하고 일링교회에서 시무하다가, 이번에 토머스(Robert J. Thomas) 목사를 연구하기 위해 버밍엄대학의 신학박사 과정에 입학하고 일링교회를 사임했다고 한다. 3개월 전 프린스턴을 방문해 그의 연구 과제에 관해 토의한 적이 있다. 사모님은 매우 활달한 분이다. 아마도 내가 오늘 이렇게라도 이 집을 들르지 않았다면 매우 섭섭했을 뻔했다.

12시 30분쯤 이 집에 도착, 많이 준비한 한국 음식상을 받았다. 아침을 많이 먹은 데다 시간이 얼마 지나지 않았기 때문에 제대로 먹을 수가 없었다. 그러나 이 집의 분위기와 주부의 권유가 얼마나 나그네를 편하게 해 주는지, 이 집 또한 어제 신 목사님 집처럼 나그네를 통해 복 받을 집으로 생각되었다. 1시 20분 무렵 이 집을 하직했다. 사모님의 권고로 50살이 넘은 고무송 목사님이 교회를 사임하고 대담하게 새 공부를 시작했다는 말을 귀담아 들으면서 고 목사님의 학문, 나아가서는 학문을 늦게 결심하게 한 이 가정을 위해 도울 일이 무엇인가를 생각했다.

2시가 채 못 되어 히드로공항 터미널 4에 도착했다. 이번 여행을 통해 내가 타고 온 영국항공이 얼마나 큰 항공사이며, 또 영국인의 자존심이 걸린 이 항공사의 서비스가 얼마나 좋은지를 알게 되었다. 비로소 안 것이지만, 영국항공이 세계에서 가장 큰 항공사라는 것(미국은 여러 민간 항공사로 나눠져 있어서 영국항공을 능가하지 못할 것이다)과 저녁식사 시간 전에, 비록 형식적이고 또 선택의 폭이 좁긴 해도, 메뉴를 미리 준다는 것도 신기했다. 음료수도 간단하게 시키면 또 다른 이름을 대면서 그것은 안 들겠느냐고 물었다. 그래서인지 승객들도 비교적 점잖아 보였고, 우리 같은 동양인은 거의 보이지 않았으나, 금연석은 좌석이 거의 비어 있지 않았다.

이승장 목사님 내외를 탑승수속을 하는 곳에서 하직하고 우리는 정해진 게이트를 찾아갔다. 비로소 긴장이 풀리고, 이제 여행의 피곤을 풀 수 있겠구나 하는 생각이 들었다.

이번 여행에서 박형동 형제를 만나지 못한 것은 대단히 유감스럽다. 그가 8월 말에 다시 영국으로 돌아온다는 말을 듣고는 여행계획도 영국 쪽을 나중 순서(9월 7~14일)로 짰고, 영국에 도착, 여러 차례에 걸쳐 연락해 보았지만 결국 만나지 못했는데, 그가 출석하는 (이 목사님) 교회를 통해 그가 아직 한국에서 돌아오지 않았음을 알게 되었다. 이번 여행의 큰 목적 가운데 하나가 박 형제를 만나는 일이었는데, 이 목사님을 통해서 들건대, 이번에 한국에 가서 해결하려고 한 결혼문제가 제대로 풀리지 않기 때문에 그렇게 늦어지는 것이 아닌가 생각된다는 것이다. 하나님께서 어떤 자매를 준비하셨는지, 주님의 은혜 가운데서 뜻한 일들이 잘 매듭지어졌으면 한다.

또 하나 아쉬운 점은, 처음의 목표대로 종교개혁의 발자취를 더듬는다는 것이 뜻대로 잘 되지 않았다는 것이다. 그러자면 미리 사전 준비를 철저히 해야 하는데 그것을 제대로 준비할 시간이 없었다. 거기에다 은희에게 너무 의존했기 때문에 은희도 피곤하고 우리는 우리대로 무언가 아쉬운 그러한 여행이 된 듯하다.

그러나 이번 여행을 통해 느끼고 확인한 것이 너무도 많다. 아내를 위로하기 위한 뜻도 곁들인 이번 여행에 아내가 평소처럼 아프지 않고 강건하게 잘 동행했다는 것, 워낙 말이 적은 아내지만 가끔 신기한 것을 느끼고 또 사진 촬영에 잘 응해 주었다는 것, 무엇보다도 혼자서 여행할 때 가졌던 미안한 감이나 부담감이 나에게 있지 않았다는 것은 매우 고맙지 않을 수 없다. 이번 여행에서 부부동반 여행은 젊어서부터 익혀야 하겠다는 것도 새삼스럽게 느꼈다. 이것은 후배들에게 권하고 싶은 대목이다. 아내와 함께 하는 여행에서는 내가 신경 써야 할 몫의 상당 부분이 아내에게 맡겨졌다는 점도 대단히 중요하다. 속옷 정리나 빨래 같은 것 말이다. 그 대신 혼자 다닐 때에는 쓰지 않아도 될 신경을 써야 할 점도 있었는데, 쇼핑이라든지 관광 대상지 선정 같은 것이다.

이번 여행을 끝내면서 여행 경비를 부담해 준 아시아선교회에 감사한다. 지난 7월 초, 소련 여행 전에 800만 원(약 1만 달러)을 입금시켜 주었는데, 이번 경비까지 거의 부담한 셈이다. 물론 우리 부부가 절약하고 여행 외의 경비를 줄일 수 있었기 때문이다. 그리고 영국에서 여러 형제들의 도움이 있었기 때문에 숙식비를 줄였고, 교통편도 기차 요금을 제외하고는 거의 현지 형제들이 도왔던 것이다. 아시아선교회와 여행 중에 도움을 준, 주 안에서 형제자매 여러분들에게 주님의 이름으로 감사하지 않을 수 없다. 내가 주님의 이름으로 갚을 수 있기를 간절히 빈다.

미국 동부 시간으로 오후 5시가 되자 미주 대륙에 들어선 듯, 아래의 육지에는 집들이 보이고 움직이는 차들도 보인다. 예정시간에 앞서 뉴어크 공항에 도착한 비행기에서 우리는 비교적 빨리 내렸다. 영국 시간으로 오후 3시에 출발했으니까 시차 5시간을 감안하면 7시간 30분 정도 걸린 셈이다. 알맞은 비행거리다. 비행기 안에서 2회에 걸친 간이식사를 했으니까 몸 또한 가볍진 않았지만, 출입국관리소와 세관은 J-1 비자 덕분에 빨리 통과했다. 마중 나오기로 한 박성주 전도사가 바로 보이지 않아 걱정했지만 10분이 채 안 되어 만날 수 있었다. 느긋하게 생각하고 5시 30분 무렵에 왔다가 잠깐 화장실에 간 사이에 우리가 도착했다는 것이다. 20여 일 동안 떠나 있다가 다시 본 미국은 역시 미국다운 점이 보인다. 땅이 넓고 길이 시원시원하고, 위도 탓인지 아직 긴 소매의 옷은 입지 않았고, 미국다운 여유가 있어 보였다.

프린스턴의 집에 도착하니 7시가 조금 지났다. 냉장고에 아무것도 없었지만, 아내의 손은 창조하는 기술이 있는지라, 금방 맛있는 음식을 만들어 내 놓았다. 박 전도사가 자기 집으로 가서 저녁을 들자고 했지만 안 가기를 잘했다. 저녁을 먹고 9시에 케이블 TV를 통해 한국 소식을 들었다. 오늘 평양에서 남북 고위급 회담이 열리며, 남측의 정 총리 일행이 도착했다는 것이다. 부디 남북통일을 위한 초석 하나를 이번에도 놓기를 간절히 기대하며, 또 그렇게 기도했다.

아무리 좋은 여행이라도 자기 집보다 더 편하고 안락하게 쉴 수 있는 곳은 없다. 이것을 다시 한번 느끼게 하는 프린스턴의 밤이었다.

선교단체와 함께한 중국 여행

1994년 8월 13일 ～ 8월 21일

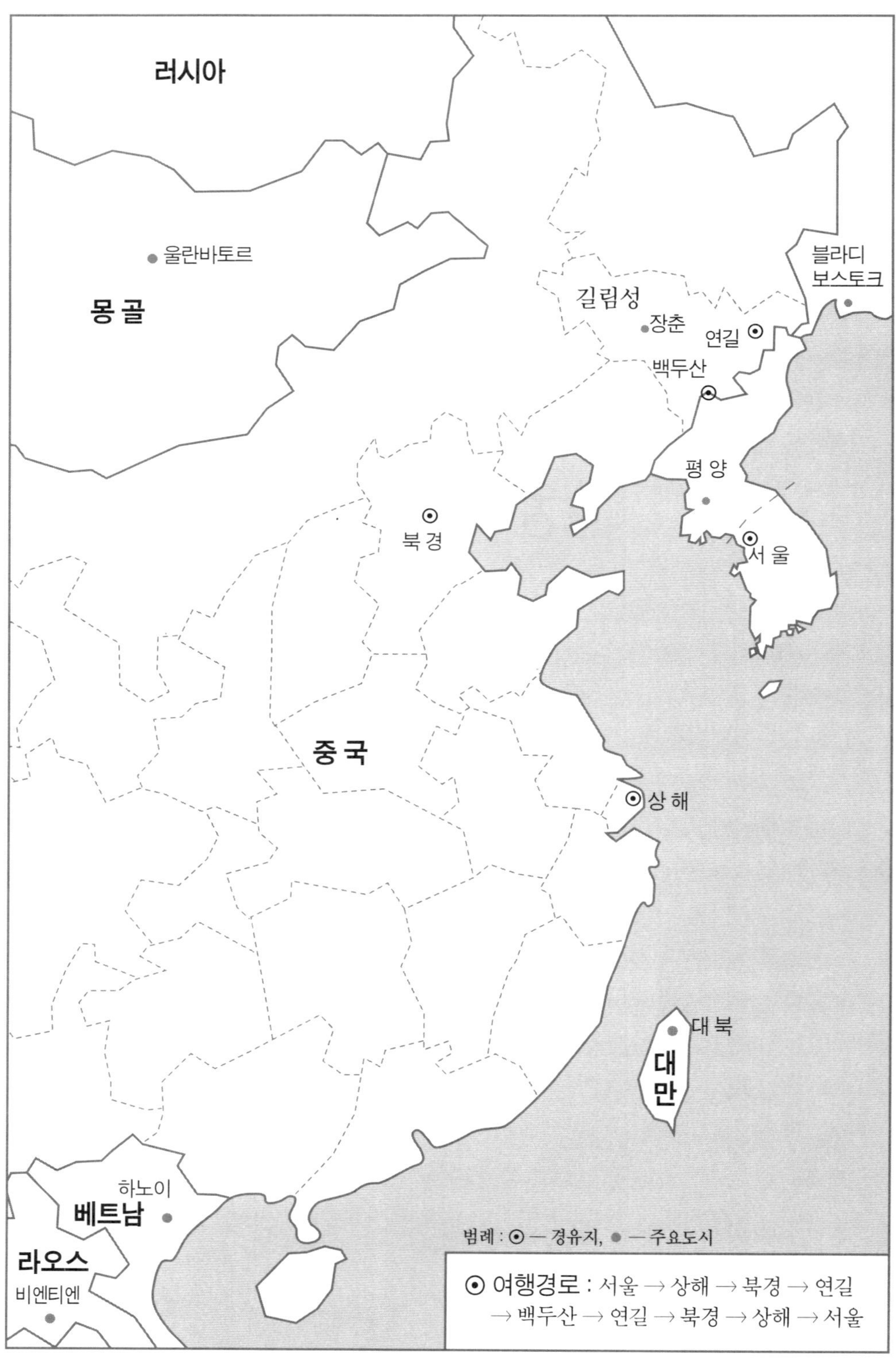

러시아
울란바토르
몽골
길림성
장춘
연길
백두산
블라디보스토크
평 양
북 경
서 울
중 국
상 해
대 북
대만
하노이
베트남
라오스
비엔티엔
범례 : ⊙ ─ 경유지, ● ─ 주요도시
⊙ 여행경로 : 서울 → 상해 → 북경 → 연길
→ 백두산 → 연길 → 북경 → 상해 → 서울

이 일기는 1994년 8월 13일부터 8월 20일까지 학원복음화를 목표로 한 선교단체 대표들과 함께 중국 여행에 나섰을 때 적은 것이다. 상해와 북경을 거쳐 연길로 가서 백두산을 관광한 뒤 다시 북경과 상해를 거쳐 귀국했다.

이번 여행은 같은 목적을 가진 선교단체들이 공동의 사역을 위한 폭넓은 교제와 합의점 도출을 목적으로 하고 있었다. 그들은 한중수교 이후 중국 한족 및 중국 조선족에 대한 선교적 시야의 확대를 모색했고, 통일을 앞두고 북한 선교 문제를 고민하고 있었다. 이런 문제에 대해서는 중국을 여행하면서 소모임 등을 통해 자주 의견을 나눌 수 있었다. 이 여행에서 뒤에 통일문제에 뜻을 같이한 많은 신앙적인 동지들을 얻게 되는 망외(望外)의 수확을 거두기도 했다.

여행기간 가운데 8월 15일에는 백두산에 올라가 남북통일을 기원하는 예배를 드린 것이 매우 인상적이었다. 백두산에서 천지를 향해서 외치고 하나님께 기도했던 그 내용이 압록강과 두만강을 통해 우리 민족의 마음을 감쌌으면 하는 소원을 지금도 갖고 있다. 중국과 백두산을 답사한 것이 민족·통일 문제와 관련된 것이지만, 이 책에 묶은 것은 선교적인 목적이 더 드러난다고 생각했기 때문이다.

8월 13일 (토) 조카 성혜 차를 타고 아내와 함께 김포공항으로 갔다. 10시 40분에 도착했다. 13시 30분에 출발하는 비행기라 너무 이른 시간이다.

최부(崔溥)의 18대손이 이번 여행을 맡은 여행사(한마음여행사)의 동행인(同行人)이고, 그의 부친 기홍(基泓) 옹이 나에게 주라고 한 금남(錦南)의 《표해록(漂海錄)》 번역본을 받았다.

이번 중국 방문 일행은 45명이다. 고직한 총무를 비롯해서 아는 얼굴들이 몇 분 있어서 여행이 외롭지는 않을 것 같다. 대부분 학원복음화협의회의 선교단체들에서 왔는데, '사랑의 교회'에서는 대학생이 10명이 왔다고 한다. 대학생선교회(CCC)에서는 학생 1명을 포함해 5명, 학생신앙운동(SFC)에서는 간사 4명, 대학생성경읽기선교회(UBF)에서는 8명이 각각 왔다. 8명이 출국하는데 30여 명이 환송 나와 기도모임을 가졌다. 그 선교단체의 결속력을 알 수 있었다. 지난번 출국 때 느낀 것이지만, 이제 우리나라도 출국장에 많은 사람이 나오지 않는다는 것을 엿볼 수 있었다. 여행문화가 정착되었기 때문이기도 하겠지만, 그만큼 살기가 바빠진 때문이기도 할 것이다.

우리는 12시가 지나 출국 수속을 밟았다. 그동안에 중국어 회화책을 하나 사고, 여행 중에 필요할 듯싶어 볼펜을 몇 개 샀다. 출발 전에 일행이 모여 간단한 상견례를 하고 '여행 중에 임마누엘 하나님이 우리와 같이 하셔서 좋은 교제를 나누고 통일을 계획할 수 있고, 돌아와 그것을 사역(使役) 현장에서 나눌 수 있도록 해 달라고' 내가 대표해서 기도했다.

비행기는 13시 30분에 정확히 움직이기 시작했다. 나의 좌석은 21B, 내 옆에는 '사랑의 교회'에서 왔다는 대학원생 양성철 군이 앉아 대화를 나누었다. 양 군은 서울대학에서 천문학을 공부한다고 하면서, 우주의 신비를 느낀다고 했다. 비행기를 처음 탄다고 하면서 줄곧 사진을 찍었다. 나도 옛날 비행기를 처음 탈 때 저랬었지……

15시 5분(중국 시간 14시 5분)에 상해(上海) 홍교(虹橋)국제공항에 도착했다. 상해의 기온은 섭씨 30℃, 습기가 많은 듯했다. 현지 가이드를 맡은 여(呂)배제 양은 3년 전에 한국어를 배우기 시작했다면서 설명을 곧잘 했다. 상해는 6,200㎢에 1,200만 명의 인구를 갖고 있으며 대학이 52개나 된다고 한다. 2년제와 4년제, 의대는 5년제라고 한다. 우리가 탄 버스는 냉방 장치가 된, 55명이 탈 수 있는 것으로 앞과 중간에 출입문이 있었다. 저녁에 북경(北京)으로 가야 하기 때문에 상해 시내 전체를 볼 수는 없고 '대한민국임시정부청사(大韓民國臨時政府廳舍)'만 가 보기로 했다. 공항에서 잠깐 6차선이던 도로가 시내로 들어갈수록 2차선으로 줄고, 거기에다 자전거 통행이 많아 속도를 낼 수 없었다. 상해는 산이 없고 해발 4m의 평지이기 때문에 자전거 왕국이라고 한다. 전에 가 보았던 북경도, 내가 유숙(留宿)했던 곳이 북경대학(北京大學) 근처이기 때문에 특별히, 자전거 통행이 많았다.

30분 이상 걸려서 우리는 마당로(馬當路)에 있는 임시정부 관리청에 도착, 간단한 설명을 듣고 그 옆에 있는, 이제는 삼성물산이 수리한 옛청사(1926~1932)로 갔다. 관리청에는 백범김구선생기념사업협회(白凡金九先生紀念事業協會)에서 제작하여 보낸 김구 주석 상반신상이 있었다. 약 10여 평의 공간에 의자 20여 개가 놓여 있었다. 안내자의 설명에 따르면, 작년에 이곳을 다녀간 한국인이 2만여 명이었다고 한다. 한국인들의 마음속에 상해의 임시정부는 이렇게 자리 잡고 있는 것이다.

임시정부 청사에 들어가기 위해 비닐로 된 덧신을 신었다. 1층에는 태극기를 교차(交叉)해서 벽에 걸었고, 회의실인 듯 큰 책상과 걸상이 몇 개 있었다. 2층의 한 방에는 윤봉길, 이봉창 의사의 서약문(誓約文)을 비롯, 윤의사의 홍구공원(虹口公園) 의거에 관한 신문기사 등의 자료와 임시정부의 사진들이 전시되어 있었다. 3층에는 도산(島山) 안창호 선생의 휘호 '애기애타(愛己愛他)'와 석오(石吾) 이동녕(李東寧) 선생의 휘호 '광명(光明)'이 복사되어 걸려 있었다. 녹음된 설명에는 '愛他'를 '애다'라고 읽고 있어서 '애타'로 고쳐 녹음해 달라고 했다.《백범일지(白凡逸志)》에는 임시정부의 외로웠던 시절을 묘사한 대목이 있는바, 이곳에서의 생활도 마찬가지였으리라고 생각한다. 예나 지금이나 명예와 이권이 있는 곳에는 사람이 모이지만 대의(大義)만 있고 이권이 없는 곳은 사람들이 헌신짝같이 여겨 모이지 않는다는 것을 백범은 잘 알았고 그의 일지에 잘 묘사하고 있다.

다시 1층으로 내려와 기념품점에서 '대한민국임시정부유적지 참관 기념'이라고 글자가 새겨진 티셔츠를 하나 샀다. 중국 돈으로 30위안 (元), 아직 환전하지 않아서 우리 돈 3천 원을 주고 샀다.

상해의 거리가 매우 복잡하다. 폭이 좁은 거리에서는 자전거와 뒤엉켜서 제대로 속도를 낼 수가 없다. 거리에는 교통신호가 거의 없고, 중앙선도 제대로 없으며, 2차선 정도의 거리는 선이 있더라도 그것을 제대로 지키는 차들이 많지 않았다. 맞은편에서 오는 차들을 보니 충분한 거리를 두지 않고서도 추월하는 모습이 보였다.

임시정부청사에서 공항으로 돌아오는 길에, 악양(岳陽)의료원이라는 곳에 들렀다. 우리나라 학생 150여 명 정도가 공부하고 있다고 한다. '기(氣)'에 관한 시범을 보이는데, 전류를 두 손에 흐르게 해도 건강에 이상이 없고, 이마에 전구를 갖다대니 불이 들어왔다. 몸에 전기가 흐르고 있다는 증거라고 한다. 잘 믿어지지 않는 것이지만, 그럴 수도 있을 것이라고 생각했다. 고직한 총무가 평소에 두통이 있는데 간단한 치료를 받고 종일 두통이 가셨다고 신기해했다. 하여튼 상해의 촉박한 일정 중에서도 우리들을 이곳으로 안내한 중국인들의 상혼이랄까, 아니면 한국인들이 평소에 얼마나 가이드에게 보채었으면 이들이 관광 코스에 이런 곳을 넣었을까 하는 생각을 했다.

돌아오는 길이 복잡했으나, 우리는 추하각(秋霞閣)이라는 음식점에 들어가 저녁을 먹었다. 음료수로 맥주를 내놓고 이내 병마개를 땄으나, 누가 일렀는지 그것을 치우고 사이다를 갖다 놓았다. 요리라고는 할 수 없지만, 그래도 한국인의 취향에 맞게 음식을 만들었기 때문에 제법 많이 먹었다.

오후 7시 10분 비행기에 맞게 공항에 도착했다. 비행기에 탑승한 뒤에 우리는 거의 50분간을 기다렸다. 손님 가운데 환자가 생겨 그의 짐을 꺼내야 한다는 안내가 있었다. 거기에다 북경공항에서 짐을 찾는 데 1시간 이상이나, 그것도 이쪽저쪽 세 번이나 옮긴 뒤에야 찾았다. 한 독일인은 자신이 갖고 있는 손가방을 차면서 짐이 늦게 나오는 것에 대해 신경질적인 반응을 보였다. 서비스가 왜 이렇게 나쁜지 이해할 수가 없었다. 우리는 현지 시간으로 밤 12시가 넘어 동방(東方)호텔이라는 별 3개짜리 호텔에 들어갔다. 가이드는 내일 7시 10분 연길(延吉)행 비행기를 타기 위해 4시에 일어나야 한다고 한다. 시간을 역산(逆算)해서 4시 50분에 일어나도록 했다. 종일 지친 젊은이들이라 50분이라도 더 자면 도움이 될 것 같았다.

8월 14일 (일) 주일이다. 비교적 일찍 일어나 오늘의 일정과 이번의 여행길 그리고 여행 중에 있는 아들 기종(圻淙)·기홍(圻洪) 내외, 혼자 집을 지키고 있는 아내를 위해 기도했다. 4시 50분에 정확하게 모닝콜이 있었다. 준비하여 5시 40분에 공항을 향해 호텔을 출발했다.

공항에는 연길행의 우리 동포들이 많았다. 대부분이 한국에서 오지 않았나 싶다. 잔뜩 찌푸린 날씨에 비행기가 작아서 불안하다. 1열 6좌석, 24열의 비행기, 서울과 상해에서 탄 비행기가 1열 8~9좌석이었던 것과는 비교가 되지 않는다. 고공(高空)에 올라가 비행하는 동안 운해(雲海)만 볼 수 있었다. 남쪽에서 올라온다는 엘리(태풍)에 대결하기 위해 이런 조화를 부리고 있는지 몰랐다. 2시간의 비행 끝에 연길공항에 도착, 이곳 안내자들과 김문일 형제, 유신일 교수 등을 만났다.

일행이 함께 연길과학기술대학에 가서 짐을 풀고 곧 유두봉 목사가 시무하는 연길교회 11시 30분 예배에 참석했다. 주일 낮에 4부씩이나 예배드린다고 하는데, 나무로 엉성하게 짠 걸상들로 된 3백여 석이 넘는 좌석들이 있었다. 감격스러웠다. 공산치하의 이국땅에서 동포들과 함께 모국어로 예배드릴 수 있다는 것이. 그래서 몇 번이나 눈물을 훔쳤다. 〈엘리아의 열심〉이라는 제목의 설교는 뒤에 교회당 짓는 일에 힘을 내고 새벽기도를 열심히 하자는 것으로 귀결되었다. 그러나 김광수 장로의 기도는 웅변하는 것 같았고, 지휘자 없이 가운을 입고 찬양하는 성가대는 음악적인 것보다는 조화라는 점에서 눈에 띄었다. 아직 짐이 도착하지 않아서(지난번과 이번에 알게 된 것이지만 대형 버스에 짐 싣는 곳이 없어서 매번 짐은 먼저 온 짐차에 따로 싣고 다닌다) 예배에 필요한 정장을 하지 못하고 여행길의 복장을 하고 왔으며, 찬송가와 성경은 민경업 목사의 것을 빌려서 예배드렸다.

예배 뒤 민경업 목사와 함께 백산대하(白山大廈)의 서울관에 가서 꼬리곰탕을 먹었다. 그 뒤에 연변과학기술대학 교직원들이 모여 예배드리는 곳에 갔다. 여행 중인 몇 분이 참석했고, 이곳에 와서 특별히 머물면서 교육하는 분들도 참석했다. 김석산 교수(서울대학교 영문과)도 와 있었다. 유환준 목사(유신일 교수의 부친)가 "예수는 그리스도다"라는 사도행전의 말씀을 읽고 설교했다. 새로운 감격이 있었다. 중국 당국의 눈치를 보다가 "언제까지나 이렇게 머뭇거리겠느냐?"는 결단으로 예배드리기 시작하였다는데, 오늘도 50~60여 명이 모였다. 미국 볼티모어에서 이 학교를 돕기 위해 애쓰고 있는 분들도 참석했다. 일어나서 인사하라기에, "21세기의 주인공들을 키우기 위해, 20~30년 앞을 내다보고 고통을 감내하며 씨를 뿌리고 있는 여러분들을 존경하며, 하나님이 늘 함께 하기를 기원한다"는 취지로 말했다. 사실 그렇다. 단견(短見)만 있는 세상에, 20~30년 앞을 내다보며 자신의 안전을 버리고 미래를 투자한다는 것은 믿음이 없이는 불가능하다.

오후 3시 30분, 예배 처소를 나와 김문일 형제와 함께 유두봉 목사, 김광수 장로, 김종두 씨를 만나러 갔다. 거기서 '남북나눔운동'에서 나를 보내면서 맡긴 일들을 처리하기 위해 여러 가지 대화를 나누었다. 제3

차로 '남북나눔운동'을 위해, 이들은 이미 1만 5천 달러를 길림성 당국에 넣었고, 한국의 '남북나눔운동'에서 곧 송금해 줄 것을 기대하고 있었다. 이쪽에서 일을 하려고 해도 돈이 없어 곤란하다는 말을 했다.

우리의 모금과 송금의 어려움을 말했다. 그리고 몇 가지 확인작업을 했다. 이분들이 길림성 당국으로부터 2천 톤 반출 허가를 받은 문제와 그 종류(쌀에 한한다고 함)와 기한(12월까지 추진된 것은 가능하다고 함) 등을 물었다. 그리고 한국의 '남북나눔운동'이 사단법인으로 국가의 감독을 받아야 하기 때문에 돈의 사용처가 분명해야 하므로 앞으로 영수증 등이 꼭 비치되고 우리에게 전달되어야 한다는 뜻을 말하고, 우리가 이 운동을 하는 것은 1차적으로 북한 동포를 돕는 것이지만 북한의 기독교회 위상을 높이는 일도 있으므로, 다음에는 꼭 이 나눔운동의 상대방이 북한기독교도연맹이 되어야 하고 그들이 인수하도록 해야 한다고 강조하였다. 유 목사는 그의 뜻이 우리의 뜻과 일치한다고 했다.

김문일 형제와 함께 연변과학기술대학으로 가서, 오늘 저녁에 있는 '소수민족 과학기술사(科學技術史) 대회' 개회 만찬에 참석했다. 그동안에 짐이 와서 정장을 하고 나왔다. 김진경 총장이 내빈들의 특별석에 와서 앉으라 해서 본의 아니게 앞에 나갔다.

마침 옆에 있는 분과 인사를 나누었는데, 정진홍 씨라는 분으로 형식상 직함은 연변과학기술대학 교수였다. 지난번 이윤기 박사의 소개로 청와대 비서실장실에 전화를 걸 때 이분과 연락이 닿았던 것 같다. 먼저 자신이 나의 글을 통해 잘 안다고 하여 이야기가 잘 되었다. 묻지도 않았는데, 지난번 조항래 교수가 팩스로 조동걸 선생의 국사편찬위원장 취임 불가론(不可論)을 청와대와 교육부 등에 여러 번 보낸 것에 대해서 말문을 꺼냈다. 동료 교수에 대해 말하기가 곤란하다고 전제한 뒤 조동걸 선생을 내가 잘 알며 그와 최근에 이 문제에 관해 통화가 있었다고 말했다. 그는 조항래 교수에 대해 학자로서의 양식이 전혀 없는 분이라고 하면서 심히 불쾌하다는 관(官)의 입장을 말했다. 한두 군데에 보낸 것이 아니라, 여러 군데에 보냈으며 그 논거가 대단히 빈약하다는 것도 그로부터 들었다. 나는 그 논거의 진위를 떠나서 그런 방법으로 학계를 어지럽히려는 데 대해서 불안함을 말하고, 당국에서도 그런 방법을 취한 데 대해서 본인에게 경고해 두는 것이 조 교수 본인을 위해서도 좋지 않겠느냐고 했다. 정 선생은 조 교수가 더 이상 떠들지 않는 것이 좋겠다고 말했다.

이어서 '만주' 문제에 관해서도 이야기를 나누었다. 나는 만주 문제와 관련, 연변조선족자치주를 튼튼히 하여 일종의 완충지대로서 우리의 울타리를 만드는 것이 중요하다고 말했다. 이 점은 러시아의 연해주에 대해서도 마찬가지라고 했다. 아울러 역사를 설명했다. 신라의 삼국통일이 중국과 동아시아 국제정세의 변동과 깊은 관련이 있다는 것과, 후삼국의 고려에 의한 통일이 수(隨)·당(唐)의 통일제국(581~907)의 붕괴에 따른 오대십국(五代十國)의 혼란기(907~979)에 이루어졌다는 것, 조선조의 탄생(1392)이 원제국의 멸망과 명(明)의 건국(1368)과 밀접히 관계되어 있다는 것을 말했다.

한국인들의 아리랑 제창으로 만찬이 끝난 뒤, 우리 학원복음화협의회 멤버들이 김진경 총장, 정진홍 교수 등과 대화의 시간을 따로 가졌다. 김 총장은 한국 교회 특히 복음주의권(福音主義圈)의 젊은이들이 신행일치(信行一致)에 노력을 해야 하는데, 이번에 그 지도자들이 왔으니 앞으로 만주와 북한에 대해 이 비전(vision)을 갖자고 했다. 이어서 예고도 없이 정 교수께 연설의 바통을 넘겼다. 정 교수는 먼저 기도하고 시작했다. 그는, 아까 우리가 식당에서 이야기를 나누었던 문제를 다시 거론, 차분히 40여 분 동안 말했다. 정책입안 계통에 그러한 신실(信實)한 믿음의 형제들이 있다는 것이 참 든든했다. 그는 만주 문제에서 만주를 우리의 국토로 만들어야 한다는 시각에서 접근해서는 안 되고, 금년 어느 때인가 독일 빌레벨트대학에서 열린 한 학술회의에서 내건 〈허물어지는 국경, 연대하는 공동체〉라는 제목이 의도하는 바와 같이, 공존과 연대의 차원에서 바라보고 풀어나가야 한다고 강조했다. 민경업 목사의 말씀도 있었다.

저녁때부터 김 총장이 사람을 보내어 숙소를 연길과학기술대학의 학생기숙사에서 시빈관(市賓館)으로 옮기라고 몇 번이나 말했다. 처음에는 사양했지만, 우리가 특별회의를 마친 뒤 그는 정 교수 내외와 나를 태우고 그의 숙소도 같이 있는 연길 시빈관(일종의 호텔)으로 옮겼다. 너무 늦어 모레 아침에 다시 만나자고 약속하고 헤어졌다. 김 총장이 콜라와 음료수를 손수 가져오는 친절도 보였다. 오늘 민경업 목사가 김 총장이 실수도 많지만 정이 많은 분이라는 점을 몇 번이나 강조하면서 그 정이 실수를 상쇄하고도 남는다고 한 말이 기억났다.

특히 오늘 저녁의 만찬사는 많은 사람들에게 김 총장이 얼마나 정치적 인물인지를 알게 했다. 그는 오늘 불과 몇 분의 만찬연설에서 참석한 3백여 명의 인사들을 향해, "이 학교가 중화인민공화국의 특별한 배려에 의해 이뤄졌다"거나, 또 말미에 "중화인민공화국에 영광 있으라"는 등 '중화인민공화국'이라는 말을 듣기에 거북할 정도로 자주 입에 올렸다. 이 시대에 외국에서 크리스천으로서 일한다는 것이 이렇게 지혜가 필요한지 모르겠다. 이것을 보면서, 한말 척사위정론(斥邪衛正論)과 일제하 군국주의 속에서 선교사들이 한국인과 똑같은 심정으로 독립운동과 같은 선교를 하지 않았다고 해서 탓할 수 있을 것인가, 하는 평소의 의문이 다시 고동쳐 왔다. 오늘 연변에서는 계속 비가 왔다.

8월 15일 (월) 새벽부터 계속 빗속에서 일정을 강행했다. 5시에 연길을 출발, 백두산을 오르기로 했기 때문에 그 시간에 맞춰 두 번이나 잠이 깨었다. 버스가 시빈관으로 오도록 예정되어 있었기 때문이다. 5시 10분 전에 학생들이 문을 두드려, 준비하고 있던 나를 데리고 나갔다. 아직 아침이 완연히 밝지 않은 시각이었다.

모아산을 넘어 '사과배' 과수원을 지나 용정(龍井)에 이르니 아침이 완연했다. 과수농장 식당에 가서 아침식사를 했다. 식당 곁에서 모시·삼베 등을 팔았다. 떠날 때 선우진 선생이 한 말이 기억나서, 이곳 모시가 싸다고 말하니 일행 가운데 김요셉 목사가 모시 한 필을 30달러를 주고 사왔다.

우리는 이곳 현지 가이드 최 씨의 유머 섞인 해설을 들어가며 화룡(和龍)을 거쳐 안도현(安道縣)으로 장백산(長白山)을 향해 갔다. 백하이도구(白河二道溝)에서 점심식사를 했다. 12시께 매표소 입구에 도착했으나 점심 먹으러 갔다는 여직원 때문에 40분 정도를 빗속에서 기다렸다. '조선-평양' 물건을 판다는 가게로 들어가 구경했지만, 각종 도장 재료만이 볼품이 있고, 다른 것은 형편이 없었다. 평양의 미술가들이 그렸다는 그림들은 색깔 선택이나 구도, 화법 면에서 볼품이 거의 없었다.

13시에 백두산에 오르는 지프차에 1조 8명씩 탔다. 내리면서 내가 팁으로 5달러를 주었다. 정상에도 비가 왔다. 그러나 바람이 없어 견딜 만했다. 기온이 20℃ 내외인 것 같았다. 천지(天池)를 내려다보니 짙은 안개가 꽉 서렸다. 오늘은 천지와 그 사방을 눈으로 보지 못하는가보다고 생각하며, 일행이 모여 예배드리기 위해 정상에서 30m 정도 아래 기슭에 내려와 내가 선창(先唱)하여 〈시온의 영광이 빛나는 아침〉을 불렀다. 참으로 신기하게, 4절이 끝나기도 전에 언제 그랬느냐는 듯이 안개구름이 다 걷혔다. 천지 수면과 사방의 영봉들을 볼 수 있었다. 우리 민족의 가슴속에 깊게 새겨져 있는 원초의식(原初意識)으로서의 '어머니 산'을 보는 듯했다.

우리는 예배를 계속했다. 학생신앙운동 어느 목사의 사회에, 대학생

선교회 어느 형제의 기도, 〈이사야〉 43장에 나오는 "보라 내가 새것을 너희에게 보이리라"를 내세운 대학생성경읽기연구회 김요셉 목사의 '통일한국, 성서한국, 선교한국'의 말씀으로 예배는 진행되었다. 그리고 나에게 차례가 와서 백두산 산상 집회의 의의를 설명했다. 미리 부탁받은 적이 없지만 나는 즉석에서 ① 산상 집회로 민족해방운동과 관련된 것이 1910년대부터 마니산 집회가 있어 기독교와 민족운동을 접맥할 수 있었고, ② 기독교와 통일운동의 관계설정을 위해 이 백두산 산상 집회를 들 수 있겠다고 하면서, 오늘이 해방 49주년이 되는 뜻 깊은 날이며, 또 남한의 각지에서는 임진각을 비롯하여 16개 도시에서 남북 인간 띠잇기를 대신한 민족통일기원대회를 하는데, 우리는 백두산에서 거기에 호응하고 집회를 하는 셈이며, 여러분들은 8·15의 감격과 백두산 등정, 백두산 산상 집회에 참석한 선택되고 영광스러운 분들이라는 것을 강조하고, 아울러 통일한국을 위한 복음주의자들의 사명을 제시했

다. 이어서 고직한 간사가 오늘의 기도회에 관해 말했다. 그는 기도할 내용을, 통일한국과 그 역군(役軍)을 키우는 문제, 학원복음화협의회가 할 일 등을 중심으로 이 영산(靈山)에서 간절히 기도하자고 했다.

예배를 드리는 동안 우리는 백두산 천지를 세 번이나 더 볼 수 있었다. 우리가 찬송가를 부를 때마다 하나님께서 찬양을 받으시는 듯 맑은 천지와 주변의 봉우리들을 보여 주셨다. 감격스럽지 않을 수 없었다. 맑은 날씨에도 보기 힘들다는데, 흐리고 비가 오는데도 볼 수 있었으니, 그것도 네 번이나 보았으니 감격스럽지 않을 수 없었다. 우리는 감격과 환희 속에서 여러 장의 사진을 찍었다. 좋은 기념이 될 것이다.

정상에서 거의 한 시간을 보내고 내려왔다. 내려오는 동안 저 아래 산들 위에 구름이 떠다녔다. 우리의 발 한참 아래의 구름을 보면서 2,769m의 높이가 얼마나 높은 것인가를 실감할 수 있었다. 내려오다가 중간에 차를 세우고 다시 사진을 찍었다. 그러고도 우리 1조가 제일 먼저 산을 내려왔다.

점심을 먹은 것이 이상했던지 배가 계속 좋지 않아, 백두산 입구 매표소 근처의 변소에 갔다. 30~40cm 높이의 칸막이만 해 놓고 문이 전혀 없어 쭈그리고 변을 보는 모습들이 다 보였다. 1위안을 받고 사용하는 화장실 치고 너무하다 싶었다. 중국인은 무료입장이다. 중국인 한 청년이 먹은 것을 많이 토해내는 그 옆에서 나는 용무를 보았다. 고직한 총무가 장난삼아 사진을 찍어《복음과 상황》에 내자고 해서, 그러자고 하고 좀 비싸게 그 사진을 팔라고 했다. 농담이 진담이 되어 사진을 한 번 찍었는데, 나중에 그것을 보면 좋은 추억이 될는지 짓궂은 장난이 될는지……

백하이도구에 이르러 조선족이 경영하는 식당 송강관(松江館)에서 오후 6시 30분경에 저녁을 먹었다. 지난번 왔을 때 바로 옆집에서 보신탕을 든 적이 있고, 그때 일을 돕던 아주머니가 또 보여서 인사를 했다.

처음엔 못 알아보다가 나중에야 기억이 난 듯 반갑게 대해 주었다. 연길까지 오는 길은 밤인 데다가 가끔 비가 내리고, 높은 산을 넘을 때는 앞이 안 보이는 악천후까지 겹쳐 천천히 달릴 수 밖에 없었다. 연길의 시빈관까지 오는 동안 내내 잘 수가 없었다. 옆에 앉은 가이드가 졸리는 듯 자고, 현지 안내인도 안 자려고 노력했지만 졸음을 참기가 힘든 모양이었다. 운전기사는 졸지 않으려는 듯, 자주 담배를 피웠다. 거기에다 자동차 브레이크가 불안했다. 그런 상황이고 보니 나는 운전기사 바로 뒤에서 그가 조는지 불안해하면서 말도 걸어주고 밤 운전에 실수가 없도록 노력했다.

호텔에 돌아와 김상현 박사(할렐루야교회 출신, 서울대 의대 출신으로 이곳에 와서 의료사업을 하고 있다)에게 연락, 내일 점심을 같이하자고 했다. 김문일 형제에게는 내일 오전 10시에 만나자고 했다. 피곤하여 잠자리에 드니 12시가 지났다.

8월 16일 (화) 아침 6시 30분에 북경으로 보낼 짐을 먼저 보내기로 했기 때문에 짐을 꾸려 호텔 밖으로 나왔다. 버스가 오지 않아 김 총장의 차를 타고 김 총장, 정 교수 내외와 함께 연길과학기술대학으로 갔다. 교문 밖에서 내려 같이 사진을 찍었다. 그러는 동안, 버스를 기다리던 우리 학생들과 어울려 여러 장의 사진을 함께 찍었다. 김경수 형제로부터 그가 가져온 봉투들을 전해 받았다. 그 사이에 김문일 형제께 전달하지 못한 책과 물품이 있음을 발견, 다시 시빈관으로 가서 그것을 김문일 형제께 전달했다.

12시가 되기 전에 김상현 선생이 왔다. 지금 연변대학과 합작, 연변대학 부속병원을 짓고 있다고 했다. 모란봉식당에 가서 해삼요리와 평양냉면을 먹었다. 맛있고, 정갈하고, 해삼도 한국에서 보기 힘든 종류로 대단히 싱싱했다. 요리를 가져오면서 봉사원은 "조국에서 가져온 싱싱한 것입니다"라고 했다. 해삼요리가 그렇게 만난 것은 처음이다. 평양냉면은, 요리 뒤에 먹은 것이어서 그런지 별로 맛이 있는 것 같지 않았다. 냉면이 더 쫄깃했으면 했다. 근무하는 여성들은, 지난번에 왔을 때 느꼈던 것보다는 훨씬 부드러운 모습이었고 서비스업에 종사하는 기본적 예의를 갖추고 있는 듯했다. 상냥하고 부드러움이 있는 한편 범접할 수 없는 근엄함도 있었다. 그러나 아직도 그들의 가슴에는 김일성의 배지를 달고 있었다. 무슨 말을 하려다가 입을 열지 않았다.

김 박사를 작별하고 공항으로 갔다. 중간에 김문일 형제가 북한에 자주 드나드는 김 씨를 만나러 가자고 했다. 지난번 여러 사람을 만났던 그 아파트의 방이었다. 그 앞에 연길교회 신축 부지가 있었다. 김 장로의 사촌동생이 된다는 그 사람은 무역 관계로 자주 북한에 다녀왔으며 옛날 김일성은 물론 김정일과도 꽤 가까이 지낸다고 한다. 촌사람 모양으로 생겨 전혀 장사할 것 같지 않은 그가 말문을 열자 정열과 예리한 판단력을 갖추고 있음을 알 수 있었다. 한 시간 동안 거의 그 사람이 이야기를 독점하다시피 했는데, 그는 친북한 인사이면서도 북한 체제에 대단히 비판적이었다. 그가 한 말을 정리하면 다음과 같다.

· 북한의 실상은 한마디로 우리가 알고 생각하는 것보다 훨씬 비참하다. 그래서 그 비참한 것을 실상 대로 말하면 모두들 믿지 않는다. 평양을 기준으로 해서 말해서는 안 된다. 평양은 매우 잘 사는 곳이고, 강원도가 가장 비참하며 그 다음이 함경도, 자강도 순이라고 한다.

· 비참한 의식주 가운데 우선 식생활부터다. 쌀밥을 못 먹는 것은 물론 하루에 강냉이 한두 개로 연명한다. 국가의 뒷받침을 받는다는 대학생의 경우도 강냉이 한두 개로 하루를 보내야 한다. 요즈음은 군대도 자급자족하라고 했단다.

· 평양의 어느 장군으로부터 군인정신은 이래야 한다고 하면서, 자랑삼아 하는 이야기를 들었는데, 그것은 사실 그들의 수치스러운 경제생활을 반영하는 것이었다. 자기 아들이 군대

에 갔는데 배고픈 것을 참지 못해서, 남의 부대에서 키우는 닭을 여러 마리 잡아와서 동네에 들어가 주민들과 함께 포식한다면서, 군인은 이래야 한다고 자랑하더라는 것이다. 또 군대에서 징벌의 한 방법으로 돼지를 사육토록 하는 제도가 있는데, 징벌기간에 돼지를 받아 나중에 그 수대로 넘겨야 한다고 한다. 한 사람이 24마리의 배당을 받았는데 잘못해서 1마리가 죽었단다. 그렇게 되면 그는 징벌기간이 6개월 더 연장되므로, 하루는 종일 남의 부대에 몰래 들어가서 숨어 있다가 한 마리를 잡아다가 그 수를 채웠단다. 이것이 군인정신이라고 하면서 떠들어대더란다.

· 연변조선족자치주에서 폐차시킨 객차가 북한에 가면 제일 좋은 차가 될 수 있다. 기차에는 유리창이 거의 없고, 화차나 객차가 모두 일제시대의 것을 그대로 사용하고 있으며, 또 레일도 그때 것이라는 것이다. 이 말에는 다소 과장이 있지 않은가 싶다.

· 아이들이 먹지 못해서 다리가 꼬이는 각기병이 거의 들어 있다. 먹는 것이 이런 형편이니 옷이나 일상용품, 생활은 말할 형편이 못 된다. 내의가 없고, 양말은 신는 사람이 거의 없으며, 신발도 그렇다. 김 박사로부터도 비슷한 이야기를 들었는데, 페니실린이 없어서 폐렴에 걸리면 대부분 죽는다고 한다.

이 대목에서 김 박사가 끼어들었다. 그는 자신이 연길에 와서 북한 소식을 듣고 북한 사람을 만나는 동안 스스로 극우 보수론자(保守論者)가 되었다고 한다. 그는 한국 교회가 북한을 돕는 문제를 이 시점에서는 바람직하지 않다고 생각한단다. 돕는 것은 곧 그 체제를 유지시켜 백성의 괴로움을 연장시키는 결과를 가져오기 때문이란다. 돕는 물건이 인민에게까지 간다는 보장도 없고. 차라리 가만 내버려 두어 빨리 이 사회를 종식시키는 것이, 그 밑에서 고생하고 있는 인민들을 위해서 낫다고 했다. 한 지식인이 저렇게 북한관을 바꾼 데는 나름대로 이유가 있을 것이다. 또 이러한 북한관 변화가 초기에 민족공조정책을 조심스럽게 꺼냈던 김영삼 정권이 그들의 정책을 바꾸는 계기가 되었을지도 모른다.

· 김 씨는 북의 정권을 일종의 범죄 집단 혹은 범죄 집단보다도 못하다고 했다. 김 박사는 마피아나 깡패들도 최소한 자기 가족들은 먹여 살리지 않느냐고 했다. 확실히 북한의 지도부는 국가경영 능력에 문제가 있다. 주체사상의 미명 아래 인민을 공포 분위기로 통치하고 있는 저들의 범죄를 어떻게 할 것인가 하고 그는 힘주어 말했다.

· 김 씨는 북한이 이렇게 곤궁하게 된 원인을 ① 군비확장(무기를 사들이고, 지하에 무기 저장소들을 만들고, 군대를 저렇게 유지하는 것 등), ② 김일성 개인의 우상화를 위해 지나치게 낭비했다는 것(동상, 궁정, 개인이 하고 싶어하는 것을 마음대로 하는 것), ③ 경제성을 생각하지 않고 개인적 영달을 위한 업적 위주로 예산을 집행했다는 것 등을 들었다. 예를 들어 "당이 결심하면 우리는 한다" 라는 것과 관련, 무슨 일이 맡겨지면 예산의 효율성·경제성 등을 따지지 않고 공기를 단축시켜 업적을 남기고 훈장을 탄다는 것이다. 자신이 본 바로는, 어느 집을 짓는 데 철강과 시멘트를 그 3분의 1만 넣어도 될 터인데, 일을 빨리하기 위해 3배 이상 쓴다는 것이다.

· 김 씨는 북한 정권이 개방을 해도 곧 망할 것이고 그냥 폐쇄한 대로 있어도 망할 것이라고 했다. 폐쇄는 앉아서 죽음을 의미한다는 것이다. 그는 북한 경제의 낙후성을 여러 면에서 지적했다. 공장은 80% 이상이 가동되지 않는다고 했다. 전기 사정 때문이란다. 전선이 노후해서 발전소에서 제대로 전기가 오지 못하며, 전기를 제대로 쓰려고 변압기를 설치하고 보니 암페어가 닿지 않는다고 한다. 그래서 곳곳에서 고장이 난다고 했다. 어느 재미 동포가 청진에다 치과병원을 설치하고 최신 기계를 가져갔으나 그것을 사용치 못한다고 한다. 220v를 사용해야 하나 220v라고 준 전기가 재어보니 180v도 되지 않는다고 하며, 승압기를 달아 해보니 또 암페어가 맞지 않는다고 한다. 김 박사는 석탄 생산도 잘 되지 않고 생산된 석탄도 열량이 제대로 나지 않는다고 한다. 왜냐하면 생산량 목표를 달성하기 위해서 흙을 섞기 때문이란다. 북한이 개방해도, 또 하지 않아도 망할 것이라고 하는 이야기는 다른 분들로부터도 많이 들었는데 비슷했다.

김 씨는 북한 지도부가 하는 짓을 보면 넌더리가 나지만, 피를 나눈 동포들을 생각하면 돕지 않을 수 없다고 했다. 그런 심정으로 중국에서 나눔운동을 추진한다고 했다. 그는 이 일을 더욱 양심적으로 추진하기 위해서 공정한 기구를 만들고 서로의 감시와 견제가 필요함을 말했다. 왜냐하면 인간은 욕심을 내는 존재이기 때문에 공정성을 담보하자면 서로의 견제가 필요하다는 것이다.

이밖에도 많은 이야기를 들었으나 다 기억할 수가 없다. 공항에 가야 할 시간이 거의 되어, 나는 쌀을 보내는 데 대한 오해도 있고 하니, 앞으로는 인민들이 직접 먹을 수 있는 옥수수·국수·우유 등도 고려해 보자고 했다. 북한 정권이야 그렇지만, 동족이 굶어가는 것을 그냥 본다는 것은 차마 못할 일이다. 한국 교회는 더욱 나누고, 주고, 사랑하고, 자기의 것을 포기할 줄 아는 훈련이 필요하다.

오후 5시 30분경 이륙, 중국 신화항공을 타고 2시간의 비행 끝에 북경에 도착했다. 오늘 저녁은 30분이 안 되어 짐이 나왔다. 시내로 들어오다가 어느 식당에서 저녁을 먹었는데, 우리 조(組)가 지정한 음식 외의 주스를 마셔 결국 내가 10달러를 지불했다. 천안문(天安門) 앞 광장의 야경이 좋아, 내려서 거의 1시간 이상을 관광했다. 숙소인 동방호텔에 들어오니 밤 11시 20분이다. 박태윤 형제에게 전화하고 내일과 모레의 일정을 확인하다.

8월 17일 (수) 6시가 되기 전에 일어났다. 조용히 혼자서 기도의 시간을 가졌다. 기종이 여행을 건강하게 잘 하고 있는지, 기홍 내외는 뉴욕에 잘 안착해서 기숙사에 잘 들어갔는지, 아내는 혼자서 건강한지, 여행 중에 있으니까 갖가지 생각이 든다. 연길에 갔던 일이라도 잘 되었으면 이번 여행이 보람이 있었을 터인데, 어쩐지 찜찜한 생각이 든다. 그러나 나를 다시 이곳에 보내신 하나님의 뜻이 있을 것이다. 그 뜻과 의미를 다시 찾아보자.

〈열왕기 상〉 1~3장을 읽으며, 솔로몬의 등장과정과 그가 어떻게 하나님의 역사에 동참하고 있는가를 본다. 2층에 있는 식당에 가서 뷔페식으로 식사했다. 별 3개짜리 호텔이라 음식도 그렇게 좋은 게 없다. 그래도 이만하면 훌륭한 음식이다. 언제부터인지 세계의 굶주리는 사람들과 북한의 동포를 위해 풍요한 식탁을 허락해 달라는 기도를 식사기도 때 떠올리게 되었는데, 이런 기도를 드리게 되면서부터 내가 먹는 음식이 늘 사치스럽다고 생각하게 되었고, 조금이라도 남기면 누구에게인가 죄를 짓고 있다는 심경이다.

8시 30분, 우리 팀이 만리장성과 명(明) 13릉을 향해 출발했지만 나는 지난번에 관광한 적이 있기 때문에 혼자 호텔 방에 앉아 안내자를 기다리고 있었다. 50달러를 418.96위안(100달러에 837.92위안 비율)으로 바꿨다. 중국에 와서 처음 바꾸는 것이다. 얼마 안 되어 청화대학(淸華大學) 재학 중인 이광호(부산 수영로교회 출신) 군이 안내하기 위해 왔다. 그는 아주 얌전하고 부드러운 젊은이로 지금 언어학부(言語學部)에서 1년(반)을 공부하였고 1년이면 과정을 마친다고 하면서 중국어를 매우 잘 했다.

그와 함께 스케줄을 짜고 처음에 근처에 있는 '유리창(琉璃敞)'이라는 곳에 있는 서점들을 보기로 했다. 거기서, 북한 출판의 《중조사전(中朝辭典)》(56위안), 《광개토대왕비탁본(好太王碑拓本)》, 《강희자전(康熙字典)》, 《왕양명전서(王陽明全書)》 등의 새 책과 《위대한 항미원조운동(偉大的抗美援朝運動)》[1312쪽, 1954년 중국인민항미원조선전부간(中國人民抗美援朝宣傳部刊)] 등을 샀다. 《위대한항미원조운동》은 중국이 1950~1952년까지의 한국전에 참전한 기록을 남긴 것으로, 무엇보다 당시에 선언된 문건들이 실려 있어서 역사 연구에 큰 도움이 될 것 같았다. 이 군의 자세한 안내로 3시가 넘도록 북경 시내를 답사하고, 일단 호텔로 돌아와 샀던 책을 두고 다시 나가기로 했다. 호텔에서 가고 오는 동안, 자전거에 2인의 좌석을 따로 붙인 '자전거 택시'를 타고 시원한 거리의 풍경도 잘 볼 수 있었다.

이 군과 함께 점심식사를 했다. 근처의 식당에서 두 사람이 50위안에 맛있게 먹었다. 북경대학의 갈진가 교수를 이 호텔의 커피숍에서 만났다. 그는 최부의 《표해록》에 관한 많은 연구가 있다고 한다. 한인(漢人)으로 북경대학에서 한국학연구센터(韓國學硏究中心)를 운영하고 있단다. 북경대학에도 일본 대판(大阪) 조총련(朝總聯)을 통해 연구 자금을 얻어왔던 '조선민족문제연구소'와 남측의 지원을 받는 '한국학연구센터'가 있다고 한다. 정치와 돈은 이렇게 사람들을 분리시키고 있다.

5시경에 갈(葛) 교수로부터 술 한 병을 받았다. 처음 보는 사람으로부터 이런 선물을 받으니 어색했다. 하기야 지난번 동경(東京)의 국제회의에도 함께 참석해 인연은 이미 맺은 셈이다. 그 선물을 갈 교수를 소개한 '한마음관광' 부사장 최 선생에게 주었다. 술은 내가 마시지도 않거니와 내가 들고 다니기에도 어색한 것이기 때문이다. 갈 교수와 헤어진 뒤 이 군과 함께 이곳 교회를 위해 수고하는 효성물산 북경지사 수석대표 김태혁 씨 집으로 가서 저녁식사를 같이 했다. 박태윤 형제는 친구 ─ 장로교신학대학 대학원, 독일의 보훔(Bochum)에서 《지혜서》를 공부하고 돌아와 34살에 제천(堤川)의 어느 한의대(漢醫大)에 들어갔다는 분 ─ 와 함께 왔다.

북경 교민교회가 있는 건물의 어느 방에서 오늘 저녁의 강연을 시작했다. 사람은 30명 미만. 처음에 이곳에서의 집회를 보면서, 로마의 카타콤 생각이 난다고 했다. 교민들의 종교와 집회의 자유는 이곳의 한국 공관이 솔선해서 확보해 주어야 할 문제라고 말했다. 그리고 이 국제화·개방화 시대에 민족문제가 왜 필요한가라는 질문에서 시작, 기독교의 민족관과 민족문화관 및 민족운동을 설명했다. 강의 뒤 4~5명으로부터 질문이 있었다. 관심이 그만큼 깊은 문제이기 때문일 것이다.

오늘 저녁식사 때 효성 북경지사장은, 한국의 대학생들과 일부 지식인들의 통일 논의의 과격함을 들어, 자신들이 왜 이곳에서 어려운 고생들을 하는지 모르겠다고 했다. 나는 교수로서 대학의 교수들이 주체사상을 주장하는 학생들을 설득시키지 못하는 이유가, 바로 정권이 교수들을 어용화(御用化) 또는 침묵시켜 왔기 때문이라고 했다. 호텔에 돌아오니 밤 11시, 12시 30분까지 영화를 보다가 자다.

8월 18일 (목) 아침에 서울의 이문식 목사로부터 장거리 전화가 왔다. 환전을 확인하지 못한 자신의 실수와 어떻게 해서든 빨리 송금을 해서 나눔운동에 지장이 없도록 하겠다는 내용이었다.

7시 20분, 아침식사 때 약간의 혼선이 있었다. 뷔페식으로 먹는 아침이었는데, 우리의 식탁 위에 식빵과 계란을 갖다 놓고, 또 커피와 거기에 따른 물품을 갖다 놓고는 그것을 양식 아침식사라고 하면서 그것만 먹으라고 했다. 그리고는 저쪽에서 가져온 수프와 채소 등을 제자리에 갖다 두라고 했다. 나는 떠온 것을 그대로 먹었지만 모두들 어정쩡한 아침을 먹었다. 식빵과 삶은 계란, 커피로 아침을 때우게 하겠다는 생각이었다. 식욕이 왕성한 젊은 여행자들에게는 아무래도 부족한 아침식사다.

오늘 북경 관광도 자금성(紫金城)과 천단(天壇) 그리고 천안문(天安門) 정도라고 한다. 아무래도 마음에 들지 않는다. 이렇게 만족스럽지 못한 여행 상품으로는 곧 한계가 드러날 것이다. 북경도 하루가 다르게 교통량이 늘어나고 관광객이 불어나는 형편인지라 시내를 통과하는 관광의 경우 시간이 많이 걸릴 수밖에 없다고 한다.

지난번에 이 코스는 보았던 관계로 나는 오늘도 나대로 시간을 갖기로 했다. 상사(商社)의 여러분들을 통해 북한 사람들을 만날까 생각했으나, 그들로부터 아직 정보다운 정보를 얻을 수 있을 것 같지 않아 그 계획을 취소했다. 그리고 박태윤 형제께 연락, 안내 없이도 혼자서 시내를 돌아다니겠다고 했다. 조금 뒤에 장석이란 분으로부터 연락이 와서, 북경대학을 보려고 한다면, 자신이 안내하겠다고 했다. 나는 혼자서 하겠다고 하였으나, 그의 호의를 무시하는 것 같아 그가 만나자고 한 오주대주점(五洲大酒店)으로 가서 그를 만났다. 장석 목사는 개혁신학교 졸업 뒤 전주 서문교회에서 목사로 안수받고 작년에 서문교회 100주년 기념 선교사로 파송받았는데, 현재는 북경대학에서 부부가 박사과정에 입학하여 9월부터 공부할 것이라 한다. 지난번 《사해(辭海)》를 사다 한국까지 보내 주어서 매우 고맙게 생각하고 있다.

장 목사는 북경대학 교내에서 바로 이 대학의 교수들이 사는 사택을 보여 주었다. 물론 이들 사택은 전임 강사나 조교수급의 비교적 신임(新任) 교수들이 거처하는 곳으로, 옛날 시영주택보다 못한, 복도에는 짐들과 먼지와 벗겨진 벽들만 있었다. 이 나라 지식인에 대한 대우와 주택난의 형편을 보여 주는 것이다.

도서관을 보려고 했으나 11시 30분이 넘어 14시 30분까지는 들어갈 수 없다고 한다. 하는 수 없이 북경대학 출판부와 구내서점에 들어가 책을 골랐다. 이 대학 출판부에서 간행된 것은 6위안에서 12위안을 넘지 않았다. 비교적 많이 골랐다. 그리고 다른 서점에 가서는 '25사(二十五史)' 한 질을 260위안에 샀다. 한국으로 가져가는 것이 약간 힘들지만, 그리고 그것은 내가 이미 구입한 것이지만 더 욕심을 내었다. 《강희자전(康熙字典)》을 한 권 더 구했고, 《13경(十三經)》도 한 권 샀다. 고문(古文)에 관한 것이지만, 기회가 되면 언젠가 다시 와서 체계적으로 사 갔으면 하는 생각이 들었다. 사회주의 사회가 글자를 인민들에게 가르친 뒤에 이렇게 책을 읽도록 책값을 싸게 했던 것이다. 그 덕을 지금 내가 보고 있는 셈이다. 장석 형제가 산 책값을 내가 함께 지불했다.

그 책들을 가지고, '박사촌'이라는 식당으로 갔다. 거기서 박태윤 형제가 보낸 중문과 출신의 제자 노승숙(89학번)과 오경희(79학번)를 만났다. 점심식사(72위안)를 한 뒤, 경향신문 지국장(신영수)이 보낸 승용차를 타고, 북경대학·청화대학·북경사범대학·남천주당(南天主堂, 1650년경에 건립된 것으로 마테오 리치가 처음 이곳에 있었다고 한다)을 차례로 보고, 책을 살 때 장석 목사에게 빌린 돈을 갚기 위해 100달러를 승숙 양을 시켜 환전했다.

18시에 약속 장소인 음식점으로 가서 박태윤 형제, 박종용 지사장과 경향신문 지국장 부인이 대접한 고급 요리를 먹었다. 돈이 매우 많이 들었을 것이다. 20시부터 시작하는 집회를 가졌다. 어제 저녁과는 다른 장소였다. 중국 당국에서는 이렇게 교묘히 교회의 정기 예배 외의 집회를 방해한다고 했다. 어제 저녁의 갑작스러운 장소 변경과 또 오늘 저녁의 변경은 그 점을 충분히 알 수 있게 한다. 오늘 저녁의 '기독교인의 이민 생활과 민족 문제'는 어쩌면 이들에게 필요하지 않은 것일지도 모른다는 생각이 들었다. 그렇게 생각하니 곧장 '여러분들에게는 필요하지 않겠지만'이라든지 '미국 이민의 경우' 등의 말이 나오게 되어 강연의 맥이 끊어지고, 오늘 저녁 강연의 필요성에 대한 확신이 떨어지게 되었다. 집회를 마친 뒤에 주최 측의 여러분들이 우리 교민교회가 부닥칠 멀지 않은 장래의 문제를 잘 정리, 제시해 주었다고 했지만, 나의 처지에서는 개운치 않았다. 어제 저녁의 효성물산 김태혁 부부가 나를 '동방빈관(東方賓館)'까지 태워다 주었다.

고직한 총무가 만나고 싶다고 해서 내 방으로 와서, 이번 여행의 결과와 관련, 앞으로 '학원복음화협의회'가 어떻게 통일 문제에 접근해야 할 것인가를 물었다. 통일기금 문제를 제기했고, 나는 그것과 함께 각 단체별로 통일 이후의 민족 화해와 사회 통합을 실현하기 위한 선발대(가칭) 양성을 위한 아이디어도 제시해 보았다. 내일 이 점을 더욱 구체화시켜 보자고 했다.

마침 1102호의 여러 형제자매들이 교제하는 시간을 갖자고 해서 내려갔다. 새벽 2시까지 10여 명이 이런 저런 대화를 나누었다. 서로의 인간적인 모습을 더욱 가까이에서 느끼고 드러내는 시간이었다. 2시가 넘어 잠자리에 들다.

8월 19일 (금) 안개가 많이 끼어서 그런지, 아침부터 습기가 많은 후텁지근한 날씨다. 아침에 박태윤 형제께 연락, 장석 형제에게 전할 책을 받기 위해서 만났으면 했다. 어제 저녁 그가 이번 '학원복음화협의회' 시찰단에게 인사하기 위해 오겠다고 했기 때문에 그렇게 연락했다.

8시가 넘어 북경대학을 향해 출발했다. 대학 외사처(外事處)에서 안내원이 나와 소개했다. 교직원 7천여 명, 연구생 2만 1천 명, 학부생은 7천여 명이라 한다. 1898년에 세워졌고, 1952년 시내에서 이곳으로 옮겨 왔다. 당시 이곳에는 1924년에 선교사들에 의해 옮겨진 연경대학(燕京大學)이 있었는데 그것과 합쳤다고 한다. 스튜어트(J. L. Stuart)가 세운 이 학교는 원명원(圓明院)의 유품을 이 학교로 가져오는 등 중국식 건물로 개조했다고 한다. 한국학연구센터의 갈진가 교수도 나와 우리를 맞았다.

기념품센터에 갔는데, 어제 내가 갔던 그 서점가와 붙어 있었다. 《설문해자주(說文解字註)》를 사고 이 대학 마크가 든 티셔츠도 기념으로 샀다. '북경대학(北京大學)'의 제자(題字)는 모택동(毛澤東)이 썼고, '북경대학도서관(北京大學圖書館)'이란 글씨는 등소평(登小平)이 썼다고 한다.

이화원(頤和園)으로 갔다. 여름 궁전(summer palace)이라고 하는 이 궁궐은 청나라 말의 서태후(西太后)와 관련된 비극을 안고 있었다. 곤명호(昆明湖)와 만수산(萬壽山)은 한때 지배자의 효심에 근거한 미친

짓이었지만, 지금은 인민들의 휴식처가 되었다. 그래서 역사에는 가끔 이런, 백성들의 고혈을 짠 대역사(大役事)가 뒷날 훌륭한 유적으로 남아 많은 후예들의 휴식처를 만들어 주는 것일까?

이화원을 나와 우의빈관(友誼賓館)으로 가서 점심을 들었다. 마침 시장하던 터라, 좋은 환경에서 맛나게 먹었다. 우리 일행은 이번 여행을 정리하기 위해 근처의 공원으로 가서 빙 둘러앉아 대화를 나누었다. 먼저 나에게 질문이 와서, 앞으로 '학원복음화협의회'가 해야 할 일을 ① 연합과 일치의 결속을 강화한 바탕 위에, ② 한국 교회와 선교단체가 북한과 그 지도자들을 용서하는 일에 앞장서자는 것과, ③ 통일을 준비하기 위해 통일기금, 통일선발대(북한의 각 군·리 단위로 조직, 앞으로 통일이 되었을 때 구체적인 화해, 사회 통합을 위해 뛸 수 있는) 조직 문제들을 거론하였다. 어느 학생이 구체적으로 통일과정에 우리가 어떻게 참여할 수 있겠느냐고 물은 데 대해, ① 우리의 통일운동이 한계가 있다는 것을 먼저 분명히 아는 바탕 위에서, ② 현재 통일 문제를 남북의 정권 담당자들이 틀어쥐고 있기 때문에 통일운동의 주도권 내지는 일정 부분의 역할을 민간에게 돌아갈 수 있도록 해야 한다는 것, ③ 북한 돕기에 여러 다른 말들[異說]이 있을 수 있겠지만, '그럼에도'의 신앙을 가지고 가능한 모든 방법을 강구하여 북한에 대해 나누어 주는 운동을 계속하는 것이 아니겠느냐고 했다.

저녁식사는 '개성식당'에서 했다. 북한과 중국이 합자해서 경영한다고 하며 조선족 사람들이 근무하고 있었다. 며칠 동안 기름기 많은 중국 음식만 먹었는데, 기름기 없고 그래서 담백하게 느껴지는 우리식 음식(북경의 한국 음식도 재료가 다르고 요리법이 달라서 그런지 이미 우리에게 익숙한 맛이 나지 않았다)이 당기는 것은 어쩔 수 없었다.

공항으로 오면서 노래들을 불렀다. 김모세 목사의 〈모란이 피기까지는〉이 인상적이었다. 내가 부른 〈그리운 금강산〉도 같은 해석이 담겨 있다고 느끼기를 바랐다. 비행장에 이르니 6시 30분. 수속을 마치고 8시 10분이 되어 비행기가 움직였다. 북경을 떠나 상해로 오는 비행기 안에서, 어제 고맙게 빌렸던 장석 형제에게 진 빚 300위안을 갚지 않고 떠났다는 것을 알게 되어 죄송스러운 생각이다.

1시간 40분 남짓 비행한 끝에 우리는 다시 상해의 국제공항인 홍교(虹橋) 비행장에 내렸다. 지난번의 여배제 양이 가이드로 나와 있었다. 짐을 찾는 데 30여 분. 우리가 묵을 호텔은 자동차로 약 10분 거리의 주점(酒店, 중국에서는 호텔이란 뜻)이다. 내가 묵은 방은 5동의 105호, 비교적 넓은 방에 깨끗한 시설이다.

8월 20일 (토) 귀국일이다. 6시 30분까지 호텔 현관에 모여 짐을 맡기고 7시에 아침식사, 곧장 공항으로 출발, 9시 30분발 비행기를 탔다. 지난번의 중국동방항공(中國東方航空, China Eastern Airlines) 에어버스기이다. 공항에서 아내에게 줄 선물을 찾았지만 마땅한 것이 없었다. 흰색으로 된 비단 잠옷을 샀다. 다른 옷에 견주어 정확한 치수를 몰라도 가능하기 때문이다. 아침에 북경의 박 형제에게 전화, 장석 형제에게 300위안 갚는 것을 부탁하였다.

여행을 마치고 귀국하는 비행기 는 흥분이나 설렘 대신 안정되고 새로운 기대에 차며 마치 고향을 찾는 것과 같은 기쁨이 있다. 가족이 있고 자기의 언어가 있으며 조국이 맞아주기 때문일 것이다. 며칠 동안의 여행에서 확인한 것이 있다면, 그것은 한마디로 가족과 조국에 대한 사랑이다.

12시 20분(한국 시간)에 김포공항에 도착, 우리는 마치는 모임을 간단히 했다. '학원복음화협의회'가 연대를 더욱 공고히 하여 학원복음화와 세계 선교, 통일 한국을 이룩하자고 했다. 그리고 이번 기회가 그러한 일을 하기 위한 신뢰의 조성과 새로운 계기를 마련하는 데 큰 도움이 되었다고 말했다. 간단히 기도하고 이번의 연합모임을 마쳤다.

오늘 따라 무슨 정보가 있었는지, 입국수속과 세관검사가 매우 까다롭다. 14시의 '한국기독교역사연구소' 모임과 15시의 '백범강좌' 모임에 늦지 않을까 걱정이 되었다. 사정을 말하고 일찍 나오니 아내가 조카 성혜와 함께 기다리고 있다. 내가 손수 운전하여 백범회관에 도착하니 14시 30분. '연구소'에 전화해서 참석하지 못하겠다고 하고 숙명여자대학교 경제학과 윤원배(尹元培) 교수께 연락, 백범회관까지 오도록 했다.

15시부터 시작하는 윤 교수의 백범강좌, 〈경제개혁, 무엇이 문제인가?〉를 듣고 집에 도착하니 17시. 이제 며칠 동안 쌓인 피로가 겹쳐 몸이 천근이다.

이스라엘 성지순례

1997년 1월

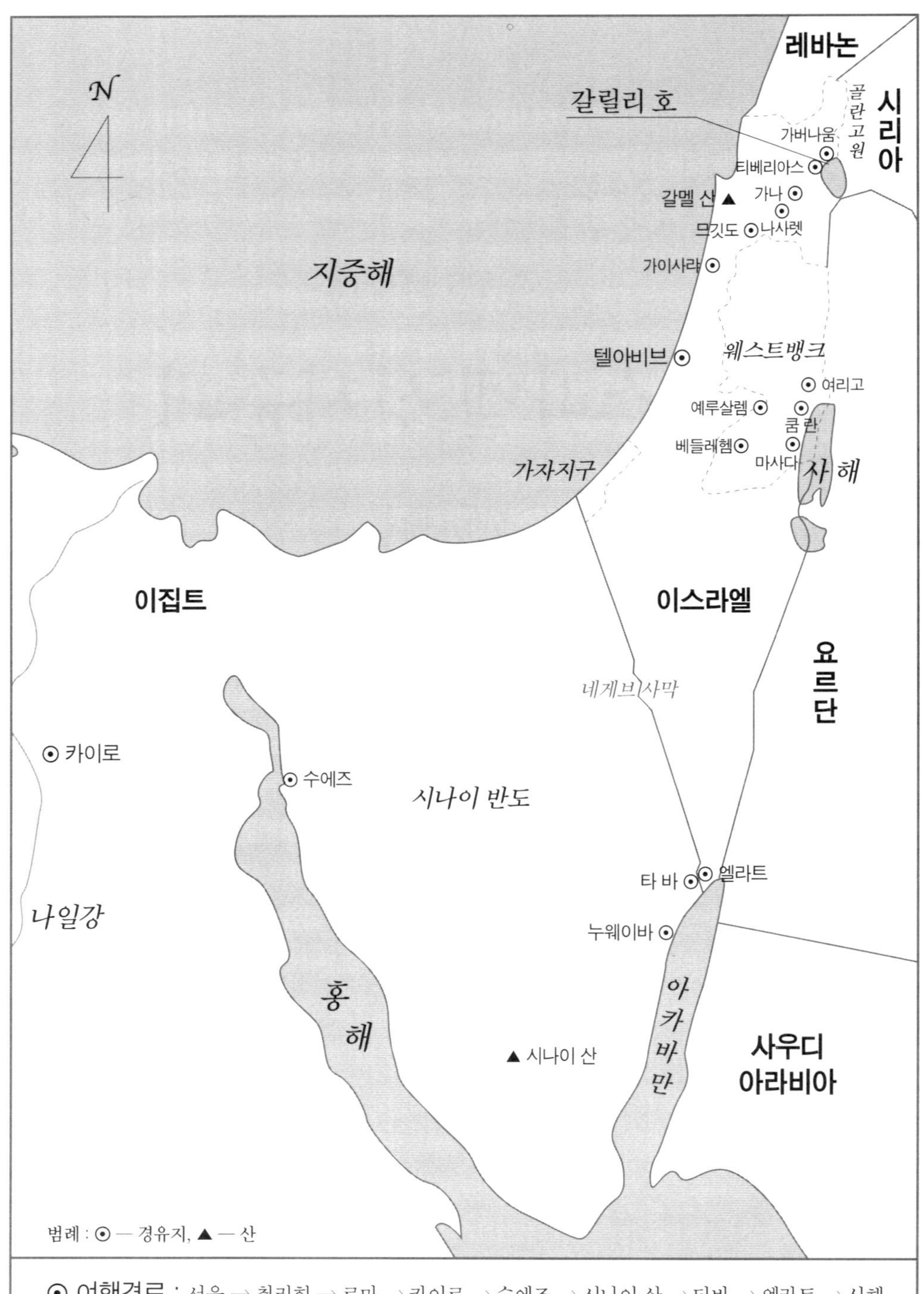

⊙ **여행경로** : 서울 → 취리히 → 로마 → 카이로 → 수에즈 → 시나이 산 → 타바 → 엘라트 → 사해 → 쿰란 → 여리고 → 티베리아스(갈릴리 호) → 가버나움 → 가나 → 나사렛 → 므깃도 → 갈멜 산 → 가이사랴 → 예루살렘 → 베들레헴 → 예루살렘 → 텔아비브 → 루체른 → 취리히 → 서울

몇 년 전 이랜드 박성수 사장을 만났을 때, 자신이 주선할 터이니 '성지순례(聖地巡禮)'를 계획해 보는 것이 어떻겠느냐는 제의가 있었다. 그러나 그 제의를 받고도 거의 2년 동안이나 결단을 못 내리고 있었다. '무사분주'한 나날에 여기저기에 시간이 걸려 있어 열흘간의 짬을 내기가 힘들었고, 또 성지순례를 한다면 요한계시록에 나오는 일곱 초대교회의 유적지 터키를 탐방하는 것이 좋겠는데 그곳을 경유하는 여행 일정이 좀처럼 나오지 않았기 때문이다.

그러나 올해 들어 더 미룰 수 없다는 판단 아래, 용단을 내리기로 하였다. 시간의 여유가 있어서가 아니라 억지로라도 다녀와야 하겠다고 스스로를 몰아넣었다. 이런 결단의 배경에는, 내가 인도하는 서울교회 청년회에서 〈마가복음〉 공부를 시작하기로 결정한 것과 밀접한 관계가 있다. 〈마가복음〉 공부에 앞서 예수님이 거닐었던 갈릴리와 가버나움, 나사렛과 예루살렘 등을 직접 다녀오면 그 강의가 훨씬 구체성을 띨 것이며 시청각 효과도 볼 수 있을 것이라고 생각한 것이다.

순례는 1997년 1월 21일부터 31일까지 10박 11일 동안 이루어졌다. 여행 경로는 취리히와 로마, 카이로 및 시나이 반도를 거쳐 이스라엘로 입국하고, 귀국길은 텔아비브 공항에서 취리히를 거쳐 서울로 돌아온다는 것이었다. 한국에서는 '성지순례'에 가장 적당한 계절이 1, 2월로 알려져 있으나, 여행 중 현지에서 들은 바로는 4월의 부활절 시기가 가장 적당하다고 한다. 계절도 계절이려니와 바로 그때가 유대 절기로 유월절(逾越節)이 겹치기 때문이다. 성지순례는 단순히 지역을 순방하는 것이 아니고 현지의 문화와 풍속을 접함으로써 성경 이해에 도움이 되어야 한다.

여행은 언제나 노소(老少)를 막론하고, 반복적이고 권태로운 일상생활에 잔잔한 기대감을 갖게 해 주고 가벼운 활력을 불어넣어 준다. 오랜만에 이루어지는 이번 여행이 우리 부부에게는 더욱 뜻 깊었다. 지난 1992년 1년 동안 해외파견 교수로 미국에 머물면서 미국의 여러 곳을 여행하였고 1개월간의 유럽여행도 한 적이 있었지만, 부부동반의 여행이 그렇게 흔한 것이 아니다. 아내와의 동행을 원하는 것은 약간 이기적인 욕심도 없지 않다. 나이가 들면서 이제는 혼자 여행한다는 것이 자주 힘들게 느껴진다. 대화의 상대가 마땅찮고 짐 챙기는 일도 귀찮다. 부부동반 여행은 좋은 대화의 상대가 있는 것은 물론 짐은 챙겨놓은 것을 운반하는 수고만 하면 된다.

이번에 여행을 같이한 일행은 전국 각지에서 모인 32명의 신실한 기독교인이었다. 목사님과 장로, 권사, 집사들이 대부분이었다. 우리는 김포공항에 모여 탑승 전에 하나님께 기도하는 시간을 가졌다. '이랜드여행사'다운 성지순례 순서라고 생각하였다. 이랜드여행사가 제공한 조끼는 여행에 대한 기대감을 높여 주었고, 여행 기간 내내 일행의 일체감을 더해 주었다.

오후 2시 10분 출발 예정인 '스위스항공' 소속 비행기가 활주로를 벗어난 것은 14시 30분. TV 화면에 비친 비행기 통과 지역은 중국의 북경 상공과 고비사막, 바이칼 호, 카자흐스탄 북쪽 남러시아 지역, 옴스크, 민스크, 바르샤바 및 스위스의 취리히였고, 거기서 환승하여 20일 저녁 늦게 로마에 도착하였다. 비행시간은 취리히까지 약 11시간 30분 걸렸고, 로마까지는 한 시간 남짓 더 걸렸다. 비행기에서 느낀 것이지만, 서비스가 대한항공이나 아시아나보다는 월등 좋았다. 한국인 고객을 유치하기 위한 노력이, 스위스항공을 처음 타보는 나에게까지 감지될 정도로 돋보였다. 무료한 비행시간에 대비하여 준비해 간 《소설 소현세자》(박안식, 창작과비평사)와 《성지순례》(박준서, 조선일보사)를 독파하였다.

이 성지순례기는 원래 일기체로 쓰여진 것이다. 성지순례 뒤에 새로 정리하여 《복음과 상황》에 연재한 바가 있는데, 이 글은 그것을 조금 손본 것이다.

로마 순례

유럽을 다녀 보면 그 전체가 박물관처럼 되어 있는 도시들이 있다. 로마는 물론 빈·페테르부르크·프라하·부다페스트 등이 여기에 속한다고 할 것이다.

로마가 '성지순례' 코스에 들어간다는 것이 천주교도가 아닌 우리 개신교도들에게는 언뜻 이해되지 않을 수도 있다. 로마는 교황청과 그 박물관의 유물·유적들로 하여 천주교도들에게나 '성지'로 간주될 곳이라고 속단하기 쉽다. 그러나 따지고 보면, 종교개혁 이전의 가톨릭 교회(公敎會) 역사가 개신교 역사에서 뺄 수 없는 부분이라면, 로마는 개신교인들에게도 '성지순례' 코스에서 빠뜨릴 수 없는 곳이다. 로마에는 베드로와 바울 그리고 초대 기독신자들과 관련 있는 유적이 있을 뿐만 아니라 종교개혁자 마르틴 루터의 행적이 담겨 있는 곳도 있다. 로마는 우리 부부가 5년 전에 들렀던 곳이라 감회가 새로웠다. 그때는 조카 은희와 함께 지도를 가지고 버스와 지하철, 도보로 일일이 찾아 다녔지만, 이번에는 관광버스를 타고 현지 안내원이 자세하게 설명해 주는 것이어서 대단히 효율적으로 순례할 수 있었다. 한두 군데를 제외하고는 5년 전의 그곳을 다시 순방하였다.

우리 일행은 가장 먼저 교황청 박물관과 성 베드로 대성당을 찾았다. 교황청 박물관의 그 수많은 방에 진열되어 있는 것들은 하나하나가 문화재였다. 그 가운데 시스티나 예배당 전시실의 천장과 벽에 그려져 있는 미켈란젤로의 〈천지창조〉와 〈최후의 심판〉은 압권이었다. 이 방에 와서 미켈란젤로의 작품을 보는 것만으로도 교황청 박물관을 관람한 목적은 충분히 달성된 것이라고 할 것이다. 돌아 나오면서 라파엘로의 작품들도 여러 점 볼 수 있었다. 이 박물관을 나올 때는 예술사에서 그 이름만 외던 거장들의 작품을 직접 보았다는 기쁨으로 가슴 벅찼다. 인

류가 남긴 중요한 예술품들을 보면서, 종교가 아니면 과연 그런 작품들을 만들 수 있었겠으며, 또 종교기관이 아니었으면 이런 작품들을 보관 보존할 수 있었겠는가 하는 질문을 던져 보았다.

박물관을 거쳐 우리는 저 유서 깊은 성 베드로 대성당으로 들어갔다. 430년경에 건립된 교회를 헐고 그 자리에 1506년 교황 율리우스 2세가 새로 건립하기 시작하여 120년간의 시간과 정성을 들여 완성했다. 이 성당을 개축하기 위해 그 말썽 많은 면죄부(免罪符)를 발급하기 시작했고, 그것은 종교개혁의 한 원인이 되었다. 그러한 아픈 역사에도 불구하고, 이 성당 안의 여러 시설들은 인류가 이룩해 놓은, 종교심에 의하지 않고는 도저히 이룩할 수 없는 신비스럽고 지혜와 영감 가득한 예술품이다. 사도 베드로의 무덤 위에 건축되었다는 이 건물, 그러기에 베드로의 무덤을 호화롭게 꾸미지 않을 수 없었을까. 성당 중앙에 있는 베드로의 무덤을 중심으로 사방에 두 여성(콘스탄티누스 대제의 어머니 헬레나와 예수님이 혈루증을 고쳐 주고 뒷날 자신의 손수건으로 예

수님의 땀을 씻어주었다는 베로니카)
과 두 남성(베드로의 형제 안드레와
십자가에 매달린 예수님께 창을 찔렀
으나 뒷날 회개하고 순교자가 되었다
는 롱기누스)의 상이 시립해 있었다.

성 베드로 대성당을 돌아보면서 몇
가지 감회가 솟았다. 평소 예수님의
제자 가운데 안드레를 좋아했는데, 안
드레의 상을 여기에서 발견할 수 있었
다. 안드레를 좋아하는 이유는, 해석
이 타당한 것인지는 몰라도, 그가 자
기를 드러내지 않으려고 하는 성품을

▲ 성 안드레(Saint Andrew) 상

소유한 것같이 보이기 때문이다. 그는 예수님을 먼저 만난 뒤 그의 형
제 베드로를 예수님께 이끌어 오고는 자신은 사라졌다. 베드로는 그의
소개로 뒷날 예수님의 수제자가 되었다. 예수님께서 보리떡 다섯 덩이
와 물고기 두 마리로 5천 명을 먹일 때도 안드레는 그 소년을 예수님 앞
에 인도하고는 자신은 사라졌다. 예수님께서 큰 역사를 이루시게 하고
는 자신은 조용히 물러났다. 이 점이 내가 안드레를 좋아하는 이유다.
자신은 영예를 받을 자리에 나서지 않고 뒤에서 일이 되도록 조용히 주
선만 하고는 사라지는 그런 인품이다.

또 하나 로마교회에서의 바울의 위치다. 천주교회에서 바울이 어떻
게 평가되는가는 성 베드로 대성당 광장에 서 있는 바울의 상을 통해서
알 수 있다. 성당을 향해서 보면, 왼쪽에는 '천국의 열쇠'(마 16:19)를
든 베드로의 상이 서 있고 오른쪽에는 '말씀의 검'(엡 6:17)을 든 바울
의 상이 서 있다. 바울은 그러니까 로마교회에서는 성령의 검, 하나님
말씀의 사자로서의 위치를 갖고 있음을 확인할 수 있다. 이같이 바울은

베드로와의 관계에서 그 위치가 주목되었는데, 성 베드로 대성당에서 뿐만 아니고 그 이튿날 찾아간 성 바울 대성당에서도 말씀의 검을 든 바울이 천국의 열쇠를 든 베드로와 좌우에 나란히 서 있는 것을 보았다.

점심시간에 이탈리아 현지에서 먹은 스파게티는 정말 맛있었다. 미국 등지에 있는 이탈리아 음식점에서 먹는 것과도 달랐다. 국수도 양념도 구미를 한층 돋우었다. 한국의 관광객이 얼마나 많이 찾아오는지 이 음식점의 종업원은 서투른 우리말을 써가며 대접했다. 아침식사와 마찬가지로 점심도 푸짐하게 먹었다. 여행을 하면서 터득한 요령이 있다. 먹을 수 있을 때 배부르게 먹어 두고, 쉴 수 있을 때 실컷 자 두며, 화장실을 보면 마렵지 않더라도 다녀온다는 것이다. 이렇게 하면 여행을 비교적 편하게 할 수 있다. 이 요령이 효력을 발휘한 것은 러시아와 우즈베키스탄·카자흐스탄·동독·중국 등 옛 공산권 국가를 방문했을 때인데, 이번에도 이탈리아와 이집트 등지에서 효험을 봤다.

오후에는 로마시청 주위의 여러 유적들을 돌아봤다. 그 가운데 특기할 것은 베드로와 바울이 갇혔다고 전해지는 '로마 감옥'이었다. 시청 건물 뒤편에는 발굴 작업을 하고 있는 유적들과 옛 건물들이 많다. 브루터스가 카이사르를 살해한 옛 원로원(元老院) 건물도 그 근처에 있는데, 그 옆에 그 감옥이 있었다. 1층 지하로 내려가 본즉, 그 밑을 한층 더 파서 감옥을 만들어 죄수를 가두었다고 한다. 지하 1층 바닥에 구멍을 뚫어 지하 2층 감옥의 천정으로 음식을 내려 주었다고 한다. 햇볕이 들지 않는 것은 물론이고 습기 때문에 수감자는 곧 건강을 잃도록 되어 있었다. 이 감옥에 대한 고증이 정확하게 되었는지는 알 수 없으나, 이 지하 감옥에는 그럴 듯한 전설도 남아 있었다. 지하감옥에 샘이 있는데, 베드로가 회개한 수직(守直) 군인에게 세례를 주고자 할 때 샘이 터져 나왔다는 것이 바로 이 샘이라는 것이다.

저녁식사 전에 '성 요한 대성당'과 그 옆에 있는 '성 계단 교회'를 찾았다. 성 요한 대성당은 성 베드로 대성당과 성 바울 대성당, 성모 마리아 대성당과 함께 로마 4대 성당의 하나다. 성당 안에 있는 큰 기둥 옆에는 12사도를 형상화한 조각이 있어 인상적이었는데, 그 가운데 자[尺]를 든 사도가 있어 알아보니 도마였다. 예수님의 부활을 믿지 못하고 자신의 눈으로 보고 손가락으로 만져 본 뒤에라야 믿겠다고 한 제자이니까 매우 합리적인 인품의 소유자인 셈인데, 그렇기 때문에 자를 들게 하여 그가 매우 합리적이고 계산에 빠른 존재인 것을 묘사한 것이다. 그것을 보면서 도마를 그렇게 묘사한 조각가의 상상력에 내심 놀랐다.

어둑어둑했을 때 '성 계단 교회'를 찾았다. 이 교회는 예수님이 빌라도에게 재판을 받을 때 올라갔다는 28층계의 나무계단을 콘스탄티누스 대제의 모친 헬레나가 예루살렘으로부터 옮겨와 설치한 데서 이런 이름이 주어졌다. 예수님의 고난을 체험하려면 무릎을 꿇은 채 다른 사람을 위해 기도하면서 이 계단을 오르내려야 한다는 것이다. 마르틴 루터가 종교개혁을 일으키기 전 로마를 방문했을 때, 고행을 쌓아 구원을 얻는다는 교훈에 따라 이 교회에 와서 무릎으로 28계단을 오르내리며 주기도문과 다른 사람을 위한 기도를 했다는 것이다. 행위로도 구원을 얻을 수 있다는 당시 가톨릭적인 구원론에 따라 이런 일을 행했던 것이다.

루터에 관한 이런 글을 읽은 뒤 가끔 이 사례를 들어 '고행과 선행을 쌓아 구원을 얻는다'는 교리를 비판해 왔던 만큼, 나는 호기심에라도 그 계단을 루터의 방식대로 올라가 보리라 마음 먹었다. 과거 이 문제를 가끔 언급한 바 있었고, 또 앞으로 그런 것을 말해야 할 것이기 때문에 실제 경험해 보는 것이 좋겠다 싶어 계단 앞으로 나아갔다. 그러나 그 딱딱한 나무계단은 기도훈련을 통해 무릎을 강건하게 한 자만이 올라갈 수 있다는 것을 곧 알게 되었다. 무릎을 꿇고 올라가는 것이 얼마나 힘이 드는 것인지는, 그 계단을 수월하게 올라가는 신심 깊은 형제 자매들을 옆에서 보는 것만으로는 결코 알 수 없다. 나는 억지로 5계단을 올라갔지만 곧 포기하고 말았다. 그날 일기의 한 토막이다.

나는 이제 더 이상 그러한 고행을 비판, 비난하지 못할 것이다. 기도의 무릎을 단련하지 않은 자, 그는 그 28계단을 결코 오르지 못할 것이다. 자신이 얼마나 기도의 무릎이 단련되지 못했는가를 통감하는 순간이었다. 그러면서 오늘 나는 그 계단을 볼 수 있는 것만으로도 하루의 순례생활에 큰 의미를 부여한다. 루터는 그 28계단을 다 올라가 다시 내려왔기에 개혁을 외칠 수 있었을 것이라고 단언해 본다.

그것이 대단히 힘든 고행임을 오늘 비로소 알게 되면서, 새롭게 결심하였다. 그 계단을 제대로 올라가지 못한 자신으로서는 다시는 그런 고행을 쉽게 비판, 비난하지 않기로 하였다.

이튿날 우리는 먼저 바울 사도가 참수당했다는 형장으로 갔다. 무솔리니가 새로이 건설했다는 '유로'라는 도시 근처에 있는 시골이었다. 오늘날에는 로마에 편입되어 있다고 들었다. 바울이 이곳에서 참수된 것은 당시 로마 시내는 사형집행 장소로 사용되지 않아 교외로 옮겨서 집행하였기 때문이라고 한다. 참수 기념 교회에 들어가 보니, 참수당하는 광경을 그린 그림이 빛이 바랜 채 벽에 붙어 있었고, 참수당한 머리가 굴러 떨어진 세 곳에서는 샘물이 솟았다 하여 세 분수가 설치되어 있었다. 기념 교회 옆에는 바울이 이곳에 옮겨져 얼마간 갇혀 있었다는 감옥이 있었다. 전통을 중요시하고 성지(聖地) 개념을 강조하는 가톨릭 발상에 따라 이렇게 교회와 여러 건물들이 조성되었던 것이다. 우리는 이 기념 교회에서 예배를 드렸다. 우리도 바울과 같이 주님을 위한 생애를 살게 해 달라고 간절히 기도했다.

그곳에서 시내로 들어오는 길목에 성 바울 대성당이 있었다. 로마 4대 성당 가운데 하나다. 성 베드로 성당에서와 마찬가지로 천국의 열쇠를 가진 베드로와 말씀의 검을 쥔 바울이 나란히 서 있었다. 성당의 천

▲ 카타콤 입구. 카타콤 지하 답사를 함께한 일행과 함께

장 가까운 벽면에는 역대 교황들의 초상화가 그려져 있었는데, 얼굴 주변에 둥근 테를 두른 분들이 성인 칭호를 가진 교황들이라고 한다. 유감스럽게도 시대가 내려올수록 성인에 해당하는 교황이 적다고 했다.

로마에서 성지순례의 분위기를 갖자면 아무래도 초대교회 시절 수난받을 때 비밀리에 모여 신앙생활을 유지했던 카타콤을 찾아야 한다. 카타콤이 지금은 성지처럼 되어 있지만, 당시에는 공동묘지였다. 우리는 아피아 가도로 나가는 로마 성문 입구 근처에 있는 카타콤을 찾았다. 그 입구에는 시엔키에비치의 소설에 나오는 구절 "쿠오 바디스 도미네?(주여 어디로 가시나이까?)"를 딴 '쿠오 바디스' 교회가 있었다. 거기서 1마일 정도 가면 관광객에게 개방된 카타콤이 있다.

지난 1992년에도 이곳을 다녀갔지만 이번 순례에서는 다시 새삼스러움을 느낀다. 이 카타콤의 통로는 2백km가 넘으며 지하 4층까지 있다고 한다. 그래서 우스갯소리로, 신혼부부가 들어가 길이 어긋나 헤어진 뒤 다시 만난 것은 늙은이가 되어서였다는 것이다. 당시 로마의 황제숭배에 맞서 핍박을 당하던 신앙의 선배들은 로마 관헌의 감시를 피해 이곳에 모여 하나님께 예배하고 성례를 행하며 서로를 격려했던 것이다.

카타콤의 대부분은 통로로 보존되어 있지만, 군데군데 넓은 공간도 있는데 그런 곳에서 그들이 모였다. 우리 일행은 아마도 옛 성도들이 모여 예배드렸을 카타콤의 어느 공간에서 하나님께 예배드렸다. 핍박받던 믿음의 선배들을 회상하면서 예배는 울음바다를 이루었다.

카타콤과 함께 기독교인 수난의 상징적인 유적은 원형경기장(콜로세움)이다. 콜로세움은 기독교와 관련해서는 순교의 현장이지만, 그 근처에 산재해 있는 목욕탕 유적과 관련해서는 인간의 야수성과 부패·환락성을 상징하기도 했다. 빽빽하게 들어선 로마 시민들의 포악한 야수성과 환락을 만족시켜 주기 위해 얼마나 많은 기독교 신자들이 예수 믿는다는 이유 하나만으로 맹수의 밥이 되어 갔던가. 그러나 로마시대 이렇게 환란과 핍박을 받으면서도 로마의 권력과 총칼에 정면으로 대항하지 아니하고 인내하며 죽어 갔던 그리스도인들이야말로 신앙의 힘으로 결국 로마를 정복했던 믿음의 영웅들이었다. 로마 시내에 아직도 그 형체들이 남아 있는 목욕탕 유적들이나 콜로세움은 로마의 환락·부패의 상징이자 기독교 박해의 증거물이지만, 초기 기독교는 평등·정의와 사랑·평화의 신앙(이념)을 기반으로 하여, 목욕탕으로 상징되는 인간의 환락·부패성을 극복하는 도덕적 우위를 확보함으로써 콜로세움으로 상징되는 로마의 세속적 권력과 야수성을 정복하였던 것이다. 이것은 로마 순례를 통해야만 얻을 수 있는 깨달음이다.

이집트에서 보낸 긴 하루

● 카이로에 대한 첫 인상

1월 23일, 로마에서 출발한 이집트항공 소속의 여객기는 거의 3시간 반의 비행을 끝내고, 현지 시간 저녁 10시경에 카이로 공항에 도착했

▲ 1943년 카이로 회담이 열렸던 호텔 앞에서

다. 다른 경우에도 종종 그런 것을 목도했지만 이번에도 예외는 아니어서, 비행기가 완전히 멈추기 전에는 움직이지 말라는 안내방송에도 불구하고, 승객들은 비행기가 정지한 것을 감지하는 순간 자리에서 일어나 짐을 챙기기 시작했다.

여행을 통해 종종 느끼는 것이지만 비행기 안의 질서는 탑승객의 민도와 밀접한 관계가 있다는 것이다. 좌석의 대부분을 한국인 관광객이 차지하고 있고 몇몇 아랍인들이 타고 있는 이 비행기 안은 삽시간에 일어서는 승객들로 혼란스러웠다. 누가 먼저랄 것도 없이, 우리 뒤에 있는 아랍인 몇이 먼저 일어나 짐을 들고 복도에 나와 앞자리로 급히 걸어 나가는 것을 보면서, "아! 세계에는 우리 민족보다 더 성질 급한 사람들도 있구나" 하고 얼핏 생각하게 되었다. 그러면서 역시 평소 생각했던 대로 기내에서 취하는 자세는 민도와 비례한다는 생각을 하게 되었고, 이 뒤에는 우리가 아랍인들보다 민도가 높지 않겠느냐는 '교만한' 생각을 갖고 있었다는 것도 부정하지 않겠다.

　나의 이 '교만한' 생각은 로마에서 카이로행 비행기를 기다리면서 가졌던 생각의 연장선상에서 이루어진 것이다. 이집트항공의 사무실은 '레오나르도 다빈치' 공항(로마)의 가장 후진 곳에 자리하고 있었다. 이것은, 말하자면 경제적으로 여유가 있는 나라의 항공사는 목 좋은 곳에 가게를 열고, 가난한 나라의 항공사는 밀리고 밀려 어디에 붙어 있는지조차 알 수 없는 곳에 자리잡고 있음을 말한다. 거기에다 한두 시간 전에 탑승권을 받을 때 지정받은 탑승구는 탑승 몇 분 전에 바뀌어 우리를 혼란스럽게 했고, 승객들이 미리 줄을 서서 대기하고 있는데도 어떤 아랍인이 정렬대를 뛰어넘어 줄 가운데로 비집고 들어와서 관광객들에게 당황함과 비웃음을 함께 주는 것을 보았다. 이런 선입견이 카이로에 도착하기 전에 우선 아랍에 대한 인상을 그르치고 있었다.

　출입국 사무에 종사하는 관리는 대외적으로 가장 먼저 외국인에게 선보이는 공무원이고, 입국하는 외국인들이 그 나라의 행정력과 서비스 정도를 인식하는 데 절대적인 영향을 미친다. 우리가 길게 줄을 서 있는데도 담당 관리는 동료인 듯한 관리와 제법 오랜 시간 동안 수작을 부리고 있었다. 동료 관리는 아마도 출입국에 편리를 봐 주어야 할 사람의 것인 듯, 여권을 하나 쥐고 있었다. 동료 관리가 자리를 뜨자 우리의 출입국 사무를 맡은 그 키 큰 이집트 관리는 선 채로 담배에 불을 댕겼다. 그동안에도 기다리는 사람들은 아무 말도 못하고 서 있었다. 담배를 빨면서 한 손으로 지시하듯이, 손짓으로 심사대 앞으로 오라고 한다. 한 사람에게만 그러는가 했는데 다음 사람에게도 역시 손짓으로 심사대에 오라는 신호를 보내고 있다. 이 나라의 문화가 그런지는 몰라도, 다른 외국인에게는 도저히 보여서는 안 되는 태도다. 그동안에도 연신 담배를 빨고 있었다. 적어도 나에게는 이집트의 부정적인 이미지를 각인시키는 데 그 관리가 결정적인 노릇을 한 셈이다. 뒷날 이집트를 생각할 때마다 오늘 저녁 그 관리의 부정적인 인상이 함께 떠오를 것이다.

　나일 강가에 있는 소피텔(Sofitel) 호텔에 도착한 것은 밤 11시경이었다. 저녁의 첫 인상은, 전력 사정 때문인지 도시가 그렇게 밝지 못하다는 것이다. 얼마 전까지는 서울도 간선도로에 가로등이 제대로 없어 밤 경치가 밝지 않았는데, 최근에 하늘에서 서울 광경을 보고 깜짝 놀란 적이 있다. 간선도로에 가로등이 갖춰진 뒤 하늘에서 본 서울의 경치는 그렇게 아름다울 수가 없었다.

● 나일 강과 콥트 교회 그리고 아기 예수 피난 교회

　카이로는 인구 1,200만 이상을 가진 세계 최대의 그리고 최고(最古)의 도시 가운데 하나이며, 고대와 현대가 혼합되어 있다. 이 도시는 아프리카 중남부에서 발원한 나일 강이 6,670km 이상 북상하여 지중해에 이르러 긴 여정을 끝내기 전 약 2백km 지점에 있다. 《구약성경》〈창세기〉에 요셉이 이집트(애굽)로 팔려가 뒷날 바로의 총리대신이 되고 ‘온(On)’ 땅의 제사장 보디베라의 딸 아스낫을 아내로 맞는다(창 41:45)는 이야기가 나오는데, 그 ‘온’ 땅이 바로 카이로였다. 태양신을 섬기던 도시 ‘온’에는 신전이 있었다. 뒤에 그리스 사람들이 ‘온’을 헬리오폴리스(Heliopolis, 태양의 도시)라고 불렀는데, 카이로에는 아직도 그 이름으로 불리는 지역이 있다고 한다.

　카이로에 도착한 이튿날 아침, 우리는 호텔에서 나일 강을 바라볼 수가 있었다. 나일 강을 보면서 〈출애굽기〉 2장에 나오는, 모세가 바로의 공주의 아들로 입양되는 장면을 연상하게 되었다. 당시 강가에는 갈대가 많았던 듯, 모세의 부모는 “갈 상자를 가져다가 역청과 나무 진을 칠하고 아이를 거기 담아 하숫가 갈대 사이에 두고”, 마침 시녀들과 함께 목욕하러 온 바로의 공주가 “갈대 사이의 상자를 보고 시녀를 보내어 가져다가” 그를 살려 뒷날 자신의 아들로 삼았다는 것이다. 식전 아침나절의 나일 강은 그렇게 맑은 것 같지는 않았으나, 군데군데 갈대숲이 보였다. 강 폭이 제법 넓고 수위가 비교적 높은 이 강의 저쪽에 보이는 풍경들은 한 폭의 그림처럼 안온함을 더해 주고 있었지만, 이쪽의 호텔 주변은 외국인 관광객들을 보호하기 위함인지 무장한 경관들이 서성거리고 있었다.

이집트에서 '성지순례'를 겸한 고적답사를 인도한 분은 장로회신학대학원을 졸업하고 한때 교회사를 강의한 바 있는 문무열 목사였다. 우리 일행은 먼저 옛 카이로 지역의 콥트 교회(Coptic Church) 유적을 찾았다. 콥트 교회는, 교회사가 유세비우스에 따르면, 마가에 의하여 시작된 교회라 한다. 그는 〈사도행전〉에 여러 번 나오는 전도자로서 바나바의 친척이었으며 뒷날 바나바·바울과 함께 선교여행을 떠났던 분으로 〈마가복음〉의 저자이기도 하다. 그가 말년에 이집트의 알렉산드리아로 와서 전도하여 세운 것이 콥트 교회다. 그러니까 콥트 교회는 초기 이집트 지역에서 건립, 발전한 이집트 원주민들의 교회였다는 것이다. 콥트 교회는 자기들 스스로 서기 284년을 교회 원년으로 삼고 있다는바, 이때는 로마 황제 디오클레티아누스가 즉위한 해로서 이 '순교의 시대'에 순교자를 많이 배출한 콥트 교회가 그들의 교회를 시작했다는 것은 깊은 의미가 있다고 지적되고 있다(박준서,《성지순례》, 조선일보사, 1992).

교회사를 보면, 4세기에는 신론(神論) 논쟁이 있었으나 325년 니케아 공의회에서 삼위일체(三位一體)로 확정되었고, 5세기에 들어서는 기독론(基督論) 논쟁이 치열하게 벌어졌으나 431년 에베소 공의회에서 네스토리우스가 이단으로 파문되고 '그리스도의 신성과 인성'을 주장하는 '신인양성론(神人兩性論)'이 승리하여 교리로 확정되었다. 콥트 교회는 예수의 신성(神性), 즉 단성(單性)만을 고집하였기 때문에 신인양성을 주장하던 가톨릭 교회와 견해를 달리하였으며, 이로 말미암아 451년 칼케돈 공의회를 계기로 세계 교회 주류에서 사라지게 되었다. 그러나 콥트 교회는 이집트가 이슬람에게 정복당한(641) 뒤에도 이집트를 중심으로 명맥을 유지하였는데, 현재 이집트에는 인구의 15%에 해당하는 750만의 콥트 교회 신자들이 있다고 한다.

우리는 먼저 '아기 예수 피난 교회'를 둘러보았다. 마침 예배 중이어서 조용히 들어갔다가 교회의 구조를 잠시 돌아보고 나올 수밖에 없었다. 아기 예수의 이집트 피난과 나사렛 귀환에 관한 이야기는 〈마태복음〉 2장 13~23절에 보인다. 예수님의 탄생 때 유대로 찾아온 '동방박사'들을 접견한 헤롯이 베들레헴의 어린이들을 살해하려 하자, 요셉은 "밤에 아기와 그의 모친을 데리고 애굽으로 떠나가 헤롯이 죽기까지 거기 있"게(14~15절) 되었다. 이 교회는 이집트로 피난 온 아기 예수의 가족들이 숨었던 석굴을 기념하여 그 위에 설립한 것으로, 문 목사의 설명에 따르면, 이때 예수님의 부모는 이곳에서도 자객들의 위협을 느꼈던 듯 카이로에서 450km나 떨어진 남쪽으로 다시 피난하였다고 한다. 우리는 이어서 그 일대에 산재해 있는 콥트 교회의 유적들을 돌아볼 수 있었다. 그러나 콥트 교회의 박물관을 들어가 보지 못해 매우 서운했다. 초대교회가 존재했던 시기를 전후하여 이곳에 주둔했던 로마군의 성채 유적들이 이 주변에 있는 것으로 보아 로마는 이곳에서도 기독교와 어떻게든 관계를 맺고 있었던 것이다.

● 피라미드와 라마단

옛 카이로 지역에서 신시가지를 거쳐 근교의 피라미드가 있는 높은 언덕으로 가는 길에, 역사적인 한 건물을 스쳐 지나갈 수 있었다. 우리나라가 일제 치하에 있을 때, 미·영·중의 세 거두가 1943년 카이로 회담에서 한국의 독립을 약속한 바 있는데, 그 회담이 열렸던 호텔이었다. 야자수를 비롯한 남국의 열대수들이 호텔의 경관을 한층 아름답게 만들었다. 시간이 촉박하여 그 안에 들어가 보지 못한 것이 못내 아쉬

▲ 카이로 교외의 카프레 왕 피라미드와 스핑크스　　▲ 카이로 교외의 카프레 왕 피라미드

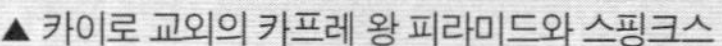

였다. 한국인의 노예적 상태에 유의하여 적당한 시기에 독립을 약속한 다는 내용의 카이로 선언은 그 뒤 포츠담 선언에서 재확인되면서 제2차 세계대전 후 한국의 독립을 약속하는 중요한 문건이 되었다.

피라미드가 자리 잡은 높은 곳으로 오르면서 카이로 시가가 저 아래 멀리까지 보였다. 이 지역에는 두 개의 거대한 피라미드와 세 개의 작은 피라미드가 있고, 피라미드의 수호신 격인 스핑크스가 그보다 낮은 지역에 있었다. 쿠푸 왕의 것으로 알려진 피라미드는, 설명에 따르면, 바탕 면적이 5천 평, 높이가 137m, 매일 10만 명이 동원되어 20년간 사역해 건설했다고 한다. 그 옆에 있는 카프레 왕의 피라미드는 2,500리나 떨어진 곳에서 화강암을 운반해 건축했다고 하는데, 내부에 들어가 보니 왕과 왕비의 현실은 자연석을 뚫어 만든 것이었다. 고대 이집트인의 스케일과 신앙심에 놀라지 않을 수 없었다.

이미 관광으로 국가 수입의 상당한 부분을 충당하고 있는 이 나라는 관광객이 이곳의 피라미드들을 배경으로 사진을 찍기에 알맞은 장소도 마련해 놓았다. '남는 것은 사진뿐이다' 라는 관광객의 심리를 먼저 파악하고 마련한 그곳에서 몇 장의 사진을 찍고, 스핑크스와 신전 터가 있는 아래 지역으로 왔다. 이 신전 터의 어느 곳에서 왕의 시신을 미라로 만들어 스핑크스 뒤의 피라미드로 연결되는 길을 따라 운반했을 것으로 추정하고 있었다.

피라미드와 스핑크스는 초등학교 때부터 사진으로만 보아 왔다. 이번 여행길에서 그것들을 직접 보았다는 것은 큰 수확이었다. 욕심 같아서는 이집트에 몇 주간 머물면서 이집트 남부의 고대 유적과 예수님의 피난지를 확인하고 싶었지만, 후일로 미룰 수밖에 없었다. 문무열 목사님께 예수님의 애굽 시절에 관한 자료를 구할 수 있었으면 좋겠다는 부탁만 드렸다. 오래 전부터 예수님의 전기를 한국적인 구상으로 써 보았으면 하는 생각을 갖고 있었는데, 이런 구상을 털어놓고 협조를 구했다.

우리의 여정에서 이집트 관광은 고작 하루였다. 다시 카이로 시내를 거쳐 수에즈 운하 쪽으로 향했다. 이슬람교의 라마단 기간이라, 시내의 이슬람 사원을 지날 때마다 확성기를 틀어놓고 강론하는 소리와 종교의식 시간에 맞춰 기도하는 신자들이 많았다. 특히 12시의 기도회에 참석한 많은 무슬림들이 교회당의 바깥 뜰에 앉아 있거나 꿇어 엎드린 모습들이 자주 보였다. 오늘 아침에도 호텔에까지 확성기 소리가 들려 당황한 적이 있는데, 알고 보니 그들의 예배의식이라고 한다. 이런 모습은 이집트의 시골에서도 보았고, 이스라엘에 가서도, 이슬람 자치 지역에서도 보았던 것이다.

이 기간에 일반 행정은 물론 외국인들의 관광 지역 출입시간도 라마단의 종교의식 시간에 맞춰 통제하였다. 이슬람은 외형적으로는 기독교나 유대교보다는 훨씬 엄격한 종교생활을 요구하는 듯이 보였고, 종교 우위의 사회를 고집하는 듯했다. 이것은, 그 사회 안에서 생활하고 있는 무슬림들에게는 전혀 문제가 없는 일상적인 것으로 통하였지만,

‘순례자’인 우리는 이틀간의 관광을 통해서도 답답함을 느낄 수 있었다. 그런 것을 느끼면서, 우리 기독교도 외방인들에게 그런 느낌을 줄 것이라고 추론하게 되었고, 종교는 어쩔 수 없이 그 종교 밖에 있는 사람들에게 약간은 답답함을 주는 것이 아닐까 하고 생각하였다. 종교생활 밖에 있는 사람들에게 ‘속박’처럼 보이는 것이 종교생활 안에서는 ‘자유스러움’으로 통하는 것, 그것이 바로 종교가 주는 역설적인 진리이면서 종교생활의 체험을 통해 터득할 수 있는 자유가 아닐까.

● 출애굽 여정을 따라서

카이로 시내를 벗어나 수에즈 운하 쪽으로 향하면서 우리는 모세와 히브리 백성들의 ‘출애굽’ 길을 밟기로 하였다. 우리는 카이로를 벗어나기 전에 이곳의 명산품인 오렌지를 먹기로 하였다. 우리 일행 33명에게 어른 주먹 크기의 오렌지 5개와 그보다 작은 것 2개를 나눠주면서 그 대금이 합계 13달러밖에 들지 않았다고 하였다. 공짜나 다름없었다. 식료품 값이 이렇게 싸니 알라신에게 감사하는 종교적인 행사가 끊임없는가보다 하는 생각이 얼핏 스쳤다. 카이로 공항을 막 벗어난 지점부터는 간간이 사람이 사는 곳도 있었지만 거의 사막지대였다. 사막이라면 모래만이 쌓여 있는 것으로 이해하고 있었는데, 이곳에 와 보니 그렇지 않았다. 흙과 모래, 자갈이 섞여 있었으나 비가 오지 않아 메말라 죽어 있는 땅이었다. 그 위에 아스팔트로 포장한 도로는 수에즈 북쪽, 홍해를 건너 시나이 반도를 빙 둘러 이스라엘 남부의 엘라트(Eilat)에까지 이른다.

히브리(이스라엘) 민족이 출애굽 전에 살았다는 고센(Goshen) 땅은 온(카이로)의 북북동 지역에 자리하고 있으며, 히브리인들을 혹사시켜 쌓았다는 국고성(國庫城) 라암셋(출 1:11) 역시 고센 지역 안에 자리하고 있었던 것 같다. 이스라엘 자손들은 라암셋에서 출발하여(출 12:37)

일정한 방향으로 계속 전진한 것이 아니고 방향을 변경한 것 같다. "하나님이 홍해(紅海)의 광야 길로 돌려 백성을 인도하"셨다(출 13:18)는 말씀이 이를 의미한다. 그들은 라암셋에서 숙곳, 에담을 거쳐 비하히롯 앞 바알스본 맞은편 바닷가에 이르러 애굽 병거의 습격을 받게 되었다. 우리는, 지금은 운하로 잘 단장된 홍해(이집트와 시나이 반도 사이)의 양안(兩岸)을 일본인이 건설했다는(1969) 1.6km의 지하 터널로 건너 시나이 반도 쪽의 물가로 안내 받았다.

한강보다는 폭이 좁은 운하의 푸른 물결을 바라보면서 나는 〈출애굽기〉 14장 10절 이하의 광경을 상상하였다. 그들이 홍해에 당도해 보니 앞에는 홍해 바다, 뒤에서는 애굽의 최정예 특별전차대 6백 승이 추격하고 있고 그 옆에는 홍해를 따라 산들이 가로막고 있는 상황에서, 이스라엘 자손과 모세 사이에는 팽팽한 긴장감이 감돌았다. "애굽에 매장지가 없어서 당신이 우리를 이끌어 내어 이 광야에서 죽게 하느냐"는 원망스러운 부르짖음 앞에서, 모세는 "너희는 두려워하지 말고 가만히 서서 여호와께서 오늘날 너희를 위하여 행하시는 구원을 보라. 너희가 오늘 본 애굽 사람을 영원히 다시 보지 아니하리라. 여호와께서 너희를 위하여 싸우시리니 너희는 가만히 있을지니라"(출 14:13~14)라고 확신에 찬 사자후를 토했다. 그 위기 앞에서 팔십 노인(출 7:7) 모세가 어떻게 그런 확신을 토할 수 있었을까? 그리고 그 확신을 통해 불안에 떨면서 원망하고 있는 백성을 어떻게 안돈시킬 수 있었을까? 생각만 해도 감격스럽지 않을 수가 없다. 지금의 이 위기의 시대에도 그런 확신에 찬 지도자를 우리는 고대한다.

모세의 강론을 들으면서 우리는 시나이 반도의 여정을 줄이는 길에 나섰다. 시나이 반도 이곳저곳에는 1967년 '6일 전쟁' 때의 흔적이 남아 있었다. 이스라엘이 그때 점령한 이집트 영토가 이곳까지였구나 하는 생각을 떠올리게 되었다. 그러고 보니 이스라엘과 아랍 사이에는 오랜 동안의 분쟁이 있었음을 상기하게 되었다. 1948년 이스라엘의 독립 이래, 1948년에 제1차, 1956년에 제2차, 1967년에 제3차 중동전쟁을 치렀는데 이때 이스라엘은 가자지구와 시나이 반도(이집트), 요르단강 서안(요르단), 골란고원(시리아)을 빼앗았다. 제4차 중동전 발발은 1973년, 이때 3일간에 이스라엘의 비행기 3분의 1이 파괴되는 상황이 전개되어 미국이 중재에 나섰고, 캠프 데이비드 협정을 통해 시나이 반도가 이집트에 반환되고 오늘날과 같은 국경선이 획정되었으며 가자지구는 팔레스타인 자치구로 남게 되었다. 시나이 반도에는 현재 25만 명이 거주하고 있는바, 베두인족이 대부분이다. 이집트 정부는 앞으로 3백만이 살도록 하겠다는 야심적인 계획을 세우고 있다고 한다. 허허벌판에 산·계곡이 가끔 보이고, 개발하는 곳도 있었으며, 가끔 병영과 베두인족의 텐트들도 보였다.

홍해를 건넌 이스라엘 자손들은 어느 행로로 가나안을 향한 행진을 계속하였을까? 성경은, 홍해에서 애굽 군대를 멸하시고 자신들을 구원하신 하나님께 대한 감사와 찬양 기록을 남긴 뒤에, 그들이 수르 광야로 들어가서 사흘만에 도달한 곳이 마라였음을 기록했다. 그곳에는 샘이 있었으나 물이 써서 마실 수가 없었다. 모세는 여호와의 지시대로 한 나무를 물에 던졌고, 쓴 물은 달게 되었다(출 15:22절 이하). 거기서 조금 더 나아가 엘림에 이르렀는데 거기에는 샘 열둘과 종려 70주가 있었다고 했다. 마라와 엘림의 샘이 어디쯤일까? 순례자들은 한번쯤 궁금해 한다. 홍해를 건너 한두 시간 달렸을까? 들판에 야자수 몇 그루와 지름 3~4m의 샘이 보였는데, '모세의 우물'이라고 추정한단다. 시내(시나이) 산을 향해 가는 길에 우물이 그리 흔하지 않은 것으로 보아, 이곳을 바로 마라나 엘림의 우물로 추정한다는 것이 무리가 아닌 듯했다.

순례자들이 버스에서 내리자 베두인족의 어린이들이 물건을 팔러 나왔다. 교육을 받는지 모르지만, 맨발이 애처롭게 보였다. 아내와 나는,

저 아이들 가운데 한두 명 데려다가 교육시키면 어떨까 하는 대화를 나
누기도 하였다. 베두인족 중에도 전문직에 종사하는 사람들이 있는 것
으로 보아, 교육을 받는 사람들이 있음을 알 수 있다. 한 10년 뒤에 다시
오면 이들의 세계도 많이 변해 있을 것이다.

날은 이미 캄캄해졌다. 바다에서는 유전들이 화염을 뿜어 내었다. 이
집트에서는 하루에 백만 배럴을 생산한다고 하는데, 그래서인지 휘발
유는 1리터에 230원, 디젤은 70원 정도라고 한다. 앞으로 이 나라는 경
제개발의 가능성이 크다고 할 것이다. 우리는 홍해를 따라 남행하다가
시나이 반도 중부에서 내륙으로 들어갔다. 큰 산들이 앞을 가로막았다.
얼마 안 되어 야자수가 약 4km 계속되는 계곡에 이르렀다. 안내를 맡
은 문 목사는 이곳이 〈출애굽기〉 17장에 보이는 르비딤 골짜기라고 했
다. 신 광야에서 떠나 르비딤에 이른 것이다. 우리 일행은 버스에서 내
려 야자수를 배경으로 플래시를 터뜨렸다. 마침 계곡 사이로 훤한 보름
달이 비치고 있어 운치를 더해 주고 있었다. 아마도 저 달은 4천여 년

전, 모세와 이스라엘 백성들이 이곳에 진치고 있을 때도 똑같이 비치고 있었을 것이다.

〈출애굽기〉 17장은 이곳에서 아말렉과의 싸움이 있었고 이스라엘이 크게 승리하였음을 기록해 놓고 있다. 이날 여호수아를 지휘관으로 하여 싸움에 나선 이스라엘은 모세의 손이 올라가면 승리하였고 내려오면 패하였으므로, 아론과 훌이 돌을 가져다가 모세를 앉게 하고 양쪽에서 모세의 팔을 종일 붙들어 올려 주었으므로 이스라엘이 승리하게 되었다. 지도자의 기도의 팔은 이렇게 민족의 승리를 담보해 주었던 것이다. 카이로에서 홍해를 건너 르비딤에 이르기까지 모세를 떠올리면서 참다운 지도자 상을 정리할 수 있는 하루였다.

● 시내 산에 오르다

〈십계〉라는 영화를 본 사람이면 으레 떠올리는 것이 있다. 우선 찰턴 헤스턴인가 하는 모세 역으로 나오는 남자 주연배우를 떠올릴 터인데, 이 사람은 다른 기독교 관계 영화에도 자주 등장했던 것으로 기억한다. 이 영화는 우레와 번개와 빽빽한 구름을 잘 묘사했던 것으로도 기억에 남는다. 번개와 천둥, 폭풍 속에서 지도자 모세는 시내 산에서 하나님의 음성을 듣고, 십계명이 새겨진 두 판(板)을 받아 이스라엘 진중으로 내려온다. 그러나 시내 산에 올라가 있는 사이에 백성들은 하나님을 떠나 다른 신의 형상을 만들어 섬겼다. 그 광경을 본 모세는 그 판들을 던져 깨뜨리게 된다.

영화의 이 같은 장면은 〈출애굽기〉 19~32장까지를 압축하여 만든 것이지만, 모세가 하나님을 만나는 극적인 장면과 그 배경은 쉽사리 우리들의 머리에서 지워지지 않는다. 출애굽의 여러 극적인 장면들 가운데서도 폭풍과 우레, 번개 속에서 외롭게 자기 민족을 대신하여 하나님을 만나는 시내 산의 이 광경은 가장 고통스럽고도 경건하게 느껴졌던

▲ 시내 산 정경

것으로 기억한다.

성지순례 일정에서 시내 산 등정이 있음을 처음 발견하였을 때, 〈십계〉를 연상하면서 모세가 올랐던 그 성산(聖山)에 과연 순조롭게 올라갈 수 있을 것인가 하고 몇 번이나 반문하였다. 혹시 일기가 불순하다거나 건강이 여의치 않아 모처럼의 기회를 놓치게 되지는 않을까, 이런저런 걱정이 앞섰던 것도 사실이다. 그만큼 시내 산 등정은 성지순례에서도 감동적이라 할 수 있다.

르비딤 골짜기를 벗어난 우리 일행은 계속 달려 시내 산 계곡에서 10여 km 떨어진 방갈로 형태의 호텔에 도착하여 여장을 풀었다. 저녁식사가 아주 특이하게 나왔다. 아마도 도시의 식사와는 달리 이곳에서는 이집트 토박이 음식으로 대접하는 것 같았다. 문제는 일종의 여인숙 시설에 지나지 않는 이곳에서 어떻게 하룻밤을 지내느냐는 것이었다. 낮에는 그런 줄 몰랐는데, 저녁이 되니 사막의 온도가 많이 내려가 방 안에서도 매우 추웠다. 난방시설이라고는 전기로 데우는 1m 길이의 라디에이터가 고작이었다. 싸늘한 방안 공기가 따뜻해지기는 틀렸다 싶어,

하는 수 없이 방안에 여유분으로 남겨 둔 담요를 몇 개씩 포개 덮고 그 밤을 지내기로 하였다.

새벽 두시 반에 일어났다. 간밤에 제대로 잔 사람은 없는 것 같았다. 잠자리가 그런 데다가 늦게 도착했고, 또 새벽같이 일어나야 했기 때문이다. 그러나 성지순례 코스 가운데서도 압권에 속하는 시내 산 등정을 잠을 좀 설쳤다고 해서 쉽게 포기할 수는 없었다. 지난밤에 미리 건강상의 이유로 등산이 불가능하다고 통고한 일행 가운데서도 얼굴을 내미는 이가 있어서 3~4명을 제외하고는 모두 등반길에 오르게 되었다. 우리가 묵은 호텔에서 시내 산 등산로 입구까지는 버스로 10분 정도를 더 가야만 했다. 우리가 버스에 오를 때는 이 호텔에서 이미 출발한 팀도 있었다. 버스에서 내려 15분 정도 걸어가니 성 카트린(St. Catherine) 수도원에 다다랐다. 시내 산 등정이 시작되는 곳이었다.

시내 산 등정은 새벽에 하고 해가 중천에 오르기 전에 내려와야 한다. 사막의 기후가 낮에는 매우 뜨겁기 때문이다. 그래서 보통 순례객들은 카이로에서 오든 이스라엘 쪽에서 오든, 시내 산 입구에서 1박 하고 새벽녘에 등산을 서둘러야 한다. 어제 저녁 르비딤 골짜기에서 우리를 훤하게 비쳐 주던 그 달은 이 새벽에 우리와 동행하려고 먼저 나와 있었다. 수천 년 전 모세와 이스라엘 민족과도 동행했을 그 달은 역사의 신비를 머금고 있는 듯 빙긋이 웃으면서 이 새벽에도 우리의 갈 길을 인도하고 있었다. 그러나 사막의 산골짜기에서 오랜 동안 그 외로움을 달래 왔기 때문인지 오늘 새벽따라 그 달은 매우 외롭게 느껴졌고, 금방이라도 우리에게 달려올 것만 같았다.

예부터 시내 산은 '하나님의 산' 호렙으로도 불려졌던 것 같다(출 3:1). 아랍인들은 '제벨 무사(Jebel Musa, 모세의 산)'라고 부른단다. 망명시절 모세는 이 산기슭의 불붙는 떨기나무 가운데서 들리는 하나님의 부르심을 듣고(출 3:2~12) 이스라엘의 지도자로 등장, 출애굽을 인도하게 되었다. 르비딤을 떠난 이스라엘 백성들은 출애굽이 시작된 지 3개월째 되는 때에 시내 광야에 이르러 진을 쳤고(출 19:1), 하나님의 부르심을 받은 모세는 시내 산에 올라가 40일을 금식하며 기도한 뒤에 두 돌판에 새긴 '십계명'을 받아 내려오게 된다.

시내 산은 해발 2,285m의 높이다. 그러나 우리가 버스에서 내린 성 카트린 수도원 입구가 해발 1,530m나 된다고 한다. 오늘 새벽 10여 분의 버스 이동으로 그렇게 높이 올라온 것 같지는 않고, 어제 저녁부터 버스로 계속 고도(高度)를 높여 갔던 것이다. 그러고 보니 오늘 새벽에 실제 등산하는 높이는 750m 정도밖에 되지 않는다는 계산이었다.

성 카트린 수도원 입구에는 시내 산에 오를 순례자들을 위해 베두인 족들이 낙타들을 많이 준비해 놓고 있었다. 10달러면 탈 수 있었다. 베두인족들은 서툰 한국어로 '10달러'라고 소근거렸다. 얼마나 한국인들이 많이 지나갔으면 저 사람들이 한국말을 하게 되었을까? 순례지에서 서툰 한국말을 듣는 것은 다른 곳에서도 여러 번 경험하였다. 전에는 낙타가 몇 마리 되지 않았던지 일찍 서둘지 않으면 구하기가 힘들었는데, 이제는 한국인 때문인지 많은 낙타가 동원되고 있기 때문에 쉽게 구할 수 있다고 한다. 일행 가운데 대부분은 낙타를 이용하였다. 우리 내외와 다섯 분이 걸어 올라가기로 하였다. 목포에서 올라오신 한 자매님(김 집사님)이 아내와 동행이 되어 주었고, 김기풍·김범진 두 분 목사님과 강창모 집사님 그리고 가이드인 김충곤 선생과 나, 이렇게 일곱 사람이 자신들의 인내를 시험해 보기로 하였다.

어제까지 직설적인 질문과 표현으로 무기력한 순례자들에게 활력을 불어넣어 주기도 하고, 가끔은 또 일행을 곤혹스럽게도 만들었던 강 집사님은, 오늘 아침따라 명상에 잠겼는지 거의 한마디도 없이 등정에 임하고 있었다. 여행 중 나와는 자주 대화를 나눌 수 있었던 강 집사님은 울산에서 자그마한 기업을 한다면서 현재 한국 교회가 안고 있는 문제점에 대하여 예리한 지적을 해 주었다. 이미 교회로부터는 장로로 피택 받았다기에 어떻게든 봄철에는 안수를 받도록 준비하는 것이 좋겠다고 권하고, 같은 교회에서 동행한 전공수 목사님과 권사님들께도 협조를 부탁했다.

수도원 입구에서 출발한 것이 오전 3시 15분이었다. 처음에 오르는 길은 경사가 급하지 않았다. 달빛이 교교(皎皎)히 비치기는 했지만, 노변에 있는 미물까지 자세히 식별할 수는 없었다. 다만 등에 순례자를 태운 낙타가 산길을 오르면서 내뿜는 가쁜 숨소리가 간간히 들릴 뿐, 시내 산 정상을 향한 등산길은 저만치 그림자만 어른거리는 무언의 순례 길이었다. 제법 찬 공기였지만 얼마 안 올라 등에 땀을 느끼게 했다. 시내 산에 오르면 바람이 매우 거세고 기온이 낮기 때문에 따뜻한 옷가지와 귀마개, 모자 등을 준비하라는 주의사항을 여러 번 들었던 터라, 그것들을 몸에 감고 가자니 자연 오르막길에 땀이 배지 않을 수 없었다.

순례자들은 거의 그렇게 상상하겠지만, 우리가 순례의 길로 잡고 있는 이 길이 어쩌면 오래전 저 위대한 지도자 모세가 그의 비서 여호수아를 대동하고 올라갔던 길이 아닐까 하고 추측해 보았다. 모세의 시내 산행은 대단히 중요한 의미를 지닌다. 이때껏 모세의 지도를 받기는 하였으나 이스라엘은 하나님의 선민으로서 다른 민족과 구별되는 민족적인 공동체 규범을 갖지 못하였다. 모세로서도 지금껏 출애굽의 여정을 겪으면서 불기둥·구름기둥의 인도와 만나의 기적을 누리고는 있었지만, 가나안 땅에 이르기 전에 이스라엘 민족의 공동체 규범을 하나님의 이름으로 선포하지 않으면 안 되겠다고 절감했을 것이다. 지도자 모세는 시내 광야에 이르러, 이곳이 비교적 외적의 침략이 적은 지점임을 의식하고 하나님을 만나 신정(神政) 정치의 법도를 간구하기로 결심하였을 것이다. 그는 여호수아를 대동하고 시내 산에 올라 40주야 동안 초인적으로 하나님께 매달리게 되었다. 어쩌면 바로 그 길을 오르고 있

을지도 모른다는 생각을 하게 되니, 지금까지 막연하게 생각하던 〈출애
굽기〉의 사실이 너무나 생생하게 다가오는 듯한 느낌이었다.

　처음 오르기 시작한 등성이에서는 그렇게 밝게 비추던 달빛이 고갯마
루를 넘어 반대편 등성이로 돌아갈 때는 자취를 감추어 버렸다. 우리는
준비한 플래시를 간간이 이용하며 오름길을 줄였다. 출발한 지 1시간
30분쯤 되어 중간 쉼터에 도착하였다. 중간 중간 낙타를 대령해 놓고 피
곤한 순례자들을 기다리는 베두인족들이 있었지만 우리는 이를 사양하
였다. 낙타를 타고 오르던 사람들은 이 중간 휴게소에서 내려야만 했다.
그 이상은 길이 가팔라서 낙타를 이용할 수 없다. 중간 휴게소에 와 보
니 낙타보다 보행이 더 빠른 분들도 있었음을 확인할 수 있었다.

　휴게소에서 15분 정도 쉰 뒤에 이제는 본격적으로 가파른 길을 오르
게 되었다. 눈이 아직 걷히지 않은 곳도 있었고 얼음이 덮인 곳도 있었
으며 급경사진 곳에는 계단을 만든 곳도 있었다. 그러나 이때쯤 해서는
새벽녘도 희붐해져서 산정으로 오르는 길이 거의 윤곽을 드러내고 있
었다. 조심스럽게 오르면 걱정할 정도는 아니었다. 이미 무거워진 다리
를 끌고 다시 등산을 시작한 지 40분쯤 지나서 시내 산 정상에 오르게
되었다. 대체로 본 시각은 5시 40분이었다. 정상에 오른 감회는 이루 형
언할 수 없었다.

　시내 산은 기독교만 거룩하게 여기는 산이 아니다. 유대교도 마찬가
지다. 산정에 오르니 이미 백여 명이 먼저 올라와 있었다. 정상에 오르
고 보니 그 옆에 시내 산보다 높은 카트린 산(2,826m)이 있음을 알게 되
었다. 이곳에 올라오면 종파에 따라서 그들만의 의식을 행하는 듯했다.
대부분이 정상의 동쪽을 향해 서서 해뜨기를 기다리면서 기도와 찬송
으로 시간을 보내고 있는데, 그 서쪽의 공간에서는 촛불을 켜 놓고 의
식을 진행하는 팀이 있었다. 아마도 유대교인들이 의식을 치르고 있는
것같이 느껴졌다. 우리 내외는 산정의 외딴 곳을 찾아 잠시 기도하는

시간을 가졌다. 앞으로 우리의 믿음과 소망을 더욱 강건케 해 주시고, 주님께서 맡기신 사명을 잘 감당토록 해 주시며, 나아가 자녀들과 우리 민족, 그리고 세계 인류의 평화를 위해서 기도하였다. 특별히 우리 민족 위에 평화와 통일을 허락해 주시기를 간구하였다.

6시가 지나자 동쪽의 먼 산맥 위가 붉어 오기 시작하였다. 해가 뜨고 있다는 증거였다. 사막이라면 으레 모래로 덮인 평원과 야트막한 언덕 정도뿐일 것이라고 막연하게 생각하였는데, 시내 산에서 보니 사방이 산으로 둘러싸여 있음을 확인할 수 있었다. 정상에는 유료이긴 하지만 따뜻한 물과 커피가 준비되어 있었다. 앞서거니 뒤서거니 해서 올라온 순례자들의 입에서는 저절로 찬송이 터져 나왔다. 한국에서 온 분들도 우리 외에 한두 팀이 더 있는 듯했다. 우리 일행은 정상에서 10여 m 내려온 지점의 바위에 앉아 하나님께 예배를 드렸다. 목포에서 오신 김기풍 목사님이 인도하였다. 예배를 드린 뒤 6시 30분이 되니, 해가 돋기 시작했다. 모두들 '할렐루야'를 연발하였다.

나는 평소에 등산을 즐기는 편은 아니다. 즐기지 않는다기보다는 바쁘다는 핑계로 아예 등산할 엄두를 내지 못하는 편이다. 그러나 관악산·북한산·도봉산·비봉산 등 서울 주위의 산들은 거의 몇 번씩 섭렵

했다. 그러면서 생애에 꼭 가보고 싶은 산들이 있었다. 우리나라의 백두산과 금강산, 아름답다고 알려진 알프스 그리고 모세의 시내 산을 먼저 손꼽아 보았다. 이번에 시내 산에 오름으로써 이제는 금강산만 남게 되었다. 금강산에 오를 희망이 흔들리면서 〈그리운 금강산〉만 자주 부르게 된다. 이런 형편이니 중국 고전을 읽으면서 욕심내었던 태산이나 달라이 라마와 관련된 티베트 그리고 우리 민족의 발상지로 알려졌던 파미르 고원 등은 이제 포기하는 것이 좋겠다.

하산길은 등산길보다 더 어려웠다. 소망 가운데서 시내 산에 도전할 때는 정열이 솟구쳤는데, 그것을 뒤로 하고 내려올 때는 맥이 빠졌기 때문에 더 힘이 드는 것 같았다. 거기에다 올라갈 때와는 달리 계곡의 수로를 택한 것도 그 이유였다. 이곳 전문가의 말로는 우리가 택한 하산길은 3천 계단이 넘는 험로라고 했다. 내려오면서 비로소 시내 산이 얼마나 험준한가를 알게 되었고, 거의 풀 한 포기 볼 수 없는 주위의 산들과 함께 바위로 장관을 이루고 있음도 볼 수 있게 되었다. 수로였던 탓인지 드문드문 30cm 크기의 초목이 자주 눈에 띄었고 그 주변에 양떼가 지나간 듯 배설물이 간간히 보였다. 양떼들이 그 초목들의 잎을 먹으면서 떠돌아다닌 것으로 추측된다.

하산길에서 드문드문 있는 초목과 양떼들의 흔적을 보면서, 모세가 미디안 광야로 망명한 시절의 생활을 연상하게 되었다. 이 근방의 지리는, 그가 하나님의 지시를 따라 백성들을 인도하여 이곳에 왔을 때, 그에게 생소하지 않은 장소였을 것이다. 이스라엘 백성의 성품으로 보아 하루도 그가 없으면 외적과의 관계가 어떻게 전개될 지 알 수 없는 상황에서 그가 40일을 시내 산에서 보낼 수 있었던 것은 그의 이 지역에 대한 숙지도와 관계가 있지 않을까 생각된다. 이런 생각이 가능하다면, 우리 하나님은 모세의 망명시절 경험을 그가 선민을 이끌기 위한 도구로 사용하셨던 셈이고, 따라서 인간의 실패한 경험이라 할지라도 그것이 하나님께 드려질 때 선하게 사용될 수 있다고 이해하게 되었다.

협곡(峽谷)을 통해 내려오면서 보니 새벽에 출발했던 성 카트린 수도원이 보이고 그 위에 초라한 집이 있었다. 누군가가 그 집이 한때 이집트 전 대통령 사다트의 별장으로 사용되었다고 했다. 얼마나 신빙성이 있는지는 몰라도, 그것을 듣고 약간의 충격이 있었다. 그것을 사진으로 찍어 청와대에 보내었으면 하는 생각이 들었다. 일국의 대통령 별장 치고는 너무나 초라했기 때문이다. 비명에 가기는 했지만, 사다트가 아직도 중동 평화에 기여한 인물로 평가되는 데는 그 별장에서 풍기는 삶의 자세와 관련이 있다고 생각하였다. 그 초라한 별장은 거의 무한대에 가까운 권력을 쥐고 있는 대통령이 참다운 지도자가 되기 위해 자기극복에 얼마나 노력하고 있었는지를 암시해 주고 있었기 때문이다.

하산한 시간은 8시 20분경이었다. 그 시간에 맞춰 수도원 밖에서 아침식사를 하고 9시에 수도원 문이 열리면 그곳을 견학하기로 하였다. 성 카트린 수도원은, 전설에 따르면, 알렉산드리아 귀족 가문의 딸 카트린이 순교한 일을 기념하여 세운 것이라 한다. 카트린이 예수를 믿게 되자 주위에서는 한사코 말렸다. 그러나 그녀는 자신의 개종을 만류하는 사람들을 도리어 기독교로 개종시켰다. 그 결과 그녀는 사형에 처해졌다. 처형당한 뒤 그 시신이 없어졌다. 백방으로 찾고 있었는데 꿈에 시신이 지금의 카트린 산에 있다고 했다. 곧 시신을 찾아 안장하고 그를 기념하는 수도원을 희랍정교회에서 짓게 되었다고 하는바, 아직 한 번도 파괴되지 않았다고 한다. 수도원 안에는 모세와 관련 있는 것으로 전해지는 유적들이 있었다. 그가 부름 받았던 때 하나님의 사자가 나타났던 떨기나무와 양떼에게 물을 먹이던 우물이었다.

이 수도원이 신학계에 알려진 것은 1859년 '시내 산 사본'이 이곳에서 발견되었기 때문이다. 이 시내 산 사본은 "서기 300년대 후반에 필사된 것으로, 신약성경 전체가 수록된 사본으로서는 가장 오래된[最古]

사본"(박준서,《성지순례》)으로 알려져 있다. 거기에다 1975년 이 수도원에서 퇴락한 방을 수리하다가 발견된 50상자분의 성경 사본은, 아직 학계에 소개되지 않고 있으나, 앞으로 성경신학계는 물론 기독교계에 큰 연구 과제를 안겨 줄 것으로 전망하고 있다.

성 카트린 수도원을 조금 벗어나니, 꽤 넓은 들판이 보였다. 모세가 시내 산에 올라가 있는 동안에 이스라엘의 수십만 군중이 금송아지를 만들어 방자하게 굴었던 시내 광야가 바로 여기가 아닐까 하는 생각이 들었다. 시내 산 근처에서 그만한 군중을 수용할 만한 평원으로서는 적지였기 때문이다. 그런 생각을 하게 되면서 불현듯 〈출애굽기〉 32장을 펴보게 되었다. 지도자 모세가 없는 사이에 백성들은 아론을 졸라 송아지 형상의 우상을 만들고 '애굽 땅에서 인도하여 낸 신'이라고 외치고 섬겼다. 하나님은 진노하여 그들을 진멸(殄滅)하려 하였다. 모세는 하나님으로부터 받은, 십계명이 새겨진 두 돌판을 던져 깨뜨리고 금송아지를 가루로 만들어 이스라엘 백성들에게 마시게 하는 한편 레위 자손으로 하여금 백성 3천여 명을 죽이게 하였다.

이때 지도자 모세의 민족을 위한, 눈물겨운 간절한 기도가 두 차례나 나온다. "슬프도소이다. 이 백성이 자기들을 위하여 금신을 만들었사오니 큰 죄를 범하였나이다. 그러나 합의하시면 이제 그들의 죄를 사하시옵소서. 그렇지 않사오면 원컨대 주의 기록하신 책에서 내 이름을 지워 버려주옵소서"(출 32:31~32) 사활을 건 이 기도에 대한 하나님의 응답은 묻지 않아도 된다. 하나님은 지도자 모세의, 자신의 생명과 민족을 바꾸자는 간절한 기도에 그 범죄를 저지른 백성을 용서하는 것으로 답하였다. 지도자의 기도는 이렇게 위대한 힘으로 하나님의 보좌를 움직였던 것이다. 그의 간절한 기도의 기적을 보면서, 오늘 민족적으로 대단히 어려운 시기에 모세와 같은 지도자가 나타나기를 고대하지 않을 수 없다. 국가 조찬기도회 소식을 들으니 대통령 이하 정치인들 가운데 기독교인이 수두룩한데, 모세와 같은 결단으로 민족을 사랑하고 자신의 생명을 내어 놓고라도 민족을 구해야 하겠다는 지도자는 과연 한 사람도 없다는 말인가.

● 사해와 여리고

여행길에서 산과 바다는 번갈아 가며 순례자들에게 긴장과 휴식을 제공하고 화제의 실마리가 되기도 한다. '요산요수(樂山樂水)'라는 말이 있지만, 특별히 그런 고담을 들먹이지 않더라도 산과 바다(물)는 인생 순례길에서 지혜와 관용을 배우도록 하는 도장의 구실을 하게 마련이다. 시내 산 이야기가 바다로 이어지는 것은 순서상 자연스럽다.

시내 산에서 내려와 아침식사를 마친 뒤 10시 30분경에 호텔을 출발하였다. 엊저녁에 들어오면서는 몰랐는데, 시내 산에서 아카바 만으로 빠져나가는 길 주변에는 침강과 융기가 반복된 산야가 계속되고 있었다. 비가 오지 않아 나무들을 거의 볼 수 없었지만 간간이 용틀임을 하는 듯한 우람한 자태를 계속하고 있는 산맥과 계곡이 순례객들의 여로를 이끌었다. 산들이 갑자기 돌출하여 줄을 잇는가 하면 주변이 침강된 단애(斷崖) 또한 장관을 이루어, 마치 몇 년 전에 가본 적이 있는 미국의 그랜드 캐니언 주변을 보는 듯한 느낌이었다.

두어 시간 남짓 신나게 달려 아카바 만으로 나오니, 바다 건너에는 아라비아 반도로 연결되는 요르단의 고산들이 아득히 멀리 보였다. 일행은 시나이 반도 쪽에 새로 건설되고 있는 누웨이바(Nuweiba)에 도착하여 몇 년 전부터 그곳에서 개업하고 있는 한식당에 가서 오랜만에 쌈과 된장을 곁들인 점심식사를 할 수 있었다. 한국 음식이 귀할 터인데도, 며칠 동안 고국의 음식이 그리웠던 여행객에게, 주인은 몇 년 동안의 경험을 통해 이곳에 들른 한국인들이라면 대부분 그러하더라는 이해를 바탕으로, 넉넉한 모습으로 푸짐하게 대접하였다.

한국 음식점에서 30분도 채 안 되는 지점인 타바(Taba)에 와서 이집트·이스라엘 국경을 통과하였다. 이틀 동안 우리를 인도해 주던 문 목사와 헤어졌다. 이스라엘 출입국관리소에서 입국사증을 받으면서 "플리즈 노 스탬프(Please, No Stamp)"라고 주문했다. 아직도 이스라엘과 아랍 여러 나라들의 불편한 관계 때문에 이스라엘의 입국사증이 찍힌 여권을 가진 이는 입국을 거부하는 아랍 나라들이 있다는 것 때문에 그렇게 주문해야 했던 것이다. 이스라엘의 관리들은 그런 우리의 주문에 너무나 익숙한 자세로 싱긋이 웃는 듯한 모습으로 고개를 끄덕였다. 그러고 보니 1986년 아직 통일되지 않은 독일의 베를린을 방문할 때, 야간 열차 안에서 동독 경찰이 나의 여권에 스탬프를 찍는 대신 다른 종이를 주었던 것을 연상하게 되었다. 아직도 공산주의 국가에 대한 여행의 자유가 없을 때, 그곳의 관리들이 여행하는 한국인을 보호하기 위해 그런 조치를 취했던 것이다. 물론 그 종이는 베를린 방문 뒤 다시 열차를 타고 동독 영내를 벗어날 즈음 회수되고 말았다.

이스라엘. 성경을 통해 거의 평생을 익혀온 이름이지만, 이곳 땅을 밟는 것은 너무 늦었다. 그래서인지 처음 대하는 그 땅이 그렇게 낯설지가 않았다. 이스라엘에 들어와 한결 편하다고 느낀 것은, 국경을 통과하는 데 긴장했기 때문만은 아닌 듯했다. 관문을 통과하니 우리를 안내할 이주섭 목사가 버스와 함께 기다리고 있었다. 이 목사는 총신대학원 출신으로 재학시에 나에게서 한국교회사 강의를 들었다고 하면서 자신을 소개하였다. 이스라엘 순례 동안 이 목사의 학문적이고도 신앙적 인격적인 안내는 우리에게 깊은 감명을 주었다. 현재 이곳에서 유학하고 있는 그는 관광안내 자격증을 갖고 있는 몇 안 되는 한국인이지만 좀처럼 순례안내를 맡지 않는데 이번에 특별히 동참하게 되었다고 하며, 시종 조용한 목소리로 자상하게 설명했고 가끔 부딪치는 이스라엘 안의 아랍인들과의 문제에서도 조용하게 일을 처리했다.

아카바 만으로 통하는 이스라엘의 남쪽 항구 에일라트는 국경 관문에서 얼마 되지 않은 지역에 있었다. 토요일 오후, 거의 백색으로 치장한 듯한 이 항구는 새벽부터 지친 순례객들에게 휴식을 주기에는 충분한 여유로움을 갖고 있었다. 우리는 이곳 항구의 거의 남녘에 위치한 케자르(Caesar) 호텔에 들었다. 모처럼의 낮 휴식시간이었다. 호텔 안팎에는 구미에서 찾아온 듯한 관광객들로 붐비었고, 호텔 수영장에는 자유세계를 느끼게 하는 수영복 차림의 남녀 군상들이 눈에 띄었다. 어제까지의 이집트 같았으면 라마단 기간의 의식이 보임직하고, 또 확성기를 통해 기도소리가 들려옴직한 곳인데도 그런 분위기는 전혀 느낄 수 없었다. 저녁에 아내와 함께 호텔 주변의 해변을 거닐어 보니 외형적으로는 서구 자유세계의 분위기와 다를 바가 없었다.

이튿날 아침 우리는 빈 식당에서 주일예배를 드렸다. 일행 가운데 울산에서 온 가장 젊은 목사인 전공수 목사가 인도하였다. 이국에서 드리는 예배인지라 더욱 감사하는 마음이 넘쳤고 일체감을 느끼게 했다. 전 목사는 고신대학원 출신으로 울산에서 목회하고 있는데, 이번에 교회의 몇 분과 함께 순례에 참여하였다. 내외분이 사진에 특별한 취미와 특기를 갖고 있는 듯, 중요한 대목을 사진기와 비디오로 담았고 다른 일행들의 추억거리 장만도 도와주었다.

오전 8시 20분, 케자르 호텔을 출발하면서 이제 본격적인 이스라엘 순례에 오르게 된다. 이날의 일정은 사해(死海)와 여리고를 거쳐 갈릴리 호수가의 티베리아스까지 473km를 달리며 주변의 고적을 살피는 것이다. 안내를 맡은 이 목사는 이스라엘의 역사와 지리, 성경의 사실과 그 배경에 관해 많은 예비적인 설명을 들려주었다. 이스라엘은 동서가 평균 75km, 남북이 460km 되는, 우리나라의 강원도와 경북을 합한 면적이며 인구 500만 명에 남쪽은 네게브 사막, 북은 산지, 동은 요르단, 서는 지중해에 닿아 있다. 이 나라는 물이 생명과 같은데, 연강우량은 북의 헐몬산(2,800m) 지역이 1,300~1,600mm, 에일라트는 30mm, 예루살렘이 600mm, 여리고가 150mm 정도라고 한다.

순례자들은 에일라트를 출발, 네게브 사막을 거쳐 요르단 지역에 가까운 에돔 산지 옆으로 난 고속도로를 통해 사해 지역으로 향했다. 바란(Paran) 광야를 서쪽으로 하여 네게브 사막을 질주하였다. 이곳은 1967년 제3차 중동전 때 이집트로부터 빼앗았고 그 뒤 협상을 통해 에일라트까지를 확보한 곳으로 이스라엘의 경제와 국방에 매우 중요한 곳으로 짐작되었다. '바란 광야'라는 말을 들으면서, 이스라엘 민족의 출애굽 과정에서 바란 광야와 관련된 당시의 장면들을 연상하게 되었다(〈민수기〉 10장 12절부터 바란 광야와 관련된 기사가 보이고 있다).

첫째, 모세의 처남 호밥이 이곳에서 모세와 헤어진다. 시내 광야가 고향이었던 호밥은 지리가 익숙하지 못한 모세와 이스라엘 민족을 가나안 땅이 가까운 이곳까지 인도하고, 모세의 만류에도 불구하고 자기 고향 친족에게로 돌아간다(〈사사기〉 4장 11절에, 사사 드보라가 일어날 때 호밥의 자손 중에서 일부가 자기 친족을 떠나 게데스 지역에 이르러 장막을 친 것으로 보아, 모세 때 호밥은 자기 친족에게로 돌아간 듯하다). 자신의 분수를 알아 돌아가지만, 하나님의 선민으로서 합류할 수 있는 이 기회를 사양한 그 선택이 자신의 후손들을 위해 옳은 것이었는지는 미지수다.

둘째, 하나님의 구름기둥의 인도를 받아 시내 광야에서 출발하여 바란 광야에 이른 이스라엘 민족은 거기서 하나님을 원망한다. "누가 우리에게 고기를 주어 먹게 할꼬. 우리가 애굽에 있을 때에는 값 없이 생선과 외와 수박과 부추와 파와 마늘들을 먹은 것이 생각나거늘 이제는 우리 정력이 쇠약하되 이 만나 외에는 보이는 것이 아무 것도 없도다"(민 11:4~6). 애굽에서 먹던 것을 생각하며 하나님을 원망하고 애굽으로 돌아갔으면 하는 생각들을 하고 있다. 이것이 출애굽의 자유를 택한 이스라엘 백성들의 행태이자, 오늘날도 구속 받는 성도들이 종종 받는 유혹이며, 세속적인 과거를 청산했다고 하면서도 그 사슬을 끊지 못하는 인생의 어리석은 모습의 투영이다. 하나님은 그들을 위해 메추라기 떼를 보내 고기로 포식하게 만들지만, "고기가 아직 이 사이에 있어 씹히기 전에" 여호와께서 심히 큰 재앙으로 그들의 탐욕을 치시고 거기에 장사하였던 것이다(민 11:33~34). 감사할 줄 모르는 인간에게 주는 하나님의 응답이다.

또 하나, 이 바란 광야에서 모세는 각 지파의 족장들로 구성된 열두 사람의 정탐꾼을 가나안 땅으로 보냈다. 장차 들어갈 가나안 땅에 들어가 가나안 사람들의 강약과 땅의 호불호(好不好)와 성읍의 형편과 토지의 후박(厚薄)과 수목의 유무를 살펴오라는 것이었다. 그러나 이 열둘 가운데 여호수아와 갈렙을 제외한 열 사람이 가져온 정보는 이스라엘 백성을 실망케 하였다. 열 사람은 그 땅을 악평하여 "우리가 두루 다니며 탐지한 땅은 그 거민을 삼키는 땅이요 거기서 본 모든 백성은 신장이 장대한 자들"(민 13:32)이라고 했다. 이 소식을 듣고 이스라엘 백성들은 또 하나님과 모세를 원망하여 크게 낙담한다. 그러나 여호수아와 갈렙은 회중에게, "우리가 두루 다니며 탐지한 땅은 심히 아름다운 땅이라. 여호와께서 우리를 기뻐하시면 우리를 그 땅으로 인도하여 들이시고 그 땅을 우리에게 주시리라. 이는 과연 젖과 꿀이 흐르는 땅이니라. 오직 여호와를 거역하지 말라. 또 그 땅 백성을 두려워하지 말라. 그들은 우리 밥이라 그들의 보호자는 그들에게서 떠났고 여호와는 우리와 함께 하시느니라. 그들을 두려워 말라"(민 14:7~9)고 외쳤다. 두 팀의 정보 보고는 결국 용기의 차이로 귀결되는데, 그 용기의 문제는 어디서 오는가? 그것은 한마디로 신앙이다.

바란 광야와 네게브 사막을 어느 정도 지났는가 하는 사이에 오른편에 바다가 보였는데, 바로 사해(死海)였다. 그 왼쪽에는 산들이 계속되다가 벼랑같이 깎아지른 듯한 산이 보였는데, 유대의 로마 항전 역사에서 길이 기억되는 저 유명한 마사다(Masada) 요새였다. 마사다는 '산의 요새'라는 뜻으로 사해 서쪽 해안에 있는 바위로 된 난공불락의 요새였다. 마사다가 요새로서 본격적으로 축성된 것은 헤롯 대왕에 의해서였다. 로마가 유대를 통치하면서 이 요새를 점령하였다. 그러다가 주후 66년 시카리(Sicarii)라는 열심당 혁명주의자들이 이 요새를 탈취하여 독립전쟁을 벌였다. 73년 로마의 10군단 사령관 실바 장군이 토루(土壘)를 쌓아 이 요새를 깨뜨리게 했다. 이때 끝까지 항전하던 유대인들은 부녀자 5명, 어린이 2명을 제외한 960여 명으로, 이들은 모두 자살로써 장렬한 최후를 맞았던 것이다.

사해는 호면(湖面)이 −412m에 수심이 400m 정도, 합 −800m나 되어 물이 지중해 바다로 빠져 나가기 전에 저지대인 이곳에 모이게 되어 있다. 그래서 이곳에 고인 물이 증발하다 보니 염분이 31.5%나 되는 짠물이 되었고, 따라서 생물이 살지 못하는 '죽은 바다'가 되어 버렸다는 것이다. 사해 옆에 소금산이 있는 것을 보면 사해의 수분이 염도(鹽度)가 높은 것은 이와 관련이 있지 않을까 생각되기도 하였다. 지금 이스라엘은 그 사해를 이용하여 이른바 머드 팩 등 각종 공산품을 만들어 외화수입을 짭짤하게 올리고 있다고 한다. 하나님이 인간에게 주신 피조세계는, 창조질서에 따라 순리적으로 쓸 줄만 알게 되면, 인간을 위한 무진장한 보고라는 것을 깨닫게 되었다. 도로와 붙은 바다 가운데는 '사해 공산품'을 만들기 위한 시설들이 드문드문 보였다.

순례자들이 사해를 지나치다가 으레 몸을 담그는 지역에 와서 우리도 물에 들어갔다. 1월 말이었지만 수영복 차림으로도 별로 춥지는 않았다. 물 안에서는 더구나 찬 것을 느끼지 못했다. 염분의 함량이 많기 때문에 일찍부터 이곳에서는 수영을 못해도 사람이 뜬다고 알려져 있었다. 시험 삼아 배영자세를 취하고 물 위에 누워 보니 가라앉지 않고

▲ 사해에 몸이 떠 있는 모습

둥둥 떠 있었다. 사진을 찍기 위해 전 목사가 자신의 수첩을 주면서 읽는 자세를 취하라고 했지만 책을 물에 젖지 않게 하려고 균형을 잡는데 신경을 쓰다 보니 물에 뜬 채로 책을 보는 자세는 제대로 취하지 못했다. 물에서 나와 몸을 만져보니 소금기가 많은 온천에서 나온 것처럼 몸이 미끈미끈하였다.

수영한 곳에서 얼마 멀지 않은 곳에 소금 덩어리의 산이 있었다. 그 앞에 다시 내려 소금기가 잔뜩 묻은 흙을 만지면서, 이 목사가 가리키는 대로 이상한 모습을 한 바위를 보았다. 멀리서 보니 마치 사람의 형상을 하고 있는 것 같았다. 이 목사는 저 바위가 이곳에서는 소돔성 멸망 때 도망하다가 뒤를 돌아보고 소금 기둥으로 변한 '롯의 아내'로 전해진다고 귀띔했다. 그 소금 기둥이 지금까지 전해질까마는 순례객들이 하도 많이 찾아오니까 그런 전설도 만들어진 것으로 생각했다. 그리고 보니 이 지역이 바로 구약성경의 '소돔성 사건'과 관련된 지역이겠다 싶었다.

아브라함과 그 조카 롯이 각각 소유가 많아 동거할 수 없으므로 물이 넉넉하고 넓은 평원인 소돔성은 롯이 택했고 아브라함은 가나안 땅에 거하였다. 악한 도시의 대명사처럼 된 소돔이 현재 어디쯤인지 확실히는 알 수 없으나, 소알이 남부 사해의 서편에 속한 것으로 보아서 소돔과 고모라는 그 동편일 것이라고 짐작할 뿐이다. 〈창세기〉 18장과 19장에는 소돔성의 죄악과 멸망에 관한 내용이 자세히 나온다. 아브라함의 기도는 의인 열 사람만 있어도 소돔성을 멸망시키지 않겠다는 하나님의 약속을 끌어냈지만, 하나님은 "유황과 불을 비같이 소돔과 고모라에 내리사 그 성들과 온 들과 성에 거하는 모든 백성과 땅에 난 것을 다 엎어 멸하셨더라"(19:24~25) 거기에다 화를 면한 롯의 두 딸은, 그 어미의 그 딸들답게, 그 아비를 통해 모압과 암몬 족속을 퍼뜨리는데, 그 장면을 보면서 어느 시대나 향락적인 도시의 분위기는 선택받은 인간이라도 의롭게 사는 것을 방해한다고 느끼게 되었다.

북쪽으로 사해가 끝나는 곳쯤 해서 유대 광야의 고산지대가 또한 끝나고 있었다. 그것이 절묘한 조화를 이루고 있다고 말해진다. 이스라엘의 토질(土質)에는 강질(剛質)의 세노머니안계와 그보다는 연질(軟質)의 세노니안계가 있단다. 사해가 계속되고 있는 곳까지의 토질이 세노머니안계이고, 갑작스럽게 산 높이가 낮아지면서 완만한 산맥을 이어가고 있는 곳을 세노니안계라고 했다. 이 토양이 사해와 그 일대의 지형 성립과도 관계가 깊을 뿐만 아니라 고고학적인 유물의 보존과도 깊은 관계가 있다고 설명했다. 현대의 고고학은 지질학의 도움을 필요로 하는 종합적인 학문이기 때문에, 그 설명을 들으면서 이 목사의 학문의 깊이에 속으로 감탄하는 한편 그가 성경고고학과 히브리학에 공헌할 수 있는 날을 기대해 보았다.

사해가 끝나는 지역의 서쪽 산비탈에는 '쿰란(Qumran) 사본'으로 유명하게 된 쿰란이라는 지역이 있다. '쿰란 사본'은 '사해 사본' 혹은 '사해 두루마리'(Dead Sea Scrolls)로 알려져 있다. 1947년 2~3월경 베두인족의 소년 무하마드 아드-디브가 찾아낸 이래 1956년까지 11개의 동굴에서 수많은 두루마리들이 발견되었다. 제1동굴에서 발견된 〈이사야서〉 두루마리는 〈이사야서〉의 히브리어 본문 전체를 싣고 있는데, 그 중 첫 번째 것은 길이 7.2m, 폭 25.9cm로서 모든 두루마리들 가운데서 가장 길고 잘 보존되어 있었다. 이 두루마리들의 작성연대는 탄소연대 측정법에 따라 AD 33년으로 추정되는데, 200년쯤의 오차를 감안한다면 BC 168년에서 AD 233년경의 것으로 되어, '사해 사본'의 역사를 주전 2세기까지로 끌어올렸다.

사본이 발견된 동굴은 계곡의 깎아지른 절벽 중간에 자리하고 있었기 때문에 두루마리들이 지금까지 보존되었던 것이다. 그 동굴들이 바라보이는 주변의 언덕들에는 뒷날 '쿰란 공동체'로 명명된 유대인 종교집단이 거주하고 있었다. '쿰란 공동체'의 유적에서는 1950년대의 발굴 작업으로 약 80㎡ 면적의 한 건물이 드러났는데 지금은 관광객들이 가볼 수 있도록 공개되고 있다. '쿰란 공동체'는 주전 2세기경에 에세네파를 중심으로 이곳에 성립되었던 일종의 수도(修道) 공동체다. 에세네파는, 주전 4세기 말 알렉산드로스 대왕의 동방원정 이래 이 지역에도 성립된 헬레니즘 문화가 히브리 종교와 문화를 오염시키고 있을 때 헬레니즘 문화에 대항하여 투쟁하면서 성립시킨, 유대인들의 하스몬(마카베오) 왕조 때 성립된 일종의 종교적 분파다. 하스몬 왕조가 주전 77～67년의 알렉산드로스 시기를 제외하고는 세속적 왕권과 제사권을 겸임하고 있었으므로, 그들은 여기에 반대하여 일어났던 많은 종교적 분파(탈무드에는 24개)들 가운데 하나였다. 이들 에세네파의 일부가 쿰란으로 들어와 이룩했던 공동체가 바로 '쿰란 공동체'다.

약 4천 명으로 구성된 이들 에세나파 '쿰란 공동체'는 베스파시아누스가 이끄는 로마 군대에 의해 주후 68년에 파괴되었다. 그들은 성경 연구와 육체노동, 예배와 기도에 대부분의 시간을 바쳤다. 이들의 엄격한 종교적 실천은 그들의 경건성과 금욕주의에 잘 나타나고 있었는데, 유적의 일부에 정결탕(淨潔湯, 미조베)이 남아 있는 것을 보아서도 이를 읽을 수 있었다. 그런데 주목할 점이 있었다. 본래 정결탕의 정결수는 하늘이 내린 물이라야만 했다. 이곳의 강수량이 연 150mm 정도밖에 되지 않는데, '하늘이 내린 물'로서 정결수를 공급하기란 어려웠다. 그러나 그들은 적은 양의 천연수(정결수)에다 사람이 길어 온 물을 섞어 사용해도 그것은 정결수로 인정하였다는 것이다. 이 목사는 이 대목에서, 유대인들은 인간이 도저히 지킬 수 없는 계율이라도 인간의 상황적인 수준으로 끌어내려서라도 지키려고 했다고 설명했다. 하나님은 인간의 힘으로는 도저히 불가능할 것 같은 말씀도 인간의 상황 속에서 지킬 수 있도록 만들어 주신다는 의미로도 들렸다. 얼마나 힘이 되는 말씀인지, 두고두고 새겨 볼 깨달음이었다.

쿰란 공동체 유적이 있는 곳에 휴게소 식당이 있었다. 그곳에서 처음으로 이스라엘 음식을 먹을 수 있었다. 엊저녁과 오늘 아침, 케자르 호텔에서는 만국 통용의 서구식 식사를 했다. 이 식당에서 음식을 배식하는 사람들이 한국말을 하는 것을 보고, 이스라엘을 방문하는 한국인들이 많다는 것을 다시 알 수 있었다.

쿰란에서 요르단 계곡을 따라 북쪽으로 15km쯤 갔을까, 일행은 여리고에 도착하였다. 고고학적인 발굴에 따라 주전 8천～6천 년 전부터 그 흔적이 보이는 이 여리고는 성경에서 흥분되는 장면을 많이 간직하고 있는 종려의 도시다. 도심 안에 들어가 몇 굽이를 돌아 어느 고목 아래에서 사진을 찍었는데, 이는 삭개오가 예수님을 만나기 위해 올라갔던 그 뽕나무로 전해지고 있다. 수령(樹齡)이 2천 년까지는 되어 보이지 않지만, 삭개오와 그의 집안의 구원에 결정적인 구실을 했다는 그 뽕나무를 보면서, "산천은 의구(依舊)하되 인걸(人傑)은 간 데 없네"라는 시조가 생각났다. 시내 한복판 고지대의 성터를 발굴한 곳에 올라가서 바

▲ 삭개오 교회와 나무

라보니 여리고 시내와 그 동편으로 요단(요르단) 강과 요르단 국경의 산지들이 거의 일목요연하게 보였다.

신·구약 성경에는 여리고(예리코)에 얽힌 사적들이 많이 소개되어 있다. 세리장 삭개오의 에피소드를 제외하고도 기생 라합의 사적과 아간의 범죄, 엘리사의 기적 등 많은 이야기들이 스며 있다.

기생 라합의 사적은 40년의 출애굽 여정을 끝낸 이스라엘이 가나안에 진입하는 과정에서 일어나는 사건이다. 바란 광야에서 북서쪽으로 진행하던 이스라엘이 가데스(바네아)에 이르렀다. 이곳에서 곧바로 북상하면 브엘 세바와 헤브론, 베들레헴을 거쳐 예루살렘으로 진입할 수 있다. 그러나 주변 민족들의 방해 때문이었던지 동쪽으로 진로를 틀어 사해 남쪽 지역을 거쳐 에돔으로 들어가 모압을 거쳐 북상하는 길을 택했다. 위도상으로 사해 북단과 거의 맞먹는, 요단 강 동쪽에 위치한 느보(Nebo) 산에서 지도자 모세는 죽었다. 후계자 여호수아에게 주어진 사명은 이제 서쪽으로 요단 강을 건너 가나안 진입을 본격화하는 것이었다.

기적적으로 요단 강을 건넌 이스라엘은 가나안의 관문이라 할 철옹 성 여리고를 만나게 된다. 이에 앞서 여호수아는 정탐꾼들을 보내어 여리고를 정탐시켰는데, 라합의 도움으로 그들은 무사히 귀환하게 되어 그 정보를 근거로 여리고 공략 작전을 세웠다. 여리고 성터의 기초는 50m가 넘는 튼튼한 것인데도 이스라엘은 '기적적'으로 훼파하였고 그 안에 있는 살아 있는 모든 것은 죽임을 당했다. 그러나 라합과 그 가족들은 구원받게 되었다. 라합의 집이 성벽 위에 있었는데도 여리고 성이 무너질 때 그와 가족들이 구출된 것을 두고, 이것은 아마도 여리고 성에 외성과 내성이 있었기 때문이라고 설명되기도 한다.

라합의 극적인 구원과 대조되는 사건은 자신과 이스라엘을 파멸로 이끈 아간의 범죄 사건이다. 여리고를 멸망시킨 뒤 하나님은 이스라엘 백성들에게 성중에 있는 모든 것을 멸하고 취하지 말라고 명하였다. 비록 전리품이긴 하지만 가나안에 들어서서 거둔 첫 소유가 하나님의 것이라는 점을 교훈하는 것이었다고도 해석할 수 있고, 지금껏 광야의 생활을 통해 하나님만 의지하도록 훈련시킨 백성들이 가나안인들의 세속적 물질생활의 풍요를 보면서 받을 충격을 미리 흡수하기 위한 조치라는 해석도 가능할 것이다.

또 이것에서 가나안인들의 신 바알과 아세라를 박멸하라고 명하신 하나님의 뜻을 일관되게 이해할 수도 있다. 하나님은 자기의 선민을 가나안에 들여보내면서 물질적 향락적 유혹에 들지 않도록 몇 번이나 엄히 경계하였다. 그러나 아간에 의해 이 뜻이 거부될 때, 하나님은 그 죄의 책임을 아간 한 사람에게 묻지 않고 이스라엘 공동체 전체에게 물었다. 그것이 아이성의 패배로 연결되었다. 거의 1만 년의 고도 여리고에서 일어난 이 역사의 회오리들을 되돌아보면서, 순례자는 다시 역사와 심판을 자신의 시대문제로 투영해 보지 않을 수 없게 된다.

● 요단 강과 갈릴리 지방

　여리고를 떠나기에 앞서 그 성의 중심부에 자리한 성터에 올라 사방을 둘러보면서, 연 강우량이 150mm에 불과하여 식수가 부족한데도 예부터 사람들이 많이 살게 된 까닭이 무엇인지 전부터 가졌던 궁금증이 되살아났다. 그 성터 옆에 있는 '엘리사의 우물'이 그 의문을 해소해 주었다. 엘리사의 우물에 관해서는 구약성경 〈열왕기하〉 2장 19～22절에 보인다. 원래 여리고는 성읍의 터는 아름다웠으나 물이 좋지 않으므로 토산(土産)이 익지 못하고 떨어졌다. 이 사실을 듣고 엘리사는 소금을 가지고 물 근원에 던져 그 우물을 고쳤다. 후대에까지 내려오는 전설로는 우리 일행이 방문했던 성터 옆의 그 우물이 바로 이러한 사연을 가진 '엘리사의 우물'로 전해지고 있었다. 사시사철 콸콸 솟는 그 물줄기를 직접 보면서 아마도 여리고의 생활용수를 감당하고도 남았을 것이라고 느꼈다. 버스에 오르기 전에 과일을 샀는데 이집트에서처럼 쌌다.

　여리고에서 출발하여 갈릴리 호수에 이르는 길은 대부분 평야와 언덕으로 되어 있었다. 요단 강은 북쪽의 갈릴리 호수에서 남쪽의 사해로 흐른다. 우리의 순례 행진은 사해 쪽에서 물 흐름과는 반대로 갈릴리 쪽으로 향했다. 버스가 달리는 도로는 요단 강이 흐르는 계곡과 거의 병행하였다. 멀리서 혹은 가까이에서 본 요단 강의 강폭은 넓지 않았고, 어떤 곳은 몇m에 불과하였다. 신약시대에만 하더라도 강폭이 상당히 넓었을 것이지만, 최근에 갈릴리 호수의 물을 수도관으로 빼내어 이스라엘 전국에 식수와 농업용수로 공급하기 때문에 요단 강으로 흘러보낼 물이 거의 없어서 강폭이 좁아졌을 것으로 보인다.

　요단 강을 따라가면서 먼저 예수님이 세례 받으신 곳이 어디쯤일까를 떠올렸다. 그 장소를 알려면 예수님이 세례 받은 기록을 검토해야 한다. 세례 받은 장면과 관련된 기록은 〈마태복음〉 3장 13～17절, 〈마가복음〉 1장 9～11절, 〈누가복음〉 3장 21～22절, 〈요한복음〉 1장 31～34절, 3장

22~23절 등에 보인다. 기록의 대강은, 예수께서 요단 강에서 세례 요한에게 세례를 받고 물에서 올라올 때 하늘이 열리고 하나님의 성령이 비둘기같이 내려 임하였고 그때 하늘에서, "이는 내 사랑하는 아들이요 내 기뻐하는 자라" 하는 소리가 있었다는 것이다.

그 가운데 〈요한복음〉 3장 23절(요한도 살렘 가까운 애논에서 세례를 주니 거기 물들이 많음이라 사람들이 와서 세례를 받더라)만이 요한이 세례 주는 장소를 밝히고 있다. 종래 예수님의 수세(受洗) 장소와 관련, 여리고 근처, 갈릴리 근처, 살렘에 가까운 애논 등을 거론해 왔다. 이렇게 보면 애논이나 갈릴리 호수에 가까운 요단 강 쪽이 유력하다고 본다. 참고로 애논은 갈릴리 호수에서 사해로 가는 삼분의 일 되는 거리에 있는데, 성경(마태, 마가)은 예수께서 갈릴리 혹은 갈릴리 나사렛에서 요단 강으로 가서 세례를 받았다고 하여 갈릴리에 가까운 요단 강에서 세례를 받았을 가능성을 높여주고 있다.

요단 계곡을 따라 달릴 때 안내하는 이주섭 목사님은 이스라엘의 지리와 성경의 관계를 잘 설명해 주었다. 안내자를 잘 만나면 이렇게 배우는 것이 많게 되고 은혜로운 여행이 되는구나 하고 감사하였다. 사실 이 목사님의 설명은 학술적인 근거를 갖고 있어서 강의실에서 강의를 듣는 거나 다름없는 중후함이 있었다. 그러면서도 때로는 긴장을 풀어주는 가벼운 이야기도 하였다. 가령, 가나안에 들어선 뒤에 여호수아가 각 지파에게 땅을 분배할 때 요셉의 두 아들 지파에는 좋은 땅을 주었는데, 에브라임 지파에게는 제일 중심지역을, 므낫세 지파에게는 노른자위의 땅을 주었다는 것이다. 제일 중심지역과 노른자위 땅은 표현은 다르지만, 따지고 보면 같은 것이다. 요단 강을 따라서 순례하는 동안 과거 비가 없어서 개간할 수 없는 땅들을 옥토로 일궈 놓은 이스라엘인들의 지혜와 근면을 곳곳에서 엿볼 수 있었다.

오후 4시가 채 못 되어 우리는 갈릴리 호수의 남쪽 언덕에 도착, 강물이 시작되는 어간에서 잠시 내려 요단 강 물을 직접 볼 수 있었다. 전망대와 주차장을 만들어 놓은 것을 보면, 순례자들에게 성경의 그 요단 강을 직접 체험하도록 하기 위한 배려임을 금방 알 수 있었다. 우리가 내려 물가에 갔을 때 미국에서 온 순례객들 가운데서 요단 강에서 침례를 받고 침례복을 입고 나오는 분들이 있었다. 그들은 그 침례를 영원히 잊지 못할 것이다. 그들은 요단 강에서 침례를 받기 위해 오랜 동안 준비했을 것이다. 언뜻 그들의 세심한 준비에 부러운 생각이 들었다.

갈릴리 호수 남쪽에서 서쪽 물가를 따라 북행하니 얼마 안 되어 자그마한 도시 티베리아스(Tiberias, 요 6:1·23, 21:1에는 디베랴)에 도착했다. 원래 이곳에는 도시가 없었는데 헤롯 안티파스가 이 지역의 분봉왕으로 있으면서 수도를 새로이 건설하고 당시의 로마 황제 티베리우스(Tiberius, 눅 3:1에는 디베료)의 이름을 따서 그렇게 명명한 것이다. 오후 4시경 이곳에 도착하자 숙소인 케자르 호텔에 차를 세우고 일행은 곧바로 선창으로 갔다. 이곳까지 왔으니 갈릴리 호수, 아득한 옛날 우리 주님이 종횡무진 활동하셨던 그 호수에 들어가 보지 않을 수 없다는 것이다.

이미 날씨는 어둑어둑해졌고 바닷가에서는 불빛이 한둘 나타나고 있었다. 예약된 배를 타고 해변에서 약 10여 분 호수 가운데로 들어가 거기서 선상(船上)예배를 드렸다. 남부산교회를 섬기면서 사모님과 함께 이번 순례길에 동행한 최병일 목사님의 인도로 진행된 예배는 참으로 감격스러웠다. 최 목사님은 총신대학원 출신으로, 대학 때 사회정의 문제로 어려움을 겪은 것과는 달리, 여행 중에는 그 거구에서 풍기는 여유로움을 늘 간직하셨지만 필요할 때마다 순발력을 발휘해 주셨는데, 이날도 선상예배에서 갈릴리 호수와 딱 들어맞는 설교를 해 주셨다. 예배시간을 전후하여 일행은 목이 쉬도록 찬송가를 열창하였다. 모두들 갈릴리 호수의 감격을 주체하지 못해서, 마치 우리 곁에 예수님이 자리를 같이 한다는 정서적 공감대를 형성하면서, 자연발생적으로 찬송이 우러나왔던 것이다.

우리가 타고 간 배에는 한국 국기가 꽂혀 휘날리고 있었다. 한국인 순례객들이 자주 이 배를 사용하였음을 직감하는 한편 유대인들의 재빠른 상혼(商魂)을 간파할 수 있었다. 그러나 그들의 상혼이 역겹다고 해서 태극기를 본 감격적인 순간을 무의미하게 보낼 한국인도 아니어서 우리는 또 한국인 특유의 애국심을 발휘하여 호수 안에서 애국가를 불렀다. 물론 이 배의 선주(船主)는 두둑한 팁에, 선상에 준비한 상품을 다량 판매하는 실적을 올린 것은 말할 필요도 없다.

저녁 6시, 이미 캄캄해진 뒤에 숙소로 돌아왔다. 에일라트의 케자르 호텔보다 한층 시설이 나은 것 같았다. 이날 저녁 우리는 2천여 년 전 예수님의 갈릴리 사역을 꿈에라도 볼 수 있기를 기원하면서 잠자리에 들었다.

나 뵈옵고 그 후로부터 내 구주로 섬겼네

....

그 사나운 바다를 향하여 잔잔하라고 명했네

그 물결이 주 말씀 따라서 아주 잔잔케 되었네

그 잔잔한 바다의 평온함 나의 맘 속에 남아서

그 갈릴리 오신 이 의지할 참된 신앙이 되었네

....

(찬송가 84장)

1월 27일(월), 본격적으로 예수님의 갈릴리 사역지를 탐방하는 날이다. 갈릴리 호수는 긴네렛, 디베랴, 타리게 호수라는 별명을 갖고 있다.

새벽에 일어나 보니 호텔 창을 통해 갈릴리 호수의 동쪽에 먼동이 트는 것이 보인다. 날씨가 흐린 탓인지, 물결이 세차게 출렁이고 있다. 저 바다를 중심으로 2천여 년 전에 우리 주님께서 인간과 세계를 향한 '하나님 나라' 사업을 펼치셨을 것을 생각하니, 그것만으로도 감동적이다. 이 호수는 말이 없지만, 주님의 그 사역을 물결에서 물결로 이야기하듯 전해주었을 것이다. (일기 중에서)

티베리아스의 케자르 호텔은 환경과 식사 등 전반적으로는 좋았으나, 이들의 성향 때문인 듯, 음식이 짠 편이었다. 생선을 삶아서 놓은 것이나, 오이를 저려서 만든 피클, 고추를 식초에 담근 것 등 모두 나의 입맛에는 짰다. 새콤한 피클을 특히 좋아하는 나는 2개를 집어 왔는데, 마치 오이장아찌처럼 짜게 느껴져서 다 먹을 수가 없었다. 미국 생활을 하면서 피클을 한 통씩 사 놓고 간식 삼아 먹었던 경험에 비추어, 이주섭 목사님과 주변 분들께도 피클을 권했는데, 이렇게 짠 줄 모르고 권한 것을 후회하였다. 지금까지 뷔페식 식사에서 남긴 적이 거의 없었는데, 이곳에서는 남기지 않을 수 없었다.

아침 8시에 출발, 먼저 예수님께서 가버나움을 중심으로 초기에 사역한 갈릴리 호수 북쪽 지역으로 갔다. 갈릴리 호수 북쪽은 그리 높지 않은 언덕과 야산으로 이루어진 지형이다. 먼저 '8복 기념 교회'를 들렀다. 〈마태복음〉 5장~7장에는 '산상보훈(山上寶訓)'이 보이는데, 거기에는 8복(八福)과 황금률(黃金律) 등 기독교 진리의 진수(眞髓)가 나타나 있다. 우리를 안내하는 이 목사님은 8복을 질문하고 답하는 식으로 은혜로운 분위기를 만들어 갔다. "심령이 가난한 자는 복이 있나니 천국이 저희 것임이요"에서 시작되는 이 말씀은 내가 일찍부터 외웠고 또 지금도 즐겨 인용하는 말씀이다. 한국 교회가 예수님께서 친히 말씀하신 이 복은 강조하지 아니하고 '3박자 축복' 등 성경의 본질에서 벗어난 듯한, 말하자면 인간의 구미를 돋우는 복을 강조하기 때문에 성경적인 삶에서 많이 일탈했다고 늘 걱정해 왔던 터라, 이 말씀이 바로 이 지역에서 선포되었다고 하니 2천여 년 전 주님의 그 말씀이 다시 강조되는 듯했다. 이곳에 건립된 기념 교회는, 다른 교회들에 견준다면 화려하다고는 할 수 없지만, 예수님이 선포하신 8복의 본질에 비추어 본다면 수수한 편이라고는 할 수 없다. 그래서 느끼는 것이지만, '성지' 곳곳에 세워진 기념 교회나 기념 건축물 가운데에는 그 '성지'가 갖는 의미를 흐리게 만드는 결과를 가져오는 것이 종종 있었다.

'8복 기념 교회'를 돌아보고 나와 가버나움 유적지를 찾았다. 가버나움은 세관을 갖고 있을 정도로(막 2:14) 예수님 당시에는 규모를 갖춘 해변 도시였다. 그러나 지금은 유적밖에 없고 그 주변에는 기념 건물들이 세워져 있다. 예수께서 강론했던 가버나움 회당(막 1:21~28, 3:1, 6:2, 요 6:59)의 터에 벽만 앙상하게 남아 있는 유적들이 있었다. 이 건물은 물론 후세에 지었다가 파괴된 것이지만, 우리 주님께서 강론하신 그 회당 터를 밟아보는 것만으로도 주님께서 이곳에서 하신 말씀을 들는 듯했고, 병자를 치유하시는 그 모습을 상상할 수가 있었다. 안내를 따라 갈릴리 북쪽 해변으로 나왔다. 호수가의 조약돌과 잔잔한 파도가 우리를 반겼다. 많이 몰려든 무리 때문에 예수님이 배에 올라 강론하셨을(막 4:1) 그 장소가 아마도 이런 곳이 아니었을까 하는 느낌이 들었다. 이렇게 갈릴리 호수의 북쪽 해변은 곳곳이 우리 주님의 숨결을 느낄 수 있는 곳이었고, 그래서 순례자들은 때로는 사색하면서 기도하고, 때로는 찬송하면서 감격의 눈물을 흘리게 되며, 때로는 주님의 말씀을 ‘음성’으로 들으면서 자신과 교회의 지난날을 반성해 보는 것이다.

갈릴리 호수 지역을 뒤로 하고 우리는 미그달(Migdal)이라는 마을 옆 길로 해서, 혼인잔치로 유명한 ‘가나’와 예수님이 어린 시절을 보냈던 ‘나사렛’ 마을로 향했다. 가는 길 남쪽에는 ‘벳산 성벽’이 보였는데, 이 곳은 블레셋 사람들의 침략에 따라 그 근처 길보아 산에서 죽임을 당한 사울왕의 시체가 못 박힌 곳(삼상 31:10)이기도 하다. 역사가 요세푸스에 따르면, 대단히 비옥한 땅으로 알려진 이 지역에는 산에 나무가 많았고 곡식 또한 잘 되었으며 간간히 돌무더기가 쌓여 있어서 우리 주님께서 ‘씨 뿌리는 비유’를 말씀한 곳이라고 하였다. 예수님께서 나사렛과 가버나움을 왕래하던 계곡과 능선이 선명하게 떠오르면서, 때로는 제자들과 함께 밀밭 사이로 지나면서 강론하는 장면도 연상할 수 있었다. ‘미그달’이란 마을은 ‘막달라’라는 말이다. 주님을 지극한 정성으로 따랐던 막달라 마리아가 이곳 출신이 아닌가 한다.

20여 분쯤 달려 ‘가나 혼인잔치 기념 교회’에 도착했다. 안내자는 이곳이 예수님 당시의 그 가나는 아니라고 한다. ‘성지’를 돌아보면서, 유적지는 대체로 가톨릭교회나 동방정교회의 전통에 따라 지목된 곳이 많았는데, 성경에 근거했거나, 성경에 근거는 없지만 성경과 유대 역사를 이해하기에 도움이 되거나, 관광지거나, 가톨릭(동방)교회의 전승·전통에 근거한 그런 곳이 대부분이었다. 2천여 년의 세월 동안 이 땅이 터키 등 회교 국가에 의해 오랜 동안 점거되었기 때문에 예수님 당시의 유적지를 많이 잊어버리게 되어 그 애석함이 마음 한구석에 없지 않았다.

그러나 한편으로 생각하면, '성지'에서 흔히 보는 것처럼, '이런 저런 기념 교회들을 만들어 놓고 하나님의 이름을 높이는 대신 그 지역과 기념물을 높이는 것이 정말 성경적일까?' 하는 의구심도 없지 않았다. 그래서 하나님은 모세의 무덤도, 예수님의 무덤도 남기지 않았던 것일까. 그렇다면 사적지의 의미를 능가하는, 화려한 '기념 교회'를 많이 남기는 것이 본래의 기독교 정신이라 할 수 있으며, 신앙생활의 근본에 접근하는 길이라고 할 수 있을까? 여기서 역사를 연구하면서 무심결에 빠져들기 쉬운 오류를 의식할 수 있는데, 역사적 기념물을 신성시하거나 절대시하는 것은, 그것이 비록 예수님의 무덤이라 할지라도, '비기독교적'이라는 점이다.

가나 마을에 들어가니, 물로 포도주를 만든 이적 때문인지, 그 좁은 골목에서 포도주를 많이 팔았다. 일행 가운데에는 교회의 성찬식에 사용한다면서 포도주를 사는 분들이 있었다. 기념 교회 안에는 예수님 당시에 정결의식을 위해 물을 담아둔 항아리들이 있었다. 현대 자본주의의 특징의 하나는 모든 것을 상품화하는 마력이라고 할 수 있는데, 이곳에서도 종교까지 상품화하려는 인간의 끝없는 욕심을 엿볼 수 있었다. 여행 도중 예루살렘에서는, 세계의 다른 여러 자본주의 도시들 못지않게, 종교의 상품화 현상이 극치를 이루고 있음을 확인할 수 있었다.

가나 마을에서 산등성이를 돌아 얼마 가지 않았는데, 어느덧 나사렛으로 들어섰다. 나사렛은 예수께서 '자라나신 곳'(눅 4:16)으로, 애굽에서 돌아온 뒤 이곳에서 오래 살았기 때문에 '나사렛 예수'라는 별명이 붙었을 정도로, 또 "나사렛에서 무슨 선한 것이 날 수 있느냐"(요 1:46)고 비아냥거릴 정도로 예수님과는 깊은 인연을 가진 곳이다. 예수님의 '본 동네'(눅 2:39)이기도 한 나사렛은 그의 어린 시절의 꿈이 서렸던

곳이다. 예수님은 해마다 유월절을 당하면 그곳에서 부모의 인도함을
받아 예루살렘에 올라가 신앙적 경건훈련을 받았다(눅 2:41).

그의 부모인 요셉과 마리아는 원래 베들레헴으로 호적하러 가기 전
에 나사렛에 살았다. 요셉과 같이, 유다 지파에 속한 사람이 자기의 고
향 땅이 아닌 스불론 지파 지역에 가까운 나사렛에 살게 된 것은 바빌
론 포로 귀환(BC 538) 뒤에 나타났던 현상으로 추정한다. 요셉이 호적
에 올리기 위해 마리아를 베들레헴으로 데리고 간 것은, 당시 마리아가
임신한 것이 성령에 의한 것임을 두 사람이 확신하고 있었기 때문에,
혼자 두면 마리아가 부정의 누명을 쓰고 죽음을 당하지 않을까 염려했
기 때문이라고 해석하고 있다.

일행은 먼저 마리아에게 수태되었음을 알린 것을 기념하는 '수태고
지(受胎告知) 교회'로 갔다. 지금의 건물은 1969년에 세웠는데, 원래는
325~336년 사이에 처음으로 세웠다고 한다. 313년 콘스탄티누스 대제
가 기독교를 공인하자, 지하교회 시대가 마감되고 교회당을 세울 수 있
게 되었다. 특히 콘스탄티누스 대제의 모친 헬레나는 신앙이 깊어 감람
산과 나사렛에 교회를 세웠다. '수태고지 교회'는 원래 나사렛의 우물
이 있는 곳에 세웠는데, 이는 물 길러 갈 때 고지하지 않았을까 하는 이
유 때문이란다. 해설하는 이주섭 목사는 박해시대 300여 년 동안 하나
님께서 그 정확한 장소를 모르게 한 뜻이 있을 것이라고 했다. 그것은
장소를 우상화하지 않도록 하겠다는, 말하자면 3백여 년간 역사를 감추
심으로 인간이 장소나 형상을 우상화하지 않고 하나님만 보고 믿도록
하기 위함이라고 설명했다. 듣고 보니 우리의 신앙 생활과 역사 공부에
크게 유익이 되는 말씀이었다. 그러기 때문에 후세의 사람들이 교회를
세울 때 어디까지나 'ㅇㅇ 기념 교회'라고 이름 지었음을 유념해야 한
다는 것이다.

해발 약 395m나 되는 나사렛은 동·서·북쪽이 완만한 산지로 연결되

고 남쪽은 이스르엘 평원과 통하는데, 도시의 남쪽 끝이 깎아지른 듯한 절벽이다. 이 절벽은 신약성경에 보인다. 한번은 예수께서 그 자라나신 곳 나사렛의 회당에 와서 "주의 성령이 내게 임하셨으니 이는 가난한 자에게 복음을 전하게 하시려고 내게 기름을 부으시고 나를 보내사 포로된 자에게 자유를, 눈먼 자에게 다시 보게 함을 전파하며 눌린 자를 자유케 하고 주의 은혜의 해를 전파하게 하려 하심이라"(눅 4:18∼19)는 저 유명한 강론을 했다. 그것을 듣고 분이 가득해진 나사렛 사람들은 그를 죽이려고 "동네 밖으로 쫓아내어 그 동네가 건설된 산 낭떠러지까지 끌고 가서 밀쳐 내리치고자"(눅 4:29)한 기사가 보이는데, 그 낭떠러지가 바로 저 절벽이라고 했다. 도로를 따라 나오면서 바라보니 그 낭떠러지는 과연 간담을 서늘케 할 정도였다.

갈릴리 지역을 중심으로 한 '성지' 순례가 대부분 예수님의 행적과 관련된 신약시대에 해당되는 것이라면, 나사렛을 벗어나면서 시작되는 순례는 다시 신·구약이 중첩되거나 구약시대로 돌아간다. 나사렛을 빠져나오자 이스르엘 평야를 한참 달려 '므깃도(아마겟돈)'로 향했다. 진행하고 있는 도로에서 좀 떨어진 곳에는 '나인성'이 모래산에 의지해 있었는데, 이곳은 예수께서 과부의 독자를 살린 곳이다(눅 7:11∼17). 그 북동쪽에는 〈사사기〉 4∼5장의 여선지 드보라의 용맹과 관련된 다볼산이 보였다. 여걸 드보라를 떠올리면서 수천 년 전에 이스라엘 하나님의 공동체에서는 이미 여성 지도자를 용납하였는데 근대사회를 살고 있는 한국 교회에서는 '성경의 명분으로' 여성에 대한 차별대우를 정당화하고 있는 것을 다시 의식하게 되었다. 모래산의 동남쪽에는 사울왕이 아들과 함께 죽임을 당한 길보아 산(삼상 31:1∼13)이 멀리 보였다.

므깃도에 오면서 기드온의 고향 오브라(Afula, 삿 6:11) 마을을 지날 때, 삼백명의 용사로 미디안 군 12만 명 이상을 쳐 물리치고 이스라엘의 독립을 회복한 역사를 떠올렸다. 한편 미디안 사람들이 어떻게 이런 먼 곳까지 침략하였을까 하는 의구심이 없지 않았는데, 지금은 영웅을 배출한 마을답지 않게 평온만이 감지되었다. 오브라의 서남쪽 방향에는 저만치 엘리야의 갈멜 산이 생동하는 역사와 함께 진산(鎭山)처럼 서 있다.

이렇게 성경의 지명 하나하나를 들추는 동안 신·구약 성경 속의 사람과 역사가 살아나 내 앞에 다가오고 있음을 실감하게 되었다. 전에는 성경을 읽을 때 지명과 인명이 대단히 추상적으로 느껴졌지만, 이제는 구체적인 현장감이 인식되었고, 역사가 형해(形骸)만 남아 있는 지나간 사건이 아니라 살아 숨쉬는 운동으로 다가오고 있음을 확인할 수 있었다. 이것은 그동안 우리나라 고적답사에서 매번 느껴왔던 것이지만, 이번에도 성지순례를 통해 확인한 큰 수확 가운데 하나였다.

● 므깃도, 갈멜 산 그리고 가이사랴

여행은 갈릴리와 나사렛의 신약시대에서 이스르엘 평야를 거쳐 므깃도 성을 향하는 동안에 다시 구약시대로 넘어가게 되었다. 므깃도 성은 이스르엘 평야 서남쪽에 돌출해 있는 야산에 건축되어 있는 병거성(兵車城)이다. 이 성에서 그 앞에 펼쳐져 있는 이스르엘 평야를 내다보면 남북을 가로질러 진군하는 어떤 병력도 저지하기에 알맞은 곳이다. 이 평야에서는 이스라엘 내전뿐만 아니라 국제적인 전쟁도 많이 벌어졌다. 아시리아와 바빌론 그리고 이집트까지 가세한 전쟁이 이 이스르엘 평야에서 자주 전개되었던 것이다. 므깃도 병거성은 약 100~200m 높이의 야산이 그 앞의 평야를 향해 돌출해 있는 지형에 건설되어 있기 때문에 지정학적으로 아주 중요한 곳으로 여겨졌다. 그 앞의 평야에 투입할 무력으로는 병거만한 것이 없다. 따라서 그곳에 병거성을 수축한 것은 필요한 때 병력을 즉각 출동시킬 수 있도록 하기 위함이었다.

이스라엘이 아직 남북으로 분열되지 않았을 때, 솔로몬왕은 토목사업을 일으키고 건축물을 세운 적이 있다. 하나님의 성전과 왕궁을 비롯하여 각처에 성을 건축하였는데, 밀로와 예루살렘, 하솔, 므깃도 그리고 게셀에 쌓은 성이 이때 이루어진 것이다(왕상 9:15). 므깃도와 하솔과 게셀에 건축한 것은 병거성으로, 므깃도 성의 유적과 비슷한 유적이 하솔과 게셀에서도 보인다. 예루살렘에 건축된 성전은 헤롯 1세 때 모두 제거되었다. 이런 상황에서 솔로몬 때의 건축술이 보이는 곳은 이런 성뿐이다. 병거성은 진입로가 성문 입구에서 기역(ㄱ)자로 꺾어지도록 되어 있는데, 이는 적군이 병거로써 추격할 때를 대비하기 위한 것같이 보여서 당시 전술의 일단을 알 수 있었다.

므깃도 성에 올라가 보니 북서쪽으로 갈멜 산이 보이고 그것을 넘으면 샤론평야가 잇닿는다고 한다. 므깃도 성의 북쪽에는 기손 시내가 갈멜 산 앞에 아득히 보였다. 므깃도 성 안으로 들어가 보니 군사지식의 문외한이 보더라도 그 중요성을 금방 알 수 있었다. 거기에서 보니 이스르엘 온 평야가 북·동·남쪽으로 한눈에 보이고 병력의 움직임을 즉시 파악할 수 있을 뿐 아니라, 성에서 오르내리는 길 또한 병거가 드나들기 쉽게 만들어 놓아 병거의 출동을 신속하게 할 수 있게 하였다. 이스라엘이 남북으로 나누어진 뒤 남·북 왕조가 동맹하여 이곳에서 외적과 싸우는 것이 더러 보이는데, 이는 이곳의 전략적인 가치를 당시에도 충분히 알고 있었음을 보여 주는 것이라 하겠다.

이 성은 성경에 아주 악한 왕으로 묘사되어 있는 아합 왕이 다시 수축했다. 그는 하나님을 의지하기보다 군대를 더 의지한 듯, 이 성을 수축하는 데 큰 힘을 쏟았다. 이 성의 유적을 살펴보면서, 이세별(아합)이 만들었다는 거대한 도수로(導水路)를 직접 답사할 수 있었는데, 이는 성 밖에서 지하를 뚫어 물길을 끌어들인 것이다. 성이 제대로 구실하기 위해서는 곡식과 함께 꼭 필요한 것이 물이었기 때문이다. 성 안에서는 여로보암 2세 때 만들어진 지름과 높이가 각각 10m가 넘는 원통형의 곡식창고를 보았는데, 그 규모로 보아 성 안에 얼마나 많은 병력이 주둔하고 있었는지 추측할 수 있었다. 이집트와의 전쟁에서 900승(乘)의 병거가 사로잡힌 역사를 보아도 이 성의 규모가 얼마나 거대했던지를 알 수 있다.

이 지역은 국제적으로 보면, 이집트와 시리아·메소포타미아를 연결하는 곳으로 4,300여 년 전부터 그 역사가 보인다. 그러고 보니 므깃도는 멀리 저 이집트의 투트모세 2세의 승리와 관련하여 이미 역사에 보인 적이 있다. 이곳에는 국제적인 전쟁이 자주 전개된 곳이다. 아시리아의 침략을 받기도 하였다. 여로보암 2세(BC 786~746) 때 이 근처 스불론 땅 가드헤벨 출신의 요나 선지자가 하나님의 명령을 어기고 동쪽의 다시스로 가지 않고 서쪽의 욥바로 간 것은 잘 알려져 있다. 우리를 인도하는 이주섭 목사는 이 문제를 당시의 국제관계와 관련시켜 이렇게 풀었다. 즉, 이때 아시리아가 북이스라엘을 위협하고 있었기 때문에 아시리아의 수도 다시스로 가서 그들을 멸망치 않도록 외치라고 하는 하나님의 명령을 그가 순종하기는 어려웠을 것이라는 것이다.

이집트의 왕 느고가 아수르를 치고 유프라테스 강 쪽으로 올라가고자 하여 북진할 때 유대 왕 요시야가 막아 싸우다가 주전 609년에 전사하였다. 그곳이 바로 므깃도였다(왕하 23:28~30). 이 점과 관련하여 일말의 의문이 없지 않았다. 요시야는 남쪽의 유대 왕인데 왜 북쪽 유대 땅인 이곳에까지 와서 이집트군을 막았는가 하는 점이다. 하여튼 요시야왕이 이곳에서 전사하자 유대는 갑자기 쇠망하기 시작했다. 이러한 역사를 살피면서 느껴지는 것은, 이스라엘 역사에서 정치적으로 중요시된 곳은 예루살렘이지만, 군사적 지정학적으로 유명한 곳은 므깃도라는 점이다. 인도자 이주섭 목사는 요시야왕의 사망과 관련, 아주 중요한 문제를 우리에게 환기시켜 주었다. 성경에 보면 요시야왕은 유대의 종교개혁을 일으킨 왕인데. 왜 이렇게 선한 요시야왕이 악한 느고

(애굽왕)에게 패하여 죽게 되었는가 하는 점이다. 이것들은 역사를 대하면서 풀지 못하는 의문이다. 그러나 그 의문은, 〈요한계시록〉에 보이는, 같은 므깃도(아마겟돈) 싸움에서 하나님께서 최후의 승리자임을 확신하므로 해소될 수 있다는 것이다.

므깃도 성에서 점심식사를 하고 요새를 돌아본 뒤 그 서북쪽에 있는 갈멜 산을 향했다. 갈멜 산의 엘리야를 만나러 가는 것이다. 므깃도에서 나와 갈멜 산으로 향하는 주도로를 따라서 가게 되면, 이스르엘 평야를 거쳐 하이파 항구와 두로, 시돈 그리고 수로보니게 지역으로 이어지게 된다. 평야를 거쳐 오는 동안에 조그만 강(시내)이 있었다. 이 시내는 여러 이름으로 나타나는데, 욕드암 혹은 욕느암 앞 시내(수 19:11), 므깃도 시내 혹은 기손 시내(왕상 18:40)라고 한단다. 이 시내는 이스르엘 평야의 젖줄과도 같다.

하이파 항구를 향하는 길에 들어서서 산을 끼고 몇 구비를 고불고불 돌아 갈멜 산 정상에 올라갔다. 엘리야가 바알 제사장을 발로 누르는 동상이 있었고 예배실 같은 건물도 산 정상에 있었다. 아마도 관광객들에게 예배하는 장소를 제공하기 위함인 것 같았다. 그 건물 위에 올라

▲ 갈멜산 위에 핀 작은 꽃들

가 사면을 바라보니, 멀리 서쪽으로는 샤론 평야와 지중해가 보이고 동쪽으로는 이스르엘 평야와 나사렛, 다볼산, 모래산 등이 멀리 보였다. 찬송가의 〈샤론의 꽃 예수〉라는 제목의 가사를 연상케 해 주는 샤론 평야와 그 너머에는 지중해가 아련하게 보였다. 우리가 여러 구비를 돌아 완만하게 올라갔기 때문에 잘 몰랐지만, 갈멜 산은 이 근처에서 꽤 높은 산이었다. 길가에는 고산에서만 보이는 듯한 아주 작은 풀꽃이 거의 눈에 띄지 않을 정도로 자신의 빠알간 모습을 숨기고 있었다. 기념 삼아 사진을 찍었다.

갈멜 산은 아합 왕(BC 869~850년경) 때 선지자 엘리야가 바알과 아세라 신을 섬기는 제사장과 대결하여 승리한 곳이다. 아합 왕은 "시돈 사람의 왕 엣바알의 딸 이세벨로 아내를 삼고 가서 바알을 섬겨 숭배하고 사마리아에 건축한 바알의 사당 속에 바알을 위하여 단을 쌓으며 또 아세라 목상을 만들었으니 저는 그 전의 모든 이스라엘 왕보다 심히 이스라엘 하나님 여호와의 노를 격발"(왕상 16:31~33)하였다. "그 전의 모든 사람보다 여호와 보시기에 악을 더욱 행"한 사람이었다(왕상 16:25). 당시의 국제관계로 보아 아합은 아마도 아람 세력에 대항하기 위하여 시돈과 연맹 체제를 구축하려고 시돈 왕의 딸인 이세벨과 정략적으로 결혼하였던 것 같다. 아합이 상아궁(象牙宮)을 건축하고 므깃도 병거성을 거대하게 수축한 것을 보면 시돈과의 동맹이 이스라엘의 경제적인 성장을 이룩하는 하나의 계기를 만들어 주기도 하였으나, 이세벨로 말미암아 바알과 아세라 신을 적극 장려하게 되어 이스라엘을 종교적으로 하나님 신앙에서 타락시켰다.

아합 왕 때 이스라엘에서 활동한 선지자가 엘리야다. 이세벨이 바알 신앙을 광범하게 장려하고 여호와 신앙을 박해하자 엘리야는 아합·이세벨과 맞서게 되었다. 엘리야는 갈멜 산에서 바알 제사장 450명과 극적인 대결에 나섰다. 송아지를 잡아 나무 위에 제물로 드리고 '불로 응답하는 신 그가 하나님이다'라고 외치면서 백성들에게 참신과 거짓신을 구별하도록 하였다. 바알 제사장 450명은 아침부터 외치고 자신의 몸을 상하기까지 하였지만 불의 응답을 받지 못하였다. 그러나 불의 응답을 받은 엘리야는 바알 제사장 450명을 기손 시냇가로 끌고 가서 다 죽였다(왕상 18:1~40). 엘리야의 기도는 3년 6개월 동안(약 5:17) 비 오지 않던 그 땅에 비를 갖다 주었다.

바알은 가나안 지역의 사람들이 믿는 농업, 가축, 다산(多産)을 지배하는 신이다. 유목민의 신이라기보다는 정착을 기원하는 신이다. 이스라엘 백성들이 출애굽한 이후 하나님은 그 백성에게 가나안 땅에 가거든 그 사람들이 섬기는 바알을 섬기지 말라고 신신당부하였다. 40년간 광야 생활에서 이스라엘 백성들은 순례자의 삶을 훈련받았다. 내일을 위해 쌓아두는 그런 생활 방식이 아니라 매일 저녁 주시는 만나를 먹음으로써 '일용할 양식'에 대해 하나님께 감사하며 내일 일을 걱정하지 않는 신앙을 훈련받았다. 그러나 이스라엘 백성들은 안정된 거처에서 몇 달 몇 년씩 양식 걱정을 않고 생활할 수 있는 풍요를 내심 원했을 것이다. 그런 풍요와 안정을 약속하는 것이 바알 신앙이다. 이스라엘 사람들이 가나안에 들어와 바알신앙을 섬기게 된 데에는 이러한 배경이 있다.

바알 곁에는 아세라가 있었다. 아세라는 향락을 약속하는 신이다. 바알 곁에 아세라가 있었다는 문맥에서 우리는 물질적인 풍요가 있는 그 곳에는 반드시 향락이 뒤따르게 되어 있음을 읽을 수 있다. 아합 때 하나님의 백성 이스라엘은 이제는 물질적인 풍요와 향락을 추구하는 '세속적으로 타락한' 백성이 되어버린 것이다.

이스라엘 백성이 바알과 아세라를 섬겼었다는 것을 보면서 다시 한국 교회는 어떤 형편일까를 생각해 보았다. 한국 교회도, 우리에게 날마다 일용할 양식을 주시는 하나님을 섬기는 것이 아니라, 돈과 재물과 명예와 향락을 몽땅 약속해 주는 바알과 아세라를 섬기고 있다는 비판이 일어난 지 이미 오래되었다. 심하게 말하면, 예배당에 십자가를 걸고 하나님의 이름으로 바알을 섬기는 한국 교회가 되어버렸다는 뜻이다. 한국 교회의 메시지에는 십자가와 고난, 의를 위하여 핍박을 받는 것이 복이요, 주는 것이 받는 것보다 복되다는 내용은 사라지고, 말끝마다 축복이요, 소원성취요, 무병건강에 사업성공을 뇌까리는 메시지가 강단에서 범람하고 있다. 엘리야는 바로 이 점을 엄중히 경고하고 그러한 풍조와 대결했던 것이다. 한국 교회에도 이 같이 바알 신앙과 대결하는 엘리야가 필요한 때가 되지 않았는가? 엘리야가 갈멜 산에서 바알 신앙을 청산했듯이, 한국 교회에도 제2, 제3의 엘리야가 나와 갈멜 산의 '무너진 여호와의 단을 수축'하는 작업이 나타나야 할 것이라고 넋두리처럼 혼자서 중얼거려 보았다.

갈멜 산을 내려와 약 40분간에 걸쳐 고속도로인 듯한 길을 달렸다. 이 도로는 지중해에 연해 있으며 북쪽으로는 하이파 항으로, 남쪽으로는 욥바로 연결되는 도로가 아닌가 싶었다. 여행하면서 우리가 달린 도로는 대부분 고속화된 일반 도로였는데, 쌍방 2차선에 통행량도 많은 편은 아니었다. 이스라엘은 땅이 좁아서 그런지 고속도로가 발달된 것 같지는 않았다. 한참 달리던 고속도로에서 해변가로 나와 방문한 곳이 가이사랴(Caesarea)였다. 이날의 일정으로 보면 마지막 코스에 해당된다.

가이사랴는 갈멜 산에서 남쪽으로 약 37km 정도 떨어진 도시다. 이 도시는 헤롯 1세가 건설한 것이다. 그는 유대를 다스리다가 한때 실권(失權)하였지만 이집트 클레오파트라의 도움을 받아 로마에 가서 '가이사 아구스도'(눅 2:1)로부터 복권(復權)되고 이 도시도 넘겨받았다. 이때 그는 로마 황제 가이사 아구스도(Caesar Augustus)를 기념하여 이 도시를 건설하고 도시 이름을 '가이사랴'라고 하였다. 이때 도시 건설에서 가장 문제가 된 것은 물이었다. 이 물 문제는 이곳에서 19km나 떨

어진 갈멜 산으로 이어지는 화강암 야산에서 수로(水路)를 끌어들여 해결하였다고 한다. 해변에는 아직도 폭 75cm, 높이 90cm 되는 도수로(導水路)의 유적이 남아 있었다. 일행은 그 도수로를 배경으로 많이들 사진을 찍었다. 로마 도시처럼 건축된 가이사랴에는 원형극장, 경주장, 극장 등의 유적이 있는데, 우리가 가 본 극장은 관람석이 약 4,500석이나 되었다.

가이사랴에는 예수님 당시 약 10만 정도가 살았으며 로마 총독이 직접 이 도시를 통치하였다. 명절 등 유대인들의 치안에 문제가 있다고 판단할 때에는 예루살렘에 임시총독부를 설치하고 그곳에서 잠시 거주하였다. 관광객들이 방문하는 유적지의 입구에는 라틴어로 '본디오 빌라도(Pontius Pilatus)'라는 글자가 새겨진 화강암 석판이 있었다. 그는 로마 총독으로 AD 26~36년 사이에 제5대 유대 총독으로 있으면서 예수님을 십자가에 못 박도록 재판한 사람이다. 그래서 우리가 사도신경을 외울 때마다 '본디오 빌라도에게 고난을 받으사'라고 하면서 그의 이름을 한 번씩 들먹이곤 한다.

지중해 연안에 위치해 있는 항구도시 가이사랴는, 예수님께서 일찍이 방문하여 전도한 바 있는 '가이사랴 빌립보'와는 구별되는 도시다. 가이사랴 빌립보는 예수께서 베드로로부터 "주는 그리스도시요 살아계신 하나님의 아들이시니이다"(마 16:16, 막 8:29)라는 신앙고백을 받은 바 있는 도시로, 갈릴리 바다에서 정북(正北) 방향에 있는 헬몬 산의 남서쪽 완만한 경사 지역에 위치해 있다. 가이사랴 빌립보라는 이름은 대헤롯이 죽은(BC 4) 뒤 이곳의 분봉왕으로 된 헤롯 빌립이 이 도시를 확장하고 '가이사 디베료'와 자신의 이름 '빌립'을 합쳐 만든 이름이다. 이곳은 성지순례에서 제외되었던 곳이다.

가이사랴는 신약성경에 예수님께서 생전에 방문했다는 기록은 없으나 초대교회 시절에 선교와 관련하여 많은 사건들이 보인다. 초대교회의 일곱 집사들 가운데 한 사람인 빌립이 가이사랴를 방문(행 8:40)한 이래 이곳에 복음이 전파되었다. 빌립은 아마도 그 뒤 이곳에 머무르며 그의 네 딸들과 함께 복음을 전했던 것같이 보인다(행 21:8). 이곳에는 로마 군인들이 많이 거주하였는데, 그 가운데 고넬료(Cornelius)라는 로마군의 백부장이 예수를 믿게 되었다는 것은 대단히 중요하다. 그는 "경건하여 온 집으로 더불어 하나님을 경외하며 백성을 많이 구제하고 하나님께 항상 기도하"던(행 10:2) 사람이요, 또 "의인이요 하나님을 경외하는 자라 유대 온 족속이 칭찬"(행 10:22)하던 사람이었다. 그가 환상 가운데 성령의 지시하심을 따라 베드로를 청하여 복음을 듣고 세례를 받게 되었다. 물론 로마의 백부장이 예수 앞에 나온 것도 '4복음서'(마 8:5, 눅 7:2 등)에 보이지만, 로마가 예수님을 십자가에 처형한 뒤에 로마군의 지도자로서 예수를 믿게 된 것은 그가 처음이다. 이 사건은 아마도 그 뒤 기독교가 로마에 전파되는 데 큰 영향을 미쳤을 것으로 이해된다. 특히 로마 총독이 있는 가이사랴에 주둔한 로마 백부장의 회심은 더욱 그랬을 것이다.

가이사랴는 기독교의 로마 전도에 큰 구실을 맡게 되는데, 이 구실을 바울이 감당하게 된다. 바울이 다메섹으로 가는 길 위에서 회심한 뒤 예루살렘을 방문하여 바나바의 소개로 사도들을 만났으나 반대자들이 그를 죽이려하자 가이사랴를 통해 그의 고향 다소(Tarsus)로 가게 되었다. 그 뒤 바울이 해외 선교여행에서 돌아올 때에는 가이사랴에 들러 형제들에게 권유하였다(행 18:22, 21:8). 뒷날 그가 예루살렘에서 붙잡혀 로마로 가게 될 때에도 가이사랴에 끌려와 수년 동안 감금되었으나, 로마 총독 벨릭스 앞에서 복음을 강론할 기회를 얻었고(행 23:24) 이어서 신임 총독 베스도 앞에서 재판을 받은 적이 있으며(행 25:6~12), 아그립바 왕과 베스도의 재판정 앞에서 다시 복음을 전할 기회를 얻었다.(행 25:23~26:32) 이렇게 가이사랴는 지정학적으로는 로마로 통하는 유대의 항구 구실을 하였지만, 선교사적으로는 복음을 로마에 전하는 창구 구실을 하게 되었던 것이다. 그 뒤 교부시대에는 오리게네스와 요세푸스 같은 주교들이 활동한 곳도 바로 가이사랴였다. 그러나 이 가이사랴도 1265년 무슬림에 의해 점령당하여 파괴된 뒤 오랜 동안 역사에서 사라지는 듯했다.

많은 것을 보고 설명을 듣는 동안 어느덧 오후 5시가 되었다. 해변이라서 그런지 바람이 세고 날씨가 쌀쌀했다. 모처럼 보는 지중해에는 이 날따라 광풍이 이는 듯했다. 일행은 오늘 하루 너무 많은 것을 견문했다. 가이사랴에서 예루살렘으로 향하는 고속도로에 올랐다. 종일 쌓인 피곤은 도로변 이스라엘의 농촌을 보는 것도 거의 불가능하게 하였다. 날이 어두워지고 얼마를 더 달리니 우리의 최종 순례지이며 예수님이 최후를 마친 예루살렘에 이르게 되었다. 밤중에 본 예루살렘은 서방의 어느 도시와 바를 바가 없었다. 파라다이스 호텔. 오늘의 피곤한 여정에 견준다면 숙소에 들어온 것만도 '파라다이스'라 아니할 수 없다.

지난번에는 갈릴리와 나사렛을 중심으로 예수님의 사적지를 순례하였는데, 이번에는 구약시대로 거슬러 올라갔다가 다시 십자가와 부활 이후의 신약시대에 해당되는 사적지를 순례하였다. 이렇게 이스라엘은 신·구약을 넘나들며 믿음의 후손들에게 많은 역사적인 현장들을 보이며 눈이 있는 자에게는 보여 주고 들을 귀가 있는 자에게는 교훈을 남겨 주고 있다.

● 예루살렘과 베들레헴

이스라엘에서의 마지막 날, 예루살렘과 베들레헴 순례에 나섰다. 예루살렘은 다윗이 이스라엘 열두 지파를 통일하고 왕이 된 뒤에 수도로 정한 곳이요, 베들레헴은 다윗의 고향이면서 예수님이 탄생하신 곳이다. 이스라엘 순례의 끝 순서에 이 두 곳이 들어가게 된 것은 아마도 극적인 효과를 갖기 위함일 것이다. 주변에서 시작된 순례의 행진이 이스라엘의 중심지이며 예수님이 최후를 마친 예루살렘까지 점차 그 열기를 상승시켜 왔기 때문이다.

예루살렘은 주일학교 다닐 때부터 익히 들어왔던 이름이지만 방문은 너무 늦었다. ‘예루살렘’이란 말은, 어원적으로는 ‘살렘의 터전’이라고 하지만, 전통적으로 ‘평화의 도성’으로 알려져 있다. 그러나 ‘평화의 도성’ 예루살렘은 로마의 점령 이래 평화와는 담을 쌓았던 곳이다. 스무 번 이상 무력에 의해 주인이 바뀌었고 열 번이나 도시가 파괴되었다. 지금 아랍과 유대인들이 가장 첨예하게 대립하고 있는 곳 역시 예루살렘이다.

예루살렘은 금석병용기(金石竝用期)부터 도시가 건설되었고, 주전 3,300~2,200년의 초기 가나안 시대의 집터와 토기 등이 보인다고 한다. 그 이름은 주전 2천 년경 이집트의 ‘저주문서’에서 ‘루 살리움’으로 보이고, 이집트의 ‘아마르나 문서’에는 ‘두루살렘’ 등으로 보인다고 한다. 창세기 14장에 보이는 '살렘' 왕 멜기세덱 이야기도 그 지명으로는 바로 예루살렘을 말한다.

오늘날의 예루살렘은 오랜 역사와 종교적 전통을 지니고 있는 그 옛날의 예루살렘과는 다르다. 도시가 새롭게 확장되었기 때문이다. 성곽으로 둘러싸인 옛 예루살렘은 성벽의 길이가 4km, 성내의 면적이 1㎢(약 30만 평)에 불과하고 나머지는 서쪽에 새로 확장된 신도시다. 그래서 고도 예루살렘은 동예루살렘, 신도시 예루살렘은 서예루살렘으로 불리고 있다. 서예루살렘은 1948년 이스라엘이 독립한 이후 꾸준히 확장되어 오늘날은 동예루살렘의 100배가 넘는 현대적인 도시로 되었다. 순례자들이 관심을 갖는 곳은 물론 구(동)예루살렘이다. 동예루살렘은 이스라엘이 독립한 뒤에도 요르단이 지배하고 있었는데, 1967년 6월의 이른바 '6일 전쟁'을 통해 이스라엘이 최정예 공수부대를 투입, 요르단으로부터 빼앗았다.

이러한 예비지식을 가지고 파라다이스 호텔에서 출발, 예루살렘 순례에 나선 것은 1월 28일이었다. 먼저 구예루살렘의 동쪽 언덕에 해당되는 감람산(감람원)으로 향했다. 신(서)예루살렘에서 동쪽으로 가는 길에 남북으로 가로지르는 넓은 길을 만났는데, '족장들의 길'이라고 한다. 아브라함·이삭·야곱·요셉 등이 이 길을 갔다 해서 붙인 이름이다. 지금도 대단히 중요한 도로로서 기능하고 있는데, 이 길은 북쪽으로는 기브아·사마리아로 통하고 남쪽으로는 베들레헴·헤브론으로 통하고 있다. 서울에도 충무로·퇴계로·원효로·율곡로 등 조상들의 이름을 따서 만든 길이 있지만, 예루살렘의 '족장들의 길'만큼 역사를 되돌아보게 하는지는 알 수 없다. 히브리대학 앞을 지나 감람산 정상인 듯한 곳에 버스를 세우고 일행은 하차하여 예수님과 연고가 있는 곳을 찾아 골짜기 쪽으로 내려갔다.

감람산(원)은, 주로 갈릴리에서 활동하시던 예수님께서 예루살렘에 들르는 때에, 낮에는 성전에서 가르치시고 밤에는 기드론 시내를 건너 이곳에 와서 밤을 보내셨던 곳이다(요 8:1, 눅 21:37). 마지막으로 예루살렘에 오셨던 때에는, 이곳에서 맞은편 언덕 위에 보이는 예루살렘성과 성전을 보면서 말세의 일을 가르치기도 하였고(마 24:5~, 막 13:3~), 제자들이 예수님을 나귀에 태우고 하나님을 찬양하며 "찬송하리로다. 주의 이름으로 오시는 왕이여 하늘에는 평화요 가장 높은 곳에는 영광이로다"(눅 19:38)라고 외쳐 바리새인들의 시기를 불러일으킨 곳이기도 하였으며, 습관을 따라 이곳에 와서 기도하였고, 마지막 날 저녁에도 이곳에 와서 최후의 기도를 드렸던 곳이며(눅 22:39~), 가룟 유다의 배반으로 이곳에서 잡혔고, 또 부활 뒤에 승천하신 곳이 바로 이곳이라고도 알려져 있다. 예수님의 예루살렘 활동과 밀접한 관계가 있는 베다니와 벳바게도 바로 이 감람산과 연결되어 있었고, 그 동쪽에는 바후림(다윗이 아들 압살롬에게 쫓겨 달아날 때 시므이가 저주를 퍼붓던 곳)과 예레미야의 고향 아나돗이 있다.

감람산은 예수님의 생애와 깊은 관련이 있는 만큼 많은 교회가 세워져 있는 곳이기도 하다. 겟세마네 교회는 예수님이 겟세마네 동산에서 피땀 흘리면서 드린 기도를 기념하여 세운 것이다. 이 교회의 제단 앞에 있는 3개의 바위는 예수님이 세 번 기도했던 곳이라고 전해지고 있다. 교회 밖의 정원은 겟세마네 동산

▲ 예루살렘의 주기도문 교회에 써놓은 한글 주기도문. 이 교회에는 세계 각국어로 된 주기도문이 나열되어 있다

으로 알려져 있고, 이곳에 있는 감람나무 가운데는 예수님 당시부터 내려온다고 전해지는 나무 한두 그루도 있었다.

'주기도문 교회'는 예수님께서 주기도를 가르쳤다는 데서 유래한 것으로, 주기도문의 '우리 아버지'라는 말의 라틴어를 따서 '파테르 노스테르(Pater Noster) 교회'라고 부른다고 한다. 콘스탄티누스 황제는 기독교를 공인한 뒤 예수님의 행적과 관련된 3개의 동굴 위에 교회를 짓도록 했는데, 베들레헴의 동굴 외양간에 세운 '예수 탄생 교회', 예수님이 장사된 동굴 무덤 위에 세운 '성묘 교회'와 함께 예수님이 제자들을 가르쳤던 감람산 동굴 위에 세운 이 교회도 그 가운데 하나다. 이 교회의 앞마당 벽에는 약 80여 개 언어로 주기도문을 써 놓았는데, 한국의 가톨릭 부산교구에서 기증한 한글 주기도문이 있어 순례자들의 걸음을 멈추게 했다. 기드론 시내를 거의 다 내려와서 '눈물 기념 교회'가 있는데, 이는 예수님께서 예루살렘의 멸망(주후 70년)을 예견하시고 우셨다(눅 19:41)는 것에 근거하여 건립된 것이다. 당시 예수님의 탄식 가운데는 "너도 오늘날 평화에 관한 일을 알았더라면 좋을 뻔하였거니와 지금 네 눈에 숨기웠도다"(눅 19:42)라고 한 것이 있는데, 아직도 아랍과 유태인 사이에 평화가 정착되지 않은 이곳을 향한 우리 주님의 탄식이 계속될 것이라고 상상해 보았다. 이밖에도 감람산에는 예수님의 승천(행 1:9)을 기념하는 교회가 세워졌으나 회교도들의 점령 이후 교회는 파괴되고 '예수승천 돔'만 남아 있다.

우리는 걸어서 기드론 시내에 해당되는 골짜기를 건너 구예루살렘 성으로 들어왔다. 반대편 감람산 언덕을 보니 참으로 아름다운 광경이었고 많은 기념 교회들이 있음을 볼 수 있었다. 구예루살렘 성에서 가장 먼저 도달한 곳은 '통곡의 벽'이었다. '통곡의 벽'은 헤롯이 건축한 예루살렘 성전의 기초 외벽에 해당되는 축대로서 그 역사는 신약시대 초기로 거슬러 올라간다.

　　로마의 통치를 받던 유대인들이 주후 66년에 독립운동을 일으키자, 로마군은 이들을 무참하게 진압하였다. 유대인들은 예루살렘 성전에 들어가 문을 잠그고 마지막까지 항거하였으나, 서기 70년 예수님의 예언대로 그 성전은 '돌 하나도 돌 위에 남지 않고' 다 무너졌고(마 24:2), 성전 서쪽 축대의 일부인 폭 60m 높이 18m 가량의 벽만이 남게 되었다. 이 벽을 '통곡의 벽'이라 한다. 이곳은 그 뒤 2천 년 동안 전 세계에 흩어졌던 유대인들의 '귀향의 꿈을 상징하는 성소(聖所)'가 되었다. 나라 잃은 유대인들은 이곳을 찾아와 자신들이 당한 고난과 한을 눈물로써 호소한다고 하여 이런 이름이 붙여졌다.

　　오전 9시 30분경에 이곳에 도착한 우리 일행은 '영적(靈的) 이스라엘'인 그 벽 앞에 가서 잠시 '육적(肉的) 이스라엘'의 경험에 동참했다. 남녀가 구분하여 따로 들어갔다. 남자 쪽에 들어가 보니 그 벽 앞에서 글 읽는 소리가 노래 소리 비슷하게 들렸다. 15명 정도의 어린이들(유치원 혹은 초등학교 1~2학년생)이 어른(선생인듯) 5명의 지도로 쉐마(Shema)를 읽고 노래하고 있는 중이었다. 가까이 가서 한 선생에게 물

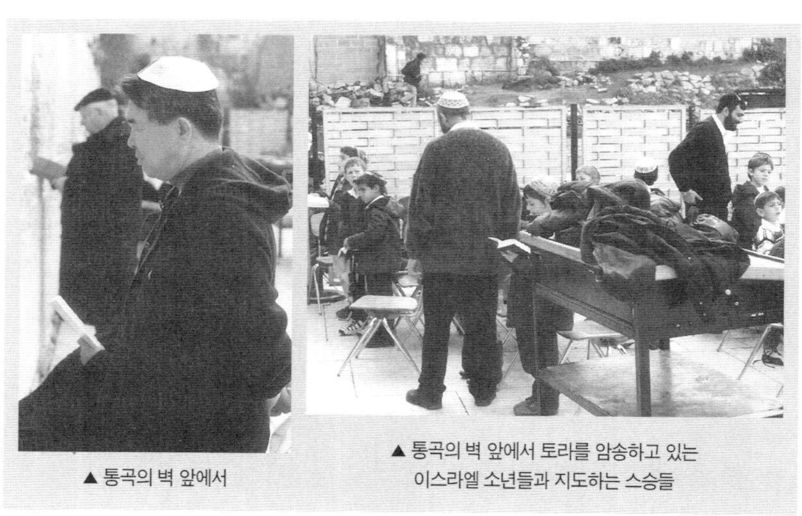

▲ 통곡의 벽 앞에서

▲ 통곡의 벽 앞에서 토라를 암송하고 있는
이스라엘 소년들과 지도하는 스승들

으니 지금 교육하고 있다는 것이다.

조국 패망의 유적이 있는 현장에 와서 어린 아이들에게 교육하고 있는 것을 보면서 가슴 뭉클한 감동을 받았다. 이들이 민족과 조국을 지키기 위해 이런 노력을 하고 있구나 생각하면서, 그 선생에게 다시 다가가, "이렇게 후손들을 교육하고 있는 당신들은 정말 위대한 민족이며 깊은 감동을 받았다"고 말했다. 그렇다. 우리나라도 어린이들이 읽고 따라 욀 수 있는 역사책, 문화사책이 있어야 한다고 생각했다. (1월 28일자 일기)

입구에서 나눠 주는, 흰색의 두꺼운 종이로 만든 '키파'(유대인 남자들이 머리의 중앙에 쓰는 작은 모자)를 쓰고 '통곡의 벽' 앞에서 잠시 기도했다. 그 벽에 꽂혀 있는 수많은 소원의 쪽지들을 의식하면서.

'통곡의 벽'이 오른쪽으로 끝나는 지점에 '성전산(聖殿山)' 성벽으로 오르는 계단이 있다. 계단의 바깥쪽에서는 이스라엘 군인들이 완전무장을 하고 입장객들을 검문하고 있었고, 안에는 아랍인들이 관리하고 있었다. 우리는 서둘러 입장하였다. 회교의 '라마단' 기간이라, 오전 10시에 입장하지 않으면 또 몇 시간 기다려야 하기 때문이다. 이 '성전산'은 역사적으로, 아브라함이 그의 아들 이삭을 제사하기 위해 올랐던 산(아랍인들은 이스마엘을 제사하려 했다고 주장하고 그 바위 위에 돔을 설치하였다)이며, 다윗의 인구계수로 말미암아 전국에 3일간 온역의 심판을 받았던 것과 관련된 오르난의 타작마당 자리(대하 21:15)가 이곳이었고, 솔로몬 성전으로부터 스룹바벨 성전(에스라 3:8~), 헤롯 성전이 있었던 자리이기도 하다.

성전산 안에 들어가니 오른쪽에 회교사원(약 150m×100m 규모)이 있어 신발을 벗고 카메라를 회당 밖에 둔 채 들어갔다. 라마단 기간이라, 많은 회교도들이 모여 기도하고 앞의 강대상이 있는 곳에서는 회교 선생이 몇 사람을 모아 놓고 강론하고 있었다. 그들은 라마단 기간 동안 해가 떠서부터 지기까지는 금식해야 하고 가능한 한 기도하는 시간을 갖는다고 한다. 이 사원은 1969년 호주의 광신적인 청년이 방화하여 상당 부분이 불탔기 때문에 보안이 더 철저해졌다는 것이다. 나와서 그 반대편에 있는 '오마르 모스크'(사원)에 들어갔다. 오마르 사원은 마호메트가 꿈에 예루살렘에 다녀왔다는 것 때문에 메카·메디나와 함께 회교의 3대 성지가 된 예루살렘에 세운 모스크이다. 이곳 역시 신발을 벗고 카메라를 밖에 둔 채 들어갔다. 모스크의 중앙 돔이 대단히 아름다웠다. 공중의 돔 중앙의 크기만큼 지상에도 둥그렇게 금역(禁域)을 만들어 놓았는데, 이곳은 아브라함이 모리아 산에서 이스마엘을 번제물로 바치려고 한 장소라고 하였다. 이곳에서 상징적으로 나타나는 이삭과 이스마엘의 위상에 대한 갈등이 바로 오늘날 이스라엘과 아랍의 대립과 투쟁으로 이어지고 있었다.

이 같은 갈등은 순례자들에 대한 아랍인들의 감시에서도 드러나고 있었다. 회교 사원 밖으로 나와 인도자 이주섭 목사는 포켓용 성경을 꺼내 읽으며 설명을 곁들였다. 언제 보았는지 회교인 감시인이 다가와서 이 목사께 성경을 '성전산' 바깥에 두고 오라고 몇 번이나 강권했다. 추측컨대 이 이슬람교의 성지에는 기독교의 성경을 가지고 결코 들어갈 수 없다는 뜻인 듯했다. 이 좁은 공간 안에서도 종교전쟁이 치열하게 전개되고 있음을 실감할 수 있었다. '성전산' 밖 '통곡의 벽'에서는 유대인들이 쉐마 낭독에 열을 올렸고, 그 위 '성전산' 안에서는 회교도들의 감시의 눈이 순례자들을 향해 번득이고 있었다.

· 라마단 기간에 이스라엘과 아랍의 긴장 상태를 보면서, 예수님 당시의 상황과 대조하는 것도 흥미로웠다. 예수님 당시에는 예루살렘에 약 8만 정도의 사람들이 살았는데 유월절 등 명절이 되면 세계 각국에서 유대인들이 모여 인구가 배가 넘었다고 한다. 이때 가이사랴의 로마 총독부는 예루살렘에 임시총독부를 두고 소요에 대비하였다. 마치 이스

라엘이 라마단 기간에 있을지도 모르는 아랍인들의 소요에 대비하듯이 말이다. 이런 관점에서 빌라도가 예수님을 '민란'의 의혹과 관련시켜 희생시킨 것도 흥미로운 대목이다.

'성전산'을 떠나면서 우리에게 착잡한 느낌을 갖게 하는 것이 있었다. 그것은 과거 솔로몬의 성전이 있던 이곳에 무슬림의 모스크가 우뚝 서 있다는 사실이다. '이런 점을 어떻게 이해해야 하나' 하는 곤혹스러움이 뒤따랐다. 하나님의 성전이 헐린 자리에 이교도의 회당이 들어서 있는 이 엄연한 사실에는 분명히 하나님께서 주시는 메시지가 있을 것이라고 생각한다. 이주섭 목사는 이 점을 의식한 듯, 구약시대에 이 '성전산'에 성전을 지음으로써 백성의 마음이 성전 때문에 도리어 하나님을 떠나게 되었으며, 그러므로 영적인 눈으로 보면 하나님께서 성전을 허물었을 것이라는 추론이 가능하다는 것이다. 외적인 성전을 절대시하므로, 그것이 올무가 되어 성전을 통해 더욱 간절히 섬겨야 할 하나님을 저버렸다는 해석이었다.

그렇다면 그런 교훈이 구약시대 혹은 초기 신약시대에만 적용될 것인가 하는 의문이 뒤따랐다. 전에 유럽의 여러 화려한 성당들을 돌아보면서, 여기에는 인간이 하나님을 위한답시고 쌓아올린 화려함의 극치는 있는데 정작 그 하나님을 발견할 수 없겠구나 하고 분노가 울컥 치밀었음을 부정할 수 없다. 한국 교회의 현실을 되돌아보면서도 이 점은 어쩔 수 없었다. 건물이나 제도, 신부·목사 등의 종교지도자 때문에 하나님을 떠나게 되는 현상들이 얼마나 많이 일어나고 있는가. 개신교가 가톨릭의 그 점 때문에 종교개혁을 단행했지만 지금 개신교도 '교회' 때문에 참신앙을 잃어가고 있는 것은 아닐까 하는 느낌을 지울 수가 없었다. 교회당만 키우려고 하는 한국 교회는 마땅히 이 '성전산'이 주는 경고를 겸손히 받아들여야 할 것이다.

'성전산'에서 동쪽을 바라보니 감람산 위의 즐비한 건축물들이 매우 아름답게 보였다. 일행은 성전산에 오르던 대각선 쪽으로 난 '스데반 문(사자의 문)'과 예수님이 빌라도에게 재판을 받았다는 곳을 지나 십자가를 지고 출발했다는 곳에 건립된 기념 교회를 찾았다. 예수님은 마치 유월절(逾越節) 제사에 쓰이는 양처럼 돌아가셨다. 예수님은 유월절에, 당시 유대인들에게는 종교적인 참람죄로, 로마인들에게는 민요(民擾)가 일어날까 하는 염려에 따라 '민란 혐의죄'로 희생되었다고 봐야 한다. 기념 교회에서 나와 좁고 번잡한 골목길을 따라 '십자가의 길'을 갔다. 그러나 예수님께서 가신 2천여 년 전의 그 십자가의 길은 더 이상 십자가의 길이 아니었다. 상점이 즐비하고 십자가를 이용하여 돈벌이하려는 길이 되고 말았다. 이 길을 걸으면서 '십자가의 길'이 현대에는 돈벌이의 길, 자본축적의 길로 변해 버린 기독교의 상황을 극명하게 보여준다고 생각했다. 십자가를 지고 골고다를 향해 걸어가신 그 고난의 흔적은 없어지고 이제는 십자가를 통해 돈벌이하고 행복과 안녕과 축복을 기원하는 길로 변한 현실을 이 '성지'에서 확연히 보고 깨닫게 된 것이다.

　예수님이 십자가를 메고 골고다에 이르는 길에는 갖가지 유적들이 전설들과 얽혀 있었고 기념 교회들도 건립되어 있었다(이 점에 관해서는 박준서, 《성지순례》, 31쪽 지도 참조). '골고다 교회' 등 이곳에 건립된 교회들은 대부분 주후 324~335년 로마 콘스탄티누스 황제의 모후인 헬레나에 의해 건립되었으나, 638년 모슬렘의 침략에 의해 파괴되었다. 지금 유지되고 있는 교회들은 동방정교회(희랍·러시아 정교회를 비롯하여 이집트의 콥트 교회와 시리아 교회, 아르메니아 교회 등이 여기에 포함된다)와 성지유적 보존에 힘쓰고 있는 가톨릭의 프란체스코회 등의 노력에 따라 기념 교회 형태로 남아 있다. '성묘(聖墓) 교회'에 들어가, 예수님이 십자가에 매달려 죽었다는 지점과 그 무덤이 있었다고 추정되는 곳을 둘러보았고, 그 당시 가난한 자의 무덤이 어떤 형태였는지도 엿볼 수 있었다. 이곳을 직접 확인하였기 때문에 지금까지 상상력으로만 그려 오던 성경의 여러 사실들에 대한 환상이 많이 깨지고 있다는 것도 느낄 수 있었다.

이날 점심은 안내를 맡았던 이 목사님 댁에서 준비하여 주셨다. 며칠 동안 한국 음식을 먹지 못했던 일행의 심중을 헤아리기라도 한 듯, 사모님께서는 한국 음식의 진수를 맛보게 해 주셨다. 모두들 사모님께 대하여 칭찬이 자자했다. 너무 많이 먹어 오후에 거동이 불편할 정도였다.

점심을 든 뒤 베들레헴 순례에 나서는 길에 마가의 다락방으로 추정되는 곳을 찾았다. 예수님께서 승천하시기 전 120여 명의 제자들이 모여 열심히 기도하며 성령을 받은 곳이다. 이곳은 시온(Zion) 산에 있었다. 시온 산은 신약의 교회시대 이전에는 다윗 성을 일컬었고, 신약의 성령시대에 이르러서는 마가의 다락방을 중심으로 교회운동이 일어났다는 점에서 그 존재 의의를 새삼 느낄 수 있었다.

예루살렘에서 4km 정도 남쪽에 위치한 베들레헴은 아랍자치구에 해당되는 것 같았다. 벽보를 보고 얼마 전에 선거가 있었음을 알 수 있었다. 지난번 이스라엘과 팔레스타인(아라파트)의 협상으로 아랍자치구를 설치하기로 합의한 뒤 이스라엘 안에는 곳곳에 아랍자치구가 설치되었다. 순례객들은 확연히 구분할 수 없지만, 교통질서와 잡상인·걸인 등을 통해 아랍인들의 자치구역을 대개 짐작할 수 있었다. 베들레헴에서는 예수님의 탄생 교회만 찾기로 하였다. 그러나 이미 예루살렘에서 여러 유적을 보아서인지, 아니면 장터로 변한 베들레헴 유적지의 모습 때문인지 큰 감동은 받을 수 없었다.

베들레헴은 역사를 'BC'에서 'AD'로 바꾼 분수령을 제공한 도시지만, 외관상으로는 매우 초라하게 보였다. 예수 탄생 교회는 예수님이 탄생한 동굴 위에 건립되었다. 로마의 하드리아누스 황제는 처음에 기독교를 말살하기 위해 이곳에다 로마의 아도니스 신전을 세웠다(135년). 그 200년 뒤 콘스탄티누스 황제가 기독교 신앙의 자유를 허락하자 황제의 모후 헬레나는 이 신전을 헐고 339년에 예수 탄생 교회를 세웠다. 그로부터 200여 년 뒤에 팔레스타인에 민란이 일어나 이 교회가 파괴되었다가 로마 유스티니아누스 황제가 이를 재건하였는데, 그 뒤로는 숱한 전쟁에도 불구하고 1400여 년이나 지난 오늘날에까지 보존되고 있다.

'구유의 광장'을 지나 예수 탄생 교회에 들어가는 입구에는 폭이 80cm 정도에 높이가 120cm에 지나지 않는 문이 있어 이 문을 통과해야만 교회당으로 들어갈 수 있다. 원래는 문이 높았지만, 말을 타고 교회로 들어가는 것을 막기 위해 높이를 낮추었다고 한다. 이 문은 예수님을 만나고자 하는 이들은 누구든지 자신을 낮추고 머리를 숙여야 한다는 진리를 가르쳐 준다는 의미에서 '겸손의 문'이라 한다. 이 문을 통과하여 교회 안으로 들어가 보니, 지하층에 '예수 탄생 동굴'이 있었다. 인류를 구원하기 위해 오신 주님은 지금은 이렇게 장식되어 만인의 주목을 받고 있지만, 원래는 누구도 알아주지 않던 매우 초라했던 이곳에서 탄생했던 것이다. 그의 초라함이 인류를 부요하게 했고 그의 낮아지심이 버림받은 우리를 높여 주었다. 이런 생각을 하면서도, 바깥에 나와서 본 성지 주변에 우글거리는 장사치들의 모습은 성경을 통해서만 베들레헴을 찾았던 우리의 기존 생각을 크게 오염시켰다. 그렇다. 성지순례에서 보이는 이런 상업화된 모습은 순례자들의 신앙과 인격에 반드시 긍정적인 영향만을 주는 것이 아니리라.

베들레헴에서 돌아와 필자는 저녁에 이곳에 계시는 김진해 목사님 댁으로 초대를 받아 5~6명의 한국인 유학생들과 함께 조국의 현실과 한국 교회의 장래에 대한 이야기를 나눌 수 있었다. 조국을 멀리 떠나 있으면서도 조국의 현실과 장래에 대해 열린 자세를 갖고 있는 이곳 유학생들에게 감사하는 마음과 든든한 신뢰를 보낼 수 있었다. 이들이 현지에서 이스라엘을 열심히 배워 돌아와 봉사하게 되는 날, 조국은 더욱 하나님의 뜻을 높이는 강토로 변화될 수 있을 것이라는 강한 희망을 갖게 되었다.

그 이튿날(29일) 새벽 1시 30분에 일어나, 까다롭기 짝이 없다는 텔아비브 공항의 검색을 통과하고 스위스 루체른에서 일박, 귀국길에 오르게 되었다.

이번의 성지순례를 통해서 배우고 느낀 것은 이루 말할 수 없다. 추상적으로 상상만 하던 이스라엘의 출애굽과 예수님의 행적을 실제 답사를 통해 확인할 수 있게 되어 이제부터의 신앙이 더욱 구체적으로 변화할 수 있게 될 것이라는 확신을 갖게 되었다. 예수님이 부활하신 뒤 도마에게 "너는 나를 본 고로 믿느냐. 보지 못하고 믿는 자들은 복되도다"(요 20:29)라고 했지만, 예수님의 행적과 관련된 지역을 살펴보면서, 이르는 곳마다 이런 사연과 저런 말씀이 관계되어 있다는 것을 확인하는 순간, 그 말씀이 그때의 상황과 함께 생동감 있게 살아나고 있음을 느낄 수가 있었다. 이것은, 성지가 자본주의에 오염되어 가고 있다는 우려에도 불구하고, 이번 성지순례를 통해 얻었던 무엇보다 값진 교훈임에 틀림없다. 이제 신·구약의 말씀이 역사적 지리적 상황을 동반하면서 더욱 구체성을 띄고 다가오게 되었으며, 신앙생활이 인간의 현실을 떠난 것이 아님도 명백해진 것이다.

터키·그리스의 기독교 유적 순례

2002년 8월 12일 ~ 8월 25일

◉ **여행경로** : 서울 → 이스탄불 → 아다나 → 이스켄데룬 → (수리아)안디옥 → 다소 → 갑바도기야(우치히사르, 괴레메, 카이세리아, 데린큐유) → 이고니온 → (비시디아)안디옥 → 라오디게아 → 파묵깔레(히에라폴리스) → 빌라델비아 → 사데 → 두아디라 → 버가모 → 서머나 → 에베소 → 쿠사다시 → 밧모 섬 → 아테네 → 고린도 → 아테네 → 라미아(메테오라) → 데살로니가 → 아볼로니아 → 암비볼리 → 빌립보 → 네압볼리 → 입살라 → 이스탄불 → 서울

2002년 8월 12일부터 25일까지 터키와 그리스의 초대기독교 유적지를 탐방했다. 이번에는 기독교방송의 알선으로 순례팀에 합류하게 되었다. 이스라엘 성지순례 뒤에 초대교회 유적지를 방문, 베드로와 요한, 바나바와 바울을 만나고 싶었다. 이번 여행에서는 고등학교 선배요, 그 시절 신앙적으로 나를 이끌어준 강위영 박사 내외분과 우연히 합류하게 되어 매우 즐거운 시간을 보낼 수 있었다. 초대교회 유적을 보면서, 믿음을 지키기 위해 애쓴 선진들의 그 순교적 신앙을 가는 곳마다 느낄 수 있었다. 한편 지금은 폐허로 변한 교회 유적을 보면서 한국 교회의 앞날은 어떻게 될 것인지를 염려하지 않을 수 없었다.

8월 12일 (월) 서울 맑고 이스탄불 흐리며 아다나 맑음. 초대교회 성지순례 첫날이다. 준비하던 논문을 완성하지는 못하고 7장 중 2장은 미완성인 채 끝내니 새벽 5시다. 그래도 눈을 붙이는 것이 좋겠다 싶어 침실로 올라가니 새온이가 내 침대에서 자고 있다. 그 옆에 비집고 들어가 누웠으나 잠이 제대로 올 리가 없다. 아내가 7시가 다 되어 간다고 귀띔해 주어서 부랴부랴 일어나 몸을 씻고 짐을 챙겨 나왔다. 새온이에게 어제 저녁에 설명을 한다고 했지만 아이가 알아들었을 리가 없다. 할아버지가 비행기를 타고 저 멀리 다녀오겠다고 하고 며칠 동안 할머니와 잘 있어야 한다고 당부했다. 새온이는 무슨 말인지도 알아듣지 못한 채 고개만 끄덕였다. 총명한 아이니까 알아들었을 것도 같다. 토속촌 앞에서 기다리고 있는 택시를 타고 광화문 버스정류장에 가서 7시 40분경에 인천공항행 셔틀버스를 탈 수 있었다. 6천 원. 오늘 아침은 제법 타는 사람이 많았다.

집에서 수첩을 챙겨 왔어야 했는데, 그냥 나왔다. 8시 40분에 인천공항에 도착했다. 공항에 와서 보니 집합 장소 때문에 수첩에 메모해 둔 것이 당장 필요했다. 며칠 전에 두 번이나 확인했기 때문에 어슴푸레하게 기억나는 것이 있어서 그 기억을 더듬어 'B 18' 카운터로 가야 한다고 생각했으나, 오늘 타고 갈 비행기가 터키항공이고 또 운전기사가 외국 항공은 나중에 내리라는 바람에 'B'가 처음 버스정류장에 있다는 것을 깜박 잊고 나중에 내렸다. 내리고 보니 영어 알파벳으로는 끝 지역이었다. 그제야 'B'가 앞에 있다는 것을 알고 다시 앞쪽으로 갔다. 공항이 워낙 커서 걸어가는 데 한참 걸렸다. 그러나 'B'에는 18이 따로 없었다. 집에 전화를 걸어 델타여행사 직원의 전화번호를 알아보려니 아내는 새온이 때문에 전화를 받다가 끊어 버렸다. 전화카드를 살피니 80원이 남았고 동전은 없고 해서 만 원짜리 전화카드를 샀다. 겨우 집에 통화가 되어 그 직원의 전화번호를 알았다.

나는 'V'를 'B'로 잘못 들었나 싶어 'V' 쪽으로 가면서 그 직원에게 전화하니, 그 직원은 전화를 받고서는 나와 이야기하는 것이 아니고 동료 직원에게 다른 지시만 했다. 약간 화가 났다. 겨우 통화가 되어 알아보니 'C 18'이라고 한다. 다시 한참을 가야 했다. 가서 언짢은 태도로 말했다. 두 번이나 확인할 때 분명히 'B 18'이라 해 놓고 지금 와서 그렇게 하면 어떻게 하느냐고 하니 자기는 'C 18'이라고 말했다고 한다. 내가 잘못 들은 것으로 하고 넘겼다. 그러나 이스탄불 등에 와서 보니 이 사람들이 말을 바꾸고 있다는 것을 알 수 있었다. 분명히 이스탄불에 내리면 안내자가 마중할 것이라고 했지만 나오지 않아 일행이 터키 국내선을 갈아타는 데 약간 혼선이 있었다. 그것으로 봐서 나와 약속한 것에서도 그들이 말을 바꾼 것으로 밖에는 이해할 수 없었다. 하찮은 일인 것 같지만 여행사로서는 직원의 말 한마디가 대단히 중요하다고 하지 않을 수 없다.

회사에서 나온 이들이 수속을 대행해 주면서, 이번 여행의 인솔 책임자인 목사님을 소개해 주었다. 기독교대한감리회 삼남연회 부산서지방 성산(聖山)중앙교회의 최광섭(崔光燮) 목사라고 했다. 그는 목원대학을 나왔다고 하면서 나를 잘 안다고 했다. 목원대학에 강의 나오지 않았느냐면서 그 말을 했는데, 나는 목원대학에 강의를 나간 적은 없다. 하여튼 나를 잘 안다고 하니 안심이 되었다. 델타여행사의 사장이 나를 만나기 위해 일부러 나왔다고 했다. 9시 40분에 출입국심사대를 통과했다. 비행기가 한 시간 지연된다고 했다. 12시에 비행기에 들어가 12시 50분에 이륙했다. 좌석은 TK 91. 내 옆자리에는 최광섭 목사님이 일부러 앉았다.

이륙한 지 얼마 안 되어 점심을 주었다. 점심에 앞서 적포도주를 청해 마셨다. 엊저녁에 못 잤으니 일부러라도 자야 하기 때문이다. 점심 뒤에 복도를 걷는 분이 아는 사람인 듯해서 보니 강위영(姜渭榮) 박사였다. 부인도 같이 있었다. 자기 제매(弟妹) 부부가 이번에 이 순례를 가겠다고 해서 같이 떠나게 되었다고 한다. 참으로 우연이다. 이야기를 나누다가 나는 잠을 청했다. 거의 두 시간 정도를 잔 것 같았다. 20시 30분(한국시간)경에 바깥을 내려다보니 강바닥이 허옇게 드러난 곳이 15분 정도 보였다. 여러 갈래의 직선형 길이 나 있는 것으로 봐서 사람의 내왕은 있는 곳으로 보였다. 나무가 거의 없는 것으로 보아 사막같이 보였다.

비행기를 타면서 《중앙일보》와 《동아일보》를 보았는데, 9월 말 아시안게임을 할 때 이번에 이 게임에 참석하는 북한 측의 인공기(人共旗) 게양 문제와 응원단의 인공기 사용 문제를 어떻게 하느냐는 것이 현안의 하나라고 했다. 나는 이 문제의 해결을 위해서 결국 열린 사회가 먼저 그 열린 모습을 보여 주어야 한다고 본다. 우리가 개방하는 그만큼 뒷날 개방을 요구할 수 있게 될 것이라는 전제 위에서 해결하려는 의지를 갖는 것이 좋겠다고 생각한다. 응원도, 게양도 허락할 수 있을 만큼 하도록 하는 것이 좋겠다는 생각이다. 단지 먼저 관계법령을 보완하면 그것을 하는 데 거리낌이 없을 것이다. 당장 국가보안법을 폐지할 수 없다면, 그 법 조항에 국제대회 같은 이유로 인공기를 한국 안에서 게양하는 것은 예외로 한다고 일단 수정 혹은 보완해 놓으면 아무런 문제가 없다고 생각한다.

21시 7분 전이다. 미국의 그랜드 캐니언 같은, 골짜기가 많이 보였다. 지각이 신축작용을 해서 그런 것같이 보였다. 그리고 모래지역이 광활해지고 있다. 광활한 모래지역은 내륙호였던 곳 같이 보였다. 그러다가 가운데에는 아직도 물이 있는 듯한 곳이 보였고 삼림도 보였다. 21시 17분경에 구름이 걷히고 큰 바다가 시작되는데 아마도 카스피해같이 보였다. 21시 40분경에 다시 육지가 보이는데 아제르바이잔이나 그루지야가 아닌가 생각되었다. 터키 북동에서 서북쪽으로 비행하는 것 같았다. 산악이 계속되었다. 이런 곳은 국토 활용율이 1%도 안 될 것같이 보였다. 계속 터키 중부 지역을 동서로 진행하는 것같이 보였다.

12시 15분경에 이스탄불 공항에 도착했다. 매우 무덥고 후텁지근했다. 국제선에서 내려 국내선으로 가는 동안에 마중 나온 사람이 있는지 두리번거렸지만 없었고, 엉뚱하게도 터키 주재 조 선교사를 만나게 되었다. 이곳 시간으로 오후 6시 30분 국내선 비행기를 타도록 되어 있었는데 결국 7시 10분에 타게 되었다. 40분간 다른 손님들은 우리 때문에 기다려야 했던 것이다. 그러나 그 책임은 우리에게 있는 것이 아니고 우리가 탄 비행기가 늦게 도착했기 때문이다. 7시 35분경에 이륙하였다. 흑해인지 자그마한 무인도들이 보였다. 석양에 비친 구름이 매우 아름다웠는데, 광대한 기암절벽층을 이룬 것같이 보였다. 기내에서 간단한 음료수가 제공되었다.

8시 40분에 터키 남부의 도시 아다나에 내려 입국수속을 받고 짐을 찾아 나왔다. 버스에 오르니 9시 10분. 호텔에 도착, 방 배정을 받아 719호실에 들어가려 하니 방 안에 다른 사람이 있어서 다시 카운터에 가서 725호를 배정받았다. 독방이다. 목욕하고 일기를 정리했다. 오늘 한국에서 이스탄불까지 8천km, 이스탄불에서 아다나까지 9백km의, 총 9천km 되는 여행을 강행한 셈이다. 내일부터 안디옥 교회와 바울 사도 의 고향 다소, 갑바도기아 지방을 관광할 것이다.

내 시계를 보니 4시 20분에 멈춰 있었다. 전지가 다 떨어져 더 이상 기능을 하지 않는가 보다. 여행 중에 시계가 없으면 많이 불편할 텐데 하는 걱정이 앞선다.

8월 13일 (화) 맑음. 성지순례 2일째 되는 날이다. 새벽녘에 잠이 깼

으나 몇 시인지 알 수도 없어 일어날 수가 없었다. 모닝콜을 해 준다니 시계가 없더라도 잠을 청할 수밖에 없다. 모닝콜이 울려 잠자리를 수습 한 뒤 목욕하고 식당으로 내려갔다. 벌써 많이 내려와 있었다. 강위영 형과 한 테이블에서 식사를 하며 인생 살아가는 이야기로 꽃을 피웠다. 나이가 많아서인지 손자 손녀 키우는 데 대한 이야기를 나누었다.

예정시간보다 늦은 7시 15분에 아다나의 힐튼 호텔을 출발했다. 가 이드는 아다나가 터키에서 네 번째로 큰 도시라고 하면서, 이스탄불 (1,200만), 앙카라(399만), 이즈미르(350만), 그리고 아다나(150만) 순 이란다. 호텔에서 아침식사는 커피도 주고 잼도 무료로 주지만 점심, 저녁은 그렇지 않단다. 더위를 이기게 해 준다면서 올리브를 많이 먹으 라고 한다. 요구르트는 양젖으로 만드는 것인데, 거기에 꿀과 건포도를 섞어서 먹으면 좋다고 했다. 터키 개관과 오늘 이후의 일정을 대강 말 해 주었다.

터키는 78만㎢로서 남북한의 3.5배, 남한의 8배가 된다고 했다. 서로

섞일 수 없는 두 개가 혼재한 나라라고 했다. 첫째는 유럽과 아시아에 걸쳐 있다는 것이다. 전 국토의 3%는 유럽에, 97%는 아시아에 속해 있는 반도국가로서 유럽은 트라키아 반도, 아시아는 소아시아 혹은 아나톨리아 반도에 걸쳐 있다. 과거 5개의 거대한 제국이 지나갔는데, 히타이트·그리스·마케도니아·로마 그리고 1453년 동로마가 망한 뒤의 오스만 투르크라는 것이다. 터키인들은 유럽인이기를 원해서 유럽연합(EU)에 가입하기를 바라나 준회원국으로 남아 있다. 단 한 번 월드컵 예선전 때 아시아 국가이기를 원했는데, 이는 축구 강국인 유럽 국가들에 끼어서는 예선을 통과하기가 어려웠기 때문이었다. 그들은 48년 만에 월드컵 본선에 들었다고 한다. 한국과는 최근 남다른 관계에 들어갔다고 한다. 축구 선수 이을룡이 온 것도 양국 관계를 가깝게 하는 데 도움이 되었을 것이라고 했다.

오늘 찾아가고 있는 수리아 안디옥과 관련, 가이드는 로마의 속주정책을 말했다. 점령지를 주(州)로 편입시키면 거기에 총독을 파송하고 나이든 늙은 군인들은 주를 방어토록 남긴다는 것이다. 그리고 유대인을 사민(徙民)시켜 그 주(州)가 경제적으로 일어나도록 했다는 것이다. 오후에 볼 바울의 생가가 있는 다소를 설명하면서도, 아마도 바울의 선조도 이런 사민정책의 대상이 되어 다소에 갔다가 부자가 된 것이 아닌가 하고 추측했다. 유대인들은 가는 곳마다 회당을 세웠는데, 바울이 선교하면서 이용한 것이 바로 유대인의 회당이었던 것을 감안하면 로마의 이런 유대인 사민정책이 기독교를 전파하는 데 큰 도움이 되었던 것이다.

다시 말하면 바울은 가는 곳마다 로마 사민정책에 의해 고국을 떠나야 했던 디아스포라들을 만날 수 있었기 때문에 초기의 기독교 선교를 쉽게 할 수 있게 된 것이었다. 이렇게 보면 바울의 선교 때 종종 나타나서 그를 괴롭히던 유대인들은 반드시 방해꾼으로만 볼 수 없다고 생각된다. 오히려 유대인들의 방해가 있었으므로 바울의 선교는 더 알려졌을 것이기 때문이다. 이와 관련하여 찬송이 생각난다. "큰 물결 일어나나 쉬지 못하나 이 풍랑 인연하여서 더 빨리 갑니다." 바울도 그렇게 느꼈을까? 로마가 속주정책을 쓴 것과 관련하여, 시리아는 안타키아(안디옥)를 수도로, 길리기아는 다소를, 밤빌리아는 버가를 각각 주도(州都)로 만들었다는 것이다. 오늘 먼저 가고 있는 곳은 바로 시리아와 국경지역에 있는, 옛 초대교회가 세워졌던 안디옥이라면서 바울과의 관계를 말했다.

가는 동안에 서울에서 합류한 나와 《기독교타임스》의 남재형 목사 부부를 소개했다. 남 목사는 취재차라는 단서 때문에 부담스럽다고 했다. 가는 버스 안에서 한국인이면 으레 그렇게 하는 광경이 벌어졌다. 테이프를 틀고 거기에 따라 노래를 가르치고 그 테이프에 맞춰 노래를 부르고 나중에는 율동까지 했다. 노래까지는 같이 했는데 율동을 같이 따라 할 수 없었다. 선한 동기에서 본다면 일행에게 운동을 시키겠다는 뜻이 담겨 있을 것이다. 그러나 부정적으로 보면 한국인의 집단심리가 이런 곳에서 표출되는 것이라고 하지 않을 수 없다. 새로운 곡이라 하여 소개한 것 가운데에는 내 친구 이수인이 쓴 〈내 마음의 강물〉이라는 곡이 좋았다. 그의 노래곡이 늘 그렇듯이 새로운 감흥을 불러일으켜 주었다.

가는 도중에 이스켄데룬이라는 항구 도시가 있었다. 알렉산드로스 대왕은 가는 곳마다 자기 이름이 붙은 도시를 건설했는데 소아시아에서는 바로 이곳을 건설했다는 것이다. 알렉산드로스 대왕은 BC 356년에 출생하여 BC 334년에 소아시아 원정길에 나섰고 이수스 평원에서 승리, 안디옥을 거쳐 인도까지 정복했다. 그가 기독교 전파에 공헌한 일은 첫째, 길을 닦아 놓은 것이라고 할 수 있다. 둘째, 헬라어로 정복지 언어의 통일을 기했다는 것이다.

▲ 안디옥의 성 베드로 기념 동굴교회

그가 정복지에서 죽게 되었을 때, 제국을 누구에게 넘길까를 물었지만 그는 "가장 강한 자에게"라는 말만 남기고 돌아갔다. 그 뒤 나라가 넷으로 분할 통치되고 말았다. 카산드로스는 마케도니아와 그리스를, 리시마코스는 터키를, 셀레우코스는 시리아를, 프톨레마이오스는 이집트를 각각 차지했다. 셀레우코스가 안디옥으로 명명한 것은 그의 아버지 이름에서 따온 것인데 비시디아 안디옥도 마찬가지다. 안디옥의 외항(外港) 격인 실루기아는 당시 로마제국에서 로마와 알렉산드리아에 이어 세 번째로 큰 항구 도시였는데, 이 이름도 셀레우코스에서 온 것이라고 했다.

초대 기독교회는 다섯 교구를 관장하는 다섯 개의 큰 교회가 있었다. 예루살렘·안디옥·알렉산드리아·콘스탄티노플 그리고 로마였다. 그런데 안디옥 교회는 그 교회에서부터 '그리스도인'이라는 이름이 주어졌을 뿐만 아니라 초기 유대인 중심의 교회를 이방인도 참여하는 교회로, 동서문화 융합의 기독교회로, 세계 선교가 시작되는 바울 선교의 기점이 되었던 곳이다. 당시 인구 50만이나 되던 이 안디옥도 AD 140

년에 지진으로 폐허가 되고 인구 20만으로 줄어들게 되었다. 그 때문에 많은 역사적인 유물들이 유실되어 버리고 말았다. 안디옥은 제1차 세계대전 뒤에 프랑스가 지배하다가 1934년 주민투표로 터키에 붙게 되었다.

오늘 우리가 보러가는 것은 실피우스 산 중턱에 자리하고 있는 성 베드로 동굴교회라는데, 이것은 초대 안디옥 교회를 기념하는 것이라고 한다. 이런 모습을 갖추게 된 것은 12세기, 몇 차례에 걸친 십자군원정 때인 것 같다고 했다. 입구를 터서 그 안에 제법 큰 홀을 만들고 단을 준비해 놓았으며 뒤의 토벽(土壁)에는 베드로상을 갖다 놓았다. 가이드는 준비해 온 성경으로 〈사도행전〉 11장 19~26절을 읽고 나름대로 설명하고는 찬송 405장 〈나 같은 죄인 살리신〉을 불렀으며, 박 장로라는 분이 기도하고 나왔다. 이곳은 예루살렘에서 5백km 되는 지점으로, 아다나에서 오면 두 시간 반 정도(오늘 아침 7시 15분 출발, 10시가 채 안 되어 도착)가 걸린다. 이곳은 동서 교통의 요지로서 십자군이 지나가면서 초대교회 유적을 찾으려다가 이런 동굴을 발견하고 베드로의 동굴교회라고 명명한 것이 아닌가 생각된다.

가이드에게 옛 안디옥 교회의 유적이 어디에 있는지를 물었으나 모른다고 했다. 나는 지진이 나서 도시 전체를 폐허로 만들고, 또 오랜 동안 회교도들이 점령했지만, 도서관과 박물관에 가 보면 기독교 역사 연구자들이 초대교회의 유적들이 어디에 있었는지를 밝혀 놓았을 것이며 그것을 찾아 활용하는 것이 좋지 않겠느냐고 권고했다. 더구나 성경에 그 존재가 확실했고 당시 많은 사람들이 모였다고 한다면, 그 뒤에 구전이나 어떠한 형태로라도 전해져 내려왔을 것이며 학자들은 이것을 찾아냈을 것이라고 했다. 10시 30분에 그곳을 나오면서 보니 'St. Petros Killisesi'라고 이정표를 붙여 놓은 것을 볼 수 있었다. 산 중턱에서 보니 시내가 훤히 내려다보이고 멀리는 바다까지 보였다. 초대 기독교 발상 당시 인구 50만이었던 이곳이 아직도 그 수준에 미치지 못하니, 역사는 반드시 번영과 확장을 향해서 나아가는 것만은 아니라는 생각이 들었다.

다시 아다나 쪽으로 돌아와 아다나에서 39km 서쪽에 있는 다소로 가기 위해 나섰다. 아까 왔던 그 길을 반대로 타는 것이다. 다시 가이드의 터키 소개가 계속되었다. 터키는 국민소득 3천 달러가 채 되지 않지만 자원이 풍부하다고 했다. 인구 7천만에 세계 10번째 안에 드는 강국이라고 했다. 미국이 이라크를 칠 경우 전략적 요지가 될 것이라고 했다. 북대서양조약기구(NATO)의 남동사령부가 아다나에 있고 공군기가 이곳에서 출격할 수 있다고 했다. 아시아에 속해 있으면서 유럽이 되기를 원하는 터키가 취한 선택은 이렇게 이슬람 형제국에 대한 일종의 배반이라고 하지 않을 수 없다. 아무리 형제국이라 하더라도 국경을 접하고 있으면서 이해관계를 달리하고 있는 국가들끼리의 현실적인 조건이 이런 비극을 불러들이고 있다. 이렇게 이해관계를 달리하고 있는 이슬람 형제국들이지만 몇몇 나라에 흩어져 있는 쿠르드족에 대해서는 이해관계를 같이 하고 있다. 즉 쿠르드족에게는 철저히 독립을 주지 않겠다는 것이다.

이슬람의 종교정책은 자기 영역 안에 있는 자들에게 처음에는 개종을 권고한다고 한다. 개종하면 그가 과거에 어떤 종교를 믿었든 불평등이 없어진다고 한다. 개종하지 않더라도 관용정책을 펴서 그 종교를 인정한다는 것이다. 그 예로 이스탄불을 점령한 뒤에 기독교의 총대주교를 인정했다는 것이다. 이런 표면적인 슬로건과는 달리 이슬람권에 신앙의 자유가 있다는 것을 실제 면에서는 인정하기가 힘들다. 이슬람권에서는 기독교를 선교하는 것이 드러나면 추방당한다고 한다. 선교의 자유가 없다면 아무리 관용정책을 쓴다고 해도 그것을 종교의 자유로 인정할 수 없다.

오늘날 자본주의 국가가 대부분 기독교를 신봉하고 있는데, 그곳에서는 이슬람이나 심지어 공산주의까지 자기 이념을 선전할 자유를 갖고 있다. 그러나 상대적으로 사회주의 국가나 이슬람권에서는 기독교 포교의 자유를 얻지 못하고 있다. 여기에 불평등이 있다. 자유주의 사회에서는 만약 사회주의나 이슬람에 대한 자유를 인정하지 않으면 법적인 투쟁을 벌일 수 있다. 그러나 사회주의 사회나 이슬람권에서는 기독교 포교를 인정하지 않는다고 해서 법의 보호를 받을 수 있는가 하면 그렇지 않다. 세계 정부인 유엔이나 국제 기구에서는 각국이 이런 문제를 평등하게 할 의무가 있다. 이것은 단순히 신앙의 자유 차원이 아니라 인권의 차원으로서 접근해야 할 것이다.

안디옥을 출발한 뒤 서쪽으로 달려 이스켄데룬(알렉산드로스가 세운 도시)과 아다나를 지나 다소로 들어갔다. 다소는 로마시대에는 길리기아의 수도였으나 지금은 인구 10만의 소읍에 지나지 않는다고 했다. 과거에는 항구로서 상업도 발달했으나 지금은 주로 농업에 종사하고 있다고 했다. 다소에는 바울 생가로 추정되는 곳에 우물이 있고 클레오파트라의 성문(城門)이 있다고 한다. 가이드는 결혼하지 않았다고 하는데, 결혼에 대한 표현을 할 때 보면 굉장히 환상적인 생각을 갖고 있었다. 그것으로 봐서, 결혼할 상대에 대해서 한번도 생각한 바가 없다는 자신의 말과는 달리 결혼을 하고 싶어 한다는 것을 알 수 있었다. 클레오파트라와 안토니우스의 관계를 설명하는 데서도 그랬다.

다소에는 키드누스(Cydnus)라는 강이 있었는데, 카이사르가 돌아가고 난 뒤에 이 지역을 점령한 안토니우스는 이집트의 클레오파트라를 이곳으로 불렀다고 한다. 클레오파트라는 자기가 탄 배를 은색으로 칠하고 분홍으로 휘장을 했으며 궁녀들도 단장을 잘 했다고 한다. 바다에서 강으로 들어올 때 자신은 비너스처럼 보이도록 했다고 한다. 저녁의 붉은 노을이 감돌 때 강으로 들어와서는 안토니우스에게 바로 가지 않

▲ 안토니우스와 클레오파트라의 전설을 전하는 타르수스(다소)

있다. 안토니우스가 초조하게 기다리고 있을 때 클레오파트라는 그를 자기의 배로 초청했다. BC 41년, 41세의 영웅 안토니우스와 28세의 클레오파트라는 이렇게 만나 그 배 안에서 일이 벌어지고, 안토니우스는 그의 처와 이혼하고 로마 시민들의 비난을 받게 된다. 결국 안토니우스는 카이사르의 양자이면서 로마인들의 기대를 안고 있던 옥타비아누스와 악티움 해전에서 싸웠으나 패배하고 그의 부인이 된 클레오파트라도 자살하고 만다. 바로 안토니우스와 클레오파트라가 처음 만난 곳이기 때문에 로마 시대에 쌓은 이 성문을 클레오파트라 성문이라고 이름 붙인 것이다. 그들은 결혼 뒤에 터키 해안, 아달리야(지금의 안탈리아)를 신혼여행 했다고 한다. 다소는 옛날 알렉산드리아 및 로마와 함께 대학으로도 유명해 로마에서 유학 올 정도였다고 한다.

다소 시내는 잘 정비되지도 않았고 길도 포장이 제대로 안 되었다. 'Selale' 레스토랑에 가서 케밥이라는 요리를 먹었다. 옆에 폭포가 있는 야외 식당이어서 분위기가 좋았다. 점심 뒤에 시내로 들어가 바울 생가

터를 찾고 우물에서 물을 길러 바가지 채로 한 모금 마셨다. 엽서 4장을 1달러에 샀다. AD 33년 스테반이 순교한 뒤 바울은 곧 기독교인을 멸절하기 위해 다메섹으로 가다가 예수를 만나고 아라비아 사막과 예루살렘을 거쳐 고향인 다소로 돌아왔다. 성경을 보면 그런 사실을 찾아낼 수 있다. 안디옥 교회가 생기고 44년에 바나바는 바울을 찾으러 다소에 갔다가 그를 데리고 안디옥으로 돌아왔다. 그들은 1년 동안(AD 44~45년) 많은 무리를 가르쳤으며 45년에서 58년까지 세 차례에 걸쳐 전도여행을 했다.

가이드는 바울 생가의 유적을 돌아보고 난 뒤에 중요한 말을 했다. 터키의 성지는 한국 교회가 지키고 있다는 것이다. 바울 생가만 하더라도 어느 이름 없는 작은 집의 뒤뜰에 있던 존재에 불과했는데, 한국 교회 순례자들이 찾는 바람에 터키 정부는 결국 이곳을 보존하지 않을 수 없게 되었다는 것이다. 바울의 생가로 보이는 건축물은 땅속에 묻혀 있었는데, 지하를 파서 그 유적을 복원, 지금은 유리로 덮어 두었다. 한국 교회 교인들이 이런 공헌이라도 할 수 있었다면 큰 다행이라고 하지 않을 수 없다.

오늘로서 터키에서 공로(空路)를 포함하여 약 3천km를 달린 셈이다. 터키는 칠면조와 이름이 같다 하여 요즘은 투키예로 불린다. 1928년에 케말 파샤(아타튀르크)가 아라비아 문자 사용에서 라틴 문자 29자 사용으로 문자혁명을 일으킨 뒤, 전에 더러 사용하던 아라비아 문자와 페르시아 문자를 완전히 폐기해 버렸는데 이제는 그 두 문자를 아는 사람이 거의 없다. 동시에 그런 문자로 적혀진 코란을 점차 멀리하게 되었다. 터키가 다른 이슬람 국가와는 달리 세속주의를 취할 수 있었던 것도 이런 문자혁명과 밀접한 관련이 있다. 가이드는 간단한 터키 말을 가르쳐 주었다. 안녕하세요＝메르하바, 감사합니다＝사올, 대단히 감사합니다＝촉 사올, 싫어합니다＝쪽 등이다.

클레오파트라 성문을 본 뒤에 갑바도기아를 향해 출발했다. 갑바도기아(카파도키아, 현재의 네브세히르)는 성경에 두 번(〈사도행전〉과 〈베드로서〉) 나오는데 1세기에 이미 이곳에 신앙공동체가 있었음을 보여준다는 것이다. 1900년대 초에 프랑스 신부 일행이 탐험하러 와서 '화들짝' 놀랐다는 곳이다. 터키 중부 오지에 있는데 고도 1,100m 지역이다. 화산의 용암이 흘러나와 형성된 응회암의 산에 핍박받던 그리스도인들이 땅굴을 파고 신앙생활을 유지한 것으로 이름 높은 곳이다. 1922년까지 크리스천들이 동굴에서 살았는데, 터키와 그리스 사이의 인구교환정책에 의해 그리스 기독교인들이 떠나 더 이상 토굴에서 살지 않게 되었다.

고속도로로 가는 동안에 높고 험한 산과 경치가 아름다운 산도 볼 수 있었다. 포잔티(Pozanti)라는 곳은 물이 가장 좋다는데 휴게소에서 물맛을 감상하니 과연 그랬다. 갑바도기아 지역으로 들어와 보니 위데라는 곳부터 분지로 된, 가도 가도 끝이 없는 대평원이 계속되었다. 이 평원에는 스프링클러로 감자농사를 짓고 있었으며, 소떼·양떼들이 보였고, 밀집 거주지에는 회교사원이 군데군데 보였다. 이곳에서는 감자와 호박·멜론·살구 등이 많이 난다. 취락지에는 어김없이 회교사원이 확성기 탑과 함께 서 있었다. 감옥이 있는 곳을 지나면서부터는 미국의 그랜드 캐니언이 연상되면서, 자연과 시간이 빚어낸 하나님의 조화를 볼 수 있었다.

가이드는 갑바도기아로 들어가는 차 안에서 터키 주재 한국인의 상황을 말해 주었다. 현재 500여 명의 한인들이 살고 있는데, 신분을 감추고 유학 등의 방법을 쓰고 있는 선교사가 약 150여 명 있는 것으로 파악된단다. 첫 이주자는 문화사절단(무용단)으로 스페인에 갔던 해외 업소 취업자들로, 그 단장이 계약금을 떼어 먹고 달아나는 바람에 인질이 된 여성들이 계약기간을 마치고 다시 터키에 팔아넘겨져 이곳에 오게 되었고, 그들은 생존하는 방법으로 현지인과 결혼하여 지금은 남부럽지 않게 살고 있다고 한다. 남자로는 병아리 감별사들이 있는데, 그들도 여기에 와서 현지 여성을 만나 정착하게 되었다. 세 번째는 중동에 진출했다가 중동전쟁으로 갈 데가 없어진 교포들이 이곳으로 와서 생존 전략으로 한국식당, 여행사를 시작하게 된 것을 들 수 있다.

1988년 올림픽은 한국을 세계에 알리는 데 큰 공헌을 했는데, 그때는 자라나고 있는 한국을 세계에 알린 것이요, 2002년 월드컵은 성숙한 한국을 세계에 알리는 계기가 되었다. 1988년 이후 유학 자유화가 이뤄지면서 학생들과 섬유업체 사람들이 '걸레 가방'을 들고 들어와 지금은 터키 시장의 90% 이상을 한국산으로 공급할 수 있도록 만들었다. 지금은 무조건 와서 개척하려는 젊은이들이 늘어나고 있다고 한다. 어떤 부부는 단돈 700달러를 들고 들어와 개척하고 있다고 한다. 아직 500여 명이어서 교민들이 서로 돕고 있는 형편이지만 교민 천 명이 넘으면 먼저 교회가 갈라진다는 이민 사회의 경험 때문에 걱정들을 하고 있다고 한다. 빛이 되지 못하는 기독교인을 해외 진출에서도 읽을 수 있다.

저녁 7시 30분경에 신비의 땅 갑바도기아로 들어와서 호텔 무스타파 (Mustafa) 424호에 여장을 풀었다. 저녁을 먹으면서 일행 가운데 어느 부부로부터 시계를 빌릴 수 있었다. 감사할 일이다.

8월 14일 (수) 맑음. 새벽 4시에 일어나 어제 채 마무리하지 못한 일기를 정리하다. 7시 15분에 아침을 들고 8시에 호텔에서 출발했다. 오늘은 갑바도기아의 여러 신앙 유적들을 살펴보고 저녁때에는 성경에 이고니온으로 나타나 있는 코냐(Konya)까지 가야 한단다.

갑바도기아(라틴어 표기로 Kapadokya 또는 Cappadocia)란 말은 "아름다운 말을 타다"라는 뜻을 갖고 있다. 그런 말에 맞게 여기서 오래 전

▲ 갑바도기아

부터 좋은 말을 생산해 왔다. 이 지역은 오래 전부터 화산 폭발이 많아 화산재와 용암을 분출했다. 화산재는 응회암으로 되었지만, 용암은 굳어지면 단단한 돌이나 바위가 되어 화산재가 만들어 놓은 응회암 바위와 층위를 이루게 된다. 그럴 때 응회암의 지붕이 되고 벽이 될 수 있다는 것이다. 응회암은 간단한 도구로도 긁어 낼 수 있어 내부에 공간을 만들기가 쉽다고 한다. 그래서 과거 이 갑바도기아에는 그런 형태의 주거지가 많이 생겨나게 되었다는 것이다. 특히 이 주거지들은 어떤 종교적인 목적으로 생겨난 것이 많은데, 가령 핍박을 피해 은둔생활을 하는데 이용했거나 신학교나 수도원·수녀원 생활에 이용한 것이 그런 경우에 속할 것이다.

　이런 지상이나 지하 동굴 형태의 주거지가 이용된 것은 언제부터인지 알 수 없으나 구석기시대와 신석기시대의 흔적이 보인다고 한다. 그러나 기록으로 보이는 것은 BC 4세기 페르시아전쟁 때 페르시아인들이 이곳을 지나면서 남겨 놓은 것이라고 한다. 시간의 흐름에 따라 이 주거지의 주인도 바뀐 것같이 보인다고 한다. 당시 상황이나 주거 형태로 봐서 기독교에 대한 핍박기에 교도들이 오지(奧地)인 이곳을 핍박을 피하는 장소로 이용한 것 같다는 것이다.

이곳은 천혜의 아름다운 경치로 많은 사람들의 입에 오르내렸던 곳이다. 터키의 여행가 첼렙은 "세상 어느 것과도 바꿀 수 없는 것이 갑바도기아다"라고 말했단다. 버스를 타고 지나가는 동안 응회암 돌 기둥 위에 모자를 씌운 듯한 바위들이 보인다. 그 석주 중간에 동굴이 보이기도 했다.

먼저 우치히사르(Uçhisar)로 갔다. 보통 5~6층 크기의 아파트 규모인 이 산은 벌집 같은 모습이다. 지금은 그 바깥의 밑이나 옆에 사람들이 만들어 놓은 주택들이 있고 그 산 자체도 풍화작용에 따라 많이 허물어졌지만 아직도 외관으로는 과거의 모습을 지니고 있다. 그곳으로 가는 길가의 계곡에는 비둘기 집들이 보였다. 비둘기 집을 지어준 것은 비둘기를 통신수단으로 이용하기도 했지만, 계곡에 빗물이 흘러내리는 곳이 농사를 지을 수 있는 곳이므로 비둘기 똥이 거름이 되기 때문에 그렇게 지어준 것이라고 한다. 원추형으로 된 석주들이 많고 그 중간에는 구멍이 나 있었는데, 이런 것들은 모두 단독으로 된 아파트나 다름이 없다는 것이다. 이런 지형이고 보니 다른 곳에서는 지하 8층으로 된 도시도 형성되었는데, 지하 4층에서는 방이나 사는 공간들이 서로 통한다는 것도 알 수 있었다 한다. 우치히사르는 요새화된 주거지라고 했다. 이런 지하 공간이 로마의 카타콤과 다른 것은, 카타콤은 지하묘지인데 견주어 이곳은 지하의 주거지라는 점이다.

우리는 먼저 괴레메(Göreme)로 갔다. 일종의 야외 박물관이라고 한단다. 이곳에 성 바실리우스 감독이 수도원과 수녀원을 세웠다. 기독교가 어느 정도 발전하면서 신앙생활을 개별화하는 경향(혼자서 기도하고 수도만 하는 등)이 나타나자 이를 막고 신앙공동체를 형성하기 위해 만든 것이었다. 괴레메 동굴은 교회들이 집단적으로 있는 곳이다. 1년

365일에 따라서 365개의 교회가 있다는 것이다. 교회라야 5평 남짓한 공간인데, 이런 것이 이 돌산에 365개가 넘게 있다는 것은 놀라운 일이다. 4~7세기경은 기독교가 가장 번성할 때이다. 이때 카이사리아 감독 바실리우스는 자연을 이용하여 이곳에 수도원을 만들었다고 한다. 지금은 유네스코 세계문화유산으로 등재되어 보호를 받고 있으며, 일부 허물어지는 응회암은 흙 대신 시멘트로 딱딱하게 굳혀 보호하고 있다고 한다. 이곳은 4~13세기까지 교회 노릇을 했다는 것이다. 기독교 박해기에는 물론 기독교가 교리논쟁(예를 들면 양성론과 단성론 등)을 벌일 때도 피난처 구실을 했다고 한다. 그 안에는 제단이 있고 초상화가 있으며, 때로는 납골당도 있었다.

성화 훼손이 많이 되었는데, 여러 가지 이유 때문이란다. 우선 성화 숭상으로 성화가 미신화한 것과 밀접한 관련이 있다. 성상숭배사상으로 성화를 긁어가서 물에 타 먹는다는 것이다. 이렇게 무지한 사람들 때문에 훼손되었다. 이런 성상숭배 때문에 746년부터 826년 사이에는 성화 없애는 작업을 했는데, 그 때문에도 성화가 훼손되었다는 것이다. 둘째는 황제숭배사상이 들어와 황제의 박해를 받았기 때문이라고 한다. 성상들 가운데에는 군인 삼총사도 보였다. 이들은 황제에 충성해야 할 군인으로서 황제숭배에 반대했다가 결국 죽임을 당했는데, 이들 가운데 성 조지는 성공회의 수호신이 되었다고 한다.

제대로 성화가 남아 있는 교회도 있었다. 비잔틴 양식의 내부 천장 등을 돔 형식으로 만들었는데 메인 돔의 천개(天蓋)에는 예수 그리스도의 상이 보이고 네 개의 기둥에는 4복음서의 저자와 그 구절들을 써 놓았다. 부속 돔에는 천사들의 모습이 보였다. 제단 위 돔에는 그리스도와 성모, 세례 요한이 있으며, 최후의 심판을 하고 있는 모습으로 12사도와 천사장이 이를 보고 있었다. 성모와 세례 요한은 지옥에 떨어지는 사람들을 보고 기도하고 있으며 다른 곳에는 감독들의 모습들이 보였다. 제대는 사제가 향하는 쪽 벽에 붙어 있는데 이것은 오늘날 사제와 성도 사이에 제대가 있는 것과는 다르다. 이것은 예배 형식이 변했다는 것을 의미한다. 당시 사제가 성도들의 기도를 모아 하나님께 드린다는 의미를 이 제대를 통해 엿볼 수 있다. 벽화를 그려 놓은 것은 성경을 읽지 못할 때 성경의 내용을 그림으로 그려 가르치려고 했기 때문이다. 색깔 중 푸른색은 3세기의 것인데, 성상을 파괴하던 시기라 이중으로 성상을 만들었다는 것을 알 수 있다. 성상 위에 다시 성상을 덧입혔다. 성상 파괴 후에 다시 인물화가 부활되었다.

또 다른 동굴교회로 갔다. 거기에는 뱀이 그려져 있는 성화가 있었다. 앞서 교회에서 본 삼총사 가운데 두 군인이 뱀을 죽이고 있는 모습이다. 교회는 석곽 모습이었다. 다른 벽화에는 313년에 기독교를 공인하고 330년에 수도를 로마에서 콘스탄티노플로 옮긴 콘스탄티누스 대제와 그의 어머니 헬레나를 그렸다. 헬레나는 깊은 신앙인으로 그의 아들 콘스탄티누스 대제가 기독교를 공인하는 데 결정적인 구실을 한 분이다. 그는 80살의 노구를 이끌고 골고다 언덕으로 가서 예수님이 지신 십자가를 찾아냈다는 것이다. 그때 발굴한 그 십자가를 사이에 두고 모자가 나란히 서 있었다. 대제는 태양일을 주일로 선포했다. 오른쪽에는 그리스도께서 축복하는 장면이 보이는데 그것은 이런 성상 혹은 교회를 만들도록 희사한 사람들에게 축복하는 것이다. 한쪽에는 세 분 성인의 모습이 보였는데 그들은 성 오노프리우스와 성 토마스 그리고 성 바실리우스라고 한다. 그 가운데 성 오노푸리우스는 나체로 나타냈지만 나뭇잎으로 성기는 가려져 있다. 사막에서 수도하다가 옷이 헤져 그렇게 나체로 성화에 그려지게 되었다는 것이다.

저온 창고로 사용한 석실도 있었다. 평화시에 바깥에 나가 생활하던 그들이 유사시가 되면 석굴로 들어오는데, 이 석실은 그들이 먹을 것을 준비해서 저온으로 갈무리하는 곳이다. 그 위층에 올라가니 벽에 그을음이 많이 끼어 있었다. 음식을 조리하던 부엌으로 보인다. 위험시에 연기가 바깥으로 나가지 않도록 해야 했기 때문에 곤란을 겪었을 것이다. 다행히 응회암이 연기를 흡수한다는 것이다. 다른 석실은 식당으로 이용했다. 50명 정도를 수용할 수 있었고 그 한 모퉁이에는 수도원장이 앉았을 자리가 보였다. 10m×20m 되는 공간의 한쪽에는 포도주를 만드는 곳도 있었다.

다른 곳으로 가 보았다. 규모가 가장 컸고 어두웠던 교회가 지금은 풍화작용으로 벽이 떨어져 나가 가장 밝은 교회로 변했다. 그 옆방에 있는 성상은 유네스코에서 복원했다고 해서 따로 요금을 받고 들여보낸단다. 일부러 이곳에 왔는데, 요금을 따로 받는다고 해서 보지 않고 가서야 되겠느냐고 판단, 요금을 물어보니 1인당 7달러라고 한다. 나는 21달러를 내고 목사님 두 분(최광섭 목사와 부산의 다른 목사)과 함께 들어가 봤다. 전실(前室)과 본당(本堂, 5m×10m 규모)에 성화를 복원했는데 앞서 설명한 성화와 비슷했다. 나는 관리인에게 한 방인데 7달러를 받는 것은 너무하다고 했다. 그 방의 성화 가운데에는 변화산 속의 예수님이 모세, 엘리야와 의논하는 장면과 세 제자가 잠자는 모습이 보였다. 옆 석실에는 등잔 놓는 자리가 있었고 주방인 듯 그을음이 보였다.

이 수도원 교회는 풍화작용에 따라 점차 닳아가고 있었다. 이것이 훼손되어가는 데는 대기오염도 한몫을 할 것이라고 생각되었다. 인간의 욕심들이 이 천혜의 자연 보고들을 훼손시키고 있는 것이다. 오늘도 섭씨 45도나 되는 더위라고 한다. 그러나 건조해서 그런지 그늘에 들어가기만 하면 아주 시원해지는 느낌이었다. 이곳 괴레메 박물관을 본 느낌과 충격은 대단히 크다. 자연을 이용하여 저렇게 수도원과 수녀원을 만든 것도 굉장하거니와 이런 석실들이 박해를 피하던 신자들을 보호했고 이런 곳에서 신앙과 양심의 자유를 지키려는 그 모습도 아름답게 보였다.

버스 정류장으로 가서 일행을 기다리고 있는 동안에 155개의 컬러 사진이 담겨져 있는 《Cappadocia》라는 그림책를 샀다. 이곳의 지도가 있어서 도움이 되었다.

10시 35분에 버스를 타고 카펫 짜는 공장에 갔다. 아마도 국가의 관광정책의 일환으로 관광버스는 꼭 이곳을 들르도록 되어 있는 것같이 보였다. 그들은 카펫 짜는 것을 보여 주었을 뿐만 아니라 각종 카펫을 전시해 놓고 선전하고 있었다. 부담스러웠다. 그러나 가이드는 전혀 부담 갖지 말고 보라고만 했다. 카펫은 맨발로 다니는 것보다 신발을 신고 다니는 것이 깨끗하게 보존할 수 있다는 것, 신발을 신고 다녀서 300년을 유지할 수 있다는 것, 새끼 양털의 것으로 매우 아름답게 짤 수 있다는 것, 그리고 이것들을 짜는 데 소요되는 시간은 카이세리(카이사리아)에서 짠 실크 카펫인 경우, 5m×6m를 짜는 데 1명이 60개월 걸리며, 3명이 합쳐서 1년 정도 걸린다고 했다. 헤레케의 경우, 1m×1m에 100만 매듭으로, 1명이 18개월 걸리고, 210cm×320cm를 짜는 데 4명이 18개월 걸린다고 한다. 값은 2만 7천 달러라고 한다. 우리 돈으로 3천만 원이 넘는 셈이다. 나오면서 보니 'Y UEK SE L'이라고 써 있었다.

'Yeni Bindelli' (끝의 글자는 i자가 아니고 i자의 위에 점이 없는 글자로 '으'라는 음가를 갖는다고 한다) 식당에서 도네밥을 먹었는데, 조청에 녹말을 넣은 듯한 우리의 찰떡과 비슷한 음식이다.

12시 55분에 식당을 출발, '파노라마'라는 곳에서 사진을 찍었는데 계곡의 모습이 잘 보였다. 터키는 연간 1천만 명의 외국 관광객이 들어와 100억 달러의 수입을 올린다고 했다. 올 여름에만 200만이 들어왔고, 안탈리아에는 관광객을 실은 비행기가 30초에 한 대씩 들어온다고 했다.

우리는 젤베(Zelve) 계곡에 있는, 요정의 굴뚝이라고도 하는 원추형의 석주들을 구경하러 갔다. 아직 형성되고 있는 것도 있고 풍화되어

가는 것도 있었다. 언덕 위에 올라 풍화되어 가는 석주들과 형성되고 있는 석주들을 먼저 구경했다. 내려와서 보니 '주상(柱上) 성자'로 불리는 시므온을 기념하는 성 시므온 교회가 석실 안에 있었다. 그는 사람들의 방해를 피해 기둥을 세운 뒤 그 위에서 살면서 수련할 때 앉거나 눕지 않고 서 있었다고 해서 주상 성자로 불려진다고 했다. 그러기에 그 기둥 위에는 눕거나 앉을 때 필요한 공간이 없었고 서 있을 공간만 있었다고 한다. 이런 성자들이 있었다는 것은 온갖 물욕과 지식욕, 감당하지 못할 짐을 지면서 그것을 명예로 생각하고 있는 나를 부끄럽게 했다. 중세에 성자들은 이렇게 자기를 비우는 생활을 한 분들이 많다. 그러기에 중세는 성자들의 시대라고 해서 좋을 것이다.

14시에 젤베를 출발하다. 돌아오면서 가이드는 신화를 소개했다. 이곳의 주신(主神) 키벨레(그의 자매가 아르테미스=달의 신, 소아시아에서는 풍요의 신)가 목동 아티스를 사랑했는데 아티스가 어느 날 다른 여자와 결혼하겠다고 했다. 키벨레는 질투가 나서 견딜 수가 없었다. 그는 아티스에게 저주하여 아티스는 발광을 했고 자기의 생식기를 잘랐다고 한다. 그 피가 소아시아 전역에 퍼져서 제비꽃으로 변했고, 그 생식기는 갑바도기아의 원추형 석주로 변했다고 한다. 그러고 보니 그 원추형의 석주들이 남성 생식기의 귀두(龜頭)같이 생겼다고 느낀 것은 나만의 느낌이 아니었구나 하는 생각을 갖게 되었다.

지하 거주지(교회)가 있다는 데린큐유(Derinkuyu)로 갔다. '깊은 우물'이라는 뜻이란다. 지하 8층 깊이의 땅속에서 신앙생활을 지키기 위한 노력을 펼친 신앙인들의 모습을 찾아보기 위해서다. 내가 갖고 있는 참고서적《터키》(이희철, 리수, 2002)에는 지하 20층까지 있었다고 하나, 현지 가이드에게 물어보니 8층 이상은 아직 들어보지 못했다고 한다. 핍박을 피해서 지하에서 그 기약 없는 생활을 했을 신앙의 선배들, 우리는 감격 없이는 이들을 거론할 수 없다. 도피생활이 언제 끝날지 모른다는 불안이 그들의 가장 견디기 어려웠던 일이었을 것이다.

표(1천 리라)를 끊어 안으로 내려갔다. 기독교 유적지에서 주로 회교도들이 기독교도들을 상대로 돈을 벌고 있다는 느낌이 언뜻 들었다. 지하 8층까지 내려갔다. 우물이 있었다. 지하에는 주거지 외에 교회와 신학교도 있었을 것이다. 한 공간에 가 보니 십자 날개 모양으로 되어 있었다. 그곳은 틀림없이 교회였을 것이다. 습기가 차서 오래 있을 수도 없었다. 옛날에는 층에서 층으로 서로 통할 수 있도록 되어 있었으나 이제는 길을 잃어 사고 날 가능성이 너무 많아, 아예 출입구부터 8층까지 통로를 따로 내어 곧바로 내려갈 수 있도록 해 두었다. 많은 생각을 할 수 있었다. 그들이 이렇게까지 생활해야 했을 그 신앙은 어디까지였을까. 참으로 그들의 생활 거주지는 방문객 하나하나에게 오늘도 신앙적인 경각심을 불러일으켜 주었다.

과거에는 지하 8층에서 예배를 드릴 수 있도록 했었단다. 그러나 오늘날은 불가능하다. 수요 예배를 거기서 드리기로 하고 갔으나 관리인들은 밖으로 나와서 그 근처에 폐허가 되어 있는 옛 교회에서 예배를 드리라고 한다. 우리는 지하에서 나와 100m도 채 떨어지지 않은 가브리엘 희랍정교회(1853년에 건축)로 가서 예배를 드렸다. 15시 25분부터 김영민 목사 사회로 찬송 383장을 부르고 강갑중 장로의 기도 뒤에 말씀에서는 〈로마서〉 16장 3절(석준복 목사)을 가지고, 바울의 유서와 같은 이 〈로마서〉 16장을 통해 동역자의 의미를 새롭게 생각하게 되었고, 믿음의 선배들이 피 흘려 지켜 온 이 신앙을 잘 지킴과 동시에 한국 교회가 선교의 책임을 다해야 한다고 강조했다. 찬송 168장을 부르고 석준복 목사의 축도로 예배를 끝냈다. 김경미 가이드는 이 가브리엘 교회를 당장은 교회로 복원하기는 어려울 것이므로 우선 문화센터로 만들어 활용할 수 있도록 해야 할 것이라고 했다. 그런 점에서 며칠 전에 그 가이드가 "우리가 주인이 되자"고 한 말이 또 가슴에 와 닿았다.

데린큐유를 떠나면서 가슴이 메었다. 갑바도기아를 떠나는 것이다. 여기에도 감회가 없을 수 없다. 어떤 신앙생활을 할 것인가? 갑바도기아는 나에게 무겁게 질문한다.

15시 50분, 데린큐유를 떠나 악사라이를 거쳐 코냐로 향했다. 코냐는 〈사도행전〉 14장 1절 등에서 이고니온으로 나타나는데, 데린큐유에서 약 3시간 30분이 걸린다. 갑바도기아의 카이세리에 3,917m나 되는 산이 있었고 3,263m가 되는 핫산 산이 있지만 지대 자체가 높아서 별로 높은 것 같지 않았다. 갑바도기아에서 나오면 바위로 둘러싸인 산이 있는데 넓은 계곡마냥 중간에 평원으로 이어졌다. 한 시간 뒤인 16시경에 악사라이를 통과하게 되었고, 이로부터 사방 지평선에 산이 전혀 보이지 않는 광활한 평원이 약 한 시간 정도 계속되었다.

중간에 실크로드의 대상들이 휴식을 취하는 '카라반사라이'가 술탄하늬에 있었는데, 이것은 12세기 셀주크 투르크 시대부터 내려오는 것이라고 한다. 그 안에 들어가 보니 입구에 수위실이 양쪽에 있고 왼쪽에는 남녀 목욕탕과 숙소, 식당이 있었으며 오른쪽 회랑에는 시장이 섰다. 가운데 따로 지은 이층 건물은 모스크로 거기서 신앙생활의 활력을 얻도록 했고, 그 안에는 낙타와 말이 쉬는 마구간이 넓게 자리 잡고 있었다. 이 숙소에서는 모든 것이 무료로 제공되었다. 그 안에는 병든 동물들을 치료하는 동물병원도 있었다. 1년이나 걸려 물건을 가져왔어도 가끔 도둑들이 있어서 몽땅 빼앗기고 나면 돌아가기가 어렵게 되었단다. 이런 딱한 경우를 위해서 어음제도가 생겨나게 되었다고 한다.

술탄하늬를 지나서도 평야가 계속되었다. 드디어 산과 굽은 길이 나타나면서 코냐에 다다르게 되었다. 코냐는 농산물 집산지로 그 가공업도 발달했고, 또 자동차 조립 등의 산업도 발달하고 있다고 했다. 곳곳에 회교사원이 보여 '내일 새벽에 또 시끄럽겠구나' 하는 생각을 갖게 되었다.

예약한 호텔인 베라(Bera)에 19시 10분에 도착했다. 계속 혼자 쓰는 방을 주는데, 오늘은 거실이 따로 달린 방이었다. 아마도 보통 방이 없어서 그러는가 보다. 일기의 일부를 정리하고 한국으로부터 전화를 받았다. 남북 장관급회담을 오늘 마치면서 공동발표를 했는데, 아직도 과거에 합의 본 내용을 구체적으로 실천하는 문제를 약속하는 움직임은 전혀 보이지 않는 것 같다. 그래도 양측은 관계 개선이 진전되고 있다고 평가하는 모양이다. 긍정적인 눈으로 보면 그럴 수 있을 것이다. 그러나 한 발자국도 더 나가지 못하고 있는 남북 관계를 보면 답답하기 그지없다. 이것은 양측 정부의 대변인이 어떻게 말하든 거기에 관계없이 보이는 남북 관계의 현주소라고 할 것이다.

8월 15일 (목) 맑음. 맑다고 표현하지만 이렇게 청명할 수가 없다.

참으로 맑고 깨끗한 하늘이다. 작년에 몽골에 갔을 때 보았던 그 청정(淸淨)함이라고나 할까?

새벽 4시에 일어나 어제 저녁에 거의 쓰지 못하고 둔 일기를 정리하였다. 6시 반에 아침을 들고 7시 반에 성경의 지명인 비시디아 안디옥을 향해 호텔을 출발하다. 오늘은 비시디아 안디옥과 라오디게아 교회 그리고 천혜의 휴양지인 파묵깔레를 거쳐 '성스러운 도시'라는 뜻의 히에라폴리스에까지 이르는 일정이다.

오늘의 일정과 그리스의 성지순례는 바울의 1, 2, 3차 선교여행과 관련있는 만큼, 우선 바울의 제1차 전도여행(행 13장~14장)의 경유지를 이해하는 것이 중요하다. 바울과 바나바는 수리아 안디옥에서 자기들이 양육한 교인들의 환송을 받으며 실루기아(셀레우코스) 항을 떠나 구브로(살라미와 바보)를 거쳐 밤빌리아의 버가로 갔다. 그 뒤 버가 → 비시디아 안디옥 → 갈라디아의 이고니온 → 루스드라 → 더베 → 루스드라 → 비시디아 안디옥 → 버가 → 앗탈리아 → 수리아 안디옥으로 돌아왔다. 오늘 일정을 바울의 전도여행과 관련시킨다면 출발지 이고니온이 보이는데, 현재로서는 코냐(이고니온)에서 바울의 행적을 찾는 것은 거의 불가능하다. 다행히 비시디아 안디옥에서는 최근 캐나다 퀘벡 대학에서 발굴 작업을 한 결과 바울 기념 교회 터를 발견하게 되어 그런대로 바울의 발걸음이 닿은 곳을 일부 확인할 수 있게 되었다.

가이드는 출발하면서, 코냐는 터키에서도 가장 보수적인 회교(시아파)가 주도하고 있는 곳이어서 외국인 관광객에게는 불편한 것이 많다고 했다. 그들은 첫 기도를 햇빛이 날 때 시작하는데(때문에 시간이 일정하지 않다고 한다), 이때 무에진(소리하는 종교 지도자)이 아잔(소리)을 하며 때로는 수피즘에서는 고행으로 그 기도를 대신하기도 한다. '샤마'라는 춤을 추는데, 이 춤은 메글라바 루비라는 사람이 창안한 것으로 그의 기일(12월 8일)이 되면 아예 공연을 한다. 코냐에는 1900년에 지은 바울을 기념하는 성 바울 성당이 있을 뿐이다. 그 성당에도 본국인은 거의 출석하지 않고 방문객만 몇 사람이 출석하고 있다고 한다.

바울의 1차 전도여행은 AD 45~48년에 걸쳐 진행되었는데, 구브로(키프로스)에서부터 시작된 것은 아마도 구브로가 바나바의 고향이었기 때문이었을 것이다. 이 전도여행에서 마가가 중간에 돌아오는 일이 있었지만 바울과 바나바는 전도여행을 잘 마치고 안디옥으로 돌아오게 되었다.

코냐에서 비시디아 안디옥까지는 약 180km이다. 얏바치라는 도시를 거쳐 과거 비시디아 안디옥 교회의 터가 있는 곳으로 갔다. 이곳은 현재 주택이 전혀 들어서지 않은 일종의 폐허 지역으로 되어 있는데, 최근 발굴 작업으로 과거 지진으로 묻혔던 '성 바울 기념 교회(The Church of St. Paul)' 유적지를 발굴해 냈던 것이다. 바울이 제1차 전도여행 차 비시디아 안디옥에 이른 것은 AD 46년인데, 그때 그는 유대인의 회당을 이용했다. 그곳이 뒷날 기독교가 공인된 후에 성 바울 기념 교회 터가 되었다. 따라서 이곳은 바울이 비시디아 안디옥을 방문, 강론하던 장소라는 것이다.

초대교회에서는 흐르는 물에 세례(침례)를 주었기 때문에 침례탕도 흐르는 물이 고여 넘치도록 그 구조를 만들었다고 한다. 침례탕인 듯한 장소 안에 들어가 사진을 찍었고, 또 발굴한 교회의 표지판이 서 있는 곳에서 사진을 찍었다. AD 325년에 세워진 이 교회당은 아마도 소아시아에서 가장 큰 교회였을 것으로 추정된다고 했다. 이 교회는 이곳의 잦은 지진으로 폐허가 된 듯하다. 교회당 옆 약 200m 떨어진 곳에서는 야외극장이 발굴되었다는데, 지금도 발굴 작업이 대대적으로 진행되고 있는 듯했다. 나는 이곳에서 작업하고 있는 책임자가 있으면 터키의 문화정책에 대해 몇 가지를 물어보려고 했으나 일하는 사람들이 단순 노동을 하는 사람들이어서 물어볼 수가 없었다.

10시 30분경에 그곳을 떠나 얏바치를 통과하여 사방이 높은 산으로 둘러싸여 있는 에이르디르(Eğirdir) 호수(517㎢, 수심이 가장 깊은 곳 16m)를 돌아 반도처럼 되어 있는 곳에 자리 잡고 있는 커반사리(Kervansary) 레스토랑에서 점심을 먹고 마침 1주일에 한 번 서는 장날의 시장에 나가 살펴보았다. 우리의 1970년대를 방불케 했다. 시장 근처에 로마 유적인 듯한 성벽이 있어서 이곳 아이들과 함께 사진을 찍었다. 그 가운데 영어를 아는 슈헤일라 아킨이라는 학생이 자기에게 꼭 사진을 보내달라고 하면서 주소를 적어 주었다. 나는 약속하지 않을 수 없었다. 매우 총명하게 생겼는데, 자기 집은 코냐에 있다고 했다. 아침에 우리가 출발한 바로 그곳이었다.

13시 5분, 우리는 에이르디르를 출발했다. 호수에서 돌아오는 길 왼쪽에 터키 특수부대인 그린베레 부대가 있었다. 터키는 1년 6개월의 병역의무가 있는데, 해외에 파견되어 외화벌이를 하는 사람은 27일 훈련을 받고 7천 달러에 해당하는 돈을 지불하고 면제받는다고 한다. 현재

현역군이 1백 만, 국가예산 가운데 국방비 비중이 단연 높다고 했다. 터키가 갖고 있는 군의 특수한 지위 때문일 것이다.

성경 속의 라오디게아는 지금의 데니즐리(Denizli)와 파묵깔레 사이에 있는데, 그곳으로 가다가 휴식을 취하기 위해 좀 쉬자 집에 전화하여 별일 없다는 확인만 했다. 가이드는 여러 가지 해당 지역 농산물과 관련된 상식적인 이야기를 많이 들려주었다. 해바라기가 많이 생산되는데, 그 씨에서 나오는 기름은 노화방지에 유익하며 튀김요리에 좋다는 것이다. 감람나무(올리브)는 식용유로, 드레싱 등 열을 가하지 않고 음식에 사용하는 것이 좋단다. 아피온(Apion)이라는 지역은 아편의 원산지로 유명한데, 아편은 의약품으로 사용되는 곳이 많다고 한다.

지금의 데니즐리 근처에 옛 라오디게아 도시가 있었다고 전제한다 하더라도, 〈요한계시록〉에 나오는 라오디게아 교회당의 흔적을 여기서 찾는다는 것은 어리석은 일일지 모른다는 것이 가이드의 말이었다. 왜냐하면 〈요한계시록〉에 나오는 것은 교회당을 지칭하는 것이 아니고 교회공동체를 말하기 때문에 유적을 남길 만한 교회당을 당시에 갖고 있었는지 의심스럽다는 것이다. 그러나 얼마 전 캐나다의 퀘벡대학에서 발굴한 옛 도시의 모습으로 보아 교회당의 존재를 전혀 부정할 수도 없다.

옛 도시가 자리 잡은, 제법 높은 언덕에 올라가서 발굴 중인 유적들을 살펴보았다. 유적 가운데 십자가가 새겨진 돌이 보였는데, 이것은 현재 자리에 있었던 것이 아니고 그 옆의 다른 자리에서 발견된 것을 이곳에 갖다 두었다고 한다. 언덕 위에 파묻힌 유적들이 차츰 그 모습을 드러내고 있었는데, 십자가가 새겨진 돌 옆 1백여 미터 떨어진 곳에서는 원형극장이 자태를 드러내고 있었다. 언젠가 이 유적이 완전 발굴되면 이 도시의 역사를 더 정확하게 알 수 있게 될 것이다. 이 근처는 터키에서 보기 드물게 질 좋은 대리석이 많이 생산되는 곳으로, 먼 곳에서부터 주문이 많으며 대리석 가공 공장도 많았다.

가이드는 라오디게아 교회에 관한 〈요한계시록〉 3장 14~22절을 읽어준 뒤에, 이 라오디게아 교회가 왜 그런 책망 ─ 뜨뜻미지근한 상태의, 또 눈병 이야기를 하는 ─ 단계에 들어갔는지 설명해 주었다. 라오디게아는 히에라폴리스 반대편 산에서 흘러내려 오는 물로 농사를 짓곤 했는데, 거기에 오염물질이 들어가 그 물을 이용하게 되면 눈병이 많이 나서 이 근처에서는 안과의학이 발달했다고 한다. 또 미지근한 물의 온천이 있는데, 이것이 곧 라오디게아 교회를 상징하는 것으로 되지 않았는가 하는 것이다. 결국 환경과 물질적인 오염이 라오디게아 교회를 빗대어 말하는 데 사용되었다는 것이다. 그러면 한국 교회는 지금 100년이 안 되었는데 어떤 모양이냐는 것이 가이드의 말이었다. 그러나 아무도 가이드의 이 말을 심각하게 받아들이지 않았다. 지금의 한국 교회는 충분히 축복받고 있는 중인데 그 부패를 말하는 것은 시대착오적인 것같이 보이기 때문이다. 정말 그럴까?

이곳은 또한 목화 산지로 유명하여, 파묵칼레(Pamukkale)로 가는 길에 면제품(綿製品)들을 파는 상점으로 버스를 돌렸다. 그곳에서 손자 새온이를 위해 윗도리를 다섯 점 샀다. 모두들 보고 잘 골랐다고 하지만 치수가 맞을지 걱정이다. 다시 진행하여 온천에서 흘러내려온 물에 녹은 칼슘으로 산 전체가 하얗게 되어버린 파묵칼레로 갔다. 이 파묵칼레는 유네스코가 세계문화유산으로 지정했다고 한다. 그 산 아래에 차를 세워 놓고 사진을 찍었다. 내일은 산 위에 올라가 온천이 나오는 곳에 발을 담가 볼 것이다. 다시 그곳에서 얼마 떨어지지 않은 히에라폴리스, '성스러운 도시'로 가서 호텔에 묵기로 했다. 히에라폴리스는 옛날 이름이며 현재는 파묵칼레로 부르는 곳으로, 골로새와 라오디게아와 함께 데니즐리를 중심으로 삼각형을 이루고 있는 도시이며 성경에도 보이는 이름이라고 한다. 이곳은 사도 바울이 그의 제자 에바브로를 파송하여 전도한 곳이며, 사도 빌립이 순교한 곳으로 빌립 기념 교회가 있었으며, 사도 요한도 밧모 섬에서 나와 노구를 이끌고 이곳으로 와서 교회를 돌보았다고 한다.

오는 동안에 호수 평야에서 천막을 치고 사는 사람들이 보였다. 그들은 일손이 모자라는 곳에 가서 일을 하는 일용직 고용자들이다. 터키도 국제통화기금(IMF) 관리 아래 들어갔을 때 그들은 하루 90kg의 목화를 따기로 하고 약 5만 원의 일당을 받고 일했다는 것이다. 그리고 터키의 부르사에는 비단 산업이 성한데, 동로마 황제 유스티니아누스가 실크로드를 통해 들어오는 중국산 비단을 보고 선교사를 파송, 그 기술을 배워와 부르사에 처음으로 생산토록 해서 터키가 유럽에서는 비단 생산의 효시가 되었다. 선교사를 파견하여 비단 생산 기술을 배워왔다는 것은 내가 처음 듣는 말이다.

18시 10분에 히에라폴리스에 있는 '리커스 리버(Lycus River)' 호텔에 도착했다. 정구를 치자고 해서 네 사람이 시멘트 코트에 나가 모처럼 정구를 쳤다. 저녁 먹은 뒤에는 온천물에 목욕하고 수영장에 갔다가 돌아왔다. 일기를 대충 마무리하니 12시 30분이다. 내일 아침은 보통때보다 일찍 출발한다고 한다. 성지순례에 대한 감상조차 제대로 적을 수 없을 정도로 피곤하다.

8월 16일 (금) 맑음. 한때 비올 듯 흐렸다가 다시 맑아짐. 오전 7시 8분에 호텔을 출발하다. 히에라폴리스로 가면서 먼저 네크로폴리스를 통과하다. 죽은 자들의 도시이다. 무덤을 말한다. 무덤의 모습이 그들의 신분을 나타내는 것이란다. 평민들은 석곽형이고 귀족이나 부호들은 가족형의 묘지란다. 마치 집을 지어놓은 것처럼 그 안에 가족에 따라 석곽이 주어지는 것이다. 이 근처에 1,200기의 무덤들이 있는데, 그렇게 많은 무덤이 조성된 이유는, 첫째 이 근처에 대리석이 많이 난다는 점, 둘째 이곳 온천에 병 고치러 왔다가 죽어 이곳에 묻혔을 것이라는 점을 들 수 있다.

어제 파묵칼레를 밑에서 바라보았을 때에는 석회암산만 보였는데, 이렇게 산 위에 도시가 형성되었을 것이라고는 상상도 못했다. 산에 올라와 보니 산도 넓은 데다 그 위에 이렇게 큰 성곽과 도시가 형성되어 있는 것을 보고 깜짝 놀라지 않을 수 없었다. 고대 로마인들의 지혜를 새삼 느끼지 않을 수 없다. 저 남쪽으로 어제 우리가 다녀온 라오디게아 언덕이 보였다. 산 위에서 흘러내리는 미지근한 온천수가 있어서 관광객들에게 발을 담글 수 있는 기회를 허락하는 모양이다. 이미 석회가 바위로 변한 그 위로 흐르는 물을 따라 발을 적시며 저 아래까지 내려갔다 도로 올라왔다. 온천수가 흐르는 바위 바로 위에는 옛날 건물 잔해가 남아 있고 그것을 히에라폴리스 박물관(Hierapolis Museum)이라고 이름을 붙인 간판이 걸려 있다. 우리는 그 위로 걸어 올라가 보았다. 거기도 한창 발굴 작업이 진행되고 있었다. 원형극장까지 올라가 잠시 기도하고 가이드의 설명을 들었다.

히에라폴리스는 헬레니즘시대부터 형성되었으나 지금 남아 있는 것은 로마시대의 것이다. 지금은 그것을 복원하고 있는데, 큰 건물은 대부분 목욕탕이다. 로마는 시민을 위한 문화시설을 많이 만들어 '로마의 평화(Pax Romana)'를 이끌어 갔는데, 예를 들면 냉탕·온탕·열탕의 목욕탕과 수영장, 전차경기장, 원형경기장, 극장 등이 그런 것이다. 극장은 소극장과 대극장이 있었는데, 대극장은 그 도시 인구의 10분의 1을 수용할 수 있도록 만들었다는 것이다. 따라서 이 극장의 수용 인원을 서슴없이 1만 5천 명일 것이라고 말했는데, 그것은 당시 이곳의 인구가 20만 정도였기 때문이었다.

이 극장에서는 주로 연극이 공연되었다. 좌석은 귀족들의 경우 지정석이 있었고 평민들은 지정석이 따로 없었다. 무대는 서쪽으로 향했고 무대 부속건물도 매우 효율적으로 건축되었다. 조명은 햇빛에 의한 일종의 자연조명이었다. 태양빛으로 조명했기 때문에 태양의 움직임에 따라 연극이 기승전결(起承轉結)의 순서를 밟는다는 것이다. 뒷날 교회당을 만들 때 기존의 건물을 교회로 바꾸었는데, 그 가운데에는 목욕탕을 개조하여 교회당으로 만든 것도 있다고 한다. 지금 유적들이 있는 곳에는 귀족들만이 살았고 일반 평민들은 성 밖에서 살았다고 한다.

왜 이 도시를 히에라폴리스, 즉 ‘성스러운 도시’라고 이름을 지었느냐고 물었더니 약간 엉뚱한 대답이 나왔다. 알렉산드로스 대왕이 후계자 없이 죽었는데 그를 이은 부하들 가운데 리시마코스가 있었다. 리시마코스의 부하 필레타이로스가 뒷날 버가모(버가몬, 페르가몬) 왕조를 개창하고 이 도시를 건설하게 되자, 도시 창건자들이 필레타이로스 부인의 이름 히에로를 따 도시 이름을 그렇게 지었다고 한다.

소아시아의 고대 건축물은 대부분 AD 17년의 지진으로 파괴되었는데, 그 뒤에도 계속 그 위에 건물을 짓곤 했다고 한다. 주기적으로 찾아오는 지진은 많은 것을 파괴했지만, 7세기까지는 파괴되지 않은 모습을 유지했을 것으로 추정했다. 이민족의 침입으로 파괴되었을 수 있지만, 에베소가 4세기경 동고트족의 침입으로 파괴된 경우를 제외하고는 다른 곳에서는 파괴된 것이 거의 없다고 한다. 각 도시에 황제께 드리는 건축물들이 있었는데, 이곳에서는 도미티아누스 황제에게 개선문을 지어 바쳤다. 원형극장에서 좌측으로 있는 높은 언덕에는 사도 빌립을 기념하는 교회당이 있었다고 한다. 사도 빌립은 만년을 이곳에서 보내다가 순교했는데, 그 뒤 이를 기념하는 교회당을 지었던 것이다.

이곳에 이런 고대 로마의 도시가 있을 것이라고는 상상할 수 없었다. 그 유적이 대부분 파괴되었지만 그래도 발굴 작업을 하고 있는 것을 보니 호기심이 없지 않다. 작업을 지휘하는 사람을 보니, 외국 어느 기관

에서 온 것 같았다. 그 사람에게 가서 물어보려고 하는데 작업하는 노동자들이 자기들이 쳐 놓은 선 안으로 들어오면 안 된다고 해서 결국 물어보지 못하고 떠났다. 과거 독일에서 트로이를 발굴한 뒤 거기에 있는 유물들을 몽땅 자기 나라로 가져간 것을 생각하면, 외국에서 들어와 로마 시대의 유적을 발굴하는 것이 오히려 문화재를 더 파괴하는 결과를 가져온다고 생각할 수도 있을 것이다. 여기에 문화유산을 지키기 위한 경제적인 능력이 넉넉지 않은 터키의 고민이 없지 않을 것으로 보인다.

9시 10분 전에 파묵칼레, 즉 히에로폴리스를 떠났다. 떠나면서 가이드는 앙카라 근처의 물고기에 의한 피부병 치료 온천을 소개했다. 물고기들은 보통 물의 온도가 섭씨 32도를 넘으면 살지 못하는데, 그곳 온천에서는 37도에서 38도까지 되는 수온에도 생존한다고 한다. 피부병이 있는 사람이 그 온천에 들어가면 물고기들이 몰려와 그 부위를 쪼고 헤집고 물어뜯고 하여 온천물과 함께 낫게 한다는 것이다. 이 온천은 캉갈(Kangal) 물고기 온천이라고 한단다. 터키에서는 양떼를 보호하는 캉갈 개도 있다고 한다.

빌라델비아(필라델피아, Philadelphia)로 옮겨 갔다. 그 어원은 필레오, 즉 사랑이라는 말과 델로스. 즉 형제라는 말을 합성한 것으로 '형제 사랑'이라는 뜻이 있다. 버가모 왕국 에우메네스 2세가 재위하고 있을 때의 일이다. 형 에우메네스 2세가 전쟁 때문에 일선에 나가 있을 때 주위에서 동생에게 정권을 탈취라고 했지만, 동생 아탈로스 2세(뒤에 즉위)는 형을 위해 선한 통치를 했다. 뒤에 이 도시를 건설하면서 사람들이 '형제 사랑의 아탈로스 2세(Attallos II Philadelphos)'를 따서 이런 이름을 붙였다는 것이다.

10시 15분경 현재 지명으로 알라세히르(Alasehir, 알라는 신, 세히르는 도시라는 뜻)에 도착했다. 각 시대마다 주신이 있었는데, 로마시대에는 기독교였고, 현대에는 알라가 되어 있다. 앞으로 어떻게 변할 것인지, 누구도 알 수 없다. AD 6세기경 사도 요한에게 건축해서 바친 기념 교회가 파괴된 채 기둥 세 개만 서 있다. 기둥은 흙으로 만든 장방형의 거대한 것이었다. 〈요한계시록〉에서 요한은 빌라델비아를 언급하면서 '기둥'을 말하고 있는데, 현재 이 교회 터도 기둥을 남겨놓고 있다.

빌라델비아는 동서남북의 교통의 요지로서 〈요한계시록〉이 기록될 때는 큰 도시는 아니었다. 그러나 당시에는 신앙심이 좋았다. 교회의 특징은, 부유한 교회는 그 부유로 약화되고 미미한 교회는 신앙을 지켜 갔다는 것이다. 빌라델비아처럼 지진이 많은 곳도 드물다고 한다. 때문에 건축물은 내진(耐震)을 위해서 기둥이 튼튼해야 했다. 이곳에 남아 있는 기둥은 한 변이 약 5m 정도가 되는 것 같았다. 사방에 주거지가 들어섰고 그 유적 앞에는 이슬람의 모스크가 있었다. 하나님께 칭찬받던 교회가 있던 그 도시가 '알라의 도시'로 변했고, 기둥만 있는 그 교회(물론 요한이 계시록에서 언급한 그 빌라델비아 교회는 아니다)의 형해(形骸) 앞에는 모스크가 서 있는 이런 현상을 어떻게 설명해야 할 것인가. 결국 이 같은 나의 탄식에 가까운 신음소리는 한국 교회를 두고 한 말이다.

필라텔피아를 떠나 40㎞를 달려 사데로 갔다. 보즈(Boz) 산 밑에 자리 잡은 이 도시는 사르디스(Sardis)라고 하는데, 터키 말로는 사르트(Sart)라고 부른다. 리디아(Lydia) 왕국의 수도였고 미다스 왕으로 유명한 프리기아 왕국이 있었던 도시다. 크로이소스가 다스릴 때 그리스에서 이솝과 솔론이 찾아왔다. 크로이소스가 "당신은 그리스의 일곱 현인(賢人) 가운데 한 사람인데, 이 세상에서 가장 행복한 사람이 누구라고 생각하는가?"라고 물었다. 솔론은 아테네의 이름 없는 한 시민 텔로스를 댔다. 물론 솔론은 질문의 의도를 알았고, 또 옆에서 이솝이 "빈말로라도 당신이요라고 말하는 것이 좋지 않겠느냐"고 했지만, 그는 이솝에게 "사람은 누구나 생명을 다하기까지는 행복하다고 말할 수 없다"고 했단다. 아니나 다를까, 페르시아의 다리우스가 쳐들어와 크로이소스를 잡아 화형에 처했다. 그때 그는 솔론을 세 번이나 부르고 죽었다고 한다.

이곳은 1910년대부터 프린스턴대학의 버틀러 교수가 발굴하기 시작한 이래 매년 발굴하고 있다고 한다. 지금 남아 있는 대표적인 유적으로는 세계에서 네 번째로 큰 아데미 신전이다. 이 신전의 석주(石柱) 높이는 16m, 내가 직접 기둥 밑 부분의 둘레를 재어 보니 네 아름이나 되었다. 지름은 171cm를 네 번 곱한 데서 3.14로 나누면 된다. 이 신전은 40m×50m나 되는 규모로, 이렇게 큰 석주가 78개나 된다고 한다. 에베소의 아데미 신전은 127개의 석주를 사용했다고 한다. 사데가 부유했기 때문에 이런 신전 건축이 가능했다. 아마도 이런 부유를 바탕으로 사데에 큰 교회가 세워졌을 것이지만, 〈요한계시록〉이 기록될 때에는 "살았다 하는 이름은 있으나 실상은 '죽은 교회'가 되어 버린" 것이다. 그런 모습을 실증이라도 하듯, 이 큰 신전의 뒤에는 비잔틴 시대에 지은 자그마한 교회당이 있었다. 세상에서 영원한 것은 없다. 교회가 세상을 사랑하면 망한다. 그 교훈을 이렇게 망한 교회들이 말해주고 있다. 〈요한계시록〉에 나타난 7교회 지역을 훑어보면서 많은 실망과 교훈을 동시에 얻는다.

사르트에서 두아디라(현재는 아크히사르)로 가는 길은 65km. 그 길에 빈테페(Bin Tepe, 천 개의 언덕)라 불리는 리디아 왕국의 묘지를 보면서 지나갔다. 그 가운데 미다스 왕의 무덤 부장품은 앙카라 박물관에 보관되어 있다.

아크히사르(Akhisar)에 들어와 먼저 길가의 음식점에서 식사했다. 전주에서 온 일행을 만날 수 있었다. 조용성 선교사를 만났다. 이 팀을 이끌고 소아시아 초대교회 유적을 찾고 있다고 했다. 전주 어느 교회 일행은 이스탄불 근처의 지진 지역을 찾아 의료선교를 하고 돌아가는 길에 이렇게 순례의 길에 나섰다는 것이다. 의사 선생님 몇 분과 교회의 담임목사님들도 만났다. 조용성 선교사가 자신이 옮겼다는《잊혀진 땅 소아시아》라는 책을 주어서 그러지 않아도 정보가 부족한 이번 순례길을 잘 안내받을 수 있게 되었다. 이 책은 초대교회 중심으로 엮었는데 지금까지의 고고학적인 결과물들을 잘 정리했다.

지진이 소아시아에 많은 것은 이 땅이 젊기 때문이란다. 생성된 지 얼마 안 되어 그 젊음을 발산하기 때문이란다. 지진은 땅에 대한 세금이란다. 하도 지진이 심하니까 이런 저런 말들이 나오는 모양이다. 3년 전에 있었던 이스탄불 근처 지진의 사망자와 매몰 실종자는 합해서 약 30만 명이라고 한다. 한국 정부의 지원이 미미한 편이지만 한국 교회의 지원이 계속되는 것은 고무적이라고 했다.

현재 아크히사르로 불려지는 두아디라는 2세기에서부터 6세기 때의 도시 유적 위에 서 있다. 우리가 방문한 곳은 교회가 아니었다. 교회 유적은 아직도 발굴하지 못했다고 하며, 아마도 도시가 이렇게 들어차 있는 상황에서는 장래에도 발굴할 가능성이 없을 것이라고 했다. 이곳에 있는 것은 도시 공사를 하면서 나온 유물들을 모아 놓은 것이라고 한다. 고적에 대한 이해가 없고 보니 사람들이 공사를 하면서 옛 벽이 나오면 자기들의 담장으로 사용했으며 때로는 석재로 사용하기도 했다는 것이다. 이곳에 사는 상인들은 조합(guild)을 조직했는데, 조합을 통해 우상에게 제물을 바치는 일에 참여했다는 것이다.

두아디라와 관련, 초대교회사에서 잊을 수 없는 사람은 바울이 마케도니아의 빌립보에서 만난 루디아다. 그는 두아디라 출신으로 빌립보에서 장사를 하고 있었는데, 바울이 유럽 선교여행에서 아시아인인 루디아의 도움을 받았던 것이다.

초대교회의 성지(聖地)가 그래도 이나마 유지될 수 있는 것도 한국 기독교인들이 성지순례하면서 초대교회의 유적을 찾기 때문이다. 터키인들은 기독교 유적을 찾는 한국인의 이 같은 노력을 보고 그들의 마음의 문을 열어가고 있다. 오늘 유심히 보니 필라델피아를 제외하고는 모두 입장료를 받고 있었다. 이슬람의 후예들이 기독교 유적을 통해 기독교인들로부터 돈을 벌고 있는 것이다. 하나의 아이러니다.

버가모(현제의 베르가마)로 갔다. 버가모는 알렉산드로스 대왕의 부하 리시마코스(Lysimachus)가 통치하기 시작했고, 그의 역신(逆臣) 필레타이로스(Philetaeros)가 버가모(페르가몬) 왕조를 세우면서 본격적인 도시가 되었다. 우리의 방문이 성지순례이기 때문에 산 위에 있는 아크로폴리스 등 일반 역사와 관련된 유적은 자세히 보지 않게 되어 산상에는 가 보지 못했다. 산 위에만 있던 도시가 평지로 확대된 것은 로마 때에 와서라고 한다. BC 133년 아탈로스(Attaalus) 3세는 죽을 때 이 나라를 로마에 바쳤다. 이로써 로마가 소아시아를 지배하게 되었는데, 로마는 아킬라 총독을 파견, 버가모를 아시아의 중심 도시로 삼게 되었다.

우리가 가 보지는 않았지만 그곳의 제우스 신전이 매우 아름답다고 한다. 일찍부터 로마의 지배 아래 들어갔던 만큼 황제의 신전도 가장 먼저 허락을 받아 세웠다. 아우구스투스의 신전은 버가모가 가장 먼저,

그 다음이 서머나, 그리고 에베소의 차례로 지었던 것이다. 그래서 〈요한계시록〉에는 사단의 위가 있는 곳이라고 했다. 황제숭배를 거부하여 순교한 초대 기독교인들이 많았다. 가이드는 정치와 타협하는 자도 이단일 수 있다고 했다. 그는 또 교회의 적은 교회 안에 있었다고 했다. 〈요한계시록〉에는 이곳 교회에 니골라당이 일어났다고 경고했다. 그래서 버가모 교회는 책망을 받았던 것이다.

외국의 발굴팀이 오래 전부터 고적들을 발굴해 왔는데, 그들은 '보물찾기'에 흥미를 느끼고 발굴하고 있다는 인상이란다. 1878년부터 슐리만이 트로이 성을 발굴한 뒤 그들은 베를린에 페르가몬박물관을 세울 수 있을 정도로 이곳의 유물을 가져갔다.

버가모는 일찍부터 의술이 발달하였는데 로마 때에는 가장 발달한 지역이었다. 고대에 가장 뛰어난 의사의 한 사람인 갈레노스(Galenos, AD 129년생)가 이곳 출신으로 마르쿠스 아우렐리우스 등 로마 황제들의 궁중 주치의였다. 아스클레피오스(Asklepios) 신전이 치료센터로 활용되었다고 한다.

우리가 이곳에 와서 유일하게 들린 곳은, 신전이었다가 교회로 변했던 시대 한복판의 한 건물이다. 보통 신전은 돌로 세우는데 이 신전은 벽돌로 지어졌으며 그 두께가 2m나 되었다. 높이 16m, 폭 26m, 길이 60m의 이 신전이 뒷날 '사도 요한에게 바쳐진' 교회로 변했다. 강물이 그 밑에 흐르고 있는 것으로 보아 애굽의 하수신(河水神)인 이시스와 관련 있지 않을까 하고 추측하고 있다. 클레오파트라와 안토니우스가 이곳을 방문한 적이 있는데, 그것을 기념하기 위한 것이었다면 이집트의 신을 위한 신전으로 바쳐졌을 것이다. 이 신전이 교회당으로 바뀐 데 대하여 《잊혀진 땅 소아시아》(조용성, 성광문화사, 51~53쪽)에는 다음과 같이 써 놓았다.

버가모에 지금까지 서 있는 가장 거대한 건물은 붉은 교회(Red Basilica) 또는 홀(Hall)이라고 불려지는 건물로 언덕 밑 부분에 자리하고 있다. 트라얀 아니면 하드리안에 의해 세워졌던 이 건물은 세라피스, 이시스(Isis), 그리고 하포크라테스(Harpocrates)와 같은 이집트의 신들을 위하여 만들어진 신전이다. 건물과 건물 내부의 뜰은 가로 100m, 세로 200m 크기이다.

폐허가 된 교회를 바라보는 나그네들의 마음이 좋을 리가 없다. 비록 그런 건물들이 지진으로 말미암아 폐허가 되었다 할지라도 나는 그렇게 된 것이 자연에 의한 것만으로는 보지 않았다. 중세가 타락했고 이곳에 들어온 터키인들이 이슬람을 받아들인 것과 밀접한 관련이 있을 것으로 보았다. 중세에 교회가 타락해 사람들로부터 싫증의 대상이 되었을 때 그 종교를 담고 있는 교회는 별 수 없이 인간으로부터 외면될 수밖에 없었던 것이다. 겉으로는 하나님의 영광을 말하면서 속으로는 인간의 욕심을 채우는 종교는, 그것이 아무리 고상하고 귀한 존재(사도 요한 등)로 포장된다 하더라도, 더 이상 이 세상에서 존재할 가치가 없다는 것을 보여 주었다. 떠나면서 마음이 좋진 않지만 몇 장의 사진을 찍었다. 그러다가 필기 노트를 두고 그곳을 떠났다. 200m 정도 갔을 때 나는 급히 버스를 세우고 그 장소로 달려가 노트를 찾아 왔다. 이제는 이렇게 잊음이 헤픈 나이가 되었다.

버스는 다음 목적지인 서머나를 향해 서쪽 해안으로 달렸다. 17시 20분경에 에게 해가 보이기 시작했고 올리브 나무들이 많이 나타났다. 올리브는 하나님이 인간에게 주신 가장 중요한 선물이라고 했단다. 이 나무는 2천 년까지 살며, 터키가 가장 많이 보유하고 있다. 올리브는 청과(靑果)와 흑과(黑果)가 있는데, 흑과가 좋다. 기름을 짠 뒤에는 비누를 만든다. 그리고 첫 수확이 역시 가장 좋으며, 더위를 식히는 효능도 있다.

성경에 서머나라고 한 곳은 현재의 이즈미르(Izmir)이다. '아시아의 면류관'이라는 이름을 갖고 있다. 그 정도로 미항(美港)이다. 알렉산드로스가 만든 항구인데 이런 에피소드가 있다. 알렉산드로스가 낮잠을 자고 있는데, 꿈에 사람들을 그곳으로 옮기면 그들이 7배나 행복해질 것이라고 했다. 꿈을 깬 뒤 알렉산드로스는 부하에게 명하여 이 도시를 만들 것을 명했다. 이곳에는 초대교회 감독 폴리갑 기념 교회가 있었다.

19시경에 호텔 프린세스에 도착했다. 저녁을 먹은 뒤 정구를 쳤다. 터키에 와서 정구를 칠 수 있다니, 꿈같은 이야기다. 정구장 옆 잔디밭에서는 결혼식이 있었다. 그들은 거의 자정이 될 때까지 파티를 계속했다. 많은 투숙객들이 이 결혼식 때문에 잠을 설쳤다.

8월 17일 (토)

맑음. 에게 해역의 날씨는 정말 부러울 정도로 맑다. 청정 해역에 맑은 하늘, 거기에다 공기도 깨끗했다. 산천이 한국만큼 수려하지는 않지만, 맑은 하늘에 공기조차 신선하니 예부터 이런 자연을 바탕으로 인걸이 속출하고 문화가 발달한 것이 아닐까? 오늘은 이즈미르(옛 서머나, 스미르나)에서 셀죽(옛 에베소, 에페소스)을 거쳐 휴양도시인 쿠사다시까지 가는 여정이다. 별로 멀지는 않지만 유적들이 꽤 있다고 한다.

서머나는 에게 해를 앞으로 바라보면서 삼면이 산으로 둘러싸여 있는 천혜의 항구도시다. 앞에 바다가 툭 트였으니 그만큼 바다를 통해 문화를 수용할 수 있는 가능성이 큰 지역이다. 이오니아인의 문화가 발달한 지역이다. BC 13세기에 이곳에는 아이올리아인이 들어와 살았는데, 그 뒤 이오니아인에 의해 추방되고 이오니아인의 문화가 꽃피게 되었다. 유명한 《오디세이아》의 작가 호메로스의 고향이기도 하다.

알렉산드로스 대왕이 마케도니아에서 출발하여 골디온 왕국까지 갔다. '골디온의 매듭'이 시험으로 주어졌다. 많은 사람들이 그 매듭을 풀지 못해 망설이고 있는데, 알렉산드로스는 주저하지 않고 그 매듭을 단 칼로 잘라 버렸다. 이른바 발상의 전환이 바로 이런 것이다. 콜럼버스의 친구들이 삶은 계란을 세로로 세우려 했지만 불가능했으나 콜럼버스는 그것을 책상에다 세로로 탁 쳐서 계란 한쪽을 으깨서 세웠던 것이다. 이 것도 일종의 발상의 전환이다. 발상의 전환. 전환하고 보면 이때까지 보았던 사물을 나의 관점에서 새롭게 볼 수 있게 된다. 이렇게 해서 한 시대가 가졌던 고민스러운 매듭을 풀 수 있게 되는 것이다. 민족 통일의 문제나 세계 평화의 문제도 바로 이런 발상의 전환 없이는 불가능하다.

　발상의 전환은 세계사적인 시각에서 꼭 필요하다고 생각한다. 어차피 세계는 다민족이 자기 이익을 추구하면서 어떻게 평화를 유지해 가느냐의 숙제를 갖고 있다. 이 책임은 강대국만이 갖고 있는 것이 아니다. 강대국이 이 책임을 여러 민족, 여러 국가와 함께 공유하려면 우선 자기의 권리를 이양하거나 공유하는 자세가 필요하다. '나는 강대국이니 내 말을 들어야 해. 그렇지 않으면 재미없어'라는 식으로 나간다면, 그런 패권국가에 의해서는 결코 세계의 평화가 이뤄지지 않는다. 이를 위해서는 먼저 미국이 패권주의를 포기하고 세계의 약소국가들에게 자신의 어깨를 낮출 수 있어야 한다. 그럴 때에 작은 민족, 약소국들이 외세의 침략만을 의식하면서 폐쇄적인 자세를 갖는 것을 지양할 수 있을 것이다.

　〈요한계시록〉에 서머나 교회를 말하고 있는 것을 보면, 그 당시 서머나에 교회가 있었음을 알 수 있다. 바울이 이 근처를 다녔기 때문에 그가 직접 서머나에 갔다는 말은 없지만, 교회가 성립되어 있었을 가능성을 배제할 수 없다. 바울이 3차 전도여행을 끝내고 로마로 가서 64년에 순교한 뒤에 이 지방의 교회 지도자는 요한 사도였을 것이다. 그는 예수님께서 마리아를 '네 어머니'라고 부탁한 이후 아마도 마리아를 위해 노력한 것 같다. 요한의 무덤이 셀죽(에베소)에 있는 것으로 보아 요한

이 이곳에서 활약한 것은 틀림없다. 그래서 서머나에서는 요한의 제자 폴리갑 (순교)기념 교회가 남아 있다. 이것은 1600년대에 프랑스 교구에 의해 지어졌다.

6시 30분 아침식사를 하러 식당에 갔는데, 이곳에서 어느 분이 인사를 했다. 알고 보니 한양대학 이희수 교수(터키학 전공)가 한 팀을 거느리고 관광을 왔다는 것이다. 옛날 노동시인으로 유명했던 박노해 시인이 그의 부인과 함께 인사를 했다. 나는 그에게, 옛날에 강의할 때에 박 선생의 시를 학생들에게 읽어 주고 소개했다고 했다. 그는 아래턱에 수염을 기르고 있어서 자신의 둥글고 앳된 얼굴에 약간의 변화를 주고 있었다. 인사하면서 서울에 가면 찾아온다고 했다. 7시 30분에 호텔을 출발하려는데 이희수 교수가 와서 인사했다. 누구와 함께 왔느냐고 물으니 LG 산하 벤처회사의 간부들과 메디슨의 이민화 회장 등 벤처에 관계하고 있는 이들과 함께 왔다고 한다.

인사를 마치고 출발, 8시 10분에 폴리갑 순교 기념 교회로 갔다. 외관상으로 보면 교회 같지 않은데, 지하에 교회당이 있었다. 지금의 성당과 다름이 없었다. 순교의 역사는 멀리 AD 33년의 스테반(스테파노) 순교로부터 시작하여 64년 바울의 참수형 순교로 이어졌는데, 로마제국 때는 황제숭배에 반대한다고 하여 수많은 순교자들이 나왔다. 사도 요한은 예수님께서 '너의 어머니'라고 한 마리아를 돌보는 일 때문인지 순교하지 못하고 '성모(聖母)'를 돌볼 수 있었다. 그러나 그의 제자 폴리갑은 순교했다.

황제숭배가 강요되는 소용돌이 속에서 유대인들은 기독교인의 처형을 선동했다. 폴리갑은 주위의 권고에 따라 시골로 피난했다. 로마 군인들이 그를 찾으러 와서 붙잡자, 그는 그 군인들에게 먹을 것을 주라고 권하고 한 시간의 말미를 달라고 했다. 그는 기도하고 형장으로 끌려갔다. 형장에서 예수를 배반할 것을 권고 받자 그는 이렇게 말했다.

"86년 동안 한번도 그가 나를 배반한 적이 없는데, 어찌 내가 그를 배반할 수 있겠는가." 그는 수많은 사람들이 보는 가운데 화형당했다.

서머나 교회가 〈요한계시록〉에서 칭찬을 받은 것은 바로 폴리갑과 같은 지도자가 있었기 때문이 아닐까 하고 생각한다. 물론 폴리갑의 순교가 그 뒤에 이뤄졌기 때문에 그 연대가 일치한다고는 할 수 없지만, 이런 지도자를 배출할 수 있는 신앙적인 풍토가 〈요한계시록〉이 서술될 때에 이미 조성되어 가고 있었다고 봐야 할 것이다. 물론 바울이 죽은 뒤에 에베소 교회의 지도자도 사도 요한이 되었을 것은 여러 가지 정황으로 보아 분명하다.

순교란 말은 쉽다. 그러나 그런 순간에 실제로 부딪쳤을 때 과연 주를 위해 죽을 수 있을까? 지난번 평양에 갔을 때 많은 사람들이 순교란 이런 것이구나 하고 느꼈다는 분들이 있었다. 고려호텔에 갇혀서 금식 기도할 때 하나님의 역사가 임함을 체험하면서 일행 가운데서 과거 순교는 이런 분위기에서 이뤄졌구나 하는 것을 느낄 수 있었다는 것이다. 갑바도기아의 동굴들과 지하교회를 보았고 로마 유적 곳곳에서 순교 사화를 들으면서 우리의 신앙의 자세를 다시 점검하는 순간이 되고 있다.

에베소는 현재 이름이 셀죽으로 되어 있다. 도로의 이정표에는 여러 지명으로 나오고 있었다. 셀죽(Selcuk)으로 나오는가 하면 에페수스(Ephesus), 에페소(Epeso)로도 나온다. 에베소는 여성들이 유명했다고 한다. 여전사들이 있었는가 하면, 여신인 아데미를 섬겼고, 가장 큰 아데미 신전이 있었다. 또한 431년 에베소(에페소스) 공의회에서 성모숭배사상이 시작됐다. 즉 '성모'라는 칭호를 처음 부여하게 되었던 것이다. 그 때문에 네스토리우스파가 이단으로 정죄되기는 했지만, 이런 결정은 요한이 마리아를 모시고 이곳에 와서 쉴 집을 지어주는 등의 사적과도 관련이 깊을 것이다.

BC 133년에 버가모가 로마에 귀속되자 로마 지배권의 중심지가 점차 버가모에서 에베소로 옮겨졌다. 5월에는 아데미 여신을 위한 축제가 열렸는데, 127개의 석주를 가진 어마어마한 신전에서 행해지는 축제의 제관들은 모두 처녀들이었다. 아데미 여신상은 24개의 유방을 가진 것으로 보아왔으나, 지금은 그렇게 보지 않는단다. 당시 제사 때에 24마리의 황소를 잡아 바쳤는데, 황소의 고환을 상징한다고 한다.

이즈미르에서 약 30분 자동차로 이동하니 에베소(셀죽)에 도착했다. 먼저 에베소의 옛 도시에 남아 있는 유적들을 보기로 했다. 고대 그리스와 로마의 도시가 자연을 잘 이용했듯이 에베소도 양쪽에 큰 산들이 늘어선 사이에 도시를 형성했다. 그 골짜기를 빠져나가면 바다에 닿는 항구길이 약 500m 정도 계속된다. 지금 보이는 유적의 형태는 생각과는 달리 2백여 년(가이드의 표현)의 발굴로 옛 모습을 재현해 놓은 것이라고 한다. 우리의 답사는 옛날 항구 입구의 반대편에서 시작되었다.

그 화려했던 항구도시요 상업도시였던 에베소가 왜 이렇게 폐허로 매몰되고 말았는가. 여기에는 두 가지를 주목할 수 있다. 첫째는 많은 사람들이 '에베소에 대한 동경'(Ephesus Dream)을 가지고 에베소로 몰려들었는데, 연료가 없어지자 산에 올라가 나무를 베어 연료로 사용하기 시작했다는 것이다. 그러자 산사태가 일어나기 시작하여 결국 도시가 매몰되었다. 거기에다 산사태로 흙이 바다를 메우게 되니 에베소 항구는 그 기능을 상실하게 되어 결국 폐허로 되어 갔던 것이다. 7세기까지 도시 기능이 유지되었으나, 매몰된 지역이 늪지로 바뀌면서 모기가 들끓게 되자 결국 더 이상 버티지 못하고 에베소에서 많은 사람들이 떠나게 되었다.

이 도시는, 로마의 도시가 다 그렇듯이, 수도가 잘 발달되었다. 목욕탕이나 가정에까지 물이 공급되기 위해서는 필수적인 것이다. 40km나 떨어진 곳에서 물을 끌어들였다. 상하수도 시설이 완벽하게 이뤄졌는데, 집에까지 수도가 들어오지 못해도 40m 정도만 나가면 언제나 물을 이용할 수 있게 되었다. 이 도시에서도 목욕탕이 매우 컸는데, 뒷날 이런 큰 목욕탕들이 교회당 건물로 바뀌었다. 자연을 이용한 소극장은 1,500명 정도가 들어갈 수 있도록 되었는데, 극장 앞에는 장터가 있었다. 이 장터는 때로는 도시민들이 모여 의논하는 아고라의 성격을 갖기도 했다.

에베소는 조각가들의 경연장이라고 할 정도로 아름다운 도시였다. 소극장은 원래 원로원(元老院) 의원들의 의사당 구실을 했으나, 원로원의 회의가 자주 열리지 않기 때문에 평소에는 주로 음악당(오데움)으로 사용되었다. 소극장에서 조금 내려오니 시청사가 있다. 청사의 기둥에는 시민이 지켜야 할 규칙들을 기록해 놓은 것이 지금도 보였다. 길이 만나는 삼거리에 나왔다. 거기에는 도미티아누스 황제에게 바친 신전이 있었고 아래에는 상가가 있었으며 위에는 민가로 통하고 있었다. 길이 만나는 곳에는 분수대가 있었다. 이것은 도시 미관을 위하는 것이기도 하고, 간이 수도 구실도 했다.

분수대는 정부에서 만든 것이 아니고 개인이 만들었다고 한다. 이런 도시는 철저한 자유도시로서 개인의 명예를 중시했는데, 개인이 그런 명예를 얻기 위해서는 자신이 갖고 있는 것을 희사함으로써 가능했다. 그래서 개인이 이런 분수대를 만들었던 것이다. 그렇게 하면 시(市)는 그를 위해 동상을 만들어 주고 동상 밑에는 그의 생몰연대와 행적을 적어 주었다. 때로는 무덤까지 만들어 주었는데, 그 옆에 있는 '멤미누스의 능(陵)'이 바로 그런 예이다. 그는 에베소를 위해 좋은 일을 많이 했기 때문에 에베소 시민들이 그런 무덤까지 만들어 주어 후대까지 칭송을 받게 했던 것이다.

시청 앞에서 좁은 길을 내려가다 입구의 문을 통과하니 넓은 도로가 나왔다. 도로 양편에는 회랑이 있어서 사람들이 그 그늘로 다니도록 했다. 이 회랑길에는 여러 색깔의 돌로 모자이크된 거리도 있었는데 클레오파트라가 가끔 이 거리를 거닐며 화려한 화장품과 희귀한 물품들을 샀다고 한다. 회랑길을 모자이크로 한 것은 내구성과 내수성을 위해서라고 한다. 조금 내려오니 트라야누스 황제에게 바쳐진 분수대가 나왔는데 매우 아름다웠다.

로마시대에는 각 도시가 황제께 바치는 것으로 경쟁을 했다. 맨 먼저 그들은 황제께 황제신전을 바치려 했다. 무엇을 바치든 황제의 허락이 있어야 가능했는데 황제가 허락하면 그 지방을 위해서 세금을 감면한다든지 하는 은전이 베풀어지기 때문이다. 에베소는 아우구스투스 황제 때 신전을 지어 바치려고 했지만 허락되지 않았다. 소아시아에서는 맨 처음에 버가모가 허락을 받았고 다음에 서머나, 그 다음에 에베소가 허락을 받았다. 처음에 에베소는 황제 신전 대신 분수대를 만들어 바치는 은전을 얻게 되었다.

회랑길 맞은편에 3층의 목욕탕이 있었다. 목욕탕에 얽힌 이야기가 많았다. 부자들은 그때도 몸무게를 줄이기 위해 노력했다. 그래서 목욕탕에는 각종 운동 시설이 다 갖춰져 있었다. 목욕탕에 가는 것도 부자와 평민이 구별되었는데, 부자들은 노예를 거느리고 가서 때를 밀게 했다. 처음에는 남녀 혼탕이다가, 기독교가 수용된 이후 혼탕이 지양되었다고 한다.

황제가 지방을 방문하면 세금을 감면하는 등의 일을 하지만 목욕탕에 가게 되면 인기를 알 수도 있었다. 목욕탕에 가서 대화도 나누는 등 백성을 위하는 황제의 진솔한 마음이 나타나게 되므로 그것을 통해 인기가 측정되었다. 한번은 하드리아누스 황제가 순시하다가 이곳에 와서 목욕탕에 가게 되었는데, 그때 한 늙은이가 때를 밀어 주는 이가 없어 목욕탕 벽에 등을 비비고 있었다. 하드리아누스가 그 노인을 측은히 여겨 돌아보니 그 사람이 옛날 전우인 것을 알게 되었다. 하드리아누스는 곧 그 전우에게 평생 동안 봉사할 노예 한 명을 붙여 주었다. 그 뒤

노인들은 목욕탕에 가서 벽에다 등을 문대는 짓을 습관처럼 하게 되었
다. 하드리아누스는 이곳을 자주 찾았는데, 에베소는 그를 위해 신전을
지어 주게 되었다.

공중화장실이 보였다. 60㎝ 간격으로 마치 열쇠 모양으로 된 전방후
원형(前方後圓形)의 구멍을 뚫어 놓고, 구멍 저 밑에는 물이 흐르도록
해 놓았으며, 구멍 앞 밑바닥에도 대리석에 홈이 있어 물이 흐르도록
되어 있었다. 칸막이도 없었고 따로 휴지걸이도 없었다. 칸막이가 없었
던 것은 당시의 옷들이 앉아도 몸을 가릴 수 있었고 휴지가 없어도 되
었던 것은 그 앞을 흐르는 물이 비데 구실을 했기 때문이다. 공중화장
실은 당시에는 일종의 휴식공간이었다고 한다. 요즘의 '만남의 광장'
같은 곳으로, 만나서 쉬면서 담소하는 공간이었다. 그 위의 공중목욕탕
에서 사용한 물이 그 밑을 흘러 대소변을 씻어 갔다.

에베소를 상징하는 건물 가운데 하나는 셀수스 도서관이다. 지금 복
원된 석재(石材) 중에는 다른 곳에 사용되었던 것이 있지만, 지금도 그
모습은 거의 완벽해 보였다. 이 도서관은 이곳 총독으로 있던 사람이
그의 아버지 셀수스를 위해 지은 것이다. 습기를 막는 장치를 하는 등
그 설계나 효용성에서 매우 뛰어난 건축물이었다. 도서관 옆에는 3개
의 아치로 된 문이 있었다. 이 문은 아우구스투스 황제가 해방시켜 준
노예 마제우스 미트라디데스가 자신의 해방에 대해 감사하는 마음으로
만들었다고 한다. 아마 그는 노예였지만 이런 예술작품을 남길 수 있는
위대한 예술가였을 것이다.

도서관의 위쪽, 공중목욕탕의 아래쪽에 유곽(遊廓)이 있었다. 도서관
앞길에서 얼마 안 되는 곳에 사람의 발을 그려놓고 그 옆에 여성의 머
리털과 나비, 하트형 그림과 작은 구멍이 뚫린 그림 등 사방이 40㎝ 정
도로 된 대리석이 있었다. 유곽을 선전하는 표시란다. 발은 성년자와
미성년자를 구분하기 위한 일종의 자와 같은 것이었다. 발을 거기에 대

어보고 그 발보다 크면 성년이기 때문에 가도 괜찮다는 것이다. 발 옆에 화살 모양의 지시 표시가 있었는데 그것은 도서관 쪽으로 나 있었다. 그냥 생각하면 '미성년자는 도서관에 가서 공부해라' 하는 뜻으로 이해하기 쉽다. 하지만, 일설에 따르면 도서관으로 가면 비밀 통로가 있어서 그곳을 통해 유곽으로 들어갈 수 있다는 것을 표시해 준 것이라고 한다. 가이드는 그 움푹 파인 구멍에 물이 마른 적이 없었다고 말했다. 그 말이 무엇을 상징해서 한 것 같기도 하나 확인해 보지는 못했다.

조금 더 나오니 자연을 이용하여 대극장을 만들어 놓은 것이 보였다. 2만 4천여 명이 앉을 수 있는 공연장이다. 앞 무대 뒤에는 18m나 되는 스케네(skene)가 있었다고 한다. 대극장은 3단계로 되어 있는데, 각각 22계단으로 되어 있었다. 이번 8월에 세계의 대음악가들이 이곳에 와서 연주를 하는데, 그럴 때는 5만 명까지 수용이 가능하다고 한다. 이 대극장은 연극을 주로 했지만, 기독교 박해 시기에는 기독교인들을 데려다 놓고 맹수와 싸우도록 하여 희생시킨 적도 있었다. 폴리갑이 그런 식으로 희생당한 셈인데, 나중에는 맹수와 싸움시키는 대신 화형에 처했다.

대극장과 관련, 바울이 에베소에 와서 전도한 일을 기억하는 것이 좋겠다. 그는 주로 오후에 강론했다. 아마도 가장 더운 시간에 강론할 공간을 빌리는 것이 값이 가장 싸기 때문이었을 것이고, 그때는 쉬는 시간이어서 마음만 먹으면 와서 들을 수 있었던 것이다. 바울이 강론했던 두란노 서원이 어디에 있었는지는 아직 확인되지 않지만, 아마도 대극장과 아고라(시장)가 연결되는 어간이 아닌가 추측된다는 것이다.

이 대극장은, 〈사도행전〉 19장에 보이는 광경이 벌어진 곳인데, 바울을 제외한 일행이 이곳에 잡혀가 일종의 수모를 당하기도 한 자리이다. 바울은 이 소요 때문에 최소 27개월 동안 가르친 에베소를 떠나지 않을 수 없었고, 뒷날 그리스에서 돌아오면서 에베소에 들르지도 못하고 밀레도에서 에베소의 장로들을 불러 고별 설교를 했다. 그 정도로 바울에게는 큰 충격을 주었던 곳이다. 〈사도행전〉 19장의 광경은 온 아시아 지역에서 행해지고 있던 여신 아데미에 대한 숭배가 당시의 경제적 이권과 어떻게 결탁되어 있었는지 보여 주고 있다. 은장색 데메드리오와 그 동료들이 바울이 전하는 기독교 때문에 얼마나 위기감을 느끼고 있었는지를 보여 준다. 그러나 그 에베소도 대극장 앞의 항구거리가 500m밖에 되지 않았는데, 지금은 바다까지가 5km가 되니 더 이상 과거의 영광을 되찾기는 힘들게 되었다.

에베소 고적순례를 마치고 버스를 타고 셀죽 시내로 들어오는 어간에서 점심을 들었다. 터키 음식은 늘 먹어도 별로 부담이 되지 않지만 맛도 별로 없었다. 토마토나 가지 등으로 이런저런 음식을 만들었다. 13시에 음식점을 나와 불불산에 있다는 성모 마리아의 거처를 찾아갔다. 이것이 어떻게 발견되었는지에 대해서는 터키를 소개하는 책자에 더러 나와 있기 때문에 여기서 자세하게 쓰는 것은 생략하겠다. 다만 1878년에 독일의 어느 수녀가 계시를 받아 이곳을 발견하게 되었다는 것만 확인하고 넘어가겠다. 가톨릭에서는 여기에 그런 거처가 있다면 틀림없이 어떤 문헌적인 근거가 있을 것이라고 확신하고 문헌들을 검토한 결과, 431년 에베소 공의회 회의록에 요한 사도가 성모를 모시고 에베소에 와서 살았다는 기록이 있는 것을 찾았다.

마리아가 말년을 보냈다는 집이 복원 수리되어 있는데, 가톨릭의 어느 선교단체에서 관리하고 있다. 그 복원한 집 안은 일종의 성당이 되어 촛불도 꽂게 되어 있었고, 그 밑에 내려오니 기도의 소원을 적어 부적(符籍) 모양으로 꽂아 두는 것도 보였다. 가톨릭 교회에 가면 흔히 볼 수 있는 것으로, 이렇게 촛불을 꽂는 것은 한국의 사찰에 가면 볼 수 있다. 이런 것은 불교 사찰에서 보이는 현상과 비슷하며, 부적을 꽂는 것은 미신화의 현상이라고 하지 않을 수 없다. 그 밑에 내려오니 성수(聖水)가 나온다고 하면서, 가능하면 그 물을 떠다가 가톨릭 친구들에게 주면 좋아할 것이라고 했다. 중요한 것은 세례 터가 이 산속에서 발견되었다는 것이다. 세례 터의 발견은 이곳에 교회가 있었다는 것을 의미한다. 이 깊은 산속에 교회가 있을 정도로 한때 번창했던 기독교는 9세기 경 에베소가 폐허가 되어 버리자 쇠퇴했으며, 이 교회도 찾아오는 사람이 없어 역시 폐허로 되고 말았던 것으로 보인다.

우리는 다시 그 산에서 내려와 사도 요한 기념 교회로 갔다. 셀죽 시내의 중심가를 벗어난 곳 언덕 위에 있었다. 그 언덕 위에는 셀죽 성이 아직도 건재했다. 이 교회는 6세기 유스티니아누스 황제가 만들었는데 당시 최고의 기술로 최고의 작품으로 만들었을 것으로 보인다. 유스티니아누스 황제는 건축을 가장 많이 했고 그것을 즐겼던 황제이기도 하다. 처음에 들어가는 문은 '박해의 문'이라 했는데, 이는 기독교 박해가 끝나면서 가장 먼저 없애버린 경기장의 벽돌을 가지고 와서 만들었기 때문이다. 경기장은 기독교인들을 살해하는 데 활용했기 때문에 이를 없애면서 문을 건축하는 데 그 벽돌을 사용했다.

높은 언덕에서 보니 127개의 석주로 된, 아데미 신전이 있던 자리가 약 200여m 떨어진 곳에 있었다. 아데미 신전이 세계 7대 불가사의(不可思議)에 속하는 것은 127개의 기둥 위에 무게가 224t이나 되는 하나의 돌이 얹혀져 있었기 때문이다. 이 교회는 유스티니아누스 황제가 비잔틴 양식, 즉 돔 양식으로 만들었는데, 위에서 보면 십자형으로 되어 있다. 황제는 이 기념 교회를 사도 요한의 무덤 위에 세웠다고 한다. 때문에 이 교회의 가장 핵심적인 장소에 요한의 시신이 묻혔을 것으로 추정되는 것이다. 이곳은 오래 전부터 미국 측에서 발굴 및 복원을 하려고 노력해 왔는데, 최근에 주제단 바로 밑에 해당되는 곳에 "ST. JEAN IN MEZARI / THE TOMB OF ST. JOHN"이라고 써 놓았다. 이 묘비명은 몇 달 전까지만 하더라도 양철판에 써 있었다고 한다. 요한은 밧모 섬 유배 뒤에 이곳에 와서 천수를 누렸다고 전하고 있다. 그러나 무덤이 이곳에 있기 때문에 베드로와 같은 대접을 받지 못했다.

14시 30분경에 쿠사다시(Kusadasi)를 향해 출발했다. 가이드는 아무런 부담을 갖지 말라면서 어느 가죽 만드는 회사로 안내했다. 그들은 날씬하고 준수한 모델을 이용하여 가죽옷을 선보이고 매장에서 팔려고 노력했다. 모델들이 나와 쇼를 보여 주고 있는데, 나를 데리고 안에 들어가더니만 이상한 가죽옷을 입히고는 같이 모델로 출연하도록 했다. 아주 이상한 옷을 걸쳐 주고 가발까지 씌워 같이 나가서 댄스도 같이 했다. 마친 뒤 터키 사회자는 날더러 이곳에 모델로 취직하라고 했다. 강위영 박사는 "이 교수는 정년퇴임 후에 취직이 되었군" 하고 놀렸다.

오늘은 토요일, 다른 날보다 일찍 호텔로 왔다. 17시경이었다. 쿠사다시 도시 해변에 있는 마리나(Pine Bay Marina) 호텔이었다. 일주일 동안의 피로가 한꺼번에 몰리는 것 같은 느낌을 받는다. 한 시간 정도를 자고 저녁 8시에 풀장이 있는 분위기 좋은 야외식당에서 뷔페식으로 저녁을 들었다.

집에 전화하니 아내는 목소리가 잠겨 있었다. 자다가 일어난 듯하다. 손자 새온이가 깨어서 울고 있었다. 전화 소리에 깬 듯하다. 전화에 대고 '새온아, 새온아' 하고 불렀지만 자다가 깬 애가 제대로 답할 리가 없다. 아내가 새온이 때문에 애를 먹는 것 같아서 서둘러 전화를 끊었다. 낮에 전화를 했으나 받지 않아서 늦은 시간에 다시 했는데 아무런 소식을 듣지 못했다. 아내는 그저 평안하며 급한 연락도 없었다고 했다.

8월 18일 (일) 맑음. 모처럼 늦게까지 잘 수 있었다. 엊저녁에 식사한 뒤에 방에 들어와 9시부터 세 시간 동안 16일치 일기의 마지막 부분을 정리하여 컴퓨터에다 저장하려고 했는데, 작업한 것을 저장하지 못하고 모두 날려버리는 바람에 낭패를 당했다. 다시 작업, 거의 2시에 끝냈다. 덕분에 아침 7시까지 푹 잘 수 있었다.

엊저녁 꿈이 이상했다. 큰 감투를 쓰는 내용이어서 혼자서 씩 웃어 버리고 넘겼다. 꿈에 이런 것이 나타난다는 것은 나의 잠재의식 속에 그런 의지가 있기 때문이 아닌가 하는 생각이 들어서, 한편으로는 부끄럽고 한편으로는 한심하게 생각했다. 평소에 감투에 대해 비판적이었는데, 꿈에서는 그렇지 않은 장면이 나타나니, 꿈이 잠재의식의 발로라고 할 때 나의 잠재의식 속에 그런 소원이 있음을 입증한다고 할 수 있기 때문이다.

아침식사 뒤 9시부터 호텔 측에서 마련한 방에 모두 모여 주일예배를 드렸다. 김 목사의 사회에 석 목사가 〈마태복음〉 16장 15절에서 21절까지에 보이는, 가이사랴 빌립보 지방에 갔던 예수님께서 베드로의 신앙고백을 받고 그로 하여금 하늘과 땅의 권세를 갖는 사람으로 축복하는 내용을 가지고 설교했다.

예배 뒤에 각자가 원하는 자유시간을 가졌다. 나는 석 목사와 최광수 목사 그리고 김 장로와 함께 다른 호텔로 가서 정구를 쳤다. 게임 스코어 1:1로 한 시간 남짓 정구를 치고 12시 30분에 돌아와 여러 사람들과 함께 셀죽에 가서 식사했다. 이곳 호텔보다 나을 것이 없는 그곳까지 가서 식사하고 돌아오도록 한 지도부의 처사를 이해할 수 없다. 아마도 관광회사 측에서 오늘 점심을 대접하는 것으로 하자니까 값이 싼 셀죽 시내의 호텔 음식을 맛보도록 했던 것이다.

돌아와서 나 혼자 쿠사다시 시내로 들어가 봤다. 한국에서 나올 때 노키아 휴대전화를 갖고 가도록 민족문제연구소에서 주선해 주었는데, 그것이 별로 효과적이지 않고 오히려 부담이 되었다. 한국 노키아사에서 말하기를 한국과 터키는 전기 시스템이 달라 전기 플러그도 다르다면서 다른 플러그를 끼워 주어, 이즈밀의 프린세스 호텔까지는 잘 사용했다. 그러나 거기서 나오면서 끝 부분의 플러그를 두고 온 것 같았다.

318

오늘 아침에 충전하려고 보니 플러그가 없었다. 그 플러그를 구하려고 이렇게 나와 봤지만 불가능했다. 전자용품을 파는 가게는 모두 휴일이라고 한다. 하는 수 없이 헛걸음만 하고 돌아오니 4시가 되었다.

돌아오면서, 시내 한복판에 있는 쿠사다시 해수욕장을 구경했다. 모두들 햇볕에 살갗을 태우고 있었다. 어떤 여성은 대담하게 유방을 가리지 않고 노출시킨 채로 있는 것도 보였고 아랫도리도 전혀 걸치지 않은 것처럼 보이는 경우도 있었다. 회교국가 답지 않은 광경이다. 그래도 재래시장에서는 이슬람 사원의 첨탑에서 흘러나오는 확성기 소리가 끊이지 않는다.

호텔에 돌아와 어제 일기를 정리하다가 졸려서 한 시간 정도 잠을 잤다. 18시에 깨어 다시 일기를 정리하면서, 오후에도 정구 치자는 소식이 있을까 하고 기다렸지만 아무런 연락이 없었다. 20시에 저녁을 먹을 때 식사 뒤 21시부터 근처에 있는 정구장에 가서 시합하자는 전갈이 있었다. 그러나 현장에 가서 보니 관리하는 사람이 없어서, 그냥 나오고 말았다. 내가 라켓이 없기 때문에 관리인이 구해 주어야 칠 수 있는데, 관리인들이 없어서 불가능했다. 숙소에 돌아와 목욕하고 어제와 오늘의 일기를 정리했다. 조용성 선교사 등 몇 사람이 출판한 터키와 그리스에 관한 책을 보면서 내일 아침 밧모(Patmos) 섬을 향해 떠날 준비를 했다. 밧모 섬은 에베소 교회에서 사역하던 사도 요한이 도미티아누스의 기독교 박해에 따라 초대교회 7집사 가운데 한 사람인 브로고로(행 6:5)와 함께 유배당한 지역이다.

8월 19일 (월) 맑음. 지중해 기후가 그렇듯이 에게 해도 그 못지않게 맑은 날이 계속되고 있다. 이곳에 와서 느끼는 것 가운데 하나가 아름다운 해안과 함께 맑은 기후라고 할 것이다. 이 천혜의 보고를 주신 하나님께 감사하면서 이를 잘 이용하는 것이 또한 지혜일 것이라고 생각해 본다. 너무 아름답고 청정하기 때문에 이곳 사람들은 그것을 깨닫지 못하고, 오히려 아름다운 기후를 인간의 게으름과 향락의 기회로 이용하려고 하는 것 같다.

엊저녁에 식사를 간단히 하고 2시에 잠자리에 들었는데도 잠자리가 편했다. 늦게 취침했는데도 잠자리가 편했다. 그저께 저녁처럼 엊저녁에도 꿈을 많이 꿨다.

5시 30분에 모닝콜이 있자, 샤워하고 식당으로 갔다. 요구르트에 시리얼·건포도·꿀을 넣어 잘 휘저어서 먹고 나중에 계란과 토마토를 먹었다. 식사를 가볍게 하는 것이 몸에 좋다는 사실을 잘 아는데, 실천이 매우 어렵다는 것을 실감하고 있다.

6시 30분에 체크아웃 하고 마리나 호텔을 출발했다. 냉장고에서 꺼내 먹은 것이 없어 그대로 통과되었다. 냉장고 안의 음식을 많이 먹는 것이 호텔을 돕는 것인데, 몇 배가 비싸니 그걸 잘 먹게 되지 않는다. 7시 10분에 밧모 섬으로 가는, 전세를 낸 배가 출발했다. 지금까지의 가이드 김경미 양이 작별이 이스탄불에서 만날 것이라고 하면서, 나에게 좀 힘들더라도 배 밖에 나와 시원한 바람을 쐬는 것이 좋을 것이라고 했다.

쿠사다시 항을 빠져나온 배는 망망대해로 방향을 잡지 않고 저 앞에 보이는 섬을 향해 달리고 있었다. 섬들이 겹겹이 배의 진로를 가로막고 있었다. 바로 이러한 섬들이 에게문명을 전파하는 중간다리 구실을 했을 것인데, 지금은 그리스와 터키의 분쟁지이기도 하단다. 제1차 세계 대전이 끝나면서 터키는 나라가 없어질 형편에 케말 파샤에 의해 겨우 이만큼의 나라라도 보존하게 되었는데, 그런 패전국의 처지에서 에게해와 지중해의 대부분의 도서들은 그리스에 양도하고 겨우 다르다넬스 해협에 두 섬 정도만 확보하게 되었다고 한다. 그러니까 터키에서 나오자 보이는 섬들의 대부분은 바로 그리스의 영토인 셈이다.

밧모 섬으로 가는 도중 선상(船上)에서 〈요한계시록〉을 통독했다. 갑판 앞에 앉아서 시원한 바람을 받으며 성경을 읽었는데, 때 맞춰 여신도들이 내 옆에서 수다를 떨다가 찬송가를 부르고 박수를 치기 시작했다. 분명 내가 옆에서 성경 읽기를 먼저 했으니 자기들이 찬송을 하려면 다른 장소에 가서 하는 것이 도리인데, 계속 내 옆에서 소리를 질러댔다. 때문에 처음에 속으로 읽던 성경을 이제는 입으로 소리를 내면서 22장까지 통독했다. 특히 21장과 22장을 읽을 때는 깊은 소망을 얻게 되었다.

성경을 읽는 사이에 친일인명사전편찬위원회의 조세열 총장으로부터 두 차례에 걸쳐 전화가 왔다. 이쪽에서 오늘 새벽 6시(한국은 오전 12시)에 친일인명사전편찬위원회로 전화하니 고장으로 통화가 되지 않으니 곧 고치겠다고 했고, 오전 8시경에 에게 해상에서 전화하니 불통된 채 아무런 소식을 듣지 못했다. 바다 위라서 전화가 잘 되지 않는 것 같다고 체념하고 있는데 두 번이나 전화가 왔던 것이다. 아마도 학술진흥재단의 연구비 건과 관련하여 무슨 급한 일이 있는 것이 아닌가 생각된다. 조세열 총장으로부터 온 전화도 잘 들리지 않아서 내가 아덴에 가면 전화하겠다고 하면서 끊을 수밖에 없었다.

선장에게 쿠사다시에서 밧모 섬의 항구 스칼라(Skala)까지 얼마나 되느냐고 물었더니 80km라고 했다. 그리스의 아덴(아테네)까지 280km가 된다고 하니 터키에 훨씬 가까운 셈이다. 시간으로는 4시간 반이 걸린다는 것이다. 11시 40분이 채 못 되어서 밧모섬에 도착했다. 대낮에 와서 그런지, 성경을 통해 받았던 밧모 섬에 대한 인상과 매우 다르다고 느꼈다. 음습하고 무언가 벼락이 치고 파도가 거세서 사람 살기가 힘들고 햇볕은 거의 들지 않고 어둡고 침침한, 그래서 사도 요한이 이곳에 있는 것만으로 고통을 당하는, 그런 섬으로 인식하고 있었다. 그러나 정작 밧모 섬에 와서 보니 내가 상상하던 그런 섬은 아니었다. 오히려, 순례자들이 대부분이겠지만, 이미 관광명소화한 섬이라는 인상을 지울 수가 없었다. 놀라운 것은, 내가 알지 못하는 사이에 정박해 있는 선박이나 사무실의 국기가 달라져 있었다. 여기는 터키령이 아니라 그리스령이었던 것이다. 다만 터키에서 우리를 태워온 그 배 위에서만 월성기(月星旗)가 휘날리고 있었다. 그 배는 'TURK HAVA YOLLARI' 소속의 아다(ADA) 호였다.

배에서 내려 상륙하니, 한국여행사(KOREAN TRAVEL)의 대표 이한서 사장이 나와 있었다. 우리를 안내하기 위해 오늘 아침에 아덴에서 왔단다. 그는 3년 동안 이집트에서 있었고 그리스에서는 17년 동안 있었다고 자신을 소개했다. 이 섬은 34㎢의 넓이에 둘레가 63km이며, 샘이 많으나 식수를 자체 충당하지는 못한다고 한다. 식수와 식료품이 이곳에서 생산하는 것으로는 부족하다. 4백 명 정도이면 식수와 식료품이 적당한 이곳에 2천 명의 고정 인구가 있고, 관광 철에는 4천 명에까지 이르게 된다고 했다. 식수는 근처의 로도스 섬에서 가져온다고 한다.

이 사장이 마련한 버스를 타고 요한이 계시를 받던 동굴과 그 뒤 크리스토둘로스라는 신부가 세운 '사도 요한 기념 수도원'을 볼 수 있었다. 버스에 올라 잠시 설명을 할 수 있는 기회가 주어지자, 그는 이 섬에 유배 온 사도 요한이 능력을 발휘하여 처음부터 사실상 이 섬을 지배하게 된 일화를 잠깐 잠깐씩 여러 차례에 걸쳐 소개했다.

사도 요한이 도착하자 미론이라는 이 섬 통치자가 자기 집에 모셨다. 미론의 아들 아폴론이 오랜 동안 병이 들어 거의 죽게 되었는데, 요한이 이를 살려 주자 미론은 이 섬에서 가장 영향력이 큰 아데미 신전을 부서버렸다. 아데미 신전의 최고 책임자인 키녹스가 두 번이나 악령을 요한에게 보냈다. 요한은 이를 잘 물리쳤다. 그러자 키녹스는 요한에게 제의했다. 두 사람이 만나 어느 신이 능력 있는 참 신인지를 밝히기 위해 담판하자고 했다. 주민들이 모여 구경하는 가운데 키녹스는 그 섬에서 물에 빠져 죽은 아이를 구해 오자고 하면서 자기가 먼저 물에 뛰어들어 물 밑에서 신상을 하나 들고 나와 그 아이의 목소리를 흉내 냈다. 이를 본 아이 부모는 자기 아이가 살아왔다고 기뻐했단다. 이를 계기로 요한이 섬에서 그들로부터 핍박을 받게 되었다.

그러나 그 뒤에 사도 요한의 능력이 나타났다. 키녹스는 다시 전과 같은 제의를 했다. 키녹스가 물에 뛰어들려고 하자 요한은 "너는 영원히 살아 돌아오지 못할 것이다"라고 했다. 그 말대로 키녹스는 다시 돌아오지 못하고 죽고 말았다. 그러자 키녹스를 따르던 아데미 신전의 사제들이 금식기도를 하다가 모두 죽었다. 그 가족들이 사제들을 살려 달라고 하니 요한이 살려 주었다. 이로 말미암아 이 섬의 모든 사람들이 예수를 믿게 되었다는 것이다. 아마도 전 인구가 기독교인이 된 사례는 이곳이 처음일 것이라고 덧붙였다.

요한은 도미티아누스(81~96 재위) 황제 때인 95년에 유배 왔다가 그 이듬해 황제가 죽자 97년에 유배에서 풀려났다. 도미티아누스는 그 뒤를 이은 네르바(Nerva, 96~98 재위) 황제에 의해 비판을 받았고, 따라서 요한은 네르바에 의해 사면을 받아 에베소로 돌아가게 되었다는 것이다. 요한이 이 섬을 떠나려 하자 섬사람들이 자기들과 함께 있기를 간청했지만 그는 "너희들은 이미 구원받았다"고 위로하고 떠났다고 한다. 유배에서 풀려난 요한은 에베소에서 8~10년간 더 살았던 것으로 전해지고 있는데, 그가 자기의 수명이 다한 것을 알고 제자들의 등에 업혀서 어느 곳에 이르자, 두 제자에게 땅을 파게 하고 그 속에 묻으라고 했다. 다리를 전부 묻었을 때 요한이 숨을 거두었다. 제자들은 숨을 쉬는지 코에 손을 대어 보고 숨이 멎자 죽은 줄 알고 돌아갔다가 그 이튿날 다시 와 보니 시신이 없어졌다. 그래서 요한이 승천했다는 주장이 나오게 되었다. 지금도 그리스 정교회에서는 '요한승천설'을 믿고 있다.

우리는 이 사장의 인도를 받아 성지순례를 서둘렀다. 그리스에서는 오후 1시 30분에 모든 일과를 끝낸다는 관습이 있기 때문에 기독교 사적을 탐방하는 것도 그 전에 끝내야 한다는 것이었다. 그는 먼저 사도 요한이 계시를 받은 동굴로 우리를 인도했다. 많은 관광객들이 우리 앞서 기다리고 있었다. 산 중턱에 올라 동굴에 들어가려고 기다리는 동안 그 입구에 〈요한계시록〉 14장 7절의 말씀이 기록되어 있음을 보게 되었다.

이 사장은 동굴 입구에 붙여 있는 이콘(icon)을 보고 설명했다. 이콘은 이코나 또는 아이콘이라고 하는데 '성화(聖畫)'라는 뜻이란다. 동굴 입구의 이콘은 앞서 말한 요한이 이 섬으로 유배 오는 광경을 그린 것이다. 즉 요한이 범선을 타고 오는데 중간에 풍랑이 매우 심해 청년이 물에 빠지는 것 등을 묘사한 것이다. 이 사장은 그리스 정교회에 내려오는 말이라면서, 〈요한계시록〉은 요한이 계시를 받아 구술하고 브로고로 집사가 이를 대필했는데, 그 원본은 없어졌고 지금 남아 있는 것은 4세기에서 6세기에 걸쳐 새로 쓴 것이라고 한다.

동굴 입구의 이콘을 보면서, 이 사장은 이콘의 특징을 몇 가지로 설명했다. 첫째, 믿음의 눈으로 봐야 한다는 것이다. 둘째, 화법에서 사용하는 원근법이 없다는 것이다. 왜냐하면 하나님 앞에서는 멀고 가까움이 없기 때문이다. 셋째, 특히 인물화에서 하나님이 비치는 후광이 있다는 것이다. 이 이콘에서 보이는 특징 가운데 하나는, 요한의 말을 대필하고 있는 브로고로와 관련, 초대교회에서 집사로 선택되었던 브로고로도 나이가 꽤 되었을 텐데, 이 이콘에서는 매우 젊게 보였다는 것이다. 이것은 믿음의 눈으로 봐야만 이해할 수 있다고 했다.

성화인 이콘은 하나님의 말씀이나 성인들의 사적을 쉽게 접하지 못하던 신자들에게 그 내용을 그림으로 전달하려는 데서 시작된 것인데, 이 이콘이 있는 곳에 교회가 생겨나게 되었다는 것이다. 교회는 점차 개별화되었고 이콘 자체를 숭상하는 경향이 나타나게 되었다. 이로 말미암아 '이코나이즈'(이콘화하다)라는 말은 곧 우상화한다는 뜻이 되고 말았다. 그래서인지는 알 수 없으나, 이 조그마한 섬에는 400여 개의 교회들이 있다고 한다. 물론 그런 교회들은 대부분 한국 교회 같이 모여서 예배드리는 기능을 가진 것이 아니고 기도처의 구실을 한다는 것이다. 한두 사람이 들어가 기도하는 공간 밖에 안 되는 그런 자그마한 교회도 있다.

동굴 입구에는 빨간 무궁화가 피어 있어서 신비감을 주었다. 그렇게 빨간 무궁화는 본 적이 없었기 때문이다. 잘 찍혔는지는 모르겠으나 나오면서 그 빨간 무궁화를 사진에 담았다. 무궁화 옆에는 재스민이 피어 있었다.

동굴 안에 들어가 보니 이콘으로 묘사된 여러 장면들이 보였다. 이곳의 이콘들은 〈요한 계시록〉 1장 10절에서 19절까지의 내용을 그린 것이었다. 〈요한 계시록〉 1장 9~10절에 "주의 날에 성령에 감동하여……큰 음성을 들으니"라는 말이 보이는데, 이곳에서는 '보름 정도 금식기도 하고 있다'로 이해하고 있다고 한다. 동굴의 이콘은 전반적으로 〈요한계시록〉을 풀어 쓴 것이었다. 계시가 나타났다는 이 동굴 내부에는 요한이 기도하던 흔적과 손을 잡고 일어났다는 곳에 보이는 손자국이 있었고, 계시의 음성이 들려왔다는 바위는 세 부분으로 되어 있다고 하여 성부·성자·성령의 삼위일체를 말한다고 했다. 사도 요한의 이마가 튀어나온 것처럼 보이는 것은 기도를 많이 했기 때문이란다.

'계시 동굴'에는 17세기에 지었다는 안나 교회가 있는데, 안나로 이름 지은 것은 성모 마리아의 어머니가 안나였고(이 점에 대해서는 내가 확실히 모르고 있다), 이 섬을 크리스토둘로스에게 선물한 알렉시우스 1세 동로마 황제의 어머니가 안나였으며, 크리스토둘로스의 어머니도 안나였다는 것 때문에 그 교회 이름을 안나 교회로 했다는 것이다.

이 사장은 교회의 형태에 대해 말했다. 특히 제단(구약적인 표현을 빌면 지성소) 앞에 문이 있는데 그 문을 열고 들어가면 그곳이 바로 천국이라는 것이다. 그 앞에는 세상을 의미하는 공간이 있다. 그래서 정교회에서는 교회란 이렇게 세상에서 천국으로 가는 중간 지점이라는 의미를 갖고 있다는 것이다. 그런 뜻에서 그런 문을 만들어 놓았는지는 모르지만, 설명을 듣고 보니 그 해석이 근사하게 느껴졌다.

조금 더 움직여 호라라는 산 위의 동네에 있는 사도 요한 기념 수도원으로 올라갔다. 밧모 섬은 스카라라는 동네와 호라라는 동네로 구성되어 있는데, 호라는 수도원이 건축되면서 형성되었다고 한다. 원래 이곳에서는 BC 4세기에 세운 아데미 신전이 있었는데, 크리스토둘로스('크리스토의 종'이라는 뜻)라는 신부가 동로마의 알렉시우스 1세 황제로부터 이 땅을 기증받아 1088년에 이 수도원(동서 70m, 남북 50m, 높이 15m)을 세웠다는 것이다. 지난 1988년 서울 올림픽이 열렸던 그해에 이 수도원에서는 수도원 창건 900주년 기념식을 성대하게 치렀다고 한다.

이 수도원은 자연석을 그대로 이용한 것도 있어서 매우 투박하다는 느낌을 받았지만, 건축양식은 "대단히 예술적이고, 비잔틴 분위기를 갖추었으며 주변 성벽이 매우 길어서 섬 전체를 크게 대표하는 아름다운 수도원"이라고 한다. 또 "이 수도원의 도서관에는 그(크리스토둘로스)가 직접 쓴 유명한 필사본과 인쇄본들이 소장되어 있으며, 내부 교회 입구쪽으로는 모자이크와 은으로 만든 관 속에 그의 유골이 보존되어 있다"(손영삼, 《그리스—성지순례》, 쿰란출판사, 1997, 136~137쪽).

이 밧모 섬의 소유권이 황제에 의해 수도원에 넘겨졌으므로, 이 섬의 모든 토지는 수도원 소유인 셈이며, 모든 거주민은 수도원에 세금을 바친다고 한다. 수도원 소유이기 때문에 원래는 성스러운 분위기를 가졌으나 점차 그런 관행이 깨어지고 있다. 그럴 수밖에 없을 것이다. 잠깐 머문 것만으로도 이 섬이 다른 여느 관광지와 다름이 없다는 것을 쉽게 엿볼 수 있었다. 이 섬을 찾는 사람들이 모두 요한의 그 〈계시록〉을 보러 오는 사람들이라고 단정할 수도 없을 것이다.

그리스 정교회는 매우 민주적이라고 한다. 각 정교회마다 독자성을 갖고 있어서 어떤 획일적인 것은 기대하기 힘들다고 하며, 또 그리스 정교회라 해서 다른 나라의 정교회에 간섭하는 것은 있을 수 없다고 한다. 그리스의 경우, 시노드(synod)라는 최고 의결기구가 있어서 거기에서 충분히 토의하여 제기된 문제를 해결해 나간다고 한다. 이것은 가톨릭이 로마 교황청의 지시에 따라 모든 것을 결정하고 그 명령에 따르는 것과는 다르다는 것을 의미한다. 그리스 정교회의 최고 수장은 터키 지배의 이스탄불에 있는데, 그리스 정교회에서는 아직도 그곳을 콘스탄티노플이라고 부른다고 한다. 콘스탄티누스 황제는 기독교를 공인하고 수도를 비잔티움으로 옮긴 뒤 라틴 문자를 희랍 문자로 바꾸기까지 했다는 것이다.

안내자 이 사장은 이 수도원에 있는 수도사와 신부의 외관상 차이를 설명해 주었다. 쓰고 있는 모자 위의 테가 그냥 둥근 그대로이면 수도사이고, 챙이 붙어 있으면 신부라는 것이다. 신부나 수도사는 모두 검은 복장을 하고 있는데, 이유가 있다고 한다. 검은 옷은 상복을 의미하는데, 나는 이미 죽었다는 것과 내 속에 그리스도만이 살아있어야 한다는 것을 동시에 의미한다고 한다. 그렇다. 모든 그리스도인들은 자신은 죽고 그리스도만이 사는 생활이어야 한다. 그러나 순간순간 내 속에 있는 그리스도를 매장하고 나의 혈기와 정욕이 살아나는 것을 어쩌지 못한다. 그리스도 앞에서 죽어야 하는 생활, 그래서 나를 통해 그리스도만이 나타날 때 참 그리스도인이 되는 것이다.

그리스 정교회당의 특징은 모든 문이 동으로 향해 있다는 것이다. 동쪽에 예루살렘이 있고 밝음이 동쪽으로부터 오기 때문이란다. 또 교회당은 일반적으로 돔 형식으로 되어 있다는 것이다. 주된 돔에는 예수님의 모습이 있는데, 심각한 얼굴을 하고 있다는 것이다. 왜냐하면 예수님이 거기서 심판하시는 일을 하시기 때문이다. 그리고 그 아래는 성인 들의 모습을 그린 성화가 있는데, 이것은 모든 성도들이 성인이 될 수 있다는 가능성을 보여준다는 점에서 좋은 교훈을 준다는 것이다. 이곳 에 그려져 있는 이콘이나 성화들은 모두 1088년 수도원을 창설할 때 그 려진 것이다.

이 섬에서 볼 만한 곳은 이 두 곳뿐이라고 한다. 두 곳을 보고 올라간 길로 내려오지 않고 다른 방향으로 산허리를 감아 길을 낸 데로 하여 이 섬을 일주하는 형식으로 내려왔다. 점심은 스칼라 시가지의 중심지 며 바로 부둣가에 있는 반겔리스 식당에서 먹었다. 이번 여행에서 그리 스 음식을 처음 먹는 것이다. 샐러드(터키와 비슷한데 토마토와 각종 야채 등을 섞어서 만든 것으로, 올리브유를 듬뿍 쳐서 먹으라고 했다. 그러나 올리브유를 남기는 것은 좋지 않다고 했다)를 든 뒤 스파게티 비슷한 국수, 그리고 메인 디시로 감자와 쇠고기 등을 섞은 고기류를 내 놓았다. 터키에서는 쇠고기를 제대로 먹지 못한 것 같은데, 그리스 에서는 아주 연한 쇠고기를 먹을 수 있었다. 아침을 제대로 들지 않았 기 때문인지, 나는 그 쇠고기까지 맛있게 먹을 수 있었다.

점심 뒤에는 모두들 무료하게 지낼 수밖에 없었다. 밤 12시에 아테네 행 여객선이 온다고 하니 그 때까지 시간을 죽여야 하는 것이다. 다른 사람들이 가는 대로 바닷가로 갔다. 수영복을 가져 왔지만 모두들 해수 욕을 하지 않으니 혼자서 들어갈 수도 없었다. 무료하게 앉아 있다 저 녁 먹을 식당으로 가다가 호텔 앞에 몇몇 분들이 둘러 앉아 있어서 거 기서 쉬었다. 걸상과 라운드 테이블도 있어서 손님을 받아 영업하는 곳 이었지만, 그 시간에는 다른 사람들이 없어서 거기서 기다렸다. 책을 읽으면서 무료한 시간을 보냈다. 지정된 쉴 곳이 없다는 것이 얼마나 딱하고 가련한 것인지 느낄 수 있는 순간이었다.

저녁은 오늘 점심을 먹은 그 반겔리스 식당에서 들었다. 7시 30분부터 한 시간 동안 진행되었다. 샐러드에 진밥(나는 평소에 진밥은 거의 먹지 못한다), 생선 세 마리를 주었다. 매우 맛있는 생선이지만 요리 솜씨가 다르니 별로 맛이 없다고 했다. 저녁을 든 뒤에 다시 해변에 가서 돗자리를 깔고 한담했다. 그러나 밤 12시 여객선이 새벽 4시 반에야 온다는 전갈이 있게 되자 모두들 낙담하게 되었다. 이곳에서는 낮에도 호텔 방을 구하지 못했는데, 이제 밤을 여기서 새우고 새벽에 떠나자면 일에 차질이 많게 될 것이다.

몇 분들이 나가서 여자들을 위해 호텔 방 두 개를 겨우 구해서 그곳으로 보냈다. 나는 다른 남자들과 함께 바닷가에 누워 있었으나 바람이 차서 견디기가 힘들었다. 하는 수 없이 가방으로 벽을 쌓아서 바람이 들어오지 못하도록 하고, 몇 사람은 거기서 지키며 자고 다른 몇 사람은 여자들이 사용하는 방에 가서 같이 쉬고 오라고 했다. 한 방에 가니 여자 5명이 한 조를 이루고 있었다. 남자들은 4명. 억지로 그 방에 들어가 남자 세 사람은 2인용 침대 위에 자고 나머지 여자들과 남자 한 분은 방과 베란다에까지 눕게 되었다. 일종의 혼숙을 한 셈이다. 그러니까 각 방에 9명씩 들어가서 쉬고 바깥에서 11명이 짐을 지키면서 쉬었다. 참으로 어처구니없는 경험을 한 셈이다. 나도 권유에 따라 여자 신도들이 자리 잡고 있는 방에 들어가 하룻저녁을 보내지 않을 수 없었다. 교장 선생님과 강위영 박사가 같이 들어가서 쉬었다.

그리스 사람들은 시간을 엄격하게 지킨다는 개념이 없었다. 그런 관행이 오늘 저녁 당장 우리에게 현실로 나타났다. 그 이튿날 오전 5시경이 되어서야 아테네행 그리스 선박이 들어왔다.

8월 20일 (화) 맑음. 하루의 반을 에게 해 선상에서 보내다. 새벽 3시 40분경에 잠에서 깨었다. 옆에서 자는 분이 코를 세게 고는 바람에 잠자기가 대단히 힘들었다. 한쪽에서는 여자가 코를 골고 자고 있었다. 내려다보니 이쪽에서 코고는 남자의 부인이었다. 부창부수(夫唱婦隨)라고나 할까. 잠은 깼고 예정시간도 거의 되어 가는 것 같아서 나만 살짝 빠져나왔다. 부둣가에 가서 물어보니 배는 예정 시간대로 들어온다는 것이다.

4시 반이 되자 배 두 척이 더 들어왔다. 그러나 우리가 탈 로도스발, 아테네행은 새벽 5시경에 온다고 했다. 30분이 또 늦어지는 것이다. 5시경에 승선한 배는 마리나 호였다. 모두 29명이 4명씩 한 선실에 들어가게 되어, 한 사람은 4인조를 만들지 못하고 따로 남게 되었다. 주최측에서 묻기에 내가 혼자 외국인과 같이 자겠다고 했다. 나의 선실은 AB4 3207이다. 안내를 받아 들어가 보니 한 선실에 네 침대가 아래위에 각각 두 개씩 있는데, 한쪽 아래위에 두 사람이 자고 있었다. 여자가 아니어서 다행이었다. 조용히 짐을 내리고 잠옷으로 갈아입고 잠자리에 누었다. 9시가 넘도록 잤다.

같은 방에서 자던 이들이 일어나 나에게 인사했다. 서로 어디에서 왔는지를 확인한 뒤 이런 저런 이야기를 나누게 되었다. 두 사람은 알바니아(Albania)에서 온 형제로서, 영어를 할 줄 아는 동생은 27세이며 그의 형은 영어를 전혀 못 하는데 동생보다 10살 더 먹었다고 했다. 그들은 엊저녁에 로도스에서 탔다면서, 예고 없이 4시간이나 출발이 지체되었다고 한다.

알바니아는 인구 3백만으로 지금은 정치 경제적으로 대단히 어렵다고 했다. 지금도 공산당이 세력을 쥐고 있느냐고 물으니 그들은 다 없어졌다고 했다. 월드컵 대회로 한국을 알고는 있었다면서 많은 것을 물었다. 나는 내가 대학교수이며 외국인 근로자를 위해 약 10여 년간 일하고 있다는 것도 말했다. 내가 봉사하고 있는 의료공제회에서 알바니아 사람을 한 번 본 적이 있기 때문에 그 이야기도 곁들였다. 나는 우리가 식민지였을 때 민족차별을 당했기 때문에 해방 독립된 나라에서 외국인을 민족과 나라가 다르다는 이유로 차별대우하며 인권을 무시하는 것은 있을 수 없다고 생각해서 한국에 온 외국인 근로자를 돌보는 일에 앞장서고 있다고 설명했다. 동생 되는 사람은 지금 일을 해서 돈을 벌어 저축한 뒤에 언론학을 공부하고 싶다고 했다. 성명도 묻지 않은 채 많은 이야기를 나눌 수 있었다. 좋은 경험이었다.

10시쯤에 일어나 샤워를 하고 면도도 해서 기분이 한결 좋았다. 엊저녁에 아침식사 대용으로 나온 빵 두 개를 먹었다. 그분들에게 한 개를 주려고 하니 한사코 받지 않았다. 물 두 병을 준비해 갔기 때문에 한 병을 주려고 했지만 그것도 받지 않았다. 마침 큰 오렌지 하나(엊저녁 식사 때 먹지 않은 것을 가져왔다)를 주니 나의 성화에 못 이겨 그것은 받았다.

밖에 나가 갑판 위에 올라 한 시간쯤 보냈다. 바람이 세차서 갑판 위에서 몸을 가누기가 힘들 정도였다. 그 때문에 배가 제 속도를 내지 못하고 천천히 움직이고 있다고 했다. 그래서 도착 예정 시간보다 또 늦어질 것이라고 한다. 망망대해, 검푸른 바다 속이 어떤 신비감마저 주고 있다. 이렇게 오랜 시간 배를 타 보기는 처음이다. 감회가 깊지 않을 수 없다. 파도치는 광경이 참으로 아름답다. 에게 해는 여러 섬들로 형성되어 있는 듯, 가끔 가다가 섬이 나타나곤 했다. 일기가 좋은 데다 바닷바람이 세차게 불어와 기분도 한결 좋았다. 엊저녁에 가졌던 시간 지연에 대한 불쾌감이나 불안감은 사라지고 오직 자연에 대한 예찬이 입속에서 감탄으로 나왔다. 찬송가도 부르고 시적인 감상도 가져 봤다. 예정 시간보다 늦은 오후 4시경이 되어야 아테네 외항인 피레에프스(옛 피레우스) 항에 도착할 것이라고 했다.

다시 방으로 들어가 잠을 청했다. 깨우는 소리가 들렸다. 배를 탈 때 승무원들이 잠을 깨우면 곧 일어나 짐을 챙겨 출구로 나오라고 부탁하는 소리를 들었고, 거기에다 이들 형제도 나에게 인사하고 나갔기 때문에 나도 서둘러 나왔다. 그러나 아래층에 내려오니 다른 사람들은 전혀 하선을 준비하지 않고 유유히 담화하며 선상 찻집에서 즐기고 있었다. 몇 시쯤 도착하느냐고 물어 봤다. 그 사람들은 아직 한 시간 이상 더 가야 한단다. 그러면 왜 그렇게 일찍 깨웠느냐고 했더니 방 청소를 위해 깨웠다는 것이다. 고이헌! 자기들 편리를 위해 손님들을 마구 깨운 것이다. 하여튼 출구에서 한 시간 이상을 기다리니 일행들이 짐을 챙겨 내려왔다.

16시가 넘어 배에서 내리니, 자기를 이순자 집사라고 소개한 가이드가 기다리고 있었다. 예정대로라면 오늘 고린도(코린토스, 코린트)부터 먼저 가야 하지만, 왕복 4시간이나 걸리기 때문에 시내에서 관광을 하고 저녁식사 뒤에 쉬는 것이 좋겠다고 했다. 마침 내일 일정이 아덴(아테네)에서 하루 쉬는 것으로 되어 있기 때문에 오늘은 이대로 쉬고 내일 고린도에 갔다 오면 되겠다고 했다. 먼저 그리스와 아테네의 상징인 아크로폴리스로 가기로 하여 전용버스를 타고 약 30분 정도 아테네 시내로 들어가 그곳으로 갔다.

시내로 가는 동안에 이순자 집사는 그리스 소개를 했다. 말을 조리 있게 잘 하고 달변이었다. 어제 밧모 섬에서 만난 그의 남편 이한서 사장보다는 가이드로서는 훨씬 나은 것같이 보였다. 우선 많이 알아야 하지만 거기에다 자신이 알고 있는 것을 더듬지도 반복하지도 않고 자신 있게 소개하는 것이 가이드의 가장 중요한 요건이다.

그리스는 면적이 13만 1,940㎢이며 인구 1,067만 명(2005년)이며, 아테네와 그 주변 인구가 350만 명이니 전체 인구의 3분의 1을 차지하고 있다고 했다. 인구의 3분의 1이 차량을 소유하고 있으며, 번호판 숫자에 따라 홀수·짝수제를 시행하고 있다고 한다. 그러니까 돈 있는 사람들이 차를 두 대씩 소유하게 되어 차량 증가를 부추기게 되었다고 한다. 그래서 국회에서는 각 가정의 차량 두 대 보유를 규제하려고 노력하고 있지만 자동차 관련 업체들의 반대로 법안 통과가 쉽지 않다고 한다. 화폐는 드라크마를 쓰다가 이제는 유럽연합(EU)의 통화 유로를 쓰고 있다고 했다. 달러 : 유로의 비율은 공식적으로는 1 : 1이라고 한다.

한국인은 유학생과 상사 직원 등을 합하여 200명 내지 250명이라고 한다. 한인아테네연합교회가 초교파적으로 있는데, 약 70명이 모이고 있다고 한다. 1인당 국민소득은 2만 1,300달러(2004년)에 이른다. 이 집사의 생각으로는, 토인비가 말한 바와 같이 바울이 타고 갔던 배에는 복음만이 아니고 물질도 같이 실려 있었기 때문에 이렇게 되었다는 것이다.

그리스는 430년간 터키의 지배를 받았지만 지금은 터키보다 더 잘 살고 있다. 종교는 대부분이 그리스 정교회이며 신화와 선박의 나라로 알려져 있다. 그리스의 문화에는 세계의 원류로 손꼽히는 것이 매우 많다고 했다. 그래서 사람들은 그리스를 두고 "그리스는 유럽의 중국이다"라고 말한다는 것이다. 이 나라는 이미 BC 500년부터 350년까지 찬란한 문화를 갖고 있었다.

그리스는 밧모 섬과 바울의 선교로 기독교인들에게 생소하지 않다. 뒷날 로마가 정치 군사적으로 그리스를 정복했지만 그리스에 전수되기 시작한 기독교는 도리어 로마를 정복하게 되었다. 콘스탄티누스 황제의 기독교 공인과 수도 이전은 바로 기독교의 로마 정복이 가져온 결과라고 할 수 있기 때문이다. 바울이 환상 가운데 나타난 마케도니아 청년의 청을 거절하지 아니하고 그것을 주님의 음성으로 받아들인 순종이 이런 엄청난 결과를 가져온 것이다. 이것은 결과적으로 그리스의 기독교화를 가져온 것이기도 하다.

그리스는 BC 900년경에 100여 개의 도시국가를 이루고 있었다. 신인동형설(神人同形說)을 믿고 있던 그리스에서 수호신을 모집했는데, 아테네가 처음 모집했을 때 포세이돈과 아테나가 경쟁을 벌였다. 포세이돈은 전쟁승리권과 물을 주겠다고 했고, 아테나는 평화를 주겠다고 약속했다. 아테나에게 그 증거를 요구하자, 아테나는 자기가 갖고 있던 막대기를 거꾸로 땅에 꽂았고 그것이 올리브가 되었다. 가로수는 주로 올리브를 비롯하여 오렌지와 뽕나무로 되어 있다.

입장료 12달러를 내고 아크로폴리스 경내로 들어갔다. 그리스 관광수입의 25%를 차지하는 것이 아크로폴리스 입장료라고 한다. 관광이 공해 없는 산업이라는 사실이 여기서도 드러나고 있다. 도시를 이루는 3대요소는 신전, 야외극장(오데움, 오데온) 및 광장(아고라)이다. 극장은 신께 감사제를 위한 장소가 필요하여 만든 것이다. 가을걷이 뒤 노래하고 춤추는 집단이 필요했는데 이를 코러스라고 했다. 아크로폴리스 아래쪽 야외극장은 서기 161년에 헤로데스 아티쿠스가 만든 것으로, 그의 이름을 따서 헤로데스 아티쿠스 오데온으로 불린다. 좌석이 평등하게 되어 있어서 그리스인들의 평등주의를 이해할 수 있다. 관중석은 5천 개나 되는데, 최근에도 유명한 음악가들, 예를 들면 마리아 칼라스 같은 이들이 여기서 공연한 적이 있다.

BC 490년에 페르시아와 그리스 사이에 마라톤 평원에서 전쟁이 있었다. 이 전쟁에서 도시국가인 아테네가 이겼다. 이 승전보를 전하기 위해 그리스의 한 병사가 달려와 승리의 소식을 전하고는 쓰러졌다. 이 전쟁은 동서 전쟁이요, 제국주의와 민주주의의 전쟁이었다. 다리우스가 침략한 10년 후에 아하수에로(크세르크세스) 왕이 다시 쳐들어 왔으나 살라미스에서 대패했다. 세계 해전사에서 유명한 것으로는 살라미스 해전과 트라팔가르 해전 그리고 이순신 장군의 명량대첩 등을 들 수 있다.

아크로폴리스 안에는 많은 신전들이 있었다.

니케 신전을 세우고 니케 신을 날개가 없이 만들었는데 이는 멀리 날

아가지(달아나지) 못하도록 하기 위함이었다.

파르테논 신전은 인간의 건축물 가운데 가장 완벽한 것이라고 한다. 유네스코 세계문화유산 제1호가 되었다. 이는 세계가 보존해야 할 가장 귀중한 보물이라는 것이다. 파르테논은 '처녀(parthenos) 아테나'에서 따온 것이다. 처음 만든 신전은 마라톤 전투와 살라미스 해전 때 불타고, 지금 것은 그 뒤 기원전 447년에서 432년 사이 15년간에 걸쳐 건축한 것이다. 폭 31m, 길이 70m의 도리아 양식 건물인데, 남성적인 미를 추구하고 있다. 또 모든 기둥은 7㎝씩 안으로 기울어지고 있는데, 이는 힘을 모으기 위한 것으로 높이 올라가면 하나로 된다는 것이다. 기단을 보면 가운데가 10㎝정도 솟아 있는데 착시현상을 이용하여 고르게 보이도록 하기 위해 익티노스라는 건축가가 고안해 낸 것이라고 한다. 석주는 밑바탕이 1.9m인데 올라갈수록 줄어든다. 이것을 배흘림공법 또는 엔타시스라고 한다. 이 건물은 아테네 신전으로 세웠으나, 그 뒤 천주교회, 이슬람사원으로 사용되었다.

에레크테이온 신전이 그 옆에 있다. 이오니아식으로 되어 있는 몇 개의 건축물인데, 앞의 것은 아테나를 위해서, 뒤의 것은 포세이돈을 위해서, 나머지는 알지 못하는 신을 위한 신전이다. 이것이 로마에 가서 판테온(범신)으로 변하였다.

우리는 아크로폴리스박물관에 들어가 여러 가지 유물들을 볼 수 있었는데, 나체 조각상이 많았다. 그리스는 인간의 육체, 특히 남성의 육체를 가장 아름답다고 보았다. 올림픽을 비롯하여 모든 운동시합은 옷을 벗고 했다. 그래서 올림픽 경기장에는 여성들이 들어올 수 없었다. 옷 벗고 운동하는 것을 짐노스(gymnos)라고 했는데 이것이 변해서 짐나지움(gymnasium)이라는 말이 생기게 되었다. 많은 조각들이 나오게 된 이유는 이곳의 대리석이 무르고 결이 없기 때문이라는 것이다. 그래서 조각에서 섬세한 표현이 가능하게 되었다.

　디오니소스 신전 자리에는 대극장이 있으며 1만 2천 명을 수용할 수 있었다. 그 옆에는 아스클레피오스 신전이 있다. 이것은 의술의 신전으로서 술집 옆에 약국이 있다는 것도 재미있는 현상이다. 아크로폴리스에서 내려오면서 보니, 아레오바고(아레오파고스, 전쟁의 언덕)와 저잦거리인 아고라(광장)가 보였다. 거리의 건축물에는 회랑이라는 것이 있는데 그 회랑을 스토아라고 했다. 현인들이 그 스토아에 모여 토의했는데 이를 말해서 스토아학파라고 했단다.

　〈사도행전〉에 보면 바울은 저잣거리에서 스토아학파 및 에피쿠로스학파와 논쟁을 벌였는데, 그들은 아레오바고 바위로 데려와 재판하려 했다. 이때 바울은 아테네 사람들을 설득하기 시작했다(행 17). 바울이 3일 만에 부활하신 그리스도를 전하자, 그리스인들은 논쟁을 걸었다. 바울은 이런 그리스인들에 의해 철학적 논쟁으로 휘말려 들어가게 되었고, 결국 설득했는지는 알 수 없으나 17장 마지막 절에 보이는 바와 같은 신자 외에는 얻지 못한 것으로 보아 아레오바고의 설교는 실패한 것으로 보고 있다. 왜냐하면 3일 만에 부활하심에 대해 변호하면서 철학적으로 설명하려고 했기 때문이다.

　바울의 아레오바고 선교는 많은 것을 깨닫게 한다. 일부 성경학자들의 견해가 옳은 것이라면, 그는 거기서 예수 그리스도와 그의 십자가의 도를 그리스인들이 좋아하는

▲올림픽 경기장 노인상 돌기둥 옆에서

철학의 대상으로 삼으려 했기 때문에 실패했다. 바울이 오랜 동안 쌓은 그리스적인 지식이 앞서 나갈 때 선교의 문이나 설교의 설득력은 그만큼 닫히고 줄어들었을 것이다.

일행은 다시 자리를 옮겨 올림픽 경기장으로 갔다. 경기장 앞에 셀담이라는 표지가 있었다. 마라톤의 종점이라고 한다. 마라톤 평원에서 여기까지는 42km이나, 제4회 런던 올림픽 때부터 42.195km로 되었다. 왜냐하면 버킹엄 궁전 주위를 도는 코스를 잡았기 때문이란다.

올림픽 경기장은 터키의 지배를 벗어나 독립한 것을 기념하기 위해 1894년에 옛 자리에 복원되었고, 1896년에 이곳에서 제1회 올림픽을 개최하였다. 이 경기장은 이집트의 부호 게오르기오스 아베로프가 건설해 준 것으로 그의 조각상이 올림픽 경기장 앞에 있다. 올림픽 경기장 안에 세워진 대리석에는 많은 기록이 남겨져 있는데, 역대 올림픽 개최 도시와 역대 올림픽 위원장이 적혀 있다. 이 경기장에는 5만 명이 입장할 수 있는데, 고대에는 남성이 나체로 뛰었기 때문에 여성은 선수도 될 수 없었고 입장하여 관전할 수도 없었다. 그리스는 이곳에서 각국 올림픽 성화를 채취해 줄 뿐 아니라, 입장식 때 항상 알파벳 순서에 관계없이 가장 먼저 입장하고 있다.

올림픽 경기장 안쪽 끝에는 이상한 석물이 서 있다. 한 돌기둥에 한쪽은 노인의 얼굴과 그 밑에 위로 쳐든 남성의 성기가 고환에 붙어 조각되어 있고, 반대편에는 젊은이의 얼굴과 그 밑에 역시 남성의 성기가 조각되어 있는데, 그것은 고환에 붙어 고개가 숙여져 있다. 즉 한쪽의 노인상 밑에는 고개를 쳐든 남성이 있고, 젊은이 상 밑에는 고개 숙인 남성이 조각되어 있다. 그 조각의 실제 내용과 동기는 어떤 것인지 알 수 없지만, 가이드의 해설에 따르면, 건강 관리를 잘하면 노인이 되어도 정력이 이렇게 넘치고 제대로 못하면 젊은이도 별수 없이 정력이 없어져 고개 숙인 남성이 될 수밖에 없다는 뜻을 함축한 것이란다. 건강의 중요성을 강조하면서 몸 관리에 열성을 다하라는 메시지 치고 이것만큼 잘 전달한 것이 또 있을까? 건강의 중요성을 바로 이 올림픽 경기장의 한구석에서 더 이상 극명하게 밝힐 수 없을 만큼 정확하게 전하고 있는 것이다. 참으로 희한한 건강 교육이라고 하지 않을 수 없다.

가이드는 나이가 40이 넘은 것 같았다. 그래서 유물·유적에 대한 해설이 지루할까봐 가끔 농담을 곁들이는데, 시중에 돌아다니는 것이라도 참으로 재치 있게 전달하고 있다. 건강한 할아버지를 무어라고 부르느냐고 하니 아무도 대답하지 못했다. 그는 천연스럽게 '노상서'(항상 성기가 선다는 뜻), 더 건강한 노인은 '노상해'(항상 성교를 한다는 뜻)라고 이름을 붙였다. 그리고 다시 더 건강한 노인은 어떤 분이냐고 물었다. 그는 김영삼 대통령의 흉내를 내면서 '중단 없는 사정'이라고 했다. 김 대통령은 사정(司正)을 많이 했는데 그것을 빗대서 이렇게 말한 것이다.

올림픽 경기장에서 대통령궁 앞으로 나왔다. 대통령의 근위병들이 꼿꼿하게 서 있는 모습을 보았다. 예브제니('잘 감아 부쳤다'는 뜻)라는, 부동자세의 근위병은 마치 인형처럼 보였는데, 어떻게 오랫동안 서 있을 수 있는지 놀라왔다. 이들은 키 190㎝ 이상의 군인으로, 다리가 좋아야 한다고 했다.

대통령궁을 돌아서 나와 하드리아누스 개선문을 지나면 3층의 건물이 보이는데, 이것이 옛 선박왕 오나시스의 사무실이란다. 오나시스는 세계적인 소프라노 마리아 칼라스를 아내로 삼았고, 미국 대통령 케네디의 미망인을 아내로 맞은 적도 있는 남성이다. 그는 갔지만 그의 로맨스는 그의 부와 함께 기억될 것이다. 그러나 그의 부가 정말 그의 명예를 지탱하게 했는가 하는 점은 의문이다. 더구나 올림픽 경기장을 건설해준 아베로프와 견주어 본다면 더욱 그렇다. 아베로프는 재물을 통해서 명예를 남긴 부자였다. 건강, 아름다움 그리고 깨끗한 부는 부러 위해야 할 자산이다.

지나가는 자동차들 가운데 현대 차가 보이니까, 가이드는 그리스의 자동차 가운데 4%가 현대 차라고 했다. 지난번 월드컵 이후 한국의 국제적인 위치가 점차 높아지고 있다고 했다. 그만큼 책임이 무거워지는 것으로 해석해야 할 것이다. 한국의 위상이 높아진다고 하여 기뻐만 할 것이 아니라 거기에 대한 책임을 더 통감해야만 성숙한 민족이 되는 것이다.

도심 한복판에 공원이 있는데 그곳은 제우스 신전이 있던 자리다. 기원전 6세기에서 기원후 2세기까지 제우스 신전이던 이 유적에는 모두 104개의 돌기둥이 있었는데, 지금은 15개만 남아 있다. 이 돌기둥 가운데 하나가 거꾸로 선 채 이스탄불에 있다. 콘스탄티누스 황제가 우상의 신전을 파괴하고 그 기둥 가운데 하나를 이스탄불에 갖다 놓은 것이다.

16시에 이곳에 도착하고 난 뒤에 가이드가 준비한 김밥을 나눠 주어서 먹도록 했다. 늦은 점심식사였다. 저녁 시간이 곧 되므로 나는 그것을 먹지 않았다. 저녁식사를 한식(韓食)으로 하기 위해 다시 해변으로 나와 '서울하우스'라는 식당으로 갔다. 다른 분들은 김밥으로 점심을 든 지 얼마 안 되었기 때문에 배가 부르다고 했지만 나는 김치와 쌈을 제법 먹을 수 있었다. 이렇게 그리스에 와서 한국 음식을 대할 수 있다니, 그것은 정말 고마운 일이고 진정 감사할 일이다.

한국 음식점에 가는 동안에 바다가 보이자, 가이드가 에게 해는 돈을 벌기는 힘들어도 돈을 쓰고 즐기기에는 편한 곳이라고 했다. 많은 요트들이 보이자, 요트는 바다에 떠 있는 호텔로 생각하면 된다고 했다. 이렇게 국민소득이 높고 편안하게 살 수 있는 것은 기원후 50년에 바울이 복음을 들고 왔기 때문이라고 설명했다. 이 나라 공무원들은 월~목까지는 8시에서 14시까지만 근무하고 퇴근하며, 얼마 전까지만 하더라도 병원비가 들지 않았고, 국립대학의 경우 석사학위까지는 무료라고 한다. 이 모든 것이 기독교의 혜택이라는 것이 그의 설명의 요지였다. 가이드가 비기독교인들 앞에서도 이 같은 설명을 할 수 있다면 굉장한 선교가 될 것이라고 생각되었다.

저녁을 든 뒤 약 20분간 다시 버스를 타고 숙소인 아텐스 아크로폴(Athens Acropol) 호텔로 갔다. 시내 한복판에 있으며 약간 낡은 호텔이다. 그러나 어디든 독방에서 작업할 수 있다는 것은 행운이 아닐 수 없다. 어제 저녁 해변에서 어려움을 겪었던 것을 생각하면 이런 호텔은 호화로운 궁궐과 다름이 없다. 감사, 감사할 뿐이다.

8월 21일 (수) 맑음. 오전에는 고린도 등을, 오후에는 아테네를 보고 스케줄대로 쉬다.

새벽에 잠이 깨어 1시 30분에 아내에게 전화하다. 집안의 안부를 물었다. 며칠 동안 서쪽 시간으로 오전 10시에서 11시경에 전화해 봤지만 집에서 아무도 전화를 받지 않아 오늘은 좀 이른 시간에 전화해 보았다. 서울 시간으로 오전 7시 30분이다. 새온이의 음성을 들었다. 아직도 '할아버지'라는 말을 못하고 있다. 기종 내외는 휴가를 얻어 제주도로 간 모양이고, 미국의 기홍의 집안도 잘 도착해 있는 모양이다. 집에 전화한 뒤 감사하면서 쉬었다.

5시경에 다시 일어나 일기를 정리하다. 부지런히 썼지만 아직도 8월 19일치를 다 정리하지 못했다. 7시에 모닝콜이 있자, 목욕하고 7시 40분에 식사하다. 8시 35분에 오늘의 여정에 나섰다. 컴퓨터 등을 너절하게 늘어놓은 채 외출해야 했기 때문에 오늘은 방을 치우지 말라는 표지를 걸어 두었다. 터키와는 달리 가이드가 버스에서 내릴 때 귀중품을 꼭 챙겨 넣으라는 당부를 했다. 이것이 회교권과 기독교권의 차이일까. 그렇게 봐도 되는 것일까? 아니면 기독교적인 개방사회와 이슬람적인 폐쇄사회의 차이일까. 이것은 종교적인 계율의 엄격한 집행과 관련이 있지 않을까 하는 것이 나의 판단이다.

몇 분이 약속된 8시 30분에서 좀 늦게 도착했다. 가이드는 이런 현상을 두고 그리스에는 흔한 일이요, 그리스적인 생활태도라고 말했다. 옛날 한국에도 '코리언 타임'이 있었듯이, 그리스에는 '그리스 타임'이 있는 모양이다. 약속 시간에서 30분 정도 늦는 것은 예사라고 한다. 국제회의를 하는 때도 주최국이면서 제시간에 다른 나라 사람들이 다 와 있는데도 자기들은 늦게 와서는 조금도 미안해 하는 생각이 없이, 이것이 그리스적인 생활태도라는 말 한마디로 모든 것을 덮어 버린다고 한다. 그래서 그리스에는 '콜로이드'라는 말이 있는데, 제시간에 맞춰 오는 사람들에게 '이 바보들아' 하는 소리와 같은 뜻이란다.

오늘의 중요한 일정은 아테네에서 86km 떨어진 고린도를 보는 것이다. 그리스 본토와 펠로폰네소스 반도를 잇는 요충지에 해당하는 지역으로, 일찍이 무역이 발달하여 부를 누렸으며, 기독교 역사를 보더라도 바울 사도의 선교가 있었고, 그들 교회에 보내는 서신도 신약성경의 중요한 부분을 이룰 정도로 의미가 큰 곳이다.

고린도에는 기원전 4천년 경에 사람들이 들어와 살았던 흔적이 있으며, 기원전 9세기에 도리아인들이 와서 살게 되었다. 고린도에는 두 항구가 있다. 동남쪽에는 겐그레아 항구가 있는데 이곳은 에게 해로 나가 그리스 동북 지방 및 터키 등으로 통할 수 있다. 서북 지방에 있는 항구 레차리온은 바로 이오니아 바다를 거쳐 아드리아 해와 지중해를 통하여 이탈리아나 알바니아, 유고 등지로 통하게 된다.

고린도를 자칫 섬으로 오해하는 경우가 있단다. 끝 글자 '도' 때문일 것이다. 그리스에는 3,100개의 섬이 있고 그 가운데 10%만이 사람이 사는 섬이라고 하니, 고린도를 섬으로 생각한다는 것도 무리가 아니다. 고린도는 기원 146년에 로마에 의해 정복, 파괴되었는데 이때 남자들은 죽임을 당했고 노인과 부녀자들은 노예로 팔리게 되었다. 그러다가 카이사르에 의해 아가야(아카이아) 지방의 수도로 되었고 전성기에는 노예 40만, 자유인 20만을 두는 거대한 도시로 발전했다.

기원후 1세기 파우사니아스의 기록에 따르면 고린도는 돈이 많은 곳으로 되어 있는데, 그것은 두 항구에서 무역으로 벌어들이는 데다가 환차(換差)로 많은 이익을 남겼고, 여사제들이 매음(賣淫)으로 돈을 벌어들였기 때문이라고 한다. 그래서 이 도시는 매우 타락했다. '코린티안(Corinthian)'이라는 말이 사전에 '타락자, 게으름쟁이'로 나타날 정도다. 특히 고린도 사람들은 성적으로 매우 문란했다고 한다. 성경의 〈고린도 전후서〉는, 바울 서신 일부가 다른 사람의 손을 빌려서 쓴 것에 견주어, 친필로 쓴 것으로 되어 있다. 그렇게 발전한 고린도였지만 1858년과 1928년의 화재로 폐허가 되었으며, 현재는 미국의 발굴팀이 복원하고 있는 중이다.

그리스는 위도가 낮지 않은 편이다. 아테네가 북위 38도 선상에 있다. 그리스인들은 성격이 '만만디'라고 할 정도이고 악착하지는 않지만 운전대만 잡으면 광포해진다고 한다. 인구 10만명당 교통사고 사망자 비율에서도 그 점은 나타나는데, 포르투갈이 28명, 한국이 24명, 그리스가 21명이라고 한다. 도로를 달리고 있는데, 길가에 우체통 비슷한 모양의 물건에 푸른 모자를 씌워 놓은 것이 보였다. 그것을 '에클레시아끼'라고 한단다. 끝의 '~끼'라는 말은 '작다'라는 뜻인데, '작은 교회'를 뜻한다. 교통사고로 사람이 사망한 곳에 세우는 일종의 '작은 교회'라는 의미를 갖고 있다고 한다. 이 나라 사람들은 꼭 사람들이 모이는 곳을 교회라고 보지 않고 기도하는 처소만 되어도 교회라고 하기 때문에 이렇게 사람이 사망한 곳을 작은 교회라는 이름으로 만드는 모양이다.

고린도로 가는 고속도로변에는, 그리스의 다른 곳과 거의 마찬가지로, 양쪽에 대부분이 돌(때로는 대리석)로 된 민둥산이 많고 곳곳에 올리브 나무를 심어 놓았다. 바다의 유전에서 기름을 퍼내 파이프로 육지의 정유공장에 보내 정유하는 광경이 보였다. 정유한 뒤에 나오는 가스는 태워 버리고 마는 것 같았다. 한국에서는 그런 가스를 다시 활용하고 있다. 자연스럽게 한국과 그리스의 경제에 대한 이야기가 나왔다. 1997년 한국에 국제통화기금(IMF) 사태가 왔을 적에 그리스에서는 "한강의 기적은 누구나 할 수 있는 기적이다"라고 대서특필했단다. 1999년에 경제회복이 이뤄지니까 "한국은 연구의 대상이다"라고 또 놀라움을 표시했단다. 월드컵 대회 때 그리스인들은 한국 선수들을 두고, '피스톨'이라고 했단다. 90분간 지치지 않고 어떻게 저렇게 열심히 뛸 수 있는지 알 수 없다는 뜻이란다.

그리스의 언어 이야기가 나왔다. 가이드의 말로는 영어의 어원 70%가 그리스어라고 한다. 그리스 학생은 처음에 영어를 잘 못하다가 다른 어느 나라 학생보다도 빨리 배우게 되는데, 이것은 영어 어원의 대부분이 그리스 말이기 때문이다. 처음에는 그리스어가 매우 어렵다고 한다. 영어에 'That is Chinese to me' 나 'That is Greek to me'는 매우 어렵다는 의미인데, 이것은 그만큼 한문이나 그리스어가 어렵다는 것을 지칭하는 것이다.

그리스어는 어휘가 다양하다는 점에서 주목된다. 가령 사랑이라는 그리스 말이, 아가페(하나님의 사랑)와 필레오(부모 형제간의 사랑) 및 에로스(육체적인 사랑)로 나뉘는 데서도 보인다. 에로스는 로마신화의 큐피드인데, 미(美)의 신 아프로디테의 아들이며, 두뇌가 없는 장님이라고 한다. 그렇기 때문에 사랑에 빠지면 맹목적이 되어 버린다는 것이다. 철학을 뜻하는 '필로소피'라는 말이 필레오(사랑)와 소피아(지혜)의 합성어라는 것은 잘 아는 일이다. 또 '데모크러시'라는 말도 데모(민중)와 크러시(지배한다)의 합성어인데, 이것은 민중이 지배한다는 뜻이란다. 반대는 모노크러시인데, 혼자(모노) 지배한다(크러시)는 뜻으로, 곧 독재를 의미한다는 것이다.

기원전 5세기 민주주의의 발생지(물론 그 민주주의라는 것이 그리스 도시국가의 시민들을 위한 것이지만)다운 언어의 발전이라고 할 것이다. 진리라는 말은 '알리티아'라고 하는데, 알=부정하는 말, 리티아=변화한다는 뜻으로, 진리는 변하지 않는 것을 뜻한다고 한다. 전화를 '텔레폰'이라고 하는데, 텔레=먼 곳, 폰=소리, 곧 먼 곳에 소리로 통하는 것을 말한다. '엘리야'라는 말은 자비·평화 등을 의미하는데, 노아 방주 때 새가 물고 온 잎을 의미했다. 이것은 하나님의 징벌이 끝났다는 것을 의미하는 것이었다. 미사에서 쓰는 엘리에송이라는 말은 '우리를 불쌍히 여기소서'라는 뜻으로, 평화와 자비를 기원하는 말이다. 이렇게 보니 그리스어를 이해하는 것이 서양 언어를 이해하는 첩경이라는 생각이 든다.

고린도로 가는 길에 메가라(Megara)라는 표지가 보였다. '큰 동네'라는 뜻이란다. 기원전 399년에 소크라테스가 죽임을 당하자 그의 제자 플라톤이 잠시 피했던 곳이란다. 이곳 사람들이 지금의 이스탄불로 이주하여 그 도시를 먼저 만들었다고 한다. 그리스에는 1억 그루의 올리브 나무가 있단다. 고대에는 그 기름을 치료하는 데 사용했으나 최근에는 식용으로도 사용하고 있고, 건강에 매우 좋다고 한다. 그러나 튀김용으로 사용해서는 안 된다고 한다. 열을 가하면 불포화산으로 변하기 때문이란다.

고린도에 거의 다 가서 코린트 운하를 건너갔다. 이 운하는 그 효용성으로 보아 수에즈·파나마 운하와 함께 세계 3대 운하의 하나로, 뱃길을 460km나 단축시키는 효과를 갖고 있다고 한다. 이것은 로마 황제 네로가 시작했으나 자살로 시공 2년 만에 중지했던 것인데, 1893년에야 비로소 개통했다. 전체 길이 6.3km에 수심은 8~10m, 폭 21m로 1만t급 이상의 배는 통과하지 못한다. 우리가 아래를 내려다보고 있는 동안 몇

척의 배가 통과하였다.

가이드 이순자 집사는 17년 전에 이곳에 왔단다. 어제 밧모 섬에서 만났던 이한서 씨의 부인이라는 말을 들었는데, 남편보다 기억력이나 화술·재치 등이 뛰어난 것 같았다. 상식도 풍부하여 자칫 지치기 쉬운 여행객들에 좋은 청량제와 같은 유머도 구사했다.

그는 그리스의 풍속으로 '브릿가'라는 것을 소개했다. 이곳은 모계 유풍이 아직 남아 있다. 그 하나로 친정 부모가 딸에게 집을 물려준다고 하는데, 그런 풍속을 브릿가라고 한다. 때문에 그리스를 비롯한 유럽에서는 사위와 장모 사이가 좋지 않단다. 이와 관련, 베드로는 별로 인기가 없는 편이라고 한다. 그가 장모의 병을 고쳐 주는 장면이 복음서에 나오는 것을 두고 하는 말이다. 장모와 사위 사이가 좋지 않은 유럽에서는 "장모가 열병이 들었으면 그냥 죽도록 내버려 두지 왜 살려 주었는가"라고 한단다.

현재 고린도, 즉 코린토스는 고대와는 달리 한 지방의 소읍에 지나지 않고 고적들은 대부분 폐허가 되어 있다. 폐허가 된 고린도 지방에 들어가는데 아크로코린트 산(높은 코린트 산이라는 뜻)이 보였다. 이 산은 시시포스의 신화로 유명한 곳이다. 고린도의 주신(主神)인 시시포스는 제우스가 바람피우는 것을 떠벌리며 소문을 냈다(제우스는 바람둥이이고 거짓말쟁이다). 제우스는 그 벌로 시시포스에게 큰 바위를 굴려서 이 산 위로 올려놓으라고 했다. 시시포스가 그 바위를 거의 정상에 올려놓으려는 순간 그 바위는 굴러서 내려가는데, 이것이 반복된다는 것이다. 이 신화는, 인간은 아무리 애써도 스스로 완성할 수 없다는 것을 보여 주는 데, 이 시시포스 신화의 연고지가 이곳이라는 것을 듣고 다시 고린도를 보게 되었다.

바울의 사적과 관련, 고린도는 아주 중요한 곳이었다. 기원 50년경에 네압볼리와 빌립보, 암비볼리, 데살로니가, 아테네를 거쳐 바울은 고린도에 오게 되었다. 피디에스 항구를 통해 왔는지 육로로 왔는지는 알 수 없다. 그런데 글라우디오 때 영을 내려 유대인을 로마에서 추방한 일이 있었다. 이때 브리스길라와 아굴라 부부가 쫓겨 바울보다 먼저 고린도에 오게 되었다. 바울은 고린도에 와서 천막을 만드는 업(業)이 그들과 같자 함께 일하면서 복음을 전하게 되었다. 그들 부부는 바울을 위해 목숨까지 내놓을 수 있는 분들이었다. 여기서 우리는 하나님의 섭리를 발견하게 된다. 로마가 그들 두 부부에게 추방령을 내려 바울보다 먼저 고린도에 오게 된 셈인데, 이 점은 빌립보에서 루디아를 먼저 준비시킨 것과 마찬가지라고 할 것이다.

고린도에서도 유대인들이 바울 일행을 핍박했다. 그래서 떠나려고 했다. 그러나 하나님은 환상 속에 나타나 더 머물라고 했다. 바울은 이곳에서 18개월 동안 머물며 전도했다. 겐그레아에서 서원(誓願)을 위해 머리를 깎은 것도 이때다.

고린도에 도착하자 버스에서 내려 걷다가 발을 헛디뎌 넘어졌다. 카메라를 땅에 떨어뜨렸다. 그 바람에 카메라의 자동문이 잘 열리지 않았다. 이젠 어느 곳을 가나 조심해야 하는데, 이렇게 몸을 제대로 가누지 못하고 쉽게 넘어지니 만용을 부릴 때는 지났는가 보다.

옛 고린도의 도시는 이제 완전히 폐허로 되어 있다. 그 찬란했던 문화를 자랑했고 상업이 발달하여 부를 누렸던 이 도시도 결국 사라졌으니 역사에서 영원불변을 말하는 것은 잘못이다. 시간이 흐르면 변화는 오게 마련이고 변화에 견디지 못하면 망하고 마는 법이다. 지금 와서 보고 있는 폐허의 도시 고린도는 그것을 말해 주고 있다. 화려한 코린트식의 기둥이 몇 개 남아 있는 옥타비아누스 신전을 보면서 그 옆에 있는 박물관에 들어갔다. 가이드의 설명 가운데 여러 가지 경청할 부분이 많았다.

레스보스 섬의 사포라는 여성의 상이 보였다. 사포는 아름다운 여선생이었는데 그가 그의 여학생들과 같이 놀았다. 그래서 여성 동성애자를 말하는 레즈비언이라는 말이 레스보스섬 사람들이라는 말에서 생겨나게 되었단다. 아프로디테(로마신화의 비너스)는 물거품에서 태어났다는 뜻이란다. 헤파이스토스가 아테네를 사랑하여 덮치려고 하자 아테네가 달아났다. 그때 헤파이스토스가 정액을 흘렸다. 조루중 환자는 헤파이스토스가 처음이라고 한다.

시너고그라는 단어가 쓰여 있는 돌이 보이는 것으로 미루어 보아 이 근처에 바울이 가르쳤을 유대인 회당이 있었음을 알 수 있다. 박물관 안에는 얼굴이 없고 몸뚱이에 옷을 입힌 조각들이 많았다. 이것은 목이 달아난 것이 아니라, 머리 부분을 제외한 다른 몸체를 미리 만들어 놓고 얼굴만 새겨서 거기에 맞춘다는 것이다. 말하자면 몸체만을 기성복마냥 미리 만들어 놓고, 사람이 죽으면 얼굴을 죽은 자 비슷하게 만들어 이미 만들어 놓은 몸체와 맞춘다는 것이다.

이솝의 우화를 상상할 수 있는 내용이 조각이 보였다. 포도 먹는 여우 이야기다. 여우는 포도원에 들어가기 위해 자신의 몸을 가늘게 하지 않으면 안 되었고 그러기 위해서 3일을 굶었다. 포도원에 들어간 여우는 실컷 먹었지만 몸이 불어 그 구멍으로 나갈 수가 없었다. 다시 3일을 굶은 후에 나갈 수 있었다. 공수래공수거(空手來空手去)의 교훈을 얻을 수 있다.

가이드 이순자 집사는 필요할 때 동서양의 고전을 적절히 인용하여 관광객의 지적 욕구를 채워 주었다. 니코스 카잔차키스는 크레테 섬 출신의 그리스의 작가로, 그가 쓴 《마지막 유혹》에서 예수님이 막달라 마리아와 결혼하게 된다는 것을 말하여 교회로부터 파문당하고 교회의 묘지에도 묻히지 못한 사람이다. 그는 명언도 많이 남겼는데, 이 집사는 그런 것을 꿰고 있었다. "나는 아무 것도 원해서 쫓아간 적이 없고, 아무 것도 두려워서 도망간 적이 없다. 그러므로 나는 자유인이다." 그

밖에도 "바람으로부터는 집착하지 않은 것을 배우고……" 등등 필요한 경우에는 즉석에서 외운 것을 말했다. 대단한 기억력의 소유자이고, 필요할 때 끄집어내어 사용할 줄 아는 재치를 소유하고 있다. 이렇게 적절하게 고전이나 현대적인 지성을 구사하는 능력은 가이드에게만 필요한 것이 아닐 것이다.

박물관에서 나와 과거 고린도 시절의 옛 유적들을 돌아보면서 고린도 교회 이야기를 했다. 특히 바울이 쓴 〈고린도 전후서〉는 고린도 교회의 사정을 잘 알게 해 준다고 했다. 고린도 교회에는 자유라는 이름으로 창녀촌에 다니는 이들이 있었고, 결혼을 부인하는 자도 있었다. 또한 성찬이 애찬적인 성격을 갖고 있어서 부자는 많이 가져와 먹고 가난한 이들은 적게 가져와서 불균형을 이룸으로써 문제가 되었으며, 우상의 제물, 즉 신전에 드린 고기를 내오면 그것이 싸서 가난한 자들이 많이 먹었고, 파벌 싸움이 심하여 바울파니 게바파니 아볼로파니 하는 계파 싸움 등이 있었으며, 여성들의 발언권이 센, 말하자면 문제의 교회였다.

〈고린도 전서〉는 이런 고린도 교회의 문제점들에 대해 바울 사도가 일일이 답한 것이라고 할 수 있는데, 그가 특히 이러한 분파 싸움의 해법으로 제시한 것이 13장의 '사랑'이었던 것이다. 이와는 달리 〈고린도 후서〉는 바울이 57년경 마케도니아에서 쓴 것인데, 경위는 이렇다. 고린도 교회가 바울이 사도가 아니라고 고집하여 바울이 그 교회를 떠났다. 그 뒤 디도가 고린도 교회를 방문하여 고린도 교인들이 자기들의 잘못을 회개하게 되었다. 이 소식을 들은 바울이 다시 고린도 교회에 쓴 편지가 〈고린도 후서〉다.

박물관을 돌아 나오니 저 유명한 걸인 철학자 디오게네스의 유적이 있는 곳에 이르렀다. 그는 쓸 만한 사람을 찾느라고 낮에 불을 켜고 다닌 것으로 유명하다. 그는 또 돈을 불에 뜨겁게 달궈 길가에 뿌렸는데 사람들이 그것을 줍다가 뜨거워서 혼이 나기도 했다. 그때 그는 천연스럽게 "공돈을 먹을 사람들은 뜨거운 맛을 봐야 한다"고 했다는 것이다. 그와 알렉산드로스의 만남은 많은 사람들의 입에 오르내린다.. 알렉산드로스가 부하들을 모아 놓고 아직도 나에게 무릎 꿇지 않은 사람이 있는지를 물었다. 한 사람이 자그마한 목소리로 말했다. 디오게네스가 있다고 했다. 알렉산드로스는 디오게네스를 찾기로 했다. 찾아가서 말했다. "너는 내가 누구인지 잘 알지?" 그 말에 디오게네스도 "당신 역시 내가 누구인지 잘 알지요?"라고 응수했다는 것이다. 알렉산드로스가 돌아가면서 마지막 소원이나 하나 말하면 들어주겠다고 하자, "지금 가리고 있는 햇빛이나 비치게 해 달라"고 했다. 알렉산드로스는 "지금의 내가 아니라면 디오게네스가 되었을 것"이라고 했단다. 디오게네스의 부인은 추녀였다고 한다. 제자들이 이를 두고 말했다. 그때 디오게네스는 "야 이놈들아, 여자는 불 끄면 똑같은 거야"라고 했단다.

그가 바로 고린도 사람으로서 그가 거주했다는 자리에서 사진을 찍었다. 디오게네스처럼 되지 못해서 부끄럽지만 그의 생활철학에 동의한다는 뜻에서 그가 앉았다는 돌무더기에 앉아 그를 기려 본 것이다. 고대 그리스의 건축양식이 기둥 위에 삼각형의 박공(페디먼트)을 올리고 거기에 조각했던 데 견주어 로마시대에는 아치형으로 만드는 것으로 변화되었다. 아치형의 대문이 있는 곳에 이르니 이곳은 점포였다. 점포 앞에는 외국에서 온 사람들을 위해 환전하는 곳이 있었다. 환전하는 곳을 '뜨라제'라고 했는데, 그 뒤 은행을 가리키는 말이 되었다고 한다.

당시 고린도 사람들이 얼마나 이윤 추구에 명수였나를 보이는 일화 한 토막. 고린도에서 중국의 돈이 발견되었는데, 이는 중국 상인이 왔음을 의미한다. 그들이 물건을 갖고 오면 거간꾼들은 바로 흥정을 붙이지 않고 구매자가 없다는 핑계로 한 달 정도를 머물게 하고, 그 물건을 살 사람도 한 달 정도 다른 여관에 머물게 하여 양쪽 모두가 애가 닳도록 만든다. 한 달 쯤 뒤에 흥정을 붙이는데, 중국 상인이 요구하는 반값을 부른다. 다급해진 중국 상인은 그 값이라도 받으려고 한다. 거간꾼은 구매자에게 가서는 그보다 몇 푼을 더 얹어서 부른다. 이렇게 고린도 상인들은 이쪽저쪽에서 이익을 취한다. 중국 상인은 몇 푼 안 되는 돈을 받지만, 그동안의 숙박비를 지불해야 하고 남아 있는 돈도 창녀들에게 다 털리게 된다. 이렇게 완전히 털리고 가는 것이 고린도를 상대로 한 장사였단다. 그래서 "고린도의 항해는 빈 배로 돌아간다"는 말이 있단다.

가이드의 짙은 농담이 때로는 긴 여행길에 있는 나그네들에게 청량제가 된다. 서양에서 고린도 상인들이 이런 비법을 후대에 전해 준 전통과는 달리 한국에서는 그렇지 않았다면서 다음과 같은 예를 들었다.

임진왜란 때 진주성에서 이씨 성을 가진 사람이 지금의 비행기와 같은 것을 만들어 혼자 탈출했다고 한다. 이런 비법이 전해졌으면 라이트 형제에게 비행기 발명가라는 영광을 안겨 주지는 않았을 것이다(이런 이야기가 사실인지 아닌지는 나도 잘 모른다).

시어머니와 며느리가 빨래를 하는데 시어머니는 다른 이들로부터 칭찬을 받았지만 며느리는 그렇지 못했다. 며느리가 시어머니께 그 비법을 알려 달라고 했지만 가르쳐 주지 않았다. 시어머니가 죽으면서 이를 깨물고 '뽀드득' 했단다. 그제야 며느리는 '뽀드득' 소리가 날 정도로 빨래를 힘껏 쥐어짜라는 말인 줄 알게 되었단다.

청계천에서 시어머니와 며느리가 떡을 팔고 있었다. 며느리의 좌판에는 사람들이 몰리는데 시어머니의 좌판에는 몰리지 않았다. 나중에 시어머니가 그 이유를 물었다. 며느리 왈 "어머님도 노 팬티로 앉아 보세요"라고 했단다. 이걸 듣고 몇몇 여자 성도들은 "김ㅇㅇ 고스톱 같군"이라고 했다. 김ㅇㅇ가 고스톱을 하다가 잃으면 팬티를 벗는다든지 하여 주의를 그쪽으로 집중케 하고 돈을 딴다는 뜻이란다. '성지순례'

의 지루한 여정 속에서 그 지루함을 잊게 하는 한 토막 재미있는 농담들이다.

우리는 'BHMA / BEMA'라고 써 놓은 석판이 높이 박힌 축대 앞에 섰다. 바로 그 자리가 재판하는 자리 또는 연설대라고 한다. 바울이 유대인들의 소요에 휘말려 잡혀 갔다가 갈리오 총독으로부터 풀려나오는 장면이 〈사도행전〉에 보인다. 바로 그 사건이 있었던 곳이다. 연설대 주변이 민회 자리가 되는 셈이다. 갈리오는 네로의 스승이었던 세네카의 친척이어서 총독 자리를 얻게 되었다고 한다. 그는 바울 사건이 유대교와 관련된 것인 줄 알고 바울을 풀어 주고 그 사건에서 손을 뗐던 것이다. 그는 뒷날 피부병에 걸렸다고 한다. 재판석에서 조금 떨어진 곳에 경기장의 출발지가 있었다. 역광이지만 사진을 한 장 찍었다. 출발지 뒤에는 율리우스 카이사르의 가족들이 머물렀던 바실리카가 있었다는데 모두 폐허가 되어 버리고 없었다.

과거 이 지역에서 가장 상업이 발달하여 부를 누렸던 이 도시는 이렇게 형편없이 폐허가 되어 버리고 말았다. 지상에서 영원한 것은 없다. 영원한 것을 사모할 뿐이다. 인걸도 가고 물질도 변했으나 남아 있는 것은 바울이 남긴 〈고린도 전후서〉 등의 기록뿐이라 해도 지나친 말이 아니다. 그러면 기록만이 남아 과거를 오늘에 재현하는 것인가? 그러나 그마저도 들으려 하지 않는 자에게는 아무런 교훈이 되지 않는다.

바로 그 언저리에 그늘이 있어서 우리는 수요예배를 드렸다. 조금 전에 가톨릭 신부 두 사람이 절을 하며 간단하게 행사를 치렀던 곳이다. 원약술 목사의 사회로, 찬송 78장 〈참 아름다와라〉 첫 절을 부르고, 고종실 장로가 기도하고, 박승구 목사가 〈데살로니가 전서〉 5장 16절에서 18절을 읽고, 광고 없이 주기도문으로 11시 30분경에 마쳤다. 이제는 폐허를 돌아보면서 아크로코린트 산을 뒤로 하고 마찻길과 회랑길이 있는 간선도로를 따라 나갔다. 나가면서 피레네 샘(Fountain of Peirne,

올림픽 구경을 나갔다가 투창 시합에서 던진 창에 죽은 아이를 기념하는 샘)을 보았는데, 거기에는 로마시대의 물 관리 시스템을 알 수 있는 유적이 있었다. 물 저장용 탕이 있어서 식수로 사용됐으며, 공중목욕탕으로 연결되어 사용되기도 했고, 그 다음에는 길가의 공중변소에 사용되었다.

12시경에 유적이 있는 곳을 완전히 벗어났다. 점심을 들기 위해 그 앞에 있는 아타나시우스(Athanasius) 식당으로 들어갔다. 점심식사를 한 뒤에 아테네로 돌아왔다. 갈 때와 마찬가지로 거의 두 시간이 걸렸다. 오는 동안에 공동묘지가 보였다. 그리스에는 장례를 치를 때 마지막에 꽃 한 송이를 던지면서 '깔로 딱셀'이라고 말한단다. '좋은 여행'이라는 뜻이다. 그러니까 그리스인들은 죽음을 슬프거나 절망적인 것으로 받아들이지 않고 즐거운 여행으로 받아들인다는 것이 된다. 기독교적인 영향 때문이라고 한다. 종교의 힘이 이렇게 그리스 사람들의 인생관을 바꾸어 놓은 것일까? 고속도로의 출구(exit)가 'EXODUS'로 표기되어 있었다. 구약성경의 '출애굽'을 엑소더스(Exodus)라 하는 것을 기억하면서 재미있게 연관시켜 보았다.

아테네 시내로 들어왔다. 그리스에는 거리의 주요 모퉁이에 교회당이 있다. 한번 지어진 교회당은 허물 수 없다는 불문률이 있다고 한다. 가이드에게, 430년 동안 터키의 모슬렘 지배 아래서 그리스인들은 그들의 신앙을 어떻게 했는가를 물었다. 터키 지배 아래 있으면서 그리스는 인구의 3분의 1이 없어질 정도로 큰 박해를 받았다. 그러나 그런 조건 아래서도 정교회의 사제들은 비밀 학교에서 신앙과 역사와 언어를 가르치며 독립운동을 했다고 한다. 사제들이 거리에 나와 휘파람이나 노래를 부르면 거기에 따라 어린이들이 하나 둘씩 교회당의 지하에 있는 비밀 학교에 모여들었는데, 그때 불렀던 노래가 아직도 그리스의 국가(國歌)로 불린다고 한다. 그리스 사제들은 지금도 국민들의 존경을 받고 있다고 한다.

그리스인의 96%는 정교회 신자이다. 그리스에는 모슬렘이 거의 없다. 북쪽의 코모틴이라는 도시에 인구의 3분의 1이 모슬렘이라고 한다. 기자들이 그 시장에게 "그리스와 터키 사이에 전쟁이 벌어지면 어떻게 하겠는가?"라고 물었다. 그 시장 왈, "나는 그리스 국적을 가진 터키인이다"라고 하면서 "알아서 해석하라"고 했단다. 그런 난처한 경우가 어찌 그 시장에게만 있겠는가. 우리나라와는 달리, 다종족국가를 이루고 있는 많은 나라 사람들이 모두 이런 문제에 봉착하고 있다.

시내에 들어와 '신도그마' 거리에 나왔다. 말하자면 헌법 거리다. 1829년 그리스가 독립한 뒤 독재자가 나타나자 시위하면서 민주화를 이룩한 거리라고 한다. 우리는 어제 차를 대었던 주차장에서 내려 곧장 프닉스 언덕으로 올라갔다. 아크로폴리스 언덕으로 오른 것과는 반대편 길을 오른 것이다. 아레오바고와 아고라가 아크로폴리스를 중심으로 프닉스 언덕의 반대편에 있다.

이 언덕은 고대 아테네의 직접 민주주의와 밀접한 관련을 갖고 있는 곳이다. '프닉스'라는 말은 '사람이 너무 많아 바늘 하나도 들어갈 틈이 없다'는 뜻이란다. 이 언덕은 아테네 시민 1만 8천 명이 모여 권리 행사를 하는 곳이었다. 기원전 5세기 무렵 그들은 이곳에 모여 도시국가의 일을 의논했을 뿐만 아니라 독재의 위험이 있는 사람을 대상으로 조개껍데기로 투표하여(오스트라키스모스, 貝殼投票) 3분의 1이 찬성하면 그를 10년 동안 국외에 추방시켰다. 그 뒤에는 도자기 조각 투표(陶片投票)도 하여 이 전통을 지켰다고 한다. 그러나 이런 민회는 가끔 기득권자들이 자신의 기득권을 고수하는 데도 활용했다고 한다. 솔론은 여러 번 개혁하려고 했지만, 동의를 얻지 못해 결국 실패하고 말았다. 민주주의가 우민정치(愚民政治)로 변모하는 그런 한계는 이미 드러나고 있었다.

히피아스라는 사람이 있었다. 그는 아테네 시민들에게 독재할 가능성이 있는 존재로 찍혔다. 결국 패각투표에 따라 기원전 510년 페르시아로 추방당했다. 그리스인들은 그를 페르시아로 추방하면서 독재정치의 교훈을 얻도록 기대했다. 그러나 페르시아는 히피아스에게 땅을 떼어 주면서 극진히 환대했다. 뒷날(기원전 490년)에 페르시아가 그리스에 쳐들어올 때 그를 앞장세웠다. 결국 그는 페르시아에 이용당했던 것이다.

프닉스 언덕에서 내려오면서 도시국가 당시 감옥으로 사용했던 동굴감옥에 들렀다. 기원 399년 소크라테스가 갇혀 사형당한 곳이기도 하다. 사형 집행에 앞서 그의 친구가 와서 간수들을 매수해 놓았으니 감옥을 탈출하라고 했다. 소크라테스는 친구에게, "70년 동안 아테네의 법이 나를 괴롭히지 않았는데, 이제 와서 달리 해석하여 적용한다고 해서 피할 수는 없다"고 하면서 조용히 죽음을 맞았다고 한다. 이것을 후세 사람들은 "악법도 법이니 지켜야 한다"라는 식으로 잘못 전하고 있다고 한다.

간수가 독약을 가지고 와서 소크라테스 앞에 놓았다. 소크라테스가 물었다. "이것을 어떻게 하라는 것이냐?" 간수는 "그것을 마시고 호흡이 거칠게 되면 조용히 누우시면 됩니다"라고 말했단다. 그도 이 철인이 무죄라는 것을 알고 박절하게 대하지 못했던 것이다. 소크라테스는 아테네 청년들을 잘못 인도하고 있다는 죄목으로 사형을 맞게 된 것이다.

소크라테스의 부인이 세계 삼대 악처로 알려져 있다. 그러나 원인 제공자는 소크라테스라는 사실을 곧잘 잊는다. 그가 70세 때에 그의 부인은 50세였다고 한다. 세 아들을 둔 그들의 생계를 부인이 책임지다시피 했다. 소피스트들은 부잣집에 가서 돈을 잘 벌어왔지만 소크라테스는 그렇지 못했다. 부인은 돈을 잘 벌어오지 않는다고 바가지를 긁었다. 잔소리가 심했던 그는 남편에게 물바가지를 안겼다. 그때 소크라테스는 "천둥 뒤에는 폭풍우가 오는 법"이라고 했단다. 소크라테스는 "교육이란 사람을 가르치는 것이 아니라 그 속에 들어 있는 것을 계발시키는 것"이라고 강조했다. 일설에는 그의 어머니가 조산원이었다고 한다. 산파는 아이를 낳는 것을 도와주는 노릇밖에는 하는 것이 없다. 아이를 낳는 것은 산모의 힘이 아니고서는 불가능하다. 소크라테스의 교육철학은 그의 어머니의 조산원 경험을 바탕으로 한 것이 아닌가 하는 설명이었다.

예정대로라면 오늘은 종일 아테네에서 자유시간을 갖도록 되어 있었다. 자유롭게 아테네를 관광하도록 예정한 것이지만, 어제 밧모섬에서 늦게 도착하여 어제 일정 중에서 고린도 탐방을 오늘로 미뤘기 때문에 이것을 마친 뒤에 숙소에 돌아와 쉬면서 자유시간을 갖기로 했다. 숙소인 아텐스 아크로폴 호텔로 돌아왔다. 일기를 정리하면서 30분 정도 쉬었다.

오후 7시에 다시 모여 어제 저녁을 든 한국 식당 서울하우스로 가서 식사를 하고 돌아왔다. 석준복 목사님으로부터 뒷날 부산에 와서 교역자들을 위한 강연을 해 달라는 부탁을 받았다. 희년선교회와 희년의료공제회에 대해 설명할 수 있는 기회를 가졌다. 퍽 흥미를 갖는 것 같았다. 이런 대화를 통해서 처음에 같이 합류하여 가졌던 서먹서먹함을 깰 수 있었다. 하나님께 감사한다.

8월 22일 (목) 맑음. 아침 8시 45분에 아텐스 아크로폴 호텔을 출발하다. 우리가 탄 버스는 어제까지 수고한 버스가 아니고 터키와의 국경 지방에서 내려온 것이라는데, 뜨라뻬자(은행) 거리를 거쳐 북쪽을 향해 달리기 시작했다. 시내에서 정교회의 건물이 많이 보이니까, 가이드는 정교회 교인들은 죽을 때 자식에게도 유산을 물려주지만 교회에도 많이 남겨 준다고 했다. 하나님께서 주신 재산을 잘 사용하다가 이제 하나님께로 돌아가니 교회가 더 적절하게 써 달라고 부탁하는 의미가 있다고 했다.

그리스에서는 정교회를 기원 50년에 바울이 세운 것으로 보고 있다. 1054년에 동서 교회가 분리하게 되는데, 동방교회와 서방교회는 분열의 책임을 서로에게 전가하고 있다. 두 교회는 사제가 오류가 있는가 하는 문제와 성모 마리아의 육체적 승천 여부, 사제의 결혼 여부(정교회에선 신부가 된 뒤에는 결혼할 수 없으나 결혼 뒤에도 신부가 될 수 있다) 등에서 동서 교회의 차이를 보여 주고 있다고 한다. 지난번에 요한 바오로 2세가 그리스를 방문하겠다고 했지만 여러 차례의 교섭 끝에 교황 자격으로서가 아니라 바티칸 시의 수장 자격으로 맞겠다고 하여 방문이 이뤄졌다. 그가 왔을 때 보안이 지나치게 철저하여 언제 왔다가 언제 돌아갔는지 몰랐다고 한다.

정교회의 사제는 검은 옷을 입는데 검은 옷은 수의(壽衣)를 의미하는 것으로, 수의를 입어 나는 죽고 내 안의 그리스도만 살아 있도록 하기 위함이라고 한다. 그들은 하루의 시간을 3등분하여 이용하고 있는데, 3분의 1은 성경 연구와 묵상에, 또 3분의 1은 농사나 이콘 제작 등의 노동에, 나머지 3분의 1은 휴식에 사용한다고 한다.

가이드는 올림픽과 관련된 여러 가지 이야기를 들려주었다. 1896년에 근대적인 올림픽을 시작했기 때문에 1996년 올림픽을 그리스에서 개최하려고 노력했다. 그러나 정보전에 어두웠던 그리스는 결국 애틀랜타에 빼앗겼다. 그 뒤 노력한 결과 2004년 올림픽을 아테네에서 개최하게 되었다. 그러나 준비를 전혀 하지 않고 있어서 올림픽위원회로부터 몇 번이나 경고를 받았다고 한다. 왜 그렇게 준비하지 않는지는 알 수 없으나, 이런 식으로 2004년을 맞게 되면 큰 혼선이 올 정도라고 한다.

고대올림픽은 기원전 776년에 신탁에 따라 도시국가들끼리 운동경기를 하도록 한 데서 비롯되었다. 이때는 무기가 사용되지 않았으므로 평화의 제전이 될 수 있었다. 거의 천 년이나 계속된 이 올림픽은 기독교를 국교로 공인한 로마 테오도시우스 황제에 따라 정지되고 말았다. 제우스 신 앞에서 행한다고 하여 일종의 우상숭배라고 보았기 때문이다. 올림픽 성화는 2,900여 미터나 되는 올림포스 산에서 채화(採火)한다. 올림포스 산은 신들이 넥타르를 마시며 살고 있는 곳인데, 헤라 신전에서 채화하여 올림픽 스타디움에서 성화봉송식을 갖는다고 한다.

플라톤은 '어깨가 넓은 사람'이라는 뜻이란다. 그의 본래 이름이 아리스토클레스라는 것은 처음 알게 되었다. 아리스토텔레스는 스타케이로스 출신으로 알렉산드로스 대왕의 스승이었다. 그리스 사람들은 심포지엄을 가졌는데 이는 생각을 같이하기 위해 모인 모임이라는 뜻이란다. 심포지엄은 동의하기 위해 모인 모임이다.

이 나라에서는 병원의 심벌이 지팡이와 뱀으로 나타나고 있다. 의성(醫聖)으로 유명한 아스클레피오스(죽어서 신의 반열에 올랐다)에게는 히기에이아는 역시 의술이 뛰어난 아내가 있었는데, 그는 뱀이었다. 그래서 아스클레피오스는 그 아내를 낮에는 지팡이로 짚고 다니고 밤에는 뱀 그대로 활동케 했다는 것이다. 이들의 14세손이 히포크라테스라한다. 히포크라테스의 선서에 "환자에게 돈이 없다고 하여 치료를 거부하지 않겠노라"라는 말이 있다. 이 뜻에 따라 이 나라는 최근까지 모든 사람(내·외국인 모두)에게 의료혜택을 무료로 제공하고 있으며 지금도 돈이 없다고 하여 치료를 거부하는 일은 없다고 한다.

12시경에 세르모폴리스라는 곳에 가서 점심식사를 했다. 어느 식당 옆의 그늘진 잔디에 앉아 준비해 온 김밥을 먹었다. 옆에는 천연 유황온천이 있어서 폭포수처럼 내려오는 온천물에 들어가 폭포수에 물맞이도 했다. 옆에 건축물의 흔적이 있는 것으로 보아 이 유황온천을 과거에는 인공을 가해서 활용했던 것처럼 보이지만 지금은 물이 쏟아지고 있는 폭포수뿐 그 아래에는 어떤 시설도 없었다. 한국 같으면 벌써 몇 개의 시설물이 들어섰을 것이다. 온천욕을 하고 나오는데 왕벌(큰 파리 같기도 했다)에게 쏘여 피가 흘렀다. 떠나기 전에 일행에게 찬 음료수를 제공했다. 39유로가 들었다. 아마도 25개 정도를 가져갔는데, 이것은 잘못 계산된 것 같았다. 어제 아테네에서 콜라 2병에 1.4유로를 지불한 것과 견주어 보면 오늘 음료수 대금은 20유로를 넘지 않아야 한다.

오늘은 메테오라(Metéora)라는 곳에 가서 큰 바위들 위에 13세기에 지어 놓은 수도원을 보는 것이 유일한 코스이다. 거기까지가 매우 먼 거리다. 자연히 가이드는 그 무료함을 달래줘야 할 책임을 느끼는 모양이다. 온천과 관련해서 한 한국인이 나체촌에 갔다온 이야기를 들려주었다. 그는 어떻게든 사진을 찍으려고 나체촌에 들어갔는데, 얼마 안 있다가 도로 나왔다. 옆에서 그 이유를 물었다. 그 사람이 말하기를, "서양 사람들은 덜렁덜렁 했는데 나는 달랑달랑 해서 창피해서 못 견디고 나왔다"는 것이었다. 일행이 파안대소(破顏大笑)했을 것은 불문가지(不問可知)다. 기독교인들이요 성직자들도 많았지만 이들도 다 큰 사람들이지 않은가.

라미아(Lamia)를 지나 높은 산으로 올라가더니만 고원(高原)이 시작되었다. 다시 수십 km를 달린 뒤에 오늘의 목적지인 메테오라가 멀리서 보이기 시작했다. 높은 바위들이 우뚝우뚝 서 있는 모습이었다. 멀리서 보아도 그 풍광이 우람하고 아름다웠다. 가톨릭이 직사각형의 교회당을 짓는 데 견주어 정교회는 처음에는 직사각형의 바실리카를 지었지만 후대에는 정사각형으로 짓게 되었다고 한다. 정교회는 성소를 반드시 동쪽에 두는데, 이는 빛이 시작되는 곳이고 예루살렘이 동쪽에 있기 때문이다. 정교회에 따르면, 서쪽은 해지는 쪽이면서 성소 반대쪽의 세상을 뜻한다는 것이다. 인간은 세상에서 교회라는 영역을 통해 성소, 즉 하늘나라로 향하는데, 따라서 교회는 속화된 인간을 성화시켜 하늘나라에 이르게 하는 중간 다리라는 것이다. 이렇게 그들은 분명한 교회

론을 배경으로 건물을 짓고 있었다.

메테오라에 가까이 갔다. ‘메테오라’는 명사로는 별똥별[流星]· 운석(隕石)이라는 뜻이 있고, 형용사로는 공중에 매어 달렸다는 뜻이란다. 혹은 하늘에 닿아 있다는 뜻이란다. 이곳은 아주 이상한 바위들이 기암괴석군(奇巖怪石群)을 이루고 있는데, 큰 것은 150m까지 솟아올라 마치 기둥처럼 되어 있다. 아마도 옛날에는 바다였는데 지각변동에 따라 이렇게 바위들이 솟아오르게 된 것 같다는 것이다. 이렇게 추정할 수 있는 근거는 이 바위들에서 조개껍데기와 물고기의 화석이 나왔기 때문이다.

이 바위들에는 많은 동굴들이 있어서 처음에는 수도사들이 이런 곳에서 수도하기 시작했는데, 13세기에 이르러 수도원운동이 본격화하면서 이 바위들 위에 수도원을 짓게 되었던 것이다. 우선 이 같은 전인미답(前人未踏)의 바위 꼭대기에 수도원을 짓겠다는 발상 자체가 매우 큰 용기를 필요로 하는 기발한 착상이 아닐 수 없다. 옛날에 사용한 바위 위에서 망태 같은 것을 오르내리게 한 유물을 둔 것으로 보아 몇 사람이 어떤 기술로든 이 바위 위에 오르고 줄을 내려 거기서 생활하면서 수도원을 지을 수 있는 재료들을 일일이 이 망태기에 담아 올려 보냈던 것으로 보인다.

1336년 이전에 수도원이 있었다는 기록으로 보아 건물이나 벽화가 1200년경의 것이라고 확인되었단다. 13~14세기에 “이(쎄살리아) 지방을 점령했던 세르비아 정교회 왕실의 많은 기부금으로 더욱 발전하게 되었고, 터키 지배 당시에는 도피처의 구실을 했다. 수도원이 전성기일 때는 13개의 공동 수도원과 20여 개의 작은 거주처로 구성되어 있었다”(조동규,《신화, 역사 그리고 철학의 나라 그리스》, 희랍, 2001). 그러나 지금은 6개의 수도원만 있다.

전에는 이 근처에 갈 수가 없었는지, 지금은 관광객을 위해 길을 닦고

아스팔트까지 깔아놓았다. 산길을 따라 메테오라 뒤편으로 올라가 그 바위들에 가까이 가보았다. 먼저 메테오론 대수도원으로 갔다. 지금은 이 수도원들에 들어갈 수 있도록 바위 사이를 메우거나 또는 다리를 놓아 수도원에까지 올라갈 수 있었다. 대수도원에는 약 250계단을 밟아 올라갔다. 이 수도원에는 여자는 치마를, 남자는 긴 바지를 입고 들어가야 한다는 관행에 따라, 수도원 입구에서 여자에게는 치마를 주어 꼭 입도록 했다. 안에 들어가니 이 수도원에서 수도하다가 돌아간 이들의 두개골만 모아 놓은 것이 있어서 사진으로 담았다. 재미있는 것은 두개골이 약간 붉은 것도 있는데, 이것들은 포도주를 많이 마신 수도사들의 두개골이라고 한다. 성화들 가운데에는 순교 당하는 장면들이 그려져 있는 것도 있었다. 불태워 죽이고, 거꾸로 매달고, 목을 자르고, 끓는 물에 집어넣는 그런 순교 장면들이 그려져 있었다. 신앙을 지키기 위해 선진(先進)들이 겪은 고통과 죽음을 한눈에 보게 해 주었다.

우리가 도착한 시각이 오후 4시. 5시면 문을 닫기 때문에 서둘러 둘러보았다. 많은 관람객들이 있었다. 여러 나라에서 온 것 같았다. 아마도 그리스에 와서 이곳을 돌아보지 않으면 관광이나 성지순례나 무의미하다고 할 정도로 중요한 지역으로 보였다. 암굴과 바위 위에서 신앙을 지킨 이들은 〈히브리서〉 11장에 보이는 믿음의 선진들이 겪었던 그 모습을 그대로 보여 주고 있었다. 자연의 풍광이 아름다워 조물주의 솜씨를 느끼게 하는 것 이상으로 이 수도원이 주는 감명은 깊었다.

내려오면서 보는 광경은 더 아름다웠고, 메테오라의 자연적인 신비를 더 감명 깊게 해 주었다. 산만큼 큰 바위 하나하나가 중요한 메시지를 전해주고 있었다. 가끔 보이는 암혈(巖穴)들은 수도원운동 이전에 그곳에서 수도했을 가능성을 암시해 주었다. 내려오면서 큰 바위 사이에 뾰쪽하게 솟은 이상한 바위가 보였다. 남자의 성기(性器)처럼 생겼다고 하여 그것을 '에로틱 바위'라고 부른다고 했다. 6시 무렵에 그 아래 마을에 있는 오르페아스(Orfeas) 호텔에 이르러 방을 배정받고 아직 저녁식사 시간까지 여유가 있어서 호텔 풀장에서 잠시 수영을 했다.

저녁을 먹은 뒤 호텔에서 가까운 몇몇 상점을 들러 그리스 지도와 새 온이 티셔츠를 샀다. 전화 사정이 좋지 않아 몇 번 시도했지만 통화를 할 수가 없었다. 벌써 며칠 동안 가족들의 소식을 듣지 못하고 있다. 일기를 정리하다가 피곤하여 11시경에 잠자리에 들었다.

8월 23일 (금) 맑음. 오늘은 사도 바울의 2차 전도여행 가운데 유럽에 처음 상륙하여 수행한 행적을 답사하는 날이다. 바울 사도가 걸어가신 길의 순서를 밟는 것이 아니고 오히려 그 역순이다. 바울은 드로아에서 사모드라게를 거쳐 네압볼리에 올라 빌립보와 암비볼리, 아볼로니아 그리고 데살로니가와 베뢰아를 거쳐 배를 타고 해로로 아덴(지금의 아테네)으로 갔지만, 우리는 아테네에서 버스를 타고 육로로 데살로니가(베뢰아는 생략)와 아볼로니아를 답사하고, 암비볼리는 버스 안에서 바라보기만 하고 빌립보를 거쳐 네압볼리(지금의 까발라)로 가는 코스를 밟았다.

아침 3시 반에 일어나 일기를 정리하다. 엊저녁에 일기를 정리하다가 너무 피곤하니 몸이 말을 듣지 않아 21일치도 끝내지 못한 채 잠자리에 들었다. 일찍 일어나니 기분이 상쾌하고 머리가 제대로 작동하는 것 같았다. 7시에 모닝콜이 있을 때까지 21일자 일기까지 대강 끝냈다. 무려 3시간 반이나 걸렸는데, 엊저녁에 쓴 것까지 계산하면 21일 하루치(200자 원고지 70장이 넘었다)를 정리하는 데 약 4시간 이상이 걸린 셈이다. 7시에 목욕하고 아침을 먹은 뒤에 출발을 서둘렀다. 오늘도 8시간 정도 버스를 타야 한다는 것이다.

8시 30분에 오르페아스 호텔을 출발했다. 개업한 지 얼마 안 되어서 그런지 깨끗하고 주변 환경도 괜찮았다. 풀장까지 갖추었으니 꽤 신경을 쓴 셈이다. 다만 이 나라의 다른 곳에서도 그렇듯이 통신 시설이 좀 더 나아졌으면 좋겠다는 아쉬움을 갖는다. 가이드는 어제 본 수도원의 이콘에 대한 복습으로부터 하루를 시작했다.

이콘은 그림에서 사실적인 묘사보다는 의미 부여를 목적으로 한다는 것을 먼저 강조했다. 가령 브로고로 집사(초대교회 7집사 중 한 사람)와 사도 요한은 나이가 거의 비슷했을 터인데, 이콘에 나타나는 장면을 보면 브로고로는 매우 젊고 사도 요한은 원로로 보인다. 그것은 연령의 차이를 그린 것이 아니라 영적인 차이를 두려는 의미에서 이렇게 그린 것이다. 이콘은 화법에서 중요시하는 원근법을 무시하는데, 그 까닭은 하나님 앞에서는 멀고 가까움이 없기 때문이란 것이다. 또 하나 이콘은 도덕성을 강조한다고 한다. 가령 눈과 귀는 정상적인 크기로, 혹은 더 큰 모습으로 그리지만 입은 작게 그린다는 것이다. 거기에는 보고 듣는 것은 잘 하지만 말하는 것은 삼가라는 도덕적인 교훈이 담겨 있다는 것이다.

정교회 소속의 어느 분이 기독교 각 파의 특징(차이)을 이렇게 설명했다고 한다. 하나님께서 정교회에는 영성(靈性)을 중시하도록 하셨고(지금도 정교회에서는 신령한 단련을 중시하고 많은 기적들이 일어나고 있다고 한다), 가톨릭에는 우수한 조직력을 주셨으며(로마 교황청을 중심으로 한 세계적인 조직은 공산당 조직을 능가하고 있다), 개신교는 말씀을 사모하는 열성과 깨닫는 지혜를 주셨다고 한다.

정교회에는 열심히 전도하거나 가르치지 않는다. 부활을 강조하기 때문에 화장하지 않는다고 한다. 그들에게는 교회력의 절기로 부활절이 가장 중시되며, 그 다음이 성탄절, 그리고 8월 15일 성모승천일을 중시한다고 한다. 이 나라에서는 장사지낼 때 관 두껑을 닫기 전에 가장 가까운 사람이 사자(死者)에게 키스한 뒤 관 두껑을 닫고 꽃 한 송이를 던

지며 '깔로 딱셀'(좋은 여행)을 기원하는 것으로 장례가 끝난다. 보통 시신은 석관(石棺)에 넣고 무덤에 매장한 지 3년이 되어 육탈(肉脫)이 되면 꺼내서 그 뼈를 추려 가족이 보관하는데, 만약 그렇게 하지 않으면 정부에서 계고장을 보내고 그래도 말을 듣지 않으면 정부가 그 시신을 처분한다고 한다.

서양의 의성인 히포크라테스는, 건강을 지키는 방법은 절제와 건전한 품행에 있으며 자연과 조화로운 생활이 필요하다고 했다. 그는 또 민간 요법을 중시했는데, 정신병자를 고칠 때 밝은 곳과 어두운 곳을 갑작스럽게 번갈아 가도록 한다든지, 피부병은 여름철 바닷가에 가서 찜질을 하도록 한다든지 하는 요법이 그런 것이다. 또 하모밀리 차를 마시는 것도 그런 것인데, 여성이나 어린이가 열이 날 때 그것을 마시게 한다든지, 눈병이 날 때는 그것으로 눈을 씻어내면 낫는다는 것이다.

그리스의 초원에는 양들이 많았다. 양들은 순하지만 못된 습관이 있단다. 여름 더운 때는 붙어 다니고 겨울 추울 때는 흩어져서 혼자 다닌다는 것이다. 여름 더운 때 그렇게 붙어 다니는 습성에 대해 나도 덥지만 남의 시원한 꼴도 못 보겠다는 뜻이라고 한다. 이런 것 때문에 양을 칠 때는 염소 몇 마리를 섞어서 양들 속에서 휘젓고 다니도록 한단다. 교회에서 양을 칠 때 염소 몇 마리 있다고 하여 너무 걱정할 필요가 없다. 그들이 있어야 양들이 오히려 단련을 받게 된다는 것이다.

데살로니가에 거의 다 왔다. 테살로니카 또는 테살로니끼라는 말이 생기게 된 이유를 알렉산드로스의 아버지 필리포스 2세의 사적과 관련하여 설명했다. 그는 남쪽을 정복하려고 테살리아 지방에 왔으나 완강한 저항에 부딪쳐 소강상태에 빠져 있었다. 그때 왕비가 딸을 순산했다는 소식을 전해 왔다. 딸 이름을 지을 때 '테살리아의 승리(니끼)'라는 이름으로 이렇게 붙여 주었다는 것이다. 다른 기록은 필리포스 2세의 아들인 카산드로스(Kassandros, BC 357~297)가 BC 316년에 이 도시

를 창건하고 자기의 이복동생이자 아내의 이름을 따서 도시 이름을 테
살로니카로 했다는 것이다(손영삼,《성지순례－그리스》, 53쪽).

데살로니가는 한국에서 부산과 비슷한 도시다. 인구 150만의, 상업과
교육이 발달한 도시다. 바울이 거기에 가서 전도하여 큰 성과를 얻게
되자 유대인들이 폭력배를 동원하여 그를 괴롭혔다. 3주 동안 가르치
다가 베뢰아를 거쳐 아테네로 갔다. 〈데살로니가 전서〉는 바울이 가장
먼저 쓴 친필 서한문이며, 〈데살로니가 후서〉는 가탁한 서한이다. 이곳
은 알렉산드로스 대왕의 활동무대였다. 그의 스승 아리스토텔레스는
이곳 출신이다. 그래서 아리스토텔레스 국립대학이 여기에 있다. 키케
로가 유배생활을 한 곳이기도 하고 폼페이우스가 피난생활을 한 곳이
기도 하다. 기원 3세기 갈레리우스가 페르시아를 이기고 개선문을 지
었는데, 그 옆에 있는 성곽은 자기 자신의 무덤으로 축조한 것이다.

데살로니가에 들어와서 드미트리우스 기념 교회에 들렀다. 로마 귀
족 출신인 그는 기원 85년 디오클레티아누스 황제의 기독교 박해 때,
황제와도 가깝게 잘 아는 사이지만, 황제숭배를 거부했다. 처음에는 황
제가 그를 회유했으나 결국 순교했다. 박해가 사라진 5세기에 들어서
서 그의 무덤이 있던 곳에 교회를 세웠는데, 이 교회에서 병자를 고치
는 치유의 기적과 구원의 역사가 일어나게 되었다. 412~413년경에 레
오니티우스 시장이 자신의 불치병을 고치고 교회를 멋있게 증축했다.
그러나 583년에 화재로 불타 버렸다. 그 뒤 7세기경에 데살로니가 시민
들이 교회를 세웠으나 터키인들의 침략 이후에는 회교 사원으로 사용
되다가 1948년에 수리하여 지금에 이르게 되었다.

우리는 처음에 교회를 세운 지하교회에 가서 기름이 흘러나온 무덤
자리를 확인했다. 또 드미트리우스의 성골(聖骨)이 있는 관도 확인했
다. 그러나 순례자들이 너무 많아서 사진을 한 장도 못 찍고 나와 버렸
다. 버스를 타고 나오는데 갈레리우스 개선문 근처에 로마시대에 닦아

놓은 에그나티아(Egnatia) 길을 볼 수 있었다. 로마가 군사적, 상업적인 목적으로 닦아 놓은 에그나티아 길은 바울이 복음을 전하는 길이 되었다. 바울이 네압볼리에 내려 빌립보에서 복음을 전하고 암비볼리와 아볼로니아를 거쳐 데살로니가와 베뢰아 등지로 쉽게 옮길 수 있었던 것은 바로 이 에그나티아 길이 있었기 때문이다.

〈사도행전〉 17장 1~9절에 따르면, 바울은 데살로니가에 가서 복음을 전하며 큰 성과를 거두었으나 유대인들 때문에 베뢰아로 피했고, 곧 아테네로 피했다. 그는 데살로니가에서 십자가에 달리신 예수가 곧 그리스도라는 사실을 전했다. 그런데 바울이 떠나고 난 뒤에 데살로니가 교인들 사이에 말세에 대한 오해가 일어났다. 아마도 곧 말세가 도래할 것이라고 믿어서 신실한 생활을 하는 데 문제가 있었던 것으로 보인다. 때문에 바울은 데살로니가 교회에 보낸 편지에서 죽은 자들에 대해 언급하면서 예수님이 재림할 그 시기에 대해서는 누구도 확실히 알 수 없으며, "주의 날이 밤에 도적같이 이를" 것임을 지적하고는 낮에 속한 사람처럼 "근신하여 믿음과 사랑의 흉배를 붙이고 구원의 소망의 투구를 쓰자"고 강조했다(살전 4:13~5:8). 〈데살로니가 전서〉는 바울 서신 가운데 가장 먼저 쓴 것이며 그가 마케도니아 지방을 떠나 아가야 지방(아테네가 있는 지방)에서 보낸 것이었다.

바울이 전도한 행로를 거꾸로 추적하고 있는 우리는 그가 뒤에 들렀던 데살로니가를 먼저 찾았다. 그리고 그가 데살로니가로 오기 전에 들렀던 아볼로니아와 암비볼리를 거쳐 빌립보(현재의 필립비)로 향했다. 뒤에서 보겠지만 알렉산드로스의 아버지 필리포스 2세는 자신의 이름을 따서 도시를 건설했는데, 그것이 빌립보다. 빌립보가 이름 필레오(사랑하다)와 립피(馬)를 합성한 '말을 사랑하다'라는 뜻인 것과 같이 같이 그는 말에 관한 일화를 많이 남겼다. 어느 사람이 필리포스에게 흰 배에 황소 머리가 그려져 있는 명마를 가져왔는데 아무도 그 말을 제어하여 타지 못했다. 어린 알렉산드로스가 제어하여 그 말을 탔다. 그 말은 뒷날 알렉산드로스가 가는 곳마다 따라다녔다고 한다.

알렉산드로스에 대한 일화도 많다. 필리포스가 재혼하자 새로 장인이 된 사람이 새 왕비를 통해 태어날 왕자에게 왕권을 전수하기를 권했다. 그것을 들은 어린 알렉산드로스는 그 사람에게, "나를 뭐로 보느냐"고 항의했다. 그것을 듣고 그의 아버지 필리포스가 화가 나서 알렉산드로스를 혼내 주려고 잡으려 하자 알렉산드로스는 이리 저리 피했다. 알렉산드로스는 아버지가 자기를 잡지 못하자 "이 테이블에서 저 테이블로도 오지 못하면서 세계를 제패하겠다고 하느냐"고 약을 올렸다. 이런 일 때문에 필리포스가 자기 부하에게 살해당하자 모두들 이는 필시 아들 알렉산드로스가 빨리 왕이 되고 싶어서 배후에서 조종하여 아버지를 살해했을 것이라고 생각했다. 그러나 알렉산드로스는 끝까지 아버지를 살해한 부하를 잡아내어 죽였다. 그렇게 함으로써 오해를 풀었다.

알렉산드로스의 사인(死因)에는 단순한 열병설(熱病說)과 인도에서 미인계를 써서 성병이 옮아 사망했다는 설이 있으나 분명치 않다. 그의 사후에 시신을 이집트로 가져갔으나 그쪽의 제사장들이 받아주지 않아 (사람을 많이 죽였다는 이유로) 이집트 알렉산드리아로 가져갔는데, 그 뒤 소식이 감감하다고 한다. 터키에 무덤과 관이 있다고 하나 확인된 것은 아니다. 세계를 정복한 알렉산드로스는 자기가 세운 몇 개의 도시들에 그 이름이 전하는 것밖에 없지만, 그 뒤 하나님의 복음을 전한 바울은 가는 곳마다 후세 사람들이 세워준 기념 교회들이 있다. 하나님의 공평하심을 역사를 통해 보게 한다.

가이드는, 그리스는 태양과 신화의 나라라고 하면서, 또 그리스 신화를 들려주었다. 다이달로스라는 대장장이가 있었는데 무엇이든 만들 수 있었다. 그때 미노스 왕이 자기 나라를 괴롭히는 황소를 가둘 수 있는 미궁을 만들어 달라고 했다. 요청대로 만들어 주니 왕은 다이달로스 부자를 가둬 버렸다. 감옥에 갇혀서 보니 감옥 위에 조그만 구멍이 있었다. 아들 이카로스가 아버지를 졸랐다. 날개를 만들어 탈출하자는 것이었다. 아버지는 밀랍으로 아들의 날개를 만들어 주면서 신신당부했다. 높이 올라가 태양 가까이 가게 되면 밀랍이 녹아 버리니 조심하라는 것이었다. 아들은 날개를 달아 탈출에 성공했으나 아버지의 당부를 잊어버리고 높이 날아 올라갔다. 그러나 태양 가까이 이르게 되자 밀랍으로 된 날개는 녹아 버려 아들은 공중에서 땅에 떨어져 죽고 말았다. 떨어져 죽은 곳이 이탈리아의 이카리아 섬이라 한다. 사람이 자기 분수를 넘지 말아야 하는 교훈을 남긴 것이라고 할 것이다.

또 에게 해의 생성과 관련하여, 아테네 왕 아이게우스의 이야기도 들려주었다. 아이게우스 왕이 트로이젠에 갔는데 그곳에서 공주를 사랑하게 되어 임신시키게 되었다. 왕비가 있는 아이게우스는 자기가 차고 있던 칼과 신을 묻어 두고 공주에게 "만약 아들이 나거든 이 신과 칼을 찾아 나에게 보내주면 내가 선대하겠다"고 했다. 마치 동명성왕의 이야기와 비슷했다.

아들이 태어나자 이름을 테세우스라 했는데, 공주가 가르쳐 준 장소에 가서 바위를 옮기고 신과 칼을 찾아 아버지를 찾으러 갔다. 이때 아이게우스 왕의 왕비는 마녀였다. 왕비는 아이게우스 왕에게 잘 생긴 청년이 올 터인데 그가 오면 우리를 해칠 것이니 독이 든 술을 마시게 해서 죽여야 한다고 권했다. 과연 준수하게 생긴 왕자가 찾아왔다. 왕은 마녀 왕비가 시킨 대로 청년에게 독약이 든 술을 권했다. 술을 들려고 하는데 왕은 자기가 공주에게 당부하고 온 그 신과 칼을 보고 자기 아들임을 알게 되었다. 그가 칼을 빼서 그 술을 못 마시도록 하자 이를 눈치 챈 마녀 왕비는 인도로 도망했다고 하며, 인도인들은 그 마녀의 후예라고 한다.

그때 크레타에서 아테네에 대해 자기들의 황소신에게 바칠 처녀, 총각 각각 6명씩을 바치도록 했다. 테세우스 왕자가 자청했다. 부왕은 그가 떠날 때 당부하기를 돌아올 때 만약 실패했으면 검은 돛을 달고 성공했으면 흰 돛을 달도록 했다. 테세우스 왕자가 크레테에 도착했을 때 그 나라의 공주가 테세우스 왕자에게 실 한 타래와 칼 한 자루를 주면서 되돌아 올 때 미로를 빠져 나올 수 있도록 처음부터 이 실타래를 풀어서 들어가고 나올 때엔 그 실을 따라서 나오면 된다고 했다. 테세우스 왕자는 그 황소를 죽이고 나왔다. 당연히 생명의 은인인 공주와 결혼했다. 그러나 그는 공주를 사랑하지 않았다. 공주를 남겨 두고 다른 섬으로 갔다가 곧 후회하고 그 섬으로 돌아갔으나 공주는 죽어 버렸다.

슬퍼하면서 검은 돛을 단 배를 탄 채 그는 아테네로 돌아왔다. 검은 돛단배를 본 부왕 아이게우스는 자기 아들이 죽은 줄로만 알고 그만 자살해 버리고 말았다. 그것을 기념하여 바다 이름을 에게 해라고 했단다. 테세우스는 그 뒤 아테네의 영토를 크게 넓힌 군주로 알려져 있다. 신화와 역사가 뒤엉켜 있다.

데살로니가를 떠나 아볼로니아까지는 약 1시간이 걸려 15시 10분경에 도착했다. 데살로니가를 벗어나자 큰 호수가 나왔는데, 한참 달리니 호수가 끝나지 않은 곳에 신·구 아볼로니아가 있었다. 신아볼로니아에는 바울 기념 교회가 있지만 들르지 않고 구아볼로니아로 갔다. 아볼로니아라는 말은 '아폴로의 도시'라는 뜻이다. 이곳에는 지금 도시적인 분위기는 볼 수 없고, 시골풍으로 되어 민가가 몇 채 있을 뿐 과거에 그 화려했던 도시의 흔적은 없다. 바울이 들렀다고 하는 비마(Bima, Bema)가 있을 뿐이다. 비마는 보통 큰 도시에 있는 것으로, 재판석 또는 연단이라고 할 수 있다. 아마도 바울이 여기에서 하나님의 말씀을 전했을 것으로 추측되는 곳이다. 비마 위에 올라가 사진을 찍었다.

그리스 정교회는 여러 가지 교회력 가운데 부활절(빠스까)을 가장 큰 명절로 삼고 있다. 그 다음이 성탄절이며, 그 다음은 8월 15일 성모승천일이다. 정교회는 서방의 가톨릭만큼 성모를 섬기거나 높이지 않으나 그래도 어느 정도는 높인다고 한다. 단지 서방교회와 같이 성모의 육체 승천은 믿지 않는다고 한다.

아볼로니아를 떠나 다시 고속도로를 타고 해변을 달렸다. 고속도로를 달리면서 '강과 강 사이의 도시'라는 암비볼리는 여기쯤일 것이라는 정도로 하고 지났다. 옛날에는 마케도니아 지방에서 두 번째 가는 꽤 큰 도시였다고 하나 지금은 그런 모습을 전혀 볼 수 없었다.

이곳을 지나면서 가이드는 그리스가 인구 증가책을 썼으나 별로 효과가 없다고 말했다. 4, 5년 전만 해도 일정한 시간대가 되면 모든 TV가 에로물로 채워졌다고 한다. 선택의 여지가 없이 모든 프로그램에 성적인 자극을 일으키는 내용을 방영함으로써 젊은이들이 아이를 갖도록 유도했으나 효과는 없고 어린이들에게 유해하다는 비판만 받고 결국 그런 프로그램을 없앴다고 한다. 그 대신 지금 그리스에서는 아이를 3명 이상 가지면 각종 혜택을 부여한다고 한다. 가옥의 세금을 면제하고 자녀 양육비를 지급하며, 심지어 택시를 타도 요금의 절반을 할인해 준다고 한다. 그럼에도 불구하고 인구가 늘지 않는다고 한다.

17시 5분경에 빌립보에 도착했다. 성경에는 마케도니아의 첫 도시라고 표현한 곳이다. 지금은 폐허 위에 유물·유적들만 보였다. 이곳 주민들은 문화재 보존정책 때문에 재산권 행사가 어려워지자 이곳을 떠난다고 한다. 그래서 현재 인구는 1,700명 정도라고 한다. 세계 어느 곳을 막론하고 문화재가 있는 곳은 재산권 행사가 제약을 받고 개발이 어려워지므로 현대식으로 발전하기는 어렵게 되어 있다. 빌립보는 원래 '많은 샘들'이라는 이름의 크리니데스(Krinides)였는데, 필리포스 2세가 기원전 358~357년에 대대적인 역사를 통해 도시를 만들고 자기 이름을 따서 빌립보라고 개명한 곳이다. 그 뒤 알렉산드로스도 자기 아버지를 위해 도시를 꾸미는 데 노력을 많이 기울였다고 한다.

우리는 먼저 〈사도행전〉 16장 12~40절에 따라, 바울이 자주색 옷감 장사 루디아를 만났다는 지가크티스(Zygaktis) 강가로 갔다. 성경에는 강으로 되어 있지만, 그 당시에는 큰 강이었는지 모르지만, 지금은 시골의 도랑 정도였다. 글을 통해서 상상한 것과 실물은 이렇게 큰 차이를 보였다. 그 도랑에 십자 모양의 물 흐름을 만들어 놓고 세례를 베푸는 모양이다. 그 가운데는 바울의 세례를 기념하는 간단한 표지가 있었다. 강가에는 루디아 기념 교회를 지어 놓고 세례를 베푸는 일만 행한다고 한다. 아직도 그 내부가 완성되지 않았다. 특히 벽에 그리는 성화를 거의 완성하지 못하고 있었다.

빌립보에 도착한 바울은 주일을 맞아 기도하는 처소를 구하기 위해 강가로 갔고 거기서 소아시아 두아디라에서 온 자주색 옷장사, 아마도 국제무역을 했을 비즈니스 우먼에 해당하는 루디아를 만나 세례를 베풀었다. 그는 바울이 마케도니아에서 얻은 첫 열매였다. 이렇게 하나님은 고린도에서 브리스길라와 아굴라를 예비한 것처럼 이곳에서는 루디아를 준비했던 것이다.

장소를 옮겨 옛 빌립보의 공회당 자리와 도서관 입구의 문을 보고 도로 위쪽의 빌립보 감옥을 보았다. 이곳은 바울이 자기를 괴롭힌 귀신들린 여인에게서 마귀를 내쫓은 뒤 그 주인의 고소로 감옥에 갇혔던 곳이다. 바울에 의해 쫓긴 귀신은 아폴론 귀신(비교적 정직한 귀신이다)인데, 바울과 실라는 감옥에 들어가 기도하고 찬송을 부르며 '옥중부흥회'를 진행했고 그로 말미암아 간수가 회개하는 그런 역사가 일어난 곳이다. 참으로 감회가 깊다. 간수가 회개하고 구원받으므로 빌립보 전도에 큰 역사가 일어나게 되었을 것이다.

폐허가 된 빌립보를 보면서 역사에 영원한 것이 없다는 것을 새삼 깨닫는다. 이것은 그리스와 소아시아의 유적을 보면서 느끼는 중요한 교훈이다. 특히 시대마다 그 역사의 주인공이 바뀌었고 그들이 신봉하는 신앙도 바뀌었다는 점도 눈여겨보아야 한다. 이것이 하나님의 역사라면 거기서 우리는 무엇을 얻어야 하는가. 하나님은 영원하지만 민족도 국가도 영원하지 않으며, 심지어 기독교조차도 영원하지 않다는 것을 깨닫는다. 하나님의 도는 기독교 이외의 다른 옷을 입고 그 하나님의 뜻을 이뤄갈 것이라는 가정은 할 수 없을 것인가?

빌립보 대극장은 도시 형성 이후 여러 번에 걸쳐 개축 혹은 증축되었다. 산비탈을 이용하여 대극장의 건축물을 만든 것은 다른 도시와 마찬가지였다. 18시 5분경에 빌립보 고도시에서 공원으로 만든 주차장을 출발했다. 그 앞에 빌립보 평원이 보였다. 이곳은 또 역사적으로 유명한 곳이었다.

기원전 44년에 카이사르가 피살되고 로마는 다시 영웅들의 쟁투에 들어가게 되었다. 카이사르가 피살되면서, 그의 양아들 부르투스를 향해, "부르투스 너마저"라고 한 말은 믿는 도끼에 발등 찍힌 격을 말하는 것이다. 기원전 42년 빌립보 대평원에서는 옥타비아누스와 안토니우스가 한패가 되고 부르투스와 카시우스가 한패가 되어 이른바 빌립보 전투가 벌어졌다. 이 전투에서 전자가 승리하게 된다. 승리한 두 사람은 악티움 해전에서 다시 승부를 가리게 되었고, 결국 로마는 공화정이 무너지고 옥타비아누스에 따라 아우구스투스 황제로 등장해 제정이 시작되었다. 간과치 말아야 할 것은 기원전 41년, 그러니까 빌립보 대회전이 있은 그 이듬해에, 빌립보 전투에서 승리한 안토니우스가 길리기아 다소에서 클레오파트라를 만나게 된다는 점이다. 당시 28세의 클레오파트라와 급속하게 가까워진 41세의 안토니우스는 결국 본처와 이혼하게 되었고, 또 로마의 지지를 잃게 되어 악티움 해전에서 옥타비아누스에게 패배하게 되어 새 역사가 전개되었던 것이다.

빌립보에서 네압볼리로 넘어가는 길에 옛 에그나티아 길을 볼 수 있었다. 이 길은 콘스탄티노플에서 로마까지, 뱃길을 제외하고, 연결되었던 그 길의 일부인데, 이곳은 거의 완벽하게 잔존해 있었다. 길 폭은 2 ~3m이며 돌로 포장되어 있었다. 네압볼리는 신도시, 즉 네아폴리스인데, 우리말 번역에서 왜 그 발음을 살리지 못했는지 궁금했다. 네아폴리스는 그 뒤 크리스토폴리스로 되었다가 터키 점령 후에는 카발라, 즉 '말 잔등 위'라는 명칭으로 변했던 것이다. 이곳은 바울이 좁게는 마케도니아 지방에, 넓게는 유럽 지방에 발길을 처음 내디뎠던 곳이다. 네압볼리의 첫 걸음이 유럽 복음화 아니 세계 복음화의 첫길을 열었던 것이다.

18시 30분에 오세아니스 호텔에 도착하다. 저녁식사에 나온 고기가 질이 나빠 도저히 먹을 수가 없었다. 저녁식사 뒤에 바닷가로 나가 봤으나 볼 만한 것이 없었다. 조용히 들어와 일기를 정리하다가 11시경에 잠자리에 들었다.

8월 24일 (토) 맑음.

오늘은 그리스에서 터키로 넘어가 이스탄불을 답사하는 것이 주요 일정이다. 거의 8시간 동안 차를 타야 하는 강행군이 될 것이란다.

어제 저녁에 매우 피곤하여 일찍 잠자리에 들었기 때문인지 새벽 3시 반에 잠이 깼다. 그때부터 일기를 정리하기 시작했다. 며칠 전부터 일기가 하루, 이틀씩 늦어지기 시작해서 그것을 채우기가 힘들다. 그러나 새벽에 일어난 덕분에 그저께 일기는 완성할 수 있었다. 쓰면서 보니 어떤 날은 하루분이 200자 원고지 70장이 될 때가 있다. 예상하지 못한 일이다. 아마도 가이드가 한 이야기까지 정리하다 보니 그렇게 되는가 보다.

아침 8시 30분에 오세아니스 호텔을 출발하다. 그리스에서는 마지막 숙소다. 순례하면서 매일 아침 출발 한 시간 반 전에 모닝콜을 넣고 그 30분 후에 식사, 식사 시작 한 시간 뒤에 출발하는 순서로 일을 진행하니 일에 차질이 없는 것 같다. 이날까지 비교적 그런 식으로 잘 진행되고 있다. 호텔에서 떠나 얼마 지나지 않아 바울이 네압볼리에 도착한 장소를 기념하기 위한 바울 기념 교회가 도로변에 보였다. 그러나 모두들 내리지 말고 그냥 가자는 바람에 차를 세워서 차 안에서 설명하는 것으로 대신했다.

얼마 가지 않아 약간 높은 언덕이 보였는데, 원래 네압볼리의 아크로폴리스가 있었다는 자리란다. 바울이 이곳에 도착하여 빌립보로 간 것은 〈사도행전〉 16장 8절에서 12절을 눈여겨보아야 한다. "무시아를 지나 드로아로 내려갔는데 밤에 환상이 바울에게 보이니 마게도냐 사람 하나가 서서 그에게 청하여 가로되 마게도냐로 건너와서 우리를 도우라 하거늘 바울이 이 환상을 본 후에 우리가 곧 마게도냐로 떠나기를 힘쓰니 이는 하나님이 저 사람들에게 복음을 전하라고 우리를 부르신 줄로 인정함이리라. 드로아에서 배로 떠나 사모드라게로 직행하여 이튿날 네압볼리로 가고 거기서 빌립보에 이르니 이는 마게도냐 지경 첫 성이요 또 로마의 식민지라 이 성에서 주일을 유하다가……." 그 뒤 바울은 앞에 쓴 대로 빌립보에서 루디아를 만나 유럽에서 첫 열매를 얻고 암비볼리·아볼로니아·데살로니가·베뢰아·아덴·고린도·겐그레아·수리아·안디옥으로 그의 2차 선교여행을 마무리했던 것이다. 따라서 네압볼리에 도착한 것을 성경은 간단하게 한 절로 다루고 있지만 기독교 선교의 역사에서 대단히 중요한 의미를 갖는 것이다.

가이드는 초대교회가 선교사를 파송할 때, 〈사도행전〉 13장 2~3절(주를 섬겨 금식할 때에 성령이 가라사대 내가 불러 시키는 일을 위하여 바나바와 사울을 따로 세우라 하시니 이에 금식하며 기도하고 두 사람에게 안수하여 보내니라)에 따라, 금식하며 기도하며 파송했다는 것을 환기시켜 주었다. 항상 보았던 성경 구절이지만 새삼 의미가 있다고 생각했다. 과거 내가 서울중앙교회에 있을 때, 교회가 선교사를 파송하기 위해 선교부를 조직하고 선교주일을 지키며 선교가(서울중앙교회 선교가 가사는 내가 썼다)를 부르고는 했지만, 막상 김종국 선교사를 인도네시아에 파송할 때는 '금식하며 기도하면서' 선교사로 파송하지는 않았다. 이렇게 현지에 와서 성경 말씀을 보니 더 새롭게 다가오는 것이 있다고 생각되었다.

네압볼리는 대리석으로 유명하다. 이 도시 주변에는 이른바 말마라(바다 이름이자 지역 이름이기도 하다) 대리석 공장이 많다고 한다. 버스를 타고 오면서 보니 대리석 공장이 제법 눈에 띄었다. 아크로폴리스도 대리석 산이란다. 흔한 말로 "그리스에서는 가난한 사람들은 대리석 집에서 살고 부자는 나무 집에서 산다"고 한다. 그리스에서는 나무보다 대리석이 흔하다는 말이다. 대리석은 물을 머금는 돌이라서 기온 차가 심한 곳에서는 이용하기가 힘들다고 한다. 한 한국인이 그것을 잘 모르고 그리스 대리석을 수입했다가 어느 겨울이 지난 뒤에 대리석이 뒤틀리는 바람에 결국 실패했다고 한다.

그리스인이 교통법규를 잘 지키지 않는 것은 유명한 모양이다. 지어낸 말이겠지만 미국인들에 따르면, "빨간 신호일 때 그걸 무시하고 지나가는 것은 개와 그리스 사람밖에 없다"고 한단다. 그리스인들은 그래서 그런지 개를 끔직히 사랑한단다. 그러나 개가 늙으면 먼 곳에 가서 버리고 온단다. 개와 관련된 이야기가 나와 자연히 프랑스 이야기까지 하게 되었다. 어느 관광객(목사)이 프랑스에 갔단다. 버스 운전기사가 경멸조로 "너희는 아직 개를 먹는다지" 하고 말했다. 그것을 받아서 한다는 말이 "그래 개만 먹냐? 화가 나면 너도 잡아 먹는다"고 해서 그 운전기사가 그 뒤에는 꼼짝 않고 운전하더라는 것이다.

1988년 서울올림픽 때도 그랬지만 지난 월드컵 때도 또 프랑스에서 개고기 시비를 걸어왔다. 그때 한국의 매스컴에서는 프랑스도 제2차 세계대전 전에 개를 먹었다는 어느 프랑스 시골의 사례를 발굴하여 소개한 적이 있었다. 개고기는 그 지방에 따른 문화인데 그것을 가지고 떠든다는 것은 오히려 이해할 수 없다. 서양 사람들이 좋아하는 고기 종류나 세계가 먹는 고기들을 나열한다면 어느 지역 사람이 다른 지역 사람의 음식문화를 비판할 아무런 근거가 없을 것이다. 다만 사람이 사람 고기를 먹는다는 것은 예외로 해야겠지만.

터키 국경선까지는 버스에 몸을 맡긴 채 아무런 볼거리가 없이 무료하게 달려야 했다. 그러자니 시간을 보내기 위해 이런 저런 이야기로 순례객들의 무료함을 달래야 할 책임이 가이드에게 주어졌다. 재클린과 오나시스 이야기가 나왔다. 두 사람의 결혼을 사랑에 의한 결합으로 본 사람은 없었다.

오나시스는 이즈미르(소아시아의 서머나) 출신으로 집안이 가난해서 어릴 때 아르헨티나로 이민 갔다. 그는 거기서 식당 보이를 하면서 부호들의 대화를 엿들을 수 있었고, 전화교환원을 하면서 도청으로 담배 장사를 하기로 결심했단다. 그는 자기가 고안한 입담배(파란 색깔이 나는 권연초)로 히트를 쳤단다. 그는 입담배를 퍼뜨리기 위한 방법으로, 아르헨티나에서 가장 유명한 여가수와 최고급 식당에서 식사하기로 예약해 놓고 입담배를 가져가서 그 여가수가 피우게 했다. 그런 상술을 바탕으로, 제2차 세계대전 뒤에는 폐선(廢船)을 사서 해운업에 진출했다. 그는 선장과 짜고 자기의 배를 고의로 흔적도 없이 파선시키고 보험금을 타내는 작전으로 돈을 벌었다. 그래서 보험회사에서는 한때 오나시스 때문에 파산지경에 이르게 되어 그를 아주 경계했다고 한다.

오나시스는 돈은 벌었지만 가정적으로는 불행했다고 한다. 첫 부인과 이혼했고 그가 사랑한 마리아 칼라스와는 결혼하지 않았다. 그의 아들 알렉산더는 비행기 추락으로 죽었다. 그의 전성기의 재산은 40억 달러에 이르렀다고 한다. 재클린과 결혼한 뒤에 매스컴을 피해 스콜피오 섬에서 생활했지만 금전문제 등으로 둘 사이는 좋은 편이 아니었고 결국 헤어지고 말았다. 그의 유산은 딸 크리스티나에게 돌아갔지만, 1988년에 딸도 약물중독으로 변사체로 발견되었다. 크리스티나의 네 번째 남편이었던 프랑스인이 약제사였는데 그가 죽였을 것으로 추정만 할 뿐이다. 크리스티나는 한때 아버지에게 반항하는 의미로 아버지의 친구인 노인과 결혼했다고 한다. 크리스티나에게는 딸 아티나가 있었는데, 법적인 보호를 받다가 자립할 때 'No money, No problem'이라는 유명한 말을 남겼다고 한다.

황금 이야기가 나오자 미다스 왕의 이야기를 들려주었다. 만지는 모든 것이 황금이 되게 해 달라는 내용이었다. 그 스토리는 터키의 사데 지방의 미다스 왕 이야기와 똑같았다. 다만 그리스 가이드는 미다스 왕이 아테네 왕이라고 했다. 그래서 이야기를 다 듣고 나서 그 이야기는 소아시아에도 있는데 한번 확인해 보라고 했다. 그리고 내가 갖고 있던 터키에 관한 책(이희철 저)을 보여 주면서 읽어보라고 했다. 기분 나쁘지 않게 오히려 격려하는 뜻으로 말했다. 그리고 그 부부(이한서, 이순자)가 그리스 관광을 위한 가이드북을 만들어 보라고 진지하게 권했다.

그리스를 사랑한 외국인으로 시인 바이런만 한 사람이 없을 것이다. 그는 영국의 무명시인이자 발을 절었던 사람으로, 자기의 재산을 팔아 사병(私兵)을 양성하여 그리스의 독립전쟁에 참여했다가 메쏘로기 전투에서 사망한 문인이다. 그는 아예 그리스로 와서 아테네의 아크로폴리스 밑 뿔락가에 집을 정해 살았다. 영국 문단에서는 별로 알려지지 않았던 그는 그리스를 여행하고 난 뒤 여행기를 발표, 하루아침에 일약 유명 인사가 되었다. 그가 남겼다는 유명한 말, "내가 하룻밤을 자고 나니 유명해졌더라"는 이래서 나온 말이다.

한국의 코미디언 이주일 씨도 이런 말을 썼다고 전해진다. 그가 아직 유명해지지 않았을 때 어느 전라도 공연장에서 불이 나자, 가수 하춘화 씨를 엎고 나왔는데, 하춘화 씨는 이를 고맙게 여겨 그를 어느 공연 추진자에게 부탁하여 무대에 서게 하였다. 이것이 히트되어 무명의 이주일 씨가 하루아침에 유명 코미디언이 된 계기가 되었다는 것이다.

영국에서 바이런이 유명해지니 영국의 총각들이 바이런을 흉내 내어 발을 절었는데, 이를 '바이런 워킹(Byron walking)' 이라고 했단다. 그리스-터키 국경이 가까워지자, 가이드 이 여사는 바이런이 썼다는 〈아테네 처녀〉 이야기를 끝으로 며칠간의 안내를 마치고 작별을 고했다.

10시 30분이 지나 국경선에 도착했다. 전례에 비춰보면, 30~40분이면 수속을 밟고 통과될 것이라고 했다. 그러나 우리들의 여권을 거둬가서 통과를 허락하는 도장을 다 받아왔는데도 버스는 통과시키지 않는다고 한다. 문제가 있다는 것이다. 가이드 이 여사는 이민국에서는 통과를 허락했는데 세관에서 허락하지 않는다고 했다. 우리를 실어온 버스가 필요한 서류를 갖추지 않아서 그렇다고 한다. 그러나 며칠 전에도 별 문제없이 관광객을 날라주고 돌아왔다고 한다. 가이드 말로는 이 버스는 국경을 통과할 수 있는 그린 카드만 있으면 통과되도록 되어 있는데, 까다롭게 군다는 것이다. 우리에 앞서 마이크로버스도 한국 관광객을 날라주고 왔다는 것이다. 법 자체의 공정성이 아니라 법을 집행하는 관리들의 자의적인 해석이 문제가 된 것이 아닌가 하는 느낌을 받았다.

이런 문제를 어떻게 봐야 할 것인가. 며칠 동안 그리스에서 가졌던 좋은 인상은 다 달아나고 말았다. 그리스가 기원전에 이미 민주주의를 시행한 나라라고 하는데 아직도 이런 형편인가 하는 느낌이었다. 혹시 귀국하여 그리스 대사관에 항의라도 할 수 있을까 생각하고 버스 번호를 적어 왔다.

하는 수 없이 근처의 화물 운반차와 택시를 불러 짐과 사람을 운반했다. 나와 여러 사람들은 두 번째 짐차에 실려, 마치 피난 갈 때 트럭에 실려 가듯이, 그런 모습을 하고 갔다. 한 관리의 자의적인 해석과 법집행 때문인지, 그 관리의 말대로 버스회사에서 잘못한 것인지, 그런 문제는 밝혀져서, 어느 쪽이든 그 부당함이 시정되어야 할 것이다.

그런 식으로 하여 터키 국경인 입살라로 넘어오니 12시 45분이 되었다. 지난 번 터키에서 우리를 안내했던 김경미(미미) 양이 버스를 가져와 우리를 기다리고 있었다. 아테네에서 입살라까지는 1,030km였는데 견주어 입살라에서 이스탄불까지는 264km 밖에 되지 않는다고 한다. 그래도 4시간 이상 걸릴 것이라고 한다. 전 국토의 3%에 지나지 않는 유럽-터키를 가로지르는 길이 그 정도이니, 터키가 과거의 그 영광을 잃었다 하나 아직도 힘센 나라로 남아 있다고 생각되었다.

이스탄불로 가는 길에 13시 20분에서 50분까지 'Satiret & Mangal' 이라는 식당에서 점심을 들었다. 긴장했던 탓인지 아니면 며칠 동안의 그리스 음식이 기름져서 그랬든지 모두 터키 음식을 많이 드는 것 같았다. 식후에 주는 수박도 달고 맛이 있었다. 물산은 터키가 풍부한 것으로 느껴졌다. 우리가 달리는 도로 주변에는 광활한 평야와 함께 구릉들이 펼쳐졌다. 올리브도 많거니와 해바라기를 많이 심었다. 올리브유가 열을 가하지 않고 사용해야 한다면 해바라기 씨의 기름은 튀김요리에 가장 좋다는 것이다. 그러나 이들은 한번 튀

▲ 터키 이스탄불의 그랑 바자

기면 그 기름을 두 번 사용하지 않는다고 한다.

이스탄불은 원래 콘스탄티노플, 즉 '콘스탄티노 폴리스'에서 발전한 것이다. 콘스탄티누스 대제 때 새 로마(Neo Rome)로 발전시키려고 노력한 결과 이렇게 대도시가 되었다는 것이다. 그는 313년 밀라노 칙령으로 기독교를 공인하고 십자가가 달린 건물들을 짓기 시작했다. 120여 황제를 배출하였고 1,328년 동안 유지되던 로마제국은 1453년 5월 29일 오스만 투르크가 이 도시를 공격하여 점령함으로써 이스탄불로 바뀌게 되었다. 밤하늘의 별 만큼 많던 교회의 십자가는 그만큼 많은 첨탑으로 채워지게 되었다.

고속도로는 어떤 곳에서는 왕복 1차선이었으나 이스탄불 가까이 와서는 왕복 3차선으로 되는 곳도 있었다. 오른쪽에는 마르마라 바다가 펼쳐졌다. 흑해와 에게 해 사이에 있는 바다로, 보스포루스 해협과 다르다넬스 해협으로 통한다. 이스탄불에는 '바자'(Bazaar)라는 재래시장이 있으며 상점들이 4천여 개나 함께 모인 곳을 그랑 바자, 즉 카팔르차르쉬('지붕이 있는 시장'이라는 뜻)라 하는데 오늘 오후에는 그곳에 가기로 했다. 이스탄불로 들어가는 곳은 금강(Golden Horn) 만인데 매우 아름다웠다.

이 성 안에는 성 소피아 사원이 있다. 오스만 투르크가 53일간의 공격 끝에 성을 점령하자 당시 술탄 메메드 2세는 다른 곳으로 가지 않고 가장 먼저 성 소피아 사원으로 들어가 알라에게 감사했다는 것이다. 고도의 성곽 길이는 21km, '오리엔탈 익스프레스'의 종점과 아시아로 가는 기찻길이 있는, 동서가 만나는 곳이요, 세계사의 요충지이기도 하다. 이 도시는 동로마가 1,100여 년(330~1453), 터키가 5백여 년을 다스렸다.

그랑 바자에 가서 거의 한 시간 반이나 보냈다. 가이드는 경험상 관광하러 오는 사람들이 관광 마지막에 쇼핑을 원하는 것을 알기 때문에 아예 한나절을 각종 물건이 있는 이 시장으로 인도하는 것 같았다. 우리가 들어간 문에서부터 금은방이 계속되는데, 그 길의 오른쪽에 곁가지 길이 생기면서 여러 가지 종류의 물건들을 진열해 놓고 있었다. 우리의 남대문시장이나 동대문시장에 해당되는 것이 아닌가 생각된다. 규모도 그런 정도일 것이다. 들어가서 스카프 다섯 장과 헌 우표를 샀다. 쇼핑을 끝낸 줄 알았는데, 일행 가운데 여성들이 터키석을 권했다. 그 옆 가게에서 어느 분이 1그램당 25달러 하는 것을 4달러까지 흥정해 놓은 것이 있다고 했다. 여성들의 권유에 따라 그 상점에 들어가 골라 주는 것 두 개를 샀다.

이스탄불을 보면서 감회가 없지 않다. 그 많은 부귀와 영화는 어디에 갔는지, 그 많던 교회는 어떻게 되었는지 묻지 않을 수 없다. 고도(古都)의 궁성 근처에 자리 잡고 있는 한국관이라는 음식점에 들어가 육개장과 된장찌개로 저녁을 들고 거기서 약 30분 거리에 있는 래디손(Radisson) 호텔로 들어갔다. 창문을 열어 보니, 이스탄불 공항(아타튀르크 공항)이 바로 앞에 보였다. 지금까지의 어느 호텔보다도 깨끗한 호텔이었다.

지난번에도 그런 것을 느꼈거니와, 오늘도 다시 만난 가이드는 이스탄불로 들어오면서 또 자신의 이야기를 했다. 그것도 세 번이나 자신과 관련된 이야기를 해서 의아한 생각이 들었고 다른 이들도 그렇게 느꼈다고 했다. 자기는 이런 일을 해야 할 사람이 아닌데 이런 일을 하게 되었다는 투로 말하고 있어서 직업에 대한 투철한 의식이 없음을 알게 되었다. 키가 크고 얼굴도 반반하게 생겼으니 모델로도 성공할 수 있을 것 같이 보였다. 아마도 가이드를 하게 된 데는 사연이 있는 것 같은데 그런 심리적인 이유가 있어서 그런지, 가이드 자체에 대해 자부심을 갖지 못하는 것 같은 느낌이 들었다.

그러다 보니 가이드가 해야 할 객관적인 소개보다는 주관적인 이야기가 많이 들어가고 있었다. 예를 들면 옛날 이곳에 기독교가 번창했는데 지금은 그렇지 않다는 것을 두고 도덕적인 잣대로 평가하는 것도 그 하나다. 가이드가 왜 자기 신상이나 자기 친구들 그리고 자기 가족들의 이야기를 해야 하는지, 그것도 어떤 내용은 두 번씩이나 되풀이하는지 알 수 없다. 이스탄불이라면 얼마나 소개할 것이 많은가. 간단한 역사 말고도 이 도시에 얽힌 사연들과 풍부한 역사, 문인·예술가들의 이야기들이 얼마나 많은데 순례객들에게 자기 신상 나부랭이나 읊고 있으니 한심하다고 하지 않을 수 없다. 들으면서 참으로 불쾌하게 느꼈다. 우리가 한국에서 이곳에 온 것은 가이드의 그런 신상 이야기나 들으려 한 것이 아니지 않은가. 지난번 터키 순방에서 많이 참았는데 이번에도 참아야 하니 괴롭다.

8월 25일 (일) 맑음. 오늘은 성지순례를 하다가 맞는 두 번째 주일이다. 순례 중이지만 주일예배를 드리고 오전에 이스탄불을 관광한 뒤 오후에는 공항으로 가서 귀국 준비를 서둘러야 한다. 일정이 그렇게 수월한 편이 아니고 빡빡한 셈이다.

새벽 2시에 일어나 아내에게 전화했다. 어제 그리스-터키 국경에서 집에 전화하니 기종이 받기에 저녁에 다시 전화할 테니 미국의 형 주소와 전화번호를 적어 놓으라고 했다. 호텔 숙소에 들어서니 밤 9시가 넘었다. 한국 시간으로는 새벽 3시가 넘었다. 전화하여 잠을 깨우기가 미안했다. 그래서 내가 새벽 2시(한국 시간 아침 8시)에 깨어 전화하여 안부를 묻고 미국 아이의 주소와 전화번호도 받았다. 손녀 경원과 손자 종원에게 엽서를 한 장씩 써서 아침에 호텔을 나오면서 프런트에 맡겼다.

아침 8시에 호텔 별실에서 주일예배를 드렸다. 김진우 목사의 사회로 찬송가 358장 〈아침 해가 돋을 때〉를 부르고 박병준 장로의 기도, 성경

〈누가복음〉 10장 30~37절을 봉독한 뒤 석준복 목사의 〈참 우애〉라는 제목의 설교, 헌금기도, 석준복 목사의 축도로 예배를 마쳤다. 석 목사의 설교 내용은 이랬다. 예수를 발견한 뒤에 이웃을 발견하고 세계를 깜짝 놀라게 한 봉사가 있었다고 하면서, 마리아 테레사 수녀가 노벨평화상을 받은 뒤 BBC방송과 기자회견한 내용의 일부를 소개했다.

그는 수도원에서 예수를 발견하지 못했으나 가난하고 불쌍한 사람들 속에서 그리스도를 발견했다고 했다. 자신의 노력은 그들로 하여금 그들이 인간이며, 하나님의 자녀들이라는 것을 발견토록 하는 데 있었다고 했다. 세상에는 오늘 이 본문을 읽고 선한 사마리아인이 되고자 자신의 가산을 정리하고 하나님께 영광을 돌린 사람들이 많다고 했다. 환자를 치료할 수 있도록 임상에 활용되는 약은 60%의 효과가 있을 때 시판될 수 있는데, 교회도 세상 사람들로부터 60%의 가능성을 인정받아야 한다는 것이다. 사람들은 교회에 가능성이 없다고 말하고 있다는 것이다.

1960년대 이후 교회는 가능성의 지표가 되었다. 그러나 지금은 사람들이 교회를 버리고 있다. 교회는 이제 가능성이 없다. 생명이 없는 자를 따르는 자는 없다. 성경은 세상의 빛이라고 했다. 이웃을 찾아낼 수 있는 그 빛조차 잃어버렸다. 〈로마서〉에는 믿음을 강조하고 있다. 그런데 〈로마서〉를 쓸 당시에는 행위를 강조할 필요가 없을 때였다. 로마의 초대 기독교인들이 죽음으로 실천하고 있었기 때문이다. 그러나 〈야고보서〉를 쓸 때는 달랐다. 행함이 곧 믿음의 증표여야 할 때였다.

이제는 이웃을 구체적으로 찾아가는 믿음이 필요하다. [이 대목에서 이번 우리 성지순례단 일행 가운데 희년선교회 대표인 필자와 사단법인 나사함(나누고 사랑하고 함께하는 사람들의 모임)을 이끌어가고 있는 김영순(金榮洵) 이사장(그는 마산고교 선배이며 부산 장애학교 교장을 오랫동안 하신 분이다)을 소개했다.] 이웃을 찾아가는 삶이 필요하다. 말씀만 가질 것이 아니라 이웃을 찾아가는 사랑의 사도가 되어야 한다. 오늘 본문에서 예수님의 질문에 대답하면서 이웃은 자비를 베푸는 자, 그 사람이 이웃이었다고 했다. 중요한 것은 대답에서 지역이나 신분을 의미하는 '사마리아인'이라는 대답이 나오지 않았다는 것이다.

9시에 호텔을 출발했다. 터키는 1453년 이래 이 지역의 주인이 되었지만, 제1차 세계대전에 독일 편에 가담한 탓으로 패전, 나라를 지탱하기 힘들었으나, 1923년 10월 29일 공화국을 선포하여 지금까지 10공화국을 유지해 왔으며 개방화된 이슬람 국가가 되었다. 이는 정교분리를 내세운 아타튀르크의 개혁정치 덕분이고, 현재는 강력한 지도자를 요구하고 있다고 했다.

먼저 술탄 아흐메트 지역으로 갔다. 로마제국과 비잔틴제국 그리고 오스만 투르크의 황제들이 살던 궁전들이 이곳에 있었고, 성 소피아 사원과 술탄 아흐메트 사원 그리고 가장 큰 박물관과 히포드럼 광장 등이 이곳에 있다. 우리는 먼저 히포드럼을 찾았다. 원래는 옛 로마 때의 전차경기장(400m×500m)이었는데, 중간에 중앙분리대로 쓰는 이집트에서 가져온 오벨리스크와 뱀의 조각상 들이 있었다. 지금은 다른 건물들이 들어서서 많이 축소되었다고 한다. 오벨리스크는 돌 하나로 만든 것으로 끝이 뾰족한 일종의 탑이다. 세 뱀이 엉키면서 올라가는 조각이 있었는데, 이것은 그리스 델피의 아폴론 신전의 조각을 갖다 놓은 것이라고 한다. 옆에 있는 탑은 과거에 청동과 금으로 입혔던 것인데 지금은 토석뿐이었다. 이렇게 된 것은 십자군 원정 때 청동 등을 떼어 가서 베네치아의 여러 곳을 장식했기 때문이라고 한다.

술탄 아흐메트 사원에 들어갔다. 1453년 5월 29일 이 성을 점령한 오스만 투르크의 술탄은 6월 1일 첫 안식일을 맞아 성 소피아 사원에 들어가 알라에게 예배를 드렸다. 그 뒤 술탄 아흐메트 1세가 독자적으로 성 소피아 사원과 같은 회교사원을 짓도록 명령했다. 이슬람의 상징은 초승달인데 이것은 터키뿐만 아니라 모든 회교국가에서 다 통용되는 것이다. 첨탑(미나렛)은 기도시간을 알리는 탑인데, 누가 그 사원을 지었느냐에 따라 첨탑 수가 다를 수 있다는 것이다. 술탄이 지으면 4개, 그렇지 않으면 2개라고 한다. 그런데 이 사원에는 6개로 되어 있다. 술탄이 이 사원을 짓는 설계자에게 금으로 지으라고 명령했으나 나중에 금으로 짓지 않고 첨탑을 6개 세웠다는 것이다. '금(alten)'과 '여섯(alte)'이라는 말이 서로 비슷하기 때문에 그렇게 했다는 것이다.

이슬람에서 모스크는 기도하는 시간만 사원이다. 이 점이 기독교와는 다르다. 그 밖의 시간은 모든 사람에게 개방된 장소이다. 모스크를 기도처, 회교 성원이라 한다. 한국에도 5개의 성원에 3천 명의 신도가 있다고 한다. 지금 전 세계 이슬람 인구는 11억 명인데, 2천 년대 끝 무렵에는 13억 명으로 늘어날 것으로 보고 있다. 역사는 과거를 통해서 미래를 비춰 주고 있다. 유대교의 회당과 이슬람의 모스크는 인물화를 인정하지 않는다. 모스크는 정면을 항상 메카로 향하게 되어 있다. 동방을 향하도록 되어 있는 곳에 문(미랍)을 만드는데, 특이한 것은 모스크에 나가지 않고, 미랍이 그려져 있는 카펫 위에서 기도해도 된다고 한다. 이 사원은 43m 높이에 당초무늬, 2만 6천 조각의 세라믹으로 장식되어 있으며, 직경 5m의 코끼리 다리 형태로 된 기둥은 내진 설계를 한 것이라고 한다. 내부의 벽과 기둥이 푸른색의 타일로 장식되어 있어 술탄 아흐메트 사원을 블루 모스크라고도 한다.

모슬렘은 5개의 의무 조항이 있는데, 첫째는 하루에 다섯 번 기도하기다. 금요일이 안식일이고 헌금과 성직자가 없으며, 금요일 모임에서 자격이 있는 자는 누구나 말씀을 전할 수 있다. 둘째, 신앙고백을 해야 하는데 알라는 신이라는 것과 마호메트는 예언자라는 것을 고백하는 것이다. 셋째, 금식은 특히 라마단 때는 철저히 지켜야 한다. 넷째, 성지순례를 해야 한다. 다섯째, 구제해야 하는데, 이것은 불쌍한 사람을 위한 재산의 사회 환원의 의미를 갖고 있다.

1453년 이 성을 점령하려고 할 때 병사들에게 3일 동안 약탈을 허용했다. 이는 그들에게 성을 점령토록 하는 동기부여를 강하게 한 것이다. 1453년 이 성이 점령될 때의 역사는 하루하루의 것이 기록으로 남아 있다. 5월 27일 성 소피아 사원에서 마지막 미사가 있었고 그날 저녁에 철야기도회가 있었는데, 5월 29일 함락하고 난 뒤에 술탄이 맨 먼저 달려간 곳이 성 소피아 사원이다. 철야기도회에 참여한 사람들은 모두 1차로 노예로 끌려갔다고 한다. 이때 이 광경을 성화들이 땀을 흘리면서 바라보았다고 한다.

술탄 아흐메트를 본 뒤에 성 소피아 사원을 보러 갔다. 그 중간에서 사진을 찍었다. 성 소피아 사원은 지금은 교회도 모스크도 아니고 1922년 이래 박물관으로 사용하고 있다는 것이다. 성 소피아 박물관으로 사용되고 있는 이 건물은 이 자리에 세 번째로 지어진 건물이다. 첫 번째는 360년에 콘스탄티누스 황제에 의해 '메갈로 에클레시아(거대한 교회)'라는 이름의 목조건물이 세워졌는데 404년 6월 20일의 화재로 불탔다. 두 번째는 404~416년에 세워졌는데 532년 1월 13일에 히포드롬에서 시작된 니카(승리) 혁명 때 반란군들에게 파괴되었다. 유스티니아누스 황제는 이 반란 때 마르마라 바다에 배를 띄우고 망명하려고 했는데, 그의 부인 테오도라(배우 출신인데 개과천선하여 황제의 정식 부인이 됨. 도망하려는 황제를 말리고 학살 명령을 내리도록 함)의 권고에 따라 벨리사리우스 장군을 시켜 3만 명의 반란군을 모두 처단한 뒤에 평정하고, 지금까지 남아 있는 성 소피아 사원을 만들었다.

이때 유스티니아누스는 가장 큰 성전을 지으라고 명령했다. 트랄레스 출신의 건축가이자 수학자인 안테미우스와 밀레투스 출신의 이시도루스가 이를 설계했다. 유스티니아누스는 매일 나와서 독려했으며, 최고의 재료를 쓰도록 했다. 5년 10개월의 역사 끝에 537년 5월 17일에 헌

당식을 갖고 '신성한 지혜'라는 의미의 '성 소피아'라고 명명했다. 지금까지 남아있는 성당 가운데 다섯 번째로 큰 것이다. 로마의 성 베드로 대성당, 밀라노의 두오모 대성당, 스페인의 세비야 대성당, 영국의 성 바오로 대성당이 있는데, 이들은 모두 성 소피아 사원보다 나중에 만들어진 것이다. 성 소피아 사원은 건축사·미술사·종교사에 크게 남을 건물이다. 블루 모스크와 견주면, 높이 43m : 55.6m, 돔의 지름 23m : 36.36m나 되는 것이어서, 성 소피아 사원이 훨씬 크다는 것을 알 수 있다. 가운데 기둥이 없고 블루 모스크보다 밝으며, 위 사방의 창문으로 인해 햇빛이 있는 한 빛이 들어오는 그런 설계로 되어 있다.

비잔틴의 영향을 받아 오스만 투르크의 모스크는 돔 양식으로 되었다. 140개의 기둥 가운데 40개의 기둥은 이방 신전에서 가져왔다. 재미있는 일은 성 소피아 사원 안 미랍의 방향이 좀 틀어져 있다는 것이다. 정확하게 동향으로 미랍을 놓으려 했으나 곤란하여 약간 돌려 놓았던 것이다. 미랍 위에 성모가 어린 예수를 안고 있는 모습이 보였는데 아마도 가장 아름다운 것이라고 한다. 성 소피아 사원 안에는 곳곳에 아라비아식 명필들이 중간에 붙어 있는데 알라·마호메트·칼리프의 이름들을 적어 놓은 것이다.

제1차 세계대전 때 오스만 투르크의 술탄은 영국에 보호를 요청했다. 그러나 아타튀르크는 연합군에 대항하면서 개혁정치를 시행했다. 그의 개혁정치가 국민의 지지를 얻자 술탄은 영국 군함을 타고 망명하게 되었다. 아타튀르크의 명령으로 성 소피아 사원은 박물관으로 바뀌었는데, 국제적인 압력이 들어갈 것이기 때문에 박물관을 다시 모스크로 다시 바꾸기는 힘들 것이라고 한다. 천장과 벽은 금으로 모자이크 했고 문은 은으로 장식하여 정말 하나님의 집으로 인식토록 했다. 그러나 1453년의 함락이 있기 60년 전에 십자군이 금과 은을 다 긁어 갔다. 투르크가 점령하고 난 뒤에는 약 5cm 두께로 회를 발라 버렸다. 최근에 토머스 휘트먼 교수 등이 회를 걷어내고 원 성화를 복원했다.

성 소피아 사원 안에는 보물 항아리 두 개가 있다. 1453년 5월 29일 콘스탄티누스 11세가 희생되었으나, 보물들이 성 밖으로 나간 흔적이 없다. 그렇다면 성 소피아에 묻어 두었을 가능성이 없지 않다. 성 소피아 사원 안에는 옥돌 항아리 두 개가 있는데, 버가모 근처에서 한 농부가 땅에서 파서 세 개를 얻어 하나는 농부가 갖도록 해 주었고 나머지 두 개는 성 소피아로 옮겼다고 한다. 성 소피아 사원을 나가면서 보니 콘스탄티누스 황제가 이 도시를, 유스티니아누스 황제가 성 소피아 교회당을 예수님께 헌정하는 모습이 각각 보였다. 참으로 재미있는 모습이었다.

성 소피아 사원에서 나와 로마시대에 축조했다는 지하 저수고에 가 보았다. 지하 궁전이라는 별명이 있다. 이곳에서부터 19km나 떨어진 데서 물을 끌어와 저장해 놓고 상수도로 공급했다고 한다. 역시 유스티니아누스 황제가 532년 넓이 90m×140m, 높이 8m의 저수고를 만들었는데 물이 10분의 8까지 찼다고 한다. 콘스탄티노플에는 이런 크기의 지하 저수고가 30개나 있었다고 한다. 이 저수고에는 28×12개의 기둥이 있는데, 이 기둥들은 다른 건축에 사용하다가 남은 폐품들을 이용했다고 한다. 일종의 재활용품이라는 것이다. 지금은 위에 있는 전차길 등 도로와 건물들을 받치고 있는 셈이다.

이곳은 성지가 유적으로 보호되고 있다. 현재 이곳만 하더라도 1년에 관광객 1백만 명이 온다고 한다. 터키는 바야흐로 관광 대국으로 발돋움하고 있다. 이스탄불은 최고의 볼거리가 있다. 유스티니아누스 황제는 건축의 황제라고 불릴 만하다. 그는 강력한 힘을 바탕으로 하여 노예들을 시켜 건축했다. 이 지하 저수고에는 몇 가지 특색 있는 기둥들이 있었다. 공작 꼬리 모양의 무늬는 마치 눈에서 눈물이 흐르는 것 같은데, 동료들의 죽음을 보고 눈물을 흘리는 모양을 만든 것으로 생각된다. 일종의 위령탑과 같은 것으로 지금은 오직 하나만 남아 있다. 이방 신인 메두사(Medusa)를 그린 조각도 있었다. 눈이 마주치면 돌로 변한다는 것 때문에 눈이 마주치지 않도록 하기 위해 원래는 기둥 위에 새겨 놓았을 이 메두사 상을 거꾸로 하여 밑받침으로 사용하였다. 그렇게 하면 눈이 마주치지 않게 된다는 것이다.

오전에 지하 저수고까지 다 둘러보고 버스에 돌아오니 12시 5분. 마르마라 바다가 보이는 해변의 어느 식당에서 이스탄불식의 점심을 들었다. 식사 중에 한 소년이 터키의 전통 현악기를 연주하여 필자가 1달러를 주니 결혼식 때 쓰는 터키 신랑의 모자를 하나 주었다. 오래되고 물에 젖어서 그런지 곰팡이 냄새가 많이 났다. 버스에 있는 동안 볕에 말렸으나 계속 냄새가 그치지 않아 괜히 그 모자를 받았다는 생각이 들었다.

식사 뒤에 톱카프 궁전을 돌아봤다. 이 궁전에서는 36명의 술탄들 가운데 25명이 집무했다고 한다. 나머지는 돌마바흐체 궁에 옮겨 통치했다고 한다. 궁의 입구에 원래는 그 부속시설로 추정되는 성 이레네 교회가 있었다. 동로마가 망하고 난 뒤에는 창고와 무기고로 썼다. 이 건물은 음향장치가 잘 되어 있어서 지금은 연주회 장소로 활용하고 있다. 이 건물은 원래의 모습을 지니고 있는데, 성 소피아 사원보다 먼저 건축되어 그 역사적 의미가 있다고 한다.

궁 안에 들어가니 오스만 투르크 때의 통치 영역을 몇 개의 지도로 만들어 관람객들에게 도움이 되도록 했다. 1299년에 세워진 오스만 투르크는 나중에 지중해를 내해로 하는 광대하고 강력한 국가로 발전했는데, 이런 국가는 로마에 이어 오스만 투르크뿐이었다고 한다. 지금의 터키와 중동 그리고 에게 해를 넘어 그리스 지역, 아프리카에서는 모로코·알제리·리비아·이집트가 모두 그 영토였고 유럽(유고·루마니아·헝가리 그리고 크리미아 반도를 중심으로 흑해 연안 전부)과 이란·이라크·쿠웨이트 그리고 시나이 만을 따라서 내려오는 아라비아의 사막 아닌 해안 지역 등이 모두 오스만 투르크의 영토로 되었다. 이 곳에 오기 전에는 오스만 투르크가 이렇게 광대한 영토를 가진 줄은 미처 몰랐다. 역사를 헛배웠다 싶었다. 오스만 투르크는 1699년 카를로비츠 조약 때까지 이같이 광대한 영토를 유지했었다.

제1차 세계대전에서 터키가 패전하자 그 지배 아래 있던 지역에서 22개의 독립국가가 나오게 되었다. 베르사유 체제를 탄생시킬 때 그리스·프랑스·러시아 등이 터키를 아예 이 지구상에서 없애버리자고 했다. 이때 술탄은 영국에 보호를 요청했지만, 영용한 케말 파샤(아타튀르크)가 독립전쟁을 벌여 유럽 쪽의 터키를 확보했다고 한다. 터키로서는 술탄들의 무덤이 있고 역사적 유적들이 있는 만큼 비록 영토의 3%에 지나지 않지만 그곳을 꼭 확보하려고 했단다. 그래서 터키 해안에서 보면 바로 코앞에 있는 섬이라도 에게 해와 지중해의 대부분의 섬들은 모두 그리스의 영토가 되었고, 바다도 그렇게 빼앗겨 버렸다고 한다. 터키로서는 종묘를 지키기 위해서 그 많은 섬들과 넓은 바다를 포기한 것이다. 쿠사다시에서 밧모 섬으로 갈 때 터키 육지에서 빤히 보였던, 얼마 떨어지지 않은 도서까지 다 포기하고 말았다.

15시에 이스탄불의 국제 관문인 아타튀르크 공항에 도착했다. 먼저 짐을 부치고 난 뒤에 여권 심사를 받았다. 우리나라와는 비자면제협정이 되어 있기 때문에 아무런 기록물을 제출함이 없이 쉽게 여권 심사를 마치고 나올 수 있었다. 16시에 지정된 비행기 출구(218)에 갔으나 곧 208번으로 바뀌었다는 통보를 받고 그곳으로 갔다. 비행기 출발이 35분간 지연된다는 통보가 있었다. 서울에서 올 때는 한 시간 늦었는데, 오늘은 35분이 늦는다니 다행스럽다.

비행기에 탑승하려는데, 출구 검색대에서 나의 표를 보더니 35E의 좌석을 6F로 고쳐 주었다. 들어와서 보니 이코노미스트 클래스(3등석)가 아니라 비즈니스 클래스(2등석)이었다. 우리 일행 가운데서는 서울의 남 목사님 내외분이 6G와 6H 자리에 나란히 앉아 있었다. 행운을 얻은 것이다. 아마도 오늘 탑승객들 가운데 비즈니스 클래스가 없으니 이코노미스트 클래스에서 몇 사람을 그레이드 업 시켜서 서비스하는 모양이었다. 좌석의 등급이 달라지면 서비스의 정도도 확실히 달라진다. 다른 그룹에서도 우리 모양으로 좌석배정이 상승되어 온 사람들이 있었다. 못이긴 체하고 대접을 받기로 했다. 자기들이 이렇게 정해준 것인데 다른 선택이 있을 수 없었다. 예상하지 않은 행운을 얻은 것이다. 이건 누구에게 감사해야 하나? 현지시간 5시 35분에 비행기가 움직이기 시작했다.

이스탄불에서 인천공항까지는 8,133km에, 항속시간 9시간 10분이 걸릴 것이라고 한다. 기내에서는 미안할 정도의 극진한 대접을 받았다. 오는 동안 이스탄불에 대한 소개서를 계속 읽었고 노트북 컴퓨터를 이용해 어제 일기를 정리했다. 매우 기분 좋은 분위기다. 얼마 안 있어 기내식 저녁이 나왔다. 옆에 있는 남 목사에게 말하고, 잠을 청하기 위해 포도주를 약간 마셨다. 자기도 약간 마시겠다고 했다.

종교와 역사를 되새겨 보는 성지순례 길잡이

이만열 교수의 《기독교유적 여행일기》는 예수 그리스도의 포교 활동과 고난, 초대교회, 출애굽과 모세, 종교개혁 등과 관련된 성지나 옛터들을 답사하면서 그 의미를 찾고 종교의 소명과 신앙, 인간성과 인간 역사의 교훈을 되새겨 보는 성지순례 길잡이다.

성지들을 찾아 단순히 보고 듣고 감상이나 하는 것이 아니라, 성지가 주는 의미는 무엇이고 오늘날 우리가 처한 어려운 종교적, 인류적 현상을 타개하는 길은 무엇인가를 대화하면서 함께 생각하고 모색해 보자는 '생각하는 성지여행 일기'이며 '선교일지'이다.

하루하루 보고 듣고 감상하고 대화하고 생각한 것들이 성지의 다양한 모습들과 함께 매우 감동적으로 묘사되어 있다. 이런 점에서 그동안 나온 여러 성지순례기들과는 의미나 내용, 전문성에서 아주 많이 다르다.

기독교 집안에서 태어나 굳건한 신앙 속에서 일상생활을 하면서 열정적으로 다양한 선교활동을 벌여온 저자 이만열 전 숙명여대 한국사학과 교수(현 국사편찬위원회 위원장)는 이 여행일기에서 종교와 신앙, 역사와 자연을 깊고 넓고 그리고 매우 비평적인 시각에서 바라보고 있다. 저자는 기독교의 여러 성지들을 순례하면서 하나님이 인간에게 내려준 소명을 깊이 음미하는 한편 이러한 소명을 저버린 종교(기독교)의 타락에 분노하고 질타한다. 그런가하면 찬란했던 기독교(천주교) 문화

(문명) 이면에서 비참한 희생들이 있었던 데 대해 가슴 아파한다. 또한 부도덕한 인간 문명에 대해 준열한 역사의 심판도 가한다. 그리고 오늘날 교회가 처한 어렵고도 복잡한 현실을 극복해야 할 양식을 성지순례에서 찾기를 바라마지 않는다.

이만열 교수는 그의 글을 통해 강렬한 신앙의 메시지와 소명의식을 제시하고 있다. 그리고 성지를 보는 눈, 역사와 자연을 보는 눈을 열어주고 있다.

일찍이 '한국기독교역사연구소'를 설립해 한국에 접목된 기독교의 사명과 활동상, 그리고 역사의식을 탐구해온 이 교수는 외국인 근로자를 돕고 있는 희년선교회 대표, 한국기독교 외국인노동자 선교협의회 공동대표, 남북나눔운동연구위원회 위원장 등으로 활동하면서 기독교의 신앙정신을 실천하고 있으며, 특히 남북나눔운동을 통해 북한 동포를 도우면서 선교에 열성을 쏟고 있다. 남북나눔운동을 촉진하기 위해 그동안 세 차례나 북한을 방문, 북한 당국자들과 교계 인사들을 만나 북한지역 교회 돕기와 통일문제를 진지하게 협의한 바도 있다.

이만열 교수는 《한국기독교와 역사의식》,《한국기독교와 민족의식》,《한국기독교 수용사 연구》,《한국기독교와 민족통일운동》 등의 저서를 통해 특별히 한국 기독교의 소명과 민족의식을 규명하고, 역사의식을 고취해 왔다. 우리는 이제 그의 시각과 역사의식을 가지고 그가 이번에 출간한 여행일기의 안내에 따라 〈이스라엘 성지순례〉,〈유럽종교 개혁지 탐방〉,〈터키·그리스의 기독교유적 순례〉 등의 주제 아래 뜻 깊은 성지들과 관련 옛터들을 찾아가 감상하고 그 의미를 되새기게 되었다. 이런 안내자를 만나게 되어 기쁘다.

〈이스라엘 성지순례〉에서는 출애굽 여정, 시내 산, 사해와 여리고, 요단 강과 갈릴리 지방, 갈멜 산, 예루살렘과 베들레헴 등을 체험한다. '출애굽 여정'에는 황야에서 백성들을 인도하는 모세의 신앙심과 지도력, 백성들의 나약한 신앙심이 생동감 있게 그려져 있다. 시내 산에서 하나님으로부터 10계명을 받고 내려온 모세가 백성들이 금송아지를 만들어 우상으로 숭배하는 것을 보고, 자신의 생명과 민족을 바꾸자는 사활을 건 간절한 기도를 하는 장면을 그리면서 저자는 "오늘 민족적으로 대단히 어려운 시기에 모세와 같은 지도자가 나타나기를 고대하지 않을 수 없다. 국가 조찬기도회 소식을 들으니 대통령 이하 정치인들 가운데 기독교인들이 수두룩한데, 모세와 같은 결단으로 민족을 사랑하고 자신의 생명을 내어 놓고라도 민족을 구해야 하겠다는 지도자는 과연 한 사람도 없다는 말인가"고 안타까워한다.

〈이스라엘 성지순례〉를 마치면서 이 교수는 매우 깊은 감동을 받았다면서 이렇게 술회한다. "추상적으로 상상만 하던 이스라엘의 출애굽과 예수님의 행적을 실제 답사를 통해 확인할 수 있게 되어 이제부터의 신앙이 더욱 구체적으로 변화할 수 있게 될 것이라는 확신을 갖게 되었다. …… 예수님의 행적과 관련된 지역을 살펴보면서, 이르는 곳마다 이런 사연과 저런 말씀이 관계되어 있다는 사실을 확인하는 순간, 그 말씀이 그때의 상황과 함께 생동감 있게 살아나고 있음을 느낄 수 있었다. 이것은 성지가, 자본주의에 의해 오염되어 가고 있다는 우려에도 불구하고, 이번 성지순례를 통해 얻었던 무엇보다 값진 교훈임에 틀림없다."

〈유럽 종교개혁지 탐방〉에서는 마르틴 루터 종교개혁 유적지, 체코의 프라하, 헝가리의 부다페스트, 천주교의 총본산 로마, 영국의 런던 등지가 안내된다. 이 교수는 바티칸의 성 베드로 성당을 보면서 한마디로 장엄하나, 이 성당의 건축비를 마련하기 위해 면죄부를 대량 발급한 사실 등이 종교개혁을 촉진하게 됐다고 지적하고는 "교회의 전통을 하나님의 말씀보다 더 귀하게 여기는 그들의 사상이 이곳 성당 내부에 잘 표현되어 있는 것 같았다"고 비판한다. 그리고 기독교(천주교) 유적지순례에 이어 로마문명의 상징물들인 원형경기장과 주변 목욕탕 유적들을 둘러보고는 문명비판과 순교정신을 함께 그린다.

> 로마 시민들의 포악한 야수성과 환락을 만족시켜 주기 위해 얼마나 많은 기독교 신자들이 예수 믿는다는 이유 하나만으로 맹수의 밥이 되어 갔던가. 그러나 로마시대에 이렇게 환란과 핍박을 받으면서도 로마의 권력과 총칼에 정면으로 대항하지 아니하고 인내하며 죽어 갔던 그리스도인들이야말로 신앙의 힘으로 결국 로마를 정복했던 믿음의 영웅들이었다. …… 초기 기독교는 평등·정의와 사랑·평화의 신앙(이념)을 기반으로 하여 도덕적 우위성을 확보함으로써 …… 로마의 세속적 권력과 야수성을 극복했던 것이다. 이것은 로마 순례를 통해서만 얻을 수 있는 깨달음이다.

〈터키·그리스의 기독교 유적 순례〉에서는 터키의 안디옥 교회, 바울 사도의 고향 다소, 서머나, 에베소 등과 그리스의 밧모 섬, 고린도, 데살로니가, 빌립보 등에 있던 초대교회들의 발자취를 찾는다. 지금은 폐허가 된 초대교회들과 도시들을 답사하면서 이 교수는 세월의 무게와 신앙의 변화에 가슴 아파하며, "교회가 타락해 사람들로부터 싫증의 대상이 되었을 때 그 종교를 담고 있는 교회는 별 수 없이 인간으로부터 외면될 수밖에 없었던 것"이라고 강조한다. 폐허가 된 고린도를 보면서는 "역사에서 영원불변을 말하는 것은 잘못이다. 시간이 흐르면 변화는 오게 마련이고 변화에 견디지 못하면 망하고 마는 법이다"라고 변화와 개혁의 교훈을 되새긴다.

이 여행일기는 성지순례라는 테마여행 기록이긴 하지만 답사지마다 역사와 자연, 인문, 지명유래 등이 상세히 설명되어 있고, 클레오파트라와 로마 장군 안토니우스의 낭만적인 첫 만남 등 재미있는 역사적, 전설적 일화들이 풍부하게 가미되어 있어 단순한 성지순례기만이 아닌 일반 여행길잡이 구실도 갖추고 있다.

이 여행일기에서 우리가 꼭 배워야할 것 가운데 하나는 저자의 기록 정신이다. 아침에 일어나면서부터 잠자리에 들 때까지 보고 듣고 느끼고 생각했던 그날의 모든 것을 빠짐없이 일기장에 기록하고 있다. 이 교수는 수십년째 하루도 거르지 않고 일기를 써오고 있다. 이 여행일기도 그의 방대한 일기장들에서 성지순례에 관한 기록들만을 가려 뽑은 것이다.

여행에 관한 이 교수의 말은 그와 함께 한 이번 성지순례의 의미를 다시 한번 생각하게 한다.

여행이란 새로운 만남의 연속이다. 여행 중의 만남들이란 대체로 순간적인 것에 지나지 않지만, 그런 가운데서도 꽤 오랜 동안 여운을 남기는 인상적인 것도 없지 않다. ……여행은 만남의 신선함을 증폭시켜 가는 과정이다. 여기에다 자연과의 만남은 그 의미를 금상첨화로 승화시킨다.

만남 가운데서도 예수 그리스도와의 만남만큼 위대한 만남은 없으리라. 예수 그리스도와의 만남은 순간을 영원으로 이끄는 만남이다.

이만열 그분과는 오랜 만남을 이어오고 있다. 1957년 3월 초순. 서울대학교 문리과대학 사학과 1학년 첫 강의실에서 만난 이래 반세기 가까이, 생활의 방편은 다르지만 풍상을 겪은 여정과 지향하는 바가 비슷한 관계인지, 동반여행자 같은 만남을 지속하고 있다. '동반자' 같다고는 하지만 실은 가정이나 사회생활, 신앙의 면 등에서 그분은 나에게는 '스승' 같은 존경스러운 분이다. 자취생활도 같이 했고, 교회를 함께 다닌 적도 있고, 뒤늦은 나의 결혼 주례도 서 준 그분과 나와의 만남이 그분의 이 책을 통해 영원으로 이어지기를 빌 뿐이다.

오랜 세월에 걸쳐 동반여행을 해 오는 가운데 둘 사이에는 검은 머리가 흰 머리로 된 변화 말고는 변한 것이라고는 거의 없는 것 같다. 처음 만났을 때 가졌던 인상이나 느낌, 감정, 순정 등이 지금도 그대로인 듯 생생하다. 둘 사이에는 특히 남다른 면이 하나 있다. 첫 만남 이래 서로 존대어를 쓰고 있는 것이다. 동기동창에 같은 나이이고 자취생활도 함께 해본 사이이지만 단 한 번도 반말을 한 기억이 없다. 의식적으로 그렇게 한 것은 물론 아니고, 그냥 그렇게 되었을 뿐이다. 동창모임에서 "동기동창끼리인데 무슨 존대어를 쓰느냐"는 핀잔 같은 지적도 더러 있긴 했다. 이제 와서 굳이 의미를 부여하자면 "우정은 상대에 대한 존중 또는 존경심에서 더욱 굳어진다"고나 할 수 있을는지……

참으로 가난하고 생활이 어려웠던 시절, 자취생활도 하나의 살림살이라고 쌀도 반찬도 가끔 떨어졌다. 그때 버스비가 없어서 자취하던 이화여대 입구에서 당시 동숭동 문리대 교정까지 함께 걸어 다녔다. 1시간 반쯤 걸렸던가. 점심 때 주머니를 뒤져 교정 밖 길가에서 국화빵 몇 개를 사서 함께 끼니를 때우기도 했었다.

나는 교회나 강연회, 발표회 등의 모임에 주로 그분을 따라다니는 편이었지만 그분이 나를 따른 적도 혹간 있었다. 그 가운데 가장 잊혀지지 않는 것이 일요일에 함께 절에 간 일이다. 1966년 4월이던가, 내가 불교대학원에 입학하는 등 불교에 큰 관심을 갖고 있던 시절 어느 일요일 조계사에서 불교 강연이 있어서 그곳으로 가려는데, 그날따라 함께 있고 싶어 하던 그분이 나를 따라서 절에 가 강연을 들었던 것이다. 상당히 완고하다고 할 정도로 돈독한 기독교 신앙을 가진 그분이, 교회의 오전 예배를 끝낸 오후이긴 하지만, 일요일에 절에 간 것은 당시로서는 놀라운 일로, 그것이 처음이자 마지막이 아닌가 싶다. 그리고 그분은 나와의 인연으로 온갖 권위적인 것, 폭력적인 것을 배격하고 비폭력 저항정신으로 살다 간 함석헌 선생님, '진짜' 지성인인 김용준 선생님(고려대 명예교수) 같은 분들에게 좀더 접근하게 되지 않았나 싶기도 하다.

  우리들의 동반여행은 1997년 4월 하순 내가 예순의 나이로 초혼을 할 때 그분이 주례를 서면서 그 의미를 되새기는 계기가 됐으며, 그분은 26년 동안 내 뒷바라지를 해준 하숙집 아줌마와 나와의 결혼을 '희한하고도' '별난' 결혼이라면서 진정으로 축하해 주었다. 뒷날 내 아내가 된 하숙집 아줌마가 차려준 식사를 들면서 "음식 맛이 참으로 좋다"고 칭찬하기도 했었다. 나의 편벽성으로 성사되지는 못했지만, 그분은 나를 위해 중매쟁이 노릇도 기꺼이 했었다.

  그분과 오랜 동반여행을 하면서 늘 조심스럽고 두려운 게 한 가지 있었다. 그분이 나의 사람됨을 생각하는 그 수준 위에서 내가 처신하지 못하고 있다는 점이다.

  그분의 일기가 이번에 처음으로 공개된 데 대해 큰 축하와 함께 한량없는 기쁨을 누리면서, 온갖 사실들과 생각들이 담겨 있을 귀중한 일기장들이 이른 시일 안에 우리 모두들 앞에 열리기를 고대한다.

2005년 9월 7일
임 한 순

한국독립운동의 해외사적 탐방기

윤병석 지음/신국판/반양장 350쪽/책값 10,000원

　평생을 독립운동사 연구에 종사하고 있는 인하대 윤병석 교수가 20여 년 동안에 걸쳐 두만강·압록강 너머의 남북만주 및 이와 인접한 시베리아 연해주를 비롯, 중국·러시아·일본·구미 지역 등 해외 독립운동이 펼쳐졌던 세계 곳곳을 망라, 수십 차례의 현장답사와 자료조사로 이루어낸 탐방조사 보고서. 그 동안 단편적 사실로만 이해하고 있던 해외 독립운동의 좀더 구체적인 실상을 풍부한 현장 사진들과 함께 싣고 있다.

독립군의 길따라 대륙을 가다

조동걸 지음/신국판/반양장 396쪽/책값 7,000원

　한국독립운동사 연구의 대가인 필자가 구한말 의병전쟁의 옛터, 남북만주, 연해주와 시베리아를 거쳐 모스크바에 이르기까지, 그리고 중앙아시아의 사막지대를 답사하면서 그곳 동포들과의 만남을 통해 우리의 잃어버린 현대사의 일부를 다시 정리한 이 책은, 전공자는 물론 일반인들에게도 큰 도움이 되도록 관련 화보를 실어 이해를 한층 높이고 있다.

지중해 문명 산책 － 트로이에서 바르셀로나까지 －

김진경 지음/신국판/반양장 294쪽/책값 20,000원

　이 책은 그리스사를 전공한 저자가 지중해 일대에 흩어져 있는 과거 그리스의 여러 식민지를 둘러본 경험과 펠로폰네소스 기행을 정리한 것이다. 특히 이 책은 단순한 고적 순례기가 아니라, 서양사 전공 학생들에게 도움이 되는 고적에 얽힌 역사적 이슈를 가능한 부각시키면서도, 일반인들을 위해 고적과 관련된 재미있는 이야기와 사진들을 곁들여 쉽게 설명해 놓았다.

중국탐색 '88 ～ '94
－ 가깝게 그리고 멀리서 본 격동의 현장 －

민두기 지음/신국판/반양장 296쪽/책값 6,000원

　중국 근대사 연구의 권위자인 서울대 민두기 교수가 한·중 수교가 이루어지기 전인 1988년 처음 중국을 방문한 이래, 1994년 초 중국 학자들조차 별로 가 본 적이 없는 낙후지역인 호남성을 답사하기까지 6년 동안 일곱 차례에 걸쳐 중국을 여행하면서 보고 느낀 바를 쓴 견문기와 그동안 각종 신문·잡지에 게재되었던 다양한 중국 관계 논설들을 한데 모은 책이다. 　·

나마스테 – 지묵스님 인도성지순례기 –

지묵 지음/신국판/반양장 298쪽/책값 4,500원

혜초의 〈왕오천축국전〉이나 현장의 〈대당서역기〉에 못지않은 귀중한 성지답사자료로서 거의 1년 동안 빠짐없이 기록한 한 순례자의 솔직한 여행기이다. 인도·네팔·스리랑카·파키스탄 등 동남아시아를 여행하려는 사람에게 좋은 길잡이가 될 것이며, 성직자인 스님 자신이 붓과 벼루를 가지고 다니면서 발원문을 쓰고 사경을 하듯이 그날그날 일기로 쓴 이 성지순례기에는 순례자의 땀냄새가 진하게 배어나온다.

여기가 남태평양이다

권주혁 지음/4×6배 변형판/반양장 474쪽/책값 18,000원

남태평양 지역 21개국의 문화와 근·현대사, 정치와 경제, 종교와 문화, 현지인들의 삶 등을 지도 및 사진과 함께 꼼꼼히 정리한 기행서. 저자는 남태평양의 여러 섬들을 다니면서, 그곳에서 겪은 경험과 느낌을 꼼꼼히 기록하여 남태평양의 문화, 예술, 사회 등을 두루 아우르는 책을 내놓았다. 비즈니스에 관한 정보도 수록되어 있어 이 쪽에 관심을 갖는 이들에게는 더욱 유용하다.

탐험과 비즈니스 – 남태평양 25년 사업개척기 –

권주혁 지음/신국판/반양장 320쪽/책값 12,000원

여의도의 약 90배에 달하는 8천만 평의 땅을 솔로몬 군도에서 갖고 그들의 공장에서 필요로 하는 나무를 그들의 땅에서 직접 키워서 쓰고 있는 이건산업이 있기까지 맨앞에서 그 프로젝트를 추진해온 이건산업의 권주혁 부사장의 비즈니스 탐험 기록. 남태평양 솔로몬 군도 오지를 직접 발로 뛰며 현지인들과 부딪친 끝에 선진국들의 많은 기업들을 제치고 성공한 해외투자 개척기.

남태양을 건넌 상록수의 혼

권순도 지음/신국판/반양장 208쪽/책값 7,700원

한국 현역 병사가 쓴 최초의 본격적인 군대생활 기록문학작품으로 남게 될 이 책은, 한 병사가 바라본 가장 솔직하고 꾸밈없는 군대의 모습, 해외파병의 실상을 다룬 작품이다. 동티모르에 파병되어 머나먼 이국땅에서 군대생활을 한 지은이는 세계적인 인권유린의 장소에서 극한의 상황에 놓인 이들에게 버팀목이 되어주는 상록수부대에서의 군대생활이 무엇과도 바꿀 수 없는 가치 있는 시간이었다고 말한다. 그는 179일 동안의 파병생활에서 일어난 모든 일을 일기에 적어, 그 현장에서 쓴 글들을 이 책에 고스란히 담아냈다.

이만열 교수의 민족·통일 여행일기

이만열 지음/신국판/반양장 424쪽/책값 18,000원

역사학자인 저자는 기독교 장로로서 그리고 사회의 지도자로서도 다양한 활동을 펼치면서 동과 서를 여행해 왔다. 1991년부터 2004년까지, 미국에서 아니면 평양에서 북한 사람들을 직접 만나고, 중국·독일·베트남 등 분단의 역사를 가진 나라들의 여러 곳을 다니면서 관계자들을 찾아가 그들의 경험이나 현실에서 우리가 배울 것은 무엇인지를 묻고, 우리 민족의 오늘과 내일의 문제를 걱정한 기록이 바로 이 여행일기이다.

사회와 사상 6

韓國基督敎와 歷史意識

이만열 지음/신국판/반양장 353쪽/책값 5,000원

韓國史 전공의 대학교수이자 독실한 기독교 長老인 저자가 '신앙과 역사와 민족'이라는 삼각형의 범주에서 '말씀과 역사'를 동시에 생각하려는 노력의 일단에서 우리나라에 전파된 이래 기독교가 어떤 역할을 해 왔는가를 살핀 다음, 오늘에 기독교도는 어떠한 역사의식을 가지고 고난과 시련의 역사를 바꾸어 나가야 하는가를 외친 강론집이다.

사회와 사상 17

한국기독교와 민족의식 – 한국기독교사연구논고 –

이만열 지음/신국판/반양장 546쪽/책값 15,000원

기독교와 민족주의는 서로 이해하고 공존할 수 있는가? '신앙과 민족과 역사'라는 기본구도 위에 한국기독교사가 종래 선교사의 차원에서만 서술 해석된 것에 이의를 제기하고 민족사적인 시각에서 접근하였으며, 기독교 초기와 관련해서는 전파 혹은 선교라는 시각보다는 수용이라는 입장을 분명히 하였고 한국적인 상황에 반응하는 기독교인의 움직임에 관심을 모은 책이다.

제3회 나라안팎 한국인기록문화상 자서전·회상기 갈래 수상작

아무르만에서 부르는 백조의 노래

정상진 지음/신국판/반양장/300쪽/책값 15,000원

이 회고록은 크게 두 부분으로 나뉜다. '제1부 북한의 문화예술인'들에는 저자가 북한에서 문예총 부위원장, 문화선전성 부상 등을 지내면서 친분을 나누었던 문화예술인들, 즉 홍명희, 이기영, 이태준, 최승희, 김사량, 김순남 등의 북한 내 활동과 부침에 대한 저자의 회고가 담겨있다. '제2부 소련의 조선인 문화예술인들'에는 조명희, 연성용과 같이 소련에서 독자적인 민족어문학을 전개했던 작가들과 조선극장(고려극장)을 중심으로 활동했던 배우들인 김진, 이함덕, 최봉도 등에 대한 회고와 평가가 들어있다.